SCHÖNES NEUES ENGLAND

SAM BYERS

ROMAN

AUS DEM ENGLISCHEN
VON CLARA DRECHSLER

TROPEN

Tropen
www.tropen.de
Die Originalausgabe erschien unter dem Titel »Perfidious Albion«
im Verlag Faber & Faber Limited, London

Printed in Germany
Cover: Zero-Media.net, München

Gesetzt von C.H.Beck.Media.Solutions, Nördlingen
Gedruckt und gebunden von GGP Media GmbH, Pößneck
ISBN 978-3-608-50414-9

Denkt daran, dass Ideen auch Waffen sind.

SUBCOMANDANTE MARCOS

0000

Ich glaube«, sagte Robert, legte die Spitze seines Zeigefingers kurz an die Lippen und schaute angestrengt zu Boden, »ich glaube, ich hatte einfach einen Punkt erreicht, an dem ich merkte, wenn es nicht *now* ist, *interessiert* es mich nicht. Verstehst du?«

Jacques DeCoverley, mit dem sich Robert gerade unterhielt, ließ dieses Statement auf sich wirken wie einen besonders komplexen Duft, der ihm gerade um die Nase geweht war. Er legte den Kopf in den Nacken, blickte gen Himmel und blähte anerkennend die Nüstern. Dazu fabrizierte er ein nachdenkliches kleines Lächeln, als sähe er sich wieder einmal mit etwas Traurigem oder Paradoxem konfrontiert, einer weiteren Bürde, die er in noblem Schweigen zu tragen hatte.

»Wer will auch etwas schreiben, das schon von gestern ist?«, sagte er, zog eine seiner voluminösen Brauen hoch und pellte ein Ringellöckchen von seiner Stirn, das sich dort an den Schweißfilm geschmiegt hatte.

Jess beobachtete sie – das Tänzchen, das sie miteinander aufführten, diese Schachpartie in Selbstbespiegelung – und fühlte sich ins Abseits gestellt, unsichtbar.

»Andererseits«, sagte Robert, »was ist heutzutage *nicht* von gestern?«

Das Lächeln kroch wieder auf DeCoverleys Lippen, während er sich für einen Moment durch den Kopf gehen ließ, wie furchtbar gestrig so vieles gerade war.

»Allerdings«, sagte er, nippte nachdenklich an seinem Negroni und fuhr sich mit dem Finger über eine schweißglitzernde Augenbraue. »Wir leben definitiv im Post-Präsens.«

Jess, die dicht hinter DeCoverleys Ellbogen stand, wo sie für ihn nicht zu sehen war, versuchte, Robert auf sich aufmerksam zu machen, damit sie ein Gesicht ziehen konnte. Sie hatte den unschönen Eindruck, dass er zu einem früheren Zeitpunkt ihres gemeinsamen Lebens längst zu ihr geschaut, auf ihre Miene reagiert hätte. Sie hatten sich sogar bei einem ganz ähnlichen Anlass kennengelernt. Damals war Robert einem vom vermeintlichen Vorrang der eigenen Meinungen aufgeblasenen Wichtigtuer, dessen Namen sie längst vergessen hatte und der sie zuvor nicht nur ein Mal, sondern gleich drei Mal abgewürgt hatte, ins Wort gefallen, hatte ihn mit einer halben Schulterdrehung seine Irrelevanz spüren lassen und Jess mit verschwörerisch funkelnden Augen gefragt: *Aber was sagen Sie dazu … Jess, richtig?* Dieses Bedürfnis, sie wissen zu lassen, dass er ihr zuhörte, war mittlerweile geschwunden. Als er dann doch irgendwann zu ihr hinsah, warf er ihr nur einen flüchtigen, irritierten Blick zu, der zu signalisieren schien, dass ihr Spott unangebracht war.

Sie starrte in ihr Glas. Als sie wieder aufschaute, hatte DeCoverley Robert einen Arm um die Schultern gelegt und führte ihn davon.

»Wissen Sie«, hörte Jess DeCoverley noch sagen, »wir lieben einfach, woran Sie da momentan schreiben, Robert. Dieses Ding über die Siedlung. So vital. So *now*.«

Jess war abserviert worden, wollte aber nicht, dass es auffiel. Also machte sie die Runde. Der Raum schien voller sich verortender Männer zu sein. Die meisten Unterhaltungen drehten sich um die Beschreibung ihrer Anfahrt, als würde die Route etwas über sie verraten. Irgendwo zu ihrer Linken hörte sie jemanden sagen: »Wir sind hintenrum gekommen. Die B-Drei-Eins-Vier und dann raus bei Cockwell. Da spart man sich den ganzen Heckmeck mit dem doppelten Kreisverkehr.« Zu ihrer Rechten erklärte jemand: »Ich hab es schon immer gesagt und bleib dabei: Solange sie die nicht zweispurig machen, steche ich mir lieber die Augen aus.«

Ein wahrhaft atavistisches Gesprächsthema. Früher mal war der Vergleich der Fahrtrouten ein sanftes Auftrumpfen mit der eigenen Gewieftheit gewesen. Jetzt verschleierte er nur eine trostlose Wirklichkeit. Diese Männer hatten keine einzige Entscheidung bezüglich der Fahrtroute selbst getroffen. Sie hatten lediglich eine Postleitzahl in ihr Navi getippt. Ihre aktive Beteiligung war nicht länger gefragt, doch der schlichte Stolz hatte sich erhalten.

Nachdem die Standortbestimmung abgeschlossen war, konnte das Geschäft der Selbstdefinierung beginnen. Edmundsbury mit seinen zahllosen Programmierern, die im Tech-Park arbeiteten, und hippen Nordlondoner Expats, die dem finanziellen Aderlass der City entflohen waren, existierte zunehmend in der tektonischen Verwerfung von Kreativität und Kommerz und wurde daher von Menschen überschwemmt, die ihren Output vehement kodifizierten.

»Natürlich geht es bei meiner Arbeit im Wesentlichen darum, die bestehenden Diskurse über Begabung und Erfolg und das, was in Anführungszeichen *gute* Kunst ausmacht, zu hinterfragen; darum arbeite ich praktisch ausschließlich mit Buntstiften.«

»Um den Kunstbetrieb und die kreative Praxis im Allgemeinen kritisch zu beleuchten, war mir an einem Material gelegen, das performativ und zugleich organisch ist, darum arbeite ich mit ganz unterschiedlichen Lehmsorten und ganz unterschiedlichen Wänden und schaue, wohin es mich bringt, buchstäblich Dreck an die Wand zu werfen ...«

Auf der anderen Seite des Raums hatte Jacques DeCoverley eine Schar Singlefrauen in eine Ecke getrieben und ließ sich über Sex in Parkbuchten als radikale Möglichkeit des situationistischen Protestes aus. An seiner Seite nickte und lachte Robert aufs Stichwort.

DeCoverley war gerade erst aus der City hereingeweht und noch ganz erfüllt vom Glanz eines Lebens außerhalb von London. In puncto Sehnsucht war Aus-London-Wegziehen das neue Nach-London-Ziehen. Man hängte sich rein, machte sich einen Namen, und dann verzog man sich aufs Land und beschäftigte sich ausschließlich damit, via Twitter das Stadtleben madig zu machen und auf weiter Flur seinen neuen konservativen Idealen vom Landleben nachzuhängen. DeCoverley hatte sich selbst lange Zeit als Straßenphilosoph verkauft. Entgegen der herkömmlichen Verwendung des Begriffs spielte er damit nicht auf seinen Status als unstudierter Außenseiter an, sondern darauf, dass es in seinen Büchern tatsächlich um Straßen ging. Er hatte ein komplettes Buch (*Unter dem Strand: Das Pflaster!*) über das Trottoir und seine Kulturgeschichte geschrieben, »morphologisch eine Randerscheinung und doch von zentraler psychosozialer Bedeutung«, wie er es gerne formulierte. Sein folgender Band, eine Oral History der Fußgängerzonen (*Autos gehen gar nicht*), war weniger erfolgreich gewesen. Nun, da er die Illusion des hochdotierten Erfolgsautors in London nicht mehr aufrechterhalten konnte, erfand er sich als denkender Landedelmann des 21. Jahrhunderts neu, trug selbst im Haus Gummistiefel und schwärmte von einem »versunkenen« England, das allein aus Heckenlandschaft und Tonerde bestand.

Natürlich konnte DeCoverley nicht einfach der Stadt den Rücken kehren und darüber schweigen. Er musste seinen Weggang zum Statement aufrüschen. Nachdem er in einigen Interviews orakelt hatte, in bestimmten Teilen Englands, von denen er ernsthaft zu glauben schien, sie seien nicht existent gewesen, bevor er begonnen hatte, in ihnen herumzustiefeln, sei etwas »Authentisches« im Kommen, stand er nun unter Zugzwang, die Realität seinen Beschreibungen anzupassen. Daher seine Partys, die er selbst »Salons« nannte und zu denen er jeden einlud, der ihm in den Sinn kam – Einheimische, Londoner und andere –, mit dem Ziel, etwas zu etablieren, als dessen zentrale Gestalt er sich nicht ganz zu unrecht bezeichnen konnte.

Bei allem Zynismus, mit dem Jess DeCoverleys geschickte Manipulation seines Umfeldes und seines Status betrachtete, musste sie doch einräumen, dass seine kleinen Soireen seit der ersten vor einigen Monaten an Relevanz gewonnen hatten. Heute Abend war DeCoverley ein kleiner Coup gelungen, indem er sich der Anwesenheit mehrerer Mitglieder von Rogue Statement versichert hatte, einem anonymen Kollektiv posermäßiger Theoriefans, die Jess und ihre Freundin Deepa untereinander nur die Theorieboys nannten. Ihr erklärtes Ziel war es, »den verschlüsselten Faschismus des Alltagslebens zu decodieren«. In ihrer ersten bahnbrechenden Polemik, die ein sehr positives Echo gefunden hatte, hatten sie eiskalt den faschistoiden Charakter von Brötchen mit Zuckerguss seziert. Danach hatten sie sich Eiweiß-Omeletts vorgeknöpft. In kürzester Zeit fanden sie überall faschistische Strukturen: bei Sofas, Marathonläufen, Hundeshows, Vinylböden, Strümpfen.

»Pass auf«, hatte einer der Theorieboys ihr früher am Abend erklärt, als sie ihn gefragt hatte, warum es ihm offensichtlich wichtiger sei, den inhärenten Faschismus von Falafel-Wraps und Blocksatz anzuprangern als die Straßenkriminalität und das schleichende Gefühl von Verunsicherung, die im »Neuen England«, wie manche es bereits nannten, immer alltäglicher zu werden schienen. »Gewalt ist verstörend. Da kochen die Emotionen hoch. Sie ist aber nur ein *Symptom*, klar?«

Gut möglich, dass sie nur ein Symptom war, dachte Jess, das waren viele andere Dinge auch, die Frage, *wofür* sie ein Symptom war, blieb jedoch unbeantwortet.

»Aber genug von mir«, hörte Jess Robert sagen, während sie an der Bar herumtrödelte, »wie sieht's bei Ihnen aus, DeCoverley?«

»Ach, Sie wissen ja«, meinte DeCoverley, »man versucht *verzweifelt* zu arbeiten, aber es kommen *ständig* andere Anfragen dazwischen. Ich komme immer mehr zu dem Schluss, dass es am besten für meine Karriere wäre, etwas irrsinnig Erfolgloses zu schreiben. Was *gäbe* ich nicht darum, unbekannt zu sein! Geht es dir nicht genauso?«

»Andauernd«, erwiderte Robert.

»Es klappt nur einfach nicht. Es ist ein Fluch, kulturell immer am Puls der Zeit zu sein. Ich bin permanent auf Empfang – eine ständig zitternde Wünschelrute.«

Er kniff die Augen zusammen, einen Moment lang von der eigenen Wichtigkeit gequält.

»Wir wussten ja, worauf wir uns einlassen«, sagte Robert und bekräftigte seine Worte mit seinem bedächtigsten, aufrichtigsten Nicken, das er sich, wie Jess wusste, für besonders leichtfertige und scheinheilige Statements aufhob.

»So kann man es natürlich auch sehen«, entgegnete DeCoverley, »aber ich persönlich hatte nie eine andere Wahl.«

»Weil Sie für nichts anderes qualifiziert sind?«, fragte Jess ganz unschuldig im Vorbeigehen. Sie konnte es sich nicht verkneifen.

»Ah«, sagte DeCoverley zu Robert, »und da ist Ihre reizende Freundin. Nein, weil die Philosophie mir im Blut liegt. Weil ich nichts anderes *kann*, als zu sein, was ich bin.«

»Genau«, sagte Robert und sah Jess mit zusammengekniffenen Augen an, bevor er unbeholfen das Thema wechselte. »Kommt Byron heute eigentlich?«

»Stroud?« DeCoverley strahlte, weil er danach gefragt wurde, und genoss es spürbar, dass er gut genug Bescheid wusste, um darauf antworten zu können: »Hat es leider nicht einrichten können.«

Byron Stroud musste man derzeit kennen, wollte man jemand sein, der die richtigen Leute kannte. Sein kometenhafter Aufstieg in der Meinungssphäre war vornehmlich dadurch bedingt, dass er praktisch ausschließlich Artikel über ebendiese Meinungssphäre schrieb, die wiederum von der Zielgruppe gefeiert oder in der Luft zerfetzt wurden. Im Zeitalter notorischer Überpräsenz wurden einsiedlerische Tendenzen entweder als künstlerisches Statement oder als cleveres Selbstmarketing verbucht, daher war es seiner Aura eher zuträglich, dass er bislang alle Einladungen abgelehnt hatte. Niemand ging so weit, zu behaupten, ihn persönlich getroffen zu haben, aber alle, die über ihn redeten, nannten ihn vertraut beim Vornamen, was vermuten ließ, sie *hätten* ihn womöglich schon getroffen. Ein sozialer Marker, für den Robert ein besonders sensibles Sensorium hatte, und Jess nahm an, dass er gerade überlegte, was genau DeCoverley damit gemeint hatte, dass Stroud es nicht habe einrichten können. Hatte DeCoverley etwas von Stroud gehört? Hatte er die Info von jemand anderem, der von Stroud gehört hatte? Oder hatten alle, wie Robert selbst, eine Mail an Stroud geschickt und keine Antwort bekommen?

»Konnte er nicht«, fragte Robert, »oder wollte er nicht?«

»Oh«, meinte DeCoverley vage, »ich glaube, da ist die Grenze für Byron eher fließend.«

Jess huschte zum Twittern auf die Toilette. Als sie zurück ins Zimmer kam, redete eine Riege identisch aussehender Männer – allesamt bärtig, ernsthaft und rotwangig vor lauter Kompetenz – auf Jess ein, oder redete an ihrer statt, aber nie wirklich *mit* ihr.

»Mittlerweile«, hörte sie jemanden sagen, »ist Heiraten doch beinahe der letzte radikale Akt.«

Das war ein Dauerthema. Keine Party ohne neuen letzten radikalen Akt. Angesichts einer immer schneller eintretenden, dafür aber seltsam diffusen Zukunft klammerten sich die Menschen an das Vertraute. Besorgt, für rückwärtsgewandt gehalten zu werden, verkauften sie ihre Nostalgie als Subversion. Immobilienbesitz war der letzte radikale Akt. Monogamie war der letzte radikale Akt. Kinderkriegen war der letzte radikale Akt. »Nicht alles auf einmal wollen« war der letzte radikale Akt. Alles andere war offensichtlich tot.

»Früher hat man noch echte Gespräche geführt. Erinnerst du

dich?«, blökte irgendjemand Jess an, den Mund voll Knabberzeug.

»Ganz genau«, sagte sein Flügelmann. »Das gute Gespräch ist tot.«

Sie fand Deepa wie üblich in einer dunklen Ecke, wo sie mit dem Strohhalm in ihrem Drink rührte und ein Gesicht machte, als amüsierte sie sich auf eine Weise, über die man besser Stillschweigen bewahrte.

»Na Gott sei Dank«, sagte Deepa. »Ich hab schon befürchtet, ich müsste mich unter die Leute mischen.«

»Ich hab mich druntergemischt«, meinte Jess. »Kurzfassung: Lass es.«

Sie lehnten nebeneinander an der Wand. Jess genoss die flüchtige Kühle der Holzoptik-Täfelung, bevor ihr erhitzter Rücken sie genauso schwitzig werden ließ wie alles andere hier.

»Hab dich mit den Theorieboys rumschäkern sehen«, sagte Deepa und wies mit dem Kinn auf das Knäuel ernsthafter junger Männer in der Mitte des Raums. »Suchen die immer noch ein Patentrezept gegen Faschismus?«

»Ich habe einen von ihnen über faschistische Moleküle reden hören«, erwiderte Jess.

»Robert scheint sich ja wohl zu fühlen.«

»Nett, dass du nicht mal mehr so tust, als könntest du meinen Partner leiden.«

»Der hat schon genug Leute, die so tun, als könnten sie ihn leiden«, sagte Deepa. »Da würde ich nur stören.«

Jess lachte. Sie tauschten ihre Gläser, ohne ein Wort darüber zu verlieren. Das war so ein Ding zwischen ihnen. In Restaurants stibitzen sie sich gegenseitig das Essen vom Teller.

»Ich hab das Gefühl, wir haben uns noch nicht ausreichend über andere lustig gemacht«, erklärte Jess und holte ihr Handy raus. »Wir vernachlässigen unsere Pflichten.«

Deepa beäugte Jess' Handy. »Jemand bricht seine eigenen Regeln.«

»Ich hab die Trackingfunktion deaktiviert.«

Deepa nippte an Jess' Drink und betrachtete die Partygesellschaft.

»Erklär mir mal eins«, sagte sie, als Jess auf *Senden* drückte, dann das Display sperrte und das Handy wegsteckte. »Wenn du etwas plötzlich genießt, das für dich vorher nur interessant war, ist es dann immer noch interessant?«

»Willst du damit sagen, Genießen und Interesse schließen sich aus?«

»Ich sage, wenn man sagt, dass man sich für etwas interessiert, kann man damit wunderbar verschleiern, dass man es genießt und dass ein übermäßiges Genießen die Frage aufwirft, wie stark das tatsächliche Interesse eigentlich ist.«

»Hör auf. Du hast keinen Spaß an deiner Arbeit?«

»Nicht so viel, dass es nicht länger Arbeit ist.«

»Darüber machst du dir Gedanken? Du denkst, ich genieße meine Arbeit zu sehr?«

»Ich denke, deine Arbeit ist vielleicht keine Arbeit mehr.«

Sie beobachteten, wie Jacques DeCoverley auf der anderen Seite des Raums sein Handy checkte, leise fluchte und dann sein Lächeln für eine vorbeigehende Mittzwanzigerin wieder anknipste.

»Okay«, sagte Deepa. »Ich kann den Reiz durchaus nachvollziehen.«

Gegen Mitternacht ging der Party die Luft aus. Sie gingen immer gut los, weil beim Eintreffen alle noch Meinungen hatten, die sie dringend loswerden wollten. Sobald sie damit durch waren, erlagen sie einem kollektiven *petite mort*. Jess bildete sich etwas darauf ein, sich Robert gegenüber nie anmerken zu lassen, dass sie gerne gehen wollte. Die fehlende Souveränität solcher Momente war ihr zuwider.

Er stieß wieder zu ihr, als sie gerade im Begriff war, Lionel Groves zuzutexten, einen großen, leicht angegrauten Mann mit kinnlangem Haar und struppigem Bart, den alle beinahe zwanghaft als »*kantig*« charakterisierten. Nach einer zunehmend an Erfolglosigkeit krankenden Intellektuellenkarriere, die sich ausschließlich darauf gründete, die Arbeit seiner Kollegen in der Luft zu zerreißen, hatte Groves sich als »internationaler Botschafter des Gefühls« neu erfunden. Sein aktuelles Buch war eine alphabetisch geordnete Serie von Mikro-Essays über Dinge, die ihn zum Weinen gebracht hatten. Nachdem er mit den Tränen »durch« war, hatte er sich jetzt das Lachen »vorgenommen« und eine Reihe von »Provokationen« darüber verfasst, wie wichtig es war, angesichts von Unterdrückung den Humor und angesichts von Ungerechtigkeit die Haltung zu bewahren. Sein Twitter-Feed war eine wohlkuratierte Galerie widerlicher Plattitüden vom Kaliber »Es ist nicht immer wichtig, was wir fühlen, wichtig ist, dass wir überhaupt etwas fühlen«. Ganz hin und weg von seinen neuentdeckten Emotionen, gerierte er sich ständig wie der erste Mensch auf Erden, der Gefühle erlebte. Die Leute bestärkten ihn in diesem Irrglauben offenbar noch, sie drängten sich auf Partys um ihn und nahmen ihn als Indikator dafür, was sie selbst empfinden sollten. Männergefühle wurden heutzutage kultisch verehrt, dachte Jess. Wo man hinsah, ließen sich Männer dafür feiern, dass sie Gefühle hatten.

»Die Lage in Palästina ist natürlich zum Heulen«, erklärte er gerade. »Finden Sie nicht auch? Mich persönlich überfordert es schon, das Ganze nur im Fernsehen zu verfolgen, so *traurig* macht es mich.«

»Was ist mit Umweltthemen?«, fragte jemand. »Kriegen Sie da die Wut?«

»Sie ängstigen mich eher«, sagte Groves. »Und machen mich natürlich traurig. Aber Lachen gibt einem so viel *Hoffnung*, finde ich.«

»Was empfinden Sie angesichts Ihrer Empfindungen?«, fragte Jess. »Wenn Sie traurig sind, sind Sie dann auch ein bisschen stolz darauf?«

Er drehte sich langsam zu ihr um. Er hatte so eine Art, Feindseligkeiten mit einem Lächeln zu kontern, die Jess rasend machte.

»Ja hallooo«, sagte er. »Sie sind Robert Townsends Freundin, nicht wahr?«

Sie sah Groves an – seine einstudierte Traurigkeit, seine strategisch eingesetzte Schroffheit – und empfand nur eine vertraute, desillusionierte Wut, über die hinwegzulächeln Groves ihr sicherlich geraten hätte.

Sie holte gerade Luft für eine schneidende Erwiderung, als sie unterbrochen wurde.

»Ich bin Robert«, sagte Robert, der sich zwischen Jess und Groves schob, um Groves die Hand zu schütteln. »Wie ich sehe, haben Sie meine Freundin bereits kennengelernt.«

»Einfach bezaubernd«, sagte Groves. »So viel Energie.«

»Mitunter deplatziert, aber immer in bester Absicht«, sagte

Robert, legte Jess eine Hand auf den Rücken und warf ihr einen schnellen Seitenblick zu. Sie musste wieder daran denken, wie sie sich kennengelernt hatten, an das wohlige Kribbeln, als er ihr so aufmerksam und gewieft zur Seite gesprungen war. Jetzt war er derjenige, der sie kaltstellte und aus dem Gespräch drängte.

Sie spielte kurz mit dem Gedanken, etwas zu entgegnen. Sie hatte nichts gegen Streit vor Publikum. Manchmal fragte sie sich angesichts ihrer zunehmenden Unfähigkeit, zu Hause konstruktiv zu streiten, ob öffentliche Reibereien nicht eine jener wenigen Gelegenheiten waren, wo es zwischen ihnen noch funkte. Aber ihre Energie war wie die aller anderen im Raum verpufft.

»Schade, dass Byron nicht hier ist«, sagte Groves.

»Ja, stimmt«, meinte Robert. »Konnte es leider nicht einrichten.«

»Konnte er nicht?«, fragte Groves. »Oder wollte er nicht?«

»Tja«, sagte Robert. »Ich glaube, da ist die Grenze für Byron eher fließend.«

»Ganz recht«, erwiderte Groves leicht frostig.

Robert wandte sich Jess zu und massierte ihr unbeholfen die Schulter. »Wie hältst du dich, Schatz?«, fragte er. »*Erträgst* du es noch eine halbe Stunde, oder zieht es dich nach Hause?«

Sie spürte, dass er mit seiner liebevollen Aufmerksamkeit in erster Linie die Umstehenden auf *sich* aufmerksam machen wollte. Sie war drauf und dran zu sagen, sie habe es nicht eilig, obwohl sie es nicht erwarten konnte, zu gehen, nur damit er noch mehr Theater darum machen musste, gehen zu wollen, obwohl er lieber bleiben würde, da bemerkte sie, dass irgendwo hinter ihr Bewegung in den Raum kam. Roberts Augen rissen sich von ihren los, und sein Blick wanderte über ihre Schulter dorthin, wo irgendetwas los zu sein schien. Sie hörte jemanden sagen: »Danke, vielen Dank, toll, dass ihr so zahlreich erschienen seid«, und als sie sich umwandte, sah sie einen kleinen bleichen Kerl, der sich, einen Stapel Blätter an die Brust gepresst, in den Vordergrund drängte.

Ganz so ungewöhnlich war der Vorfall nicht. Das gnadenlose soziale und berufliche Gebot der unerbittlichen Selbstvermarktung brachte es mit sich, dass die Allgemeinheit jederzeit auf sogenannte »Guerilla-Lesungen« gefasst sein musste. Früher hatten öffentlich geförderte Literaturabende Autoren einen geschützten Raum geboten, in dem sie ihren oratorischen Bedürfnissen nachkommen konnten, aber irgendwann waren die Fördertöpfe leer. Nun, in traumatisierender Weise auf die Gunst der Gemeinschaft zurückgeworfen, war eine ganze Generation von aufmerksamkeitssüchtigen Autoren gezwungen, sich in Szene zu setzen, wo immer sie konnten.

Buhrufe wurden laut.

»Ach, *fuck*«, sagte Robert. »Echt jetzt. Es reicht mit dieser Scheiße.«

»Verpiss dich«, rief jemand.

Der Mann eroberte sich ein Fleckchen im vorderen Bereich des Raums. Irgendwas stimmte nicht mit seinem Gesicht, dachte Jess. Je genauer sie hinsah, desto unsicherer wurde sie, ob es überhaupt ein Mann war. Die Kleidung ließ auf einen Mann schließen, die Frisur und die Stimme auch, aber die Gesichtszüge waren ausgeprägt androgyn.

»Dritter Mai«, sagte der Mann. »Elf Uhr siebzehn. www dot teenieschlampen dot com. Wer bin ich?«

Er trug ein weißes Hemd, beige Chinos und eine locker gebundene Paisley-Krawatte. Als Jess ihn reden sah, sprang ihr noch stärker ins Auge, dass mit seinem Gesicht etwas nicht stimmte. Die Bewegungen seiner Wangen und Lippen entsprachen nicht dem, was er sagte. Seine Stirn bewegte sich überhaupt nicht, ebenso wenig wie die Haut um seine Augen.

»Siebter Mai«, fuhr er fort. »Dreiundzwanzig Uhr sechsunddreißig. www dot sacktief in burka dot com. Wer bin ich?«

Die Toleranz gegenüber solchen unaufgeforderten Lesungen ging gen null. Die Gäste wurden rasch feindselig und schnauzten den Mann an, er solle verschwinden. Jemand fragte ihn, wer er überhaupt sei, als wäre sein Hauptverbrechen, dass niemand ihn kannte.

»Dreizehnter Mai«, brüllte der Mann. »Sieben nach neun. E-Mail. ›Liebling. Muss fix machen. Sie kommt gleich nach Haus …‹ Wer bin ich?«

Jess spürte, wie sich rechts und links von ihr Männer in Bewegung setzten und den Redner einkeilten. Andere schlossen sich an. Einer sagte: »Jetzt reicht's«, und ein anderer: »Nicht hier und nicht heute Abend.« Der Möchtegern-Vorleser wurde etwas lauter und entzog sich mit einem Schritt nach hinten den Händen, die nach ihm greifen wollten. Jemand packte ihn beim Hemd. Er rief mehrmals »Loslassen!« und schlug etwas halbherzig nach dem nächstbesten Kontrahenten, ehe er selbst zu Boden geschickt wurde. Dann wurde er wieder aufgelesen und an den Armen und Beinen zum Ausgang geschleift. In seiner Faust hielt er ein Bündel spärlich bedruckter schwarzweißer DIN-A5-Flyer. Im Griff seiner Widersacher zappelnd, warf er die Flyer hoch in die Luft. Als sie landeten, konnte Jess lesen, was mittig auf der ansonsten leeren Seite gedruckt stand.

Was wollt ihr für euch behalten?

Erste Intervention. Marktplatz. Freitag, 20.00 Uhr.

WWW.WIRSINDDEINGESICHT.COM

Als er vorbeikam, konnte Jess sein Gesicht sehen, und ihr wurde klar, was damit nicht stimmte. Wenn er blinzelte, verschwanden seine Augenlider. Er schien zwei Paar Lippen zu haben, das eine überdeckte das andere. Sein Gesicht war gar nicht sein Gesicht, wie sie begriff, sondern eine unheimlich lebensechte Gummimaske, die den ganzen Kopf bedeckte. Selbst sein Haar war künstlich.

»Was wollt ihr für euch behalten?«, rief er. Als er um die Ecke fortgetragen wurde und außer Sicht war, rief er noch mal lauter: »Was wollt ihr für euch behalten?«

Betretenes Schweigen folgte: das Geräusch kollektiven Am-Drink-Nippens und Räusperns, ein Moment des allgemeinen und individuellen Sichsammelns.

»Was war das denn?«, fragte irgendwer.

Schultern wurden gezuckt.

»Willkommen«, sagte ein anderer, »in der Post-Sinn-Welt.«

Der Mann neben ihm nickte weise.

»Sinn ist so was von tot«, sagte er.

Sollte das irgendeine Kunstscheiße sein? So eine Art Parodie?«

Sie fuhren durch das warme Dunkel des Frühsommers nach Hause, Jess am Steuer, hinter ihnen verebbte die Party wie eine abfließende Welle.

»Er hatte eine ... Was hatte er da auf?«, fuhr Robert fort. »Eine Art Maske?«

»Ja, aber eine Maske, die wie ein Gesicht aussah.« Jess schauderte leicht. »Unheimlich.«

»Wessen Gesicht? Irgendein bekanntes Gesicht?«

»Keins, das ich je gesehen habe.«

»Denn dann könnte ich es ja vielleicht noch verstehen, wenn es jemand Bekanntes gewesen wäre.«

»Vielleicht war das bekannte Gesicht unter der Maske.«

»Vielleicht war es der gottverdammte Byron Stroud«, sagte Robert.

Draußen breitete sich das eintönige ostenglische Flachland aus, Schmierspuren von Hecken wischten zwischen Straße und Feldern vorbei. Wie lange waren sie schon hier, weg aus der Stadt? In der ungebrochenen Schwärze verlor Jess immer noch völlig die Orientierung. Sie machte das Fenster einen Spalt auf und hielt ihr Gesicht in den hereinströmenden Fahrtwind.

»Lass das Rauchen im Auto bitte, Jess.«

»Seh ich aus, als würde ich rauchen?«

»Du siehst aus, als hättest du vor zu rauchen.«

Als sie um eine Kurve bogen, zerteilte das schwefelgelbe Leuchten des Arbor vor ihnen die Dunkelheit, die grellen Außenstrahler spiegelten sich blitzend auf den High-Tensile-Zäunen und schrägen Glasflächen. Über dem Tor schwebte in entschlossener serifenloser Schrift der Name der multinationalen Technologiefirma, die sich hier einquartiert hatte: *Green*. Stellenweise verdeckten kräftige Bäume das zersplitterte Licht und ließen es wie Sterne oder stecknadelkopfgroße leuchtende Datenpunkte wirken.

»Wir sind mittlerweile eins dieser Vitrinen-Paare geworden«, sagte Jess.

»Soll was heißen?«

»Soll heißen, jeder kann sehen, was in uns vorgeht.«

»Ich vermute, es hat dir nicht besonders gefallen«, sagte Robert.

»War das jemals anders?«

»Und was schlägst du vor? Zu Hause zu bleiben?«

»Das sind deine Optionen? Uns zu irgendwas hinzuschleppen, wozu wir keine Lust haben, oder zu Hause zu bleiben?«

»Letztlich ja.«

»Und da heißt es, die Romantik wäre tot.«

»Alles ist tot.«

»Das ist so ein Schwachsinn. Genau deswegen hasse ich solche Veranstaltungen. Im Anschluss daran laberst du den gleichen wichtigtuerischen nihilistischen Quatsch wie alle anderen.«

Sie fuhren stumm in die Einfahrt. Früher einmal hatten Jess solche Gesprächslöcher reumütiges Unbehagen bereitet. Oft hatte sie dann irgendetwas Versöhnliches gesagt, nur um das Schweigen zu brechen. Doch sie war mehr und mehr überzeugt, dass sie Robert damit bloß in die Hände spielte. Mit seiner Gesprächsbereitschaft verhielt es sich wie mit seiner Zuneigung: Er setzte sie ein, um zu bekommen, was er wollte, und wenn das nicht klappte, verwandelte er sein Schmollen in eine Waffe.

Sie schloss die Haustür hinter ihnen ab und ging durch in die Küche, um ein Glas Wasser zu trinken. Sie ließ das Leitungswasser eine Weile laufen, bevor sie ein Glas füllte. Ihr Robert-Radar zeigte ihr an, dass er hinter ihr stand. Sie musste gar nicht hinsehen, um sich seine Pose vorzustellen: leicht vornübergebeugt, die Hände in den Hosentaschen. Es war ihre übliche Choreographie, nachdem es Spannungen gegeben hatte. Er wurde zaghaft, verunsichert. Sie war souveräner und wartete ab, dass er die Wogen glättete.

Sie trank immer noch ihr Wasser, als sie das unvermeidliche Herankriechen seiner Hand spürte, wie er sie umfing, sie an sich heranzog.

»Ich hasse es, wenn wir uns streiten«, flüsterte er ihr ins Ohr.

»Ich auch«, erwiderte sie und tätschelte seine Hand, aber drehte sich nicht um.

»Tut mir leid, wenn ich ein Arschloch war«, sagte er. Sie konnte sein Lächeln auf ihrer Haut spüren, beschwichtigend, leicht geringschätzig. Sie wusste, dass er jetzt erwartete, dass sie sich umdrehte, ihn küsste und ihm sagte, er sei kein Arschloch. Stattdessen starrte sie weiter vor sich hin und drehte das nun leere Glas mit der Öffnung nach unten.

»Schon gut«, sagte sie.

Er atmete tief ein und hielt die Luft an. Sie wartete auf seine Entgegnung. Sie hatte das Gefühl, zu hören, wie er nachdachte, wie er mögliche Erwiderungen gegeneinander abwog.

»Ich liebe dich«, sagte er.

Näher kamen sie einem waschechten Streit dieser Tage nicht mehr. Ein scharfes Wort, eine harsche Geste, dann ein vorsichtiger, ängstlicher Rückzieher.

»Ich dich auch«, sagte sie.

0001

»Du bist erst jemand, wenn du eigene Hater hast, Robert. Und jetzt, wo dich jemand so richtig hasst, darf man wohl sagen, du bist endlich jemand, oder?«

»Aber *warum* hasst sie mich? Was habe ich ihr getan?«

Roberts Morgen hatte nach dem üblichen Ritual von Kaffee und einem schnellen Durchscrollen der hasserfüllten Kommentare unter seinem letzten Text mit einem Pep-Talk von Silas begonnen.

»Du verärgerst die Leute«, sagte Blandford. »Du schreibst *unangenehme Wahrheiten*. Ist doch klar, dass sie dich dafür hassen.«

Als er »unangenehme Wahrheiten« sagte, kroch Silas vor Enthusiasmus beinahe in die Webcam, wodurch sein Gesicht – betont unrasiert und zu einer Maske der Begeisterung erstarrt – so unerträglich groß auf Roberts Bildschirm erschien, dass Robert es zu einem Eckfensterchen verkleinern musste.

»Stimmt.«

»Es ist wie mit diesen Fischen. Die fetten Brocken, die so riesig sind, dass sich lauter kleinere Kackfische an sie ranwanzen.«

»Schiffshalter.«

»Schiffshalter-Fische. Genau. Diese Dingsbums, Julia oder wie auch immer, ist so ein Schiffshalter.«

»Müsste sie dann nicht serviler sein? Oder sich an mich ranwanzen, um bei deinem Vergleich zu bleiben?«

»Heute wanzt sich kein Mensch mehr an jemanden ran. Das rächt sich nur. Wenn sie sich an dich ranwanzt, dauert es nicht lange, bis jemand über sie herzieht, weil sie sich an dich ranwanzt. Und weißt du was? Dieser Jemand wird damit wahrscheinlich positiv auffallen. Also lieber vorbeugend frühzeitig mithassen und dafür Anerkennung ernten. Außerdem: Hass bedeutet Hassklicks, also *win*.«

»Aber ich will keine Hassklicks. Ich will, dass die Leute meine Beiträge schätzen.«

»Schätzen, geringschätzen«, sagte Silas. »Wo ist da der Unterschied?«

Robert nahm sich einen Moment Zeit, um zu verarbeiten, auf welch schmalem Grat zwischen unbeabsichtigter Tiefgründigkeit und abgrundtiefer Hirnlosigkeit sich diese Antwort bewegte – exakt *jenem* schmalen Grat, dem Silas' Website – *The Command Line* – ihren Erfolg verdankte.

Er scrollte vielleicht zum fünften oder sechsten Mal an diesem Morgen auf der Seite nach unten. Julia Benjamin – »JuBenja« – hatte in der gewohnten Länge und schrillen Diktion einen Kommentar hinterlassen und beklagte darin »weniger, wofür Townsend steht, als das, was seine Ideale so zweckdienlich verschleiern: seine ratlose, angejahrte Technophobie, seine blauäugige Romantisierung einer durch die rosa Brille betrachteten Arbeiterklasse und seine Entschlossenheit, sich mit der üblichen dünkelhaften, geifernden Mansplaining-Wichtigtuerei zum Dreh- und Angelpunkt eines jeden Anliegens zu stilisieren. Townsend setzt sich nicht für die Menschen von Larchwood ein, ihn interessiert nur, dass auch alle *sehen*, wie er sich für sie einsetzt. Daher liest sich jeder seiner selbstgefälligen Zwischenrufe weniger als ein Aufschrei des Herzens, wie er es gern hätte, sondern vielmehr wie eine schamlose Übung in Eigenwerbung und Selbstüberhöhung, um die es sich in Wirklichkeit handelt.«.

»Es ist ein absolutes Blutbad, Silas.«

»Soll es doch ruhig blutig zugehen, lautet meine Devise. Sie ist zu fünfzig Prozent verantwortlich dafür, dass es zu dem Ding geworden ist, das es ist.«

»Was heißt ›zu fünfzig Prozent verantwortlich‹?«

»Sie generiert Traffic. Leute klicken jetzt deine Seite an und scrollen direkt nach unten, um ihren Kommentar zu lesen.«

Robert sank in seinen Stuhl zurück, während sich diese besonders deprimierende Information prompt an der Wurzel seines seelischen Ischiasnervs einnistete.

»Scheiß drauf«, sagte Silas. »Weiter im Text. Was diese Siedlung angeht.«

»Larchwood«, sagte Robert und versuchte die Tatsache zu ignorieren, dass Silas das Thema wechselte, ohne etwas dagegen unternehmen zu wollen, dass Roberts Reputation, Talent und Männlichkeit weiterhin täglich durch den Dreck gezogen wurden. Es ärgerte ihn, dass Silas von Larchwood lediglich als »die Siedlung« sprach. Als wäre die Tatsache, dass es eine Siedlung war, schon alles, was man wissen musste.

»Die Leute lieben diese Siedlung, Robert. Sie lieben den Überlebenskampf. All dieses … Wie hast du es genannt?«

»Entmieten und Umsetzen.«

»Entmieten und Umsetzen. Genau. Diese Siedlung ist zu einem Symbol geworden. Gott weiß, für was, aber es hat eine enorme Strahlkraft. Wie das Bat-Signal. Du hast diese Siedlung in den Himmel gehoben, und alle schauen hin und haben das Gefühl, sie stünde für irgendetwas. Ist doch so, oder?«

»Na ja, ich will es hoffen.«

»Die Sache ist nur die: Es ist Journalismus mit großem J, verstehst du?«

Robert schwieg, vorübergehend baff, dass Silas es irgendwie geschafft hatte, diesem Spruch einen negativen Dreh zu verpassen.

»Ich *bin* Journalist«, sagte er.

»Genau«, meinte Silas. »Klar. Ich mein, keine Frage. Aber das hier ist eben *The Command Line*, verstehst du?«

»Soll heißen?«

»Soll heißen, was ist unser Aufhänger? Wir können nicht einfach den gleichen Aufhänger nehmen wie alle anderen auch, Rob. Ein Aufhänger, den es schon gibt, ein naheliegender Aufhänger, ist so gut wie gar kein Aufhänger. Verstehst du, was ich meine?«

»Leute werden aus ihrem Zuhause vertrieben, damit ein Konzern irgend so einen Megakomplex errichten kann. Das ist der Aufhänger, Silas.«

»Klar, und das ist großartig. Natürlich nicht großartig, du weißt, was ich meine. Aber es ist großartig, dass du so … so klare Worte findest. Und, he, Gentrifizierung, oder? Die Leute sind gerade ganz verrückt nach Gentrifizierung. Sämtliche Gentrifizierer lesen vor lauter schlechtem Gewissen Artikel über Gentrifizierung, als käme sie bald aus der Mode, was dankenswerterweise nicht der Fall ist. Also verkaufstechnisch liegst du genau richtig. Was ich meine: Entmietung, sozialer Wohnungsbau, Megakonzerne – alles großartig. Aber ist es auch spannend, Rob? Ist es *now?*«

»Tatsächlich hat man mir schon dazu gratuliert, wie *now* es ist, Silas.«

»Aber könnte es noch mehr *now* sein? Das beschäftigt mich.«

Was, fragte sich Robert, könnte noch *nower* sein als *now*?

»Na, es passiert doch gerade *jetzt*.«

»Aber könnten wir es nicht noch eine Idee jetziger machen? Was meinst du?«

»Soll heißen?«

»Soll heißen, dieses ganze Technologiezeug, diese, wie heißt es gleich?«

»Informatisierung des Alltags.«

»Genau, Informatisierung des Alltags. Das Entscheidende an diesem neuen Projekt ist doch, dass sie dafür ein komplett eigenes Netzwerk einrichten wollen, oder? Konzentrier dich da drauf, das ist cool. Ist da nicht mehr rauszuholen?«

Robert holte tief Luft.

»Diese Diskussion hatten wir schon, Silas. Ich schreib dir kein trendiges Tech-Piece. Kapiert? Ich schreibe über Menschen. Diese Siedlung, diese Story, diese ganze Geschichte handelt von Menschen. Menschen, die aus ihrem Zuhause vertrieben werden. Menschen, die belogen werden. Menschen, die eingeschüchtert werden. Willst du mir erzählen, dass die Leute darüber nichts lesen wollen?«

»Die Leute wollen coole, komische oder böse Sachen lesen. Die heilige Dreifaltigkeit.«

»Hast du dir die Pläne angeschaut? Wir reden hier von einer sozial geschichteten Mieterstruktur. Wir reden hier von getrennten Eingängen für unterschiedliche Klassen von Bewohnern. Wir reden von einem Netzwerk, bei dem Menschen *Community-Punkte* sammeln können, indem sie online ihre Dienste anbieten. Es ist ein Computerspiel, Silas. Wenn du mir weismachen willst, es sei nicht böse, eine Gemeinschaft erst nach Haushaltseinkommen und Besitz zu separieren und dann das bisschen, was ihnen noch an sozialer Mobilität geblieben ist, zu gamifizieren, dann weiß ich wirklich nicht, was man unter böse noch verstehen soll.«

»Ich würde es eher als traurig bezeichnen, Rob, nicht als böse.«

»Tut mir leid, Silas, aber du kannst nicht alles eindampfen auf …«

»Eindampfen ist aber im Grunde unser Metier, Rob. Eindampfen ist quasi genau das, was wir tun.«

»Ich weigere mich, das auf Kleinkindniveau runterzubrechen, Silas. Hier geht es um Menschenleben. Hier geht es um …«

»Mein Gott, schon gut, schon gut. Komm mir nicht wieder mit *dem* Vortrag. Ändern wir die Taktik. Wie wär's, wenn wir näher rangehen, mehr Bezug herstellen?«

»Ein bisschen mehr menscheln, meinst du.«

»Ich meine: weniger ›Riesensache, die passiert‹, mehr ›kleiner Mann, dem sie passiert‹.«

»Also jemanden finden, der exemplarisch verkörpert, was sich da gerade abspielt, und …«

»Genau.«

Robert nickte, von der Idee bereits eingenommen.

»Gut«, sagte er. »Da finde ich schon jemanden.«

»Super.«

»Und bis dahin versuch du doch mal, was wegen dieser Julia zu unternehmen …«

»Schön, dass wir drüber geredet haben, Rob.«

Darkin erwachte unter Schmerzen, daher verharrte er zunächst in Duldungsstarre. Nachdem er das Bettzeug zurückgeschlagen hatte, blieb er grundsätzlich erst auf der Bettkante hocken, während das Leben mitsamt der Qual, die es mit sich brachte, hinunter in seine Füße floss. Dann stand er auf und spürte, wie sie sich ausbreitete, wie er davor zu kapitulieren drohte. Da war immer ein Moment, in dem er wankte, der Zimmerboden drohend näher zu kommen schien und Blitze vor seinen trüben Augen tanzten. Manchmal setzte er sich dann wieder hin, in die Knie gezwungen. Doch manchmal fiel er auch einfach – kerzengerade, platt aufs Gesicht.

Wenn er nicht hinfiel, lief er los. Ein prekäres Patt zwischen feindlichen Lagern in seinem Körper. Die Füße und Beine waren entschieden dafür, einzuhalten, aber seine quälende Blase kannte kein Pardon. An zwei bis drei Tagen in der Woche schaffte er es nicht. So lange Zeit in seinem Leben war ihm vertraut gewesen, was aus ihm herauskam. Seine Scheiße hatte immer nach seiner eigenen Scheiße, seine Pisse nach seiner eigenen Pisse gestunken. Er kannte seinen Schweiß und den vertrauten Geschmack seines Atems. Jetzt war ihm sein Urin fremd und sein Speichel zuwider. Er roch seine eigenen Ausdünstungen, als er sich in Bewegung setzte, und fühlte sich dem Mann fremd, der sie ausschied.

Seine Wohnung befand sich ebenfalls im Kampf mit der Vergänglichkeit. Feuchtigkeit hatte in unterschiedlichster Gestalt dreiste Vorstöße unternommen: Teils stieg sie von unten hoch, teils kroch sie von oben herein und dann die Wände hinunter. Eine Kolonie von Pilzen hatte sich in den Ecken festgesetzt. Silberfischchen hatten die Küche überrannt. Nager scharrten hinter den Fußleisten.

Der innere Verfall korrespondierte mit dem Niedergang draußen. Darkin hatte lang genug hier gelebt, um sich an die ehrgeizigen Anfänge von Larchwood zu erinnern. Natürlich war er schon damals skeptisch gewesen, aber hinter den hehren Idealen hatte eine solide Planung gesteckt. Nun ging alles den Bach runter, und die paar Nachbarn, die Darkin namentlich kannte, waren von Downton vertrieben worden, dem neuen Eigentümer der Siedlung, dessen Pläne für Larchwood offenbar einen Leerstand voraussetzten.

War die Mission Toilettengang erfolgreich beendet, machte Darkin sich die tägliche Tasse Tee, mit der er seine Tabletten runterspülte, zündete sich eine Zigarette an, stellte die Küchenuhr auf den Zeitpunkt, zu dem er die nächste streng rationierte Kippe rauchen durfte, und setzte sich hin, um die Zeitung seiner Wahl zu lesen, den *Record*, der ihn wie immer daran erinnerte, dass der Verfall, den er an und in seinem Körper, in seiner Wohnung und der Siedlung draußen wahrnahm, lediglich das unmittelbarste Zeichen dafür war, dass ausnahmslos alles den Bach runterging.

Auf den Seiten des *Record* wurde ein nahezu dystopisches Bild von England gezeichnet. Das Land wurde überrannt, an allen Ecken und Enden bedroht, bis zur Handlungsunfähigkeit eingeschnürt. Horden von Migranten belagerten die Grenzen, die Infrastruktur lag am Boden. Die moralischen Grundwerte erodierten mit alarmierender Geschwindigkeit, wurden von Toleranz, Laxheit und Dekadenz verschlissen. Für Darkin war das beängstigend und beruhigend zugleich. Wie jeder alteingesessene Leser des *Record* las er die Zeitung nicht, um seine Befürchtungen widerlegt, sondern um sie bestätigt zu sehen.

Schenkte man dem *Record* Glauben, dann existierte so etwas wie ein aufrichtiger Politiker gar nicht, sondern nur eine Aufeinanderfolge verlogener Karrieristen, die sich an die Westminster-Blase klammerten. Hin und wieder billigte der *Record* einem einzelnen Politiker zu, da anders zu sein – so anders, dass man ihn kaum noch als Politiker bezeichnen konnte. Zurzeit war das ein Mann namens Hugo Bennington, ein lautstarkes, aufstrebendes Mitglied von England Always, einer einst verlachten, aber unerschrockenen Partei, die in Teilen des Landes – wie Edmundsbury, zum Beispiel – für überraschend viel Furore sorgte und bislang noch von diesem Selbstbedienungsladen der korrupten, London-zentrierten politischen Mischpoke ignoriert wurde. Dass sich der *Record* entschlossen hatte, Bennington so uneingeschränkt zu unterstützen, war selbst für Darkin kaum überraschend. Bennington schrieb bereits seit einigen Jahren eine feste Kolumne für den *Record*. Darkins Faszination für Bennington war trotz seiner langen Phase totalen politischen Desinteresses ebenso wenig überraschend. Bennington war nicht nur Darkins bevorzugter Kolumnist, er war zudem – worauf Bennington selbst oft genug alle Welt hinwies – ein Junge aus der Gegend, hier geboren und aufgewachsen. Bennington redete nicht um den heißen Brei herum, politische Korrektheit oder modische Zugeständnisse gab es bei ihm nicht. Er sagte, was Sache war, und das in einer Sprache, für die man keinen Hochschulabschluss in Scheißelabern brauchte, um sie zu verstehen.

An diesem Morgen war Bennington in gewohnter Form. In seiner letzten Kolumne war es um Muslime gegangen. Diesmal ging es um Gleichstellung.

Beginnen wir doch mit einem kleinen Test, lieber Leser.
Chancengleichheit: gute Sache oder schlechte Sache?
Einfach, oder? Ich wette, Sie mussten keine halbe Sekunde überlegen, um mir in voller Überzeugung zu antworten: Chancengleichheit ist etwas Gutes, Hugo, was sonst? Genauso sehe ich es auch. Chancengleichheit ist eine feine Sache.
Aber was, wenn ich die Frage ein wenig anders formuliere? Was, wenn ich stattdessen frage: Kann man die Chancengleichheit auch übertreiben?
In diesem Land ist der Wohnraum knapp wie nie, dennoch kommen immer mehr Einwanderer. Die Arbeitslosenquote unter arbeitswilligen Briten ist nach wie vor erschreckend hoch, dennoch hören wir immer wieder, dass Firmen sich an Quotenregeln halten und für jeden weißen Engländer, den sie einstellen, drei Ausländer, zwei Frauen und mindestens einen Homosexuellen einstellen müssen. Wer für diesen Arbeitsplatz besser qualifiziert ist, wird nicht gefragt. Wenn es um Arbeitsplätze geht, bedeutet Chancengleichheit, dass einige plötzlich mehr Chancen haben als andere.
Jeder, der diese Kolumne regelmäßig liest, kennt mich als Verfechter von Toleranz und Fairness. Es ist nur recht und billig, dass wir das, was wir haben, mit denen teilen, die weniger haben. Aber in der heutigen Gesellschaft in England sollen diejenigen, die arbeiten, ihren Verdienst mit denen teilen, die nur schmarotzen wollen; die, die hier aufgewachsen sind, sollen ihren hart erkämpften Platz mit denen teilen, die gerade erst angekommen sind, und alle, die sich ihren Lebensstandard verdient haben, sollen ihn mit denen teilen, die lediglich neidisch darauf sind. Das ist der wahre Preis einer ins Absurde getriebenen Chancengleichheit: ein England, in dem nichts mehr übrig ist, das man noch teilen könnte.

Das waren aufrüttelnde Worte. Darkin musste sich ja nur umschauen, um zu sehen, dass Hugo recht hatte. Was war denn noch da, das man hätte teilen können? Nur weil er die Leute nicht sehen konnte, die von seinen Einbußen profitierten, bedeutete das ja nicht, dass sie nicht da draußen waren und immer näher heranschlichen, den gierigen Blick auf das wenige gerichtet, das Darkin noch geblieben war.

Ein Klopfen an der Tür schreckte ihn auf. Da waren sie vermutlich schon, dachte er verbissen.

Deepas Büro lag auf demselben Flur wie das von Jess, aber es war eine vollkommen andere Welt. Jess' Arbeitsplatz war kahl, fast anonym; Deepas war ein Tummelplatz ihrer fixen Ideen. Fotos bedeckten die komplette Wand hinter dem Schreibtisch und hatten bereits auf die freie Fläche ums Fenster herum übergegriffen. Über ihrem Schreibtisch hingen die Bilder in drei oder vier Lagen, die Ränder waren aufgewellt und im Begriff, sich von den Reißzwecken zu lösen. Großbusige Mittzwanzigerinnen mit traurigen Augen lockten den Betrachter auf ihre Chat- und Cam-Seiten, nackte Paare nahmen Standardpositionen in spartanisch möblierten Schlafzimmern ein, reife Frauen in unzeitgemäßer Reizwäsche versprachen in reißerischen Lettern, sie wären notgeil und gleich um die Ecke.

Der akustische Eindruck widersprach allerdings dem visuellen. Da Deepa achtzehn Stunden am Tag online war, danach zwei Stunden brauchte, um einzuschlafen, dann etwa drei Stunden lang schlief und die verbliebene Stunde darauf verwendete, sich wieder aus dem Bett zu kämpfen, hatte sie sich verschiedene Copingstrategien gegen ihren digitalen Burn-out zurechtgelegt. Eine davon war die zunehmende Sucht nach dem unbeabsichtigten ASMR-Effekt vormoderner kunsthandwerklicher Tätigkeiten. Während Jess an ihrem Kaffee nippte und versuchte, den Blicken der unzähligen namenlosen Frauen an den Wänden auszuweichen, und Deepa ihre nackten Zehen in den Teppich grub (eine weitere Copingstrategie), drang aus Deepas Computer permanent das arrhythmische Geräusch von Meißel auf Stein. Deepa behauptete, dass diese stundenlangen, unablässigen Streams analoger Tätigkeiten sie beruhigten, und sie schien eine gigantische Sammlung solcher Sachen zu haben. Jess war hier schon geschlagene dreißig Minuten lang dem Geräusch umblätternder Buchseiten ausgesetzt gewesen oder einer Endlosschleife von etwas, das klang, als würde jemand geduldig Holz mit Schleifpapier bearbeiten.

»Und er hat was?«, fragte Deepa, während sie auf ihre in den Teppich gekrallten Zehen starrte. »Webadressen vorgelesen?«

»Und Tage und Uhrzeiten.«

»Wie eine Netz-Chronik.«

»Aber mit mehr Details. Und da war auch noch was, das wie ein Auszug aus einer E-Mail klang.«

Deepa sagte nichts. Sie starrte immer noch ihre Füße an. Deepas Aufmerksamkeit war eine komplexe und zwiespältige Angelegenheit. So wie sie nie weniger als zehn Browsertabs geöffnet hatte, beschäftigten sie auch innerlich selten weniger als fünf Dinge gleichzeitig. Jess hatte es schon lange aufgegeben, auf ihre ungeteilte Aufmerksamkeit zu hoffen, und ging davon aus, dass Deepa ihr zuhörte, auch wenn nichts darauf hindeutete.

»Aber dann diese Maske«, sagte Jess.

»Mir hat die gefallen«, meinte Deepa abwesend.

»War sie dir nicht unheimlich?«

Deepa zuckte die Achseln, hob dann ihren nackten Fuß vor Jess' Gesicht und wackelte mit ihren unlackierten Zehen.

»Sehen die für dich normal aus?«

»Meinst du deine Zehen?«

»Ja, meine Zehen, meine Zehen*nägel*, um genau zu sein.«

»Die sehen … Na ja, wie sähen denn unnormale Zehennägel aus?«

Deepa stellte ihren Fuß wieder auf den Boden und drehte sich zu ihrem Computer um.

»Deepa, nicht«, sagte Jess. »Ich brauche keine Bilder, um –«

Doch es war zu spät. Deepa hatte die Bildersuche nach »Fußnägel abnorm« bereits abgeschlossen, und Jess sah sich nun mit einer Galerie von eingewachsenen, pilzbefallenen, kanzerösen und viel zu langen, krallenartigen Zehennägeln konfrontiert.

»Heilige Scheiße, Deepa. Nein. Okay? Deine Zehennägel sehen nicht im Geringsten aus wie diese Zehennägel.«

»Du findest nicht, dass die irgendwie … dünn sind? Oder pergamentartig?«

Deepas außergewöhnliche Aufnahmefähigkeit für digitale Informationen hatte eine Reihe von Nebenwirkungen. Die Schlaflosigkeit war sicher das Hauptsymptom, aber in den vergangenen Monaten hatte Hypochondrie rapide aufgeholt. Sie hatte *Web-Doktor* in ihrer Lesezeichenliste. Jedes Wehwehchen wurde gecheckt und gegengecheckt. Allein in den letzten vierzehn Tagen hatte sie bei sich drei neue Erkrankungen diagnostiziert.

»Ich sprach gerade von der Maske, Deepa.«

Jess hatte im Trial-and-Error-Verfahren das komplexe Wechselspiel aus Bestätigung und Nichtbeachtung entschlüsselt, das bei Deepa Wirkung zeigte. Sie wurde ungeduldig, wenn man sie ignorierte, aber wenn man ihr auf ihren geistigen Wanderungen zu weit folgte, konnte man in einem verflixt tiefen Wurmloch enden.

»Sie war ... ich würde nicht sagen, verwackelt«, meinte Deepa – ihre Zehen schienen momentan vergessen, aber die Kachelwand abstoßender Suchergebnisse prangte immer noch auf dem Bildschirm hinter ihr –, »aber irgendwie unscharf.«

»Vielleicht eine Maske nach einem schlechten Foto?«, schlug Jess vor und wies mit dem Kopf auf die Fotos über Deepas Schreibtisch.

Aber Deepa hatte den Masken-Gedanken abgehakt. Stattdessen nahm sie einen der Flyer zur Hand, die der Mann auf der Party zurückgelassen hatte.

»›Was wollt ihr für euch behalten?‹«, las sie ab. »Vielleicht eine Erpressungsgeschichte?«

»Wenn sich rausstellt, dass das Ganze bloß irgendeine PR-Nummer war, werde ich ernsthaft sauer«, erklärte Jess.

»So wird es wahrscheinlich sein«, meinte Deepa. »Ist es doch immer.« Der Anblick von Deepas Bildarchiv-Collage hatte Jess abgelenkt. Sie fand all diese geschichteten Blicke nervtötend – ein visuelles weißes Rauschen, das sich nur schwer ignorieren ließ.

»Wie läuft's denn damit?«, fragte sie.

»Sisyphusarbeit«, sagte Deepa. »Ich tue nicht mal mehr so, als würde ich vorankommen.«

Deepas Recherchen befassten sich mit etwas, das sie »digitale Komparsen« nannte – Bilder unbekannter Frauen, die schon lange völlig abgelöst von den ursprünglichen Personen dahinter existierten und nun in die Szenerie und libidinöse Ökonomie des Netzes eingegangen waren. Sie wurden entweder dazu benutzt, um einsame nächtliche Netzbesucher sirenenhaft auf Malware-lastige Pornoseiten zu locken, oder zu Multi-Gigabyte-Archiven zusammengefasst und über 4chan in eine eigene Art von Währung umgemünzt; ihren Wert bestimmte der jeweilige erotische Wechselkurs. Bei ihrem Projekt ging es um Re-Identifizierung. Sie spürte diese Frauen auf, gab ihnen einen Namen und ließ sie ihre Geschichte erzählen. Auf diese Weise, so ihr Argument, eroberte sie aus dem Bildersumpf des Webs etwas Individuelles, etwas Menschliches zurück. Es war komplementär zu Jess' Ansatz, gleichzeitig ergänzte es ihn aber auch in gewisser Weise. Für Deepa war das Auseinanderreißen von Bild und Identität traumatisierend, eine Vergewaltigung. Jess hingegen empfand es als befreiend, rebellisch, sich vorsätzlich eine Identität zu schaffen, die unbelastet von Körper und Realpersönlichkeit fröhlich ihr Unwesen trieb. Ihr Treffpunkt war eben jener Raum, den andere Theoretiker nicht wahrhaben wollten: die verschwommene Region zwischen Realität und Virtualität, zwischen Onlinewelt und ihrem ungepluggten Gegenstück.

Deepa tippte die Web-Adresse vom Flyer in ihren Browser. Die Worte *WIR SIND DEIN GESICHT* füllten den Bildschirm. Dahinter flackerten in hoher Geschwindigkeit scheinbar beliebige Bilder auf: Screenshots von Pornoseiten, Time-Codes, ein E-Mail-Postfach, Fetzen von Forum-Chats. Das Ganze übte einen stroboskopischen, desorientierenden Effekt aus.

»Hm«, sagte sie. »Verdächtig faszinierend.«

Jess nickte müde. Darüber sprachen sie oft: die verblüffende, nahezu magische Brillanz viralen Marketings; es konnte einen das Gefühl beschleichen, dass nur noch hinter einer besonders langweiligen Aufmachung etwas Seriöses steckte.

Deepa starrte immer noch auf die Website. »Ich kapier diese

übertriebene Öffentlichkeit nicht«, sagte sie. »Warum sich die Mühe machen, alle an einem Ort zu versammeln? Wenn du was wirklich Underground- oder Outsidermäßiges vorhast, warum dann das Risiko eingehen, erwischt und identifiziert zu werden? Kommt mir doch ein bisschen umständlich und ressourcenintensiv vor.«

»Womit wir wieder bei was Kommerziellem wären.«

Sie betrachteten einige Sekunden stumm den Bildschirm. Ein paar Brüste, ein erigierter Penis, ein Kreditkartenbeleg, mit dicken schwarzen Balken zensierte E-Mails.

»Es schnüffeln schon Leute herum«, sagte Deepa.

»Deswegen?«

»Deinetwegen.«

»Aber außer dir weiß doch keiner was«, meinte Jess.

»Das ist ja das Problem«, sagte Deepa. »Es sorgt für Stirnrunzeln.«

Jess nickte. »Kapiert. Ich lass mir was einfallen.«

Deepa ließ sich wieder in ihren Stuhl zurückfallen und legte die Füße auf den Schreibtisch. Jess, deren Gehirn sich noch nicht von den nagenden Zweifeln befreien konnte, die Deepa in ihr geweckt hatte, starrte sie an und fragte sich, ob die Zehennägel wirklich normal waren.

»Ich sag dir das als deine Freundin und Kollegin …«, sagte Deepa.

»O Gott, so redest du nur, wenn du mir was erzählen willst, das ich nicht hören will.«

»Ich mache mir bloß Sorgen, mehr nicht.«

»Was wäre das Schlimmste, das passieren könnte?«

Deepa schaute sie lediglich an. Jess lachte. Sie stellte ihren Kaffee ab und stand auf.

»Okay«, sagte sie. »In diesem Sinne.«

Deepa wies mit dem Kopf auf den Bildschirm. »Ich werd mich mal dahinterhängen, wenn ich die Zeit dazu finde«, erklärte sie. »Eine von uns müsste sich das wahrscheinlich sowieso mal ansehen.«

Das Büro von Jess lag drei Türen weiter an einem blendend hellen Flur mit Milchglasfenstern entlang der Frontseite des privaten Forschungsinstituts, in dem sie arbeiteten. Nach dem gedämpften Licht in Deepas Raum war die blendende Helligkeit leicht irritierend.

An Jess' Arbeitsplatz befand sich so gut wie nichts: ein Computer, ein Notizbuch, ein Bücherbord, das nur mit den naheliegendsten Titeln bestückt war. Die wenigen Hinweise auf ihr Privatleben und ihre Arbeit tarnten sich mit Geschmackssicherheit: drei Selbstporträts von Cindy Sherman an der rückseitigen Wand, eine japanische No-Maske über dem Schreibtisch.

Sie betrachtete die Maske und registrierte das Echo, das in ihrer Psyche widerhallte: die ausdruckslosen, traurigen Blicke der namenlosen Frauen in Deepas Büro; die diffuse, gummiartige Ausdruckslosigkeit des Mannes auf der Party.

»Wir sind dein Gesicht«, dachte sie. »Was willst du für dich behalten?«

Sie warf ein paar wichtige Sachen in ihre Tasche, fuhr den Computer runter, trat hinaus auf den Flur und schloss ihr Büro hinter sich ab.

Jess wusste nicht, wann die Liebesaffäre zwischen Architekten und Glas sich endlich zerschlagen würde, aber für sie konnte es nicht schnell genug gehen. Je undurchsichtiger die politischen und wirtschaftlichen Verhältnisse geworden waren, desto stärker hatten die Gebäude, in denen die entscheidenden Transaktionen vollzogen wurden, mit Durchsichtigkeit geprunkt. Es schien der Tatsache geschuldet zu sein, dass in der eingeebneten Gleichförmigkeit der Gegenwart sämtliche Handlungen, ob unschuldig oder bösartig, gleich daherkamen: ein flüchtiger Blick auf einen Bildschirm, einige getippte Tasten – die Choreographie internationaler Spionage unterschied sich heute nicht mehr von den Mikroritualen des Onlineshopping.

Im Kokon ihres Autos, eine brennende Zigarette im Mund, das Fenster runtergelassen, drehte sie den Zündschlüssel herum und setzte übertrieben energisch aus ihrer Parklücke zurück. An der Schranke brauchte sie ihre Magnetkarte, um hinausfahren zu können. Diese Art von kognitiver Dissonanz, dachte Jess, war unvermeidlich, wenn man in einer Forschungseinrichtung arbeitete, die den Löwenanteil ihrer Mittel von einem monolithischen Megakonzern wie Green erhielt. Auf der einen Seite hatte man größere intellektuelle Freiheiten als an den im Niedergang begriffenen, intellektuell abgemeldeten Universitäten des Landes. Außerdem blieb einem die Lehre erspart, und auch wenn erwartet wurde, dass sie zumindest gelegentlich etwas publizierte, stand sie nicht unter dem Druck, ihre Arbeit zu rechtfertigen oder als kommerziell profitabel auszuweisen. Daher konnte sie sich, wenn sie ganz in ihre Tätigkeit vertieft war, der Illusion hingeben, völlig unabhängig zu operieren. Aber wenn sie dann ihr Büro verließ, wurde sie jedes Mal wieder daran erinnert, dass ihre Arbeit zwar nicht so streng, sie selbst dafür aber so stark wie nie zuvor in ihrem Leben überwacht wurde. Aus diesem Grund erledigte sie einen Großteil ihrer Arbeit außerhalb der Firma: um sie in Sicherheit zu wissen, für sich zu behalten. Wer konnte schon wissen, welche Gegenleistung Green eines Tages für die großzügige Förderung erwarten würde?

Rechts und links von ihr verwischte das Waldgebiet, das das Umland von Edmundsbury prägte, und zeigte sich dadurch weniger als Natur, sondern mehr als eine Störung ihrer visuellen Wahrnehmung der Natur – Bildschirmschlieren von etwas ehemals Organischem. Sie stellte sich vor, sich nicht auf einer Straße fortzubewegen, sondern, auf ihre Infrarotessenz reduziert, durch ein Glasfaserkabel zu rasen. Sie hegte die phantastische Vorstellung, dass genau das mit den Menschen nach ihrem Tod geschah: Man wurde zu reinem Datenmaterial, umgewandelt in Licht, das sich mit rasender Geschwindigkeit fortbewegte, nicht gänzlich frei, aber doch schnell genug, sich frei zu fühlen.

Nodem, Jess' Ziel in der Innenstadt, war von zwei selbsternannten »Techno-Beduinen« namens Zero und One gegründet worden, und zwar als Reaktion auf die, wie sie es sahen, zunehmende Kommerzialisierung des Internets und der Infrastruktur, auf der es basierte. Soweit es Zero und One betraf, war Privatsphäre eine Frage von Leben und Tod, und zwar dermaßen, dass sie ihre Namen durch austauschbare Binärziffern ersetzt hatten. Alles lief über einen eigenen, netzunabhängigen Server, und nicht nur jedes Computerterminal, sondern das gesamte Unternehmen wurde durch so viele Verschlüsselungen und Umleitungen gejagt, dass selbst der hartgesottenste Fachmann für Internet-Spionage schreiend davongerannt wäre. Nodems Geschäftsmodell basierte darauf, die altmodischste aller Einrichtungen, das Internet-Café, mit der zeitgemäßesten aller Anforderungen zusammenzubringen, die Anforderung nach einem nichtkommerziellen, nichtkontrollierten, nichtkorrumpierten Internetzugang. Besetzt war das Café aus Prinzip nur mit Zero und One. Niemand konnte sich erklären, wie sie es schafften, den Laden finanziell über Wasser zu halten. Die einzigen Menschen, die ihre Dienste in Anspruch nahmen, waren die drei oder vier Oberparanoiker der Stadt.

»Hey«, sagte entweder Zero oder One, als Jess eintrat. Zeros und Ones Namen waren nicht personengebunden; sie trugen sie immer abwechselnd, um ihre Anonymität zu wahren.

»Warum nimmst du nicht, äh …« One (oder Zero) wies mit unnötiger Bestimmtheit in die Ecke des komplett leeren Raums. »Terminal drei.«

»Prima«, sagte Jess.

»Brownie? Kaffee?«

»Gerne«, sagte sie. »Beides.«

Zero/One wischte sich an seiner Schürze mit dem Aufdruck *Mein moralischer Kompass funktioniert auch ohne GPS* die Hände ab und verschwand auf der Suche nach Verpflegung durch einen Perlenvorhang nach hinten.

Jess suchte sich Terminal drei und nahm Platz. Der angeblich hochaktuelle programmatische Ansatz für eine zeitgemäße Anonymität stand in gewissem Widerspruch zu der Tatsache, dass es bei Nodem recht gemütlich war. Der Geruch – leicht angekokelte Brownies, höllisch starker Kaffee, auf seiner Reise durch zahlreiche CPU-Kühler angesengter Staub – war beruhigend vertraut, die karge, zusammengewürfelte Einrichtung auf skurrile Weise liebenswert. Die Terminals entstammten diversen Epochen. Die Keyboards passten nur selten zum Monitor, der Kaffee, wenn er denn kam, wurde im erstbesten Becher gereicht, der Brownie auf irgendeinem obsoleten Datenträger, der gerade zur Hand und flach genug war.

Sie fuhr den Computer hoch und öffnete einen Browser. Das von Nodem selbstentwickelte Betriebssystem war notorisch labil. Farben tauschten spontan den Platz, Fensterchen mit abschreckend aussehenden Codezeilen öffneten sich willkürlich in kleinen Clustern und verschwanden wieder. Dass sich der Computer aufhängte, musste man immer einkalkulieren, genau wie die quälend langen Ladezeiten des Browsers, die darauf zurückzuführen waren, dass jeder Tastaturbefehl erst über Venezuela nach Estland und zurück musste, bevor er irgendeine Wirkung zeigte. Mitunter konnte man die Hardware förmlich ächzen hören. Aber Verzögerung, belehrten Zero und One jeden, der sich über den lahmen Browser ärgerte, sei ja gerade der Sinn der Sache. Gerade das Bedürfnis nach unmittelbarem Zugriff, das mittlerweile in jedem Bewohner der hypertechnisierten Welt fest verankert war, hatte schließlich dazu geführt, dass so viele Menschen zugunsten von Bequemlichkeit und Schnelligkeit gedankenlos ihre Privatsphäre und Anonymität aufgaben.

Welche Philosophie der Geduld den Programmen von Nodem auch zugrunde liegen mochte, Jess beschlich immer ein ungutes Gefühl, wenn sie längere Zeit hier war. In diesem retardierenden Moment, während sich auf dem Bildschirm seelenruhig die kleine Sanduhr drehte und sie darauf wartete, dass sich etwas tat, gaben die widerstreitenden Gefühle in ihr keine Ruhe, sondern titschten herum wie wildgewordene Flipperkugeln. Erregung, Waghalsigkeit, Angst. Manchmal ging es schon los, kaum dass sie hereingekommen war, manchmal etwas später. Hinzu kamen natürlich ein schlechtes Gewissen und schließlich, immer zuletzt, egal in welcher Reihenfolge die anderen Emotionen sich bemerkbar machten, ein Gefühl von Schmierigkeit, fast so etwas wie Scham.

Während sich das System Zeit ließ, kam Zero/One mit ihrem

Kaffee und ihrem Brownie – der Kaffee in einem abgestoßenen, spülmaschinenverwaschenen Pott, den offenbar einst ein Porträt von Prinzessin Diana geziert hatte, der Brownie auf einer zerkratzten CD-ROM. Nachdem Zero/One wieder weg war, wanderten ihre Finger zur Tastatur und ihre Gedanken zu der Frage, wer sie zuerst sein wollte.

Heute beherrschte nur eine ihrer Identitäten Jess' Gedanken, weil sie wusste, dass jene Identität auch die Gedanken so vieler anderer Menschen beherrschte. Die Party am Vorabend war sehr aufschlussreich gewesen. Irgendwie war eine ihrer Schöpfungen durch die eigentümliche Alchemie viraler Verbreitung zu einer vielbeobachteten, vieldiskutierten und sehr gefragten Persönlichkeit geworden. Sie fand sich nun in der bizarren Situation wieder, auf Partys aufzuschnappen, dass Leute wie Robert und DeCoverley behaupteten, jemanden zu kennen, von dem sie eindeutig wusste, dass sie ihn unmöglich kennen konnten. Sie erinnerte sich, wie beide erklärt hatten: »Er hat es leider nicht einrichten können.« Und was sollte dieses Gefasel von seiner fließenden Grenze?

Die Sanduhr auf ihrem Bildschirm hörte auf, sich zu drehen, und die Website begann jedes Element einzeln zu laden. Sie tippte Byrons Benutzernamen in den E-Mail-Account ein, den sie selbst eingerichtet hatte. Und tatsächlich, er hatte E-Mails von allen bekommen, die gestern dabei gewesen waren, von DeCoverley, Lionel Groves, ein oder zwei Theorieboys und sogar von Robert.

Byron, begann DeCoverleys Mail auf die für ihn typische plump-vertrauliche Art. *Hab Sie gestern auf der Party vermisst. Wäre toll gewesen, Ihre Stimme hier zu hören. Wir müssen uns wirklich mal persönlich treffen. Auf einen Drink in Bälde? JDC.*

Werter Freund, eröffnete Lionel Groves seine Mail und war schon mit diesen zwei Wörtern ganz der selbstherrlichen Blasiertheit und überzogenen, bizarr-antiquierten Gefühligkeit verpflichtet, die Groves' Markenzeichen war. *Wie überaus schmerzlich wurden Sie gestern vermisst. Wir müssen uns recht bald sehen. Groves.*

Hi, Byron, setzte Roberts Mail an. Lag es nur daran, dass Jess ihn kannte und selbst in der kürzesten schriftlichen Mitteilung seine Stimme hörte, oder war die Unverbindlichkeit seiner Anrede charakteristisch für ihn? *Ich weiß nicht, ob meine letzte E-Mail Sie erreicht hat, aber ich dachte, falls nicht, melde ich mich kurz, um noch einmal zu bekräftigen, wie nett ich es fände, wenn wir uns demnächst vielleicht bei irgendeiner Gelegenheit treffen könnten. Wie gesagt (ich entschuldige mich schon mal, falls Sie die Mail doch bekommen haben und nun alles zweimal lesen müssen!), bewundere ich Ihre Arbeit sehr und würde mich mit Freuden von Ihnen anregen und inspirieren lassen, wenn Sie einmal einen Moment Zeit haben sollten. Wie ich schon sagte (noch einmal, falls ich mich wiederhole), finden Sie Texte von mir hier, hier, hier und …*

Die E-Mail tat wirklich weh. Jess wand sich bei dem offenkundigen Hunger nach Anerkennung und der Anbiederei, die aus jedem Wort sprach. Ihr wurde mit brutaler Deutlichkeit eine Seite an Robert gezeigt, die er sonst vor ihr verbarg. Allerdings wand sie sich beim Lesen auch deshalb, weil sie die Mail überhaupt las. Als sie mit diesem Projekt begonnen hatte, war ihr nicht bewusst gewesen, wie schnell dabei gewisse Grenzen verschwimmen konnten. Im Rückblick hatte sie sich exakt jenes dualistischen Fehlschlusses schuldig gemacht, den sie bei anderen verabscheute. Natürlich ließ sich nichts vollkommen für sich betrachten. Das Private, das Öffentliche, das Persönliche, das Berufliche. Alles floss ineinander.

Sogar Transgression, überlegte sie, während sie sich erst aus Strouds E-Mail-Account ausloggte und dann ihr nächstes Ziel ins Browserfenster eingab, konnte zu weit gehen. Man fing klein an, und dann wurden die Dinge immer größer. Ziele vervielfachten sich, der Fokus wurde unscharf.

Im Kommentarbereich von *The Command Line* wurde sie aufgefordert, sich einzuloggen. Ihre Finger schwebten wie immer über der Tastatur, als wollten sie sie herausfordern, es sich heute womöglich anders zu überlegen, es gut sein zu lassen.

Aber dieser Moment verstrich, wie immer. Ihre Finger tippten ihren Benutzernamen JuBenja ein und drückten die Eingabetaste.

Darkin hatte nie viel für Klopfer an der Tür übriggehabt. In den späteren Phasen seines Lebens hatten sich diese gemischten Gefühle zu deutlicher Animosität verhärtet. Als Flo noch lebte, gegen Ende ihrer Zeit mit ihm, hatten sich die Experten hier die Klinke in die Hand gegeben, um Neuigkeiten zu vermelden, die von gar nicht gut bis schrecklich reichten. Das letzte Mal hatte es geklopft, als sie kamen, um sie ins Pflegeheim zu bringen. Zwei Sanitäter, zwei Polizisten, zwei Sozialarbeiter. Einer von ihnen hatte Darkin dazu gedrängt, sich aufs Sofa zu setzen und einen Tee zu trinken. Da waren sie bei Darkin an den Falschen geraten. Im nächsten Moment fand er sich in Handschellen wieder, und Flo wurde auf einer Trage nach unten und in den Krankenwagen verfrachtet.

Man musste schon sagen, das Klopfen, das an diesem Tag durch den Qualm und Mief von Darkins Wohnzimmer an sein Ohr drang, war nicht besonders höflich. Es war laut, impertinent, überzogen. Er überlegte, nicht darauf zu reagieren. Ihm gingen beunruhigende Szenarien durch den Kopf, die meisten davon hatte er aus dem *Record*. Er malte sich aus, wie er die Tür einen Spalt öffnete, nur um sie dann vor den Kopf zu bekommen und zu Boden zu gehen. Männer in Sturmhauben würden hereinstürzen. Ihre Stimmen würden polnisch oder schwarz klingen.

Das kurze Hin und Her der Diskussion durch die geschlossene Tür, während sich Darkin weigerte zu kooperieren, solange er nicht wusste, wer draußen stand, war auch nicht direkt beruhigend. Der Name des Mannes war Jones. Er arbeitete für Downton. Als Darkin die Tür öffnete, leicht außer Atem, nachdem er mit seinem Stock hingeschlurft war, schob sich Jones direkt an ihm vorbei. Er hatte keinen Blick für Darkin, sondern nur für die Wohnung. Seine Lippen und Nasenflügel verrieten, was er von ihr hielt.

»Es ist manchmal nicht leicht, eine Wohnung in Schuss zu halten«, sagte er.

Jones' Anzug war dunkelblau und schimmerte wie Öl auf Wasser. Er fasste Darkins Zwillings-Sofas lange und kritisch ins Auge, bevor er sich mit einigem Unbehagen auf die äußerste Kante des einen Sofas hockte, Darkins angestammtem Platz gegenüber.

Darkin sagte nichts. Er hatte den Mann nicht gemocht, als er ihn durch die Tür gehört hatte, und jetzt, nachdem er ihn persönlich vor sich hatte, mochte er ihn noch weniger. Er setzte sich Jones gegenüber und griff nach seiner Zigarettenpackung. Scheiß auf den Küchenwecker, dachte er. Das hier waren besondere Umstände.

»Ich fürchte, ich muss Sie bitten, nicht zu rauchen, Mr Darkin.«

»Das ist meine Wohnung.«

»Aber im Moment ist es auch mein Arbeitsplatz.«

Darkin ließ die Zigarettenschachtel los und griff nach seiner fast leeren Teetasse. Der Tee war eiskalt, aber er musste irgendetwas mit seinen Händen anfangen.

»Was wollen Sie?«, fragte er.

»Diese Frage könnte ich Ihnen genauso stellen«, sagte Jones. »Was wollen Sie, Mr Darkin? Darf ich Sie Alfred nennen?«

»Nein. Was soll das heißen, was ich will?«

»Das soll heißen, was wünschen Sie sich vom Leben? Wenn ich einen Zauberstab hätte, was würden Sie sich wünschen?«

»Haben Sie einen Zauberstab?«

»Sie würden staunen, was ich alles zustande bringe.«

»Das bezweifle ich.«

Mr Jones lächelte höflich.

»Wie alt sind Sie jetzt, Mr Darkin?«

»Alt genug.«

»Und um Ihre Gesundheit steht es nicht zum Besten, richtig?«

»Mit ein paar Ersatzteilen wär ich wie neu.«

»Tatsächlich.« Mr Jones verstummte. Es sah aus, als wolle er sich auf dem Sofa zurücklehnen, doch er besann sich eines Besseren und beugte sich vor, die Hände zwischen seinen Knien verschränkt. »Wir nehmen unsere älteren Bewohner durchaus ernst.«

»Freut mich zu hören.«

»Hin und wieder überzeugen wir uns gern persönlich vom Wohlergehen unserer besonders gefährdeten Erwachsenen.«

Darkin hatte die Bezeichnung »gefährdete Erwachsene« schon mal gehört, sie hatten es über Flo gesagt. Daraus war nichts Gutes entstanden.

»Ich bin nicht gefährdet«, erklärte er. »Da machen Sie sich mal keine Sorgen.«

»O doch, das sind Sie, Mr Darkin. Sie sind sogar sehr gefährdet.« Mr Jones sah sich demonstrativ um. »Wissen Sie, was ich sehe, wenn ich mich hier umblicke? Gefahrenstellen. Hunderte von Gefahrenstellen. Stolperfallen, Brandrisiken. Glauben Sie, Sie würden einen Sturz überleben, Mr Darkin? So, wie es hier aussieht? Hier kann man sich beim Fallen an allem Möglichen stoßen, oder nicht? Der Tisch zum Beispiel. Wenn Sie da mit dem Kopf aufschlagen, kommt jede Hilfe zu spät.«

»Bis jetzt hab ich überlebt.«

»Ich würde sagen, bis jetzt sind Sie zurechtgekommen, aber wie lange wird das noch so sein?«

Als Darkin schwieg, setzte Mr Jones nach.

»Na ja, wie schon gesagt, ich wollte Ihnen nur versichern, dass wir Sie auf dem Schirm haben. So können wir angemessen reagieren, falls Ihnen etwas zustößt. Als einer unserer Bewohner mit selbstgenutztem Wohneigentum haben Sie ja keinen Instandhaltungsvertrag mit uns und können sich nicht darauf verlassen, dass wir Ihre Reparaturen übernehmen. Aber Sie verstehen sicherlich, dass wir trotzdem die Verantwortung für alle möglichen Dinge tragen, von denen Ihr Wohlbefinden abhängt. Falls beispielsweise Ihre Gas- oder Stromversorgung unterbrochen werden sollte und Sie weder kochen noch heizen könnten, dann könnte ein Gentleman mit so wenig Widerstandskraft wie Sie leicht krank werden. Genau wie bei austretendem Kohlenmonoxid; die Wahrscheinlichkeit ist hoch, dass Sie einer Gasvergiftung erliegen, bevor Sie es aus der Wohnung schaffen. Es ist sehr wichtig, dass wir über so etwas Bescheid wissen, Mr Darkin, damit wir auf Sie achtgeben können. Wenn Sie allerdings irgendwann das Gefühl bekommen sollten, eine andere Wohnung würde Ihren Bedürfnissen eher entsprechen, wären wir gerne bereit ...«

»Ich bin hier ganz gut aufgehoben.«

»Natürlich, Mr Darkin. Natürlich sind Sie das. Ich sage ja nur, wenn ...«

»Mich kriegen Sie hier nicht raus.«

»Es will Sie doch niemand hier raushaben, Mr Darkin. Wir wollen Ihnen nur helfen.«

Darkin nickte. Mr Jones stand auf und fuhr rasch mit den Händen über die Sitzfläche seines Anzugs, um dann einen misstrauischen Blick auf seine Handflächen zu werfen.

»Ich muss wieder los«, sagte er. »Vergessen Sie nicht, wir sind für Sie da, falls Sie uns brauchen.«

Er hielt Darkin die Hand hin. »Bleiben Sie ruhig sitzen. Ich finde selber hinaus.«

Darkin griff zuerst nicht nach der Hand. Er wollte sie nicht schütteln und sah auch nicht ein, warum er das tun sollte. Aber Jones zog die Hand nicht weg. Er stand einfach da, direkt vor Darkins Gesicht, lächelte sanft und rührte sich nicht, bis Darkin ihm schließlich die Hand schüttelte, um ihn endlich loszuwerden. Kaum hatten sich ihre Hände berührt, ging Jones' dünnes Lächeln in die Breite, es wurde weicher und echter.

»Keiner hält ewig durch«, sagte er. Er griff mit seiner Linken nach Darkins Stock, den Darkin zwischen die Knie genommen hatte. »Ich nehm Ihnen das hier ab.«

»Nein, schon gut.«

»Aber nicht doch.«

Darkin versuchte, nach dem Stock zu greifen, aber Jones hatte ihn bereits weggezogen und trat einen Schritt zurück. Kaum saß er ohne Stock da, durchfuhr Darkin jähe Panik.

»War mir ein Vergnügen, Sie kennenzulernen, Mr Darkin«, erklärte Jones und ging zur Wohnungstür. »Den stelle ich hier für Sie ab.«

Robert parkte seinen Wagen ein Stück entfernt von Larchwood und ging den Rest des Weges zu Fuß. Der Wohnanlage fehlte ein erkennbarer Eingang. Man stand plötzlich mittendrin, die Straße weitete sich zu einem großzügig angelegten, aber heruntergekommenen Platz, um den herum vier- bis fünfstöckige Wohnblocks standen.

Selbst jetzt war noch in Spuren zu erkennen, wie Larchwood einmal gedacht gewesen war. Die graue Uniformität vorangegangener, eher brutalistischer Entwürfe suchte man hier vergebens. Die Hochhäuser hatten sanft gerundete Ecken und waren in der Höhe asymmetrisch, was ihnen ein leicht exzentrisches Aussehen verlieh. Die Verbindungsgänge vor den Wohnungen bestanden aus Holzplanken. Früher waren Kletterpflanzen an den Gebäuden emporgerankt, aber der Servicevertrag war vor langer Zeit ausgelaufen, und der sogenannte vertikale Garten bestand nur noch aus verdorrten Ranken. Man hatte sich irgendwann entschieden, die Türen in leicht voneinander abweichenden Farbtönen zu streichen, um der ganzen Anlage einen kindlich-unbeschwerten Charakter zu geben. Früher war das sicherlich einmal aufmunternd gewesen, dachte Robert, doch jetzt, nachdem die Farben allesamt vom Regen ausgewaschen und verblichen waren und das meiste Holz Risse vom Frost hatte, wirkte die blässliche Palette fade und trüb.

Dass Larchwood am Ende war, ließ sich nicht nur am Verfall der Bausubstanz, sondern auch an der gesamten Atmosphäre ablesen. Es herrschte vollkommene Stille. Auf jedem Bild, jeder Skizze, die Robert bisher gesehen hatte, waren spielende Kinder und mit einer Tasse Tee in der Hand herumstehende Eltern abgebildet gewesen. Aber die Freiflächen waren wie ausgestorben. Natürlich gab es hier immer noch Leben: Manche Wohnungen waren trotz der Enteignungsbeschlüsse, der ständigen »Anreize« zum Auszug und der zunehmenden Vereinsamung im Zuge des Umsetzungsvorhabens noch bewohnt, aber die Bewohner befanden sich praktisch auf verlorenem Posten.

Nun erwartete die Siedlung ein völlig neues Wir-Gefühl. Downton plante ein Gemeinwesen 2.0, das nicht nur den Zusammenhalt stärken, sondern auch profitabel sein würde. Für all das, was vermeintlich verlorengegangen war, würden die Mieter die quartiereigene Internetplattform nutzen. Sie konnten tratschen, sich informieren, sich bei Nachbarn Zucker borgen. Entscheidend war, dass sie es »viel effizienter« tun würden. Warum für eine Tasse Zucker sämtliche Nachbarn abklappern, wenn man einfach eine Anfrage auf der eigenen Etage posten und auf Antwort warten konnte?

Die Auswirkungen waren nicht nur sozialer, sondern auch ganz praktischer Natur. Warum Handwerker oder Sicherheitspersonal rufen, wenn das benötigte Know-how möglicherweise auch innerhalb des Gebäudes zu finden und sofort verfügbar war? Das Downton-System würde es den Bewohnern ermöglichen, ihre jeweiligen Fähigkeiten und Interessen aufzuführen und sich für entsprechende Aufgaben zur Verfügung zu stellen. Dank Downtons durchlässiger Eingruppierung der Mieter konnten Community-Punkte, die zum Beispiel ein Elektriker in seiner Freizeit durch Gelegenheitsjobs im eigenen Häuserblock erwarb, gegen Leistungen und Privilegien eingetauscht werden, die normalerweise den Vorzugsmietern vorbehalten waren, zum Beispiel einen zeitlich begrenzten Zugang außerhalb der Stoßzeiten zu den versprochenen Dachgärten oder sogar – je nachdem, was wie vergütet wurde, und vorausgesetzt, der Mieter verfügte über das entsprechende Eigenkapital, um die Finanzierungslücke zu schließen – ein Upgrade in eine höherwertige Immobilie. Soziale Mobilität feierte ein Comeback, und das so spielerisch wie noch nie.

Robert beschloss, seine Suche nach einem geeigneten Kandidaten im ersten Stock zu beginnen und sich dann hochzuarbeiten. Auf diese Weise würde er bei einem frühen Treffer nicht unnötig viel Energie mit Treppensteigen vergeuden.

Leute an der Haustür anzusprechen, war in einer Gegend, wo jedes Klopfen an der Tür neue Hiobsbotschaften versprach, nicht sehr populär, wie er schnell herausfand. Downton hatte nicht nur, wie eine ältere Bewohnerin Robert aufklärte, während sie am Türrahmen lehnte und über Roberts linke Schulter hinweg den Verbindungsgang im Auge behielt, längst einen eigenen »Journalisten« vorbeigeschickt, der unter dem Vorwand, »Lokalkolorit« zu sammeln, aus den persönlichen Erinnerungen der Bewohner alle möglichen nützlichen und besorgniserregenden Informationen herausgefiltert hatte, Downton hatte auch alles darangesetzt, jene Bewohner zu identifizieren, die sich gegenüber anderen Reportern inoffiziell geäußert hatten, um besagten Personenkreis noch mehr unter Druck zu setzen. Ein Mann, hohlwangig vor gebrochenem Widerstandswillen, erzählte ihm mit entkräfteter Stimme durch den millimeterbreiten Türspalt, dass einen Tag nachdem ein Artikel mit seinem Namen hinter einem relativ harmlosen Zitat erschienen war, ein Einschreiben gekommen sei, in dem man ihm eine Mieterhöhung von fünf Prozent mitgeteilt habe. Eine Woche darauf habe er plötzlich Ärger mit Stromschwankungen gehabt – die Lampen flackerten und wurden schwächer, der Kühlschrank schaltete sich plötzlich klickend ab, nur um drei, vier Sekunden später wieder zu brummendem Leben zu erwachen. Das sei zwei oder drei Tage so gegangen, erzählte er, und selbst jetzt, obwohl nun wieder alles funktioniere und es sich höchstwahrscheinlich eh nur um ein zufälliges Zusammentreffen verschiedener Ereignisse gehandelt habe, könne er sich nicht gänzlich von dem Gedanken frei machen, dass diese Stromschwankungen eine (und hier machte er eine Pause, beugte sich noch weiter vor und zischte das Wort durch den Türspalt) *Botschaft* gewesen seien. Als Robert ihn fragte, warum er ihm das alles erzähle, wo doch voraussichtlich weiterer Druck die Folge sei, sagte der Mann, er habe unterschrieben und nun könnten sie ihm nichts mehr tun. Als Robert ihn fragte, wie hoch seine Verluste bei diesem Deal gewesen seien, sagte der Mann, darüber wolle er nicht reden.

An der nächsten Tür öffnete Robert ein jüngerer Mann auf Krücken. Aus einem Zimmer irgendwo in der Wohnung hörte man ein Baby quengeln, das allerdings kaum gegen den Lärm automatischer Waffen und unmotivierter Todesschreie ankam, hinter denen Robert ein brutales Videospiel vermutete.

»Oh, Downton«, sagte der Mann mit einem grimmigen Lächeln. »Ja, die sind andauernd hier. Neuerdings kommen sie vorbei, um ›nach einem zu sehen‹.« Er zeichnete mit den Fingern Anführungszeichen in die Luft, dann wies er mit einem Nicken auf seine Krücken. »Sie wollen sichergehen, dass es mir gutgeht.«

»Brauchen Sie die ständig?«, fragte Robert.

»Arbeitsunfall. Ich glaub, für Downton bin ich ein besonderes Ärgernis. Behindert und ein Baby in der Wohnung. Da können sie nicht ganz so hart zur Sache gehen wie bei anderen Leuten.«

»Kennen Sie Mieter, die von Downton schikaniert wurden?«

»Die sind nicht blöd. Fies werden sie nur, wenn sie irgendeine legale Grundlage haben. Mietrückstände oder so was. Dann rücken sie einem richtig auf die Pelle. Ansonsten ist es bloß der nicht ganz so freundliche Freundschaftsbesuch. Sie wissen schon, kurz nachfragen, meine ›Alternativen diskutieren‹.« Er lachte ironisch, dann fuhr er mit dem Fingernagel über die Wand neben sich und ließ abblätternde Farbe und Putz in einer staubigen Wolke herabregnen. »Oder aber, sie kommen gar nicht vorbei«, meinte er. »Und lassen dich einfach schmoren.«

»Organisiert hier irgendjemand was?«, fragte Robert. »Gibt es eine Initiative der Bewohner?«

»Die Leute fürchten sich vor möglichen Konsequenzen«, sagte der Mann. »Aber es gibt so Überlegungen.«

»Danke«, sagte Robert, dem keine weiteren Fragen einfallen wollten.

»Wie heißen Sie?«, fragte der Mann.

»Bitte?«, fragte Robert zögernd.

»Damit ich Ihren Artikel lesen kann.«

»Townsend«, sagte Robert, dem es merkwürdigerweise widerstrebte, den eigenen Namen preiszugeben, obwohl er doch die Leute hier dazu aufforderte, ihm erheblich mehr zu verraten. »Robert Townsend.«

»Ich werd Ihren Artikel googeln«, sagte der Mann mit einem Lächeln und winkte.

Alles gute Detailinformationen, dachte Robert, allerdings

nichts, was er und damit seine Leser nicht bereits wussten. Er brauchte nicht die Fakten, sondern die personifizierten Fakten: den einen repräsentativen Menschen, der alles, was hier vorging, in sich verkörperte.

Die erste Wohnung, zu der er ein Stockwerk höher kam, ließ nichts Gutes erahnen. Dreckige Fenster – ein dicker Schmierfilm von Ruß und Staub und etwas, das wie ein halber Döner aussah. Das Licht brannte, aber die Vorhänge – vergilbt, zerschlissen und als Verdunkelung sicher völlig unzureichend – waren zugezogen. Er klopfte trotzdem an.

Mehrere Sekunden lang blieb es drinnen stumm. Dann, als Robert schon überlegte, ob er nochmals klopfen oder weitergehen sollte, erklang aus der Wohnung eine Stimme, gereizt und defensiv.

»Hallo?«

»Oh«, sagte Robert. »Hallo?«

»Wer ist da?«

»Ich bin … Mein Name ist Robert. Ich recherchiere hier in der Gegend und wollte …«

»Was recherchieren Sie?«

»Nur so allgemein.«

»Wenn Sie von denen kommen, können Sie ruhig weitergehen. Von euch war schon einer hier.«

»Von wem?«

»Von Downton.«

»Ich bin nicht von … Sagten Sie, von denen war einer hier?«

»Was kümmert Sie das?«

»Ich wollte nur wissen, ob sonst noch jemand hier gewesen ist, mehr nicht.«

»Es geht Sie gar nichts an, wer hier gewesen ist.«

»Okay. Hören Sie, tut mir leid, wenn ich gestört habe. Ich werde …«

»Warten Sie.«

Robert schwieg und rechnete damit, dass die Tür geöffnet würde. Nichts passierte.

»Hallo?«, fragte die Stimme wieder.

»Hallo«, sagte Robert. »Ich … Haben Sie gesagt, ich soll warten?«

»Ja.«

»Okay …« Es blieb wieder stumm. »Äh, warten worauf?«

»Ich komm nicht hoch.«

»Was?«

»Ich komm nicht hoch. Ich brauch Hilfe.«

»Sind Sie verletzt?«

»Nein. Der hat meinen Scheißstock weggestellt, und jetzt kann ich nicht aufstehen.«

Robert versuchte es mit dem Türknauf.

»Es ist verriegelt«, sagte er.

»Ich weiß, dass verriegelt ist, verdammte Scheiße.«

»Wie soll ich Ihnen dann helfen?«

»Das Fenster.«

Robert ging an das schmierige, abstoßende Fenster und fuhr mit spitzen Fingern über den Rahmen.

»Das geht nicht auf.«

»Dann werden Sie's wohl aufbrechen müssen.«

»Sie wollen, dass ich Ihr Fenster aufbreche?«

»Was sind Sie? Bescheuert, oder was?«

»Es muss doch noch eine andere Lösung geben. Hat nicht irgendwer einen Zweitschlüssel? Was ist mit der Feuerwehr? Ich könnte die Feuerwehr rufen und sie bitten …«

»Nicht anrufen«, bat die Stimme eindringlich. Dann, etwas entspannter: »Bitte. Rufen Sie bitte nirgendwo an. Ich will nicht, dass einer was mitkriegt.«

»Na gut«, sagte Robert. »Keine Sorge, ich helfe Ihnen … Alles wird gut. Okay?«

»Danke.«

Noch während Robert sich nach etwas umsah, das fest und schwer genug war, kitzelte ihn irgendwo an den Randzonen seines Bewusstseins eine verstörende Erkenntnis: Seine Gefühle oszillierten zwischen Betroffenheit und (zu seinem eigenen Unbehagen) Erregung.

Vor einer benachbarten Wohnung stapelten sich ein paar kaputte Möbelstücke. Robert nahm sich einen Stuhl, brach ein Bein ab und benutzte es, um, nach einigen vergeblichen Versuchen, das Fenster einzuschlagen.

Den herausströmenden Geruch überhaupt als *einen* Geruch zu bezeichnen, wäre eine grobe Simplifizierung gewesen. Es war ein Konglomerat einander überlagernder und durchdringender olfaktorischer Erlebnisse. Die Kopfnote war Zigarettenqualm, aber unter dem Teer lag weit Übleres, etwas Komplexes, das menschlichen Ursprungs war. Urin zählte unverkennbar dazu und auch eine spezifische Art von Schweiß. Hinzu kamen Gerüche aus der Küche, wie Robert bemerkte, als er einen Blick hineinwarf: angegammelte Lebensmittel, abgelaufene Milch, ein überquellender, vor sich hin gärender Mülleimer.

In dem schäbigen Wohnzimmer konnte Robert durch einen Rauchschleier den Mann sehen, mit dem er gesprochen hatte. Er saß auf einem von zwei Sofas und schaute in Richtung Küche und Fenster. Er war außerordentlich dünn, dachte Robert. Sein Bart war kratzig-grau, der Schnurrbart an einer Seite gelbfleckig. Als er ein ziemlich abschreckendes Lächeln aufsetzte, sah Robert, dass seine Zähne fast braun waren.

»Ich heiße Robert.«

»Darkin.«

»Darkin?«

»Mein Nachname. So reden mich die Leute an.«

»Verstehe.«

»Gut, dann kommen Sie rein. Klettern Sie einfach durchs Fenster.«

Robert zog das Fenster so weit auf, wie er konnte, holte tief Luft, hielt den Atem an und stieg auf das Fensterbrett. Drinnen befand sich unter dem Fenster eine Spüle voll mit schmutzigem Geschirr. Er kraxelte darüber hinweg zum Ende der Arbeitsplatte und sprang herunter.

»Mein Stock steht in der Ecke bei der Wohnungstür.«

Jetzt, wo er in der Wohnung war und den verschlissenen Teppich, die durchgesessenen Sofas, die nahezu undurchdringliche Aschewolke und die Reste von Sandwiches – ausschließlich Sandwiches – auf der Küchenarbeitsplatte begutachtete, kam Robert in den Sinn, dass es durchaus möglich war, dass Darkin die Wohnung nie oder zumindest seit sehr langer Zeit nicht mehr verlassen hatte. In der Wohnung schien sich Leben zu stauen, sie schien ein fleischiges, mikrosystemisches Eigenleben zu führen. Alles hier, dachte Robert, wimmelte und pulste, aber im Herzen nagte schon der schleichende Tod.

Er sah einen Krückstock bei der Tür stehen, holte ihn und gab ihn Darkin, der ihm weder dankte noch Anstalten machte, aufzustehen. Robert spürte, ohne genau zu wissen, warum, dass er nicht aufgefordert war, schon wieder zu gehen.

»Kann ich Ihnen, äh, irgendwas holen?«, fragte er.

»Können ja den Teekessel aufsetzen, nicht«, sagte Darkin und zündete sich eine Zigarette an. »Stört Sie sicher nicht.«

»Na ja …«

»War nicht als Frage gemeint.«

»Verstehe.«

»Der andere Kerl hat deswegen Zirkus gemacht. Jetzt bin ich komplett neben der Spur.«

»Welcher andere Kerl?«

»Der Kerl vor Ihnen. Meinte, das hier wär sein Arbeitsplatz.«

»War das der, der die Krücke weggestellt hat?«

»Genau der.«

»Warum hat er das gemacht?«

»Weil er ’ne Fotze ist.«

»War der von Downton?«

»Jep.«

»Und was wollte er?«

»Mir einreden, ich wär ›gefährdet‹.«

»Und dann hat er Ihren Stock weggestellt.«

»Jep.«

»Absichtlich.«

»Jep.«

»Und Sie haben ihm gesagt, Sie könnten ohne Stock nicht aufstehen?«

»Nicht wortwörtlich, aber das wusste der.«

Robert ging in die Küche und machte den Teekessel ausfindig. Er versuchte, etwas von der Kalkablagerung wegzukriegen, indem er ihn ein paarmal mit klarem Wasser ausschwenkte, aber das war vergebliche Liebesmüh.

»Wo haben Sie die Teebeutel?«, rief er über die Schulter hinweg.

»Im Schrank über Ihnen.«

Darkins Zigarette erzeugte nicht bloß Rauch, sie schien auch den inaktiven Qualm längst gerauchter Zigaretten zu reaktivieren. Robert fand die Teebeutel neben einem halben Laib Brot und einem Glas Marmelade, dessen Etikett so verblasst und verklebt war, dass er die Marke nicht erkennen konnte.

»Wann waren Sie denn das letzte Mal einkaufen?«

»Macht einer für mich.«

In der Spüle standen zwei Becher. Robert holte sie mit spitzen Fingern an ihren Griffen aus dem Schmodder und hielt sie unter heißes Wasser. Schwamm oder Tuch waren nirgends zu sehen, darum drückte er sich mit einigem Widerwillen etwas Spülmittel auf die Finger und wischte die Becher damit aus, bevor er einen Teelöffel abspülte, den er gefunden hatte.

»Wohnen Sie schon lange hier?«

»Lang genug.«

»Immer schon allein?«

»Nicht immer, nee.«

»Ehefrau?«

»Tot.«

»Tut mir leid.«

Während er zusah, wie das Wasser aufkochte, testete Robert im Geiste Wörter und Formulierungen. *Gebrechlicher alter Witwer … schikaniert und eingeschüchtert …*

»Wohnen Sie gern hier?«

»Nicht wirklich. Aber Wegziehen lohnt sich auch nicht.«

»Aber als Sie hergezogen sind, muss es Ihnen doch hier gefallen haben.«

»Damals war's in Ordnung.«

»Hat sich viel verändert.«

Darkin nickte.

»Sie erinnern sich bestimmt, als hier überall noch Felder waren.«

Darkin schaute ihn giftig an. Robert wechselte schnell das Thema.

»Zucker?«

»Drei Löffel.«

Das plus die Kippen erklärte die Zähne, dachte Robert. Er fand eine Tüte Zucker, der Inhalt verklumpt und braun geworden wie Katzenstreu, und tat die gewünschte Menge in Darkins Tasse, während er sich nach einer Möglichkeit umsah, seinen eigenen Tee zu entsorgen, ohne unhöflich zu wirken. Er trug beide Becher zum Couchtisch und stellte sie ab, bevor er sich Darkin gegenüber auf das andere Sofa hockte. Als die Polster unter seinem Gewicht nachgaben, ließen sie mit einem pfeifenden Seufzer den Muff ihrer Vergangenheit entweichen. Im Kopf bastelte Robert bereits an seinem Artikel. Er überlegte sich, ihn mit wohldosierten, aber tragischen Details aufzulockern: der Stock außer Reichweite, der überquellende Aschenbecher, der Umstand, dass Darkin seinen Pullover, wie Robert aus der Nähe betrachtet erkennen konnte, auf links trug.

»Keiner kümmert sich einen Scheißdreck um Leute wie mich«, sagte Darkin schließlich. »So sieht's aus. Wir haben malocht, haben unsere Steuern bezahlt.« Er probierte den Tee. »Wie Drecksspülwasser.«

»Wenn Sie sagen ›wir‹ …«, sagte Robert und zuckte bei der ersten Person Plural unmerklich zusammen.

»Aber auf die Tour kommt man zu nichts, oder?«, sagte Darkin, die Frage demonstrativ ignorierend.

»Welche Tour?«

»Durch harte Arbeit. Wenn man sich selber um seinen Lebensunterhalt kümmert. Wenn man um nichts bettelt. Alles egal, wenn denen dein Gesicht nicht passt.«

»Wem nicht passt?«

Darkin beugte sich vor und fixierte Robert auf eine Weise, die Robert unmittelbar dazu veranlasste, großes Interesse am Inhalt seiner Teetasse zu finden.

»Mein Gesicht passt denen nicht«, sagte Darkin langsam und stocherte zur Bekräftigung seiner Worte mit der Zigarette zwischen Mittel- und Zeigefinger in der Luft herum. »Erzählen Sie mir nix.«

Er ließ sich zurück in die Sofakissen fallen. »Und Sie brauchen gar nicht so zu gucken.«

»Wie zu gucken?«

»So verächtlich.«

Robert hob die Hände zu einer Geste, die reine Unschuld ausdrücken sollte. »Also, ich maße mir überhaupt kein Urteil an.«

»Lassen Sie sich was Besseres einfallen«, meinte Darkin. »Sie glauben wohl, ich kenn den Blick nicht. Ich sag Ihnen mal eins: Das geht mir am Arsch vorbei.«

»Was denn?«

»Was Sie denken.«

»Schön«, sagte Robert, der die Vorstellung, dass sich jemand nicht für das interessierte, was er dachte, als seltsam kränkend empfand. »Prima. Verlange ich auch gar nicht.«

»Dann gucken Sie mich auch nicht so an.«

»Ich versuche ja nur … Was meinen Sie denn damit, Ihr Gesicht würde nicht passen? Meinen Sie …«

»Lassen Sie mich mal eine Frage stellen«, fing Darkin an.

»Okay.«

»Chancengleichheit …«, sagte Darkin.

Roberts Miene musste sich unbeabsichtigt verändert haben, denn Darkin wechselte gleich die Gangart.

»Tja«, sagte er. »Seh'n Sie? Und Sie wissen noch nicht mal, was ich fragen will.«

»Was denn?«, fragte Robert. »Ich bin ganz Ohr.«

»Chancengleichheit«, sagte Darkin, »ist das was Gutes oder Schlechtes?«

»Ich …« Robert zögerte. Aus irgendeinem Grund scheute er sich, eine Antwort zu geben, die Darkin nicht in den Kram passte.

»Gute Sache?«, schlug er vor.

»Ist das 'ne Frage oder 'ne Antwort?«, fragte Darkin. »Ist doch 'ne leichte Frage.«

»Gut«, sagte Robert. »Natürlich.«

»Natürlich?«

»Ja, klar. Chancengleichheit, oder? Gute Sache.«

»Wie viel Chancengleichheit?«, fragte Darkin.

»Wie bitte?«

»Wie viel Chancengleichheit?«

»Na ja, bis alle gleiche Chancen haben, würde ich sagen. Darum geht's dabei doch …«

»Gleiche Chancen? Oder gleichere Chancen?«

»Wie soll es denn gleichere Chancen als gleiche Chancen geben?«

»Stellen Sie sich vor, Sie suchen einen Job. Okay?«

»Okay.«

»Und Sie sind auch für diesen Job qualifiziert.«

»Okay.«

»Glauben Sie, die würden ihn jemandem wie Ihnen geben?«

»Ja, das nehme ich doch an.«

»Dann leben Sie in 'ner Phantasiewelt.«

»Wieso?«

»Weil die Ihnen den Job gar nicht geben können.«

»Und warum nicht?«

»Weil sie ihn 'nem Ausländer geben müssen. Wegen der Quotenregeln.«

»Also, ich glaube nicht ...«

»Sehen Sie sich doch hier um.«

»Ja, und?«

»Das wurde mal für die Leute von hier gebaut. Und wie viele Leute von hier wohnen hier jetzt noch, was schätzen Sie?«

»Na ja, hier lebt ja zurzeit kaum noch jemand.«

»Aber was glauben Sie, wer hier wohl in Zukunft wohnen wird?«

»Reiche Leute«, sagte Robert. »Darum geht's doch hier. Die Umsetzung ...«

»Umsetzung am Arsch. Sie schaffen Platz.«

»Platz für ...?«

»Für die ganzen Ausländer.«

»Welche Ausländer?«

»Welche Ausländer! Hör sich einer den an. Wissen Sie, wie viele Ausländer jedes Jahr in dieses Land kommen?«

»Ungefähr ...«

»Zu viele. Und die müssen ja irgendwo wohnen, oder? Und wegen der ganzen beschissenen Chancengleichheit sagen wir denen nicht, sie sollen sich verpissen, sondern, klar, na sicher, kommt ruhig her und lebt hier. Wir geben euch Häuser, wir geben euch Sozialleistungen. Wir erlauben euch, eure Scheißfamilien nachzuholen, damit ihr euch schön in eurer Sprache unterhalten könnt.«

»Aber es gibt keine …«

»Die Städte platzen aus den Nähten«, sagte Darkin. »Das geht schon seit Jahren so. Muss man nur in die Zeitung gucken. Was glauben Sie, wo die jetzt untergebracht werden? Irgendwo müssen sie ja hin.«

»Aber wenn man sich die Statistiken ansieht …«

»Alles Lügen«, sagte Darkin. »Alles erlogen. Statistiken kann man nicht vertrauen. Was glauben Sie denn, wer diese Statistiken überhaupt erstellt? Sie wollen was von diesem Staat haben? Dann müssen sie sich 'ne andere Hautfarbe zulegen.«

Betretenes Schweigen.

»Nicht, dass ich persönlich was gegen die hab«, behauptete Darkin.

»Natürlich nicht«, erwiderte Robert.

»Hab ein paar ganz Nette kennengelernt.«

»Auf jeden Fall.«

In Gedanken versunken nahm Robert seinen Tee und trank davon, bevor ihm wieder einfiel, in welchem Zustand die Tasse gewesen war. Hastig stellte er sie, so unauffällig es ging, wieder ab. Ihm stieg ein bitterer Geschmack in die Kehle, den er sich wahrscheinlich nur einbildete. Er saugte an seinem Zahnfleisch und versuchte, genügend Speichel zu produzieren, um das, was auch immer er gerade unabsichtlich konsumiert hatte, wegzuspülen oder zumindest zu verdünnen.

Die befremdliche Kehrseite der heimlichen Demontage des eigenen Partners war, wie Jess festgestellt hatte, der von Schuldgefühlen getriebene ausgesprochen liebevolle Umgang mit ihm oder ihr. Vor dem Auftauchen von Julia Benjamin hatte ein gewisser Muff über ihrem gemeinsamen Leben gehangen. Jetzt war es, als hätten sie die Fenster weit aufgerissen. Im Bemühen, das, was sie tagsüber trieb, zu verschleiern, streifte sich Jess jeden Abend eine neue Haut über – eine Haut, von der Robert, zu Jess' wachsendem Unbehagen, sehr angetan zu sein schien.

»He, Schatz«, sagte sie, fröhlich in die Küche flatternd, wo Robert bereits kochte, und stellte ihren Laptop auf einem der Esszimmerstühle ab.

Das war auch so ein neues Phänomen: diese Momente, in denen sie seinen Namen nicht über die Lippen brachte und sich damit behalf, ihn mit irgendeiner Zärtlichkeit anzusprechen.

»He«, sagte er und drehte sich lächelnd zu ihr um. Er stand am Herd, auf dem etwas Tiefrotes und stark Gewürztes köchelte. Aus den blechernen mobilen Lautsprechern auf der Arbeitsfläche hörte man einen aufdringlich entspannten Amerikaner seinen Podcast abspulen.

Sie küsste ihn auf den Mund. Er schmeckte nach Chili und Zimt. Auf ihren Lippen blieb ein Kribbeln zurück.

»Was ist das?«, fragte sie, langte um ihn herum und rührte im Topf.

»Ein Experiment«, sagte er. »Ist alles drin, was gerade zur Hand war. Möchtest du Wein?«

Sie setzte sich an den Esstisch und legte die Füße auf einen Stuhl.

»Jep«, sagte sie. »Ein halbes Glas.«

»Brauchst du einen klaren Kopf für den großen Moment?«

»So was in der Art.«

Er stellte ihr ein halbvolles Glas Rotwein hin und füllte sein eigenes aus der Flasche auf.

»Irgendeine Ahnung, was du zu erwarten hast?«

Sie schüttelte den Kopf, zuckte die Achseln. »Wer weiß. Alles ist möglich. Könnte auch reiner Bullshit sein.«

»Und was meint *Deepa?*«

Von *Deepa* konnte Robert immer nur kursiv gesetzt sprechen. Er mochte sie nicht, wahrscheinlich weil er spürte, dass sie ihn nicht mochte. Aus einem Sinn für Schicklichkeit heraus war es ihm allerdings gelungen, seine gesamten Gefühle zu dieser pointierten Aussprache ihres Namens zu destillieren und damit langwierige Dispute zu vermeiden. Es ärgerte Jess, aber sie akzeptierte den Kompromiss. Manchmal amüsierte es sie sogar.

»*Deepa* meint, es ist höchstwahrscheinlich Bullshit.«

»Gibt es irgendwas, das sie nicht für Bullshit hält?«

»Sie ist bereit, in der Frage ›Bullshit oder nicht‹ mit sich reden zu lassen, aber in neun von zehn Fällen entscheidet sie auf Bullshit. Und um fair zu sein, in acht von neun Fällen hat sie damit recht.«

Er ließ sich nicht auf eine Diskussion ein. Das war der Rhythmus des Zusammenlebens, dachte Jess. Man kannte die Überzeugungen des anderen. Man streifte sie beiläufig, dann wechselte man das Thema. Streit musste man schon wirklich wollen.

»Also ich persönlich gebe ihr da recht«, sagte Robert, während er umständlich mit der Soße hantierte.

Jess riss ungläubig die Augen auf und nahm den Kopf etwas zurück, um die Frotzelei zu verdeutlichen, aber sie lächelte dabei.

»Ich weiß, ich weiß«, sagte Robert lachend. »Ich werde weich.«

Sie kam mit dieser neugewonnenen Entspanntheit noch immer nicht zurecht. Sie genoss sie, sie störte sich daran, wollte mehr davon und konnte sich dann doch nicht fallenlassen, wenn sie sich ergab. Sie operierten wohl auf verschiedenen Realitätsebenen. So wie es jeder Mensch auf seine Art tat. Bei ihr waren diese Ebenen jetzt bloß allesamt transparent, wie in einem hohen Gebäude mit Glasböden, das war der Unterschied. Sie konnte von ihrer Zufriedenheit in die Tiefe schauen, durch den Charme und die Ungezwungenheit sehen, aus denen sie sich speiste, und bis in die schwindelerregenden Abgründe ihres schlechten Gewissens blicken.

»Wie war dein Tag?«, fragte sie.

Er schüttelte den Kopf, plötzlich ernst.

»Ich weiß nicht«, sagte er. »Im Grunde furchtbar.«

Sie stellte ihr Glas zurück auf den Tisch und hob besorgt den Blick, ein Spiegel seines Tonartwechsels. »Was war denn?«

»Na ja, es ging schon gut los, weil ich einen Skype-Termin mit Silas hatte, ein unfassbar surreales Unterfangen, wie immer. Ich wollte ihn dazu bringen, etwas wegen der Kommentare zu unternehmen. Wozu er übrigens keinesfalls bereit ist.«

»Hab ich doch gesagt.«

»Ich weiß, es treibt mich trotzdem in den Wahnsinn. Aber eigentlich geht es darum, dass Silas sich in den Kopf gesetzt hat, ich soll die Story über die Siedlung *vermenschlichen*. Mich auf eine konkrete Lebensgeschichte konzentrieren, an der sich Empathie entzünden kann oder so.«

»Gar keine schreckliche Idee. Für Silas' Verhältnisse.«

»Nein, für Silas ist es geradezu ein Geniestreich. Also bin ich in die Siedlung und hab Klinken geputzt und rumgefragt. Keiner wollte den Mund aufmachen, wie du dir denken kannst.«

»Eingeschüchtert, nehme ich mal an«, sagte sie und trank noch einen Schluck Wein.

»Sehr. Aus gutem Grund. Ich ging also von Tür zu Tür und trug zusammen, was ich kriegen konnte, stand irgendwann vor einer echt *filmreifen* Wohnung. Die Fenster mit irgendwas vollgeschmiert. Stockdunkel. Und als ich an die Tür klopfe, ruft dieser Typ von drinnen, er sitze fest und könne nicht aufstehen. Er wollte nicht, dass ich irgendwen hole, darum hab ich schließlich sein Fenster eingeschlagen, um ihm zu helfen.«

Robert schenkte dem, was er auf dem Herd hatte, keinerlei Aufmerksamkeit mehr und wandte dem Topf den Rücken zu, während es blubberte und spritzte. Er schaute nicht Jess an, sondern fixierte irgendeinen Punkt ein Stück oberhalb ihres Kopfes.

»Es war so ein alter Kerl«, sagte er tonlos. »Hockte auf seinem Sofa und kam nicht mehr hoch. Er sagte, es sei irgendeiner da gewesen und hätte seinen Stock weggestellt. Die Wohnung war …« Er schüttelte den Kopf. »Total verdreckt. Stank.«

»O Mann. Konntest du irgendwas tun?«

Er zuckte mit den Schultern. »Na was schon? Ich hab ihm eine Tasse Tee gemacht. Ein bisschen gequatscht.«

»He«, sagte sie und deutete mit dem Fuß auf den leeren Esszimmerstuhl neben ihr, »komm und setz dich.« Als er sich setzte, streifte sie ihre Schuhe ab und legte die Beine auf seinen Schoß. »Und? Was hast du jetzt vor?«

Das schien ihn aus seiner kurzen Geistesabwesenheit zu reißen. »Darüber zu schreiben«, sagte er bestimmt. »Ganz sicher. Das ist der ideale Stoff.«

»So was muss an die Öffentlichkeit«, sagte Jess.

»Genau.«

Er hatte begonnen, ein wenig mit den Knien zu wippen, und machte es damit schwierig für sie, ihre Beine abzulegen. Er kippte einen Schluck Wein hinunter und kniff leicht die Augen zusammen.

»Die wird sich noch umgucken«, sagte er, beinahe zu sich selbst.

»Wer?«

»Oh …« Er wischte den Moment beiseite und hielt die Knie wieder still. »Niemand. Dieses Weib.«

»Die Kommentatorin?«

»Ja. Julia Soundso.«

»Warum sollte es –«

Er schüttelte den Kopf, stand auf und widmete sich wieder dem Kochen.

»Wenn der Artikel emotional genug wäre, hätte sie Schwierigkeiten, ihn in ihren Kommentaren so zynisch wie sonst zu dekonstruieren, das ist alles. Und wenn sie es doch tut, stößt es sicher nicht auf die übliche Gegenliebe.«

»Aber das ist kein Grund …«

»Natürlich ist das kein Grund. Ich sagte ja nur, es wäre ein netter Bonus, weiter nichts.«

Er hatte sein Weinglas auf die Arbeitsfläche gestellt und sich wieder zu ihr umgedreht. So etwas passierte ihnen jetzt häufiger. Es ergab sich die Gelegenheit zur Konfrontation. Sie schauten einander an und erwogen, wie stark sie der Versuchung nachzugeben bereit waren. Im Normalfall gingen sie einfach darüber hinweg und umschifften den potentiell explosiven Moment.

»Ja, stimmt«, sagte sie. »Human-Interest-Storys schrecken Trolle bekanntlich eher ab.«

Er nickte.

»Na, wie dem auch sei«, sagte er. »Wir sollten essen.«

Beim Essen unterhielten sie sich über die Tagesereignisse im Netz, fragten einander, ob sie diesen oder jenen Post gesehen, diesen oder jenen Shitstorm in den sozialen Medien verfolgt oder einen Blick auf diese oder jene hanebüchene Think-Piece-Überschrift geworfen hatten, die gerade in den Netzwerken von allen Zurechnungsfähigen Hohn und Spott erntete. Weil es das Abendessen war, wählten sie Themen, bei denen sie einer Meinung sein konnten. Einige Unterschiede zwischen digital und analog galten immer noch, dachte Jess. Online provozierte man Kontroversen. Zu Hause pickte man sich sauber die Gemeinsamkeiten heraus. Anknüpfungspunkte waren leicht zu finden. Sie hatten, wie alle anderen, die sie kannten, so ziemlich die gleichen Dinge gesehen und sich so ziemlich die gleichen Gedanken dazu gemacht. Sie bekam allmählich das Gefühl, dass das unausgesprochene Ziel dieser abendlichen Unterhaltungen die gegenseitige Rückversicherung war. Damit gaben sie dem anderen auf ihre Art zu verstehen, dass sie immer noch wussten, wo sie standen, immer noch an den vertrauten Koordinaten zu finden waren. Das war nötig, dachte sie, weil sie in Wirklichkeit an einen Punkt gelangt waren, der ihnen keineswegs vertraut war. Das Gelände unter ihnen hatte sich verschoben. Ihre Karten hätten ein Update vertragen.

Was immer das auch genau sein mochte – dieser Nicht-Ort häuslicher Harmonie und digitalen Dissenses –, es hatte, wie offenbar alles heutzutage, mit einem Beitrag im Netz begonnen. Vor einigen Jahren, noch am Anfang ihrer akademischen Karriere, hatte Jess einen Forschungsbericht über maskuline Identität in der Online-Gaming-Kultur veröffentlicht. Etwa einen Monat später war eine Entgegnung eines »Vordenkers« namens Stefan Ziegler erschienen, der sich damals gerade als populistischer Pseudointellektueller etablierte und darauf spezialisiert war, anachronistische Meinungen in das angesagte Big-Data-Mäntelchen zu kleiden, um nicht belegte Behauptungen neu verpackt als »nicht intuitives« Denken zu verkaufen. Als er den erwähnten Beitrag schrieb, hatte er bereits zahlreiche, dürftig als mathematische Erkenntnisse getarnte Trolltexte verzapft, unter anderem über die Gaußsche Normalverteilung, die statistische Unwahrscheinlichkeit einer Vergewaltigung im wirklichen Leben und darüber, warum die Spieltheorie als Argument gegen die Entwicklungshilfe in der Dritten Welt herhalten konnte. Im Grunde war er ein Chauvinist mit Zahlenmaterial, und in den Kreisen der selbstgefälligen Geek-Burschis, in denen er mit seinen Ideen hausieren ging, war Zahlenmaterial die Leitwährung.

In dem erwähnten Artikel vertrat Ziegler die Meinung, dass die hypermaskuline und im Grunde frauenfeindliche Gaming-Kultur keineswegs ein abscheulicher Rückfall in vor-aufklärerische Zeiten sei, sondern ein Idealbeispiel dafür, wie eine emotional aufgeladene Konkurrenzsituation unter Männern eine höchst produktive Form von männlicher Kooperation generieren könne. Dass diese spezielle Form maskulinen Bondings in einem Umfeld gedeihe, in dem männliche Aggression gegenüber Frauen weitgehend ohne Folgen bleibe, behauptete Ziegler, spreche deutlich dafür, dass in bestimmten Arbeitsumfeldern nicht dieser gerade populäre Gleichstellungskuddelmuddel, sondern im Gegenteil *weniger* Gleichstellung zugunsten größerer Produktivität anzustreben sei. Wie es seine Art war, hatte Ziegler seine Leser und Redakteure mit Zahlenmaterial zugeschmissen. Dabei hatte er sich nicht nur die Forschungsergebnisse von Jess angeeignet, ohne sie als Quelle zu nennen, er hatte daraus auch noch Schlussfolgerungen gezogen, die ihren eigenen völlig widersprachen.

Jess war nur zu gut vertraut mit der polemischen Strategie von Ziegler und Konsorten, die Leute in einen Streit hineinzogen und ihnen dann vorwarfen, sie würden »emotional« werden, weswegen Jess ihrerseits mit Zahlenmaterial gekontert und in einem sympathisierenden akademischen Verlag einen Aufsatz veröffentlicht hatte, der ihre eigene Arbeit genauer erläuterte und Zieglers Fehlinterpretationen ihrer Ergebnisse dekonstruierte. Ziegler ignorierte im Gegenzug alle Argumente von Jess und fischte sich nur die zwei, drei ansatzweise kontroversen Passagen heraus, die er ohne jeglichen Kontext und durchschossen von geifernden Kommentaren in seinem Blog veröffentlichte, wo sich all die tobsüchtigen Kindsmänner aus der Gamer-Szene und jene Männerrechtler darauf stürzten, die Zieglers ersten Artikel als längst überfälligen antifeministischen Weckruf gelesen hatten. Innerhalb von vierundzwanzig Stunden wurde Jess mit mehr als fünfhundert Tweets bombardiert, die ihr mit allem Möglichen drohten, von beruflicher Bloßstellung bis hin zu Vergewaltigung und Mord. Irgendwer bekam ihre private E-Mail-Adresse heraus und stellte sie in ein Forum. Ihre Wohnadresse und Handynummer sickerten durch. Im ganzen Netz tauchten Fotos von anonymisierten Männern auf, die in ihrer Straße oder sogar direkt vor ihrem Haus standen. Vor ihrer Wohnungstür wurde ein Kranz abgelegt.

Im Grunde war Jess auf so etwas vorbereitet gewesen. Sie hatte arbeits- und genderbedingt immer damit gerechnet, dass irgendwann ein paar wildgewordene Männer ihre Reputation in der Luft zerfetzen würden. Sie hatte zahllose Kolleginnen Ähnliches durchmachen sehen. Weniger gut vorbereitet war sie auf

Robert beziehungsweise auf seine Reaktion, die nicht im Geringsten dem entsprach, was sie von ihm erwartete, im Grunde sogar verlangte. Robert scheute wie die meisten Männer, die die Rhetorik des Konflikts in den Dienst einer intellektuellen Debatte stellten, die direkte Konfrontation. Angesichts der unumstößlichen Beweise für das, was Jess durchmachte, ließen sich die Vorfälle kaum herunterspielen. Darum wählte Robert den nächstbequemeren Weg: Er zog ihre Ursachen in Zweifel.

»Er hätte jedermanns Arbeit klauen können«, lautete eines seiner am häufigsten wiederholten Argumente. »Ich sage ja nicht, dass es okay war, deine Untersuchungsergebnisse zu klauen, ich glaube nur nicht, dass er sie geklaut hat, weil du eine Frau bist. Er hat sich deine Ergebnisse unter den Nagel gerissen, weil er die Zahlen für seinen Artikel brauchen konnte.«

»Im Internet zieht jeder Hass auf sich«, lautete eine weitere seiner Lieblingsphrasen. »Einfach jeder, den ich kenne und der online veröffentlicht, wird beschimpft. Das ist nicht zwangsläufig genderspezifisch.«

Jess wies ihn dann für gewöhnlich darauf hin, sie sei sich relativ sicher, dass keiner von Roberts Freunden Mails an die private Adresse bekommen habe oder, wie sie, Nachrichten an die vermeintlich private Handynummer, in denen in aller Drastik beschrieben wurde, was der anonyme Absender gerne mit des anderen Genitalien anstellen würde. Auch würden die Beleidigungen, die diese wahrscheinlich sowieso erfundenen Freunde erhielten, wohl kaum auf deren Geschlecht abzielen, als wäre allein die Geschlechtszugehörigkeit schon widerwärtig. Um Robert endlich unmissverständlich klarzumachen, was sie alles wegstecken musste, holte Jess ihr Handy raus und fing an, ihm wahllos Nachrichten vorzulesen.

Ich hab eine Brechstange, mit der ich dich zu Haus besuchen komme, und dann ramme ich sie dir in deine Scheißfotze, du feministische Sau.

Hoffe, du wirst vergewaltigt, du fette, hässliche Nutte.

Genieß die letzten Stunden deines Lebens, du Fotze.

An dieser Stelle war Robert sichtlich erblasst, musste man zu seiner Ehrenrettung sagen, dann entschuldigte er sich, und schließlich ärgerte er sich für sie. Sein Ärger ging so weit, dass er in einem seiner ersten und, wie sich herausstellen sollte, stilprägenden Texte für *The Command Line* darüber schrieb. Fast genauso schnell, wie sie Opfer der Trollattacken geworden war, erfasste Jess nun eine Welle der Unterstützung im Netz. Eine gemeinnützige Organisation mit dem Ziel, Frauen bei Internetterror zu unterstützen, wurde auf ihre Lage aufmerksam und bot Hilfe an. Sie säuberten Jess' Benutzerkonten, bauten ein neues, nicht nachverfolgbares Leben für sie auf und enttarnten – eine Aktion, die Jess besonders gefiel – viele der Pöbler, so dass Jess ihnen persönliche Grußkarten an ihre Wohnadressen schicken und sie wissen lassen konnte, mit wem genau sie sich da angelegt hatten und was ihnen blühen würde, wenn sie so weitermachten. Die für Jess verantwortliche Mitarbeiterin war Deepa, sie arbeitete als Ehrenamtliche bei der Organisation, wann immer ihre eigene Forschungsarbeit ihr die Zeit dafür ließ. Als sich die Dinge beruhigt hatten, machte Deepa Jess auf eine offene Stelle in ihrem Institut aufmerksam und schlug vor, sie solle sich bewerben; eine Entscheidung, die im Hinblick auf physische Unversehrtheit und finanzielle Absicherung auch bedeutete, aus London wegzuziehen. Nach und nach kam alles zur Ruhe, ebenso wie Jess und Robert. Seine Karriere nahm Fahrt auf, mit ihrer ging es voran. Sie waren solvent, abgesichert, erfolgreich und glücklich – so wirkte es zumindest.

Aber in ruhigeren Momenten, wenn sie weniger abgelenkt war, kam die unterdrückte Wut hoch, die ständig in ihr gärte. Bei der Arbeit, wenn sie unterwegs war mit Bekannten oder sich mit Robert unterhielt, war sie weitgehend mit sich im Reinen. Doch vor dem Einschlafen oder nachts auf einer Landstraße bei wenig Verkehr wurde Jess von einer Wut übermannt, die sich in ihrem tiefsten Inneren aufbäumte und mangels eines angemessenen Ventils in ihr austobte, dass die Fetzen aussortierter Erinnerungen und Kränkungserfahrungen nur so flogen. Bruchstücke von Online-Botschaften blitzten vor ihrem inneren Auge auf. Drohungen wirkten plötzlich wieder unmittelbar. Sie sah Zieglers Gesicht vor sich, erinnerte sich an Stellen aus seinem Artikel, und ungeachtet der Zeit, die mittlerweile verstrichen war, sträubten sich ihr immer noch vor Zorn die Nackenhaare. Sie goss sogar selbst Öl ins Feuer, indem sie nachts noch lange wach blieb, nachdem Robert eingeschlafen war, über Zieglers neusten Artikeln brütete oder frauenfeindlichem Hatespeech im Netz nachspürte und sich in eine sinnlose, schlaflose Wut hineinsteigerte.

Robert tat sich schwer damit. Er unterstützte sie weiterhin, verstand sie aber immer weniger. Was ihn anging, war die Geschichte abgehakt. Sie hatten das in die Hand genommen, sich nicht unterkriegen lassen. Er schien zu glauben, sie sollten sich nun selbst auf die Schulter klopfen. Manchmal kam er hoch zu ihr in die Mansarde, schon im Schlafanzug und pikiert, weil sie nicht bei ihm war, und las über ihre Schulter hinweg die geöffnete Seite im Netz. Er versuchte sie zu beruhigen, abzulenken, wegzulocken. »Vergiss das Ganze«, hieß es dann, »es ist vorbei, vergiss es.« Und sie lächelte und ließ sich von ihm etwas beruhigen, wenn auch nur oberflächlich. Sie pflichtete Robert bei und fühlte sich durch seine Anteilnahme bestärkt. Es war erledigt; sie musste es nun wirklich dabei bewenden lassen.

Dann kam ihr der Gedanke, dass sie, um tatsächlich einen Schlussstrich ziehen zu können, alles rauslassen musste, aber so, dass der ganze Teufelskreis nicht von neuem in Gang gesetzt wurde. Also erstellte sie eines Nachts in dem verzweifelten Versuch, etwas Schlaf zu finden, der nicht von dem, was in ihr wütete, unterbrochen wurde, einen anonymen Twitter-Account, auf dem sie Stefan Ziegler als Fotze bezeichnete.

Sie hatte einfach nur wissen wollen, wie sich so was anfühlte. Kaum hatte sie es getan, wusste sie: Es war diffizil. In dem Moment, in dem sie auf *Senden* drückte, löste sie ein Ereignis aus, um das ihre Gedanken und Gefühle zu kreisen begannen. Ganz am Anfang war da der Nervenkitzel, ein paar schweißtreibende, adrenalinisierte Momente, aber darunter schwelten bereits andere unterschwellige Emotionen: ein Gefühl der Scham, der Verdacht, dass sie sich selbst, durch irgendeine Winzigkeit, eine Situation, die sie hätte vermeiden sollen, erniedrigt hatte oder, noch schlimmer, erniedrigt worden *war*.

Während sie noch überlegte, ob sie den Tweet wieder löschen sollte, reagierte Ziegler bereits. Allerdings nicht so, wie Jess es erwartet hatte (keine schneidende Erwiderung, keine Mobilisierung seiner Anhänger, die Jess' Schmähung zu einem weiteren Beleg dafür umdeuteten, dass Ziegler hier das vielgeprüfte Opfer war etc.). Stattdessen blockte er sie wortlos und machte Jess' neuen anonymen Twitter-Account damit völlig sinnlos. Sie musste einsehen, dass Onlinehetze ein weitaus komplexeres Unterfangen war, als sie gedacht hatte.

Während der nächsten ein, zwei Tage fraß sich der Gedanke wie ein Borkenkäfer in ihr Gehirn, dass sie von einem System attackiert wurde, das ungestraft gefühlskalten Terror ausübte, auf das sie selbst aber keinen Zugriff hatte. Ihr schien beides verwehrt zu sein, Anonymität *und* Sichtbarkeit. Als sie Ziegler in aller Öffentlichkeit intellektuell angegriffen hatte, war sie bedroht worden. Als sie ihn anonym hatte einschüchtern wollen, war gar nichts passiert. Als sie selbst war sie zu sichtbar, um etwas bewirken zu können. Als anonymer Stänkerer war sie nicht wichtig genug, um Wirkung zu erzielen. Was sagte das über sie aus, fragte sie sich. Welche Möglichkeiten hatte sie? Eines wurde Jess innerhalb dieser Tage allerdings klar: einfach aufzugeben oder sich etwas weniger Konfliktträchtigem zuzuwenden, kam nicht in Frage. Nach einem solchen Rückzieher würde ihr Leben unerträglich sein. Sie würde sich selbst nicht mehr ertragen.

Die Ziegler-Erfahrung war niederschmetternd, aber aufschlussreich. Sie erklärte es sich als das Gegenteil von Dorothys Aha-Erlebnis im *Zauberer von Oz*. Jess hatte nicht den Vorhang weggezogen, um dahinter einen verschrumpelten alten Mann vorzufinden, der ein Monster lenkte; sie hatte den alten Mann beiseitegewischt und dahinter eine Bestie von ungeahnten Dimensionen ausgemacht. Zieglers würde es immer geben: nur um sich selbst kreisende, aus Selbstschutz um sich schlagende Männer, die ihr Strebertum und ihre Vorurteile hinter sogenannter kritischer Analyse verbargen. Sie erschreckte vielmehr, worauf sich Ziegler stützen konnte: ein Misogynieapparat, in dem jede Meinungsfindung Aggressionen hervorrief und jede Diskussion der Auftakt zu sexueller Belästigung war.

Damit hatte sich das Problem verlagert, es ging nicht mehr um Rache, sondern um belastbare Statistiken. Ein tesselierendes System der Feindseligkeit hatte sich ihr offenbart; jetzt musste sie es anderen sichtbar machen. Sollte ihr das gelingen, musste sie es aus seinem natürlichen Lebensraum zerren, heraus aus der Welt der Meinungen, des polemischen, oberflächlichen und aggressiven Niedermachens, und es in eben jenen Bereich verpflanzen, den es unberechtigterweise für sich reklamierte: den Bereich der Wissenschaft, der kalten, harten, verifizierbaren Realität.

Es hatte keinen Zweck, dachte sie, dabei als sie selbst aufzutreten. Als Wissenschaftlerin war ihr Name, Ziegler sei Dank, untrennbar mit den schlimmsten Auswüchsen des Phänomens verbunden, das sie zu untersuchen beabsichtigte. Sie musste sich wohl eine neue Identität zulegen. Genauer gesagt, nicht nur eine, sondern gleich mehrere: ein Infiltrationsteam.

Sie begann, falsche Lebensläufe zu entwickeln – gefälschte Veröffentlichungslisten, die zu entwirren Wochen gedauert hätte. Sie streute sie möglichst breit und trat in der Rolle von Männern und Frauen auf. Ihre Interessen waren breitgefächert, wobei sie Wert darauf legte, ihre Fähigkeiten einzubringen, ohne dass es sich mit ihrer tatsächlichen Arbeit überschnitt. Langsam schälten sich Persönlichkeiten heraus und mit ihnen auch Meinungen. Paradoxien in ihrem eigenen Kopf wurden zu Feindschaften zwischen den Charakteren, die sie erfunden hatte.

So kompliziert die Pflege und Betreuung dieser einzelnen Aktionsstränge auch schnell wurde, die multiplen Verfasserzeilen und unterschiedlichen Standpunkte waren lediglich die User-Schnittstelle für das, worum es Jess eigentlich ging. Abseits dieser Rollen, Ideen und Ansichten, die sie sich ausdachte, erstellte Jess ein Analysesystem, das die Auswirkungen ihrer polemischen Interventionen im Netz nachverfolgte. Jeder Tweet, jeder Satz in jedem Thinkpiece, jeder Kommentar, jeder geteilte

Link konnte nun, da Jess so viel mehr Variablen kontrollierte als der normale Internetnutzer, verfolgt und kartiert werden, während er seinen Weg auf der breiten Straße der Gedanken und Erwiderungen nahm, die das Netz bildeten. Ihre Ideen waren das Online-Pendant zu einem Kontrastmittel. Sie speiste sie in den hungrigen Schlund des Internets ein und verfolgte dann ihren Weg durch dessen Eingeweide.

Robert wurde derweil immer erfolgreicher. Mit seinem Beitrag über Frauenfeindlichkeit im Netz für *The Command Line* hatte er weitaus mehr Leser erreicht als je zuvor. So sprach er nun mit einem ganz neuen Selbstbewusstsein über Ungleichheit. Er hatte einen Artikel darüber geschrieben, welchen Beitrag Männer im Kampf gegen Frauenfeindlichkeit leisten könnten. Er hatte sich eine Gefolgschaft auf Twitter aufgebaut und wurde bekannt für seine sozial kompetenten Interventionen und das gezielte Trollen bigotter Celebritys. Kurz nach ihrem Umzug nach Edmundsbury hatte er von den Plänen für Larchwood gehört und sich sofort in der Sache engagiert.

Und natürlich freute sich Jess über seinen Erfolg. Wer, dachte sie oft, wenn sie sich fragte, wie weit diese Freude ging, würde sich nicht mitfreuen, wenn der Partner Erfolg hatte? Wer würde Roberts Qualifikation in Frage stellen wollen? Hatte er sich nicht auf die denkbar öffentlichste Art hinter sie gestellt, nötigte es ihr nicht Bewunderung ab, für welche Themen er sich engagierte, und das mit offenbar echter Leidenschaft?

Aber je mehr Bewunderung Robert erntete, desto mehr fühlte sie sich daran erinnert, dass diese Bewunderung von der Hetze herrührte, die sie am eigenen Leib hatte erfahren müssen. Je häufiger sie miterlebte, wie Robert feministische Standpunkte vertrat, auf Partys, im Netz, selbst zu Hause, in der Küche, wo er zunehmend Gefallen daran fand, mit ihr komplexere Positionen des Third-Wave-Feminismus zu diskutieren, desto mehr fühlte sie sich daran erinnert, was den Anstoß zu diesem Aufwachen gegeben hatte, für das er nun gefeiert wurde: dass sie ihm diese Drohungen und erniedrigenden Beleidigungen laut hatte vorlesen müssen, völlig aufgelöst, in ihrem eigenen Zuhause, ihn praktisch mit der Nase auf etwas hatte stoßen müssen, das er auch selbst hätte erkennen können.

Sie wusste, wie ihr Unbehagen ankommen würde, sollte sie es jemals zur Sprache bringen, und konnte sämtliche Reaktionen von Robert voraussagen. Er würde denken, es seien Neid und Verbitterung. Dass sie unzufrieden sei, wie sich ihre Karriere entwickelte, und ihm seine darum miesmachen wolle. Dass sie immer noch wütend auf Ziegler und die Männer sei, die sie bedroht hatten, und ihre Wut nun auf ihn übertragen würde, obwohl er nachweislich für sie da gewesen war, als sie ihn gebraucht hatte. Er konnte sogar *Zitate aus dem Internet* zu seiner Verteidigung anführen. Wie viele Leute konnten so etwas vorweisen?

Sie schlief weniger und ließ sich mehr und mehr von ihrem Projekt vereinnahmen. Robert bemerkte die Veränderungen an ihr, konnte sie aber nicht gänzlich erklären oder verstehen. Er begann, sich Sorgen zu machen. Ihr begannen die Sorgen, die er sich machte, Sorgen zu machen. Auch deswegen musste sie Dampf ablassen. Zu diesem Zeitpunkt hatte sie andere Ausdrucksvektoren. Jeder, sagte sie sich, als sie sich zum ersten Mal in den Kommentarbereich von *The Command Line* einloggte, braucht ein Sicherheitsventil. Jeder brauchte etwas, das er vor seinem Partner verbarg, um sich nicht völlig vereinnahmt zu fühlen.

Die Rechtfertigung war einfach, die Praxis kompliziert. Die Unsicherheit, die Robert hinter seinem Idealismus, seiner Offenheit versteckte, hatte sie einkalkuliert. Doch sie hatte nicht erwartet, dass ihn Julia Benjamins Kommentare so sehr beschäftigen würden, dass er ihre Reaktionen schon mitzudenken begann, bevor er seine Artikel schrieb. Seine Kolumnen wurden unmerklich streitbarer, sein Tonfall wurde eine Spur unnachgiebiger. Es kam ein Konkurrenzgefühl auf, und Jess merkte zu ihrer Bestürzung, dass sie es brauchte. Es war eine Spannung, die ihr an anderer Stelle fehlte.

Jetzt fühlte sich Jess tagtäglich, ob sie bei Nodem am Netz hing und ihre Avatare in Stellung brachte, die sie sich einmal als ihre Armee vorgestellt hatte, ob sie auf der Fahrt nach Hause darüber nachsann, was sie getan hatte, oder ob sie nachts wach lag und ihr Gesicht von den imaginierten Gesichtern ihrer Geschöpfe überlagert wurde, alles andere als gestärkt. Im Gegenteil, sie kam sich aufgelöst, fragmentiert, fadenscheinig vor. Irgendetwas ihn ihr, ob man es Energie, Stärke oder Antriebskraft nennen wollte, war nur begrenzt vorhanden, und das hatte sie nicht etwa verdoppelt, sondern zerteilt, immer und immer wieder, bis sie sich zerstreut, disparat und längst nicht mehr Herrin ihrer um sich gescharten Identitäten fühlte. Das ist es, dachte sie, was Männer mit dir machen. Nein, nicht alle Frauen in diesem Land hatten zu solch drastischen Mitteln gegriffen, aber soweit sie sehen konnte, bedienten sich alle einer Art Persönlichkeitsspaltung, um den Anforderungen des Lebens gerecht zu werden. Im Job bist du diese Frau. Zu Hause bist du diese Frau. Im Bett bist du diese. Diese Selbstanteile auseinanderzuhalten, zehrte die gesamte Energie auf. Und dann fehlte einem die Energie, um ein Ganzes zu sein.

Sie sah Robert an. Er fuhr mit der Gabel über den Teller, um die letzten Soßenreste aufzukratzen. Als spürte er ihren Blick, schaute er auf und lächelte.

»Wir sollten gehen«, sagte sie.

Er nickte. »Ich bin fertig«, sagte er.

In dieser Post-Tech-Park-Ära, von den Leuten halb im Scherz als Edmundsbury 2.0 bezeichnet, konnte man sich nicht über zu wenige Neuerungen beklagen. Green hatte, um in einer Gemeinde, die das Unternehmen mit gar nicht mal so offenen Armen empfangen hatte, gut Wetter zu machen, mit der eigenen Effizienz geprotzt und die positiven Neuerungen hochgespielt, die es bewirken würde. Man hatte den Deal versüßt: mit komplett neuer Verkabelung, stadtweitem privaten Breitbandnetz, schnellerem Internetzugang, höherer Sicherheit. Komfort und Modernität hatten über das Misstrauen gesiegt. Jetzt hatten sich allerdings wieder leise Zweifel eingeschlichen. Die Nachwirkung einer nicht greifbaren Veränderung lag in der Luft. Die Menschen sprachen zu ungewöhnlichen Tageszeiten darüber: Am Morgen nach einer durchzechten Nacht, am Ende einer besonders besinnlichen Mahlzeit, wenn die Rechnung präsentiert wurde. Immer wieder fiel das Wörtchen *unheimlich*. Die sichtbaren Veränderungen waren nicht mehr das Thema. Das Unbehagen rührte vom Ungesehenen her, von den kaum merklichen, aber dennoch eindeutig messbaren Veränderungen, die sich in der Topographie von Edmundsbury vollzogen hatten. Green hatte darauf Wert gelegt, in Projekte zu investieren, die keinen finanziellen Gewinn brachten, aber einen ideologischen Mehrwert versprachen, und der Stadt Unterstützung bei dem Vorhaben angeboten, sich in Sachen Nachhaltigkeit besser aufzustellen.

Das Projekt wurde in den Medien ausführlich dargestellt, die Details jedoch nicht erläutert. Wie vielen Menschen in Edmundsbury war zum Beispiel bewusst, dass sich das Lichtspektrum der altvertrauten Straßenlaternen ganz leicht verschoben hatte? War sich wie Jess irgendjemand darüber im Klaren, dass diese Abweichung zwar minimal, aber entscheidend war, weil sie nämlich annähernd dem Tageslichtspektrum entsprach, was bedeutete, dass jeder, der nach Einbruch der Dunkelheit draußen unterwegs war, einer nahezu unmerklichen Mikroveränderung seines Tag-Nacht-Rhythmus unterworfen war?

Auch wenn die Veränderung rein digitaler Natur war, wusste Jess, dass sie sich durchaus im psychischen Raum bemerkbar machen konnte. Beschwerden über das Verkehrsaufkommen waren um nahezu zweihundert Prozent gestiegen. Man war allgemein der Ansicht, dass mit dem Tech Park auch mehr Menschen hergezogen waren, was wiederum zu mehr verstopften Straßen führte – eine Annahme, die zumindest nicht völlig an der Realität vorbeiging. In der graphischen Darstellung erwiesen sich allerdings die Kurven für den schnelleren Internetzugang und die der gestiegenen Beschwerden über den Verkehr als deckungsgleich. Die Geduld oder die Bereitschaft, sich zu gedulden, hatte im umgekehrten Verhältnis zum Anspruch auf Zügigkeit abgenommen.

Als sie und Robert Richtung Stadtzentrum schlenderten, dachte Jess darüber nach, wie sich all diese für sich genommen minimalen, kaum wahrnehmbaren Veränderungen zu einer seismischen Veränderung im Bewusstsein addierten. Um sie herum durchquerten die Menschen ahnungslos Inseln eines veränderten Lichts, gefühlsmäßig auf ein neues Level von Geschwindigkeit und Dringlichkeit geeicht. Vielleicht, überlegte sie, hatte sich die Herzfrequenz der Menschen kaum merklich erhöht, hatten sich ihre Pupillen minimal erweitert, war ihr Atmen geringfügig schneller und flacher geworden. Vielleicht summierten sich all diese Anpassungen an das, was sie sahen und wie sie es sahen, zu etwas Irreversiblem, etwas Evolutionärem. Vielleicht war der schleichende Wandel, der für das kollektive unterschwellige Unbehagen in Edmundsbury verantwortlich war, nur die digitale Mimikry einer organischen Zwangsläufigkeit. Entwicklung gab es immer, lediglich das Tempo, in dem sie vonstattenging, variierte: von Überlichtgeschwindigkeit zur Kriechgeschwindigkeit eines Gletschers, von kaum wahrnehmbar zu schwindelerregend. Nichts war stabil; alles war in Bewegung.

Und dies war nur die greifbare Seite. In der Welt der Gefühle und Wahrnehmungen war dieses Schwanken endemisch. Man muss sich bloß Robert ansehen, dachte sie, während sie Hand in Hand spazierten. Früher hätte diese Geste übertrieben, unnötig gewirkt. Nun schien sie unverzichtbar, als Zeichen ihres kleinen Widerstandes gegen die Auswirkungen der Zeit, zur Beschönigung der unterschwelligen Veränderungen um sie herum.

Sie waren von ihrer Vorstadtstraße abgebogen und gingen nun auf der Hauptstraße ins Stadtzentrum. Die Hälfte der Bevölkerung von Edmundsbury schien auf dem Weg zu der Veranstaltung zu sein. Die Atmosphäre war gleichermaßen angespannt und aufgeregt. Nervöses Schnattern erfüllte die Straßen.

Edmundsburys sogenanntes historisches, mittlerweile aber einfach nur gesichtslos-provinzielles Stadtzentrum, einen kurzen Spaziergang von Jess' und Roberts Reihenhaus entfernt, war in vielerlei Hinsicht das Epizentrum der peripheren Veränderungen rundherum. Einst Obst-, Gemüse- und Viehmarkt, wurde es nun von Café-Ketten und Panini-Läden gesäumt. Niemand ging mehr zum Einkaufen in die Stadt. Sondern um Kaffee zu trinken oder etwas zu essen – eine diffuse Café-Kultur, der zumindest vordergründig die Idee zugrunde lag, dass eine Stadt eher ein Ort der Begegnung sein sollte als ein Warenumschlagplatz. Aber wenn man am Lack kratzte, kam es eigentlich auf das Gleiche hinaus: eine Bezahlkultur, eine Urbanität, die darauf basierte, Leute von ihrem Geld zu trennen.

Der Anblick des von Menschen erfüllten Marktplatzes nährte den Eindruck, dass das, was sie in Kürze erwartete, von noch nicht näher zu beschreibender Bedeutung sein würde. Die üblichen Nutzungsgrenzen und -beschränkungen des öffentlichen Raums waren vorübergehend aufgehoben. Die Polizei demonstrierte Präsenz, aber niedrigschwellig. Polizisten standen am Rand der kleinen Menge, unterhielten sich und behielten das sich versammelnde Publikum mit entspannten, nahezu väterlichen Blicken im Auge.

»Okay«, sagte Robert, als sie den Rand der Menschenansammlung erreichten und stehen blieben. »Was nun?«

Jess zuckte die Achseln. »Warten, nehm ich an.«

Er legte einen Arm um ihre Hüfte und zog sie an sich. Sie spürte, wie sie sich widersetzte. Dann, vom eigenen Widerwillen peinlich berührt, gab sie nach und schmiegte sich an ihn.

»Wann waren wir das letzte Mal so aus?«, fragte sie.

»Äh, gestern?«, fragte er stirnrunzelnd.

Sie verdrehte die Augen. »Nein, ich meine *aus*. Wie jetzt. Uns ein Feuerwerk oder die Weihnachtsbeleuchtungen ansehen.«

»Du glaubst, so was Ähnliches erwartet uns hier?«

»Nein«, sagte sie. »Aber trotzdem.«

Der Uhrturm von Edmundsbury, der den Markt nicht direkt

überragte, sondern eher plump an dessen Rand kauerte, begann die volle Stunde zu schlagen. Ein schwarzer Van mit getönten Scheiben bog um die Ecke, wartete, bis sich die kleine Menschenmenge geteilt hatte, fuhr dann auf die Mitte des Platzes und blieb mit laufendem Motor stehen. Ein paar lange Sekunden passierte gar nichts. Die Spannung stieg, und die Leute wichen, bewusst oder unbewusst, von dem Van zurück. Jess ließ sich jedoch nicht beunruhigen. Ihr kam der Van nicht bedrohlich vor, sondern eher wie ein Zeichen, dass etwas sorgfältig Geplantes stattfand. Er war einfach ein allzu deutlicher Signifikant – dieses Fahrzeug gehörte nicht zu einer getarnten militärischen Einsatztruppe oder einer hochprofessionellen Terrorzelle, sondern zu Leuten, die der Gedanke begeisterte, dass man sie für das eine oder das andere halten würde. Es lag an den getönten Scheiben und an der Tatsache, dass sie sich einen schwarzen Van statt eines weißen ausgesucht hatten, dachte Jess. Jeder, der eine kriminelle Handlung begehen und anschließend entkommen wollte, hätte ein unauffälliges Fahrzeug gewählt. Dieses schwarzglänzende Monstrum sprang schon auf eine Meile Entfernung ins Auge, was den Schluss zuließ, dass genau das beabsichtigt war.

Es war schwer zu sagen, ob das Publikum während der kleinen Verzögerung noch gespannter wurde oder sich im Gegenteil sogar entspannte. Jess registrierte fast so etwas wie eine leichte Ungeduld, als warteten alle darauf, dass das Event endlich in die Gänge kam.

Sie wollte gerade etwas zu Robert sagen, als sich die Hecktüren des Vans öffneten und fünf Leute herauskletterten, die identische Masken und dieselbe Bürokleidung trugen wie der Typ auf der Party. Sie winkten die Menge ein Stück weiter zurück, die mit unerklärlicher Fügsamkeit gehorchte. Dieses Kräfteverhältnis entging Jess nicht. Das war keine anarchistische Geste. Das war eine Gruppe von Leuten, die den autoritären Auftritt im ganz klassischen Sinne verinnerlicht hatten. Sie mochten sich zwar als Outsider betrachten, aber die Art, wie sie die Menge herumkommandierten, machte deutlich, dass sie trotzdem nach einer Macht strebten, die sie anderen neideten.

Sie gruppierten das Publikum um die Front des Fahrzeugs mit Blick zum Van und die Umgebung dahinter. Die hinteren Türen des Wagens standen offen und waren von der Menge nicht einsehbar. Alles war nun auf eine große fahle Wand ausgerichtet, die obere Hälfte eines Cafés an der Nordseite des Platzes. Die Neigung des Hausdaches gab preis, dass es statt normaler Fenster Oberlichter gab, somit war der obere Teil der Fassade ein durchgängiges, weißgetünchtes Rechteck, dessen Proportionen ideal waren für das, wozu es die Maskenmänner nun machten: eine Kinoleinwand.

Jess stand wie alle anderen auch vor der Schnauze des Vans und konnte nicht ins Innere schauen, doch als der vertraute helle Fleck auf die getünchte Wand fiel, wurde ihr klar, dass in dem Van ein leistungsstarker Projektor stehen musste. Die Männer außerhalb des Vans waren nun zu viert. Jeweils zwei bauten sich an den Seiten des Fahrzeugs nebeneinander auf, den Blick Richtung Publikum, den Rücken zu der Projektion. Sie hatten nichts in den Händen, aber etwas an ihrer Körperhaltung und der Art, wie sie den Van sicherten, lenkte die Aufmerksamkeit auf fehlende Gegenstände – als würden nicht vorhandene Waffen suggeriert. Jess fragte sich, ob das beabsichtigt war oder nur das Ergebnis einer tiefsitzenden kulturellen Prägung. Es war ein unangenehmes Gefühl, das Fehlen von Waffen zu bemerken. Waffen sollte man doch wohl nur bemerken, wenn sie auch da waren, oder nicht?

Auf der Wand hinter den Männern erschien ein Wort, schwarz, serifenlos, nüchtern im grellen Licht auf der nackten weißen Wand:

Edmundsbury

Es blieb dort ein paar Sekunden. Dann wurde es von einem Bild abgelöst: in Farbe, aber grobkörnig und in geringer Auflösung, mattes Wohnzimmerlicht, die Kamera leicht gekippt. Es zeigte eine junge Frau, die auf allen vieren auf einem Sofa kniete, nackt, ihr Hinterteil zeigte zur Kamera, die Hand griff zwischen den Beinen hindurch an ihre Vagina. Nach vielleicht zehn Sekunden verschwand das Bild und wurde von einem Text abgelöst.

Wir sind die Griefers.

Dies wurde von einem weiteren Foto abgelöst: eine Frau, vielleicht Anfang zwanzig, über ein Waschbecken gebeugt, nackt bis auf einen Stringtanga, in der linken Hand ein Handy, dessen Kamera auf den Badezimmerspiegel gerichtet war; die Sternenexplosion des Blitzlichtes verdeckte ihre Augen und machte das Gesicht unkenntlich.

Wir haben eine Frage:

Ein weiteres Bild, diesmal ein Mann, oder der Großteil eines Manns. Sein Kopf war nicht im Bild. Seine Hose hing ihm in den

Kniekehlen, sein Hemd war aufgeknöpft und enthüllte einen Filz aus Brustbehaarung und eine umfängliche Plauze. Im Zentrum des Bildes stand seine Erektion, die seine rechte Hand mit unnötiger Kraft umklammerte, die Adern auf seinem Arm traten deutlich hervor, die Eichel schwoll oben aus seiner Faust.

Was wollt ihr für euch behalten?

In der Menschenmenge erhob sich ein Murren. Wenn das so was wie Kunst sein sollte, schienen die Leute zu denken, dann war es geschmacklos. Wenn es das war, wonach es aussah, war es noch geschmackloser.

Auf dem nächsten Bild sah man eine E-Mail, die Adressen von Empfänger und Absender waren grob mit einem roten Photoshop-Wischer wegredigiert worden. Ein Teil des Textes war unleserlich gemacht worden, aber in der Bildmitte stach eine Zeile heraus: *niemand wird es je erfahren*. Das Bild löste sich langsam auf und wurde von dem Screenshot eines Kontoauszugs überblendet – die Details wiederum waren grob mit dem digitalen Rotstift unkenntlich gemacht worden, nur die Kontoumsätze waren noch zu erkennen. Die Beträge, sah Jess, gingen in die Zehntausende. Diesmal wurde der Text über das Bild gelegt:

Denk daran, Edmundsbury …

Währenddessen begannen sich die dicken roten Striche über den Kontodetails aufzulösen. Als eben so ein paar Buchstaben zu erkennen waren, wich das Bild dem vorangegangenen von der E-Mail, deren rot durchgestrichene Stellen ebenfalls langsam wieder sichtbar wurden, bis die hintere Hälfte der unkenntlich gemachten Adressen zu lesen war. Dieses Bild wiederum wurde rasch, bevor man mehr als die Namen der üblichen E-Mail-Services erkennen konnte, durch das Erektionsfoto abgelöst, nur dass die Kamera jetzt etwas nach oben wanderte und mehr vom Gesicht des Mannes zu erkennen war, um dann im letzten Moment von dem Badezimmer-Selfie abgelöst zu werden, auf dem beim Hinschauen der Blitzlichtfleck wegretuschiert wurde und die Augen der Frau zum Vorschein kamen. Schließlich erschien wieder das erste Bild, die kniende Frau, anonym, es sei denn, man kannte sie intim oder man folgte der Kamera, die über den Rücken und die Schultern der Frau hinweg an einen Spiegel heranzoomte, der Jess beim ersten Mal gar nicht aufgefallen war und in dem man blass und undeutlich beinahe ihr Gesicht erkennen konnte …

Das Bild verschwand. An seiner Stelle erschien eine Reihe einander überblendender, nicht unkenntlich gemachter Profilbilder. Das eine oder andere wirkte bekannt. Jemand aus der Menge rief: »Das bin ja ich«, und ein anderer: »Da ist meine Frau.« Kleine rote Quadrate tauchten auf den Bildern auf, isolierten die Gesichter, schnitten sie aus und vergrößerten sie. Die Überblendegeschwindigkeit wurde immer schneller, bis die Bilder einander nicht mehr ersetzten, sondern eins wurden, jedes Gesicht die Gestalt änderte, um das nächste in sich aufzunehmen. Mit zunehmender Geschwindigkeit bekam man ein Kaleidoskop von Gesichtern zu sehen, bis der Übergang von Bild zu Bild nicht mehr wahrnehmbar, die Geschwindigkeit bloß noch als ein surrendes Bilderrauschen zu bemerken war. Die abwechselnden Gesichter waren zu einem einzigen Gesicht geronnen, das dem Publikum entgegenstarrte: das Gesicht auf den Masken, die die Männer aus dem Van trugen. Am Schluss, bevor die Leinwand schwarz wurde, leuchtete darüber noch in weißer Schrift das Statement auf, mit dem Jess mittlerweile gerechnet hatte:

Wir sind euer Gesicht.

Dann ging der Projektor aus. Die Männer kletterten zurück in den Van. Die hinteren Türen knallten zu. Der Van fuhr langsam davon.

Jess zog ihre Hand aus der von Robert, rieb sich die Augen und fand nach ein paar Momenten der Abwesenheit wieder zu sich. Als sie blinzelte und Robert anschaute, massierte der sich die Finger, um nach ihrem festen Griff wieder Leben hineinzukneten.

0010

Hugo Bennington zu sein, pflegte Hugo Bennington immer zu sagen, war ein harter Job, aber irgendwer musste ihn ja machen. Eine Zeitlang hatte er »schmutziger Job« gesagt, aber Teddy, seine rechte Hand und Berater in allen Fragen der Öffentlichkeitsarbeit, hatte ihm diese Formulierung ausgeredet.

Hugo hatte eine heikle Gratwanderung zu meistern. In erster Linie sollte er Tacheles reden, aber er musste auch aufpassen, was er sagte. Folglich war es ein harter Job, Hugo Bennington zu sein. Ob diesen Job jemand machen *musste*, stand auf einem anderen Blatt. Hugo hatte oft genug ernsthaft daran gedacht, es sein zu lassen. Aber man konnte nicht öffentlich sagen, es sei hart, man selbst zu sein. Das hätte weinerlich geklungen, und Weinerlichkeit war Hugo verhasst. Ironischerweise hatte ausgerechnet einer dieser weinerlichen Liberalen vor kurzem Hugos Kolumne im *Record* zerpflückt, um ihn anhand seines Sprachgebrauchs vorzuführen, und herausgearbeitet, dass »weinerlich« der Begriff war, den Hugo am häufigsten gebrauchte, noch vor »liberal«, »Verschwörung«, »politisch korrekt« und »*Multikulti*«, ein Wort, das Hugo nur mit »sogenannt« *und* Anführungszeichen verwendete.

Das Kunststück, Hugo zu sein, bestand darin, dass beide Hugos – Tacheles-Hugo und Erst-denken-dann-reden-Hugo –

gleichzeitig aufstehen und den Tag über reibungslos zusammenarbeiten mussten. Nicht, dass Tacheles-Hugo je einen Tag freigehabt hätte. Tacheles-Hugo brauchte nur eine Pall Mall, ein Schinken-Sandwich und eine Tasse Kaffee in der Farbe eines Menschen, auf den zu sprechen zu kommen ihm Erst-denken-dann-reden-Hugo abraten würde, und schon war Tacheles-Hugo fit für mehrere Stunden guten, alten Volksempfindens. Erst-denken-dann-reden-Hugo war da ganz anders veranlagt. Erst-denken-dann-reden-Hugo schlief gerne länger, ließ Tacheles-Hugo erst mal loslegen und bekam dann Panik, wenn der unbeaufsichtigte Tacheles-Hugo etwas sagte, das er sich besser verkniffen hätte. Das war bedauerlicherweise mehr als einmal geschehen, und Hugos Partei war der einhelligen Meinung, dass diese Vorfälle weniger werden mussten, daher hatte man Maßnahmen ergriffen. Die wichtigste dieser Maßnahmen war Teddy, der sich nun mit Hugos zähneknirschender Zustimmung jeden Morgen in Hugos Küche einfand und darauf wartete, dass Hugo aufstand, um dann sicherzustellen, dass alle Hugos vollständig anwesend und präsentabel waren – wodurch sich Hugo zu gewissen Gegenmaßnahmen gezwungen sah, etwa sich nach dem Zähneputzen und Anziehen durch die Hoftür nach draußen zu stehlen, um eine Zigarette und einige Momente Ruhe und Frieden zu genießen, wie Hugo seinen ersten tiefen, brennenden Lungenzug, den ausgedehnten Hustenanfall und den unausweichlich folgenden Schwindel, den er schlaff an die Hauswand gelehnt, die Finger zwischen die Augen gepresst, über sich ergehen ließ, zu bezeichnen pflegte.

Hugos Gesundheit war eine vertrackte Sache. Auf den flüchtigen Beobachter wirkte er verhältnismäßig fit. Er war schlank und kompakt gebaut. Und wenn er nicht gerade kreidebleich war wie kurz vor dem Kreislaufkollaps, hatte er oft kerngesund wirkende rosige Wangen. Er gab sich größte Mühe, immer und überall gesund und munter und von – wie es in mindestens einer Zeitungskolumne einmal geheißen hatte – unerschöpflicher Energie getrieben zu wirken. Das war politisch von entscheidender Bedeutung. England befand sich in einem derart desolaten Zustand, lautet eine von Hugos Kernaussagen, dass es ungeheuer viel anzupacken gab. Es würde nicht viel bringen, meinte Teddy, Gott und der Welt zu erklären, dass eine große nationale Kraftanstrengung nötig sei, wenn man selbst so aussah, als würde man bei der geringsten körperlichen Beanspruchung zusammenbrechen. Im Gegenteil, er müsse eine Aura der Unbesiegbarkeit verbreiten, als verfüge er über unbegrenzte körperliche Reserven.

Das Problem war, dass Hugo nicht nur als unerschöpflicher Quell jugendlicher Tatkraft erscheinen sollte, sondern er seine potentiellen Unterstützer auch unentwegt daran erinnern musste, dass er ein Mensch wie jeder andere war. Er war, so sein persönliches Branding, der Mann von der Straße. Vor allem aber war er der Mann im Pub. Sollte er jemals den Eindruck erwecken, nicht mehr der Mann im Pub an der Ecke zu sein, so die Befürchtung, würde er bei den anderen Pubhockern keinen Eindruck mehr machen. Dadurch wurden Hugos Fototermine strapaziös. Sobald Teddy einen Fotografen zu Gesicht bekam, platzierte er Hugo hinter ein komplettes englisches Frühstück, rammte ihm eine Zigarette zwischen die Finger oder schubste ihm hektisch ein Pint Ale hin, manchmal noch vor zehn Uhr morgens.

Das Resultat war, dass Hugos forsches Auftreten einen krassen Widerspruch zu seinem langsam verrottenden Innenleben darstellte. Ungeachtet seines rosigen Teints brachte ihn seine Kampagne innerlich um. Sein Puls raste und stockte nach gänzlich eigenen Regeln. Selbst im Schlaf bekam er Panikattacken, woraufhin er im grauen, klammen Nebel der Furcht mit rasendem Herz und in einer Lache von Schweiß erwachte, die ein gesunder Mensch gar nicht hervorbringen konnte.

Er sagte sich, dass er sich wieder erholen würde. Der Zeitrahmen der Kampagne war nicht festgelegt, aber irgendwann, hoffentlich im nächsten Jahr, würde sie ausgestanden sein. Der Termin der Nachwahl war noch nicht bekanntgegeben worden, weil der amtierende Inhaber des Postens, auf den Hugo spekulierte, der weder ganz gesunde noch übertrieben agile Trevor Barnaby, noch nicht tot beziehungsweise im Ruhestand war, aber bald, sehr bald schon, wie jedermann dank einer Reihe allgemein bekannter Gesundheitsrisiken wusste, würde er eines von beidem sein, und dann würde Hugos Stunde schlagen. Eine letzte verzweifelte Kraftanstrengung würde noch vonnöten sein, und dann wäre endlich Ruhe.

Tief im Innern wusste Hugo allerdings, dass das nicht zutraf. Es stimmte schon, dass die Kampagne seiner Gesundheit nicht förderlich gewesen war, aber es stimmte auch, dass der zunehmende Verfall von Hugos Körper nicht von ungefähr kam. Seine Ängste hatten ihn krank gemacht. Hugo war ein Mensch, der mit seinen Ängsten bestens vertraut war. Das musste er auch, denn ihre Zahl war Legion. Er konnte jedes Herzflattern und jedes Magengrimmen, jede Atemnot und jeden Filmriss in die passende Kategorie einordnen: Krankheit (global); Krankheit (persönlich); Tod (eigener); Langlebigkeit (anderer); Erniedrigung (eigene); Versagen (eigenes); Erfolg (anderer); Impotenz (eigene); Virilität (anderer). Er kannte sie, wollte aber nicht darüber reden. Stattdessen münzte er sie um und bündelte sie zu einem Universalschrecken, den die Leute offenbar nachfühlen konnten. Denn im Grunde hatte ja jeder Angst. Hugo war alt genug, um sich an die Tage zu erinnern, als es der Politik darum gegangen war, die Menschen zu beruhigen. Doch diese Zeiten waren vorbei. Heutzutage musste man sie ständig in Furcht und Schrecken halten. Und wer konnte das besser als ein von Furcht zerfressener Mann?

Als er die Zigarette aufgeraucht hatte, holte Hugo vorsichtshalber schon mal tief Luft, um sich zu beruhigen, trat durch die Hoftür und schlenderte in die Küche, wo Teddy auf dem Esstisch hockte, die Füße auf einem der Stühle.

»Boss Man«, sagte Teddy. »Hugotron. Der Hugh-ster. Wie stehen die Aktien?«

»Bestens«, meinte Hugo. »Nehmen Sie die Füße von meinem Stuhl.«

»Absolut«, sagte Teddy, ohne die Füße vom Stuhl zu nehmen.

Teddy war ostentativ durchtrainiert. Aus seiner Figur sprach weniger körperliche Kraft als eine bedingungslose Hingabe an den Ausbau seiner Glamour-Muskeln. Er hatte die Angewohnheit, bei jeder Bewegung die Brustmuskulatur spielen zu lassen. Selbst wenn er sich zurücklehnte, hielt er die Arme etwa fünfzehn Zentimeter vom Oberkörper abgespreizt, um den Eindruck zu erwecken, vor Kraft aus allen Nähten zu platzen. Wie sein Körper sprach auch seine gebräunte Haut weniger von intensivem Outdoor-Training als vielmehr von kostspieliger Indoor-Aktivität – ein Hautton irgendwo zwischen billigem Laminatfußboden und der Fotokopie eines Sonnenuntergangs. Er trug hypermoderne Sportkleidung wie eine Uniform: ein hautenges, atmungsaktives Lauf-Top und gefährlich freizügige

Shorts. An den Füßen trug er etwas, das wie in Form gegossener Speichel aussah.

»Was zum Henker haben Sie da an den Füßen?«, fragte Hugo. »Sie sehen aus, als hätten Sie in einer Pfütze gestanden.«

»Memo Skin-Footwear«, erklärte Teddy. »Sie imitieren das Barfuß-Gefühl. Ich spüre meine Schuhe überhaupt nicht.«

Hugo ging Kaffee aufsetzen und fragte sich nicht zum ersten Mal, warum Teddys Invasion in seinen häuslichen Alltag nie so weit ging, ihm einen Kaffee zu kochen.

»Kaffee?«, fragte Hugo, Angebot und Begehr gleichermaßen.

»Nein, danke. Ich fahre mich gerade runter.«

»Dann setzen Sie sich doch richtig hin.«

»Nein, ich kann mich auch so runterfahren. Ich bin an meinem absoluten Ruhepunkt.«

Teddy schloss die Augen und atmete tief ein.

»Ich fühle mich total revitalisiert«, erklärte er.

»Ich dachte, Sie fahren runter?«

»Aber ja. Ich habe mich runtergefahren. Jetzt powere ich mich wieder hoch. Flutscht.«

»Werden Sie sich heute noch öfter runterfahren und wieder hochpowern müssen? Denn …«

»Mich reizt alles außerhalb des Gewohnten. Fragen Sie mich, wie groß meine Komfortzone ist.«

»Wie groß ist Ihre Komfortzone?«

»So groß.« Teddy presste Zeigefinger und Daumen fest zusammen.

»Das heißt, Ihnen ist nie ganz wohl?«

»Nein, das heißt, ich umarme das Unbekannte.«

»Ihnen ist also nie ganz wohl, und Sie wissen über nichts Bescheid.«

»Ach, was heißt schon Bescheid wissen?«

Darauf fiel Hugo keine Antwort ein. Die Dinge, die er wusste, wollte er nicht wissen. Und von den Dingen, von denen er nichts wusste, wollte er nichts erfahren.

Nachdem er sowohl so viel an Kaffee (er vertrug noch nichts Solideres) wie auch an Teddys surrealen Gedankengängen (in dem Bereich wäre ihm etwas Solideres durchaus willkommen gewesen) zu sich genommen hatte, wie er schlucken konnte, trottete Hugo nach oben in sein Arbeitszimmer, machte es sich in dem luxuriös gepolsterten Drehstuhl vor seinem Schreibtisch bequem und begab sich an das, was er mehr als großzügig seine Arbeit nannte, nämlich an die leidige Pflicht, eine weitere Stunde totzuschlagen, diesmal im Internet, um nach Kommentaren über sich zu suchen. Vor Jahren war es noch ganz aufregend gewesen, Gegenstand öffentlicher Diskussion zu sein, doch dieses Gefühl war schnell von Paranoia abgelöst worden und dann, als die Paranoia verheizt war, von verbitterter Resignation und sogar, obwohl er es sich nicht wirklich eingestehen mochte, einer morbiden Faszination. Also begann Hugos Arbeitstag seit einigen Jahren mit einer Tiefenanalyse seines aktuellen Status. *Hugo B* ins Suchfeld einzutippen, war immer schon ganz nett gewesen, da Hugo Bennington in der Regel auf einem respektablen vierten oder fünften Platz auftauchte, aber meistens hielt Hugo nicht lange genug inne, sondern tippte gleich *Hugo Benn* ein, woraufhin zu seiner Befriedigung sofort sein voller Name an die Spitze der Vorschlagsliste sprang. Tag für Tag genoss Hugo für genau eine Sekunde den blutigen, dramatischen Umsturz in einem unsichtbaren Cyber-Reich, den er sich währenddessen immer vorstellte, dann wurde er von den vorgeschlagenen erweiterten Suchanfragen unsanft aus seiner

Phantasie gerissen. *Hugo Bennington böse* tauchte zumeist rasch auf, ebenso wie *Hugo Bennington hässlich*, *Hugo Bennington Sexist*, *Hugo Bennington Rassist* (natürlich) und *Hugo Bennington must die*, was zu Hugos Abscheu der Name einer linksradikalen Punkband war, die in den Pubs von Devon auftrat. Hier hätte nun ein Mann mit mehr Selbstkontrolle, mit mehr Selbstachtung als Hugo die Löschtaste gedrückt und all diese Vorschläge verschwinden lassen. Doch falls dieser Mann irgendwo in ihm existierte, kam Hugo bedauerlicherweise nicht an ihn heran, also tippten seine Finger mannhaft den vollen Namen ein, und Hugo musste zusehen, wie Google, all seinen Hoffnungen zum Trotz, eine Beleidigung nach der anderen erbrach, besonders wenn diese Finger, unterwegs auf eigener Mission, noch ein *ist* hinter seinen Namen setzten. Daraufhin schien Google jedes Mal einen direkten Kanal zwischen allem Siff in der Welt und Hugos sämtlichen halb verdrängten Ängsten zu öffnen. *Hugo Bennington ist ein Schwachkopf. Hugo Bennington ist der Antichrist.* Das waren die Schmähungen, an die er sich mittlerweile klammerte: die unspezifischen, einfallslosen, dummen. Doch darauf folgte eine immer vielfältiger werdende Auflistung beängstigend einfallsreicher Giftigkeiten. *Hugo Bennington ist für die Menschheit, was Hundescheiße für Schuhe ist. Hugo Bennington ist wie schmerzende Eier. Hugo Bennington ist wie ein Kondom voll Tripper.*

Wie er so masochistisch sein konnte, jeden Morgen damit zu verschwenden, sich auf dem Laufenden zu halten, wie verhasst er war, wusste Hugo auch nicht so genau. Er vermutete, dass dieses Verhalten wie auch alles andere in seinem Leben von seinen Ängsten diktiert wurde. Zu deren ständig wachsender Zahl hatten sich, seit er im Licht der Öffentlichkeit stand, noch die Angst vor Unsichtbarkeit, Bedeutungslosigkeit und Entbehrlichkeit hinzugesellt. Solange die Leute sauer auf ihn waren, sagte er sich, war er immerhin jemand.

»Zehn Minuten bis zum Abflug, großer Meister.«

Teddys Stimme vom Fuß der Treppe gab ihm einen unangenehmen Ruck. Die Ironie, dass Teddy, ein unterbelichtetes Kind, bei dem man sich wunderte, dass es alleine die Schnürsenkel binden konnte, Hugo gegenüber einen väterlichen Tonfall anschlug, war für Hugo kaum zu ertragen. Aber solche Dinge nahm man Hugos Erfahrung nach besser schweigend hin.

Er fuhr seinen Computer herunter, der ohnehin nur den Zweck erfüllte, Hugo daran zu erinnern, wie sehr man ihn hasste, sammelte seine Unterlagen und die Aktentasche ein und ging nach unten.

»Der Wagen ist da«, erklärte Teddy strahlend.

»Der Wagen? Großer Gott, ist es wirklich schon so spät?«

»Fürchte ja, alter Junge.«

Sie traten zur Vordertür hinaus und gingen zu einem Mercedes, der mit laufendem Motor wartete. Beide setzten sich in den Fond, vom Fahrer durch eine Glasscheibe getrennt. Teddy holte eine fluoreszierend gelbe Plastikflasche aus seinem abartig futuristischen Rucksack, öffnete sie und setzte sie an den Mund.

»Mein Gott«, sagte Hugo. »Können Sie nicht warten, bis wir im Büro sind? Von dem stinkenden Zeug wird mir schlecht.«

»Meine Nahrungsaufnahme ist auf die Minute durchgetaktet, Hugo. Das Frühstück zu verschieben würde meinen kompletten Metabolismus aus dem Gleichgewicht bringen.«

Seit etwa einem Jahr hatte Teddy keinerlei feste Nahrung mehr zu sich genommen. Stattdessen ernährte er sich ausschließlich von einem halb flüssigen neongelben Schleim namens Fibuh, den er viermal täglich zu genau festgelegten Zeitpunkten zu sich nahm und von dem er behauptete, er sei ernährungsphysiologisch so weit optimiert, dass er eine noch vollwertigere Mahlzeit als die normale vollwertige Mahlzeit darstelle. Fibuh war die Erfindung eines siebzehnjährigen Chemie-Wunderknaben, der so krankhaft schüchtern war, dass er nicht in der Schulkantine essen konnte, und der nicht einmal die notwendigen Handgriffe beherrschte, um sich ein Sandwich zu schmieren. Aus diesem Grunde hatte der Junge sein ganzes Leben der Entwicklung, Produktion und Vermarktung eines Produkts verschrieben, das ihn dieser beiden Schrecknisse enthob und angenehmerweise auch noch zum Millionär machte. Er behauptete, durch die optimale Nährstoffzufuhr würde er nun zweihundert Jahre alt werden. Zahlreiche Ernährungswissenschaftler hielten es für wahrscheinlicher, dass er mit vierzig einen Stuhlbeutel tragen würde, weil er seinem Körper die Verarbeitung fester Nahrung versagte.

Teddy nahm einen tiefen Schluck aus der Flasche und hatte eine knallgelbe Oberlippe, als er sie wieder absetzte.

»Mmmmhhhh«, machte er mit einer etwas angestrengten Genießermiene. »Lecker.«

»Sie wissen schon, dass das Zeug haargenau wie geschmolzenes Plastik riecht, oder, Teddy?«

»Fibuh ist eigentlich geschmack- und geruchlos«, erklärte Teddy. »Geschmack und Geruch werden während des Produktionsprozesses synthetisch hinzugefügt.«

»Und warum lassen sie es dann wie eine radioaktive Lunchbox riechen?«

»Eigentlich soll es nach Kantine riechen. Forschungsergebnisse zeigen, dass der Geruch von Speisesälen eine zuverlässigere

Hungerreaktion hervorruft als der Geruch von Nahrung an sich.«

»Bei mir ruft es bloß ausgesprochen unzuverlässig Übelkeit hervor.«

»Nur, weil Sie es noch nie probiert haben«, sagte Teddy, nahm einen weiteren großen Schluck, würgte kurz, rieb sich die tränenden Augen und wischte sich mit dem Handrücken über den Mund. »Darum haben Sie nicht die richtigen Assoziationen. Wenn man es erst mal probiert hat ...«

»Wonach schmeckt es denn?«

»Nach Hühnchen«, antwortete Teddy. »Das sollte ein Witz sein.«

»Und was genau für ein Witz?«

»Na, die Leute sagen doch immer, alles schmeckt nach Hühnchen. In der Zukunft wird alles nach Hühnchen schmecken.«

»Und das war's? In eurer schönen neuen Welt ohne Kaufzwang gibt es statt freier Auswahl für alle nur diese eine Geschmacksrichtung?«

»Auswahl ist unproduktiv«, behauptete Teddy. »Sie erzeugt kognitive Reibungen. Den Leuten wird die Zeit dafür fehlen, Hugo. Sie werden aufstehen wollen, irgendetwas anziehen, ohne lange überlegen zu müssen, sich Fibuh reinhauen und sich dann mit den wirklich wichtigen Dingen beschäftigen.«

»Und was wird aus Vielfalt? Und Überraschungen?«

Teddy zuckte die Achseln. »Antiquierte Konzepte.«

Hugo war kurz davor, Teddy nach dieser im Hinblick auf Hugos politische Ambitionen recht besorgniserregenden Ansicht weiter auszufragen, doch Teddy schien die Materie bereits erschöpfend behandelt zu haben und richtete seine Aufmerksamkeit nun auf die Straße draußen.

»Gut, er müsste jetzt hier irgendwo sein«, sagte er. Er drehte sich um und guckte durch die Heckscheibe. »Offenbar werden wir nicht beschattet.«

»Mein Gott, Teddy. Müssen wir diese Nummer wirklich jedes Mal …«

»Sie wollen doch wohl nicht mit ihm gesehen werden«, sagte Teddy. »Würden Sie gerne erklären wollen, warum Sie sich mit ihm treffen?«

»Nein.«

»Eben. Okay, da ist er.« Teddy zeigte auf einen untersetzten, kahlgeschorenen Mann, der an einer Ecke stand und verzweifelt versuchte, unverdächtig zu wirken, indem er sich mitten auf dem Bürgersteig eine Zeitung vors Gesicht hielt.

»Guter Gott«, meinte Hugo. »Er ist als er selbst verkleidet.«

»Warum trägt der denn seine Montur?«, fragte Teddy. »Wie oft hab ich ihm erklärt: Trag nicht diese Montur.«

»Ich fürchte, er hat keine anderen Sachen. Er ist wie Sie. Er steht morgens auf und wählt zwischen vier identischen schwarzen Bomberjacken.«

»Okay, laden wir ihn ein«, erklärte Teddy. »Und aufgepasst, Hugo: Exakt fünfzehn Minuten für dieses Meeting. Dieses Fibuh ist unterwegs Richtung Hauptbahnhof, und Sie werden nicht wollen, dass ich in diesem Wagen festsitze, wenn es einfährt. Sie verstehen mich, Boss?«

»Ja, Sie haben Ihr Breichen gegessen und haben jetzt noch eine halbe Stunde, bevor Sie sich in die Windeln scheißen.«

»Das ist … Also, ich würde es nicht gerade so formulieren …«

Teddy hatte keine Gelegenheit, auszureden, denn Ronnie Childs kletterte unbeholfen auf die Rückbank und versuchte, sich zwischen Teddy und Hugo zu quetschen.

»Die Herren«, sagte er.

»Ronnie«, sagte Hugo und machte Platz.

Ronnie Childs, klein, eine Kugel von Muskeln, so kahl, dass er fast spiegelte, passte gerade noch so zwischen Hugo und Teddy. Seine Schultern berührten die Ohren, und der kurze Hals war komplett in seiner Bomberjacke verschwunden. Weil er sich weder nach rechts noch nach links drehen konnte, versuchte er allein durch Zucken der Gesichtsmuskeln erst Teddy und dann Hugo zu begrüßen.

Seit mehreren Jahren hatte Childs sich als Kopf des ostenglischen Flügels einer selbsternannten Bürgerwehr namens Brute Force behauptet. Das erklärte Programm der Brute Force war Rassenkrieg auf den Straßen. Sie trugen eine Uniform aus schwarzer Bomberjacke, übergroßen schwarzen Stiefeln und Camouflage-Hosen. Brutal waren sie ausnahmslos alle. Das Problem war, dass sie außerdem immer mehr Zulauf bekamen; sie waren so beliebt, dass sie bereits daran dachten, eine richtige Partei zu gründen, wodurch sie Hugo und dem Rest von England Always in zweifacher Hinsicht Alpträume bereiteten. Zunächst einmal waren sie politisches Gift, machten die Straßen unsicher und ließen die »anständige« Rechte, wie Hugo sie nannte, schlecht aussehen. Darüber hinaus verfügten sie über das Potential, ihnen Stimmen zu klauen, falls sie ihren gestörten Plan in die Tat umsetzten und die Bomberjacken auszogen und sich in billige Anzüge warfen. Sie mussten daher überzeugt werden, mit England Always zusammenzuarbeiten, um so viele Wählerstimmen abzuschöpfen wie möglich. Allerdings durfte die Partei auf keinen Fall öffentlich mit ihnen in Verbindung gebracht werden, das konnten sie überhaupt nicht gebrauchen. Daher musste jeder Kontakt zwischen Hugo und Childs gewissenhaft verheimlicht und im Falle einer Aufdeckung entschieden bestritten werden, was wiederum der Grund dafür war, warum Hugo und Teddy etwa einmal im Monat diesen entwürdigenden Zirkus veranstalteten und einen Wagen mit Fahrer anmieteten, um Ronnie Childs vorzugaukeln, sie wären wichtig genug für einen Wagen mit Chauffeur, nur damit er dann im Auto und nicht im Büro mit ihnen reden konnte.

»Meine Jungs sind gar nicht glücklich«, sagte Childs unverblümt. »Und wenn meine Jungs nicht glücklich sind, dann bin ich auch nicht glücklich.«

»Aber wir möchten ja, dass Sie glücklich sind, Ronnie«, beteuerte Teddy und setzte sein mitfühlendes Gesicht auf. »Warum genau sind sie denn so unglücklich?«

Ronnie Childs war ein Mann, der ständig in angespannter Erwartung etwaiger Respektsverweigerungen lebte, und hatte daher die Neigung, sein Gegenüber, so wie jetzt auch, ziemlich lange anzustarren, bevor er antwortete, allein um sich zu vergewissern, dass man ihm nicht blöd kam.

»Diese Fotzen mit den Masken«, sagte er schließlich.

»Aha?«, sagte Teddy.

»Das sind verfickte Terroristen«, behauptete Childs und wollte die Hand heben, um seine Aussage zu bekräftigen, aber das Sitzarrangement war wie eine Zwangsjacke.

»Ach, wirklich?«, fragte Hugo aufrichtig überrascht.

»Könnten sie jedenfalls sein, nach allem, was wir wissen«, sagte Childs. »Das ist ja das Problem. Wir wissen nicht, was das für welche sind.«

Hugo sah zu Teddy hinüber und suchte nach irgendeiner Form von Bestätigung.

»Es sieht so aus, als wären sie politisch«, erklärte Teddy. »Ob sie das nun zu einer …«

»Da draußen läuft eine Bande maskierter Fotzen frei rum und macht den Leuten Angst. Und was tun wir dagegen? Nichts. Einen Scheißdreck tun wir. Weil Sie gesagt haben, bevor ich die Jungs losschick, um irgendwas gegen … gegen irgendwas zu unternehmen, müsste ich Sie fragen. Das heißt, wir hocken bloß auf unserem Arsch.«

»Haben Sie gehört, Teddy? Ronnie hier sitzt untätig auf dem Arsch rum. Das können wir nicht zulassen.«

»Stimmt«, sagte Teddy.

»Ich bin nicht der Typ, der nur auf dem Arsch rumsitzt«, bekräftigte Childs.

»Natürlich nicht«, sagte Hugo. »Aber mir scheint, wir müssten zunächst mal rausfinden, wer die sind und was die wollen.«

»Na, viel Glück dabei«, meinte Childs, »wo man nicht mal deren Gesichter sehen kann.«

»Stimmt«, erwiderte Hugo. »Wir sehen ihre Gesichter nicht, und darum können wir nicht …«

»Man kann nicht sehen, ob das Moslems sind«, sagte Childs.

»Scheiße«, sagte Hugo. »Das ist wahr.«

»Holla«, sagte Teddy und hob die Hand. »Lasst uns …«

»Was denn?«, fragte Hugo. »Das denken doch alle.«

»Aber keiner sagt es.«

»Aber das ist mein Job«, sagte Hugo. »Ich spreche aus, was alle denken, aber keiner sagt.«

»Ja, aber in einem angemessenen Rahmen. Manche Leute denken Dinge, die kein Mensch laut hören will.«

»Okay, und warum ist es problematisch, das auszusprechen?«

»Es ist islamfeindlich«, meinte Childs. »Heutzutage ist ja alles islamfeindlich.«

»Nein, ist es nicht«, widersprach Hugo. »Es hat mit dem Scheißislam doch gar nichts zu tun. Wir sagen ja nur, wenn man die Hautfarbe von Leuten nicht sehen kann, dann …«

»Ich frage mich, ob wir es vielleicht lieber nicht ständig sagen sollten«, warf Teddy ein. »Damit wir es uns nicht zu sehr zur Gewohnheit machen. Denn auf diese Weise verplappert man sich leicht.«

»Ich verstehe nicht, was daran so kontrovers sein soll.«

»Na, kontrovers ist zum Beispiel, dass suggeriert wird, die Hautfarbe würde darüber bestimmen, wer ein Terrorist ist, und nicht die Tat.«

»Aber so ist es doch«, sagte Hugo.

»Nein, im Grunde nicht. Denn ein Terrorist ist man, wenn man eine Bombe in einer Schule deponiert, egal welche Hautfarbe man hat.«

»Ich glaube, das ist jetzt reine Semantik.«

»Politik ist im Wesentlichen eine Frage der Semantik, Hugo.«

»Das ist ja noch mehr eine Frage der Semantik. Gut gemacht, Teddy.«

»Ich weiß nicht, was Semantik ist«, sagte Childs.

»Müssen Sie auch nicht, Ronnie. In Ihrem Leben kommt Semantik gar nicht vor.«

»Man könnte es ja an ihren Händen erkennen«, schlug Childs vor.

»Das stimmt«, meinte Hugo. »Was, wenn ich gar nicht von Gesichtern rede? Was, wenn ich ›Hände‹ sage?«

Teddy schaute ihn lange an. »Sagen wir doch vorerst gar nichts, gut?«

»Gesichter. Hände. Alles eine Frage der Semantik, oder?«, fragte Childs.

Hugo sah Childs vielsagend an, wenn auch nur kurz, um ihn nicht zu verärgern.

»Was haben die da noch gleich gesagt?«, fragte Hugo. »›Wir sind euer Gesicht.‹ Was bedeutet das?«

»Wir wissen nicht, was das bedeutet«, erklärte Teddy.

»Könnte was mit Rasse zu tun haben«, sagte Childs.

»Könnte sehr gut was mit Rasse zu tun haben«, meinte Hugo, der feststellte, dass er etwas häufiger mit Childs einer Meinung war, als ihm lieb war. »Haben wir uns da schon schlaugemacht, Teddy?«

»Nein«, erwiderte Teddy. »Denn wie ich bereits sagte ...« Er blickte auf seine Armbanduhr. »In sieben Minuten startet die Darmrakete, Hugo. Ronnie: Wir müssen Sie hier absetzen.«

»Aber wir haben noch gar nicht ...«

»Wir haben Sie *gehört*«, sagte Hugo ernsthaft. »Wir verstehen uns, Ronnie? Die Botschaft ist *angekommen*.«

»Wir haben sie *deutlich vernommen*«, sagte Teddy, auf dessen Gesicht sich ein dünner Schweißfilm gebildet hatte. »Und jetzt machen wir uns an die Planung. Und wenn der Plan steht, werden wir handeln.«

»Was Sie im Moment tun müssen, Ronnie«, erklärte Hugo, »ist abwarten. Aus taktischen Gründen. Verstehen wir uns?«

»Ich kann die Jungs nicht ewig zurückhalten«, wandte Childs ein.

»Ich verstehe genau, was Sie meinen«, sagte Teddy. »Mann, ich kann das nur zu gut verstehen. Aber es gibt für alles die rechte Zeit und den rechten Ort. Mehr sagen wir ja nicht.«

»Gut«, meinte Childs.

»Wir lassen Sie hier raus«, meinte Teddy.

»Wenn einer von Ihnen vielleicht kurz aussteigen könnte«, bat Childs, der sich freizuruckeln versuchte.

»Das geht leider nicht«, sagte Teddy.

»Wir könnten erkannt werden«, erklärte Hugo.

»Stimmt, ja, guter Einwand. Ich muss nur ...« Er kraxelte über Teddy hinweg, stieß die Tür auf und stolperte auf den Bürgersteig. Einen Moment lang sah er stocksauer aus, dann fasste er sich wieder und schlug seine Zeitung auf.

»Er liest wieder mitten auf dem Bürgersteig die Zeitung«, meinte Hugo, durchs Rückfenster blickend.

»Fahrer«, sagte Teddy, nervös an die Trennscheibe klopfend, »geben Sie ein bisschen Gas.«

Er ist abgetaucht, das meinst du doch im Grunde.«

»Nein, nicht komplett. Er ist immer noch *da*. Er generiert weiter Traffic. Aber irgendwie kommt von ihm nichts zurück, und ich kann nicht sehen, was er treibt.«

Trina klemmte sich das Telefon zwischen Unterkiefer und Schulter, griff nach ihrer Maus und klickte weiter herum. Die Ampelfarben der Microtasker, die den Großteil der Beschäftigten bei Green ausmachten, ordneten sich neu, aber das verriet ihr auch nicht mehr darüber, was derjenige, der ihr aufgefallen war, gerade trieb.

»Und normalerweise ist er produktiv?«

»Superproduktiv«, sagte Trina. »Er loggt sich zu jeder Tages- und Nachtzeit ein und ackert sich durch die Tasks wie ein Roboter. Er hatte nur noch ein, zwei Tage bis zum nächsthöheren Level.«

»Und dann …«

»Dann das jetzt.«

»Vielleicht private Probleme?«

»Dachte ich zuerst auch, aber dann … Sein Traffic ist wirklich ominös. Er ist nicht komplett von der Bildfläche verschwunden, wie man es bei einer plötzlichen Krise erwarten würde, und es gab auch keinen allmählichen Rückgang der Produktivität wie bei sich anbahnenden Schwierigkeiten zu Hause. Es ist, als wäre er nur noch halb da.«

Am anderen Ende des Telefons entstand eine Pause.

»Haben Sie einen Vermerk gemacht?«

»Bislang noch nicht.«

»Aber melden müssen Sie ihn schon.«

»Ich weiß, ich weiß.«

»Wer ist Ihr Teamleiter?«

»Norbiton.«

Eine weitere Pause.

»Kein Wunder, dass Sie zögern.«

»Eben.«

»Aber ich glaube, es lässt sich nicht vermeiden.«

Sie seufzte.

»Fein. Okay. Dann melde ich ihn. Wünschen Sie mir Glück.«

Sie legte das Telefon weg, navigierte durch die Profile auf ihrem Monitor und markierte ihn mit einem Rechtsklick. Sekunden später bestätigte das System ihre Aktion mit einem kleinen Pop-up. In der zermürbenden Monotonie ihres Alltags konnte das fast als Ereignis gelten.

Sie lehnte sich im Stuhl zurück und rieb sich die Augen, in die sich die wechselnden Farbcodes von Beatrice, ihrem Task-Management-System, eingebrannt hatten. Sie wartete, bis das

Nachbild verblasst war, bevor sie sich erlaubte, in ihr unmittelbares Hier und Jetzt zurückzukehren: den nüchternen Kasten ihres No-go-Raums, gerade groß genug für einen Schreibtisch und einen Computer, schalldicht, Zutritt nur mit Schlüsselkarte. Auf manche Menschen hätte der Raum deprimierend gewirkt. Für Trina war diese anonyme, isolierte Zelle das Gesicht des Erfolgs. Sie hatte um sie gekämpft und störte sich deshalb nie daran.

Die Arbeit bei The Arbor war kaum jemals Teamwork. Dank einer geradezu neurotisch eingeforderten *Need to know*-Politik wurde nichts Nennenswertes öffentlich entwickelt. Projekte wurden von Einzelnen in mobilen Bausatz-Kabinen gemanagt, die jeweils mit einem individuellen Zugangscode gesichert waren. Dieses System sollte Datenklau einen Riegel vorschieben. Selbst wenn tatsächlich irgendein Abtrünniger irgendetwas leaken sollte, so die gängige Meinung, würde er nur die sehr begrenzten Informationen weitergeben können, zu denen er Zugang hatte. Eine Begleiterscheinung der Geheimhaltung war der Statusgewinn: Im Großraumbüro zu sitzen und sich mit dem Teil der Belegschaft abzuplacken, der nicht an Projekten arbeitete, unterstrich nur die untergeordnete Bedeutung der eigenen Arbeit. Um sich bemerkbar zu machen, um berücksichtigt zu werden, wenn mehr Verantwortung im Gespräch war, durfte man nicht auf dem Präsentierteller sitzen, sondern musste ganz für sich an etwas arbeiten, das man einzig und allein selbst definieren konnte.

Sie konzentrierte sich wieder auf Beatrice, das übersichtliche Interface, das ihr gesamtes Arbeitsumfeld darstellte. In der rechten oberen Ecke ihres Bildschirms informierte sie ein Echtzeit-Zähler, dass die Produktivität exakt so war, wie sie es haben wollte. Dennoch spielte sie mit den Parametern, manipulierte Schieber und Regler und beobachtete, wie sich die Produktivitätsrate entsprechend anpasste. Weiter unten kam Bewegung in die Icons und Referenzwerte, die jeweils einen anonymen Arbeiter in seinem Schlaf- oder Wohnzimmer in irgendeinem Winkel von Edmundsbury, in einigen Fällen auch irgendwo sonst im Land, darstellten. Grün für hohe Produktivität, Gelborange für durchschnittliche Leistung und ein strenges Rot für jene, die derzeit nicht die gewünschte Leistung brachten. Am Ende der Liste blieb Tayz, der einst so zuverlässige Arbeiter, den sie gerade hatte melden müssen, stur auf Rot.

Denken und Handeln wurden bei The Arbor strikt voneinander getrennt. Ideen entwickelten nur diejenigen, deren Position innerhalb der Hierarchie sie zum Denken berechtigte. Sobald ihre Ideen abgesegnet worden waren, wurden sie in eine Reihe leicht ausführbarer Tasks unterteilt. Jeder Task war ein Paket, das eine Reihe kleinster, unhierarchisch organisierter Aufgaben umfasste, die zwar notwendig, in dieser Prozessphase jedoch so unbedeutend und marginal, so völlig losgelöst vom Gesamtprojekt waren, zu dem sie gehörten, dass sie buchstäblich jeder erledigen konnte. Besser noch, man konnte sie von überall aus erledigen, solange man nur Zugang zum Internet hatte. Wenn man Green Glauben schenkte, und das taten zweifelsfrei alle Mitarbeiter bei Green, konnte bei diesem Arrangement jeder nur gewinnen. Kostenintensive Büroklötze waren überflüssig geworden. Dumpfes, stures Absitzen von Bürozeiten gehörte der Vergangenheit an. Microtasker arbeiteten, wo immer sie wollten und wann immer sie wollten. Weil sie einzelne Mikrozahlungen für jeden bewältigten Microtask erhielten, arbeiteten sie so viel oder so wenig sie wollten. Die Work-Life-Balance, brüstete sich Green stolz, hatte sich noch nie so flexibel managen lassen.

Die Wirklichkeit war, wie Trina wusste, weniger utopisch. Sie hatte selbst schon als MT gearbeitet. Sie wusste, wie viele Micropayments man brauchte, um annähernd auf ein volles Gehalt zu kommen. Sie wusste, dass man Tag und Nacht Tasks abarbeiten musste, um über die Runden zu kommen. Anders als viele der gesichtslosen Arbeiter, die sie derzeit kontrollierte, wusste sie außerdem, was dazugehörte, um den Sprung von der dezentralen und punktuellen Beschäftigung aufs nächsthöhere Level zu schaffen.

Wie bei jeder gamifizierten und anreizorientierten Arbeitsgestaltung, ging es beim Microtasking ums Gewinnen. Das Problem war nur, dass niemand wusste, wobei man eigentlich gewann beziehungsweise wie genau man es anstellte, zu gewinnen. Das war natürlich kein Zufall. Ohne eine klare Vorstellung davon, was man leisten musste, um Erfolg zu haben, blieb einem nichts anderes übrig, als so viel zu leisten, wie man physisch und emotional aus sich herausholen konnte, und zu hoffen, dass es genügte. Das Microtasking-Ökosystem sprach die menschlichen Urimpulse an, es war der perfekte Ansporn. Weil die von Microtaskern geforderte Arbeit keinerlei Kontext, kein fertiggestelltes Produkt und kein festgesetztes Ende kannte, musste das Gefühl, etwas geschafft zu haben, mit anderen Mitteln evoziert werden. Man konnte sich Levels freispielen, die Bezahlung konnte stufenweise angehoben werden, und der Status stieg und fiel mit der Leistung. MTs arbeiteten nicht nur, sie spielten gegeneinander. Man ging davon aus, dass am Ende des Spiels die ultimative Belohnung wartete: Das Ende des Microtaskings und eine Position »im Haus«.

Es kursierten zahlreiche Gerüchte, worauf es dabei ankam. MTs richteten Chatrooms und Foren ein, um darüber gemeinsam zu spekulieren. Einige glaubten, Produktivität sei der Schlüssel. Andere meinten, die Qualität sei ausschlaggebend. Trina kannte die Wahrheit: Es kam auf keins von beidem an. Produktivität war bei Green vorprogrammiert. Und da das Microtasking-System automatisch jeden aussortierte, der Mist baute, war auch die Qualität garantiert. Nein, wenn man bei Green auf sich aufmerksam machen wollte, musste man auf die Faktoren setzen, die dem Firmenethos von Green entsprachen: Innovation und Disruption. Die Schieber und Regler für Beatrice, das Interface, auf das sich Trina in ihrem sauer verdienten No-go-Raum nun wieder konzentrierte, hatte sie selbst entwickelt. Während sie arbeitete, hatten bestimmte Parameter ihr Interesse geweckt. Dabei war ihr klargeworden, dass Beatrice automatisiert und darum berechenbar war. Auch wenn die genauen Strukturen des Abstrafens und Belohnens von den Menschen, die Beatrice aus der Ferne steuerte, nie ganz definiert werden konnten, konnten sie doch unbewusst bestimmte Rhythmen und Muster verinnerlichen. Die Produktivität blieb dann überaus stabil, übertraf aber auch nie die Erwartungen. Sie fand eine simple Lösung für das Problem und schickte sie per E-Mail über eine Admin-Adresse an The Arbor: ein User-Interface, das den menschlichen Spieltrieb ansprach. Nun integrierten Beatrice' Parameter auch die Plastizität menschlicher Zufallsentscheidungen ab. Das brachte gehörige Unruhe in die Microtasker. In ihrem hektischen Bestreben, das Gleichgewicht wiederherzustellen, arbeiteten sie bis zum Umfallen. Die Produktivität schoss in die Höhe. Trina hatte es geschafft, sie war »im Haus«.

Das Erfolgserlebnis war jedoch nicht ungetrübt. Als sie selbst noch Microtaskerin gewesen war, hatte sie bei jedem rasenden, speedgepeitschten Arbeitsanfall und jedem valiumgefederten Crash immer The Arbor vor Augen gehabt. Sie war am Ball geblieben, weil sie dort unbedingt reinwollte. Nachdem sie es geschafft, nachdem sie das lang ersehnte Level geknackt hatte, taten sich auch dort immer nur neue Ziele auf. Wie sich herausstellte, unterschied sich das Leben als Insider bei The Arbor nur unwesentlich von dem Leben draußen. Die Arbeitszeiten und die Bezahlung waren besser, aber die Arbeitsbedingungen nur zu vertraut. Es zeichnete sich bald ab, dass auch hier niemand im Entferntesten die Aussicht auf einen normalen Arbeitsvertrag hatte. Mitarbeiter konnten ohne Vorwarnung an die Luft gesetzt werden. Sie hatte es schon miterlebt. Auf deinem Bildschirm öffnete sich ein Fensterchen und dankte dir für deine Mitarbeit. Wenn du es mit einem Klick bestätigtest, wurde eine Bildschirmsperre aktiviert, und du warst raus. Die Mitarbeiter waren angehalten, einen leeren Karton unter dem Schreibtisch bereitzuhalten, damit sie ohne Verzögerung ihren Arbeitsplatz räumen konnten.

Wie aufs Stichwort erschien auf Trinas Bildschirm ein Pop-up, das ihr einen jähen Schrecken einjagte, wie immer, wenn diese kleinen Fenster aufsprangen. Doch als sie las, worum es ging, folgte Erleichterung. *User: NORBITON erbittet umgehende Anwesenheit bei: Notfall-Powwow. Ort: Die Dialoglounge.*

Sie schickte ihren Computer schlafen und entließ sich mit der Magnetkarte aus ihrer Kabine. Draußen begrüßte sie die gedämpfte Geräuschkulisse der Aktivitäten in Großraumbüros: insektoides Tastaturgetrippel, das leise Fiepen ignorierter Benachrichtigungen.

Bream und Holt, die sich viel darauf einbildeten, die zarte Blase ihrer Effizienz auch nicht nur durch eine einzige Sekunde der Ineffizienz zu gefährden, waren schon da und hatten sich auf den unbequemen Beanbags niedergelassen, die Green in der fehlgeleiteten Annahme, die Stimmung sei dann gelöster, für solche Meetings vorsah. Beide balancierten Tablets auf den Knien und ließen Eingabestifte zwischen den Fingern wirbeln, während sie sich wegen der Momente grämten, die sie durch Trinas Unpünktlichkeit verloren. Auf einem etwas größeren Beanbag hockte Norbiton, der immer wieder herumrutschte, wenn das formbare Bodenmöbel sich gegen seine korpulente Figur sperrte und ihn auf den Teppich beförderte.

»Trina«, sagte Norbiton. »Schön, dass du kommen konntest.«

»Die Benachrichtigung klang, als sei das Treffen verpflichtend«, erwiderte Trina.

»Ist es. Die Begrüßung war nur eine Standardfloskel.«

»Betrachte mich als begrüßt«, sagte Trina und begab sich auf das Niveau der anderen.

»Schön«, sagte Norbiton. »Alle anwesend. Dann legen wir mal los.«

Er schlug eine neue Seite seines renitent retromäßigen Notizblocks auf und klopfte mit einem angekauten Kuli auf das Papier. Bream und Holt wechselten einen vielsagenden Blick.

»Wie ihr alle zweifellos wisst«, begann Norbiton, »erlebte Edmundsbury am Freitagabend etwas, das wir in Ermangelung eines besseren Worts zur Zeit noch als Vorfall bezeichnen. Eine Gruppe von Leuten, die sich The Griefers nennen, rotteten sich …«

»Wir wissen alle, was passiert ist«, erklärte Bream.

»Wunderbar«, sagte Norbiton. »Ausgezeichnet. Ich wollte das nur klarstellen.«

»Machen wir weiter«, drängte Holt.

»Vielleicht beginnen wir mit …«

»Bei uns allen sind die Meetingminuten knapp«, sagte Bream. »Darum sollten wir dieses Meeting extrem fokussiert fahren.«

»Schön«, sagte Norbiton. »Dann komme ich zum Punkt.«

»Tut mir leid, aber anzukündigen, du kämst zum Punkt, anstatt gleich zum Punkt zu kommen, stiehlt uns auch wieder Zeit«, erklärte Holt.

»Ist notiert«, sagte Norbiton. »Jedenfalls …«

»Wir sind jetzt wie lange, zwei Minuten, hier?«, sagte Bream. »Und noch kein vernünftiges Wort.«

»Bei Green ist man, wie ihr euch denken könnt …«

»Beunruhigt?«, fragte Holt. »Denn wenn du sagen wolltest, dass man beunruhigt ist, kann ich dir versichern, dass wir darauf schon selbst gekommen sind.«

»Lassen wir die Beunruhigung«, sagte Bream. »Komm zur Sache.«

Trina bemerkte, dass Norbiton zu transpirieren begann.

»Ich habe schon gehört, dass ihr ein toughes Team seid«, sagte er.

»Gehört das zur Sache?«, sagte Bream.

»Mein Timer sagt drei Minuten«, bemerkte Holt.

»Wow«, meinte Norbiton. »Okay. Also, man ist der Ansicht, wir müssten diese Bedrohung schnellstens neutralisieren, denn andernfalls –«

»Andernfalls flippt die Stadt aus«, ergänzte Bream.

»Angesichts der ganzen Bedenken wegen Infrastruktur, Sicherheitsfragen et cetera?«, fragte Holt.

»Genau«, antwortete Norbiton, fuhr sich mit der Hand über die Stirn und wälzte sich zurück auf seinen Beanbag, der ihn ein weiteres Mal abgeworfen hatte. »Ganz genau. Ich möchte konstatieren …«

»Du brauchst Statistiken zum Datenverkehr«, sagte Bream. »Du willst Zugriffsregister. Du willst Berichte über Sicherheitsverletzungen.«

»Genau«, bestätigte Norbiton. »Das ist … Das ist super. Will heißen, einfach toll, dass ich hier kaum was erklären muss. Denn das fasst meinen gesamten Führungsstil im Grunde schon zusammen. Sei nicht im Weg, lass die Leute ihr Ding machen. Wenn man ganz kleinlich sein will, ist Führungsstil sowieso zu hoch gegriffen. Es ist eher …«

»Das erscheint mir nun völlig irrelevant«, erklärte Holt. »Findet das noch jemand irrelevant?«

»Ich halte es für irrelevant«, sagte Bream.

»Menschenskind, legt ihr ein Tempo vor, Jungs. Und Trina: Wenn ich Jungs sage, dann möchte ich betonen, dass dein Gender natürlich vermerkt ist. Wir wollen hier niemanden ausschließen.«

Trina sagte nichts. Norbiton mochte ja den Schuss gehört haben, dachte sie, kam aber nicht aus den Startlöchern.

»Schön«, sagte Norbiton, der außer Atem klang, obwohl er sich auf einem Beanbag lümmelte. »Bream, wie sehen die …«

»Darf ich nicht sagen.«

»Wie bitte?«

»Ich nehme an, du wolltest mich nach meinen Traffic-Daten fragen. Aber die darf ich dir nicht verraten. Du bist nicht NTK.«

»Außerdem«, warf Holt ein, »darf *ich* wiederum nichts über Breams Traffic-Daten wissen. Also dürfte Bream dir in meiner

Anwesenheit keine Auskunft geben, selbst wenn du NTK wärst, Norbiton.«

»Ebenfalls nicht NTK«, sagte Trina und hob die Hand. »Aber wo wir schon beim Thema sind, ich wäre gerne NTK bei mehr …«

»Du bist nicht NTK, weil du nicht daran arbeitest«, unterbrach Bream.

»Das ist kein Fall für die Antidiskriminierungsstelle«, meinte Holt.

Trina starrte Holt an, schluckte ihre Erwiderung aber herunter. Jedes Mal, wenn sie wegen Bream oder Holt wütend wurde, versuchten die sie in die Ecke »wütende schwarze Frau« zu drängen, was sie natürlich noch wütender machte.

»Gut«, sagte Norbiton. »Hervorragendes Verständnis des Need-to-know-Prinzips. Wird auf jeden Fall wertgeschätzt und vermerkt, okay, Jungs? Aber …«

»Dieses Meeting wäre um etliche Sekunden kürzer, wenn sich jeder an die festgelegten Akronyme halten würde«, erklärte Holt.

»Trina«, versuchte Norbiton Tempo zu machen, »vielleicht könntest du …«

»Oh, oh«, machte Bream. »Wir sind nicht NTK für Trinas Aufgaben.«

»So viel zur Gleichbehandlung, was?«, sagte Holt und musterte Trina mit einem fischigen, kalten Blick.

»Das heißt, im Grunde kann mir keiner …«, begann Norbiton hilflos.

»Irgendwas sagen?«, vollendete Bream. »Nein. Nicht in dieser Runde zu den bislang erwähnten Bereichen.«

Norbiton legte seinen Stift auf das Notizbuch und verschränkte die Hände. Sie zitterten ein wenig, wie Trina bemerkte.

»Mal ganz unter uns, okay, Jungs? Wenn keiner von euch irgendwas sagen darf, warum gibt es dann überhaupt Meetings?«

»Gibt es ja nicht«, antwortete Bream.

»Darum waren wir auch ziemlich konsterniert, als du eins einberufen hast«, meinte Holt.

Norbiton starrte auf sein Notizbuch, in das er nichts geschrieben hatte. Er begann unmelodisch zu summen. Er holte sein Handy hervor, drückte den Daumen auf den Bildschirm, ohne es anzustellen, und steckte es wieder weg. Trina sah, wie Bream zu Holt schaute und mit den Lippen das Wort *Systemfehler* formte.

»Ich muss wirklich …«, begann Norbiton. »Ich will sagen, wir stehen wirklich unter Druck …«

»Ergebnisse zu liefern?«, meinte Bream.

»Genau«, sagte Norbiton. »Ganz genau.«

»Dafür musst du eine schriftliche NTK-Anfrage stellen, per E-Mail«, sagte Bream. »Dann reagieren wir entsprechend.«

»Okay«, sagte Norbiton. »Aber einer der Gründe für dieses Meeting war der, dass ich, wenn ich euch anmaile, ziemlich viele automatische Antworten bekomme, daher …«

»Wir werden unsere Prioritäten der Situation entsprechend anpassen«, meinte Holt.

»Okay«, sagte Norbiton plötzlich und Trinas Ansicht nach unangebracht optimistisch: »Tolles Meeting, Jungs.«

Alle erhoben sich. Als Bream und Holt gingen, hörte Trina Holt sagen: »Ich geb ihm noch maximal einen Monat.« Als sie Norbiton ansah, war ihr klar, dass er es auch gehört hatte.

»He, Norbiton«, sagte sie, als die beiden weg waren.

»Ja?«, fragte Norbiton, der es nicht schaffte, halbwegs anständig von seinem Beanbag hochzukommen, und sich letztendlich resigniert in den Vierfüßerstand rollte, um sich aufzurichten.

»Wo ich dich gerade zu fassen gekriegt habe, ich muss mit dir mal über …«

»Hör zu, Missy«, unterbrach Norbiton. »Wir haben es hier gerade mit einen scheißverdammten Code Braun zu tun. Und nein, bevor du irgendwas sagst, das ist keine diskriminierende Bemerkung. Wenn du mir also nichts mitzuteilen hast, das *noch brisanter* ist als diese Angelegenheit …«

»Ach, weißt du was?«, schnitt Trina ihm das Wort ab, bevor er sich weiter ereifern konnte. »Vergiss es. Ich spreche dich einfach noch mal an, wenn du … den Kopf freier hast.«

Da ihr Morgen ohnehin schon unterbrochen war und eingedenk der Tatsache, dass Norbiton mindestens eine superdringliche E-Mail loslassen würde, kaum dass er wieder in seinem Büro saß, beschloss Trina, ihrem No-go-Raum eine Pause zu gönnen und an ihrem Schreibtisch ihre E-Mails zu checken. Jeder Inhaber eines No-go-Raums hatte zusätzlich einen Schreibtisch im Großraumbüro. Dort erledigten sie alles, was sie als reine Ablenkung empfanden, also alles, was nichts mit dem Projekt zu tun hatte, für das man ihnen einen No-go-Raum gewährt hatte.

Sie setzte sich und öffnete ihr Mail-Postfach. Sie hatte siebenundvierzig Nachrichten, von denen die meisten automatische Antworten waren. E-Mails galten bei The Arbor nicht nur als antiquiert, sondern geradezu als Pest. Lediglich Manager, die ihre Korrespondenz dokumentiert haben wollten, gaben sich noch damit ab. Alle anderen benutzten den Instant Messenger. Dementsprechend hatten die meisten Angestellten automatische Antworten aktiviert, auch wenn sie im Büro waren.

Während Trina noch ihre E-Mails durchschaute, kam eine von Norbiton, der sie entnahm, dass er eine NTK-Freigabe angefordert hatte. Praktisch im selben Moment erschien eine automatische Antwort von Bream, der immer alle per Weiterleitung von seinen automatischen Antworten in Kenntnis setzte.

Vielen Dank für Ihre E-Mail. Wegen chronischer Überlastung des Posteingangs checke ich meine E-Mails nur noch einmal am Tag. Ich bemühe mich, Sie innerhalb eines Arbeitstags zu kontaktieren. Nicht vorrangige Nachrichten werden gelöscht. Sollten Sie innerhalb von zwei Arbeitstagen nichts von mir hören, gehen Sie bitte davon aus, dass ich mich nicht mehr melden werde.

Rechts oben erschien eine automatische Antwort von Holt.

Vielen Dank für Ihre E-Mail. Aufgrund der gestiegenen Anforderungen durch E-Mails am Arbeitsplatz checke ich meine E-Mails nur noch einmal am Tag. Bitte entnehmen Sie dieser Benachrichtigung, dass ich für den heutigen Tag meine E-Mails bereits gecheckt habe und mich morgen bei Ihnen zurückmelde. Nicht vorrangige Nachrichten werden gelöscht.

Trina leitete ihre automatischen Antworten nicht an sich selbst weiter, daher erschien nicht auch noch ihre Antwort, aber nach vielleicht zwei Sekunden sah sie eine neue E-Mail von Norbiton mit dem Betreff: *Automatische Antworten.*

Leute: Ich erhalte hier eine Flut automatischer Antworten. Deaktivieren wir die doch einfach, okay?

Dann erschien wieder Breams automatische Antwort, darauf die von Holt. Trina löschte beide Mails von Norbiton und machte sich an die restlichen siebenundvierzig, hauptsächlich automatische Antworten, die sie über die E-Mail-Gewohnheiten der Leute benachrichtigten. Eine weitere E-Mail von Norbiton mit dem Betreff *Hallo?* erschien, und Trina löschte sie, ohne sie überhaupt gelesen zu haben, ebenso die automatischen Antworten von Bream und Holt.

»*Meine* Herren«, sagte Bream zwei Schreibtische weiter. »Ein gewisses Arschgesicht wirbelt dieses Team durcheinander wie ein Sturmtief.«

Trina drehte sich um und sprach zu den Scheiteln von Bream und Holt: »Vielleicht sollten wir unsere automatischen Antworten abstellen. Norbiton scheint ja mit den Nerven am Ende zu sein.«

Bream blickte auf und zuckte die Achseln.

»Was soll das heißen?«, fragte er. »Dass Norbiton irgendwie *über* den Regeln steht?«

Holt sagte nichts. Von seinem Monitor hörte man leise ein YouTube-Video.

»Was guckst du da?«, fragte Bream.

»Den neuen Teddy Handler«, antwortete Holt. »Schon gesehen?«

»Nein«, sagte Bream. »Ping mal rüber.«

»Schon erledigt«, meinte Holt. »Trina, ich hab dich in cc gesetzt.«

Trina wollte gerade »bitte nicht« sagen, da erschien der Link bereits in ihrem Posteingang, was bedeutete, dass sie es sich ansehen musste, wenn sie unnötigen Streit vermeiden wollte. In der feinstrukturierten Welt von The Arbor war Konformität eine ernste Angelegenheit, und Trina galt jetzt schon, aus Gründen, die weit außerhalb ihrer Verantwortung lagen, als Außenseiterin. Sie musste die Gelegenheit nutzen, wenn man ihr anbot, sie einzubeziehen.

Teddy Handler in seinen unvermeidlichen bizepsbetonenden Work-out-Achselhemden war über seinen Alltagsjob als politischer Berater hinausgeschwollen und missionierte nun in einer immer prominenteren Nebenrolle für die sektenähnliche Effizienz-Bewegung. Er veranstaltete sogenannte Teddycation-Wochenenden in Ketten-Hotels, bei denen er in sein Head Mic belfernd auf der Bühne hin und her rannte, begleitet vom spontanen Gejohle und gutturalen Gebrüll weißer Männer in Chinos, die Unsummen für die Teilnahme bezahlt hatten. Natürlich war er nicht der erste dieser erschreckend charismatischen Effizienz-Gurus. Leistung und Effizienz standen schon lange nicht mehr im Dienst der Bewältigung von Aufgaben, sondern waren zum semireligiösen Selbstzweck erhoben worden, und Hightech hatte immer schon ein gewisses Guru-Problem in Gestalt dieser Kindsmänner mit Riesenego, die versprachen, die prekären Massen mittels unablässiger, täglicher Selbstausbeutung zu irgendeiner gleichgeschalteten Erfüllung und Glückseligkeit zu führen. Mit Handler hatte Trina ein besonderes Problem, weil er, soweit sie wusste, von diesen aus unerfindlichen Gründen so angehimmelten Typen der Erste war, der zugleich auch noch als Berater einer Partei fungierte, die für sie der National Front gleichkam, und dass die Belegschaft von The Arbor mit Begeisterung seine Effizienz-Videos teilte, ohne ein einziges Mal seine politischen Umtriebe zu hinterfragen, war ihr derart zuwider, dass ihre immer latent vorhandene Bullshitallergie voll durchschlug. Natürlich war es bei The Arbor nicht unüblich, über die politischen Ansichten der Mitarbeiter stillschweigend hinwegzugehen. Politik war der Anti-Tech, das Thema non grata des Datenverkehrs. Es war, wie einem jeder sagen würde, wenn man dumm genug war, zu fragen, sehr, sehr weit »außer Haus«.

»Denken Sie *outside the box*«, sagte Handler im Video und öffnete eine Powerpoint-Folie mit dem Wort BOX. »Wie oft haben wir das schon gehört. Es bedeutet, jetzt ist Kreativität gefragt, stimmt's? So kommen geniale Ideen zustande, stimmt's?« Er machte eine Kunstpause. Hinter ihm wechselte die Powerpoint-Folie, und man sah das Wort FALSCH in noch größeren Buchstaben als das Wort BOX. »FALSCH«, bekräftigte Handler und zeigte dramatisch darauf. »Warum? Weil, Eilmeldung: Wir leben nicht mehr in den Sechzigern. Ins Blaue hinein denken? Brainstorming? Der Scheiß ist passé. Und was sag ich dazu? Gut so! Warum? Wir sind antiquierten Paradigmen nachgelaufen, darum. Was früher radikal war, ist heute die Norm. Die Leute denken schon so lange außerhalb der Box, dass sie gar nicht mehr wissen, wo die Box einmal stand, wie sie aussah und was so Schlimmes darin war, dass sie unbedingt aus ihr rausmussten.« Er drückte auf seine Fernbedienung. Hinter ihm erschien der Satz *ZEIG MIR DIE BOX* auf der Projektionswand. »Genau das sage ich bei meinen Encounter-Sessions immer«, erklärte er hinter sich deutend. »Das ist das erste bisschen Teddycation, das ich ihnen an den Kopf werfe. Die Gesichter müssten Sie sehen. Die so: ›Meine Box? Aber Teddy, ich versuche doch schon mein Leben lang, aus der Box rauszukommen!‹ Und wisst ihr, was ich dann sage? Ich sage: ›Geht wieder rein. *Rein in eure Box.*‹ Warum? Weil ihr, wenn ihr auch nur die geringste Chance haben wollt, außerhalb der Box zu denken, erst einmal wissen müsst, wie es ist, in der Box zu denken. Und dafür müsst ihr zuerst einmal zusehen, dass ihr eure Box überhaupt findet. Denn ich arbeite zurzeit mit Leuten, die sich so weit von ihrer Box entfernt haben, dass sie ihre Box nicht mal finden würden, wenn sie ein Handy mit Box-Suchfunktion hätten. Ich sage den Leuten: ›Diese Box kommt nicht von sich aus zu euch. Ihr müsst da draußen nach ihr suchen, ihr müsst die Box *jagen*, ihr müsst sie *aufspüren*, jeden Tag, ihr müsst ihre *Witterung* aufnehmen, ihren Geschmack kennen, damit ihr, wenn ihr sie schließlich aufgespürt und gestellt habt, direkt in sie hineinkönnt, und *nur dann* und *nur, wenn es nötig* ist, dürft ihr die Box wieder verlassen und euch da draußen ein paar Gedanken machen.‹«

Trina beendete das Video und blendete Breams und Holts Handler-Verehrung in ihrem Rücken aus. Nicht nur Handlers politische Ansichten stießen sie ab, sondern auch die komplette Ideologie, der diese weißen Lifehacker-Bubis anhingen. Da sie keinerlei vernünftige Erklärung für ihre privilegierte Stellung parat hatten, machten sie sich und anderen weis, dass alles, was ihnen in den Schoß gefallen war, nicht aufgrund einer fundamentalen sozialen Schieflage dort gelandet war, sondern aufgrund einer wie auch immer gearteten *Philosophie*. Computer-Burschis wurden nicht so überbezahlt und überhofiert, weil ihnen alles auf dem Silbertablett serviert worden war, sondern weil sie »ihr Ziel nie aus den Augen verloren«, weil sie »ihre Vision gelebt«, weil sie »Ideen umgesetzt« hatten. Und da es ihnen gelungen war, konnte es jedem gelingen. Und da es jedem gelingen konnte, mussten alle, denen es nicht gelang, die Schuld ganz allein bei sich selbst suchen.

Eine E-Mail von Bream traf ein mit dem Betreff: *Bedenken re: Norbiton*. Bream hatte alle E-Mails von Norbiton an den Head of Corporate Efficiency, Mike Grady, weitergeleitet und jeden, dem Norbiton ursprünglich gemailt hatte, und natürlich auch Norbiton selbst in cc gesetzt.

»Kablammo«, sagte Bream. »Man reiche mir einen Mopp und Meister Proper zum Aufwischen.«

Touchdown«, verkündete Teddy, als er frohlockend aus der Toilette am Ende des Büroflurs trat. »Sie verstehen mich, Hugo?«

»Bedauerlicherweise ja«, sagte Hugo.

»Mein Körper ist zurzeit voll durchgetaktet«, sagte Teddy und glitt gegenüber von Hugo an den Tisch. »Nach meinen Körperfunktionen könnten Sie praktisch die Uhr stellen.«

»Und das ist etwas Positives?«

»Oh, absolut. Unsere Körper sind im Grunde mechanistisch. Sie *wollen* sich wie Maschinen verhalten. Weil sie sozusagen Maschinen *sind*. Wenn man den Körper einfach Maschine sein lässt, setzt man grenzenlose geistige Kapazitäten frei.«

»Wie machen Sie ... Ach, wissen Sie was, Teddy? Dieses Statement werde ich mal einfach akzeptieren.«

»Das ist großartig, Hugo. Ohne Vorbehalte, offen für alles. Bin begeistert.«

»Und jetzt sagen Sie mir, was mich heute erwartet.«

Sie saßen in einem Raum, den Hugo etwas bombastisch als seinen Sitzungssaal bezeichnete, obwohl er offiziell schlicht Besprechungsraum 3 hieß und turnusmäßig von jedem gebucht werden konnte, der Büros in diesem Gebäudekomplex angemietet hatte. Es war ein kleiner, rechteckiger Raum mit laminierten Tischen, Plastikstühlen und einem Whiteboard an der Stirnseite. Teddy hatte einen digitalen Projektor angefordert, aber das Ganze war noch äußerst ungewiss.

»Na, offenbar habe ich etwas Zeit für Sie und mich eingeplant«, sagte Teddy, während er auf seinem Tablet herumtippte.

»Großartig«, erklärte Hugo.

»Aber zuerst haben Sie ein Meeting mit dem Kerl von Downton.«

»Herrje. Jones? Wann kommt der?«

»In zehn Minuten.«

»In zehn Minuten? Scheiße, Teddy, ich hab ja noch nicht mal … Wollen Sie mich denn nicht briefen?«

»Genau das habe ich gerade vor, großer Mann.«

»In zehn Minuten?«

»Briefings sollten nie länger als zehn Minuten dauern, Hugo. Alles andere wäre kein Briefing mehr, sondern ein Meeting.«

»Na schön, aber bitte jetzt kein Briefing über Briefings. Was will dieser Jones?«

»Hat bestimmt Redebedarf.«

»Redebedarf. Ist das alles? Und das nennen Sie Briefing.«

»Ich könnte wetten, er kommt auf Robert Townsend zu sprechen.«

»Robert wer?«

»Der Typ, der über die Siedlung bloggt.«

»Ach, *der* Kerl. Und was soll ich sagen?«

»Sagen Sie ihm, wir sind an der Sache dran.«

»Schön, aber …«

»Die Zeit ist um, Chef. Er ist auf dem Weg nach oben. Ich seh Sie in Ihrem Büro.«

Teddy sprang auf, machte eine schnelle Kniebeuge, atmete einmal kräftig aus und strebte auf den Ausgang zu. Hugo richtete seine Aufmerksamkeit auf die eigene Positur hinter dem Tisch. Jones verunsicherte ihn. Gleich würde es darauf ankommen, eine gewisse Autorität auszustrahlen.

Nun war Hugos Verbindung zu Downton nicht nur kompliziert, die Komplexität dieser Verbindung war an sich schon eine Komplikation. Seine gesamte Karriere, seine gesamte Existenz war auf Komplexitätsreduktion aufgebaut. Seine Gegner führten es darauf zurück, dass Hugo selbst ein schlichtes Gemüt hatte, aber Hugo, der sich etwas darauf einbildete, nicht halb so dumm zu sein, wie die Leute annahmen, wusste, dass er nur besonders deutlich bewies, wie gerissen er war, indem er auf Einfachheit setzte. In einer zusehends komplexer werdenden Welt war Unkompliziertheit ein begehrtes und endliches Gut, und die Menschen stürzten sich darauf, wo immer sie konnten. Bei manchen lief das auf ein gewisses kulturell gebilligtes regressives infantiles Verhalten hinaus. Teddy zum Beispiel besaß mindestens ein Malbuch für Erwachsene, zwängte das gesamte Weltgeschehen in ein Deutungsraster weitschweifiger *Harry Potter*-Analogien und hatte Hugo mal erklärt, dass es ihm beim Brainstorming helfe, Raumschiffe aus Lego zu bauen. Bei anderen manifestierte es sich in der nostalgischen Behauptung, früher, bevor alles unnötig kompliziert geworden sei, wäre das Leben so viel einfacher gewesen.

Hugo hatte in seinen Kolumnen, in seinen Fernsehauftritten, in seinem Einsatz dessen, was er mit Bedacht »Common Sense« nannte, großes Geschick darin bewiesen, diese Gefühle zu synthetisieren. Wenn er über das England der Gegenwart sprach und darüber, inwieweit es ihn enttäuschte und erschreckte, war klar ersichtlich, dass er es in deutlichem Kontrast zu einem anderen, historischen England sah, auf das er stolz gewesen war und in dem er sich sicher gefühlt hatte. Wenn er politische Doppelzüngigkeit anprangerte und seine Konkurrenten scharf anging wegen ihrer Unfähigkeit, eine simple Politik zu machen, die sich mit schlichten Worten den schlichten Bürgern… nein, den »Durchschnittsbürgern« … vermitteln ließ, dann ließ er tunlichst durchblicken, dass es jederzeit alternative klare Ansagen gab. Mittels der Vereinfachung verkaufte Hugo neue Zuversicht. Mittels Nostalgie verkaufte er politischen Eskapismus. Und mittels verkürzender Schuldzuweisungen, das wusste er, verkaufte er eine potente Kombination von beidem.

Wenn Hugo also vor dem Schminkspiegel »einfach währt am längsten« vor sich hin murmelte, was er mitunter tat, bevor er vor die Fernsehkameras trat, dann meinte er das wortwörtlich: er wollte sich nicht nur selbst an einfache Aussagen halten, er wollte schlichtweg alles einfach halten und die von ihm geschaffene Einfachheit gegen die opponierenden politischen Kräfte der Differenz, Nuanciertheit und Skepsis verteidigen.

Einiges musste allerdings unter den Tisch fallen. Angesichts der vielen schäbigen Deals mit Typen wie Ronnie Childs gestalteten Hugos politische Umtriebe sich nicht gerade einfach. Ebenso wenig wie seine Finanzen, wenn man die Downton-Sache betrachtete.

Hugo konnte, wie sogar er selbst zugab, furchtbar schlecht mit Geld umgehen. Er liebte den Gedanken an Geld. Er genoss das Vokabular seiner Vermehrung und ließ Wörter wie »Portfolio« und »zinsbringend« mit all der köstlichen Suggestivität einfließen, die ihnen seinem Gefühl nach zukam, doch echter finanzieller Erfolg stellte sich nur ein, wenn er Berater anheuerte, die es kategorisch ablehnten, irgendeine seiner Anweisungen auszuführen, und sein Geld stattdessen in Branchen und Einrichtungen anlegten, die sie als solide einschätzten. Zwei oder drei dieser Geldanlagen hatten sich ohne irgendeine Einmischung von Hugos Seite als verhältnismäßig profitabel erwiesen und eine davon – Downton – sogar als äußerst profitabel, denn die hatten begonnen, sich neben privaten Big-Ticket-Bauvorhaben auch Projekte des kommunalen Wohnungsbaus zu sichern.

Zu Beginn waren Downtons Annäherungsversuche an Hugo noch relativ unspektakulär gewesen. Wie es hieß, wollten sie sich bei ihm, einem langjährigen treuen Aktionär, gerne mit der Einladung zu irgendeinem Dinner bedanken. Hugo hatte natürlich angenommen. Dem Dinner war ein eher geschäftsmäßiges Meeting gefolgt, bei dem Hugo ermutigt wurde, sich als kleines Dankeschön die Vorteile eines besonders attraktiven, speziell auf ihn zugeschnittenen Aktienpakets zu sichern. Dass Hugo dieses Paket annahm, wurde mit einem weiteren Essen gefeiert, bei dem Hugo Wallace kennenlernte, den Chef von irgendwas mit Expansion, und Sterne, der irgendwas mit Entwicklung zu tun hatte. Sowohl Wallace wie auch Sterne bedankten sich anschließend mit gutgelaunten E-Mails, wie nett es gewesen sei, Hugo kennenzulernen, und schlugen vor, sich doch bei Gelegenheit in einem weniger formellen Rahmen zu treffen. Hugo war einverstanden, denn was sprach auch dagegen? Schließlich beschränkte sich Hugos politische Betätigung zu diesem Zeitpunkt noch auf reine Meinungsäußerungen, daher konnte man wohl kaum von einem Interessenkonflikt sprechen. Selbst nachdem Wallace und Sterne über die Auswirkungen gewisser, ihrer Ansicht nach drakonischer, Planungsgesetze geklagt hatten und er daraufhin eben diese Planungsgesetze in ein oder zwei Kolumnen monierte, hatte Hugo nicht das Gefühl, irgendwelche Grenzen zu überschreiten. Seine Verbindung zu Downton war purer Zufall, und es war ein ebensolcher Zufall, dass wenig später, als England Always zum ersten Mal an Hugo herantrat und Downton beim Edmundsbury Council wegen des Vorhabens vorfühlte, die dahinsiechende Larchwood-Siedlung zu retten und wieder gewinnbringend zu machen, Wallace und Sterne Hugo kumpelhaft vorschlugen, sich doch mit ein, zwei

Ratsmitgliedern bei einem schönen Abendessen freundschaftlich darüber auszutauschen, wie man sich gegenseitig helfen könne. Larchwood war ein Schandfleck, ein Magnet für sämtliche Probleme, die Hugo immer wieder ansprach, und die Siedlung zu sanieren wäre doch ein Projekt, das er mit Kräften unterstützen würde, falls er sich, wie er zu diesem Zeitpunkt in Erwägung zu ziehen begann, ernsthaft zur Wahl als MP aufstellen lassen würde – eine Kandidatur, für die Downton, *sollte* es denn dazu kommen, als Geste tiefster persönlicher und ökonomischer Verbundenheit mit Edmundsbury und im Wunsch, immer nur das Beste für die Stadt zu erreichen, erhebliche finanzielle Mittel bereitstellen würde.

Aber als der Deal dann bewilligt war, ging die Umsetzung und Entmietung los, und selbst Hugo musste zugeben, dass die Dinge ein wenig undurchsichtig geworden waren. Wallace und Sterne, die zu anderen Projekten abgestellt wurden, sah er immer weniger. Stattdessen hatte er nun mit Jones zu tun, der den Auftrag hatte, die Räumung der Siedlung zu leiten, und dessen Art dem Ganzen ein erheblich unfreundlicheres Gesicht verlieh. Noch fataler war die Auswirkung der Kontroverse um die erzwungene Umsetzung der Bewohner von Larchwood auf die inhärenten Komplikationen von Hugos sorgsamer Simplifizierungspolitik. Seine Message war klar: Edmundsbury hatte die normalen weißen Menschen aus der Arbeiterklasse vergessen, und was ihnen von Rechts wegen zustand – Arbeitsplätze, Wohnungen, Sozialleistungen und so weiter –, ging nun alles an Einwanderer und Sozialschmarotzer. Diese Botschaft war extrem gut angekommen, sogar so gut, dass zu Beginn der Umsetzung viele der betroffenen Bewohner Hugos billige Stimmungsmache als geradezu prophetische Gabe auslegten. Schließlich schienen die Zahlen eine deutliche Sprache zu sprechen. Es drängten immer mehr Einwanderer ins Land, und plötzlich zwang man sie auszuziehen. Innerhalb weniger Monate schossen Hugos Sympathiewerte in die Höhe. Zu diesem Zeitpunkt hatte er seine geplante Kandidatur noch gar nicht verlautbaren lassen, konnte es aber, da die öffentliche Meinung auf Lokalebene derart hochkochte, so hindrehen, als stelle er sich nur deshalb widerstrebend zur Wahl, weil ihn die Menschen von Edmundsbury darum gebeten hatten; weil er ihnen gegenüber, wie er es in einer besonders pathetischen Rede formulierte, eine *Bringschuld* hatte.

Eigentlich hätte das für Hugo ein Dilemma sein müssen. Schließlich hatte er Downton zugesagt, sich für den weiteren Erfolg eines Projekts einzusetzen, das er seinen Stammwählern zumindest implizit zu bekämpfen versprochen hatte. Aber Paranoia und monokausale Erklärungen waren, wie Hugo feststellte, sehr viel wirkmächtiger, als er es sich je hatte vorstellen können. Je mehr Downton die Bewohner in Larchwood schikanierte, desto mehr verinnerlichten sie ihren Opferstatus, was es Hugo umso leichter machte, andere als Sündenböcke hinzustellen, ein Phänomen, das die augenfällige Anomalie in den Meinungsumfragen in Edmundsbury erklärte: in kaum einer anderen Gemeinde im Land gab es so wenige Migranten wie in Edmundsbury, dennoch war die Stimmung hier ausländerfeindlich wie nie.

Die Abwicklung würde nach Hugos Vorstellung denkbar einfach verlaufen: Downton würde die Siedlung erfolgreich entmieten und sie in den am Reißbrett entworfenen digital vernetzten Hightech-Alptraum verwandeln, während die von Downton vertriebenen Menschen sich noch mehr empören und erst recht nach Sündenböcken suchen würden, und Hugo würde natürlich zur Stelle sein, um ihnen dabei behilflich zu sein.

Bevor es jedoch dazu kommen konnte, musste noch das kleine Problem der wenigen verbliebenen Widerständler gelöst werden, die gerade jetzt, wo die Siedlung in den Fokus der Öffentlichkeit geriet, allen das Leben schwermachten, was bedeutete, dass Hugo, der sich eigentlich drängenderen Problemen widmen sollte, keine andere Wahl hatte, als immer häufiger die Gegenwart von Jones zu ertragen, einem Mann, der ein besonderes Talent dafür besaß, Hugo auf dem falschen Fuß zu erwischen.

»Mr Bennington«, sagte Jones, der in den Raum geschlüpft kam, als handele es sich um seine persönliche Besprechungslounge, und der ohne jegliche Begrüßung augenblicklich seinen Finanzberaterton anschlug, was Hugo umso schmerzlicher die Tage vermissen ließ, in denen er seine Geschäfte mit Downtown bei entspannten Mittagessen mit Wallace und Sterne getätigt hatte. »Offenbar warten Sie dringend auf ein Update, wie es vorangeht?«

So dringend war es Hugo damit eigentlich nicht gewesen. Hören wollte er es schon, aber er erinnerte sich nicht, um dieses Update gebeten zu haben, und schloss daraus, dass Teddy den Termin nur angesetzt hatte, um Unruhe zu stiften.

»Eher auf eine Versicherung, dass überhaupt etwas vorangeht«, sagte er etwas schroff, um die geringfügige Unwissenheit zu überspielen. Im Umgang mit Geldmenschen wie Wallace und Sterne war er stets etwas barsch aufgetreten, hauptsächlich, um den Eindruck allgemeiner Reizbarkeit zu erwecken und dadurch seine Unkenntnis zu bemänteln.

»Man darf wohl mit Fug und Recht sagen, dass es gewisse

Fortschritte gegeben hat«, sagte Jones, »und dass wir bis zur festgelegten Deadline mit komplettem Leerstand rechnen.«

»Und wie viele Leute sind noch drin?«

»Eine kleine schwindende Anzahl«, meinte Jones, »nur zwei oder drei erweisen sich als besonders störrisch.«

»Und wer sind diese zwei oder drei?«

»Tja, da ist diese, wie soll ich sagen, unkonventionelle oder vielleicht besser *alternative* Familie, die recht überzeugt zu sein scheint, dass sie bleiben dürfen sollte«, erklärte Jones und reichte Hugo einen Zettel mit vier Namen.

»Drei Elternteile und ein Kind?«, fragte Hugo, bemüht, die Zeilen zu entziffern. »Müsste da vielleicht Großeltern stehen?«

»Wie ich schon sagte«, antwortete Jones. »Eine unkonventionelle Familie.«

»Wer noch?«

»Ein älterer Gentleman«, sagte Jones und reichte Hugo ein weiteres Blatt Papier. »Ein ganz sturer. Und, wenn ich so sagen darf, ausgesprochen unangenehmer Zeitgenosse.«

Hugo sah auf die Informationen. »Darkin«, sagte er. »Was soll denn das für ein Name sein?«

»Übrigens ist er ein Bewunderer von Ihnen«, sagte Jones, entweder, weil er die Infragestellung von Darkins Namen als nicht zielführend betrachtete, oder, weil er in Hugos Frage eine andere Frage hineingelesen hatte, auf die dieser Kommentar sozusagen die Antwort sein sollte.

»Offenkundig ein Mann mit Köpfchen und Geschmack«, meinte Hugo.

Jones starrte ihn ausdruckslos an. »Vielleicht möchten Sie ihn gerne persönlich aufsuchen?«

»Um was zu sagen?«

»Sie könnten mit ihm seine Alternativen durchsprechen.«

»Und welche Alternativen stehen ihm offen?«

»Freiwillig die Wohnung zu räumen oder Zwangsräumung.« Jones grinste.

»Wissen Sie«, meinte Hugo, »ich bin gar nicht so überzeugt, dass ich da persönlich in Erscheinung treten sollte.«

»Haben Sie etwa Angst, ihn als Wähler zu verlieren?«

»Ja, durchaus. Aber davon abgesehen, wie würde das denn aussehen, wenn ich da hinginge und ihm seine doch sehr beschränkten Alternativen auseinandersetzen würde? Könnte das nicht irgendwie ...«

»Als Drohung aufgefasst werden?«

»Genau, als Drohung.«

»Ich denke, das kommt doch sehr auf die Art und Weise an, auf die man ihm diese Alternativen präsentiert«, fand Jones.

»Und wie soll ich sie Ihrer Meinung nach präsentieren?«

»Oh, ich bin sicher, ein Vollblutpolitiker wie Sie benötigt von mir keine Ratschläge, wie er den richtigen Ton trifft.«

»Tja, wie gesagt, ich denke, in dieser Sache sollte Downton schon selbst tätig werden. Ein gutes Wort für euch einzulegen und eure Interessen zu schützen ist die eine Sache, aber mich selbst in die Siedlung zu begeben und ...«

»Da wäre noch etwas«, unterbrach Jones, der ein Talent dafür hatte, solche Exkurse im Keim zu ersticken.

»Gut. Und zwar?«

»Ist Ihnen Robert Townsend ein Begriff?«

»Da klingelt was«, sagte Hugo.

»Er schreibt ein Blog für *The Command Line*.«

»Ah, ja«, erwiderte Hugo, hin- und hergerissen, ob er so tun sollte, als wüsste er, wovon Jones redete, um ihm dann erklären zu müssen, warum er noch nichts in der Sache unternommen hatte, und womöglich ineffizient zu erscheinen, oder ob er einfach behaupten sollte, er habe bis eben noch nie davon gehört, und damit zu riskieren, uninformiert zu wirken.

»Und er scheint sich auf das Larchwood-Projekt einzuschießen.«

»Mhmmm.«

»Anscheinend will er es zu seinem *Anliegen* machen.«

»Aha.«

»Ich will nur sicherstellen, dass Sie im Bilde sind.«

»Ich bin da durchaus im Bilde«, behauptete Hugo, obwohl er wusste, dass er sich gerade nicht unbedingt dementsprechend präsentiert hatte.

»Ich bin sicher, Teddy kann das deichseln«, sagte Jones.

»Aber unbedingt«, sagte Hugo, dem die Idee gar nicht behagte, Teddy könnte irgendwas deichseln, das er, Hugo, nicht deichseln konnte.

»Tja«, sagte Jones. »Damit ist uns schon mal sehr geholfen.«

»Ja«, sagte Hugo, der keine Ahnung hatte, wobei ihnen dieses Gespräch geholfen haben konnte. »So, nur zur Klarstellung, was unser weiteres Vorgehen …«

»Ja. Sie geben uns einfach Bescheid, wenn Sie in der Siedlung waren, und dann planen wir weiter.«

»Ich sagte Ihnen doch gerade«, hob Hugo an, »ich würde es für keine gute Idee halten, wenn ich …«

»Vielleicht möchten Sie, dass ich Ihnen *Ihre* Alternativen aufzeige?«, fragte Jones, der es irgendwie hinbekam, nur das absolute Minimum an Gesichtsmuskeln zu bewegen, um diese Worte zu äußern.

»Drohen Sie mir nicht, Jones«, erwiderte Hugo. »Denn ich

könnte Ihnen genauso gut *Ihre* Alternativen aufzeigen, verstehen wir uns?«

»Wie wär's, wenn wir beide jetzt gehen und uns unsere Alternativen eingehend vor Augen führen«, schlug Jones bedächtig vor, »und dann treffen wir uns zeitnah wieder, um sie zu besprechen?«

»Und was sollte das bringen?«

»Tja«, antwortete Jones, »vielleicht ließe sich bei der Gelegenheit klarstellen, wer hier überhaupt Alternativen *hat*.« Er sah Hugo vielsagend an, stand dann auf, suchte seine Sachen zusammen und reichte Hugo die Hand. »War mir ein Vergnügen, Mr Bennington.«

Er ging, wie er gekommen war: ohne Hugos Existenz im Geringsten zu berücksichtigen.

Wenn ihm die Zeit dazu geblieben wäre, hätte Hugo höchstwahrscheinlich das Gefühl, an Bedeutung zu verlieren, zu einer ausgewachsenen Panikattacke dekomprimiert, doch kaum hatten sich die Aufzugtüren am Ende des Flurs vor Jones' selbstgefälligem kleinen Gesicht geschlossen, kam Teddy aus Hugos Büro geschossen. Sein Gesichtsausdruck hatte eine beunruhigende Ähnlichkeit mit jenem vor einer halben Stunde, als er kurz davor gewesen war, sich einzuscheißen.

»Teddy«, sagte Hugo.

»Keine Zeit für Höflichkeiten, Boss«, erklärte Teddy mit erhobener Hand. »Wir haben eine Krise.«

»Gütiger Himmel. Was für eine Krise?«

»Eine Ken-Henderson-Krise.«

»Ach du Scheiße. Was nun?«

Ken Henderson war ein weiterer Parlamentsanwärter von England Always, der einen Sitz in einem kleinen Küstenort irgendwo in Norfolk anstrebte. Wie viele MPs der Partei hatte er weder in der Politik noch im Umgang mit den Medien die geringste Erfahrung, war aber so versessen auf politische und mediale Präsenz, dass er dazu neigte, in extrem unpassenden Momenten extrem idiotische Äußerungen von sich zu geben.

Teddy schob einen A4-Ausdruck über den Tisch und wartete darauf, dass Hugo ihn las.

»Das hat er vor laufender Kamera so gesagt?«, fragte Hugo, der sich den Kopf hielt und auf das Papier starrte.

»O ja«, sagte Teddy.

»Jetzt mal im Ernst, nur, damit ich auch völlig klarsehe: Ich bin nicht in irgendein verrücktes Paralleluniversum geraten. Ich habe keinen Fiebertraum. Ken Henderson hat das hier im Fernsehen gesagt, in der echten, wirklichen Welt, in der wir leben?«

»Ich kann Ihnen das Video vorspielen, wenn Sie möchten«, bestätigte Teddy.

»Gott, bloß nicht.«

Er studierte die Abschrift noch einmal in der Hoffnung, sie würde durch magische Intervention plötzlich weniger deprimierend erscheinen, aber sie blieb störrisch und der Sachverhalt erschreckend real, sosehr Hugo sich auch etwas anderes wünschte. Am frühen Morgen war Ken Henderson, zweifellos verkatert und zweifellos überdreht wegen der Aussicht auf ein Interview, in die BBC-Nachrichtenredaktion gedackelt und hatte zwei beleidigende und unzeitgemäße Bezeichnungen, zwischen denen er sich nicht hatte entscheiden können, beim Aussprechen irgendwie vermanscht und das Wort »farboid« hervorgestoßen.

»Ach du lieber Himmel«, klagte Hugo. »Farboid? Gibt es das überhaupt?«

»Nee«, meinte Teddy. »Hab ich schon gecheckt. Andererseits, vielleicht ist das ja unser Glück.«

»Wieso Glück?«

»Nun ja, es kann ja kaum beleidigend sein, wenn es nicht mal ein richtiges Wort ist.«

Hugo ließ sich das durch den Kopf gehen. Einer der verstörenden Effekte, wenn man regelmäßig längere Zeit in Teddys Gesellschaft verbrachte, bestand darin, dass die Grenze zwischen Tiefsinn und abgrundtiefem Schwachsinn gefährlich porös zu werden schien.

»Na schön«, sagte er halbherzig. »Geben Sie mir nur die Stichpunkte und sagen Sie mir, was ich sagen soll.«

Ehrlich«, sagte Trina und tippte auf dem Laptop auf ihren Knien herum, »es ist richtig gut. Du müsstest nur ...«

»Du sagst immer, dass es gut ist«, sagte Kasia. »Aber sieh dich doch an: Du änderst es trotzdem.«

»Ich will nur schnell ...« Trina drückte die Delete-Taste. »Da. So ist es eleganter. Siehst du?«

Kasia legte ihr Kinn auf Trinas Schulter und spähte auf den Laptop-Bildschirm. Sie nickte und beugte den Kopf dann über die Plastikbox mit Sushi auf ihrem Schoß.

Sie saßen draußen vor The Arbor und blinzelten im Sonnenlicht. Trinas Augen hatten sich noch nicht von blauer Bildschirmbeleuchtung auf strahlend blauer Himmel umgestellt. Um sie herum lag das ansprechend und säuberlich gestaltete Gelände des Instituts. Bänke waren in kleinen Gruppen angeordnet, jede mit dem ihr zugewiesenen Baum. Auf den anderen Bänken steckten kleine Pulks von Mitarbeitern die Köpfe zusammen, aber Trina und Kasia hatten ihre Bank für sich. Ihre täglichen gemeinsamen Mittagspausen, mit denen sie die unausgesprochene hierarchische Ordnung durchbrachen, hatten für Gerede gesorgt. Was Trina machte, galt bei ihren Kollegen als richtige Arbeit; Kasia gehörte nur zum Servicepersonal. Die beiden Kasten, in getrennten Gebäuden des Komplexes voneinander abgeschottet, mischten sich selten.

»Was ist?«, fragte Trina, wandte sich vom Laptop ab und spießte ein Stück Sushi aus der Packung neben sich auf.

Kasia schüttelte den Kopf. »Bin bloß müde«, sagte sie.

»Hast du die ganze Nacht hieran gearbeitet?«

»Jede Nacht. Dann bin ich zur Arbeit. Und dann hab ich wieder die Nacht durchgemacht.« Kasia rieb sich mit Daumen und Zeigefinger die Augen.

Trina streckte die Hand aus und massierte Kasias Nacken. »Wie ich das kenne«, sagte sie. »Aber es lohnt sich.«

»Wirklich?«

Trina seufzte, stützte sich rücklings auf ihre Hände, so dass ihr für einen Moment die Sonne ins Gesicht schien.

»Berechtigte Frage«, sagte sie.

Von Trina ermutigt, brachte sich Kasia selbst das Programmieren bei. Sie hatte regelmäßig ihren Laptop in der Mittagspause dabei, damit Trina kurz drübergehen und Korrekturen vornehmen konnte. Während der ersten paar Monate war Kasia spürbar enthusiastisch gewesen. Aber in letzter Zeit hatte Trina bemerkt, dass Kasia an die Grenzen ihrer seelischen Ressourcen stieß. Das Gefühl kannte Trina gut. Zwischen Arbeit und Studium beziehungsweise Arbeit und anderer Arbeit, immer der Vision von der eigenen Zukunft nachjagend, hatte das gegenwärtige Selbst plötzlich keinen Platz mehr, dachte Trina.

»Gut, ich lerne also programmieren«, sagt Kasia. »Und dann? MT? Dann ... keine Ahnung. Was anderes lernen? Ich bin nicht wie du.«

»Wie bin ich denn?«

»Ich werde bestimmt nichts Großartiges leisten.«

»Okay, zunächst mal hab ich bislang auch nichts Großartiges geleistet, und außerdem, wie willst du das jetzt schon wissen?«

Kasia zuckte wieder die Achseln.

»Du lernst wirklich schnell«, beteuerte Trina und gab Kasia ihren Laptop zurück.

Kasia scrollte durch die Codefolgen, und in einem ihrer Mundwinkel zuckte ein kleines Lächeln.

»So was passiert«, sagte Trina. »Du bist erschöpft. Du machst ein und dasselbe immer und immer wieder. Du fragst dich: Warum mache ich den Scheiß? Was bringt das überhaupt? Aber das gibt sich wieder.«

»Ich weiß«, sagte Kasia. »Es ist bloß ... Ich brauch nur mal einen freien Tag. Oder eine freie Woche. Oder Urlaub, was weiß ich.«

»Weißt du, was mich bei der Stange hält?«, fragte Trina.

»Speed?«

»Abgesehen von Speed.«

»Ich denke ...« Kasia überlegte einen Moment. »Ich denke, dass du an dich glaubst.«

»Ach, alles Quatsch«, erwiderte Trina, die wieder das Teddy-Handler-Video vor Augen hatte. »Dieser ganze Schwachsinn, den die Leute erzählen, dass man an sich glauben soll, tun soll, was man liebt, visualisieren, positiv denken, folge deinem Herzen. Vergiss es. Was mich motiviert hat, war der Gedanke an die ganzen Arschlöcher da drin.« Sie zeigte auf The Arbor. »Meinst du, die haben nachts wach gesessen und sich gefragt, warum sie das alles machen? Von wegen. Die sind, wo sie sind, weil sie keine Sekunde daran gezweifelt haben, dass sie dort hingehören. Und wenn die sich keinen Kopf machen, brauche ich das auch nicht zu tun. Das hat nichts mit positivem Denken oder Selbstmotivation zu tun, es geht bloß darum, sich niemals mit solchen Fragen aufzuhalten.«

»Okay«, sagte Kasia. »Ja. Verstehe. Aber trotzdem. Wo ist der Unterschied? Im Moment placke ich mich mit ihrem Plunder ab, und wenn ich das hier weitermache, placke ich mich in einem Jahr vielleicht mit Programmieren für sie ab.«

»Yeah«, meinte Trina. »Schon möglich. Aber zumindest nimmst du ihnen dann ein ganz klein bisschen mehr Geld ab. Weißt du, in wie viel Geld diese Arschlöcher schwimmen? Von dem Geld solltest du etwas abbekommen. Und zwar weit mehr, als du jetzt bekommst. So viel, wie du kriegen kannst.«

Ihre Stimme war lauter geworden, und sie hatte, ohne es zu bemerken, angefangen, Kasia beim Reden auf die Brust zu tippen, als wollte sie sie ausschimpfen.

»Ich reg mich auf«, sagte sie. »Sorry.«

Kasia schüttelte den Kopf und gab Trina mit einem Blick zu verstehen, dass ihr klar war, was Trina eigentlich meinte.

Trina war aus Notwendigkeit, nicht aus Ehrgeiz MT geworden. Vor ein paar Jahren war einem Exfreund namens Dustin ein paarmal die Hand ausgerutscht. Beim ersten Mal hatte sie ihm dummerweise verziehen. Beim zweiten Mal hatte sie ihm mit der Fernbedienung sechs Zähne ausgeschlagen. Trina war keine Person, die sich auf Dauer herumschubsen ließ. Sie war schon mit ihm fertig, während er noch auf dem Wohnzimmerboden herumkroch, Blut spuckte und seine Schneidezähne aus dem Schaffellteppich pickte. Zumindest dachte sie, sie wäre mit ihm fertig. Er hatte da andere Vorstellungen. Er verklagte sie und zerrte sie vor Gericht. Aussage stand gegen Aussage, und nachdem er im Rollstuhl vor Gericht erschienen war und schamlos behauptet hatte, er habe einen Nervenschaden zurückbehalten und leide an posttraumatischem Stress, war sein Wort übertrieben stark ins Gewicht gefallen. Einer Haftstrafe war sie gerade noch entgangen, dafür hatte sie den zweiten Preis gewonnen, die elektronische Fußfessel und streng überwachten Hausarrest. Dank des Microtaskings konnte sie nicht nur von zu Hause aus arbeiten, sondern kam, wenn sie mit Kaffee, Speed, Adderall und was sie sonst noch so zur Hand hatte ein wenig nachhalf, gleichzeitig auch noch zum Lernen. Endlose Nächte und Tage hindurch, in denen sich ihr Zeitgefühl verfälschte, bis sie nur noch im Rhythmus der anliegenden Aufgaben schlief und aß, weitete Trina ihr Gehirn, bis sie entspannt arbeiten konnte, wenn auf ihrem Bildschirm drei Fenster gleichzeitig geöffnet waren: das MT-System, ihre Kursarbeiten und ein drittes Projekt, Beatrice, auf dem ihre ganze Hoffnung auf ein besseres Leben ruhte.

In vielerlei Hinsicht hatte sie dieses neue Leben erreicht. In mancher Hinsicht war es immer noch in weiter Ferne. Die Programmierkenntnisse, die sie mittlerweile besaß, setzte sie selten ein. Stattdessen spielte sie bloß mit den Parametern, die sie geschaffen hatte, und manipulierte auf dem Posten einer besseren Personalerin die Arbeitsbienen. Schlimmer noch, in dieser Zukunft, die nun endlich gekommen war, stand ihr die Vergangenheit noch immer im Weg. Trotz der überschwänglichen Begeisterung über Trinas disruptive, meritokratische Arbeitspraktiken, war sich Green nicht zu schade, ganz schnöde den eigenen Arsch abzusichern, wie ihr zwei einander gespenstisch ähnelnde Personaler-Drohnen klarmachten, als sie am ersten Tag eingearbeitet wurde.

»Denn wir wollen hier nicht juristisch oder PR-technisch gefickt werden«, erklärte ihr Personaler Nummer eins, während er sie in dem fensterlosen Kellerraum über den Tisch hinweg anschaute. Man hatte sie hierhergebracht, um ihr deutlich zu machen, dass sie keine Alternative hatte.

»Weder von vorne noch von hinten«, ergänzte Personaler Nummer zwei.

»Wir reden hier ganz offen«, sagte Personaler Nummer eins. »Wir können doch ganz offen reden, Trina, oder?«

»He«, hatte Trina erwidert, »nichts, was ich nicht schon gehört hätte.«

»Wunderbar«, sagte Nummer eins. »Genau diese Einstellung schätzen wir hier. Geradeheraus. Kein Drumrumreden. Also reden wir Klartext: Trina, jeder hier respektiert Ihre Fähigkeiten. Andererseits respektiert keiner hier Ihren ... Hintergrund.«

»Was die Gewalttätigkeiten betrifft«, erklärte Nummer zwei. »Im Unterschied zu diesem anderen Hintergrund.«

»Genau«, sagte Nummer eins. »Damit das ganz klar ist. Ihr anderer Hintergrund wird hier total respektiert.«

»Ich verstehe«, sagte Trina.

»Nachdem das geklärt ist«, fuhr Nummer eins fort, »finden wir hier bei Green es nur vernünftig, gewisse Sicherungen einzubauen, damit eventuelle Frühwarnsignale nicht nur erkannt werden, sondern auch angemessen und effektiv auf sie reagiert werden kann.«

»Was er damit meint«, sagte Nummer zwei, »falls zum Beispiel eines Tages ein Kollege wegen einer, sagen wir, vermeintlichen Ungleichbehandlung oder Kränkung rumzickt und Sie sagen dann so was wie: was weiß ich, ›halt bloß die Fresse‹ oder ›ich komm rüber und …‹«

»Hier beliebige Gewaltandrohung einfügen«, ergänzte Nummer eins.

»Genau«, meinte Nummer zwei. »Kann sonst was sein. Eigentlich egal. Der Punkt ist, dass wir das dann ernst nehmen müssen.«

»Aufgrund Ihrer Vorgeschichte«, sagte Nummer eins.

»Genau«, schloss Nummer zwei. »Weil Sie kein unbeschriebenes Blatt sind, wie man so schön sagt.«

Sie setzten sie auf Bewährung, Ende offen. Der geringste Fehltritt, das kleinste Missverständnis, und sie war gefeuert und stand wieder auf der Straße, Gott weiß wie viele öde Jahre vor sich, in denen sie namenlose Aufgaben von einer endlosen Checkliste abhakte.

Trina hatte ihr Sushi aufgegessen und schlürfte den letzten Rest Milchschaum von ihrem Latte.

»Fertig.«

Kasia nickte. »Ich auch. He, guck mal hier.«

Kasia wischte mit dem Daumen über ihr Handy und hielt es schräg, damit Trina draufschauen konnte.

»Leck mich, Kasia. Ist das ein Schwanz?«

»Schwanzfoto.«

»Ist das ein einvernehmliches Schwanzfoto, oder dachte da bloß einer, du hättest gern ein Bild von seinem Schwanz? À la: Du textest wegen Abendessen, und er antwortet mit einem Schwanzfoto?«

»Was soll das heißen? Dass ich um ein Schwanzfoto gebeten hab?«

»Machen doch viele.«

Kasia schnitt eine Grimasse. »Ich nicht. Wer will Schwanzfotos sehen? Aber der Typ hier schickt mir beinahe täglich eins.«

»Und, äh, beglückt er dich auch anderweitig täglich mit seinem Schwanz?«

Kasias Gesicht verzog sich angeekelt, und ihr traten bei der Vorstellung für einen Moment Tränen des Widerwillens in die Augen.

»Soll das ein Witz sein?« Sie schüttelte den Kopf. »Niemals.«

»Aber du weißt, wer das ist?«

»Na klar weiß ich das. Das macht den Schwanz ja so widerlich.«

»Und wer ist das?«

»So ein Typ eben. Er war kurz da, und alle ständig so: Mister hier und Mister da. Ich hab ihm seinen Lunch gebracht. Und zwei Tage später: Päng.«

»Und woher weißt du, dass er es ist?«

»Seine Augen. Ich brauchte ihn bloß anzusehen und wusste: Das ist ein Typ, der perverse Sachen mit seinem Schwanz macht.«

»Woher hat er deine E-Mail-Adresse?«

»Da kommt man ja leicht dran.«

»Glaubst du, er möchte dir seinen Schwanz auch persönlich vorstellen?«

»Wen interessiert das?«

»Hast du das Gefühl, wenn du dir seinen Schwanz jeden Tag auf dem Handy ansehen musst, bist du weniger geneigt, dir seinen Schwanz live anzusehen?«

Kasia nahm die Frage nicht auf die leichte Schulter, sondern dachte gebührend darüber nach.

»Kommt drauf an«, sagte sie. »Weißt du, wenn man den Schwanz sieht, kommen einem schon Gedanken an Schwänze, also ... Aber ansonsten, nee. Da will man den Schwanz nicht sehen.«

»Vielleicht müsstet ihr einen Code vereinbaren.«

»Oder einen Tag festlegen: Schwanztag.«

Trina prustete und sammelte die Reste ihres Mittagessens von der Bank ein.

»Warte ab, bis du oben bei mir arbeitest«, meinte sie. »Da ist jeden Tag Schwanztag.«

Nachdem er sein Meeting mit Teddy hinter sich gebracht hatte, nutzte Hugo die Gelegenheit, draußen eine zu rauchen und sein Gehirn zu lüften – eine immer häufigere Notwendigkeit. Wie nach jeder Strategiesitzung mit Teddy war er vollkommen platt und verspürte eine diffuse Angst. Er konnte sich weder erinnern, was sie besprochen hatten, noch genau sagen, was sie beschlossen hatten.

Das Gefühl, in eine neue und nicht unbedingt vorteilhafte Form geknetet zu werden, verfolgte Hugo schon länger, und je mehr sich dieser Eindruck verfestigte, desto mehr Sorgen machte sich Hugo, er könnte längst jede Orientierung verloren haben. Das ging so weit, dass er sich an besonders üblen Tagen ins Bett legte, die Augen schloss und förmlich zu spüren meinte, wie sein innerer Kompass wild in alle Himmelsrichtungen ausschlug.

Sich allwöchentlich eine Meinung zu einem selbstgewählten Thema bilden zu müssen, war eigentlich eine gute Voraussetzung, eine todsichere Gewissheit der eigenen Identität zu entwickeln und zu festigen. Aber selbst Hugo, der mittlerweile Meister darin war, sich etwas vorzumachen, wusste, dass da schon vor langer Zeit ein Erosionsprozess eingesetzt hatte, der so gut wie abgeschlossen war. In Wahrheit bestand sein Job als Kolumnist nämlich nicht darin, zu sagen, was er dachte, sondern zu sagen, was von ihm erwartet wurde, und weil er sich unentwegt als Stimme der Menschen draußen im Lande inszenierte, erwarteten diese Menschen von ihm, dass er genau das dachte, was sie selbst dachten. Sein eigentlicher Job war also, auszusprechen, was die anderen ohnehin schon dachten, damit die nicht länger das Gewissen drückte, weil sie so dachten.

England Always war genau in dem Moment in der englischen Parteienlandschaft aufgetaucht, als Hugo all das gerade klarzuwerden begann und er sich fragte, ob überhaupt irgendetwas, das er je gedacht, geschrieben oder getan hatte, auf seinem eigenen Mist gewachsen war, oder es wenigstens so schien als ob. Was würde nach dem Tod noch von ihm bleiben? Eine Handvoll Kolumnen über lange Wartezeiten beim Hausarzt, über Moslems, die sich gefälligst britischen Wertvorstellungen anzupassen hatten, über die unbedingte Notwendigkeit, den Remembrance Day mit Mohnblüte am Revers zu ehren? War das ein Vermächtnis?

Rückblickend ließ sich nur schwer sagen, wer wen angesprochen und manipuliert hatte. Hugo hatte zunächst zurückhaltend, dann immer streitbarer die antieuropäischen Sentiments des England-Always-Chefs Alan Elm zu loben begonnen. Alan wiederum hatte ihm die gleiche Gefälligkeit erwiesen und Hugo zunächst informell, später dann auch in der Presse als die Stimme genau jenes kleinen Mannes von der Straße bezeichnet, für den England Always einzutreten gedachte. Irgendwann während dieses Techtelmechtels hatte England Always mit vor Post-Brexit-Stolz geschwellter Brust den Wandel von einer Partei, die Englands Platz in der Welt neu festschreiben wollte, zu einer Partei eingeleitet, die sich nur noch mit dem Platz der Menschen in England beschäftigte. Sie wollte nun nicht mehr Englands Zukunft nach dem Brexit gestalten, sondern Englands vormodernen Pomp wiederaufleben lassen. Der Brexit war vollzogen, aber die Energie, die er freigesetzt hatte, galt es zu nutzen. Ängste mussten umgelenkt werden. Hass brauchte neue Ziele. Die Nation, die England Always zu benennen und zu umreißen begann, war eine, die Hugo wiedererkannte, an die er sich erinnerte: Es war das England seiner Kindheit, das seiner frustrierten und verbitterten Sehnsüchte, ein England, in dem er sich wieder daheim fühlen konnte.

Schließlich war ein Treffen vorgeschlagen worden, und Hugo und Alan besprachen bei Pints und Curry in einem Travelodge irgendwo bei Milton Keynes, wo Alan sich wegen einer Konferenz aufhielt, in groben Zügen Hugos Wechsel vom Meinen zum Handeln, wie Alan sich ausdrückte. Danach hatten sie noch ein paar Bier getrunken. Hugo wurde lockerer, Alan noch lockerer. Sie drifteten vom Politischen ins Private. Alan erzählte von seiner ersten Ehe. Hugo erzählte von seiner einzigen Ehe. Sie sprachen über das, was sie wollten, was sie fürchteten.

»Wir wissen, was die Leute über uns sagen«, hatte Alan an jenem Abend gesagt, die Krawatte gelockert, die Reste vom indischen All-you-can-eat-Buffet noch zwischen den Zähnen. »Wir wissen, was die Leute denken. Aber weißt du was? Sie haben unrecht.«

»Weiß ich doch«, sagte Hugo und fuhr mit den letzten Brocken einer angetrockneten Pakora durch einen Tatortschmierfleck blutroter Soße. »Das ist bloß diese wildgewordene politische Korrektheit.«

»Genau«, sagte Alan. »Dies darf man nicht sagen, das darf man nicht sagen.«

Er trank sein Pint aus und schnippte nach der Kellnerin. »Noch mal zwei hiervon, Zuckerschnecke«, lallte er. Dann beugte er sich zu Hugo vor, mit Bier- und Bajih-Atem und einem letzten, glasigen Aufscheinen von Komplizenschaft in den wegrollenden Augen. »Du und ich«, sagte er, »wir verstehen uns. Wir könnten viel bewegen.« Dann sackte er wie ausgepumpt in seinem Stuhl zurück und starrte in die schäbige Tagungslounge, als wäre sie eine Landschaft, von der er sich tief und nachhaltig inspirieren ließ. Er seufzte lange und übertrieben. »Verdammte Nigger«, sagte er zu niemand im Besonderen. Hugo, eingelullt vom Bier und innerlich gewärmt von einer seltenen maskulinen Eintracht, hatte nur genickt.

Während seiner Zeit als eher berüchtigter denn angesehener Kolumnist und nun als Politiker mit mehr Medienpräsenz denn Begabung war Hugo oft gefragt worden, ob er Rassist sei. Dieser Standardtrick der liberalen Medien spiegelte nur allzu deutlich wider, dass das Wort »rassistisch« mittlerweile derart toxisch war, dass es vollkommen ausreichte, es mit jemandem in einem Atemzug zu nennen, um ihn in ein schlechtes Licht zu rücken und seine Botschaft zu entwerten. Seine Antwort war stets die gleiche: Nein, natürlich sei er nicht rassistisch, ebenso wenig wie seine Partei oder die Menschen, die seine Partei wählten. Dann wechselte er geflissentlich das Thema. Er ließ sich über die große Bedeutung von Redefreiheit und Demokratie aus und über das Privileg, in einer offenen Gesellschaft zu leben, in der alle Meinungen gehört und auf zivilisierte Weise diskutiert wurden. Wenn er den Eindruck hatte, noch ein paar Beispiele bringen zu müssen, lobte er die wichtigen Beiträge, die andere Ethnien im Land geleistet hatten, namentlich indisches Essen oder Thai-Massagen. Schließlich sagte er dann, England sei immer ein tolerantes Land gewesen, worauf er sehr stolz sei, ebenso wie er in manch anderer, momentan nicht so gefragter Hinsicht stolz auf England sei.

Das waren eben die Dinge, die man sagen musste, das wusste Hugo, und er sagte sie, um nicht am Ende etwas anderes zu sagen, das man ja heutzutage nicht mehr sagen durfte. Selbst während er so redete – und das sogar mit einiger Überzeugung –, drängten diese anderen Gedanken in sein Bewusstsein, als hätte die Staumauer zwischen seiner öffentlichen Person und seinem privaten Antipathiereservoir Risse bekommen. Das, was er nicht sagen konnte oder nicht aussprechen zu dürfen glaubte, staute sich in ihm auf und wurde zu einem zähflüssigen, dunklen, brackigen Tümpel. So sah für Hugo gelebte Toleranz aus: das permanente tägliche Herunterschlucken des eigenen Zorns.

Woran glaubte Hugo? Das musste er sich ständig fragen. Seine Ansichten, früher so klipp und klar und mühelos zum Ausdruck gebracht, waren jetzt mal mehr, mal weniger verworren, je nachdem, mit wem er gerade sprach. War es Teddy, der die Dinge so verzerrt erscheinen ließ? Oder war Hugo konfus, weil die *Welt* so konfus war? Wenn schon er, Hugo Bennington, ein erfahrener Kommentator, ein intelligenter Mann, derart ratlos war und an seiner Fähigkeit zweifelte, durch diesen modernen moralischen Kuddelmuddel aus Zweideutigkeiten und Ausflüchten navigieren zu können, wie sollte sich dann erst der

Mann auf der Straße fühlen? Gerade darum, fand Hugo, war England Always so wichtig. Es ging nicht um weiß und schwarz und all das, es ging um *Klarheit*.

Aber Klarheit wurde zu einem immer kostbareren Gut, über das Teddy, wie Hugo mittlerweile glaubte, die eigentliche Kontrolle hatte, was der Sache nicht unbedingt immer zuträglich war. Hugos Verständnis von seinen eigenen Überzeugungen war eng an sein Verständnis von Teddys Reframing dieser Überzeugungen geknüpft, und da er nicht auseinanderklamüsern konnte, inwieweit er Teddy trauen durfte, konnte er nur schwer nachvollziehen, wie seine Überzeugungen hingebogen wurden. Teddy hatte seine Laufbahn schließlich bei Alan begonnen. Er war Hugo als Assistent zur Seite gestellt worden, nachdem Hugos Name schneller als gedacht populär geworden war. Und die Grenze zwischen Assistieren und Überwachen, zwischen Auskundschaften und glatter Sabotage war fließend, dachte Hugo. Arbeitete Teddy für ihn? Oder arbeitete er immer noch für Alan? Hugo drängte sich der Verdacht auf, dass Teddy für alle und niemanden arbeitete, und dieser Verdacht erhärtete sich, je mehr er von Teddys anderen Aktivitäten und Interessen mitbekam – seinem Hightech-Zeug, seinen Motivationsvorträgen, seinen unbegreiflichen Effizienz-Videos. Teddys Vorgehensweise beziehungsweise *Philosophie*, wie Teddy selbst es wahrscheinlich nennen würde, bestand darin, immer und überall anzudocken. Er schien wohl zu glauben, über die Vorteile und die möglichen Fallstricke seiner Beziehungen könne er sich auch später noch den Kopf zerbrechen.

Je länger Hugo darüber nachdachte, desto mehr verfestigte sich der Eindruck, dass sein Leben immer stärker auf eine obskure Doppeldeutigkeit zusteuerte. Seine Ansichten und seine politische Richtung blieben im Unklaren; er konnte seinem Gespür dafür, auf wen er sich verlassen konnte, immer weniger vertrauen. Die Ironie daran entging ihm nicht. Jeden Tag reduzierte er, ob nun in der Presse oder in Person, die Welt auf krassestes Schwarz-weiß-Denken, doch mit jeder weiteren populistischen Minute schienen die früher so scharf gezogenen Linien seiner Wirklichkeit ein bisschen mehr zu verwischen, bis er nicht mehr anders konnte, als sich, um die Frage kreisend, an was er eigentlich glaubte, tief hinab zum Grund seiner wankelmütigen Seele zu schrauben. Worauf er dort stieß, nachdem er sich wie ein Korkenzieher hineingebohrt hatte, war sogar für ihn selbst zu finster: Wenn er ein Geschäft betrat und dort von einem undurchschaubaren Inder bedient wurde, im Pub neben knutschenden Schwulen stand oder auf der Straße das Geschnatter von Stimmen aus dem Nahen Osten oder Mitteleuropa hörte, die sich mit ballernden Rap-Bässen aus den geöffneten Fenstern eines vorbeifahrenden Wagens voller selbstgefällig grinsender schwarzer Männer vermischten, wie es in seiner kalten Lebenswirklichkeit ständig vorkam, empfand Hugo eine Angst und einen Ekel, die tiefer und heftiger waren, als er je zugeben durfte. Und darum wusste Hugo, bei allem Misstrauen gegenüber den ideologischen Pfaden, auf die Teddy ihn mitunter zu führen schien, besser als jeder andere, wie sehr er auf Teddys PR-Arbeit angewiesen war. Teddy machte, und zwar weitaus effizienter als Hugo, nur das, was Hugo selbst immer gemacht hatte: aus der ungenießbaren Substanz seines Wesens etwas zurechtzuschmieden, das die sich wandelnde, nicht wiederzuerkennende Welt zumindest unter Vorbehalt und mit schlechtem Gewissen akzeptieren konnte.

Er zog noch einmal lange an seiner Zigarette und lehnte

den Kopf an die Mauer, um den Rauch langsam entweichen zu lassen. Alles okay, sagte er sich. Du bist in Ordnung. Es sind die anderen, die den Durchblick verloren haben.

Als Trina aus der Mittagspause zurückkam, standen Bream und Holt an ihrem Schreibtisch.

»Shitstorm«, verkündete Bream.

»Mach alle Körperöffnungen dicht«, riet Holt.

»Geht es um das re: der E-Mails?«, fragte Trina.

»Es geht voll und ganz um das re: der E-Mails«, sagte Bream.

»Mike Grady hat Norbiton gemailt und ihm geraten, einen zu erschießen und damit hundert andere in Angst und Schrecken zu versetzen«, erklärte Holt.

»Und das wisst ihr woher?«, wollte Trina wissen.

»Mike Grady hat die hundert anderen in cc gesetzt«, antwortete Bream. »Vermutlich, um den hundert schon Angst zu machen, bevor der eine erschossen wird.«

Trina setzte sich an ihren Schreibtisch. »Die Mail an Grady hast du doch geschickt, Bream.«

»Stimmt«, sagte Bream. »Aber ich habe für uns alle gesprochen. Ich glaube, das war eindeutig.«

»Tja, Bream«, meinte Trina, »ich fürchte, in der Sache bist du unser einsamer Schütze.«

»Jetzt kommt schon, Leute«, protestierte Bream. »Im Zweifel für die Grashügel-Theorie!«

Norbiton steckte den Kopf aus seinem Büro.

»Ihr drei da«, sagte er. »Powwow. Auf der Stelle. Hier und jetzt.«

»Geht nicht«, sagte Bream. »Du hast deine Powwow-Quote

schon heute Morgen aufgebraucht. Dein Konto wird erst in vierundzwanzig Stunden wieder aufgefüllt.«

»Soll das ein Witz sein?«, fragte Norbiton. »Trina: bitte bestätigen.«

»Ja, vierundzwanzig Stunden«, bestätigte Trina.

»Schick mir eine Mail«, sagte Bream.

»Dito«, meinte Holt.

»Okay«, erklärte Norbiton. »Ich spiele mit. Aber wenn ich wieder einen Haufen automatischer Antworten bekomme, könnten schon ein paar negative Gefühle bei mir hochkommen.«

Norbiton ging zurück in sein Büro und hackte sofort auf seine Tastatur ein. Trina loggte sich ein und sah, dass sie, Bream und Holt eine E-Mail von Norbiton hatten, der sie dringend aufforderte, einen Besprechungstermin zu bestätigen.

»Ich hatte noch keine Zeit, die automatische Antwort zu deaktivieren«, meinte Trina.

»Ich auch nicht«, sagte Bream, ohne Anstalten zu machen, an seinen Schreibtisch zu gehen. Holt zuckte nur mit den Achseln. Aus Norbitons Büro drang eine Art Kampfschrei. Er kam wieder heraus und marschierte direkt auf sie zu.

»Ihr seid ja so was von gefickt«, brüllte er. »Wisst ihr überhaupt, wie gefickt ihr seid? Gefickt ist gar kein Ausdruck! Ihr seid Quad-Core-gefickt, ihr seid ›RAM mit 10 Gigabyte, Retina-Display und 24 Stunden Akkulaufzeit‹-*gefickt*. Bream: In mein Büro.«

»Geht nicht«, sagte Bream.

»Geht nicht? Was heißt hier, geht nicht?«

»Ich habe fast meine gesamten Meetingminuten bei der Acht-Augen-Besprechung heute Morgen aufgebraucht und den Rest vorhin, als ich mir eine Auszeit nehmen musste, um dir zu erklären, wie das mit den Meetings funktioniert. Ich *kann* bis nächste Woche gar kein Meeting mehr einschieben.«

»Und warum zum *Fickscheiß* hast du mir vorhin gesagt, ich soll dir einen Meetingtermin für morgen mailen?«, kreischte Norbiton.

»Um dir dann zurückzumailen, dass meine Meetingminuten aufgebraucht sind und ob wir es eventuell auf nächste Woche legen könnten.«

Es entstand eine etwas zu lange Pause, in der Norbiton das verdaute. Dann brach er in manisches Lachen aus und hörte nicht wieder auf, bis er in seinem Büro war und die Tür zuknallte.

»Wow«, sagte Holt. »Ich glaube, wir sehen gerade Norbitons Äquivalent zum Crash-Screen.«

Alle gingen zurück an ihre Schreibtische, um E-Mails abzuarbeiten und ihre To-do-Listen zu checken. Als sie sich gerade in ihre jeweiligen No-go-Räume begeben wollten, um zur Abwechslung an etwas Richtigem zu arbeiten, tauchten drei Strukturtechniker mit mobilen Trennwänden auf und machten sich in einer freien Ecke zu schaffen. Norbiton kam aus seinem Büro und sah zu, wie sie die Trennwände zusammenschraubten und eine magnetkartengesicherte Tür einhängten.

»Denkt außerhalb der Box«, sagte er mit einem mysteriösen Lächeln, das ins Leere zu gehen schien. »Wie viele von euch haben diese olle Kamelle schon gehört?«

»Norbiton«, sagte Bream, dessen Kopf über seinen diversen Monitoren auftauchte, »davon möchte ich dir dringend abraten.«

»Außerhalb der Box denken«, sagte Norbiton, stellte einen Fuß auf einen Stuhl und stützte seinen Ellbogen aufs Knie. »So heißt es doch immer, oder? Das machen wir hier doch alle, stimmt's? Aber sagt mir mal eins: Wie will man außerhalb der Box denken, wenn man gar nicht weiß, wo die eigene Box ist?«

»Was läuft hier?«, fragte Holt Bream. »Also auf rein audiovisueller Ebene bekomme ich schon mit, was hier läuft, aber auf der Sinnebene ist es schwer nachzuvollziehen.«

»Norbiton scheint zu glauben, dass er als Einziger YouTube sieht«, sagte Bream. »He, Norbiton. Kannst du nicht einfach mal einen Tag blaumachen? Du bringst den kompletten Tag durcheinander.«

»Sollen wir den Wellbeing-Manager anrufen?«, fragte Holt.

»Und was sollen wir dem sagen?«, fragte Trina.

»Norbiton ist wahnhaft«, meinte Holt. »Er versucht, ein YouTube-Video, das Tausende von Hits hatte, als eigene Idee zu verkaufen. Das ist doch eine Psychose wie aus dem Lehrbuch.«

»Leute«, erklärte Norbiton, »wir alle hier haben unsere Box aus den Augen verloren. Wir haben so weit außerhalb unserer Box gedacht, dass wir gar nicht mehr wissen, wo unsere Box überhaupt steht, was in ihr drin ist und warum wir überhaupt je aus ihr herauswollten.«

»Ich hab gerade die typischen Symptome für einen Nervenzusammenbruch gegoogelt«, sagte Bream. »Hier steht unter Wahnvorstellungen: ›zu glauben, dass die öffentlich zugängliche Arbeit eines anderen, die schon von zahllosen Dritten gesehen wurde, ein YouTube-Video zum Beispiel, in Wirklichkeit die eigene Idee gewesen ist.‹«

Holt hatte bereits das Telefon in der Hand. »Hallo? Ja, hier ist Holt von Etage 3. Wir haben ein kleines Psychoproblem. Wie damals, als Burgess behauptet hat, er hätte das komplette Wikipedia geschrieben.«

»Einer von uns«, erklärte Norbiton, offenbar ungerührt von

der mangelnden Aufmerksamkeit seines Publikums, »muss zurück in die Box.«

»Norbiton«, sagte Holt. »Du kannst dir nicht einfach selbst einen No-go-Raum bauen. So läuft das nicht.«

»Ich kann das mit dir nicht diskutieren«, meinte Norbiton. »Was ich mache, ist für dich nicht NTK. Was ich in diesem No-go-Raum mache, ist für keinen von euch NTK.«

»So, du kannst einziehen, Kumpel«, sagte einer der Strukturtechniker und reichte Norbiton eine Magnetkarte.

Norbiton marschierte los. Es piepste, als er die Karte durchzog. »Es kann etwas dauern«, sagte er stoisch. Die Tür schloss sich, und weg war er.

Ein langes, leicht betretenes Schweigen folgte. Irgendwo riss jemand eine Tüte Chips auf und versuchte sie unauffällig zu essen. Einige Leute erhielten E-Mails. Einige Leute erhielten automatische Antworten.

Bream fragte: »Äh, haben die Jungs da irgendein Equipment eingebaut?«

»Negativ«, beschied Holt. »Norbiton ist in einem leeren No-go-Raum, der keinen erkennbaren Zweck erfüllt.«

Etwas später rückte ein weiteres Team von Strukturtechnikern mit Elektroschraubern und -bohrern bewaffnet an und umstellte etwas verlegen Norbitons Box. Ihnen folgte mit dem Zielbewusstsein und dem Gespür für den Moment, für die er bekannt war, Dick Bangstrom.

»O Scheiße«, sagte Bream. »Bitte nicht.«

Dick Bangstrom war der kleinste Mann, dem Trina je begegnet war, und auch derjenige mit dem größten Napoleon-Komplex.

»Alle Augen zu mir«, befahl Bangstrom.

Alle reckten demonstrativ die Köpfe über ihre Monitore.

»Einige von Ihnen werden mich kennen«, verkündete Bangstrom. »Ich bin Dick Bangstrom alias Der Interrobang. Ich bin ein Abgesandter von ganz oben.«

Bangstrom nickte nachdrücklich, während er das wirken ließ. Niemand sagte etwas.

»Sowohl im übertragenen wie im wörtlichen Sinne«, fuhr er fort, »stehe ich weit über Ihrer Etage. Ich bin ein Mensch des fünften Stocks, was sich sowohl in meiner Lebensart als auch in der Tatsache widerspiegelt, dass ich tatsächlich an den meisten Tagen im fünften Stock anzutreffen bin. Da, wo die großen Jungs spielen, Kinders. Nur dass wir nicht spielen. Wenn wir spielen würden, was wir nicht tun, dann um alles oder nichts. Schreibt euch das hinter die Ohren. Ich bin im Auftrag des siebten Stocks hier. Ganz recht. Das sind die Männer von ganz oben. Vor einer halben Stunde haben sie mich vom fünften nach oben in den siebten Stock bestellt und mir aufgetragen, mich in diese Niederungen zu begeben und erst dann wieder rauf in den fünften oder siebten Stock zu kommen, wenn ich hier gründlich ausgemistet und ausgesprochen toxischen Müll entsorgt habe. Wisst ihr, wie sie euch da oben nennen? Die Troll-Etage. Auf dieser Etage ist im Durchschnitt alle zwei Monate ein neuer Teamleiter vonnöten. Mittlerweile will keiner mehr eine Stelle hier haben, weil alle um ihren Verstand fürchten. Alle außer mir.«

»Ihnen liegt nichts an Ihrem Verstand?«, fragte Bream.

»Wer zum Teufel sind Sie?«, wollte Bangstrom wissen.

»Bream«, sagte Bream.

»Ich habe von Ihnen gehört, Bream«, erklärte Bangstrom.

»Sie haben immer noch nicht die Frage re: Ihr Verstand beantwortet«, meinte Bream.

»Doch, mir liegt etwas an meinem Verstand«, sagte Bangstrom. »Aber ich hab keine Angst, ihn zu verlieren.«

»Das impliziert aber irgendwie, dass Ihnen nicht viel daran liegt«, sagte Holt.

»Und wer zum Teufel sind Sie?«, fragte Bangstrom.

»Holt«, sagte Holt.

»Auch von Ihnen habe ich schon gehört, Holt«, erklärte Bangstrom. »Um genau zu sein, habe ich schon von jedem einzelnen von euch Flachwichsern gehört. Ich habe keine Angst, den Verstand zu verlieren, weil ich kaum glaube, dass diesbezüglich eine Gefahr besteht. Drücke ich mich klar aus? Wir haben einige schwache Männer hier runtergeschickt. Nicht unser Fehler, es laufen bloß viel zu viele schwache Männer rum. Damit ist jetzt Feierabend. Ich bin von oben geschickt worden, um euch Pfeifen einzuheizen.«

Er deutete auf Norbitons No-go-Raum. »Reißt die Wände da ein, Jungs.«

Die Strukturtechniker brauchten volle zwei Minuten, um die komplette Frontwand loszuschrauben und wegzuheben. Drinnen war Norbiton, mit nacktem Oberkörper und schweißüberströmt.

»He, Dick«, sagte Norbiton. »Willkommen in der Schwitzhütte.«

Bangstrom schüttelte traurig den Kopf.

»Sicherheitsdienst«, sagte er, zwei uniformierte Wachen herbeiwinkend, die hinter den Strukturtechnikern aufgetaucht waren. »Bändigen Sie diesen Mann.«

»Den müssen wir erst abtrocknen«, sagte einer der Sicherheitsleute. »So klatschnassgeschwitzt kriegen wir den nicht zu packen.«

»Haben Sie das gehört, Norbiton, Sie Scheißschwitzer?«, blaffte Bangstrom. »Sie sind wahrhaftig zu verschwitzt, um ausreichend gebändigt zu werden. Wir werden Sie in Silikagel packen müssen, um Sie nach Hause zu schicken.«

»Machen Sie, was Sie wollen«, erwiderte Norbiton. »Es ist bedeutungslos. Das sehe ich jetzt.«

»Ersparen Sie uns bitte Ihr Selbstmitleid, Norbiton. Versuchen Sie, Ihr verschwitztes Köpfchen beim Rausgehen einigermaßen hochzuhalten, okay?«

Die Sicherheitsleute hatten eine Feuerlöschdecke zweckentfremdet und begannen Norbiton darin einzuwickeln wie eine widerspenstige Katze beim Tierarzt.

»Wissen Sie, warum es bedeutungslos ist?«, fragte Norbiton, der den Hals aus der Decke reckte, um den Mund frei zu haben.

»Klappe, Norbiton«, sagte Bangstrom.

»Wegen The Field, darum«, verkündete Norbiton. »Sie glauben, die Griefers wären das Problem? Die Griefers sind noch gar nichts. Wenn The Field erst mal kommt, können Sie alles vergessen. Dann gibt es kein ›innerhalb oder außerhalb der Box‹ mehr. Dann gibt es nur noch The Field. Dann wird alles …«

»Stopfen wir ihm mit einem Teil der Löschdecke den Mund«, sagte Bangstrom zu den Wachleuten, die Norbiton prompt mit einem herabbaumelnden Riemen knebelten.

»He, Bangstrom«, fing Holt an. »Was ist der …«

Bangstrom ging langsam auf Holt zu und baute sich drohend vor ihm auf.

»Na los, fragen Sie weiter«, sagte er. »Wenn Sie sich trauen.«

Holt überlegte einen Moment, dann nickte er. »Ich frage doch nicht weiter«, sagte er.

»Haben Sie noch andere Fragen?«, fragte Bangstrom.

»Nein«, antwortete Holt. »Keine weiteren Fragen.«

»Hat *noch* einer von euch hinterfotzigen Ärschen«, sagte Bangstrom in die Runde, »so eine hinterfotzige Frage?«

Alle guckten überallhin, nur nicht zu Bangstrom. Anscheinend gab es keine Fragen mehr.

Trina gehörte nicht zu diesen dörflichen Radlern, die beängstigend entspannt über die Nebenstraßen kurvten. Sie war in ihrer eigenen Vorstellung und den Augen anderer eine ernstzunehmende Rennmaschine. Am Ende ihres Arbeitstages stopfte sie sich nicht einfach die Hose in die Strümpfe und radelte dann mit einem bukolischen Lächeln unbeschwert nach Hause. Nein, sie wechselte in eine schwarze Spandexkluft und raste in einem Höllentempo los. Sie hatte sich als Zugeständnis an ihre Partner, die sich beide wiederholt besorgt bei dem Gedanken gezeigt hatten, dass sie ungeschützt durch die bekanntermaßen gnadenlosen Windungen und Kurven der Straßen von Edmundsbury schoss, dazu durchgerungen, einen Helm zu tragen, aber davon abgesehen zog sie es vor, soweit es ging, den Elementen ausgesetzt zu sein, und kam mitunter mit von Regen und Hagel geröteter, kribbelnder und köstlich sensibilisierter Haut nach Hause. Programmieren war schön und gut, dachte sie, aber nach einem Tag im Apparat musste man raus in die Welt und sie ungefiltert an sich heranlassen, sonst endete man wie Bream und Holt: mit seltsamen Darmverschlingungen vor lauter Ärger, den sie nicht einmal genau benennen konnten.

Wenn sie mehrere Gänge herunterschaltete und auf dieses gleichmäßige Tempo beschleunigte, bei dem die Außenwelt verschwamm und ihre eigenen Körperkonturen schärfer wurden, hatte sie fast das Gefühl, sich zu verflüchtigen, in Dampf aufzulösen. Trina war mit Comics aufgewachsen und stellte sich die Welt in ihren glücklicheren Momenten, wenn sie in Bewegung war, immer noch in hyper-onomatopoetischem Vokabular vor, so dass sie hinter sich einen Strahlstrom von Zisch und Sausss imaginierte, knallige, zackige Buchstaben, die unter ihrem Hinterrad hervorwirbelten und zu Sprache explodierten. Man war nie zu alt für eine Superheldinnenphantasie, dachte sie, und solche Phantasien mit den dazugehörigen Träumen von muskulöser, kostümierter Unüberwindbarkeit ließen sich am leichtesten abrufen, wenn man in schwindelerregendem Tempo unterwegs war.

Auf dem Weg zurück in die Stadt blieb sie auf der Hauptstraße, schlängelte sich durch den Verkehr, wenn nötig, und schoss volle Kraft voraus, sobald sich die Möglichkeit bot. Sie fuhr nie auf direktem Weg nach Hause. Stattdessen blieb sie auf zufällig gewählten Straßen im Orbit, umkreiste ihr Gravitationszentrum, bis sie sich anders und leichter zu fühlen begann und dann spürte, wie sich die Muskeln ihrer Rücken- und Schulterpartie plötzlich und wohlig lockerten. Ihrer Affinität zu Comics entsprechend, stellte sie es sich buchstäblich als Transformation vor: All die Panzerungen, die sie tagsüber trug, fielen von ihr ab und gaben den Körper darunter frei. Wenn sie ihre Haustür erreichte, war sie – zumindest meistens – wieder sie selbst, und die Menschen, mit denen sie lebte, die sie liebte und von denen sie geliebt wurde, mussten nie der Person begegnen, die sie ohne sie war.

Natürlich lamentierten die Leute über Larchwood, so wie sie über all diese Siedlungen lamentierten, aber Trina war weitaus nachsichtiger. Sie hatte in früheren Leben, die vorbei und gnädigerweise vergessen waren, schon besser gewohnt, aber hier war sie schließlich glücklich geworden, und so projizierte sie unweigerlich etwas von diesem Glück auf die ausgewaschenen Wände und das vertrocknete Grün des fehlgeplanten und nun zweifellos vor dem Ende stehenden Wohnprojekts, das sie Zuhause nannte.

Sie trällerte ein Hallo, als sie die Wohnungstür aufstieß, ihr Fahrrad mit hineinnahm und an die Flurwand lehnte, wo es Straßendreck und Öl auf den ohnehin schon fetten Fleck auf dem Teppich tröpfeln ließ. Aus dem Wohnzimmer erwiderten Mia und Carl ihren Gruß, während Bella etwas lallte, das vielleicht eine Begrüßung sein sollte, wahrscheinlich aber nur ein weiterer Ausdruck ihrer Freude darüber war, dass sie Geräusche machen konnte. Sie fand alle auf dem Sofa, Bella zwischen den beiden Erwachsenen, die ein Computerspiel spielten. Sie küsste sie der Reihe nach, und Mia und Carl erwiderten die Küsse, während sie gleichzeitig, wie es ihre Angewohnheit war, mit einem Auge an ihr vorbeischauten, um das Spiel nicht aus dem Blick zu verlieren.

»Wow, schwitz-schwitz?«, sagte Mia und wich mit gespieltem Ekel grinsend zurück.

»Seht euch die zwei an«, sagte Trina. »Kleben vor dem Scheißbildschirm, während das Baby einfach so rumliegt.«

Sie küsste sie alle noch mal und presste zum Scherz Mias Gesicht in ihr verschwitztes Fahrradtrikot, bevor sie unter die Dusche ging und etwas Bequemes anzog, auf das Bella ohne Probleme kotzen konnte, wenn ihr danach war.

Trinas Stündchen mit Bella, wenn sie von der Arbeit kam, war eine Art Ritual geworden. Von ihnen dreien hatte Trina, wie sie selbst zugab, das geringste traumtänzerische Verhältnis zur Elternschaft – sie war nicht weniger liebevoll, schwelgte aber etwas weniger in den eigenen Gefühlen. Damit schaffte sie, wie sie alle akzeptierten und sehr offen besprochen hatten, einen sehr guten Ausgleich. Bella war zur Welt gekommen, als Trina sich gleichzeitig dem Mikrotasking und dem Studium gewidmet und erschöpft und ohne jedes Zeitgefühl endlose Stunden vor dem Computer geklebt hatte. Einer der Vorteile von Trinas, Carls und Mias Beziehung war, dass mehr als ein Partner in die Bresche springen konnte, wenn ein anderer Partner bis zum Hals in Arbeit steckte, aber die Situation erwies sich in anderer Hinsicht als überraschend schwierig, wie Trina Carl und Mia irgendwann eines Abends gestanden hatte. Während sie an ihrer Tastatur saß und Tasks erledigte, die sich für sie niemals zu einem annähernd vollständigen Bild zusammenfügen würden, waren Carl, Mia und Bella gefährlich nahe daran, zur Kleinfamilie zusammenzuwachsen. Niemand hatte Schuld daran. Sie hatten es nur nie in Betracht gezogen, und Trina war genauso überrascht wie die anderen von der seltsamen Eifersucht und Einsamkeit, die in ihr zu bullern begannen, wenn sie die anderen zusammen sah.

»Ich verkomme zur Tante, während ihr das glückliche Pärchen spielt«, hatte Trina Carl und Mia eines Abends angefaucht. »Ihr bringt ihr bestimmt bei, euch Mummy und Daddy zu nennen, während ich bloß Trina oder Tante sein darf.«

Sobald sie es ausgesprochen hatte, klang es schon lächerlich, aber sie war froh, es gesagt zu haben.

Nachdem sie jetzt bei The Arbor war, hatte sich alles eingespielt. Carl war der verlässliche Mittelpunkt, während Trina und Mia nach einer Art Rotationsprinzip funktionierten, bei dem jede problemlos in die Rolle schlüpfte, in der sie gerade gebraucht wurde, sobald sie nach Hause kam. Mia war Chorer – im Grunde ein ganz ähnlicher Job wie das Mikrotasking, nur dass die Aufgaben weniger mikro waren und nicht von zu Hause aus erledigt werden konnten. Sie loggte sich jeden Tag bei passender Gelegenheit in eine App ein, in der sie alles aufgelistet hatte, was sie zu tun bereit war. Die Klienten konnten sie dann von einer auf die andere Minute buchen, und das zu einem sehr moderaten Preis. Manche suchten jemanden, der für sie einkaufen ging, bei ihnen putzte oder ihre Autos in die Werkstatt fuhr. Für andere Jobs musste man schon mehr können. Vor einer Woche hatte Mia ein Badezimmer gekachelt. Die Woche davor hatte sie Regenrinnen gereinigt. Im Grunde war es die Monetarisierung einer jahrhundertealten Schattenwirtschaft. Aber bei diesem Modell kassierten die Entwickler der App natürlich ordentlich ab, und der Druck, sich möglichst oft einzuloggen, war immens, was bedeutete, dass Mia oft wegmusste, wenn Trina zu Hause war. Sie hielten zwar alles halbwegs zusammen, aber Trina blieb es ein Rätsel, wie die Stinos, wie bei ihnen dreien das trostlosere Ende des Familienspektrums hieß, damit zurechtkamen. Die Arbeitswelt änderte sich, die Familienstruktur nicht. Irgendwo, dachte Trina, musste man doch Zugeständnisse machen.

»Was gibt's Neues an der Heimatfront?«, fragte Trina, als sie wieder ins Wohnzimmer kam und Bella vom Sofa hob.

»Nichts Weltbewegendes«, meinte Carl.

Mia stieß Carl den Ellbogen in die Seite, und der starrte sie anklagend an.

»Was war?«, fragte Trina.

Mia sah Carl mit hochgezogenen Brauen an.

»Petze«, sagte Carl. Er wandte den Blick von Mia ab und sah Trina an. »Hab ich dir neulich vergessen zu sagen. Es war so ein Zeitungsfritze da. *Mia* hier meint, das könnte wichtig sein.«

»Ein Zeitungsfritze? Und was wollte der?«

Carl zuckte die Achseln. »Er hat sich nach meinem Unfall erkundigt. Und nach Downton. Er hat gefragt, ob sich die Bewohner irgendwie organisieren. Das war alles.«

»Und was hast du gesagt?«

»Ich hab gesagt, dass Downton hier immer auftaucht, um ›nach einem zu sehen‹, und er schien zu kapieren, was das bedeutet. Und dann hab ich noch gesagt, dass die Leute Repressalien fürchten, wenn sie sich organisieren, aber dass solche Ideen kursieren.«

»Bist du sicher, dass der von der Presse war? Hatte er irgendeinen Ausweis dabei? Von welcher Zeitung war er?«

»Er ist Blogger. Robert Soundso.«

»Townsend«, sagte Trina. »Ich kenn seine Sachen. Ein unerträglicher Typ.«

»Aber hast du auch die Kommentare gelesen?«

Trina lachte. »Ich lese *nur* die Kommentare. Vielleicht ist das der Witz dabei. Er ist total selbstverliebt, aber wenigstens kriegt er Kommentare. Wer sonst kriegt bei diesem Scheißspiel schon Kommentare?«

»Also alles in Butter?«, fragte Carl grinsend. »Ich bin keine *undichte Stelle* oder so?«

Sie küsste ihn auf den Kopf. »Bei uns ist immer alles in Butter«, sagte sie.

Trina trug Bella in die Küche, setzte sich mit ihr an den

Tisch, um ihr von ihrem Tag zu erzählen, über Bream und Holt zu lästern und was immer ihr sonst noch einfiel, während Bella Geräusche von sich gab, die für Trina eindeutig ermutigend klangen.

Die Küche war, wie der Rest der Wohnung, relativ spartanisch eingerichtet – der Esstisch und die dazu passenden Stühle aus einfachem, unbehandeltem Holz. Statt ihre unterschiedlichen Geschmäcker irgendwie zusammenbringen zu wollen, hatten sich Trina, Mia und Carl entschieden, sie völlig außen vor zu lassen, und waren so zu einem übersichtlichen, ordentlichen Zuhause gekommen. Der Effekt wurde allerdings dadurch geschmälert, dass viele notwendige Instandsetzungsarbeiten unterblieben, was zunächst nur störend gewesen, mittlerweile jedoch kaum noch zumutbar war, aber sie hatten es aufgegeben, sich weiter darum zu bemühen. Feuchtigkeit war ein zentrales Problem. An manchen Stellen kam der Anstrich in dicken Placken herunter. Der Heizkessel rasselte und stöhnte. Auf warmes Wasser konnte man sich nicht verlassen. An manchen Stellen in der Küche war der Linoleumboden komplett weg, und man schaute auf die nackten, verrottenden Holzbohlen darunter. Im letzten Monat war ein Rohr im ersten Stock gebrochen und hatte an der Zimmerdecke eine blassbraune Verfärbung hinterlassen, die an einen überdimensionalen Teefleck erinnerte.

Weil sie es satthatte, sich mit Mia und Carl um den Fernseher zu streiten, wenn die beiden mitten in einem ihrer Computerspiele waren, sie aber verzweifelt irgendetwas brauchte, das ihren Blick fesselte, damit sie nicht ständig auf den deprimierenden Verfall um sich herum starren musste, hatte Trina einen kleinen Fernseher für die Essecke besorgt. Sie schaltete ihn mit der Fernbedienung ein und hoffte auf irgendeinen Stumpfsinn, der keine große Konzentration erforderte und sie nicht zu sehr ärgern würde.

»Mal sehen, ob wir was finden, hm?«, sagte sie zu Bella, die an diesem Fernseher, der viel weniger Krach und Aufregung produzierte als der nebenan, kein großes Interesse zu haben schien und sich lieber mit dem Durchziehband beschäftigte, das von Trinas Kapuzensweatshirt baumelte.

Das Fernsehen war, zumindest soweit es Trina betraf, kein unproblematisches Entspannungsmedium, denn vieles, das im Fernsehen kam, brachte sie so schnell und nachhaltig auf die Palme, dass sie danach noch genervter war, als wenn sie sich mit Bella einfach still hingesetzt und den Augenblick genossen hätte, wie Mia ihr oft genug vorgeschlagen hatte. Das britische Fernsehen hatte sich dem generellen Trend zu Rückwärtsgewandtheit und süßlichen, beschönigenden Phantasievorstellungen angeschlossen und brachte fast nur noch Lobgesänge auf ein längst vergangenes und häufig widerwärtig chauvinistisches England-Ideal. Während sich Trina durch die Programme zappte und Bella dabei etwas vorgrummelte, stieß sie erst auf eine Sendung, in der alle mit Lebensmittelrationen der 1940er kochen mussten, dann auf eine Realityshow, in der um die Wette gestrickt wurde, und schließlich auf eine vieldiskutierte und angeblich süchtig machende historische Serie, die während der letzten Tage der britischen Kolonialherrschaft in Indien spielte und in der enthusiastische junge Weiße im makellos weißen Sportdress auf Zierrasen herumlagen, an Sandwiches knabberten, die ihnen von Turban tragenden Komparsen gereicht wurden, und so taten, als machten sie sich furchtbare Sorgen um die Zukunft. Da sie in keiner einzigen dieser Sendungen sich selbst oder auch nur das kleinste Fetzchen ihrer eigenen Lebenswirklichkeit wiederfand, gab sie die normalen Programme komplett auf und versuchte, sich von den Nachrichtensendern berieseln zu lassen, von denen sie sich eine Pause von der allgegenwärtigen nostalgischen Schönfärberei und Postkarten-Historie versprach – eine Hoffnung, die sofort grausam enttäuscht wurde, als sie die selbstgefällige Visage von Hugo Bennington sah, einem Mann, der mehr als einmal Mordphantasien bei Trina geweckt hatte.

»Ach du Scheiße«, sagte sie zu Bella, in deren Gegenwart niemand in der Familie auf seine Wortwahl achtete, weil man, so die Theorie, nicht vorhatte, ein Kind in Watte zu packen, das früher oder später doch die harte Wirklichkeit der Erwachsenenwelt kennenlernen musste. »Der ist ja überall.«

»Ist das dieser Mann?«, rief Mia aus dem Wohnzimmer. »Wenn ja, dann guck es nicht.«

»Ich hassgucke nur ein bisschen«, antwortete Trina.

»Lass es. Du regst dich nur auf.«

»Niemand«, sagte Hugo Bennington im Fernsehen, während sein Gesicht sich an einem schwierigen Ausdrucksmix aus Aufrichtigkeit und der für ihn typischen Jovialität versuchte, »findet Rassismus abstoßender als ich.«

»Niemand?«, sagte Trina. »*Jeder* findet Rassismus abstoßender als du.«

»Rassismus«, fuhr Bennington fort und setzte eine Miene auf, die zu signalisieren schien »bis hierhin und nicht weiter«, »ist abscheulich.«

»Aaaaaber …«, sagte Trina.

»Aber …«, sagte Hugo Bennington.

»Jetzt kommt's«, sagte Trina.

»… dennoch sollten wir uns fragen, was Rassismus ist und ob

das, was Ken Henderson gesagt hat, grundsätzlich rassistisch war, denn ich glaube, wenn die Menschen sich noch einmal anhören, was er tatsächlich gesagt hat …«

Trina holte ihr Handy aus der Hosentasche und scrollte durch ihre Twitter-Benachrichtigungen. Das angewiderte Entsetzen, das sie erfasste, wann immer sie Hugo Bennington zu Gesicht bekam, wurde ein wenig durch das Vergnügen aufgewogen, mit dem sie beobachtete, wie sich ihr Twitter-Feed sowohl mit den höchst kreativen Beleidigungen füllte, die jeden Fernsehauftritt von Bennington unweigerlich begleiteten, als auch mit der vielstimmigen Kritik und Ablehnung, ohne die Trina, allein mit dem Fernseher, Gefahr gelaufen wäre, jeden Glauben an die Menschheit zu verlieren.

Twitter war für Trina das genaue Gegenteil des kurzen Fernsehüberblicks, dem sie sich gerade ausgesetzt hatte. Auf Twitter lümmelte sich niemand in weißer Cricket-Montur auf dem Rasen, zumindest auf Trinas Twitter-Account nicht. Stattdessen beobachtete und kommentierte man dort, wie sie selbst, das beleidigende Gewäsch, das Hugo Bennington gerade absonderte.

Im Hintergrund ließ sich Bennington immer noch langatmig über England aus. Auf Twitter, das jetzt für Trina im Vordergrund stand, sprudelten die kritischen Kommentare nur so – ein anschwellender Strom, der sich mit Benningtons Politik auseinandersetzte: Dinge, die er zuvor in seiner Kolumne geschrieben hatte und denen sein aktueller Fernsehauftritt zu widersprechen schien; Dinge, die er als Politiker geäußert und nun anscheinend vergessen hatte; Dinge, die andere Leute über Dinge gesagt hatten, die er kürzlich geäußert hatte und die nun wieder aktuell und relevant erschienen; Pausenhofwitze über seine Stimme und die Tatsache, dass er aussah, als hätte er verlernt, sich alleine anzuziehen und die Haare zu kämmen; und natürlich Links zu den Originalzitaten von Ken Henderson, die dieses Fiasko ausgelöst hatten.

Währenddessen ereiferte sich Bennington im Fernsehen über die Leiden weißer, männlicher Politiker, die von den liberalen Mainstream-Medien mundtot gemacht würden, wobei er geflissentlich ignorierte, dass er in genau diesem Moment im nationalen Fernsehen alles aussprach, was er dachte.

»… und wir sagen in aller Deutlichkeit«, sagte Hugo Bennington gerade, »dass hier Rede- und Klärungsbedarf besteht. Ohne Diffamierung. Ohne Moralkeule. Auf diesen politisch korrekten Humbug können wir verzichten. Wir brauchen eine verständliche, offene und ehrliche Debatte darüber, was in unserem Lande zurzeit passiert und was wir dagegen tun können. Denn wenn Sie mich fragen, wie das fundamentalste Grundrecht jedes einzelnen in England lebenden Menschen lautet, kann ich nur antworten: die freie Meinungsäußerung. Und ich glaube, darin stimmen mir viele Menschen zu. Aber ich glaube auch, mir werden ebenso viele Menschen zustimmen, wenn ich sage, dass in diesem Land keine Redefreiheit herrscht, so gern wir uns auch in dieser Vorstellung wiegen. Wir leben in einem Zeitalter der Zensur, und wenn wir so weitermachen, dann werden wir, und das sage ich jetzt in aller Deutlichkeit, gefährlich nahe an eine Situation kommen, die ich nur als politische und kulturelle Hexenjagd bezeichnen kann, eine Situation, in der eine ganze Bevölkerungsgruppe politisch mundtot gemacht und ausgelöscht wird.«

»Ein Genozid an weißen Männern«, sagte Trina, Bella sanft an ihrer Brust wiegend, während sie sich im Stuhl zurücklehnte und fühlte, wie sich auch die letzten Wölkchen ihres Arbeitstags verzogen. »Vielleicht haben wir das ja erreicht, bis du groß bist, Bella.«

»Ich kann dich hören!«, rief Carl aus dem Wohnzimmer.

»Na schön«, sagte Trina, schloss die Augen und ließ sich einen Moment treiben. »Kein kompletter Genozid. Nur ein kontrollierter Reduktionsabschuss, um die Bestände klein zu halten.«

Sie hörte ihn trotz des Computerspielgetöses kichern. Sie scrollte noch ein wenig durch ihren Feed, dann tippte sie genüsslich eine Nachricht.

Man darf heutzutage nicht mal mehr rassistische Beleidigungen erfinden, twitterte sie. *So weit ist es mit dem politisch korrekten Meinungsterror schon gekommen.*

Dann tippte sie als Nachgedanken noch: *#whitemalegenocide. Lol.*

Sie zappte noch mal durch die Kanäle und schaltete dann den Fernseher aus. Bella, die ein flüchtiges Interesse an Hugo Bennington gezeigt, es dann aber schnell wieder verloren hatte, war still geworden und, an Trinas Schulter geschmiegt, schon halb eingeschlafen. Trina griff wieder zu ihrem Handy. Ihr *#whitemalegenocide*-Tweet hatte bereits eine beträchtliche Menge an Re-Tweets eingebracht. Sie dachte an Mia und deren strikte Order, sich zu entspannen. Na gut, dachte sie. Sie hatte sich ausreichend abgelenkt. Vielleicht konnte sie die nächsten paar Momente einfach nur genießen.

0011

Robert. *Robeeerrrt*. Robbie-Boy. Der Robster. Robo-Cop … Assoziationsfeuerwerk! Das ist konkrete Poesie. Aber zur Sache. Wie geht's dir?«

»Bestens, Silas«, sagte Robert, während er wie gewohnt die Fenster auf seinem Laptop so anordnete, dass er nur dem absoluten Blandford-Minimum ausgesetzt war.

»Eigentlich hätte ja auch eine E-Mail gereicht, aber ich dachte, scheiß drauf, das muss ich ihm persönlich sagen. Du kannst dir nicht vorstellen, was hier im Büro abgeht, Rob. Der Text ist wie so ein Feuer-Emoji, das kein Emoji mehr ist, sondern ein echtes Feuer.«

Robert war baff. Der Text hatte ihm einige Schwierigkeiten bereitet. Er hatte den richtigen Ton nicht gefunden, es erst auf die zornige und dann auf die gefühlige Weise versucht. Er hatte auf angemessene Distanz gesetzt und dann gedacht, scheiß auf die angemessene Distanz, und sich für flammende Empörung entschieden. Aber Empörung klang dann doch zu sehr nach all der anderen Empörung, die ohnehin schon das Netz verunreinigte, und er hatte wieder auf eine, wie er hoffte, gemessene Empathie hingearbeitet. In letzter Minute hatten ihm die Ereignisse auf dem Platz, auch wenn er gar nicht direkt darauf einging, den perfekten Aufhänger geliefert, und zwar wie die vielen Darkins dieser Welt (seine eigene Formulierung, von der er mittlerweile nicht mehr ganz so überzeugt war) im aktuellen Zeitgeschehen nicht nur ignoriert, sondern aktiv ausgeblendet wurden. Wo fand eine Geschichte wie die von Darkin noch Platz zwischen all den hochkochenden Meinungen und Gegenmeinungen, und was sagte das über die Zukunft aus, auf die wir alle gemeinsam zusteuerten? Er hatte den Artikel in einer spontanen Aufwallung von Verfasserstolz einfach weggeschickt. Als er am nächsten Morgen wach wurde, bereute er das allerdings und überarbeitete ihn noch einmal gründlich, berücksichtigte andere Gesichtspunkte und Positionen und entdeckte, was noch schlimmer war, einige Stellen, die er selbst fragwürdig fand. Und jetzt sagte ihm Silas, er sei begeistert.

»Ich ... im Ernst? Die Leute mögen den Text?«

»Weit mehr als das, Rob. Das ist jenseits von Mögen oder Nichtmögen. Irgendwer hat sogar das Wort ›Epochenbruch‹ in den Mund genommen.«

»In Bezug auf meine Kolumne? Bist du sicher?«

»So direkt gefragt: nein. Aber sehen wir es mal folgendermaßen: Kein Mensch in meinem Büro sagt jemals ›Epochenbruch‹. Dass deine Kolumne überhaupt eine Büroatmosphäre geschaffen hat, in der sich ein Ausdruck wie ›Epochenbruch‹ ironiefrei behaupten kann, ist an sich schon ein ... äh ... Epochenbruch.«

Robert fand Silas' Lobeshymnen vertrackt. Einerseits waren sie ihm willkommen, weil Lob ihm immer willkommen war und Silas, so ungern Robert es sich auch eingestand, immerhin sein Boss war. Andererseits kamen diese Lobeshymnen von Silas, einem Mann mit derart himmelschreienden intellektuellen und moralischen Defiziten, dass Robert sich Mühe geben musste, ihn ernst zu nehmen. Im Endeffekt war Robert genauso verunsichert wie nach dem Aufwachen, als er den Text noch einmal überflogen und sich gefragt hatte, ob er nicht vollkommen danebenlag. Silas war begeistert, aber andererseits war *Silas* der Begeisterte.

»Natürlich wollte ich etwas schreiben, das eine gewisse Wirkung erzielt«, tastete er sich vorsichtig an ein Gespräch über das Geschriebene heran.

»Oh, das tut es, Rob. Es ist sehr wirkmächtig. *Über*-wirkmächtig. Und das passt doch. Weil es auch ein Text *über* Macht ist. Oder *Übermacht*. Weißt du?«

»Ich glaub, das weiß ich, ja.«

»Also mal im Ernst. Wir bringen die Kolumne, wie sie ist. Sie ist lang. Sie ist bombastisch. Stellenweise weitschweifig. Alles, worauf wir nicht stehen. Und deswegen fahren wir total drauf ab. Wir knallen sie ins Meer der Kultur wie eine verdammte Wasserbombe. Aber kurzes Briefing, okay? Glaub nicht, dass das keinen Aufschrei provozieren wird, denn es wird definitiv einen Aufschrei provozieren. Doch auf den Aufschrei scheißen wir, denn das Ding ist ja selbst ein Aufschrei, stimmt's?«

»Was für einen Aufschrei?«

»Na, den üblichen.«

»À la Julia Benjamin, meinst du?«

»Ja, so was in der Art. Nur, na ja, heftiger.«

»Noch heftiger?«

»Du wirst doch wohl nicht erwartet haben, dass das auf uneingeschränkte Zustimmung stößt, oder, Rob? Dieser Text ist die Zukunft. Wann ist die Zukunft mal nicht kontrovers?«

»Also, ich weiß wirklich nicht, was so kontrovers daran sein soll …«

»… dass man ein Mann ist? Und weiß? Und gebürtiger Engländer? Weiß ich auch nicht, Rob. So wenig wie du. Oder wie die Darkins dieser Welt, hab ich recht? Aber es dreht sich doch gerade darum, dass allein das den Leuten schon gegen den Strich geht. Genau das schreibst du ja in deinem Text.«

Während Silas redete, hatte Robert das Gefühl, als würde ihm pures Nitroglyzerin aus einer Pipette in die Öffnung seines Spinalkanals geträufelt werden und von der Schädelbasis eisig und unerbittlich bis zu seinem Schließmuskel hinuntersickern.

»Herrgott, Silas. Um Himmels willen. In der Kolumne *streife* ich vielleicht so was, aber ich sage doch nicht …«

»Was sagst du *denn*, Rob?«

»Ich sage doch bloß, dass wir alle einen offenen Dialog …«

»Okay. Du kannst direkt aufhören, Rob. Denn die Leute werden dich fragen, was du eigentlich sagen willst. Sie werden Kommentare wollen. Und wenn du meinen Rat willst, setzt du ihnen keine Scheiße à la ›ein Gespräch in Gang bringen‹ oder ›im Dialog miteinander bleiben‹ oder sonst irgendeinen Stuss vor, mit dem die Leute sich wieder rausreden, wenn sie ausnahmsweise mal ein offenes Wort gesprochen haben. Dieser Text will keinen Dialog, Rob. Dieser Text sagt: Sperrt die Ohren auf, ihr Wichser, jetzt rede ich.«

Robert war nicht sicher, was er sagen sollte. Es hätte ihm sehr geholfen, wenn er die Kolumne noch präsenter im Kopf gehabt hätte. Noch mehr hätte es ihm geholfen, wenn er irgendeine noch so vage Ahnung gehabt hätte, was Silas aus dieser Kolumne herauslas, das ihm selbst entgangen war. Na gut, es ging darin um einen Mann. Einen Mann, um den sich niemand scherte. Einen übersehenen weißen und, wenn Robert so darüber nachdachte, ziemlich rassistischen Mann. Aber das war nicht das Gleiche, wie zu behaupten … Es bedeutete nicht …

»Weißt du was?«, änderte er seine Taktik. »Ich sollte vielleicht noch mal drüberlesen. Für den letzten Feinschliff.«

»Feinschliff? Was habe ich eben gesagt, Rob? Der Text ist *authentisch*. Er kommt *aus dem Bauch*. Wenn du ihn glättest, verwässerst du ihn.«

»Dennoch«, sagte Robert, der trotz der beinahe radioaktiven Werte, die sein Unbehagen und seine Bedenken erreichten, den Teufel tun würde, Silas' offenbar echte Begeisterung für etwas, das er geschrieben hatte, zu untergraben. »Ich bin nun mal Perfektionist.«

»He«, sagte Blandford und hob die Hände, »die künstlerische Liebe zum Detail, was? Nichts dagegen. Aber im Ernst, Rob. Ich will nicht, dass du mir das Ding komplett auseinandernimmst.«

Robert hatte mittlerweile seinen Text geöffnet und überflog ihn. Nichts daran kam ihm vertraut vor. Das Geschriebene war schon durch Silas' Lektürebrille verzerrt worden und wurde immer weiter verzerrt durch all die imaginären Lektürebrillen, die noch folgen mochten. Er erkannte nicht nur den Text nicht wieder, er erkannte nicht einmal die Version seiner selbst wieder, die ihn geschrieben hatte, und konnte infolgedessen auch nicht sicher sein, dass er ihn jetzt so las, wie er gemeint war.

»Die Leute sind müde, Rob«, fuhr Silas fort. »Sie haben die Schnauze voll. Sie haben genug von dem ewigen linksversifften Gesinnungsterror. Die neue antiautoritäre Bewegung steht rechts, nicht links. Das ist der neue *Punk*, Rob. Die Leute haben sich nach einem solchen Text gesehnt, Rob, und sie haben ihn von dir bekommen. Darum sehen wir jetzt schon so ein absolut irres Reaktionsprofil.«

»Reaktion?«, fragte Robert. »Wieso Reaktion? Wie kannst du irgendwo eine Reaktion sehen?«

»Was? O Scheiße. Hab ich das nicht gesagt? Es steht schon drin. Es ist online.«

»Es ist was?«

»Es ist in der Welt, Baby. Der Velociraptor hat den Schließmechanismus geknackt und läuft frei herum.«

»Scheiße, was soll das denn jetzt, Silas! Was ist mit dem Lektorat? Ich wollte doch noch mal drüberlesen?«

»Ja, ja, was ist mit diesem, was ist mit jenem. Darf ich mal ganz offen mit dir reden, Rob? Das ist der beste Text, den du je geschrieben hast. Warum? Weil er mutig ist. Da stellt sich einem die Frage: Warum hast du nicht schon früher so was Mutiges geschrieben? Naheliegende Antwort: Weil du, und krieg das nicht in den falschen Hals, im Grunde kein mutiger Mensch bist. Was könnte also bei diesem Text ein potentielles Problem werden? Dass du Angst vor der eigenen Courage kriegst und einen Rückzieher machst. Die Lösung? Wir eliminieren die Option eines Rückziehers. Ich bin hier so was wie der Muttervogel, Rob. Ich hab dich aus dem Nest geschubst, und jetzt sehe ich zu, wie du fliegst.«

»Oder wie ich auf den Boden knalle.«

»Das kommt nie vor, Rob. Alle Vögel können fliegen.«

»Was redest du denn da? Man findet doch andauernd Vogelküken mit aufgeplatztem Kopf auf dem Gehweg.«

»Das sind schlechte Vögel, Rob. Die haben Mängel. Bist du ein mangelhafter Vogel, Rob?«

»Ich …«

»Bist du ein mangelhafter Vogel, Rob?«

»Nein. Ich bin kein mangelhafter Vogel.«

»Dann *benimm* dich auch nicht wie ein mangelhafter Vogel, sondern *flieg*, verdammt noch mal. Okay, ich muss los. Wir schließen uns später kurz, denn dieses Ding wird abgehen wie eine Rakete.«

»Silas? Silas?«

Aber er war schon weg.

Das ist …« Hugo starrte auf den A4-Ausdruck, den Teddy vor ihn auf den Tisch des Konferenzraums gelegt hatte. »Eigentlich weiß ich nicht mal, was das ist.«

Hugo war nicht in Stimmung für so was. Erst konnte er nicht schlafen, dann hatte er verschlafen. Das hatte seine Zeit ohne Teddy beschnitten. Nun hatte er das Gefühl, sich ständig selbst hinterherzuhinken.

»Es ist schon ein Ding«, sagte Teddy. »Ich denke, so viel können wir mit Gewissheit sagen.«

Hugo überflog Townsends Kolumne erneut. Die Lektüre war enervierend. Er empfand eine seltsame, verdrehte Vertrautheit, eine Art perverses Wiedererkennen. Schon wieder etwas an diesem Morgen, das ihm die Welt fremd erscheinen ließ.

»Das könnte glatt von mir sein«, sagte er schließlich.

»Aber wie.«

»Hat schon jemand kommentiert, dass das glatt von mir sein könnte?«

»Bislang noch nicht.«

»Vielleicht sollte ich es mal kommentieren?«

Teddy schüttelte den Kopf und wechselte einen vielsagenden Blick mit Hugo.

»Sie denken an eine tödliche Umarmung?«, sagte Hugo.

»Ich denke daran, ihn so fest zu umarmen, dass er nicht mehr atmen kann.«

»Schön«, sagte Hugo. »Scheiß auf den kleinen Wichser. Aber ehrlich gesagt, macht auch nicht er mir Sorgen.«

»Sie denken an diesen Darkin, ich weiß. Aber wissen Sie was? Für den gilt das Gleiche.«

»Townsend macht ihn zu seinem beschissenen *Anliegen*.«

»Ein Anliegen, das sie aus Ihrer Position heraus sehr viel besser vertreten können.«

»Aber ich kann nicht einfach da hinfahren und mich für ihn engagieren. Downton macht sich doch ins Hemd.«

Hugo wusste, dass die Angst vor Jones seiner unwürdig war, aber sie war echt. Er hatte sich bewusst keine genauen Gedanken darüber gemacht, womit Jones ihn treffen könnte, wenn er es sich in den Kopf setzte, aber auch in Hugos vager Vorstellung war die Stoßrichtung eindeutig. Er sah vor sich, wie Jones die Zeitung aufschlug oder vielleicht, so wie Hugo eben, einen Ausdruck gereicht bekam, mit seiner ausdruckslosen Miene einen Moment nachdachte, dann eine halbflüssige Gestalt annahm und sich durch die Schlüssellöcher von Hugos Leben pumpte. Der Mist, den Downton über Hugo hatte, würde wie Bauschaum reagieren: ein schneller Spritzer davon in einen einzigen Riss, und schon wäre es für ihn gelaufen.

»Sollen sie sich doch ins Hemd machen«, sagte Teddy. »Letzten Endes hält der Typ das doch bestenfalls, was, noch ein paar Wochen durch? Sie brauchen ihm keinen Druck zu machen. Es reicht, wenn Sie ihm das Gefühl geben, dass ihm bald jemand anderer Druck machen wird. In der Zwischenzeit ringen Sie Ihre Hände wegen der ganzen Tragödie.«

Die Kunst, dachte Hugo, würde darin bestehen, so wenig zu

denken wie nur irgend möglich. Das war eigentlich immer so. Tief unten in seiner Magengrube rumorte konstant das Wissen um das, was zu tun war. Und genau dort sollte es auch bleiben, es durfte niemals seinen Kopf erreichen, das war seine oberste Priorität.

»Also Schmusekurs mit allen«, sagte er matt.

»Wildes Knutschen.«

Wie weit war es schon gekommen, dachte Hugo, wenn er der Mann war, dessen Umarmung tödlich war. Er wusste nicht recht, ob ihn diese Macht berauschte oder die damit einhergehenden Implikationen ihn deprimierten.

»Weiter im Text«, sagte er. »Was ist mit dem Fernsehauftritt?«

»Dazu kann ich nur anmerken«, sagte Teddy und rief einige gänzlich unbeschriftete Kuchengrafiken und damit korrespondierende Diagramme auf seinem Tablet auf, »Ihre Werte gehen momentan durch die Decke, großer Boss.«

Er zeigte Hugo eine Karte von England, auf der sich ein Flächenbrand von Knallorange ausbreitete. »Das zeigt Ihre Resonanzwerte beziehungsweise deren Anstieg. Sehen Sie? Die schlagen wirklich alles.«

»Und das ist für uns positiv?«

»Aber sehr positiv.«

»Und die Leute sagen ... Was sagen die Leute?«

»Ich denke, wir sollten uns hier nicht verzetteln, Hugo. Ich denke, es kommt nicht darauf an, was die Leute sagen, sondern darauf, dass sie irgendwas sagen.«

»Das klingt für mich, als wäre es nicht unbedingt gut, was sie sagen.«

»Oh, es ist sogar sehr gut. Das Gute ergibt sich nur weniger aus dem Inhalt, sondern aus den Meinungsäußerungen an sich. Gucken Sie mal hier.« Er zeigte ihm ein Kurvendiagramm mit einem enormen Ausschlag in der Mitte. »Das sind Sie auf Twitter.«

»Hören Sie, Teddy, ich weiß, Sie halten mich für völlig ahnungslos in diesen Dingen, okay? Aber ich hab mich selbst gegoogelt. Ich habe bei Twitter nachgesehen. Ich weiß, was da läuft. Diese Spitze bildet bloß den exorbitanten Anstieg an Reaktionen von Leuten ab, die mich als Arschgesicht bezeichnen, sobald sie mich im Fernsehen sehen.«

»Und ist das nicht toll?«

»Warum soll das toll sein?«

»Weil es Gratiswerbung ist. Solche Zuwachsraten können Sie mit Geld nicht kaufen, Hugo.«

»Aber es ist negative Publicity.«

»So was gibt es gar nicht. Negative Publicity ist wie Antimaterie, ein moderner Mythos.«

»Ich bezweifle, dass Antimaterie ein moderner Mythos ist, Teddy.«

»Ach ja? Dann zeigen Sie mir doch mal Antimaterie.«

»Das kann ich natürlich nicht, denn die ist ...«

»Eben. Was Sie mir nicht zeigen können, existiert auch nicht. Verstehen Sie, was ich sage? Sie mag durchaus *tatsächlich* existieren, nur spielt sie für uns nicht die geringste Rolle.«

Hugo erfasste eine vertraute Müdigkeit, die im Augenbereich begann und sich dann über sein Gesicht, seinen Nacken und seine Schultern ergoss. Sie fühlte sich an wie Honig und betäubte alles, mit dem sie in Berührung kam.

»Schön«, sagte er und rieb sich die Augen. »Die Kurzfassung: Sieg, Niederlage oder Unentschieden?«

»Tja, wir sollten zunächst definieren ...«

»Wie ist es gelaufen, Teddy? Sagen Sie mir nur, wie es gelaufen ist. In einfachen Worten. Was würden Sie sagen?«

»Ich würde sagen, es ist mehr oder weniger gelaufen wie geplant.«

»Wissen Sie was, Teddy? Damit bin ich schon zufrieden. Super. Es lief wie geplant. Hervorragend. Nächster Punkt.«

»Wobei ich dazusagen muss …«

»Heilige Mutter Gottes. Was? Was denn noch?«

»Tja, es gab da ein Element, das zwar im weitesten Sinne in die Kategorie ›lief wie geplant‹ fällt, aber vielleicht nicht *ganz* so geplant war wie alles andere.«

»Und das wäre welches Element?«

»Schön«, sagte Teddy, auf seinem Tablet herumwischend. »Also, einfache Twitter-Suche in dem Zeitfenster, in dem Sie auf Sendung waren, okay? Da haben wir die ganzen üblichen Schlagworte. ›Rassist‹ liegt ganz vorn. ›Heuchler‹. ›Irrer‹. ›Pestbeule‹ …«

»Könnten wir zum Punkt kommen, Teddy?«

»Nur zu gerne, Hugo. Jawoll. Also, wenn wir den ganzen üblichen Kram beiseitelassen, landen wir hier.«

Er hielt Hugo das Tablet hin. Hugo sah den Screenshot eines Tweets, der zum Genozid an weißen Männern aufrief.

»Was ist das denn für eine Scheiße?«

»Da spricht jemand vom Genozid an weißen Männern«, erklärte Teddy.

»Das sehe ich auch, Teddy. Hätten Sie auch ein paar Einzelheiten für mich? Wer ist dieser Mensch? Ist das eine Morddrohung? Ist das irgendeine Art von, was weiß ich, *Organisation*, die wir im Auge behalten müssen?«

»Tatsächlich oder hypothetisch?«

»Ich riskier's mal und sage: beides.«

»Tatsächlich: äh, nicht wirklich. Hypothetisch: da würde ich vielleicht sagen ... Ja?«

»Okay. Geht es etwas genauer?«

»Im Grunde hat diesen Tweet bloß irgendeine Frau verfasst. Irgendeine schwarze Frau. Nicht, dass sie jemand ist. Aber sie hat überdurchschnittlich viele Follower, also ist sie auch kein Niemand. Und unter ihren Followern sind durchaus ein paar Jemande, wenn auch mit begrenzter Reichweite. Und einige dieser Leute haben das geretweetet. Daher ist dieser Tweet ... Also, er ist an sich keine große Sache, aber ich denke, daraus könnte eine große Sache *werden*, wenn wir das wollen.«

»Warum sollten wir das wollen?«

»Erinnern Sie sich noch, dass ich letzte Woche gesagt habe, was Sie wirklich brauchen könnten, wäre eine Morddrohung?«

»Mhm«, machte Hugo.

»Na, das hier ist sogar noch besser als eine Morddrohung. Die Androhung eines Genozids.«

»Am Schluss steht aber *lol*. Das lässt es nicht sonderlich bedrohlich wirken.«

»Steht da Genozid an weißen Männern, oder nicht?«

»Ja, das steht da.«

»Und ist das etwas, wovor Sie persönlich und England Always als Partei immer gewarnt und in dem Sie immer mehr als deutlich Position bezogen haben, oder nicht?«

»Doch, natürlich.«

»Und meinen Sie nicht, dass Sie, nachdem Sie bislang immer so deutlich Position hinsichtlich exakt dieser, wenn auch damals noch rein hypothetischen, Dinge bezogen haben, geradezu *moralisch verpflichtet* sind – und das sollten Sie ruhig genau so formulieren, wenn man Sie fragt –, *moralisch verpflichtet* sind, besonders deutlich Position zu beziehen, wenn jemand auf sehr reale Weise mit so etwas konfrontiert wird, besonders, wenn Sie selbst dieser Jemand sind?«

»In gewissem Sinne ja. Aber in anderer, relevanterer Hinsicht …«

»Besonders in einem Moment, in dem gewisse *andere* Menschen, wie wir gerade erst besprochen haben, *selbst* ziemlich klare Worte finden für die, wie soll ich sagen, *Nöte des weißen Mannes*.«

»Ich weiß, was Sie meinen, Teddy. Okay? Ausnahmsweise weiß ich mal genau, was Sie meinen. Aber …«

»Das macht Sie doch wütend, oder, Hugo?«

»Natürlich. Ich finde nur …«

»Denn mich macht es wütend. Sogar *scheiß*wütend. Und wissen Sie was? Alan macht es auch wütend.«

»Alan ist wütend?«

»Alan ist sehr wütend. Und er geht davon aus, dass Sie es auch sind.«

»Nun, Sie können ihm von mir ausrichten, dass ich definitiv wütend bin.«

»Das muss ich ihm nicht erst sagen, Hugo. Das habe ich ihm schon gesagt. Und nicht nur ihm. Jedermann.«

»Wenn Sie *jedermann* sagen, Teddy …«

»Zuerst einmal hab ich einen Screenshot von diesem Tweet von Ihrem Account getwittert und den dann vom England-Always-Account geretweetet. Okay? Damit alle Bescheid wissen und alle sich einig sind.«

»Teddy, wie haben Sie …«

»Und dann habe ich – von Ihrem Account, nur, damit das klar

ist – noch …«, Teddy holte sein Handy hervor und scrollte runter, bis er den gesuchten Tweet fand, »drei Wut-Emojis getwittert.«

»Das ist zumindest … prägnant«, sagte Hugo. »Aber ich würde gerne … Ich meine, drücken wir mal ganz kurz die Pausentaste. Okay, Teddy? Könnten wir für einen kleinen Moment abschweifen und die Frage klären, wieso Sie Zugriff auf meinen Twitter-Account haben?«

»Ach so. Ich hab Ihr Passwort erraten.«

»Wie konnten Sie mein Passwort erraten?«

»Weil Ihr Passwort *Passwort* ist.«

»Das ist … Na schön, ich verstehe, wie Sie mein Passwort erraten konnten. Aber mal anders gefragt: *Warum* haben Sie mein Passwort erraten?«

»Weil ich diesen Tweet verschicken musste.«

Hin- und hergerissen, ob er Teddy für seine Initiative rügen oder einfach darüber hinweggehen sollte, um nicht in den Treibsand jener Interpretationsmanie zu geraten, auf die sich Teddy oftmals zu versteifen schien, entschied sich Hugo, wenn auch widerwillig, für das geringste Diskussionsrisiko. Letztlich, dachte er, hatte Teddy ja weitgehend recht, auch wenn er in der praktischen Ausübung dieses Rechthabens erschreckend falsch lag.

»Okay«, sagte Hugo. »Aber für die Zukunft …«

»Vermerkt.«

»Lassen Sie mich ausreden, Teddy.«

»Absolut, aber zugleich …«

»Hacken Sie in Zukunft nie wieder irgendeinen meiner Accounts.«

»Eigentlich hab ich Ihren Account ja nicht mal *gehackt*, großer Mann, ich meine …«

»Ich werde sowieso sämtliche Passwörter ändern, darum ist

das Ganze hinfällig. Aber missverstehen Sie mich nicht, es gibt eine Grundregel, und …«

»Neue Passwörter waren sowieso der nächste Punkt auf der Tagesordnung, angesichts der derzeitigen Stimmung. Aber egal. Das Beste habe ich Ihnen noch gar nicht erzählt.«

»Das Beste?«

»Über diese Genozid-Frau.«

»Da ist noch was?«

»Sehen Sie sich ihre *Adresse* an, Hugo.«

Teddy schob Hugo breit grinsend einen Zettel zu, auf dem die Personalien der Frau standen.

»Na, wer hätte das gedacht?«, sagte Hugo, der auf das Blatt starrte und zum ersten Mal seit viel zu langer Zeit das befriedigende Gefühl verspürte, dass sich alles zu seinem Vorteil entwickelte.

Er ließ den Zettel auf den Tisch fallen und grinste.

»Da dürfen Sie sich auf die Schulter klopfen, Teddy, mein Guter«, sagte er mit ungewohnter Wärme. »Und zwar *ganz kräftig*.«

Und weil Teddy nun mal Teddy war, langte er mit dem Arm über seine Schulter und tat genau das.

Hölle noch mal«, sagte Geoff, der mit zwei Tüten voller Einkäufe hereinkam, sie auf dem Küchenboden abstellte, die Hände in die Hüften stemmte und Darkins kaputtes Fenster betrachtete. »Was war denn hier los? Kids, was?«

Darkin schüttelte den Kopf. »Ich kam nicht hoch. Da hab ich ’nen Kerl gebeten, das Fenster einzuschlagen und mir aufzuhelfen.«

»Wieso kamst du nicht hoch?«

»Konnte nicht an meinen Stock ran.«

»Wie kam das denn?«

Darkin blickte auf seinen Pullover hinunter und bemerkte erst jetzt, dass er sich mit seinem belegten Sandwich gestern Abend vollgekleckert hatte und ein dunkler, klebriger Ketchupklecks auf dem Stoff prangte, denn er jetzt mit Hilfe eines langen, ungepflegten Daumennagels abzuknibbeln versuchte.

Geoff ließ die Einkaufstüten auf dem Boden stehen, kam herüber, setzte sich auf das Sofa gegenüber von Darkin und beugte sich vor, um ihn eingehend zu mustern. Geoff war der einzige Mensch aus Darkins Bekanntenkreis, der sich auf dieses Sofa setzte, ohne es vorher abzuwischen.

»Was ist passiert?«, fragte er.

»So 'n Kerl von Downton«, brummelte Darkin. »War hier und hat meinen Stock weggestellt.«

»Was?«, fragte Geoff empört. »Absichtlich?«

Darkin nickte. »Meinte, ich wär ›gefährdet‹.«

»Ach wirklich«, sagte Geoff. Er ließ sich in die Sofakissen fallen und atmete hörbar durch die zusammengebissenen Zähne aus. »Diese Scheißkerle.«

Darkin blickte von seinem Ketchupklecks auf.

»Erzähl es nicht rum«, sagte er.

»Ich weiß, ich weiß«, erwiderte Geoff. »Immer schön das Maul halten. Aber trotzdem, diese Scheißer.«

Beide waren einen Moment lang still.

»Hör mal«, fing Geoff an, »ich weiß, ich sage es jedes Mal …«

Darkin schüttelte den Kopf.

»Warum nicht? Im Ernst, Kumpel. Warum nicht wenigstens mal drüber nachdenken?«

»Weil ich nicht will.«

»Aber *warum* willst du nicht? Du könntest es so viel besser haben als hier. Vielleicht in einem dieser kleinen Bungalows. Die haben Alarmanlagen. Die haben Wachpersonal. Da gibt es Leute, die vorbeikommen und deine Einkäufe erledigen. Das soll nicht heißen, dass ich nicht gern für dich einkaufen gehe, aber ... Du weißt, was ich meine.«

»Ich will nicht, weil ich einfach nicht will«, erklärte Darkin.

»Da komme ich nicht mit.«

»Guck mich doch an«, meinte Darkin. »Guck dir die Wohnung an. Guck dir an, was ich esse.« Er zeigte auf den tickenden Küchenwecker auf dem Sofatisch. »Guck dir an, wie ich knapsen muss.« Er schüttelte den Kopf. »Mir ist nur eins geblieben, das so ist, wie es schon immer war und wie ich es haben will«, erklärte er. »Hierzubleiben. Bis zum Ende.«

Geoff nickte. »Kann ich verstehen«, sagte er. »Aber sobald du willst, dass ich diesen Dreckskerlen zeige, was Sache ist, gib mir Bescheid. Okay?«

Darkin nickte.

»Na schön«, sagte Geoff. Er kramte in seiner Tasche. »Hier ist dein Kassenzettel. Ich hab das Übliche besorgt. Und hier noch deine Karte.«

»Danke«, sagte Darkin.

»Wo wärst du ohne mich, was?«, fragte Geoff. Er hatte es eindeutig im Spaß gesagt, aber keiner von ihnen lachte. Manchmal hätte Darkin Geoff gerne etwas über ein Danke hinaus gesagt, aber er wusste nie, wie, darum nickte er nur knapp, und Geoff nickte zurück, das war's.

Geoff verdiente sein Geld als Taxifahrer. Er wohnte in der Nähe. Sie hatten sich kennengelernt, kurz nachdem Flo ins

Pflegeheim verfrachtet worden war. Darkin hatte sie bis zu ihrem Tod zweimal pro Woche besucht. Weil er mit dem Busfahren nicht zurechtkam, hatte er sich ein Taxi gerufen. Nach einiger Zeit hatte Geoff ihm seine Privatnummer gegeben, ihn zum Sondertarif gefahren. Irgendwann hatte er gar kein Geld mehr angenommen. Nachdem Flo gestorben war, hatte Darkin kein Taxi mehr gebraucht, aber Geoff hatte vorbeigeschaut und mal angeklopft, weil er sich Sorgen um Darkin machte. Nach einem einzigen Blick auf Darkin und seine Wohnung war ihm alles klar gewesen. Dann hatte er schnell ein paar Einkäufe für Darkin erledigt. Wenige Tage später hatte er wieder hereingeschaut.

Geoff ging in den Küchenbereich, kramte in den Einkaufstaschen nach einer Packung Zigaretten, die er neben Darkin aufs Sofa warf.

»Beinah das Wichtigste vergessen«, sagte er. Dann, mit Blick zum Fenster. »Du lässt das doch reparieren, oder?«

»Keine Sorge«, meinte Darkin.

»Ein bisschen Sorgen mach ich mir schon, Kumpel.«

»Ich bin bloß noch nicht zum Anrufen gekommen«, sagte Darkin.

»Soll ich das für dich übernehmen?«

Darkin schüttelte den Kopf.

»Es liegt aber nicht am Geld, oder?«, wollte Geoff wissen. »Denn es gibt Leute, die machen das umsonst, wenn du ...«

»Alt bist«, ergänzte Darkin.

»In einem gewissen Alter bist«, sagte Geoff.

»Ich regel das schon.«

»Wie du willst. Aber wenn es immer noch kaputt ist, wenn ich nächste Woche wiederkomme ...«

Er begann, Sachen aus den Einkaufstaschen zu nehmen – ein Brot, eine Packung Margarine, Käse, einen kleinen Karton Milch. Als er sich unbeobachtet glaubte, nahm er schnell ein paar Sachen aus dem Kühlschrank und schmiss sie unauffällig in den Müll. Darkin wiederum tat so, als hätte er nichts gesehen.

»Ich nehm den Müll mit raus, wenn ich gehe«, sagte Geoff und knotete den Beutel zu. »Liegt ja sowieso auf meinem Weg.«

»Wenn du willst«, sagte Darkin.

»Aber erst mal ein Tässchen Kaffee, oder?«

Geoff nahm den Kessel und trug ihn zur Spüle. Als er den Wasserhahn aufdrehte, kam nur ein verschleimtes Gurgeln heraus. Ein kraftloser, spritzender Sprühregen traf auf das Aluminium.

»Aber hallo«, sagte Geoff. »Seit wann geht das denn so?«

»War heute Morgen noch in Ordnung«, sagte Darkin.

Geoff versuchte es am anderen Hahn, mit ähnlichem Ergebnis.

»Vielleicht wird gerade irgendwo an der Leitung gearbeitet«, sagte er, klang aber nicht sehr überzeugt.

Darkin sagte nichts. Kein Mensch arbeitet irgendwo an der Leitung, dachte er, und es wird auch keiner mehr tun. Seit dem Besuch von Mr Jones hatte er die deutliche Vorahnung gehabt, dass irgendwas kaputtgehen würde. Nun, da war's.

Bangstrom hatte sich gegen die Peinlichkeit eines Beanbags entschieden und stand lieber, während alle mit stumpfer Miene zu ihm aufschauten.

»Dann mal zum Download«, verkündete er.

»Wird der lange dauern?«, fragte Bream.

»Wollen Sie hier was anfangen?«, fragte Bangstrom. »Ich sag Ihnen mal, was ich von Leuten halte, die was anfangen wollen: gar nichts. Also lassen Sie es gleich stecken, was immer es ist. Denn wenn nicht, werde ich ausgesprochen sauer, und glauben Sie mir, das möchten Sie nicht erleben.«

»Sind Sie denn noch nicht sauer?«, fragte Bream.

»Ich bin im Moment nicht mal ansatzweise sauer«, erklärte Bangstrom.

»Dann ist das sozusagen Ihr Ruhezustand?«, hakte Bream nach.

»Damit eins klar ist«, antwortete Bangstrom. »Der Interrobang ruht niemals. Ist das angekommen?«

»Ist notiert«, sagte Bream.

»Vielleicht sollten Sie sich Ruhe gönnen«, schlug Holt vor. »Vielleicht sind Sie deshalb so gestresst.«

»Okay«, sagte Bangstrom. »Fassen wir kurz zusammen. Mein Stresslevel: braucht Sie nicht zu interessieren. Meine Ruhe beziehungsweise mein Ruhebedürfnis: braucht Sie nicht zu interessieren. Ist das jetzt allen klar? Dann also zum Download, wie ich schon sagte. Bei Green sind gewisse Bedenken aufgekommen, darum wurde ich gebeten, hier zu Ihnen nach unten zu kommen, um Ihnen in einer Ihnen vertrauten Sprache, soll heißen, einer Sprache, die physische Gewalt impliziert, zu kommunizieren, dass die ganze Griefers-Krise nicht einfach eine Griefers-Krise, sondern eigentlich eine MT-Krise ist, weshalb ihr Jungs, soll heißen, ihr Jungs und Sie, Trina, in diesem Raum ins Visier geraten seid, und ich bin hergeschickt worden, um euch genauer unter die Lupe zu nehmen und wenn nötig den Fangschuss zu geben.«

Trina konnte spüren, wie jede Großspurigkeit aus dem Raum

entwich. Holt blickte von seinem Tablet auf, und selbst Bream holte tief Luft.

»Den ganzen MT-Kram macht Trina«, sagte Bream.

»Fick dich, Bream«, fauchte Trina.

»Ich stelle nur eine Tatsache fest«, sagte Bream.

»Aber eine Tatsache, die nicht der Wahrheit entspricht, oder, Bream?«, meinte Bangstrom. »Denn wie wir alle wissen, hat in Anbetracht unserer Arbeitsweise jeder von uns, direkt oder indirekt, mit MT-Arbeit zu tun, schließlich geben wir alles, was wir zu tun haben, an die MTs weiter, damit sie es für uns tun.«

»Wenn Green sagt, das könnte mit den MTs zu tun haben«, fragte Trina, »was, denken Sie, steckt dann dahinter?«

»Das werde ich Ihnen sagen«, erklärte Bangstrom nach einem strengen Blick in die Runde, »aber ich muss betonen, dass meine Antwort *niemandem*, der *hier und jetzt* nicht dabei ist, kommuniziert werden darf, denn wenn das geschieht, werde ich wissen, dass es von einem von euch Wichsern kommt, und es als meine persönliche Aufgabe ansehen, dafür zu sorgen, dass für den Rest eures Lebens Scheiße auf euch herabregnet. Hab ich mich klar ausgedrückt?«

Alle nickten.

»Green schließt nicht aus, dass es eine Art Aufstand sein könnte.«

Alle Anwesenden schafften es volle zehn Sekunden lang, keine nervende Bemerkung zu machen.

»Trina«, sagte Bangstrom. »Sie waren früher selbst MT, stimmt's?«

Trina nickte. Die Angst ließ ihre Magensäure sprudeln wie ein Geysir.

»Dann haben Sie sich »ins Haus« vorgearbeitet und überwachen nun die MTs. Sehe ich das richtig?«

Trina nickte erneut.

»Dann bestätigen Sie mir, wenn Sie können, einen entscheidenden Punkt: Obwohl die MTs nicht zusammenarbeiten, einander nicht kennen, im Grunde allesamt separat agieren und unser Betriebssystem sowohl verhindert, dass sie jemals sehen, was die anderen machen, als auch in irgendeiner Weise je kooperieren, kommunizieren sie doch miteinander. Ist das richtig?«

»Es gibt die Foren«, erklärte Trina. »Hauptsächlich hören sich die Leute dort nach Arbeit um. Aber es wird natürlich immer gequasselt.«

Bangstrom nickte.

»Na schön«, sagte Bream, »nehmen wir an, diese Griefers-Geschichte hat was mit MT zu tun. Sagen wir, alle MTs sind angepisst. Trotzdem verstehe ich nicht, was sie mit ihrer kleinen Filmvorführung auf dem Marktplatz erreichen wollen. Wenn sie einen Weg gefunden haben, Daten abzuziehen, warum legen sie Green dann nicht einfach für ein paar Tage lahm und verlangen bessere Bezahlung? Warum das alles mit diesem politischen Mumpitz bemänteln?«

»Tja, so paradox es auch klingen mag, wenn es um Leute geht, die von uns darauf abgerichtet wurden, im ganz, ganz Kleinen zu denken«, sagte Bangstrom, »es scheint, als würden sie tatsächlich ziemlich groß denken.«

»Es geht nicht allein darum, Green das Leben schwerzumachen«, sagte Trina. »Sie sabotieren auf diese Weise das gesamte Geschäftsmodell von Green, das ganze Standing, den Markenwert des Unternehmens. Alles. Sie sagen damit: Wir haben euch gemacht, und wir können euch kaputtmachen. Wir machen mit euch, was wir wollen.«

»Wir sind euer Gesicht«, sagte Bream.

Alle nahmen sich einen Moment Zeit, um darüber nachzudenken. Oder, dachte Trina, zumindest taten sie so, während sie in Wirklichkeit herumrätselten, welche Gedanken sich die anderen wohl dazu machten. Normalerweise hätte Trina sich dabei unwohl gefühlt. Dank ihrer Position als bessere Personalerin in einer Firma, die alles dafür tat, jeden Bedarf für eine nennenswerte Personalstruktur zu beseitigen, wusste sie im Grunde gar nichts Wissenswertes, musste aber nach außen hin den Anschein erwecken, als würde sie verheimlichen, was sie wusste, um darüber hinwegzutäuschen, dass sie in Wirklichkeit kaum etwas wusste. Heute allerdings wusste Trina etwas, das mit ziemlicher Sicherheit nicht allgemein bekannt war, nämlich dass Tayz, der MT, mehr oder weniger abgetaucht und wahrscheinlich genau in diesem Moment in ominöse und unfassbare Aktivitäten verstrickt war. Die Relevanz dieser Information stand für Trina außer Frage, was sie sich fragte, war, ob sie sie weitergeben oder auf eigene Faust vorgehen sollte. Genau das machte die kontraproduktive Ideologie der Gamifizierung bei Green aus, dachte sie. Mit Kooperation kam man dort nicht weiter. Dazu musste eine Krise her, und wenn diese Krise eintrat, musste man seinen Kollegen so lange wie möglich den Ausweg verheimlichen, um die Krise mit etwas Glück im Alleingang zu meistern.

Das Problem war, dass sie Tayz' verdächtige Aktivität bereits gemeldet hatte, was wiederum bedeuten konnte, dass Bangstrom, obwohl er mit beunruhigender Hartnäckigkeit in ihre Richtung zu ermitteln schien, gar nicht mal herausfinden wollte, was sie wusste, sondern testete, ob sie vorhatte, ihr Wissen zu teilen.

»Ich weiß nicht, ob es relevant ist oder nicht«, sagte sie versuchshalber, »aber gestern habe ich einen MT wegen verdächtiger Aktivitäten gemeldet.«

Bangstrom ließ durch nichts erkennen, dass er der Meldung nachgegangen war, woraus Trina schloss, dass sie entweder mit der Annahme richtig lag, dass er sie abzuchecken versuchte, oder sie völlig verkannt hatte, dass er in Wirklichkeit komplett ineffektiv vorging und nur seinen eigenen Arsch retten wollte.

»Inwiefern verdächtig?«, fragte Holt.

»Praktisch inaktiv, aber mit einer unterschwelligen Aktivität, die ich nicht nachverfolgen konnte.«

»Warum leiten wir das nicht nach oben weiter zur Überprüfung?«, fragte Bream.

»Genau das habe ich ja mit der Meldung gemacht«, meinte Trina.

»Und mit welchem Ergebnis?«, wollte Bream wissen.

»Hab noch nichts gehört.«

»Sie hielten das für nicht so wichtig?« Aha, dachte Trina, Bangstrom brachte sich schon in Position, um alle Schuld von sich zu weisen und auf jemand anderen zu schieben.

»Ich habe versucht, mit Norbiton darüber zu sprechen«, erklärte Trina. »Aber er ...«

»Er war eben Norbiton«, vollendete Bangstrom.

»Ist es ein langjähriger MT?«, fragte Holt.

Trina nickte. »Einer meiner besten.«

»Ooooh«, sagte Bream, »sie sagt *meiner*, als wäre er eins ihrer Kinder.«

»Fick dich, Bream«, meinte Trina.

»Na schön«, sagte Bangstrom. »Trina: Setzen Sie sich dran.«

»Bin dabei«, erwiderte Trina. »Aber ich brauche mehr Zugriff.«

»Genehmigt.«

»Moment«, protestierte Bream. »Das ist alles? Sie wollen einfach ...«

»Ich will einfach der einzigen Person hier im Raum, die zumindest die vage Chance hat, etwas rauszufinden, die Möglichkeit geben, loszulegen und vielleicht etwas rauszufinden«, konterte Bangstrom. »Komplett verrückt, ich weiß, aber he, ich bin ein Hasardeur.«

»Und wir sollen in der Zwischenzeit ...«

»Sie zwei Arschlöcher denken in der Zwischenzeit über Ihre so gut wie nicht vorhandene Mitwirkung in dieser Sache nach, und dann nehmen Sie sich vielleicht noch die Zeit, darüber nachzudenken, wie es sich für Sie auswirken könnte, wenn das Level Ihrer positiven Beiträge auch weiterhin nahe null herumdümpelt, so wie im Moment.«

Trina blickte zu Bream rüber, der sie mit unverhohlener Feindseligkeit anstarrte. In dem Sekundenbruchteil, in dem Bangstrom wegguckte, zwinkerte sie Bream zu.

»Fick dich«, sagte Bream.

»Wen ficken?«, fragte Bangstrom. »Denn wenn dieses ›fick dich‹ zufällig ›fick mich‹ heißen soll, Bream, dann lassen Sie mich Ihnen sagen ...«

»Es war ein ›Fick die da‹«, sagte Bream.

»Ja, du mich auch«, konterte Trina, die das Grinsen nicht zurückhalten konnte, das sich plötzlich aus ihrem Brustkorb Bahn brach und auf ihrem Gesicht zerplatzte.

»Das Meeting wird vertagt«, erklärte Bangstrom.

Beim Hinausgehen gab es Gedränge an der Tür, und Bream rammte Trina mit der Schulter. Sie drehte sich zu ihm um und sah ihn herausfordernd an.

»Schönen Tag noch«, sagte Bream und schob sich an ihr vorbei nach draußen.

Als sie wieder sicher in der Einsamkeit ihres No-go-Raumes saß, erlaubte sich Trina in den paar Sekunden, die ihr Computer zum Hochfahren brauchte, dreimal schnell mit der Faust zu pumpen. Jetzt war es so weit, dachte sie. Alles, was sie so akribisch ausgearbeitet hatte, zahlte sich endlich aus. Das Beatrice-System; die Entschlossenheit, mit der sie sich einen No-go-Raum gekrallt hatte; die nicht endenden Stunden und Tage, in denen sie die Parameter gesichtsloser Mitarbeiter manipuliert und kalibriert, in denen sie beobachtet und abgewartet hatte. Es war ihr Konzept, ihr Plan, ihre Hoffnung.

Sie schmiss Beatrice an und klickte auf dem Dashboard herum. Und da war Tayz, der immer noch Traffic produzierte und immer noch nach unten durchgereicht wurde. Sie fragte sich, ob es ihr mit dem erweiterten Zugriff, den sie noch erhalten würde oder den sie vielleicht sogar schon hatte, möglich sein würde, herauszufinden, was Tayz getrieben hatte. Sie wusste, dass das System es hergab, hatte aber auf die entsprechenden Daten bisher keinen Zugriff gehabt. Sie rief sein Benutzerprofil auf und ließ sich dessen Verlauf darstellen. Informationen präsentierten sich ihr in sauberen Spalten. Bangstrom, dachte sie mit einer gewissen Erregung, musste auf direktem Weg in sein Büro gegangen sein, um ihren Zugang zu entsperren. Die Versuchung, jetzt Zeit damit zu verschwenden, ihre Grenzen zu erforschen, war enorm. Wie weit kam sie wohl mit ihren neuen Zugriffsrechten?, fragte sie sich. Überallhin? Sie schüttelte den

Kopf und verscheuchte diese Gedanken. Wenn Bangstrom sich mit der Zugangsberechtigung so beeilt hatte, würde er beobachten, was genau sie damit anfing. Bestimmt saß er in eben diesem Moment in seinem privaten Büro, rief alle ihre Klickverläufe auf, verfolgte ihre Wege durchs System und kontrollierte all das, was sie im Begriff war, bei Tayz zu kontrollieren. Und irgendwo saß wahrscheinlich jemand, dem Trina nie begegnet war, der Bangstrom dabei beobachtete, wie er Trina dabei beobachtete, wie sie Tayz beobachtete.

Sie machte sich wieder an die Arbeit, scrollte, klickte, ordnete neu an. Sie wollte wissen, ab welchem Punkt sich Tayz' Verhalten geändert hatte. Sie ordnete seinen Verlauf nach Produktivität und sah sich erst den Höchststand und dann den Leistungsabfall an. Die Verschlechterung war abrupter eingetreten, als sie es in Erinnerung hatte. Er hatte es gerade aufs nächsthöhere Level geschafft und eine höhere Vergütung freigespielt, dann war er abgesackt. Vielleicht etwas in seinem Privatleben, irgendeine Komplikation oder Ablenkung? Aber das erklärte die Aktivität nicht. Denn er arbeitete ja noch. Sie knöpfte sich seine Pakete vor, die einzelnen Microtasks, die man für ihn gebündelt hatte, suchte nach seiner letzten erfolgreichen Rückmeldung und stieß auf einen Dateinamen, der wie alle anderen wirkte – zwanzig oder dreißig scheinbar zufällig aufeinanderfolgende Groß- und Kleinbuchstaben –, aber die Erweiterung kam ihr unbekannt vor: *.fld*. Sie scrollte im Kopf durch eine Liste vertrauter Dateiformate – *.c*,*.sh*,*.bak*. – und glich sie mit denen auf dem Bildschirm ab. Als das nichts brachte, klickte sie die Datei an und fragte sich, ob sie von hier aus darauf zugreifen und sie entpacken konnte oder ob sie dafür erst herausfinden musste, woher die Datei kam. Sämtliche Dateien in der Liste wanderten entschlossen nach links, und zurück blieb ein leerer Bildschirm. Fluchend klickte sie zurück. Ihr System reagierte nicht. Sie klickte erneut. In der Mitte des Bildschirms öffnete sich ein Fenster: *Danke für Ihre Mitarbeit. Bitte per Klick bestätigen.*

Sie erstarrte. Ihre Finger über der Tastatur begannen zu zittern. Das musste ein Fehler sein, sagte sie sich, eine Funktionsstörung des Systems. Bangstrom hatte ihre Zugangsebenen nicht präzise genug abgesteckt. Das System glaubte, sie bewege sich außerhalb ihres Zuständigkeitsbereichs, und hatte sie gesperrt. Sie würde das klarstellen, die Sperre aufheben lassen. Alles kein Problem.

Sie klickte auf das Fenster. Ihr Bildschirm wurde schwarz, und sie wurde aufgefordert, sich neu einzuloggen. Sie gab ihr Passwort ein. Es wurde nicht erkannt.

Sie war mit einem Satz an der Tür ihres No-go-Raums und riss sie auf, schon jetzt stocksauer über den Scheiß, der da wieder schiefgelaufen war. Draußen standen die beiden Personaler vom Tag ihrer Einarbeitung und warteten auf sie.

»Hallo, Trina«, sagte Personaler Nummer eins. »Wenn wir Sie uns einen Moment ausleihen dürften?«

Leute guckten von ihren Terminals auf. Im ganzen Raum hörte man das Klick-Klack verschickter und geöffneter IMs. Sie fühlte sich durch den abrupten Wechsel von ihrem privaten Raum zu der Helligkeit auf der Etage plötzlich flammend sichtbar und exponiert.

»Dürfte ich erfahren, was …«

»Es dauert nicht lange«, sagte der Personaler.

»Ist ruck, zuck vorbei«, sagte Nummer zwei.

»Brauche ich jemanden, der mich begleitet?«, fragte sie.

Personaler Nummer eins schüttelte den Kopf.

»Ich gehe nirgendwo hin, ehe ich …«

Bream, der unerklärlicherweise seinen eigenen No-go-Raum verlassen hatte, erschien hinter den beiden und bemühte sich, ein halbwegs mitfühlendes Gesicht zu machen.

»Ein guter Rat«, sagte er. »Es ist einfacher, wenn man es klaglos über sich ergehen lässt.«

Es wäre ein wenig anachronistisch, zu behaupten, die Nachricht vom Geschehen in Edmundsbury habe sich schnell verbreitet. Jede Nachricht verbreitete sich schnell, völlig unabhängig von ihrer Dringlichkeit. Aber selbst nach den Maßstäben des Highspeed-Zeitalters war es bemerkenswert, dass die Griefers und deren seltsamer Ad-hoc-Protest, wenn es denn ein solcher gewesen war, praktisch unmittelbar von Eiferern und Sektierern im ganzen Land aufgegriffen worden waren. Man hatte einen kollektiven Nerv getroffen. Meinungen, die nur darauf gewartet hatten, beim nächstbesten Anlass herausposaunt zu werden, verbreiteten sich jetzt explosionsartig.

DeCoverleys kleine Zusammenkünfte hatten ihren Teil dazu beigetragen, ebenso wie Hugo Bennington und vermutlich auch Roberts Kolumnen über die Siedlung. Noch vor kurzem, dachte Jess, hätte Larchwood für die meisten so weit außerhalb ihres Kommentier-Radars gelegen, dass sie es sich zweimal überlegt hätten, ihre Thinkpieces aus dem Holster zu ziehen. Jetzt besetzte es eine unwiderstehliche hypothetische Position. Für die Politintellektuellen zeichnete sich hinreichend deutlich ab, dass die Vorgänge in der Stadt zwar bemerkenswert, aber noch nicht allgemein bekannt waren, so dass nicht allzu viele Leser irgendjemandes Interpretation dieser Vorgänge überzeugend widersprechen konnten, was wiederum bedeutete, dass jeder Kolumnist, der schnell mal in den Zug gesprungen und zwei Stunden in der Siedlung herumgelaufen war, sich jetzt als absoluter Insider aufspielen durfte. Es war eine extrem unangenehme Verkettung opportunistischer Interpretationen. In einem Umfeld, das nur wenigen Privilegierten oder Irrelevanten vertraut war, war etwas bislang Unerklärliches geschehen. Sämtliche herkömmliche Glaubwürdigkeitskriterien fielen damit unter den Tisch. Wenn niemand die Bedeutung von etwas einschätzen konnte, konnte jeder mit dem, was er sagte, richtigliegen.

Für Jess, die an ihrem Bürocomputer das Kommentargeschnatter las, waren die vorliegenden Stellungnahmen größtenteils vorhersehbar, weil ihr die stellungnehmenden Leute so deprimierend vertraut waren. Hier schrieb zum Beispiel niemand anderer als Ziegler, der Datenverdreher und Frauenhasser, einen längeren Artikel für den *Non-Believer*, eine neoliberale, von Unternehmen gesponsorte Webgazette, und vertrat die Ansicht, der Protest der Griefers mit ihrem verwechselbaren Weiße-Männer-Gesicht und der freudlosen Funktionskleidung richte sich nicht gegen das Internet, sondern gegen die Tyrannei der Identitätspolitik.

Für Rogue Statement ließen die Gesichtsmasken und Uniformen der Griefers ebenso wie der paramilitärische Eindruck ihrer Ankunft in einem Van mit geschwärzten Scheiben eine faschistische Ästhetik erkennen, ein gefundenes Fressen für die Theorieboys. Aber natürlich konnte eine Gruppe von Überfliegern, deren letzter Text über den inhärenten Faschismus von Selfie-Sticks weithin diskutiert worden war, sich nicht mit dem bloßen Hinweis auf faschistoide Elemente begnügen, die auch ein Blinder mit Krückstock erkannt hätte. Deshalb pimpten sie die lose verknüpften Betrachtungen über die Griefers noch mit der überzogenen und nicht ganz ungefährlichen These auf, öffentliche Events und damit jede Form des Protests seien per se faschistoid, woraus sich logisch ergab (auch wenn Rogue Statement es nicht so eindeutig aussprachen), dass Konformität der letzte wahrhaft radikale Akt war.

Jacques DeCoverley hingegen machte weniger der Faschismus Sorgen als etwas, das er den »Übergriff der Gegenwart« nannte. Er schrieb, die Entwicklung in Edmundsbury sei symptomatisch. Es gab kein Entrinnen mehr vor »der modernen Welt«, noch nicht einmal an den Orten, die bislang noch eine verlässliche Zuflucht vor all jenem gewesen waren, dem DeCoverley, wie zu vermuten stand, bei seiner theatralischen Flucht aus London den Rücken gekehrt hatte. Edmundsbury, behauptete er, müsse verteidigen, was er ein wenig wirr das »von alters her unabänderlich Reale« nannte. Es müsse nicht nur dem unaufhaltsamen Vormarsch der Technologie wehren, sondern bereits dem unaufhaltsamen Vormarsch des *Redens* über Technologie. Edmundsbury müsse sich auf den »*Genius loci*« besinnen, dem die Menschen sich »verbunden fühlen« konnten. Es müsse, sagte er, »die Hände aufs Neue tief in Englands visionären Mutterboden graben«. Aber wie sollte das gehen, wenn nicht nur die Technologie, sondern auch die Proteste gegen die Technologie sich überall breitmachten?

»Informierst du dich?«, fragte Deepa, die mit ihrer üblichen entnervten Energie, und ohne sich mit etwas so Läppischem wie Klopfen aufzuhalten, hereinplatzte. »Ich erspar dir die Mühe: Die Herren des Mackeruniversums haben sich nicht mit Ruhm bekleckert.«

Sie ließ sich auf Jess' freien Stuhl fallen, versuchte dreimal, ihre Gliedmaßen darauf anzuordnen, ließ es dann, stand wieder auf und spazierte ans Fenster, um von dort auf den Parkplatz draußen zu schauen.

»Deepa«, sagte Jess, wandte sich vom Bildschirm ab und fixierte Deepa über die Schulter hinweg mit einem ernsten Blick. »Hast du überhaupt geschlafen?«

»Was?« Deepa saß wieder auf dem Stuhl, faltete und entfaltete die Hände, kaute an den Fingernägeln, schien dann irgendwas Besorgniserregendes an den Nägeln zu entdecken und musterte sie eingehend. »Nein. Halbwegs. Ein bisschen, meine ich. Aber eigentlich, nein.«

»Möchtest du eine Tasse Tee?«

»Ich hab schon vier Kaffee getrunken.«

»Möchtest du vielleicht …«

»Mal kurz ausspannen? Nein. Ich meine, danke. Aber nein.«

Deepa hatte sich strikte Entspannungsgrenzen gesetzt. Sie wusste, wann sie Entspannung brauchte, wusste, was nötig war, um sie herbeizuführen, weigerte sich jedoch rundheraus, zu entspannen, wenn ihr Denken gefordert war. Für sie war Denken nichts Kontemplatives. Es bedeutete nicht einmal Konzentration. Alles stürmte voran und schwärmte aus. Verbindungen feuerten, verzigfachten sich und zergingen.

»Alle konzentrieren sich auf das Falsche«, sagte sie. »Sie betrachten die Sache an sich, statt auf das zu achten, worauf die Leute damit gestoßen werden sollen.«

Jess nickte.

»Ja, alle sind so: O mein Gott, die Griefers. Dabei sollten sie lieber …«

»… sagen: O mein Gott, Privatsphäre.«

»Genau. Sie zerbrechen sich über die Masken den Kopf, dabei haben die Masken gar keine Bedeutung. Alles irgendwie Bemerkenswerte an diesem Event war längst verfügbar. Das ist doch der Witz an der ganzen Sache. Sie arbeiten nur mit Vorgefundenem.«

»Die Masken sind einfach ein Komposit-Gesicht: *Wir sind euer Gesicht.*«

»Genau, *das bist du*. Das ist dein Bild im Internet. Das ist die E-Mail, die du verschickt hast. Das ist der ganze Scheiß, von dem du dachtest, er wäre privat, aber das ist er nicht.«

»Beziehungsweise jetzt ist er es noch, aber bald nicht mehr.«

Deepa schüttelte den Kopf.

»Gerade das kauf ich denen aber nicht ab. Diese Drohgebärde. Die mögliche Erpressung. Die haben ja nicht mal gesagt, was sie wollen.«

»Oder was sie haben.«

»Genau«, meinte Deepa. »Ein paar Fotos? Na und? Ich mein, *ich* hab Fotos. Jeder hat Fotos.«

»Du hättest das kleine Spektakel genauso leicht inszenieren können«, sagte Jess.

»Na klar. Aber besser natürlich.«

»Natürlich.«

Deepa hatte ihre Hand waagerecht ausgestreckt und ballte sie jetzt rhythmisch immer wieder zur Faust.

»Krämpfe?«, fragte Jess.

»Nicht nur, aber auch«, meinte Deepa ominös.

»Auch?«

»Die Krämpfe sind das Symptom. Krämpfe allein sind noch keine Diagnose. Das ist, als ob Leute sagen: Oh, ich hab Husten. Ja, aber *warum*? Was für ein Husten ist das? Vielleicht sind es die Bronchien. Vielleicht ist es Krebs. Vielleicht ist es irgendwas in der Luft, verstehst du?«

»Das ist deine Maushand, Deepa. Du hast einfach Trackpaditis.«

»Ich frage mich«, sagte Deepa, die Jess' laienhafte Diagnose mit der Geringschätzung abtat, die sie ihrer Meinung nach verdiente, »was wollen die? Nein, eigentlich frage ich mich was anderes: Wollen die überhaupt etwas?«

»Und wenn, warum fordern sie es nicht einfach?«

»Vielleicht ist es was Ideologisches«, überlegte Deepa.

»Vielleicht war die Filmvorführung zur Aufklärung der Öffentlichkeit gedacht. So im Sinne von: Kinder, denkt daran, das Internet kann gefährlich sein.«

Deepa verdrehte die Augen. »Aber das ist so *albern*. So als hätten sie, keine Ahnung, das ganze Cybermobbing und Troll-Unwesen offline gestellt, damit sich alle mal über die tatsächlichen Folgen solchen Verhaltens Gedanken machen oder darüber, wie man es zulassen konnte, dass der Kontext die Moral bestimmt. Ganz nach dem Motto: ›So was machst du im Netz‹ oder ›so was akzeptierst du, wenn es im Netz passiert‹ oder ›so bist du online und hast kein Problem damit, obwohl du es offline, in der sogenannten wirklichen Welt, nie tolerieren würdest‹. Schön. Aber wenn das ihr Ding ist, was unterscheidet sie dann von den ganzen Crusties, die ihre Geräte wegwerfen und zurück zur Natur wollen? Oder anders gesagt: Welche Alternative bieten sie?«

»Was, wenn uns das Medium in die Irre führt? Und genau das ihre Absicht ist? Was, wenn sie damit sagen wollen: Es kommt nicht darauf an, dass dein ganzer Scheiß online ist, er existiert trotzdem, und das bist immer noch du, und es kann vorkommen, dass dich eines Tages jemand daran erinnert, genauer gesagt, dich daran erinnert, wer du wirklich bist. Daher: *Wir sind dein Gesicht*. Wir sind du. Das hier bist du. Das hier sind wir alle. Und die schnuckelige kleine Kiste, die wir uns eingerichtet haben, um unsere Es-Bedürfnisse darin zu verstauen, ist nicht ganz so dicht verschlossen, wie wir dachten.«

»Weißt du, was ich denke?«, fragte Deepa.

»Im Ernst, Deepa? Nein, ich weiß nicht, was du denkst.«

»Ich denke: Verdeckte Operation.«

»Och, Deepa. Mein Gott! Im Ernst? Ich meine, müssen wir ...«

»Jetzt überleg doch mal«, sagte Deepa.

»Ich überleg mir gar nichts, Deepa. Es gibt nichts zu überlegen.«

»Angenommen, du wärst die Regierung.«

Jess schlug die Hände vors Gesicht.

»Nein, lass mich ausreden«, sagte Deepa. »Nehmen wir an, du bist die Regierung und du willst zum Beispiel absolut drakonische Internetregeln erzwingen.«

»Die sind nicht von der Regierung, Deepa.«

»Nicht *von* der Regierung. Aber ...«

»Aber was? Meinst du, die englische Regierung hat sich einfach eine beliebige Kleinstadt in England ausgesucht, wo im Grunde kein Mensch wohnt, um da so was wie ein, was weiß ich, Kunst-Happening zu veranstalten, das von mindestens, oh!, *zehn* Leuten gesehen wird, um dann irgendeine landesweite Maßnahme einzuleiten, die ...«

»War vielleicht nur ein Testballon. Sie probieren noch rum. Es war ein Probelauf.«

»Deepa. Bitte. Verrenn dich nicht in so was. Guck mal: Wir haben all die nötigen Information beisammen. Die Masken. Die geklauten Gesichter. Die Schnipsel typischen Online-Verhaltens. Sie spiegeln uns nur was. *Wir sind euer Gesicht*. Ich meine, jetzt *komm schon*.«

Deepa nahm Jess misstrauisch ins Visier.

»Was ist?«, fragte Jess nach einer merklichen Pause. »Warum siehst du mich so an?«

»Weil das sehr *interessant* ist«, sagte Deepa.

»Was ist interessant?«

Deepa wedelte unbestimmt mit einer Hand.

»Das gerade. Deine Betrachtungsweise.«

»Es ist die naheliegendste Erklärung, Deepa.«

»Für dich vielleicht.«

»Was soll das jetzt heißen?«

Deepa legte den Kopf zur Seite und schaffte es irgendwie, auch ohne Augenrollen so etwas wie ein Augenrollen zu implizieren.

Jess rutschte auf ihrem Stuhl herum. In so etwas war Deepa unangenehm gut: dem abrupten Zwei-Finger-Zoom, dem schnellen Umschalten von paranoiden, pauschalisierenden Vermutungen zu scharf beobachteten Details der persönlichen Interaktion.

»Nach deiner Lesart«, sagte Deepa mit plötzlich viel sanfterer, nachsichtigerer Stimme, »geht es denen eigentlich um unser im Grunde ganz schön toxisches Internetverhalten, oder? Darum, dass wir uns vormachen, das, was wir online treiben, sei beherrschbar, obwohl das unmöglich ist, zum einen, weil wir keine wirkliche Kontrolle über unsere Daten haben, zum anderen, weil so ein Mist einen für gewöhnlich immer wieder einholt. Hab ich recht?«

»Ja«, sagte Jess vorsichtig. »So ungefähr.«

»Und meinst du nicht«, fuhr Deepa fort, »dass das *in jeder Hinsicht* viel mehr über dich selbst als über die Vorkommnisse aussagt?«

Jess spürte, wie sie leicht in sich zusammensackte.

»Bereitet dir das Sorgen?«, fragte Deepa, nicht unfreundlich, aber auch nicht so sanft, dass man auf die Idee kommen konnte, sie ließe sich mit Bullshit abspeisen.

»Nein«, sagte Jess. »Gott, nein. Es *interessiert* mich nur. Mehr nicht. Projektionen sind typisch für uns. Wir erkennen in allem unser eigenes Gesicht. Man braucht sich doch nur die Leitartikel von heute Morgen anzugucken, um zu sehen, dass alle sich in den Schlagzeilen wiedererkennen.«

»Vielleicht spricht da ja dein schlechtes Gewissen«, meinte Deepa.

»Mein schlechtes Gewissen? Soll das ein Witz sein? Wegen was denn?«

»Nur mal angenommen, diese Griefers-Typen haben tatsächlich vor, die Internetaktivitäten jedes Einzelnen in Edmundsbury ans Licht zu bringen. Angenommen, sie machen genau das: uns entblößen, womöglich im wahrsten Sinne des Wortes, vor den Augen aller anderen, damit wir uns ansehen können, was für Menschen wir sind, mit welchen Menschen wir zusammenleben, welche Menschen wir lieben. Stellen wir uns eine Sekunde lang vor, es käme dazu. Stell dir diesen Augenblick vor. Alles kommt raus. Das Ende aller Geheimnisse. Und dann überleg mal, wie du dich dabei fühlen wirst. Wärst du entsetzt? Gedemütigt? Oder …«

Jess wusste, was Deepa sagen wollte, darum beendete sie den Satz: »Erleichtert.«

Deepa signalisierte ihr mit offenen Handflächen so etwas wie

»da hast du's« und lehnte sich zurück. Ihr Gesichtsausdruck spiegelte sowohl Befriedigung als auch Besorgnis wider.

»Hast du seine neueste Kolumne gesehen?«, fragte Deepa nach einer Weile.

»Wessen?«, fragte Jess unvorbereitet. Die Frage versetzte ihr einen Stich. »Die von Robert?«

Natürlich war sie in Gedanken bei Robert gewesen. War das so augenfällig?

»Ein ganz schöner Richtungswechsel«, meinte Deepa.

»Inwiefern?«

Deepa schüttelte den Kopf und hob abwehrend die Hände.

»Da halt ich mich raus«, sagte sie und stand auf.

»Toll«, meinte Jess. »Danke.«

»Gern geschehen«, trällerte Deepa vom Flur her.

Es war immer noch ein qualitativer Unterschied, ob Jess als sie selbst oder als Julia Benjamin eingeloggt war, wenn sie eine von Roberts Kolumnen ansteuerte, aber zu ihrer Irritation verflüchtigte sich dieser Unterschied immer mehr. Früher hatte sie ihre Gefühle ordentlich einsortiert, und sie waren geblieben, wo sie sie hingetan hatte. Jess hatte sich über Roberts Arbeit auf dem Laufenden gehalten, damit sie eine Ahnung davon hatte, was er machte, wo er mit seinen Ansichten gerade stand, um später mit ihm darüber diskutieren zu können, beim Abendessen oder während sie auf dem Sofa mit halbem Auge fernsahen. Julia hatte beim Lesen Ausschau gehalten nach Schwächen, nach angreifbaren Positionen. Seit Julia immer wieder große Löcher in Roberts Argumentation riss, klickte Jess seine Kolumne mit einem zunehmend unguten Gefühl an und musste beim Lesen mehr als einmal zusammenzucken. Deepas ominöse Bemerkung verstärkte diese Empfindlichkeit noch. Als Jess

Roberts Text gefunden hatte und zu lesen begann, ließ irgendetwas an dem Ton, den er anschlug, die Grenze zwischen ihren beiden Ichs noch mehr verschwimmen.

Robert hatte schon seit längerem, und erst recht nach seinem jüngsten Erfolg und der damit einhergehenden größeren Präsenz, seine Kolumnenpersönlichkeit etwas aufgepimpt: ein wenig scharfzüngiger, ein wenig unverblümter, ein wenig eindeutiger in seiner Positionierung, als er es im wirklichen Leben war. Diese Diskrepanz – so fein, dass sie nur jemand wahrnahm, der Robert so gut kannte wie Jess – hatte sie schon immer gestört. Genau diese Diskrepanz war einer der Gründe, aus denen sie Julia Benjamin überhaupt erschaffen hatte. Aber sie hatte immer den einen Robert im anderen erkennen können, und das war ihr eine gewisse Beruhigung gewesen, als hätte sie dadurch einen Anker gesetzt, anhand dessen sie sich selbst wiedererkannte. Jetzt allerdings hatte Robert die kleine Verschiebung zwischen dem Mann, der er zu Hause war, und dem Lautsprecher, den er in seiner Kolumne markierte, zu einem klaffenden Abgrund aufgerissen.

In Wahrheit, schrieb Robert, *ist Darkin einfach nicht cool genug. Seine Nöte liegen nicht im Entferntesten im Trend. Er ist nur ein Mann – ein alter weißer Mann, der wahrlich genug geleistet, genug bezahlt und genug an die Gemeinschaft zurückgegeben hat und der sich heute dafür nichts mehr kaufen kann, weil die gesellschaftliche Entwicklung über ihn hinweggegangen ist und die Darkins dieser Welt es niemandem mehr wert sind, sich für ihre Sache einzusetzen.*

Sie ließ sich auf ihrem Stuhl zurückfallen und wartete, dass der Computer auf den Bildschirmschoner umschaltete, ein Zustand, in den sie sich auch gern versetzt hätte: wach genug, damit notwendige Prozesse im Hintergrund weiterliefen, und trotzdem abgekoppelt und nur dann in der Lage, neue Informationen zu verarbeiten, wenn sie auf die korrekte Weise reaktiviert wurde. Ihr wurde klar, dass sie über diesen Text nicht nachdenken, weder dessen Bedeutungen und Implikationen durchspielen, noch die Gefühle analysieren wollte, die er in ihr hervorrief. Was ist schlimmer, überlegte sie: Wenn du deinen Partner im Gelesenen nicht wiedererkennst oder wenn du ihn nur zu gut wiedererkennst?

Sie versuchte sich vorzustellen, sie würde den Text als jemand lesen, der Robert nie kennengelernt hatte, geschweige denn mit ihm zusammenlebte, aber das führte sie nur zu der Person zurück, die sie genau zu diesem Zweck geschaffen hatte: Julia. Ihr wurde bewusst, dass alle genau dasselbe taten wie sie: verschiedene Masken aufsetzen, sich eine Reihe zweckdienlicher Alter Egos schaffen, in die man jederzeit schlüpfen konnte. Eines für die Arbeit, eines für zu Hause, eines für Publikationen und eines, mit dem man die Ideen anderer verdaute.

Sie wollte Robert eine Nachricht schreiben oder ihn anrufen. Oder noch besser, nach Hause gehen und ihn wegen des Quatschs, den sie gerade gelesen hatte, zur Rede stellen. Nur ging das leider nicht. Das war der angenehme Nebeneffekt von Julia: Sie und Robert stritten nicht mehr. Sie hatten ihre Meinungsverschiedenheiten outgesourct und sich damit einen Raum geschaffen, in dem sie glücklich waren, in dem sie sich jedwede Bedenken vom Leib hielten. Wenn sie nach Hause ging und offen ihre Meinung sagte, würde sie Julia in ihr Zuhause lassen, zusammen mit dem »öffentlichen Robert«, wie sie ihn mittlerweile bezeichnete. Etwas würde unwiderruflich zerreißen; eine Membran würde durchstoßen werden. Die dunkle Materie ihrer Ideen würde sie verschlingen.

Sie stieß sich vom Tisch ab und schnappte sich ihre Tasche. Auf dem Weg nach draußen klopfte sie an Deepas Tür und winkte ihr kurz zu.

»Bis später.«

Deepa, völlig in Anspruch genommen von ihrem Bildschirm, hob grüßend eine Hand, drehte sich aber nicht um.

Eines möchten wir klarstellen«, sagte Personaler Nummer zwei, als sie Trina in denselben fensterlosen Raum komplimentierten, den sie schon von ihrer Einweisung kannte. »Wir haben uns Ihre Leistungen hier angesehen und müssen sagen, sie sind bewundernswert.«

»Von Ihren persönlichen Qualitäten konnten wir uns ebenfalls überzeugen und möchten betonen, dass wir sie ebenfalls bewundernswert finden«, sagte Nummer eins, als sie Trina gegenüber Platz nahmen. »Ganz davon zu schweigen, dass Sie gewissen Minderheiten angehören, was zwar für sich allein genommen noch nicht bewundernswert ist, aber immerhin den Fokus darauf lenkt, wie Sie mit Ihrer Zugehörigkeit zu diesen Gruppen beziehungsweise den besonderen Herausforderungen, die mit der Zugehörigkeit zu diesen Gruppen verbunden sind, umgehen, nämlich wiederum bewundernswert.«

»Wollen Sie damit auf irgendwas hinaus?«, fragte Trina. »Denn so nett es ist, bewundert zu werden …«

»Okay«, sagte Nummer zwei. »Dann zum unangenehmen Teil: Trina, haben Sie in den letzten, sagen wir, plus/minus dreißig Minuten mal Ihr Handy gecheckt?«

»Nein«, antwortete Trina. »Ich habe mich auf die Arbeit konzentriert.«

»Wie haben Sie Ihre Benachrichtigungen eingestellt?«, wollte Nummer eins wissen.

»Meine was?«

»Vibration, Töne, Bildschirmsignal oder totaler Nicht-stören-Blackout?«

»Komplett stumm«, sagte Trina.

»Okay. Damit wäre das geklärt.«

»Was geklärt?«

»Dass Sie, wenn Sie nicht explizit auf Ihr Handydisplay geschaut und sämtliche Benachrichtigungen *durchgesehen* haben, nicht wissen konnten, was vor sich geht, was wiederum erklärt, warum Sie nicht eingeschritten sind.«

»Vielleicht werfen Sie jetzt mal einen Blick auf Ihr Handy«, schlug Nummer zwei vor. »Damit wir alle auf demselben Wissensstand sind.«

Trina checkte ihr Handy. Sie hatte zweihundert Twitter-Benachrichtigungen.

»Ogottogott«, sagte sie.

Personaler Nummer zwei zog ein Handy aus seiner Tasche, tippte darauf herum und hielt es Trina dann unter die Nase. Auf dem Bildschirm prangte ein Snapshot ihres Hugo-Bennington-Tweets: *#whitemalegenocide. Lol.*

»Ist das Ihr Tweet?«, fragte Personaler Nummer zwei.

»Ja«, sagte Trina. Mittlerweile war ihr nicht nur übel, sondern auch abwechselnd heiß und kalt, und ihr blieb die Luft weg.

»Korrektur«, sagte Nummer eins. »Es ist eigentlich nicht Ihr Tweet, sondern Hugo Benningtons Retweet Ihres Tweets.«

»Mein Gott«, sagte Trina.

»Das waren in etwa auch unsere Worte«, sagte Personaler Nummer eins.

»In etwa«, bestätigte Nummer zwei.

»Das ist mein privater Account«, erklärte Trina. »Nicht mein Firmen-Account. Verdammte Scheiße: Ich habe ihn nicht mal verlinkt. Er muss danach gesucht haben. Außerdem hab ich *lol* dahintergesetzt. Nur ein Idiot könnte auf die Idee kommen, ich wäre …«

»Eine gefährliche Extremistin, die unsere englische Lebensart bedroht?«

»Wie bitte?«

»Wir zitieren«, sagte Nummer zwei.

»Und zwar wörtlich«, ergänzte Nummer eins.

»Aber *wen?*«

»Alle möglichen Quellen. Auf Twitter. In Blogs. Und aus einer Anrufsendung im Radio, die vor ein paar Minuten gelaufen ist.«

»Ich werde als *Extremistin* bezeichnet?«

»Wir sagen ja nicht, dass wir diese Bezeichnung angemessen finden.«

»Wir zitieren nur.«

»Aber das ist doch offenkundiger Blödsinn«, protestierte Trina. »Das sehen Sie doch auch so, oder? Jeder, der kein kompletter Schwachkopf ist, merkt doch, dass das bloß …«

»Es ist, was es ist, das ist es.«

»Genau. Es ist absolut, was es ist, und wir müssen es so nehmen, wie es ist.«

»Kommen wir nun zu unserem Problem.«

»*Ihrem* Problem?«

»Sie erinnern sich«, fragte Personaler Nummer zwei, »an unser Einführungsgespräch an Ihrem ersten Tag bei uns?«

»O Scheiße«, sagte Trina. »Das kann nicht Ihr Ernst sein. Das wollen Sie jetzt aufs Tapet bringen?«

»Eins sollte von vornherein klar sein«, sagte Nummer eins. »Wir bringen alles aufs Tapet.«

»Richtig«, sagte sein Kollege. »Es gibt nichts, das wir nicht aufs Tapet bringen würden, um diese Sache aus der Welt zu schaffen.«

»Als Sie zu uns kamen, Trina, mussten wir leider auch über Ihre Vergangenheit sprechen.«

Trina, der noch übler wurde bei dem Gedanken, worauf die beiden offensichtlich hinauswollten, schüttelte nur den Kopf.

»Genauer gesagt, Vorkommnisse in Ihrer Vergangenheit.«

»Richtig. Über Ihre früheren ...«

»Sagen wir, Zusammenstöße.«

»Richtig. Zusammenstöße. Und Gewalttätigkeiten.«

»Über die wir uns kein Urteil erlauben.«

»Absolut nicht.«

»Wir behandeln sie lediglich als juristische Tatsache, die nun einmal in Ihrer Akte vermerkt ist.«

»Genau. Als nichts anderes.«

»Und hatten auch keine Veranlassung, das Thema anzusprechen, bis heute.«

»Es sei denn, Sie zählen damals mit.«

»Richtig. Damals und heute. Das sind die beiden einzigen Anlässe.«

»Das steht in keinerlei Zusammenhang zu ...«, protestierte Trina.

»Wir sind nicht hier, um kategorisch festzustellen oder auszuschließen, dass zwischen diesen beiden Dingen ein Zusammenhang besteht«, erklärte Nummer eins.

»Wir sind hier, um Sie daran zu erinnern, dass wir Sie bei Ihrer Einstellung darauf hingewiesen hatten, dass wir unter

Umständen gezwungen sein könnten, Ihre Vorgeschichte in Betracht zu ziehen. Und ein solcher Umstand ist nun eingetreten.«

»Denn womit haben wir es hier zu tun? Mit Leuten, die sagen: He, ihr aus der Personalabteilung, was hat es mit dieser Trina auf sich? Ist dieses Verhalten typisch für sie? Gab es früher schon solche Ausraster?«

»Und natürlich ist unser erster Gedanke ...«

»Welche Leute?«, wollte Trina wissen. »Wer erkundigt sich nach mir?«

»Unser Gedanke: mutmaßliche Bedrohung gepaart mit erwiesener früherer Bereitschaft, eine solche Drohung umzusetzen.«

»In meiner Vorgeschichte kommt Genozid nicht vor, gottverdammt!«

»Aber ein Gewaltvergehen.«

»Und zwar gegen Männer.«

»Ich möchte Sie eins fragen, Trina. War Ihr früherer Partner, die Person, die Sie angegriffen haben, ein weißer Mann?«

»Bitte?«

»Das ist keine Fangfrage.«

»Eine ganz einfache Frage.«

»Die Frage beantworte ich nicht, weil das *kein bisschen* relevant ist, verdammte Scheiße. Das Ganze ist völlig verrückt. Erkennen Sie denn nicht, wie verrückt das ist?«

»Wir suchen nach etwas, das juristisch relevant sein könnte.«

»Wenn er nicht weiß war, könnte Ihnen das wirklich helfen.«

»Denn dann könnten wir sagen: Okay, es gibt zwar ein Gewaltvergehen in ihrer Vergangenheit, aber kein rassistisch motiviertes.«

»Wenn er hingegen weiß war ...«

»Ihr könnt mich beide mal«, sagte Trina. »Aber so was von.

Ihr scheinheiligen Grusel-Klone. Scheiße, ihr habt ja nicht mal *Namen*!«

»Wir haben sehr wohl Namen«, widersprach Nummer eins.

»Die Unterstellung, wir hätten keine, kränkt mich sogar ein wenig«, sagte Nummer zwei.

»Aber in Anbetracht der besonderen emotionalen Umstände sehen wir darüber hinweg.«

»Emotionale Umstände? Um das mal ganz klarzumachen, ihr Doppel-Deppen: Hier geht es nicht um emotionale Umstände, sondern um *faktische* Umstände. Ich bin Opfer einer Hexenjagd. Ich bin womöglich in körperlicher Gefahr. Green sollte mich schützen, anstatt ...«

»Wir schützen Sie ja.«

»Und uns.«

»Spricht nichts dagegen, dass wir beides gleichzeitig tun.«

»Schon gut, schon gut«, sagte Trina, die zwar stocksauer, aber keineswegs blind vor Wut war und die genau wusste, welche Kämpfe sich für sie lohnten und welche nicht. »Also, was nun?«

»Unser Vorschlag wäre, Sie halten sich erst mal bedeckt.«

»Das ist alles? Das ist Ihr Rat? Ich soll mich bedeckt halten?«

»Wir halten das für einen guten Rat.«

»Haben Sie denn nicht irgendeinen *Plan*?«

»Wir können natürlich nicht kontrollieren, was die Leute im Internet von sich geben«, sagte Nummer zwei mit etwas, das wie ein schiefes Lächeln oder ein spöttisches Grinsen aussah.

»Sosehr wir uns das manchmal auch wünschen mögen.«

»Genau. Wir wünschten, wir könnten es, aber wir können es nicht.«

»Und selbst wenn wir es könnten, bliebe noch die Frage, ob wir es auch sollten.«

»Internationale Tech-Firma, die für einen freien und sicheren Zugang zum Internet steht, spielt sich als Internetpolizei auf. Der inhärente Widerspruch ist Ihnen bewusst.«

»Wie wär's mit: Internationale Tech-Firma, die für einen freien und sicheren Zugang zum Internet und die Sicherheit ihrer Angestellten steht, schreitet, wenn auch zögerlich, dagegen ein, dass eine ihrer Mitarbeiterinnen in ihrem Recht auf freie Meinungsäußerung und körperliche Unversehrtheit beschnitten werden soll?«

»Wie wär's mit: Internationale Tech-Firma, die für einen freien und sicheren Zugang zum Internet steht und sich einiges auf ihre Menschenrechtsbilanz einbildet, verteidigt spontanen Aufruf zum Genozid?«

»Klingt nicht mehr ganz so gut, oder?«

»Klingt mehr wie ein Schlag mit einem stumpfen Gegenstand.«

»Warum habe ich den Eindruck, dass die Sympathien in dieser Sache nicht unbedingt auf meiner Seite liegen?«, fragte Trina.

»Oh, diesen Eindruck möchten wir auf keinen Fall erwecken. Sie haben all unsere Sympathie.«

»Sehen Sie unsere Gesichter? Sympathisierende Gesichter.«

»Sagen Sie nicht«, sagte Trina, »Ihnen seien die Hände gebunden.«

»Bis zu einem gewissen Grad, ja.«

»Sympathisierende Gesichter«, sagte Nummer eins, fuhr sich mit den Händen übers Gesicht und kreuzte sie dann an den Handgelenken, »gebundene Hände.«

»Werde ich abgemahnt? Ich meine, wie stellen Sie sich dazu?«

»Unser Standpunkt ist, dass wir noch keinen Standpunkt vertreten.«

»Genau. Niemand möchte vorschnell einen bestimmten Standpunkt vertreten.«

»Soll heißen, Green wartet im Grunde ab, wie sich die Sache entwickelt«, sagte Trina.

»Genau.«

»Bei Green denken sie also darüber nach, mich zu feuern, aber gleichzeitig denken sie auch, falls sie das tun und am Ende das ganze Internet auf meiner Seite ist, stehen sie als diejenigen da, die mich gefeuert haben.«

»Die Situation ist noch völlig ungeklärt.«

»Aber völlig.«

Trina stand auf, jetzt wesentlich ruhiger, da sie deutlich vor sich sah, wie die Dinge laufen würden.

»Sind wir hier fertig?«, fragte sie.

»Ja, ich denke, für den Moment sind wir fertig.«

»Na dann. Besten Dank für gar nichts, Jungs.«

»Es war uns ein Vergnügen.«

Zur Mittagszeit war Robert schon weithin geteilt worden. Es fühlte sich an wie Berühmtsein. In vielerlei Hinsicht *war* es wie Berühmtsein, dachte Robert, während er durch seine Nachrichten und neuen Follower scrollte, denn genauso manifestierte sich Berühmtheit heutzutage: kein roter Teppich, keine zischenden Blitzlichter, nur das Summen der Benachrichtigungen, das prickelnde Gefühl, von unsichtbaren Augen wahrgenommen zu werden.

Silas, der ihm bereits ein Update gemailt hatte, war im siebten Himmel. Er hatte eine Praktikantin Vollzeit an den Kommentar-Thread gesetzt, denn selbst mit dem rudimentären Moderationssystem, das bei *The Command Line* Verwendung fand, kam man kaum hinterher. Was Robert davon halten sollte, dass sein Text besonders bei Leuten Anklang fand, die ihre Begeisterung durch beleidigende Nachrichten und Snuff-Bilder zum Ausdruck brachten, wusste er nicht so recht. Eigentlich kam es auch nicht darauf an. Resonanz ließ sich nicht mehr mittels Positiv- und Negativachsen darstellen. Es ging um Volumen, Reichweite, Wirkung.

Gegen eins skypte Silas ihn an, um ihn auf dem Laufenden zu halten.

»Robster. Wie geht's dem Mann der Stunde? Fühlst du dich gebauchpinselt? Sag mir, dass du dich gebauchpinselt fühlst.«

»Ich … ja, ich fühl mich schon so was wie gebauchpinselt.«

»So richtig? Oder auf diese superenglische ›Oh, wer, ich?‹-Art? Denn wie oft kann ein Mann sich schon so richtig gebauchpinselt fühlen, Rob?«

»Okay. Ich bin in ständiger Bauchpinselungsbereitschaft.«

»Super. Also, das Neueste.«

»Genau.«

»Kurz und knapp: Du bist momentan superheiß. Das ist keine Metapher. Ich hab hier gerade eine Heatmap des Datenverkehrs vor mir, und du bist buchstäblich ein Hotspot.«

»Das ist toll.«

»Du bist natürlich nicht *der* Hotspot.«

»Nein.«

»Aber du bist dabei. Du bist ein vielversprechender Nachwuchshotspot.«

»Wirklich schön zu wissen, Silas.«

»Aber hör zu. Wir müssen dieses Fenster nutzen. Es ist nur klein und wird sich schnell wieder schließen. Es ähnelt weniger einem der normalen Fenster, die du und ich aus der modernen

Welt gewohnt sind, sondern eher einem von diesen Schlitzen, die sie an Burgen haben.«

»Ich glaube, die waren für Bogenschützen gedacht.«

»Genau. Stimmt. Das ist perfekt. Du sitzt in der Burg, Rob, und, okay, du hast vielleicht nicht das größte Fenster, aber du hast deinen prima Schlitz in der Mauer, durch den du deine Pfeile abfeuerst, als gäbe es kein Morgen. Hab ich recht? Vielleicht könnten wir das als witzige Zeichnung veröffentlichen oder so.«

»Meinst du nicht, das würde ein falsches Bild vermitteln? Ich sitze in meinem voll privilegierten Elfenbeinturm und schieße Pfeile auf …«

»Steh zu dem Gedanken, Rob. Du musst dich voll dazu bekennen. Die Welt braucht nicht noch einen duckmäuserischen weißen Mann. Hast du mich verstanden?«

»So halbwegs.«

»Und da kommt die Genozid-Nummer ins Spiel.«

»*Genozid*? Ach du lieber Himmel. Hat das was mit Julia Benjamin zu tun? Was hat sie jetzt wieder gesagt?«

»Nein, Rob. Julia Wieheißtsienoch hat bislang nichts von sich hören lassen, aber ich gestehe, ich kann's kaum erwarten, denn sobald die sich einschaltet, geht es für dich von heiß zu weißglühend. Die Bro-Brigade hat sich schon mit Begeisterung auf deinen Text gestürzt. Sobald sich Julia Benjamin einschaltet, werden sie sich wiederum auf sie stürzen, und dann stürzt sich jeder auf jeden, bis meiner Kartierungssoftware quasi einer abgeht. Aber egal. Nein, mir geht es um die Genozid-Frau.«

»Welche Genozid-Frau?«

»Kriegst du denn gar nichts mit? Das passiert doch jetzt gerade in Edmundsbury, da, wo du wohnst, und du hast keine Ahnung davon? Was hast du den ganzen Morgen getrieben?«

Robert hatte seinen Morgen damit verbracht, seine Benachrichtigungen und Link-Suchreaktionen auf seinen Text zu aktualisieren, und daher keinen Kopf für irgendwas gehabt, das jemand anderen betraf. Die Erinnerung daran, dass es überhaupt jemand anderen *gab* oder eine andere Story als seine eigene diskutiert wurde, war ernüchternd.

»Ich hatte einiges an Korrespondenz zu erledigen«, erklärte er. »Aber warte mal: Es gibt *noch* eine beschissene Edmundsbury-Story?«

»Ja.«

»Nicht diese Griefers, nicht ich, sondern noch eine.«

»Genau.«

Robert musste das erst mal verdauen. Ihm schien, als stellte sich mit schöner Regelmäßigkeit das ganze Universum quer, um ihm auch noch den bescheidensten Erfolg zu verwehren. Erst hatten ihm die Griefers die Schau gestohlen, und jetzt wollte ihm ein weiterer Bewohner von Edmundsbury das letzte bisschen Rampenlicht streitig machen. Es kam ihm wie ein einziger kosmischer Witz vor, dass in Edmundsbury, wo sich sonst nie etwas tat, plötzlich alles Mögliche vonstattenging, und das ausgerechnet in dem Moment, in dem es ihm gerade halbwegs gelungen war, etwas zu bewegen. Als ihm das klar wurde, wurde ihm gleichzeitig auch etwas anderes klar: Was immer er von seinem Text hielt, was immer er von dem hielt, was er da auf die Menschheit losgelassen hatte, der Gedanke, dass es nur die zweite Geige spielte, passte ihm überhaupt nicht. Zu wissen, dass Menschen lasen, was er geschrieben hatte, sich damit *identifizierten*, war ihm ein bisschen unangenehm, aber nicht so unangenehm wie die Vorstellung, sie würden es überhaupt nicht lesen.

»Und?«, sagte er etwas zu scharf. »Was ist da los?«

»Diese Frau. Trina James. Eine Schwarze. Wohnt in Edmundsbury. Sie hat gestern Abend Hugo Bennington im Fernsehen gesehen und dabei vor sich hin getwittert, wie man das so macht, und irgendwie hat sie den Hashtag *white male genocide* getwittert.«

»Aber doch wohl nicht im Ernst?«

»Ernst oder nicht Ernst, was spielt das für eine Rolle? Es sind Wörter auf einem Display, Rob.«

»Für mich besteht schon ein Unterschied zwischen …«

»Okay, ein gutgemeinter Rat: Das ist der falsche Weg, Rob. Ja, es ist ein Weg, und es scheint der vernünftigere zu sein, aber geh ihn trotzdem nicht. Denn das ist ein verdammtes Geschenk des Himmels für dich, Robert, und jeder weiß, dass man einem Geschenk des Himmels nicht ins Maul schaut.«

»Warum sollte das …«

Noch während er die Frage stellte, formte sich in Roberts Kopf die einzig mögliche Antwort. »Jesses, Silas. Nein. Nichts da.«

»Was meinst du mit ›nichts da‹?«

»Ich werde nicht meinen Senf dazugeben.«

»Machst du Witze? Das ist doch perfekt. Du hättest den ganzen Scheiß selbst nicht perfekter inszenieren können. In puncto Heatmaps ist die Frau gerade die Scheißsonnenoberfläche.«

»Weil sie einen faulen Witz gemacht hat?«

»Weißt du hundertprozentig, dass es ein Witz war?«

»Das war doch ganz offensichtlich nicht ernst gemeint.«

»Ach nein?«

»Nein!«

»Warum nicht?«

»Weil kein Mensch so etwas ernsthaft sagen würde. Kein Mensch würde twittern, er wünschte sich so was wie einen …«

»Eine Terroristin schon. Eine Extremistin. So ein wandelndes Pulverfass oder das Mitglied irgendeiner Zelle.«

»Einer Zelle? Einer Zelle von was? Einer Zelle gefährlicher Hugo-Bennington-Hasser? Jeder hasst Hugo Bennington. Ich hasse Hugo Bennington.«

»Aber du rufst nicht zum Genozid auf.«

»Niemand ruft zum Genozid auf, Silas. Verdammte Scheiße, das kannst du nicht ernst meinen.«

»Über meinen Ernst oder Unernst mach dir mal keine Gedanken, Robert. Das ist hier nicht das Thema. Ich frage dich: Wie ernst ist es dir?«

»Womit?«

»Mit deiner Person. Mit deiner Arbeit.«

»Meiner … die nehme ich sehr ernst. Das weißt du.«

»Tatsächlich? Denn auf mich wirkst du nicht besonders ernsthaft.«

»Nicht ernsthaft? Wieso? Weil ich ein offenkundig nicht ernstgemeintes Statement nicht ernst nehme?«

»Weil du nicht *nachlegst*. Weil du nicht mehr reinhaust.«

»Womit?«

»Deinem Manifest.«

»Meinem Manifest? Es war eine beschissene *Provokation*, Silas!«

»Okay. Dann hast du halt provoziert. Du hast die Bestie gepikst. Jetzt ist die Bestie erwacht. Und was jetzt? Du musst jetzt dazu stehen, Rob.«

»Ich weiß nicht, wovon du redest. Willst du darauf hinaus, dass diese Frau, wie hieß sie noch, die diesen Witz über …«

»Dieses Statement. Sie hat ein Statement abgegeben.«

»Die gesagt hat, was immer sie gesagt hat. Soll diese Frau die Bestie sein, die ich gepikst habe?«

»Du hast da was angestoßen. Du hast dieses Ding über Verteilung und Männer und die ganze Ungerechtigkeit geschrieben, und alle so: Heilige Scheiße, hört mal, was der sagt. Und alle hören dir zu, und während sie zuhören, sagt jemand anderes was, das dich in jedem Punkt bestätigt. Meinst du, die Leute, denen dein Text gefallen hat, finden diese Frau mit ihrem Genozid-Scheiß irgendwie lustig? Meinst du nicht, dass sie irgendeine Form von Entgegnung erwarten? Und meinst du nicht, diese Leute könnten sich, wenn diese Entgegnung ausbleibt, wenn es aussieht, als hättest du keine beschissene Meinung zu einem angedrohten Genozid an der Spezies des weißen Manns, für den du angeblich so vehement eintrittst, ach, ich weiß nicht, meinst du nicht, diese Leute könnten sich dann ganz schön verarscht vorkommen?«

Robert hatte Blandford noch nie wütend erlebt. Meistens schwankte er zwischen infantilem Gegacker und aufgesetztem Drüberstehen.

»Augenblick mal, Silas. Das klingt mir ein ganz kleines bisschen danach, als würde ich hier bedroht werden.«

»Ach, wirklich, Rob? Ach, wirklich? Vielleicht wirst du das ja. Zum Beispiel von einer, die damit droht, jeden weißen Mann auf dem Planeten zu töten.«

»Das wird sie ja wohl kaum wahrmachen, oder?«

»Kommt es darauf an? Glaubst du wirklich, es spielt eine Rolle, ob sie sich tatsächlich irgendwo auf dem schwarzen Markt – sorry für den Kalauer, oder vielleicht auch nicht, was weiß ich – irgendeine biologische Waffe besorgt, die man mit so was wie einer Hautfarbenerkennungstechnologie programmieren kann und die dann tatsächlich losgeht?«

»Es besteht ein großer Unterschied zwischen einer allegorischen und einer echten Bombe, Silas.«

»Ja, durchaus. Nämlich der Unterschied, dass in unserem Metier nur eine davon zählt. Meinst du vielleicht, wenn eine echte Bombe die Hälfte der Scheißweltbevölkerung ausgelöscht hat, ereifern sich die Leute darüber noch im Internet? Meinst du, dass sie dann als Erstes online gehen? Für uns ist die allegorische Bombe die echte Bombe und die echte Bombe bloß eine Allegorie, Robert. Was das Meinungsbild betrifft, ist das jetzt die echte Bombe, und sie ist dir vor die Füße gerollt. Wenn du nichts unternimmst, wird sie explodieren und Teile deiner Gehirnmasse übers ganze Internet verteilen. Ist das Bild deutlich genug für dich?«

»Das ist … Doch, das ist sehr deutlich.«

»Schön. Gut. Die Bedrohung ist klar, und mit Bedrohung meine ich nicht *ihre* Drohung, sondern *die* Bedrohung, die Drohung gegen dich, und was noch wichtiger ist, die damit einhergehende Drohung gegen mich. Damit wäre wohl alles klar, und jetzt machst du dich auf und zimmerst was für mich zusammen, richtig?«

Robert nickte.

»Du siehst total angefressen aus. Was bist du so angefressen? Das hier ist ein …«

»Ich weiß. Ein Geschenk des Himmels.«

»Es ist ein Bombengeschenk des Himmels. Halt deine Hose fest, Robert. Du wirst zur Supernova.«

Trina neigte nicht zur Panik. Wenn sie sich an Momente zurückerinnerte, in denen Panik angebracht gewesen wäre, Momente, in denen Gewalt nicht nur eine Androhung, sondern handfeste Realität gewesen war, und zudem die drohende beziehungsweise reelle Armut unablässig im Raum stand, fand sie dort nicht einen einzigen Fall von Kontrollverlust dokumentiert. Belastung schärfte ihre Sinne. Krisen, ob real oder nur in ihrem Kopf existierend, halfen ihr, klar zu denken.

Aber irgendetwas war hier anders. Ihre Nerven hatte sie zwar unter Kontrolle, doch unter dem stillen Wasserspiegel ihrer äußerlichen Ruhe zeichnete sich der dunkle Schatten der Furcht ab. Als sie von dem Treffen mit den Personalern gekommen war, hatte sie die verstohlenen Blicke ihrer Kollegen gespürt. Als sie draußen eine Bank für sich allein gefunden und noch angenehme zehn Minuten für sich hatte bis zum Mittagsansturm, wollte sie zu Hause anrufen, doch ihr Handy war mit Drohungen zugemüllt gewesen. Als die ersten ihrer Kollegen aus dem Gebäude zu den Tischen strömten, dachte sie, dass einige der Drohungen durchaus von ihr bekannten Leuten stammen könnten, dass es kein Entrinnen gab.

Sie öffnete ihre Kontakte und tippte auf Mias Bild, um ihre Handynummer zu wählen. Während sie es klingeln hörte, wurde ihr klar, dass sie nicht wusste, ob sie sie anrief, weil sie ihren Beistand brauchte oder weil sie sie warnen wollte.

»He, Babe«, sagte sie, als Mia dranging.

»Alles in Ordnung mit dir?«, fragte Mia sofort.

»Muss was nicht in Ordnung sein, damit ich dich anrufe?«

»Zu dieser Tageszeit? Ja, wahrscheinlich. Was ist los?«

»Ich weiß es nicht«, sagte Trina. »Aber es ist nichts Gutes.«

Mia blieb einen Moment stumm. Trina wusste, dass Mia einerseits Bescheid wissen wollte, andererseits aber auch Trinas notorische Ungeduld kannte, wenn sie jemandem etwas erklären sollte. »Wie mach ich mich schlau?«, fragte Mia nur.

»Hast du einen Computer in der Nähe?«

»Ja.«

»Googel mich.«

Mia atmete tief aus. Sie schluckte alle Fragen herunter, und dafür liebte Trina sie.

»War irgendwer bei euch?«, fragte Trina.

»Was? Nein. Keiner.«

»Wirklich nicht? Nicht mal ein Klopfen an der Tür oder …?«

»Na ja, da war dieser Umfragetyp.«

Da war die Furcht wieder, der breite Schatten unter der Wasseroberfläche.

»Was für ein Umfragetyp?«

»Na, diese Umfrage, die sie machen. Wer hier alles wohnt und wer welchen Job hat und so.«

»Und wann war das? Heute Morgen?«

»Ist ein paar Stunden her.«

»Und was hat er gefragt?«

»Ob einer Stütze bezieht. Ob einer arbeitet. Und wenn ja, was genau. Sind Kinder im Haus. Religionszugehörigkeit. Das übliche Zeug eben.«

»Und du, was hast du gesagt?«

»Ich hab die Fragen beantwortet. Er ist so eine Liste auf seinem Clipboard durchgegangen und hat sie nacheinander abgehakt. Ich mein, ich hab nichts … Scheiße. Hab ich Mist gebaut?«

»Nein«, sagte Trina. »Nein, keine Sorge. Ist wahrscheinlich harmlos. Vielleicht nur eine Volkszählung oder so.«

»Was kann ich tun?«

»Ist Carl da?«

»Er wechselt Bella gerade die Windeln.«

»Okay, macht am besten gar nichts. Schließt bloß die Tür ab und rührt euch nicht vom Fleck. Ich bin bald zu Hause.«

»Ich hab einen Job.«

»Geh ruhig. Kein Problem.«

»Wirklich nicht?«

»Wahrscheinlich sollten wir gerade keine Verdienstmöglichkeit ausschlagen.«

Trina hörte das Keyboardgeklapper am anderen Ende und stellte sich vor, wie Mia auf der Sofakante hockte, den Laptop auf den Knien.

»O Babe«, sagte Mia, die offenkundig bei irgendeinem der Artikel gelandet war.

»Halb so wild«, sagte Trina. »Das legt sich wieder.«

»Klar. Wir machen alle Schotten dicht.«

»Ja. Take-away, Filme gucken und ein paar Tage Internetverbot.«

»Genau.«

»Na dann. Ich bin ohnehin bald da.«

»Okay.«

»Hab dich lieb.«

Mia lachte. »Jetzt *weiß* ich, dass die Lage ernst ist«, sagte sie. »Hab dich auch lieb.«

Trina starrte noch einen Moment auf ihr Handy, nachdem Mias Stimme weg war, und sah zu, wie ihr Display von neuen Nachrichten besiedelt wurde. Die schlimmsten davon nahmen nicht mehr den Umweg über Twitter, sondern landeten direkt in ihrem Posteingang, was bedeutete, dass ihre private E-Mail-Adresse bekanntgeworden war. Sie tippte wahllos eine davon an, um sich einen Eindruck zu verschaffen. Die geöffnete Nachricht enthielt eine grobkörnige Fotografie: eine nackte schwarze Frau, an einen Baum geknüpft, die Hände gefesselt, die Muskeln erschlafft.

Einen Moment lang verschwamm alles vor Trinas Augen, was sie sah, zerfiel in Pixel wie ein schlechter Videostream. Sie legte ihr Handy weg und schaute wieder hoch zu der dichter werdenden Menge unscharfer Gesichter, die aus dem Gebäude strömte und sich um die Esstische sammelte – die ruhige, bedingungslose Artigkeit ihrer Kollegen, das gedämpfte Gruppenverhalten. Hier haben wir Menschen, dachte sie, die gesittet ihrer Arbeit nachgingen und einander dennoch im Schutze ihrer Monitore zerfleischten.

Lag alles, was gerade passierte, wirklich nur daran, dass sie sich auf Twitter einen Witz erlaubt hatte? War Hugo Bennington, lange Jahre bloß eine journalistische Witzfigur und mittlerweile eine Ein-Mann-Polit-Farce, wirklich einflussreich genug, um für eine derart heftige kollektive Reaktion zu sorgen? An der üblichen Halbwertszeit des Internets gemessen, war ihr Tweet Schnee von gestern, doch er erfuhr erst jetzt breitgestreute Aufmerksamkeit. Vielleicht lag es ja nur daran, dachte sie, dass Bennington ihn gerade erst gesehen und seine fanatische Armee der Finsternis ins Feld geschickt hatte. Andererseits hatte sie ihn in dem Tweet nicht mal erwähnt. War er wirklich derart gründlich im Egosurfen?

Andererseits lag man mit der einfachsten Erklärung für gewöhnlich richtig, und Engstirnigkeit war die einfachste, altehrwürdigste und naheliegendste Erklärung überhaupt, man musste sie nicht mal mit irgendeiner verschwurbelten, paranoiden Verschwörungstheorie unterfüttern. Selbst der Umfragemensch bei ihr zu Hause konnte auf die üblichen Machenschaften anonymer Belästiger zurückgeführt werden. Sie wäre nicht die erste Frau, die gedoxt wurde.

Es brachte sie der Wahrheit allerdings auch nicht näher, das Ganze immer wieder im Kopf herumzuwälzen, hin und her zu schwanken zwischen dezidiert moderner Paranoia und deprimierend altmodischer Unterdrückungserfahrung. Aber es ließ sie wieder wütend werden, und mit dem Zorn wurde auch ihre Sicht klarer, die unscharfe Szenerie vor ihr wurde wieder hochauflösend, und die Gesichter waren wieder Gesichter, wobei besonders eines aus der anonymen Masse herausstach: Kasia, die mit ihrem heutigen Lunch in zwei Tupperdosen auf sie zusteuerte.

»He«, sagte Trina, nahm eine der angebotenen Dosen und lupfte den Deckel, unter dem sich ein Nudelsalat verbarg. »Danke.«

Kasia setzte sich neben Trina auf die Bank und begann, in ihren Nudeln herumzustochern.

»Alle zerreißen sich das Maul«, sagte sie.

Trina nickte. Als Kasia nichts weiter hinzufügte, sagte sie: »Du musst nicht hier sitzen. Ich versteh das schon.«

Kasia runzelte die Stirn. »Ich sagte, alle zerreißen sich das Maul«, meinte sie. »Ich hab nicht gesagt, ich hör ihnen zu.«

»Du bist nicht das kleinste bisschen neugierig?«

Kasia zuckte träge die Schultern. »Twitter-Quatsch«, sagte sie. »Mir schnurz. Ist doch doof.«

»Diese Situation? Oder Twitter im Allgemeinen?«

»Twitter. Das Ganze. Alle sind am …« Kasias Daumen tanzten in einer Parodie auf jemanden, der unbeholfen in sein Handy tippte. »Und wozu? Nur Tratsch.«

Trina nickte. »Kann sein«, sagte sie.

»Definitiv«, sagte Kasia und zwang ein widerspenstiges Nudelknäuel in ihren Mund. »Wen interessiert's?«

»Darf ich fragen, was die Leute so sagen?«, fragte Trina.

»Oh, du hast da was getwittert. Alle twittern dir irgendwas zurück. Bla, bla, bla.«

»Ah ja.«

Sie aßen für eine Weile stumm, entweder weil es nichts zu sagen gab oder weil es sich beim Reden so schlecht essen ließ. Trina hatte sich nicht hungrig gefühlt und auch nicht geglaubt, dass sie länger als unbedingt notwendig bei The Arbor bleiben wollte, aber nun merkte sie, dass sie halb verhungert war und – nun, mit Kasia an ihrer Seite – sich sehr allein gefühlt hatte. Solche Momente waren entscheidend, dachte sie, diese Momente waren angesichts der zunehmenden Überlappung von privater und öffentlicher Welt schützenswert.

»Wie hat Green reagiert?«, fragte Kasia.

Trina schüttelte angewidert den Kopf. »Die sichern sich ab. Ich schätze, sie warten erst mal, wie es sich entwickelt.«

»Aber du hast Rechte.«

Kasia sagte es ohne rechte Überzeugung, sie wusste sehr gut, dass es nicht der Wahrheit entsprach.

Sie aßen ihre Nudeln. Trina war hin- und hergerissen. Der immer drängendere Wunsch, irgendwie aktiv zu werden, zerrte an ihr, doch dieses Gefühl der ungezwungenen Vertrautheit, das Gefühl, an einem geschützten Ort zu sein, ließ sie neben Kasia an dem Picknicktisch sitzen bleiben. Das, was sich da online auftürmte, würde zusehends all das überfluten, was sie offline wertschätzte. Diese stillen, unbeobachteten Intermezzi würden ihr einziger Wellenbrecher sein.

»He«, sagte Kasia, »willst du ein Schwanz-Update?«

»Bloß nicht«, sagte Trina.

Kasia nahm grinsend ihr Handy heraus.

»Ich sagte nein«, erklärte Trina. »Du kennst doch das Wörtchen nein, oder?«

»Ich weiß, was dir jetzt guttut«, insistierte Kasia mit einem ausgesprochen sadistischen Grinsen. »Wenn das Leben dir Saures gibt, guck dir Schwänze an.«

»Ist das ein polnisches Sprichwort?«

»Ta-daaa«, sagte Kasia.

Kasias anonymer Brieffreund hatte offenbar eine Kreativitätsoffensive gestartet. War sein Schwanz zuvor einfach neben einem gerade verfügbaren, zum Größenvergleich geeigneten Objekt fotografiert worden, hatte er nun ein kleines Stillleben arrangiert: ein Esstisch, dekoriert mit Sonnenblumen, Servietten in kleinen hölzernen Ringen, Essteller und ein komplettes silbernes Essbesteck. In der Mitte stand eine silberne Servierplatte, auf deren Rand glänzendes mariniertes Gemüse angerichtet war. Und in der Mitte, auf einem akkuraten Bett aus Petersilie, zumindest sah es danach aus, lag ein Schwanz.

»O mein Gott«, sagte Trina.

»Oder?«, fragte Kasia.

»Also ehrlich ... Was zum Teufel seh ich da überhaupt?«

»Eine idyllische häusliche Szenerie.«

»Was macht der denn da? Liegt der etwa unterm Tisch und hat den Schwanz durch ein Loch gesteckt?«

»Ist wie eine Einladung – komm, Süße, der Schwanz ist serviert.«

»Sein Schwanz ist ja riesig«, meinte Trina, die sich das Bild etwas genauer ansah. »Guck ihn dir doch mal im Vergleich zur Servierplatte an.«

»Eine optische Täuschung«, sagte Kasia. »Muss so sein.«

»Du meinst, der Schwanz ist fake?«

»Oder die Servierplatte. Oder alles ist fake.«

»O nein. Warte mal. Willst du mir etwa sagen, dieser Typ hat sich die Zeit genommen, alles auf dem Tisch selbst zu basteln, damit sein Schwanz besser zur Geltung kommt?«

Kasia zuckte die Achseln. »Warum nicht?«

»Kommt dir das nicht, keine Ahnung, *irre* vor?«

»Männer und ihre Hobbys«, sagte Kasia.

»Du weißt aber«, sagte Trina nun ernster, »dass es das Lieblingshobby von Männern ist, Frauen fertigzumachen?«

»Soll heißen?«

»Soll heißen, hast du wirklich kein Problem mit dem da?«

»Problem? Wieso? Er schickt Schwanzfotos. Ich lache. Alle happy.«

»Hat er je irgendwas von dir verlangt?«

Kasia verdrehte die Augen. »Deine Paranoia macht mich noch paranoid.«

Trina nickte und ließ das Thema fallen. Sie begriff, dass sie auch darauf in Zukunft würde achten müssen: dass sie anderen Menschen nicht ihre Ängste aufzwang. Paranoia war das eine, infektiöse Todesangst etwas ganz anderes. Wenn sie nicht aufpasste, würde sie letztlich toxisch und völlig isoliert dastehen. Sie musste das, was passierte, für sich behalten, es von den Menschen, die sie liebte, fernhalten.

Sie tätschelte Kasias Oberschenkel.

»Auch wieder wahr«, sagte sie. »Manchmal ist ein Schwanz nur ein Schwanz.«

Im näheren Umkreis von Nodem konnte man nirgendwo parken. Jess fand das eigenartig, vergaß es aber sofort wieder. Sie fand ein paar Straßen weiter einen Parkplatz und ging von dort zu Fuß.

Sie war schon ein Stück gegangen, als ihr auffiel, dass kaum Menschen unterwegs waren, und ein paar Schritte weiter setzte ein unterschwelliges Unbehagen ein. Vielleicht, dachte sie, wurde sie bloß von ihren eigenen Gefühlen eingeholt. Sie hatte ihren inneren Zweifeln nicht genug Beachtung geschenkt, darum manifestierte sich das Verdrängte jetzt als emotionale Fata Morgana um sie herum. Sie begriff erst an der nächsten Ecke, dass diese Atmosphäre, im Gegensatz zu der immer noch nachwirkenden Post-Thinkpiece-Zerrüttung, nicht von ihr ausging, sondern ganz realen, externen Ursprungs war. Direkt vor ihr auf der Straße: drei Männer, gedrungene, stiernackige Glatzen. Ihre liebevoll auf die schwarzen Bomberjacken gestickten Insignien wirkten selbst aus der Entfernung unangenehm vertraut.

Sie beobachtete, wie die drei eine ältere Passantin grüßten.

»Tag auch, gute Frau«, sagte einer von ihnen.

Die Frau reagierte nicht, sondern hastete weiter, den Kopf mit dem Kopftuch gesenkt. Als sie an Jess vorbeikam, murmelte sie: »Ganovenpack.«

Jess kam näher, und die Männer traten beiseite, um ihr Platz zu machen. Sie trugen Koppelgurte, wie Jess jetzt sah – schwarze Webgürtel voller Taschen und Karabinerhaken. Sie fragte sich, ob die Männer bewaffnet waren oder einfach nur so taten, als wären sie bewaffnet, ob diese unheilverkündenden Taschen Messer und Teleskopschlagstöcke enthielten oder Zigaretten, Einkaufslisten und Pfefferminzbonbons.

»Tag, Süße«, sagte einer von ihnen, als sie vorbeiging.

»Fick dich, du Fascho«, erwiderte sie.

Die Männer tauschten Blicke. Sie spielte kurz mit dem Gedanken, es dabei zu belassen, aber es war weder der richtige Tag dafür, noch war sie in der Stimmung dazu.

Sie sagte: »Was soll das hier werden? Was wollt ihr?«

»Du hast von uns nichts zu befürchten«, sagte einer. »Wir sind hier, um die Leute zu beschützen.«

»Nenn mich nicht Süße. Ich bin nicht deine Süße.«

»Feministin, was?«

»Ich staune, dass du das Wort kennst«, sagte sie. »Du Nazi-Dreck.«

»Die Zeiten sind gefährlich«, sagte einer der Männer. »Wir sind hier, um Frauen wie dich zu beschützen.«

Das war endgültig zu viel. Sie ging angewidert weiter, innerlich brodelnd.

»Du änderst schon noch deine Meinung«, rief ihr einer der Männer nach. »Du wirst noch froh sein, dass es uns gibt.«

Am Ende der Straße konnte sie die geschwärzten Fenster von Nodem sehen und konzentrierte sich ganz darauf. Als sie durch die Tür trat, hatte sie ihre eisige Ruhe wiedergefunden. Dennoch stutzte sie drinnen kurz. Sie hatte schon ehrenamtlich in diesem Refugium ausgeholfen, das in den letzten Monaten einen deutlichen Besucheranstieg zu verzeichnen gehabt hatte, aber sie hatte nie erlebt, dass bei Nodem alle Terminals besetzt waren.

»Ach du Scheiße«, sagte sie zu Zero/One an der Ladentheke. »Was ist denn hier los?«

»Das liegt an den Griefers«, antwortete er. »Die Leute trauen sich kaum noch ins Netz. Sie kommen rein, bloß um ihre Einkäufe zu machen. Nach diesem Film war es schon heftig, aber nach diesen Briefen jetzt …«

»Briefe?«

»Du guckst offensichtlich nie in deine Schneckenpost.«

»Wer macht denn das?«

»Alle machen das im Moment. Geh mal nach Hause und sieh nach.«

Sie wollte ihn noch mehr fragen, ließ es dann aber. Sie wollte ihre Energie bündeln, das ganze Lärmen zu etwas Hochkonzentriertem, Hellwachem schmieden.

»Ich organisiere dir so schnell wie möglich ein Terminal, ja?«, sagte One/Zero.

Jess nickte. Beinahe hätte sie *eilt nicht* gesagt, hatte aber dann das Gefühl, dass es durchaus eilte.

»Magst du einen Brownie, während du wartest?«

»Gerne.«

Er reichte ihr einen Brownie auf einer Floppy-Disc.

»Geht aufs Haus«, sagte er. »Damit dir beim Warten nicht die Energie ausgeht.«

Sie knabberte den Brownie an und beobachtete mit zerstreutem, distanziertem Interesse, wie ein Mann in dreckverschmierten Chinos, der offenbar seine hastig zusammengerafften Habseligkeiten mitschleppte, eine überquellende Reisetasche mit Kleidung und einen Laptop, dessen Ladekabel auf dem Boden schleifte, auf Zero oder One einredete und verzweifelt gestikulierte, während Zero/One versuchte, ihn mit sanftem Nachdruck in eine ruhigere Ecke zu delegieren.

»Ich meine, ihr habt hier ein Superding laufen, ja? Ist vermerkt. Nur zu bewundern. Keiner will euch an den Karren pissen. Ich sag bloß, es gibt da einiges, das ihr wissen müsst. Da ist einiges, das ihr nicht wisst, aber unbedingt wissen müsst, denn wenn ihr es nicht wisst …«

»He«, sagte Zero/One freundlich und legte dem Mann einen Arm um die Schulter. »Das ist cool, Mann. Da bin ich total bei dir. Aber vielleicht gehen wir kurz …«

»Nein«, sagte der Mann, schüttelte den Arm ab und stampfte zur Bekräftigung mit dem Fuß auf. »Nein. Ihr müsst auf mich hören. Ihr könnt nicht …«

»Wie wär's mit einem Brownie?«, fragte Zero/One. »Du siehst aus, als könntest du einen vertragen. Und vielleicht einen Kaffee dazu? Alles, was du willst, Mann. Im Ernst. Gehen wir kurz hier rüber und bereden alles.«

Während Zero/One den Mann zu einer relativ ruhigen Ecke eskortierte und weiter beruhigend auf ihn einwirkte, übernahm sein Partner die Ladentheke, und sein Blick streifte Jess.

»Sonderbare Energien«, sagte er bloß.

Sonderbare Energien, in der Tat, dachte Jess. Wann genau hatten sich Ereignisse in der echten Welt dem Tempo und dem Irrwitz des Onlinegeschehens angeglichen?

Ein Computer wurde frei, und sie setzte sich an den Bildschirm und spulte ihre üblichen Automatismen ab: anschmeißen, einloggen. Die kontemplativen Momente, in denen das hauseigene Betriebssystem von Nodem rödelnd zum Leben erwachte, zogen sich unangenehm in die Länge und ließen ihr Zeit, um über den kontraintuitiven Umkehrprozess nachzudenken, den Nodem herbeiführte: emotionaler Hyperspeed, gepuffert durch digitales Schneckentempo. So, dachte sie, sollten die Dinge eigentlich laufen, erst empfinden, dann ausführen; verzögerte Kommunikation als Selbstschutzmaßnahme.

Auf ihrem Bildschirm wimmelte es vor Fenstern und Kästchen – das System spulte seine eigenen kleinen exe-Dateien und Micro-Programme runter, die einander nur so jagten und sich mit schwankender Arbeitsleistung entpackten. Die Sanduhr verschwand, erschien wieder, wurde zu einer etwas anders aussehenden Sanduhr und dann endlich zu einem Cursor. Sie klickte sich durch das übliche Programm. Web-Adresse, E-Mail-Account, Benutzername. Passwort. Einige kurze, schlafwandlerische Arbeitsschritte, und sie wurde zu Julia Benjamin. Routiniert beschleunigte Jess auf Julias Tempo. Normalerweise konnte sie, wenn sie einmal auf Touren war, direkt auf der Schnellspur von Julias Stimme durchstarten. Heute allerdings hatte sie kaum richtig Gas gegeben, als sie plötzlich in eine Mauer raste. In dem Moment, in dem sie zu Julia wurde, in dem Moment, in dem sie Julias Benachrichtigungen öffnete und in Gedanken den neusten von Julias mittlerweile fast legendären Kommentaren vorzuformulieren begann, machte Jess' Wut sich plötzlich selbständig und wandelte sich unter Zucken und Winden in etwas anderes: eine niedergeschlagene Frustration, eine Enttäuschung, in verbrauchte, vergeudete Energie.

Sie hatte schon länger dieses unterschwellige Gefühl gehabt, aber nun wurde es zentral, und zwar deshalb, weil auch Julia Benjamin so zentral wurde, dachte Jess. Früher waren ihr Julia Benjamin, Byron Stroud und ihre anderen Personae wie eine Selbstentfaltung vorgekommen. Nun dominierte Julia mehr und mehr, und ihre Dominanz stellte eine Einschränkung dar. Ja, über Julia konnte Jess ihre Wut rauslassen. Aber wie, fragte sich Jess, konnte sie ihr Wissen anbringen? War nicht – bei all dem schönen Gerede über Diskussionsfreiheit und Vielstimmigkeit im Internet – genau das, die Trennlinie zwischen dem eigentlichen Artikel und den ihm sowohl buchstäblich als auch metaphorisch nachstehenden Kommentaren, die am strengsten verteidigte, unüberwindlichste und letztlich bezeichnendste Grenze überhaupt?

Sie musste wieder an ihre physische Angst und das sich in ihr zusammenbrauende Aggressionspotential in Gegenwart der Brute-Force-Mitglieder denken. Angesichts dieser unbestreitbaren physischen Manifestation war ihr die eigene Arbeit sofort inadäquat, theoretisch und dennoch so notwendig, so elementar wichtig erschienen. Sie ärgerte sich über einen intellektuellen Jungsverein, weil er eine nur allzu reale Gefahr sowohl verschärfte als auch ignorierte. Aber wie brachten Gift und Galle in den Kommentaren sie ihrem Ziel näher, die Verbindungen offenzulegen, von denen sie wusste, dass sie existierten? Sie war sich sicher, dass sie zur Klärung dieser Fragen beitrug. Aber war irgendwas davon tatsächlich ihr Werk?

Sie betrachtete die fein säuberliche Taxonomie ihres Kommentarverlaufs, und ihr stieß sofort auf, wie gnädig die umgekehrte Chronologie die zunehmende Aggressivität kaschierte. Man kann sich keine Zukunft ausmalen, dachte sie, ohne dass sich alternative Zukunftsversionen ins Bild drängen. Was war mit den bislang noch nicht eingetretenen Realitäten, die sie persönlich betrafen? Was würde mit ihr und Robert werden? Eines sicher nicht fernen Tages würde diese geflissentlich überspielte Spannung zwischen ihnen zutage treten und sämtliche Konstruktionen, die sie errichtet hatten, um sie in Schach zu halten, kollabieren lassen. Sie malte sich die unausweichliche Trennung vor, spürte die abgrundtiefe Leere künftiger Einsamkeit. Sie stellte sich vor, in ihrem gemeinsamen Bett nach ihm zu greifen, sich nach dem Klang seiner Stimme aus der Küche umzudrehen oder wegen etwas zu erschrecken, das sie für seinen Atem an ihrem Ohr hielt, um dann, wenn da wieder nichts war, auf die schreckliche Leere, den Phantomschmerz ihres Lebens danach zu prallen: kein Robert, sie selbst zum Teil mit ihm verschwunden.

Aber auch als sich diese imaginäre Zukunft aus jener Zukunft herausschälte, die sie sich davor ausgemalt hatte, zeichnete sich bereits eine weitere ab. Es war die Welt ihrer ersten Vorstellung: intellektuell und moralisch ausgehöhlt, eine Schneise der Verwüstung, hervorgerufen durch egomanische Meinungshuberei, gespaltener und unwirklicher denn je, und mittendrin Robert, aufgebläht vom eigenen Erfolg, berauscht von allem, was er früher angeblich so verabscheut hatte. Sie würde mit ihm leben müssen, dachte sie. Mit all den eingebildeten Stimmen der Leute im Kopf, die sich fragten, warum sie mit ihm lebte. Und sie würde mit sich selbst leben müssen, denn mit dem Robert zu leben, der sich unweigerlich herausbilden würde, und das im Bewusstsein, dass sie ihn nicht hatte ändern können, wäre nur dann möglich, wenn sie große Batzen ihrer eigenen Issues in sich hineinfraß.

Darüber zu reden, würde sie zerstören. Wenn sie es nicht rausließ, würde sich alles in ihr aufstauen und sie genauso zerstören. Es blieb nichts anderes übrig, als weiterzumachen, dachte sie.

Das hieß jedoch nicht, dass sie auf ewig so weitermachen musste wie bisher. Nicht jeder Gedanke, den sie äußerte, musste eine Reaktion auf *Roberts* Gedanken sein. Sie musste das, was sie zu sagen hatte, nicht unter etwas, das Robert gesagt hatte, schieben. Sie konnte den Bruch vollziehen und sich anschließend langsam davonstehlen.

Sie klickte zurück und öffnete einen neuen Tab. Es wurde Zeit, sich wieder oberhalb der Trennlinie zu äußern.

Männer in matschigen Stiefeln und Warnwesten kamen, um nach dem Wasser zu sehen. Sie machten ein großes Hin und Her, schüttelten die Köpfe und wechselten Blicke. Sie nannten Darkin »Meister« und hinterließen überall Fußspuren, die er allein nicht wieder wegbekommen würde.

»Hat sich alles zugesetzt, Meister.«

»Da müssen wir in die Wand.«

»Wird nicht einfach.«

»Wird 'ne schöne Sauerei.«

Sie drehten am Hahn, spülten die Toilette, krochen unter die Spüle und machten sich mit der Rohrzange am Siphon zu schaffen.

»Ich hatte ja gehofft, es wär schnell erledigt, Meister.«

»Ist es aber leider nicht.«

»Können Sie irgendwohin für ein paar Tage?«

Darkin schüttelte den Kopf, weil er nicht wusste, ob er irgendwas von dem glauben sollte, was sie ihm erzählten. Ihr Firmenlogo ließ zwar nicht auf Downton schließen, aber darauf konnte er sich nicht verlassen. Heutzutage arbeitete jeder für jeden. Alle Firmen waren irgendwie miteinander vernetzt.

»Die Wasserleitung ist verstopft?«, fragte er.

Einer der Männer schnüffelte skeptisch. »Kann gut sein. Könnte auch ein Rohrbruch sein. Könnte Gott weiß was sein, wenn ich ehrlich bin.«

»Schwer zu sagen, solange wir es nicht gesehen haben«, sagte sein Kollege.

»Dann sehen sie doch direkt nach«, bat Darkin.

Die Männer lachten und wechselten einen Blick, aus dem zu schließen war, dass alle immer dachten, sie könnten direkt nachsehen.

»Direkt nachsehen«, sagte der erste Handwerker.

»Schön wär's«, sagte der zweite Handwerker.

»Wann denn dann?«, fragte Darkin.

»Ja, wenn wir das wüssten.«

»Hängt ja an der Genehmigung.«

Darkin wollte schon fragen, wessen Genehmigung dafür eingeholt werden musste, sparte es sich dann aber. Er wusste genau, wer die Genehmigung erteilen musste.

»Könnte was unter der Straße sein«, sagte der erste Handwerker. »In dem Fall wäre es Sache der Stadt. Oder unter dem Platz hier vorne. In dem Fall ...«

»Wär es Sache von Downton«, vollendete Darkin.

Die Männer wechselten wieder einen schnellen Blick.

»Sie wohnen allein hier, richtig?«, fragte der zweite Installateur.

Darkin nickte.

»Und nie dran gedacht, umzuziehen?«

»Nein.«

»Es ziehen ja viele hier weg.«

»Ich nicht.«

»Da kommt gerade noch genug raus für 'ne Tasse Tee«, sagte der erste Installateur. »Viel mehr aber auch nicht.«

»Für die Klospülung reicht es nicht.«

»Duschen kann man wahrscheinlich auch vergessen.«

»Das wird ungemütlich, Kollege.«

»Wir bringen das natürlich in Ordnung, aber bis dahin wird's ungemütlich für Sie.«

Der erste Installateur ging zu Darkins Gästesofa. Seine Arbeitsstiefel markierten seinen Weg über den Linoleumboden der Küche und über den fadenscheinigen Wohnzimmerteppich mit schwarzen Dreckspuren. Er setzte sich mit dem Seufzer eines Mannes, der schon viel zu lange auf den Beinen war.

»Meine Oma hat früher auch hier gewohnt«, sagte er.

»Ach wirklich«, sagte Darkin. Er formulierte es bewusst nicht als Frage, um nicht den Eindruck zu erwecken, er wolle mehr erfahren.

»Sie sollten mal sehen, wo sie jetzt wohnt«, sagte der Handwerker. »Richtig schön da. Viel zu unternehmen. Und sicher ist es da auch. Sie ist ganz begeistert.«

Darkin blieb stumm.

»Einer wie Sie kommt problemlos an so 'ne Wohnung«, sagte der Installateur. Dabei wies er mit dem Kopf zu Darkins Gehstock, als würde das schon alles sagen, was es über Darkin zu sagen gab.

»Die machen da alles barrierefrei«, schaltete sich der andere Installateur von etwas weiter weg ein, er warf einen letzten Blick unter die Spüle. »Wanne, Dusche, schon toll, was die heute alles machen können.«

»Meine Oma dackelt jeden Abend zum Essen rüber in den Aufenthaltsraum. Ehrlich, das ist schöner als Urlaub.«

»Wie lang dauert es, das Wasser zu reparieren?«

»Na gut«, sagte der Installateur auf dem Sofa. »Ich wollt's ja nur gesagt haben.«

»Tage?«, fragte Darkin. »Wochen?«

»Ich dachte nur, Sie wüssten vielleicht nicht, was Ihnen heutzutage alles geboten wird. Mehr nicht.«

»Aber doch wohl nicht Monate, oder?«

»Kommt drauf an, was wir finden, wenn wir reingehen. Aber wie gesagt, würden Sie in eine von diesen …«

»Sagen Sie denen, ich ziehe hier nicht weg.«

»Hä? Wen meinen Sie, Meister?«

»Sagen Sie ihnen, die können das Dreckswasser abstellen und den Strom meinetwegen auch, aber ich bleib trotzdem.«

»Ich weiß nicht, was Sie meinen, Meister. Wir sagen doch bloß …«

»Sie brauchen es nicht zu wiederholen«, unterbrach Darkin. »Ich hab Sie schon beim ersten Mal verstanden. Bringen Sie nur das Wasser in Ordnung, das reicht.«

»Hören Sie, tut mir leid, falls …« Der Installateur stand auf und hob beschwichtigend die Hände.

»Ich will bloß wieder Wasser haben«, sagte Darkin.

»Kapiert. Alles klar, Meister. Gut? Keine Sorge. Das kriegen wir hin.«

Darkin nickte und ließ den Mann nicht aus den Augen.

»Wir kommen so bald wie möglich wieder«, sagte der Mann und bewegte sich zur Wohnungstür, wo sich ihm sein Kollege anschloss.

»Genau«, sagte der zweite Mann. »Sobald es geht.«

Sie zogen die Tür hinter sich zu. In der darauf folgenden Stille hörte Darkin, dass sie den Hahn im Badezimmer nicht zugedreht hatten, er tropfte. Das Geräusch erfüllte die ganze Wohnung mit einem schwachen, etwas ungleichmäßig bemessenen Pulsschlag, der leiser und langsamer wurde, bis er schließlich zum Erliegen kam. Vielleicht hatte er die Arbeiter falsch verstanden, dachte er. Vielleicht wollten sie wirklich nur hilfsbereit sein. Aber so lief das. Es sagten doch alle, sie wollten nur helfen, um einen am Ende doch zu verarschen. Wenn man irgendwann nicht mehr wusste, wer einem wirklich helfen wollte, war es besser, wenn man bei allen vom Schlimmsten ausging.

Irgendwo außerhalb seiner Wohnung rumpelte es dumpf in

einer Leitung. Es gab einfach viel zu viele Verbindungen zwischen allem, dachte Darkin. Ein Rohr führte zum nächsten. Alles, was einem gehörte, führte immer zu etwas, das einem anderen gehörte.

Sein Küchenwecker rasselte auf dem Couchtisch los und übertönte das Grummeln der Leitung. Er schüttelte eine Zigarette aus der Packung und steckte sie sich an. Wenn sie bei Downton dachten, das Warten würde ihn mürbemachen, hatten sie sich verschätzt.

Robert saß am Computer, als DeCoverley anrief. Dort saß er schon seit Stunden und schlug sich mit dem Artikel über die Genozid-Frau herum, den Silas von ihm gefordert hatte.

Wie bei dem Text über Darkin hatte Robert seit dem Telefonat mit Silas schon diverse Deutungsmuster durchgespielt. Ihn beschlich leises Unbehagen bei dem Gedanken, dass es in Zukunft bei all seinen Beiträgen so sein könnte. Sollte einem der eigene Blickwinkel nicht klar sein, *bevor* man sich ans Schreiben machte? Sollte nicht der eigene Blickwinkel den Inhalt des Artikels bestimmen? Früher hatte er irgendetwas gesehen oder mitbekommen, und ihm war etwas dazu eingefallen. Dann hatte er diese Gedanken auf einen für seine Leser gut nachvollziehbaren Nenner gebracht. Dieser Prozess hatte sich nun grundlegend geändert: Jetzt musste man sich ständig rückversichern und antizipieren. Er konnte sich nicht direkt mit dem befassen, was den Gedanken angestoßen hatte, sondern musste es umkreisen, von allen Seiten betrachten, sämtliche mögliche Folgen mitbedenken und dann den erfolgversprechendsten Aufhänger wählen. Wenn er Zeit gehabt hätte, hätte er vielleicht aus seinen Zweifeln, aus seiner Unfähigkeit, sich zu einem Thema zu positionieren, seine Schlüsse gezogen, aber Zeit hatte er nun mal nicht. Das war ein weiterer alarmierender Faktor dieser überstürzten Entwicklung in seiner Karriere. Früher hatte niemand darauf gewartet, dass er sich äußerte, daher hatte er sich für seine Äußerungen Zeit nehmen können. Jetzt wollten Silas und alle, die den Darkin-Text hungrig verschlungen hatten, einen Nachschlag, und zwar schnell. Und was noch schlimmer war: Sie wussten bereits, was sie von Robert hören wollten, während er selbst immer weniger wusste, was er sagen sollte.

Robert war mit dem Genozid-Text nur deshalb vorangekommen, weil er sich eingeredet hatte, die vielen inneren Fragen und Irritationen seien bloß unerwünschte Begleiterscheinungen von allem, dem er so lange nachgejagt war: dem öffentlichen Interesse, dem Leserecho, dem Erfolg. Natürlich stand er damit auch stärker unter Druck, dachte er. Natürlich erschienen die Dinge nun komplizierter, hektischer, weniger befriedigend. Und natürlich wurde jetzt von ihm erwartet, sich in Debatten einzuschalten, aus denen er sich früher herausgehalten hätte. Das kam daher, dass er jetzt relevant war. Die Menschen *wollten* seine Perspektive hören, legten *Wert* darauf. Was sollte er da machen? Über seine Freiheit jammern? Seine Leser brüskieren, um die er so lange gebuhlt hatte, nur weil jetzt sein Input zu Themen gefragt war, in denen er nicht ganz so firm war? Der Gedanke war lächerlich. Er stand kurz vor einem Durchbruch. Er musste Kapital daraus schlagen, wie Silas gesagt hatte. Sich einer Sache sicher zu sein, ein gutes Gefühl bei etwas zu haben, war irrelevant, überflüssiger Luxus. Gerade, wer nichts zu sagen hatte, konnte sich nicht oft genug äußern. So hielten es doch alle.

Das Nachdenken über sein Publikum hatte Robert eine gewisse Klarheit über seine eigene Funktion verschafft, und nachdem ihm seine Funktion klargeworden war, hatte er auch, zumindest für sich selbst, seinen Standpunkt geklärt. Ja, es ging um haarige, kritische, komplexe Fragestellungen. Aber genau das würde ihm Klicks einbringen: Seine Leser wollten, dass ihnen jemand sagte, was sie davon zu halten hatten. Alle, die von der Genozid-Frau lasen, dachte er, empfanden das gleiche Unbehagen, die gleiche diffuse Beunruhigung. Aber sie schoben dieses Unbehagen beiseite. Warum? Weil das Thema zu kompliziert war, zu *kontrovers*. Und genau deshalb, folgerte Robert, war das gesamte Narrativ weißer Männlichkeit, vor allem jenes proletarischer weißer Männlichkeit, so umfänglich von den Hugo Benningtons dieser Welt vereinnahmt worden: Die Kritische-Weißseinsforschungs-Mittelschichts-Linke in ihrer Tugendwächter-Twitter-Blase war zu feige, das Thema anzusprechen. Silas hatte recht: Mit seinem Darkin-Text hatte Robert etwas losgetreten. Jetzt musste er dranbleiben.

Als sein Handy klingelte und er DeCoverleys Namen auf dem Display sah, hatte sich Robert gerade zu einer Argumentationshöhe aufgeschwungen, die über bloße Relevanz hinausging und den Sprung zu entscheidender Wichtigkeit geschafft hatte. Sein Beitrag zu diesem Thema war nicht nur maßgeblich, fand er, sondern *essentiell*. In diesem Kontext erschien ihm DeCoverleys Anruf wie ein Zeichen, wie eine Bestätigung. So sah es aus, wenn man gefragt war und plötzlich Rang und Namen hatte: Jacques DeCoverley verzichtete auf eine förmliche E-Mail und rief direkt bei ihm an.

»Bin ich froh, Sie zu erreichen«, sagte DeCoverley. »Sie müssen irrsinnig beschäftigt sein.«

»Ich ersticke in Arbeit«, sagte Robert und lehnte sich im Stuhl zurück. »Um ehrlich zu sein, würde ich mich zu gern ans Schreiben setzen, aber vor lauter neuen Aufträgen komme ich nicht dazu.«

»Ein Gefühl, das mir nur allzu vertraut ist«, sagte DeCoverley eine Spur defensiv. »Darum komm ich gleich zur Sache. Wir müssen über diese Julia Benjamin reden.«

»Ach Gott. Sie etwa auch?«

»Haben Sie es noch nicht gesehen?«

»Als ich das letzte Mal reingeschaut habe, schien sie sich meine neuste Kolumne noch nicht vorgeknöpft zu haben.«

»Googeln Sie sich einfach mal.«

Robert tippte *Julia Benjamin Robert Townsend* ins Suchfenster ein. Die obersten beiden Ergebnisse bezogen sich auf ihre Kommentare zu seinen Artikeln für *The Command Line*. Das dritte war eine Website, *Die Spur der Spinner: Eine Argumentationslandkarte der Männermeinungen* lautete der Titel.

»Das darf doch nicht wahr sein«, sagte er und klickte auf den Link.

»Wir sind uns wohl beide einig, dass das zu weit geht«, sagte DeCoverley. »Morgen zum Lunch?«

Seit ihrer Beziehung mit Dustin hatte Trina keine Angst mehr gehabt, nach Hause zu gehen. Und nein, diesmal lauerte die Gefahr nicht bei ihr zu Hause, und sie wollte, sosehr sie ihre Adresse am liebsten auch gemieden hätte, trotz allem bei ihrer Familie sein – aber ihr war der Gedanke gekommen, dass die Bedrohung eventuell ganz woanders zu suchen war. Ja, da war irgendetwas, das sich von außen anschlich und bei ihnen eindringen wollte, und ja, es war in vielerlei Hinsicht eindeutig externen Ursprungs. Aber vom Standpunkt der Menschen aus betrachtet, die sie liebte, stellte sie das Problem dar, war sie diejenige, die ihnen das alles ins Haus schleppte.

Doch schon während sie darüber nachdachte, als sie mehrere Gänge nach oben schaltete, den willkommenen Widerstand der Pedale unter den Füßen spürte, das Rad graduell beschleunigte und sie Fahrt gewann, wurde ihr klar, dass der Druck, sich selbst die Schuld an allem zu geben, in den kommenden Stunden und Tagen noch heftiger werden würde. Sie kannte den Kreislauf, wer kannte ihn nicht? Er begann Tag für Tag von neuem, allein die Identität desjenigen, der gerade in die Mangel genommen wurde, variierte. Erst das kontroverse Statement, dann die Gegenreaktion und die kurze Phase, in der man sich optimistisch zur Wehr setzte, bis man unausweichlich zu Kreuze kroch. Wenn sie die Schuld für alles, was geschah, bei sich selbst suchte, spielte sie ein Spiel mit, bei dem sie von vorneherein als Verliererin feststand. Und noch schlimmer, sie akzeptierte damit, dass alles nur deshalb passierte, weil sie gesagt hatte, was sie gesagt hatte. Bei aller Verstörung konnte Trina nicht nur die Lüge als solche erkennen, sondern auch die Tatsache, dass schon das leiseste Eingeständnis nicht etwa den Weg zu Einsicht und Abbitte ebnete, sondern zu Selbstzweifeln, Komplizenschaft und Kapitulation. Dem, was gerade vor sich ging, lag viel mehr zugrunde als ein Tweet. Dafür gab es strukturelle, historische Ursachen. Sie hatte die blanke Bösartigkeit, die ihr entgegenschlug, nicht *verursacht*. Diese Bösartigkeit war immer da, ständig auf der Suche nach einem geeigneten Ziel. Hugo Bennington musste es so hinstellen, als hätte er es einzig und allein auf sie abgesehen, um die Tatsache zu verschleiern, dass er es im Grunde auf alle abgesehen hatte, von denen er glaubte, sie seien wie sie: die ständig anschwellende, imaginäre Masse derer, die nicht so waren wie er.

Zu Hause bockte sie ihr Rad im Flur auf und ging, noch am Kinnriemen ihres Helms fummelnd, ins Wohnzimmer. Carl saß auf dem Sofa, den Laptop auf den Knien, die Krücken neben sich an die Polster gelehnt, und schaute mit einem Gesichtsausdruck zu ihr auf, der alles widerspiegelte, was sie den ganzen Tag lang schon nicht hatte spüren und wahrhaben wollen.

»Mia hat es mir schon gesagt«, sagte er.

»Wo ist Bella?«, fragte Trina.

»Eingeschlafen«, sagte Carl. Er stand auf und nahm sie in den Arm. »Wie geht es dir? Alles okay?«

»Mir geht's gut«, sagte sie. »Mir geht's absolut gut. Das ist alles Schwachsinn.«

»Trina ...«

Er hatte eine Hand gehoben, entweder um sie zu bremsen oder als entschuldigende Geste.

»Was ist?«, fragte sie.

»Ich war nicht sicher, wie gründlich ich suchen sollte«, sagte er. »Aber ich musste einfach nachsehen.«

»Natürlich. Wieso hättest du denn nicht nachsehen sollen?«

»Ich weiß nicht, ob ich dir etwas zeigen soll oder nicht.«

»Zeig es mir besser. Wenn ich nicht weiß, was los ist, kann ich mich nicht dagegen wehren.«

Er reichte ihr den Laptop rüber. Sie setzte sich und fuhr mit dem Finger über das Trackpad, um es aufzuwecken. Auf dem Bildschirm sah sie den Aufmacher der Website des *Daily Record*. Die Schlagzeile nahm ein Drittel des Bildschirms ein:

»Genozid-Twitterin«: Dreierbeziehung mit Sozialschmarotzer in Abbruchsiedlung

»O Gott«, sagte sie. »O Gott, o Gott.«

Den ganzen Tag lang war sie zu stolz gewesen, um zu weinen. Jetzt, wo die Ungeheuerlichkeit dessen, was mit ihr passierte, auf eine schonungslose aggressive Schlagzeile gebracht worden war, brachen alle Dämme. Sie schluchzte auf Carls T-Shirt, während er sie fest in den Arm nahm.

»Ich weiß«, sagte er nur. »Ich weiß.«

»Ich bin's.«

Jess kündigte sich wie üblich an, als sie zur Tür hereinkam – um sich darin zu bestärken, dass sie ganz sie selbst war. Keine Antwort. Sie vermutete Robert oben in seinem Arbeitszimmer, wo er zweifellos gerade über Julia Benjamins jüngstem Anschlag auf seine Reputation schäumte oder einen weiteren verbitterten Meinungserguss als Replik absonderte. Sie mochte das Gefühl, ihn sehen zu können, auch ohne ihn zu sehen, mochte es, dass sie sich von seiner Körperhaltung, seinem Gesichtsausdruck, seiner Gemütsverfassung eine relativ genaue Vorstellung machen konnte. Das war der eigentliche Triumph von Julia Benjamin, dachte sie: Sie wusste, wo Robert stand, in mehr als einer Hinsicht. Und nun hatte sie es der gesamten Öffentlichkeit gezeigt. Robert würde sich bloßgestellt fühlen, auf unschöne Art im intellektuellen Kosmos verortet. Später würde er zweifellos herunterkommen und ihr erklären, was los gewesen war, ihr in allen zu seinen Gunsten verdrehten Einzelheiten nacherzählen, was sie längst wusste.

Sie ging in die Küche, hängte ihre Laptoptasche über eine

Stuhllehne und fand die Schneckenpost des Tages in einem losen Haufen auf der Arbeitsplatte. Robert hatte sie offensichtlich von der Fußmatte aufgelesen und dann prompt ignoriert. Sie sah die Umschläge durch. Die obersten zwei oder drei erkannte sie am langweiligen Beige als den alltäglichen Behördenkram. Sie musste daran denken, dass Echtpost heutzutage den beiden Extremen bürokratischer Korrespondenz vorbehalten war: des hoffnungslos Banalen und des Bitterernsten. Alles dazwischen war mittlerweile digitalisiert.

Unter den unvermeidlichen Rechnungen und Mitteilungen fanden sich jedoch zwei Umschläge, die ihr sofort ins Auge stachen. Sie waren identisch, bis auf die Adresszeile: Der eine war für sie, der andere für Robert. Sie hatten das für Privatbriefe übliche Format, eine Absage an Maße und Material offizieller Korrespondenz. Die Adressen standen nicht hinter durchsichtigen Kunststofffensterchen, sondern waren direkt auf das cremefarbene, dicke, geprägte Papier der Kuverts gedruckt. Die Laschen waren nicht selbstklebend, sondern mussten angeleckt werden. Dieser Rest menschlicher Persönlichkeit, heutzutage eigentlich aus der Alltagskommunikation so gut wie verschwunden, machte sie nervös. Sie schob ihren kleinen Finger in den Spalt am Ende der Verklebung und fuhr mit ihm an dem Falz entlang, der in einer sauberen Linie aufriss. Im Umschlag fand sie einen in der Mitte gefalteten Briefbogen in passendem Papier. Als sie ihn aufschlug, sah sie, dass darauf lediglich eine Web-Adresse angegeben war, in kleiner schwarzer Schrift in die Mitte des Blatts gedruckt. Es war die mittlerweile vertraute Adresse der Griefers, *wirsinddeingesicht*, um ein einziges, unheilkündendes Wort ergänzt: */you*.

Sie zog ihren Laptop aus seiner gepolsterten Schutzhülle,

schmiss ihn an und führte die Sicherheitsmaßnahmen durch, die ihr zur zweiten Natur geworden waren: ihr anonymer Browser, ihre Überwachungserkennung. Sie tippte den Namen der Website in die Adressleiste und wurde auf eine Seite geleitet, die eine Sekunde länger brauchte, um sich aufzubauen, was entweder auf bandbreitenintensiven Content oder hohen Datenverkehr schließen ließ. Sie stellte fest, dass es sich um eine nicht-verlinkte Erweiterung der Griefers-Hauptseite handelte, die im Seitenmenü nicht auftauchte und nur erreichbar war, wenn man den Pfad direkt eingab. Als sich die Seite aufbaute, sah sie einen schwarzen Bildschirm, aus dessen Mitte sie dasselbe sich verändernde animierte Gesicht anschaute, das die Griefers bei ihrer Performance auf dem Marktplatz verwendet hatten: das flackernde Komposit-Gesicht, die Grundlage ihrer Masken. Jetzt lief die Animation, der Wechsel der Gesichter, allerdings langsamer. Es waren ganz kurz einzelne Personen zu identifizieren, als würde man einen flüchtigen Blick auf die Spielkarten erhaschen, wenn jemand ein Kartenspiel mischt. Gelegentlich stotterte und stockte die Animation und drohte für einen Moment ganz zu verharren. Sie fragte sich, ob diese offensichtlich randomisierten Hänger davon abhingen, wie viele Leute sich die Website ansahen, oder ob mit der Animation selbst etwas nicht stimmte. Als sie jedoch von dem sich verändernden Bild nach unten scrollte, stellte sie fest, dass es kein Fehler war, sondern Sinn und Zweck der ganzen Angelegenheit.

Das morphende Gesicht, so der Text unter dem bewegten Bild, der sich vollmundig an die Einwohner von Edmundsbury richtete, funktioniere nun wie eine Art Lotterie oder Roulette. Es würde irgendwann, einem randomisierten Algorithmus folgend, bei einem einzelnen Gesicht verharren. Auf die Person, zu der dieses Gesicht gehörte, erfuhren die Einwohner von Edmundsbury, würde die Wahl der Griefers fallen. Sie würden eine Website einrichten, die sich ausschließlich mit dieser Person befasse. Auf dieser jedermann zugänglichen und breit beworbenen Website würde sich alles finden, was der Betreffende jemals im Internet getrieben hatte: private Fotos, Chats, sämtliche E-Mails und finanzielle Transaktionen, der Suchverlauf. Alles, was die Person teilen oder auch nicht teilen wollte. Dann würde das Roulette von neuem beginnen und zu einem nicht näher bestimmten Zeitpunkt eine weitere Person auswählen. Dieser Vorgang würde sich wiederholen, bis jemand aus der Stadt ihn folgendermaßen stoppte: indem er sich freiwillig opferte. Wenn nur ein einziger Mensch vortreten und seine gesamte Internetgeschichte auf angemessene Weise freigeben würde, dann würde der Auswahlprozess beendet werden.

Freiwillige könnten sich ganz einfach melden, hieß es auf der Website. Man müsse nur den *Selbstanzeige*-Link unten auf der Seite anklicken.

Jess ließ den Cursor über dem Link schweben und sah zu, wie sich seine Farbe veränderte, als sie ihn leicht berührte. Sie schickte Deepa den Link zur Website per E-Mail und schrieb nur ein Wort ins Textfeld: *Ideen?*

»Robert?«, rief sie aus der Küche. »Hast du das hier schon gesehen?«

Wieder keine Antwort. Sie nahm den Brief und ging an den Fuß der Treppe, wobei ihr bewusst wurde, dass sie damit einem alten und wahrscheinlich atavistischen Verhaltensmuster folgte: dem Bedürfnis, ein Erlebnis mit ihm zu teilen, die Distanz zwischen ihnen durch eine geteilte Erfahrung zu überbrücken. Sie setzte einen Fuß auf die unterste Stufe und machte gerade den Mund auf, um noch einmal seinen Namen zu rufen, als sie durch die geschlossene Tür von Roberts Arbeitszimmer einen gedämpften Aufschrei hörte.

»Diese Drecksbitch!«

Sie hörte, wie etwas umgetreten oder umhergeschleudert wurde, gefolgt von einem weiteren gutturalen Aufschrei hilfloser Wut. Sie nahm den Fuß von der Stufe, trat einen Schritt zurück und schwieg. Ihr entfuhr selbst ein Laut, der ihr im Hals stecken blieb, halb Lachen, halb Angstschrei. Sie empfand ein leichtes Kribbeln, erregt und erschrocken darüber, was sie getan hatte.

Sie musste an das morphende Gesichter-Roulette denken und stellte sich ihr eigenes darunter vor. Die Dinge waren außer Kontrolle geraten, dachte sie. Ereignisse hatten eine Eigendynamik. Jetzt konnte sie sich nur noch deren entfesselter Logik unterwerfen.

0100

Von seinem Sofa aus, wie gewohnt umwölkt von dichtem Zigarettenqualm, den *Record* auf den Knien ausgebreitet, den penetranten Gestank der ungespülten Toilette in der Nase, der unter der Badezimmertür hindurchkroch und sich mit dem Mief des Wohnzimmers und dem stechenden, fremdartigen Geruch seines ungewaschenen Körpers mischte, sah Darkin glasklar, dass die Lage schlimmer war denn je. Seine persönlichen, lokal begrenzten Wasserprobleme waren nur das offensichtlichste Symptom. Draußen, auf der anderen Seite der Tür und des kaputten Küchenfensters, sogar abseits dessen, was auch immer seine Rohre verstopfte, ging die Welt vor die Hunde. Schlimmer noch, die Welt, die sich Darkin dort vorstellte, war in Bewegung geraten. Früher war sie »irgendwo da draußen« gewesen, weit weg, herankriechend, doch ohne ihn je zu erreichen, und Darkin hatte sich mit dem Gedanken getröstet, dass er höchstwahrscheinlich tot sein würde, bevor sie bei ihm ankam. Er hatte sich getäuscht. Edmundsbury war auf der Titelseite.

Genozid an weißen Männern schrie die grelle Schlagzeile des *Record*. Eine schwarze Frau, die hier in seiner eigenen Siedlung in einer Art Sexkommune lebte, hatte im Internet dazu aufgerufen, weiße Männer zu jagen und zu töten. Dem *Record* zufolge stand diese Frau nicht allein da. Sie hatte Unterstützer oder, wie die Zeitung es beängstigend formulierte, »Gefolgsleute«.

Auf der nächsten Seite tauchte Edmundsbury gleich noch mal auf. Offenbar hatten Maskierte die Stadt terrorisiert. Verkleidet als Büroangestellte, hatten sich diese Männer auf dem Marktplatz zusammengerottet und, soweit Darkin es sich zusammenreimen konnte, mit so was wie Erpressung gedroht und den Leuten gesagt, »wir sind dein Gesicht«.

Hugo Bennington hatte das natürlich alles kommen sehen. Nachdem es nun eingetreten war, bezog er knallhart Stellung. Hier stehe nicht nur der sichere Alltag einer englischen Kleinstadt auf dem Spiel, schrieb er in seiner jüngsten Kolumne, sondern eine ganze Lebensweise, und wie wehrhaft diese Lebensweise von uns verteidigt beziehungsweise eben nicht verteidigt würde, habe weitreichende und möglicherweise ruinöse Auswirkungen für das ganze Land. Denn schließlich, sagte er, könnten wir uns doch gewiss alle, ganz gleich, wo und wie wir lebten, ein Stück weit in Edmundsbury und seinen Bürgern wiedererkennen. Und wenn es auch der Leserschaft in den urbanen Ballungszentren so erscheinen mochte, als gingen die Vorgänge im verschlafenen Edmundsbury sie nichts an, ginge es *gerade sie* etwas an. Edmundsbury stehe unter Beschuss. Und damit auch ganz England und alles, wofür es stand.

Und doch, fuhr Bennington fort, sei es nicht schon oft so gewesen, dass der britische Nationalcharakter gerade in Zeiten der Bedrängnis seine wahre Stärke bewiesen hatte? Auch darin unterscheide sich Edmundsbury nicht vom Rest des Landes. Sobald es bedroht werde, zeige es sich von seiner besten Seite. Man sehe sich nur einen Mann wie Darkin an, schrieb Hugo Bennington.

Verdutzt, so unerwartet auf seinen eigenen Namen zu stoßen, hielt Darkin inne und ging noch einmal Schritt für Schritt zurück. Bennington konnte doch unmöglich *ihn* meinen?

Darkin, las Darkin, wohne in Larchwood und sei kürzlich erst Gegenstand eines unerwartet guten Artikels des bisher impertinent politisch korrekten »Bloggers« Robert Townsend gewesen. Hier, inmitten der herannahenden Bedrohungen, schrieb Bennington, finde sich ein ganz normaler Durchschnittsmann, der sich, ebenso wie Bennington selbst, nicht scheue, die Dinge beim Namen zu nennen, der, womöglich mit einem großen persönlichen Risiko verbunden, aufstehe und Alarm schlage gegen die schleichende Gefährdung unserer immer »progressiver« werdenden Gesellschaft. Das sei ermutigend, schrieb Bennington, eine Lektion für uns alle. Und was noch wichtiger war, es habe eine messbare Wirkung gezeigt. Bis zu seiner Begegnung mit Darkin, schrieb Bennington, habe Robert Townsend dieselben hohlen Phrasen gedroschen wie alle anderen und die offensichtliche Gefahr für alles, was ihm angeblich lieb und teuer war, ignoriert. Doch ein einziges Treffen mit einem einzigen einfachen Mann, der bereit war, die unbequemen, aber nicht wegzuleugnenden Wahrheiten seines Daseins auszusprechen, habe ihn verändert und ihm die Beschränktheit und Unzulänglichkeit seines bisherigen Denkens vor Augen geführt, wodurch er nun offen für eine reifere und differenziertere Sicht der Dinge sei – wozu ihn Bennington als Erster beglückwünsche. Konnte es ein überzeugenderes Beispiel dafür geben, was die Meinung eines Einzelnen bewirken konnte? In diesen furchterregenden Zeiten seien es die Darkins dieser Welt, denen man Gehör schenken müsse. Jeder Einzelne sei dazu aufgerufen, den Darkin in sich selbst zu suchen.

Als Darkin bei diesem Fazit angelangt war, das er mehrmals lesen musste, um sicherzugehen, dass er nicht halluzinierte, zitterten seine Hände – und es half auch nicht besonders, dass genau in diesem Moment, als lägen seine Nerven nicht eh schon blank, der Küchenwecker auf dem Couchtisch losschrillte und einen weiteren Adrenalinschub auslöste. Er legte die Zeitung weg und pulte ungeschickt eine Zigarette aus der Packung. Als er sie angezündet hatte, ließ er sich in die vertraute Umarmung seines Sofas zurückfallen und versuchte nachzudenken.

Zuerst reagierte er mit Furcht. Alles, was er gelesen hatte, bis er auf seinen eigenen Namen gestoßen war, hatte ihn in der Befürchtung bestärkt, dass von allen Seiten Unheil herankroch und sich vor seinem Zuhause zusammenrottete. Hooligans trieben sich in der Stadt herum. Irgendwo in der Siedlung stachelte eine gemeingefährliche Schwarze die Menschen zum Rassenkrieg an. Das war alles bedrohlich genug, nah genug, real genug, auch ohne dass er sich plötzlich im Zentrum der Ereignisse wiederfand, dachte er. Was, wenn die Hooligans und die Leute, die weiße Männer ermorden wollten, Benningtons Kolumne ebenfalls lasen und darin, wie Bennington es offenbar beabsichtigt hatte, ein gutes Beispiel sahen? Und dann beschlossen, direkt zu ihm zu kommen und an ihm ein ganz andersgeartetes Exempel zu statuieren?

Aber unter der vordergründigen Angst arbeitete ein anderes, wärmeres Gefühl. Über sich selbst zu lesen, seinen eigenen Namen in der Zeitung zu sehen und, was am wichtigsten war, zu erfahren, dass sich Bennington öffentlich für ihn starkmachte, entfachte einen lang vergessenen Stolz in Darkins Brust. Er hatte sich seit Jahren nicht mehr wichtig gefühlt, seit Flos Tod nicht mehr. Nicht mal er selbst hatte sich noch wichtig genommen, dachte er auf seinem Sofa sitzend, während der Wind durch das zerbrochene Fenster sachte die verbrauchte Luft in seiner Wohnung bewegte.

Hugo Bennington, für Darkin von jeher der einzige Politiker, der seine Bewunderung und sein Vertrauen verdiente, stand auf seiner Seite. Bennington kannte ihn und nahm sich seiner an. Er würde ihn schützen, da war Darkin sicher, wenn all das irgendwann irgendwie eskalierte. Die Gewissheit, dass er Unterstützung erfuhr, und die Aussicht auf Zuwendung wärmte ihn und gab ihm etwas, das er schon lange aufgegeben hatte: Hoffnung.

Hugo zog ausgiebig an seiner Zigarette und hielt den Teer so lange in der Lunge, dass es beinahe, aber nur beinahe, weh tat. Dank Teddys dramatischer Unfähigkeit, zu erkennen, wann Hugo allein sein musste, hatte Hugo – ebenso, wie er es sich angewöhnt hatte, morgens kurz durch die eigene Küchentür zu verschwinden – einen gewissen Erfindungsreichtum entwickeln müssen, um Zigarettenpausen einzulegen. Mal eben schnell auf den Parkplatz zu huschen, konnte er vergessen. Stattdessen musste er sich durch ein Seitensträßchen und um die Ecke eines Nachbargebäudes davonstehlen. Für das Konzept »Pause« brachte Teddy keinerlei Verständnis auf, sofern diese Pausen nicht einem rein physiologischen Zweck dienten. Soweit es Teddy anging, musste jede Zeit jederzeit optimal genutzt werden.

Hugo musste allerdings einräumen, dass sich Teddy, nach einer längeren Phase der undefinierbaren Präsenz in Hugos Leben, mit dieser Tweet-Geschichte unbestreitbar hervorgetan hatte. Natürlich hatte Hugo anfangs seine Zweifel gehabt. Sosehr er auch diese PC-Scheiße mit ihrem Tugendterror verabscheute, die es ihm unmöglich machte, öffentlich seine Meinung zu sagen, hatte er doch ausgesprochene Hemmungen, sich öffentlich mit Menschen der nicht-weißen Provenienz anzulegen. Das konnte schnell schiefgehen. Die moralische Überlegenheit, die man Menschen wie Hugo seit langem abzusprechen versuchte, konnten Frauen wie diese Trina James (nicht genug, dass sie schwarz war, sie war auch noch schwarz und wütend, schlimmer ging es nicht, fand Hugo) offenbar automatisch für sich reklamieren. Gerade darum, rief sich Hugo in Erinnerung, musste man sich diese Frau vornehmen, ihr einen Dämpfer verpassen. Hugo hielt nichts von Rassentrennung oder ethnischen Säuberungen oder was auch immer Ronnie und seine Jungs im Kopf hatten. Hugo glaubte an leben und leben lassen. Zumindest glaubte er aufrichtig, es zu glauben. Aber es ärgerte ihn, wenn Leute wie diese Trina sich einbildeten, für sie würden die Regeln aus irgendeinem Grund nicht gelten, und sie anfingen, alle mit ihrem Zorn zu behelligen. Das war der Punkt, an dem er sich aufgerufen fühlte, Position zu beziehen.

Er schmiss seine Kippe auf den Boden und straffte die Schultern. Drinnen wartete Jones. Ausnahmsweise fühlte sich Hugo nicht nur vorbereitet, sondern sich seiner Sache sicher. Das Blatt wendete sich. Langsam, aber sicher bekam er die Dinge in den Griff.

»Ah«, sagte Teddy und sprang auf, als Hugo in den Konferenzraum kam. Jones wartete bereits, wie immer mit undurchschaubarer, eisiger Miene. Hugo fragte sich, wie Jones sich wohl entspannte. Wahrscheinlich, indem er Cembalo spielte und dabei menschliche Gehirne fraß. Er versuchte, Teddys etwas übereifrige Begrüßung zu interpretieren. War Teddy erleichtert, dass Hugo, der sie beide über sein Eintreffen absichtlich im Ungewissen gelassen hatte, damit Jones warten musste, endlich gekommen war, oder hatten sie über etwas geredet, das er, Hugo, nicht hatte hören sollen?

»Mr Bennington«, sagte Jones mit einem dünnen Lächeln, ohne aufzustehen oder auch nur die Hand auszustrecken.

»Behalten Sie ruhig Platz«, sagte Hugo.

Teddy, der aufgestanden war, setzte sich.

»Wir haben nur ein bisschen geplaudert, stimmt's, Jones?«

Jones blieb stumm. Hugo machte es sich auf einem Stuhl bequem und sagte ebenfalls nichts. Sie saßen in rivalisierendem Schweigen da.

»Was können wir für Sie tun?«, fragte Hugo schließlich, als offenkundig wurde, dass Jones gewillt war, endlos zu schweigen, nur um sein lächerliches bisschen Macht nicht aus der Hand zu geben.

»Ich wollte mich lediglich über etwas vergewissern«, erklärte Jones.

»Immer raus damit«, forderte Hugo ihn mit falscher Herzlichkeit auf.

»Diese ... *Frau*«, sagte Jones.

»Welche Frau?«, fragte Hugo.

»Diese Genozid-Frau«, erwiderte Jones.

»Ah, ja.«

»Haben Sie die Situation im Griff?«

»Absolut«, antwortete Hugo.

»Denn die Sache scheint einigen Staub aufzuwirbeln«, meinte Jones. »Und ich weiß nicht, ob mir dabei ganz wohl ist.«

»Und dass Sie sich unwohl fühlen, wollen wir nun wirklich nicht, oder?«, fragte Hugo.

Jones zog es vor, darauf nicht zu antworten.

»Ich muss ehrlich sagen«, erklärte Hugo, »dass Ihr Unbehagen mich ein bisschen wundert.«

»Wie das?«

»Nun ja, da es in unseren Augen genau die Gelegenheit ist, auf die wir gewartet haben ...«

»Sie betrachten ein nie dagewesenes landesweites Aufsehen und einen sich möglicherweise anbahnenden Rassenkonflikt als günstige Gelegenheit?«

»Dieser Rassenkonflikt schwelt schon seit langem«, sagte Hugo. »Genau darum geht es uns doch. Und was das große Aufsehen betrifft, tja, ich weiß, es ist ein abgedroschenes Klischee, aber so was wie schlechte Publicity gibt es nicht.«

»Wir betrachten das nicht unbedingt als Publicity«, sagte Jones. »Und wir betrachten es auch nicht als eine Situation, die Publicity *erfordert*, sondern als eine Situation, die am besten mit einem Minimum an öffentlichem Aufsehen geregelt werden sollte.«

»Ich fürchte, Sie glauben fälschlicherweise, Sie und wir wären in derselben Situation.«

»Und ich glaube, *Sie* vergessen fälschlicherweise, wie sehr Ihre Situation von unserer Situation bestimmt wird«, erklärte Jones.

»Wow, das hat *gesessen*, was?«, sagte Teddy.

»Klappe, Teddy«, sagte Hugo.

»Ist notiert«, erwiderte Teddy.

»Vielleicht habe ich mich nicht klar genug ausgedrückt«, sagte Jones. »Als ich sagte, wir fühlen uns nicht wohl dabei, meinte ich, dass wir ... ungehalten sind.«

»Worüber? Über diese Frau?«

»Über diese Frau. Beziehungsweise über Ihre Reaktion auf sie, die offenbar darin besteht, genau die Flammen, die wir gerne erstickt sähen, noch zu schüren. Und auch darüber, was Sie über einen bestimmten Bewohner, diesen Darkin, gesagt haben.«

»Ah, ja, ich fragte mich schon, wann Sie davon anfangen würden.«

»Genau der Bewohner, darf ich Sie erinnern, wegen dem ich Sie kürzlich erst um Unterstützung gebeten habe. Nur scheinen Sie jetzt für ihn Partei zu ergreifen, anstatt mich zu unterstützen.«

»Eine *gewisse* Verantwortung gegenüber meinen Anhängern empfinde ich schon«, sagte Hugo, dem es nicht gelang, diese Aussage anders als zutiefst sarkastisch klingen zu lassen.

»Das macht uns ja gerade Sorgen«, sagte Jones. »Vielleicht ist mit diesem Mr Darkin ein Punkt erreicht, an dem Ihre Interessen und die von Downton Homes auseinandergehen.«

»Mir will doch scheinen, dass es der Sinn und Zweck von Politik ist, bei auf den ersten Blick abweichenden oder unvereinbaren Interessen einen Ausgleich zu finden«, sagte Hugo.

»So wie zwischen Ihnen und dieser Frau, meinen Sie?«

»Nein. Diesbezüglich halte ich eine schöne, althergebrachte Opposition für angebracht.«

»Ich habe nicht den Eindruck, dass wir hier sehr viel weiter kommen, Mr Bennington«, sagte Jones.

»Hören Sie«, erwiderte Hugo. »Sie wollen diese Leute da raushaben. Das verstehe ich. Ich will sie auch raushaben. Aber wenn Sie denken, irgendjemand hätte etwas davon, wenn es so aussieht, als sei ich beim Rausschmiss dieser Leute auf Ihrer Seite, dann sind Sie offenbar naiver, als ich gedacht habe. Ich sehe hier die Möglichkeit einer Win-win-Situation für alle. Warum lassen Sie mich also nicht meine Arbeit auf meiner Seite des Zauns machen, während Sie sich um die auf Ihrer Seite kümmern?«

Jones lächelte.

»Politik ist bewundernswert möglichkeitsorientiert«, sagte er, »aber im Geschäft sind vor allem Ergebnisse von Interesse. Solange da kein Missverständnis entsteht ...«

»Oh, wir sind sehr wohl auch ergebnisorientiert«, schaltete sich Teddy ein. »Wenn Sie möchten, kann ich Ihnen ein paar Grafiken ...«

»Ich rede nicht von Ergebnissen, die sich in einer Grafik darstellen lassen. Ich rede von Ergebnissen, auf die man bauen kann, buchstäblich, in diesem Fall.«

»Ich glaube, das haben wir begriffen«, meinte Hugo. »Sie müssen begreifen, dass wir immer noch entschlossen sind, diese Ergebnisse zu erzielen, allerdings ohne unsere eigenen Interessen zu sabotieren.«

»Solange sich beides weiterhin in Einklang bringen lässt«, sagte Jones.

»Behalten wir doch bitte eins im Blick«, sagte Hugo. »Sosehr Sie auch den starken Mann spielen, der seine Unterstützung für meine Kandidatur gewähren und wieder zurückziehen kann, denn das soll ich Ihren schwammigen Andeutungen über unsere Interessen ja offenbar entnehmen, es wird so viel länger dauern, Ihr Projekt zu realisieren, als meins, und während Sie es zum Abschluss bringen, hätten Sie sicher gerne jemanden, der Ihren Interessen gegenüber aufgeschlossen ist, jemanden in einer Position, in der er sich wirkungsvoll für Sie einsetzen kann. Also hören wir doch auf, so zu tun, als wäre mein Wahlerfolg allein zu meinem Vorteil.«

»Natürlich«, sagte Jones. »Aber tun wir doch auch nicht so, als wären Sie der Einzige, der uns von Nutzen sein könnte.«

Hugo dachte darüber so lange nach, wie es ging, ohne den Eindruck zu erwecken, Jones hätte ihn aus dem Konzept gebracht.

»Augenblick mal«, sagte er. »Wie viele Leute finanzieren Sie denn noch?«

»Wie ich schon sagte, Mr Bennington, wir sind sehr ergebnisorientiert.«

»Und ich habe Ihnen gerade gesagt, dass wir kurz davor sind, Ihnen diese Ergebnisse zu liefern.«

»Dann besteht ja keinerlei Grund zur Sorge, oder?«

»Nein«, sagte Hugo, obwohl er selbst nicht daran glaubte.

Nachdem Jones wieder in seine Schlangengrube verschwunden war, sackte Hugo in dem billigen Plastikbürostuhl zusammen und fuhr mit den Fingern nachdenklich über das Resopal des Konferenztischs. Als Teddy hereingeschossen kam, hob Hugo die Hand.

»Jetzt nicht, Teddy«, sagte er. Und dann, etwas klagender: »Bitte.«

»Wow«, sagte Teddy und trat mit erhobenen Händen einen Schritt zurück. »Stimmungstief.«

»Ich fahre mich runter«, sagte Hugo.

Das stimmte sogar, dachte er. Nur leider nicht so wie Teddy, wenn er seine Batterien wieder auflud, sich wappnete, sondern auf eine so triste, unfreiwillige Weise, dass er es kaum schaffte, ein letztes Quäntchen Energie aus seinem schwächelnden, fast leeren Akku herauszuholen.

Teddy rutschte auf einen Stuhl Hugo gegenüber und trommelte mit den Fingern auf den Tisch.

»Dann will ich Sie mal sofort wieder hochfahren«, sagte er.

»Falls Sie nicht gerade ein paar neue Körperteile, ein Ersatzgehirn, eine Zeitmaschine und eine völlig unbenutzte Seele zur Verfügung haben, Teddy, sehe ich da schwarz«, sagte Hugo.

»Die BBC will ein Porträt bringen.« Teddy glühte vor Begeisterung. Irgendwo im Inneren von Hugos Motor wurden Krokodilklemmen angeschlossen und ein schlapper Starthilfeversuch eingeleitet.

»›Zu Hause bei Hugo Bennington‹ oder so«, sagte Teddy. »Das volle Programm.«

Teddy beendete sein Schlagzeugsolo auf der Tischplatte mit einem kleinen Wirbel und formte mit Zeigefingern und Daumen zwei gespannte Pistolen, die er peinlicherweise auf Hugo richtete.

»Wer wird es machen?«, fragte Hugo.

»Die Frau, die das immer macht. Wie heißt sie noch? Vivian.«

»Vivian Ross.«

»Genau die.«

»Mein Gott.«

»Wieso?«

»Ich hasse Vivian Ross. Jeder hasst Vivian Ross. Und wissen Sie was? Sie hasst mich auch.«

»Sie ist nicht einfach, das gebe ich zu.«

»Sie macht Hackfleisch aus mir«, sagte Hugo und klang selbst für seine eigenen Ohren quengelig.

»Wissen Sie, was ich hier raushöre, Hugo?«

»Was?«

»Eine starke Abwehrhaltung, starke Widerstände.«

Hugo seufzte. Er nahm ebenfalls sehr viel Abwehr und Widerstände wahr. Zusätzlich zu dem Verzeichnis persönlicher Ängste, das er seit vielen Jahren führte, würde sich nun auch noch einen Katalog der vielen Dinge gesellen, die gegen ihn arbeiteten. Der Druck von außen, der schleichende Motivationsschwund im Inneren.

»Haben Sie denn nie alles satt, Teddy?«, fragte er. »Ich weiß, Sie sind jung und gesund und werden von einer seltsamen Flüssigkeit angetrieben. Aber denken Sie denn nie einfach … scheiß drauf?«

»Jetzt hören Sie mal, großer Mann. Okay? Sie haben einen Durchhänger. Verstehe ich. Ist notiert. Wir können eine spontane Auszeit einplanen, wenn diese Phase vorbei ist. Aber wissen Sie, welchen Fehler neunundneunzig Prozent der Leute in einer solchen Situation machen? Sie nehmen ihre Auszeit, wenn gerade Spielzeit ist. Hier geht's gerade ans Eingemachte, Hugo. Jetzt geht's brutal zur Sache. Ja, die Situation ist haarig. Aber die Dinge sind immer am kompliziertesten, kurz bevor man sie vollständig entkompliziert. Verstehen Sie, was ich meine?«

»Nein.«

»Ich sag nur: Wir jonglieren gerade jede Menge Bälle. Wollen Sie der Typ sein, der sie fallen lässt?«

»Vielleicht fallen sie ohne mein Zutun, Teddy. Vielleicht habe weder ich noch sonst jemand die Macht, Bälle am Fallen zu hindern, weil am Ende doch die Schwerkraft siegt.«

»Okay, aber geben wir doch ein paar Bällen einen Namen. Da wäre einmal der alte Knacker. Ball A. Dann Townsend mit seinem ewigen Geschwafel über die Siedlung. Ball B. Dann diese Genozid-Frau. Ball C. Dann Jones. Ball D. Und dann sind da noch diese Griefers, die bislang nicht mal ein Ball sind – eher ein starker Seitenwind, der die Flugbahn der Bälle beeinflusst. Okay? So. Und mitten in dieser zugegebenermaßen ballreichen und böigen Arena wäre da Vivian Soundso. Wäre da dieses BBC-Porträt. Womit ich sagen will, so wie die Dinge im Moment stehen, geht es nicht darum, einen dieser Bälle zu fangen. Im Gegenteil, einen von ihnen zu fangen und dann mit einem Ball in der Hand dazustehen, wäre auch nicht viel besser, als ihn fallen zu lassen. Es geht darum, alle Bälle in der Luft zu halten, Hugo, sie müssen in Bewegung bleiben, schneller und schneller werden, damit alle nur auf die Bälle schauen.«

»Und das soll heißen?«

»Das soll heißen, dass alle anderen mindestens einen der Bälle fangen müssen.«

»Wohingegen ich …«

»Sie müssen sie nur in Bewegung halten. Ich meine, scheiße, wenn wir schon dabei sind, werfen wir ruhig noch ein paar mehr rein. Okay?«

Hugo nickte. »Es ist alles im Spiel«, sagte er. »Es muss nur noch kräftig durchgewirbelt werden.«

»Genau. Wirbeln wir es durch.«

»Ich muss also nichts weiter machen«, sagte Hugo, »als da rauszugehen und ihnen einfach …«

»… die Bälle vorzuführen. Spielen Sie sie mit den Bällen *schwindlig*.«

»Im Sinne: seht euch an, womit wir es hier zu tun haben.«

»Seht euch mal dieses *Chaos* an.«

»Seht euch an, womit wir uns hier *rumschlagen* müssen.«

»Als wär für Sie das Problem schon die Lösung. Das Spiel ist das Spielziel.«

»Und ich bin an nichts und niemanden gebunden.«

»Sie sind das pure *Chaos*, großer Mann.«

»Aber zugleich bin ich das stille Auge des Sturms.«

»Genau. Wissen Sie, wie ich es mir vorstelle?«

»Wie stellen Sie es sich vor, Teddy?«

»Also, Sie sind zu Hause, aber gar nicht so relaxt. Sie sind vielleicht in der Küche und trinken schnell einen Kaffee, weil Sie gerade mal buchstäblich ein halbes Stündchen Zeit für sich haben.«

»Nach dem Motto: So sieht im hektischen und verrückten Alltag eines Machers und Politprofis wie Hugo Bennington ›Entspannung‹ aus.«

»Eine Tasse Instantkaffee auf einem nicht mal sehr bequemen Stuhl.«

»Und dann so ein Satz wie: Ich hab eine halbe Stunde.«

»Okay: Setting stimmt schon mal. Vibe: auch gebongt. Jetzt zum Content.«

Hugo saß nach vorn gebeugt am Konferenztisch, voll konzentriert.

»Natürlich«, meinte Teddy, »wird es in erster Linie um den Genozid gehen. Sie müssen klar herausstellen: Das ist Ihr Kernthema.«

»Für mich ist es das bestimmende Thema. Es bildet das Herz …«

»Ja, sagen Sie ›Herz‹. Das erhöht Ihre Empathie-Werte.«

»Es ist das Herzstück unseres Wahlkampfs.«

»Sagen Sie nicht Wahlkampf.«

»Warum nicht?«

»Weil das irgendwie so nach Wahlkampf klingt. Die Leute sollen eher raushören: Dieses Thema berührt mich ganz persönlich, nicht nur im Kontext meines Wahlkampfs.«

»Also mehr so in der Art: unabhängig vom Wahlkampf.«

»Sagen Sie so was wie: Hier geht es nicht um Politik.«

»Soll ich Politik vielleicht etwas abschätzig betonen?«

»Ja, gut. *Politik*. Augenrollen.«

»Herausstellen, dass da draußen tatsächlich Leute existieren, die so etwas politisch für sich ausschlachten wollen.«

»Ja! Zum Teufel mit solchen Typen.«

»Die damit zu punkten versuchen.«

»Oh, das gefällt mir. Sie sind nicht daran interessiert, damit Punkte zu sammeln.«

»Anders als *gewisse* Leute.«

»Gewisse *andere* Politiker.«

»Mit ihren politischen Winkelzügen.«

»Genau. Aber nicht Sie. Ihnen geht es nur ums Prinzip.«

»Ich habe das Gefühl, wir sollten irgendwo das Wort ›Pflicht‹ einbauen.«

»Oh, absolut. Aber sagen Sie *unsere* Pflicht, nicht *eure* Pflicht. Das schweißt mehr zusammen.«

»Wenn wir so etwas mitbekommen, ist es unsere Pflicht, dagegen einzuschreiten.«

»Mit vereinten Kräften.«

»Wir haben die Pflicht, laut *nein* zu sagen.«

»Könnten wir die Formulierung ›rote Linie‹ benutzen?«

»Ist das nicht ein ganz schönes Klischee?«

»Schon, aber ein gutes Klischee.«

»Es muss ja keine rote Linie sein. Zum Beispiel so: Wo ziehen wir die Linie?«

»Damit fragen Sie praktisch die Interviewerin und damit die Zuschauer: Wo ziehen *Sie* die Linie?«

»Ich bin sehr für Toleranz.«

»Gut. Wirklich *sehr* dafür.«

»Aber …«

»Sagen Sie nicht ›aber‹. In der Sekunde, in der Sie etwas wie ›Ich bin sehr für Toleranz‹ oder ›Ich bin beileibe kein Rassist‹ sagen, twittern alle sofort los, dass gleich ein Aber kommen wird. Und sobald Sie dann ›aber‹ sagen, twittern alle, sie hätten gerade erst getwittert, dass Sie gleich ›aber‹ sagen würden, und finden das irre witzig.«

»Ich bin sehr für Toleranz. Die Frage ist, wo endet die Toleranz?«

»Beim Genozid, genau dort.«

»Ernstgemeintem Genozid.«

»Die Siedlung müssen wir auch mit reinbringen, Hugo.«

»Ich möchte über diesen Kerl reden. Diesen alten Knacker.«

»Einverstanden. Pushen Sie den alten Knacker.«

»Weil er zu den Schwachen gehört.«

»Aus diesem Grund pushen Sie ihn aber nicht.«

»Stimmt.«

»Ich meine, eigentlich schon, aber nicht auf die Art, nach der es klingt.«

»Er braucht Schutz.«

»Er sollte keinen Schutz brauchen, aber er braucht ihn.«

»Ehrlich gesagt, ist es empörend, dass er Schutz braucht.«

»Das gefällt mir. Sie nehmen einfach an, dass er Schutz braucht, denn wer würde das angesichts der Situation nicht annehmen?«

»Es liegt doch auf der Hand.«

»Für *Sie* ja, aber nicht für jeden.«

»Da sieht man, wohin es mit uns gekommen ist.«

»Sehr schön.«

»Dass ein schwacher älterer Mann tatsächlich vor …«

»Vor seiner eigenen *Nachbarin* geschützt werden muss.«

»Dieser hilfsbedürftige alte Mann, der nie um etwas gebeten hat …«

»Genau. Augenblick: Verknüpfen Sie das wieder mit dieser Frau. Denn sie, genauer gesagt, ihr Freund …«

»Richtig. Sozialhilfe.«

»Können wir das irgendwie stärker formulieren?«

»Da sitzt sie, genießt unverfroren alle Vorteile unseres Wohlfahrtsstaats, der es ihr ermöglicht, glücklich und zufrieden in einer offenen Gesellschaft zu leben, die weder an ihrer Hautfarbe noch an ihrem Lebensstil oder ihren Überzeugungen Anstoß nimmt. Eine Gesellschaft, die es ihr erlaubt, diese Überzeugungen frei zu äußern. Und was tut sie? Wie nutzt sie die Freiheit, die man ihr gewährt? Sie sät Hass. Sie propagiert Intoleranz.«

»Während wenige Türen weiter …«

»Während nur ein paar Türen weiter, praktisch auf ihrer Schwelle, dieser schutzlose alte Mann, der nie jemanden auch nur um einen Penny gebeten hat, der für sich bleibt und niemandem zur Last fällt, in Furcht leben muss. Ist das fair?«

»Bang.«

»Ist das Chancengleichheit?«

»Verkünde das Wort, großer Mann.«

»Ist das die Art von freier, gerechter und toleranter Gesellschaft, in der wir leben wollen?«

»Teufel, nein.«

»Nein.«

»Her mit der Flosse, Hugo.«

»Wissen Sie was? Diesmal mach ich mit. Bang! Flosse! Und fick dich, Vivian Ross.«

Denn es sagt ja keiner ›bloß keine Debatten‹, richtig?«

»Mein Reden. Im Gegenteil, wenn überhaupt, möchten wir mehr Debatte.«

»Eine bessere Debatte.«

»Es geht um die Qualität der Debatte, darum geht es doch.«

Robert und Jacques DeCoverley saßen in einem der zahllosen Ketten-Cafés von Edmundsbury, die sich allesamt mit viel zu viel massenproduziertem, kunstvoll verschrammtem Shabby-Chic-Vintage-Plunder als inhabergeführt tarnten.

»So gefällt mir das, Robert«, sagte DeCoverley, trank ein Probierschlückchen von seinem doppelten Espresso und atmete tief durch die Nase ein, wie ein Mann, der sich fröhlich in der Welt umtat und sie mit allen Sinnen genoss. »Genau aus diesem Grund hatte ich das Gefühl, mich an Sie wenden zu können. Wir sind wie Feuerstein und Zunder, meinen Sie nicht?«

Robert wusste nicht so genau, wer in dieser Analogie der Feuerstein und wer der Zunder war, hielt es aber für das Beste, zuzustimmen, ohne die Sache zu verkomplizieren. Die Dinge nicht noch komplizierter zu machen, hatte heute oberste Priorität für Robert. Alles war wahnsinnig schnell hoffnungslos kompliziert geworden, und seine Aufnahmebereitschaft für komplexe Zusammenhänge war erschöpft.

Besonders Julia Benjamin trieb Robert um. Er hatte sie seit einiger Zeit als permanentes Hintergrundrauschen im Kopf gehabt, als einen etwas nervigen Tinnitus, der nur ab und zu aufdringlicher wurde. Jetzt aber war sie brüllend laut, eine Sinfonie mit Pauken und Trompeten.

Da sie offenbar nicht gewillt war, sich mit dem Platz im Kommentarbereich zu bescheiden, hatte Benjamin eine eigene Website eingerichtet. Dort würde sie, wie sie in einer kurzen, hochtrabenden Einleitung ankündigte, die Verbindungen zwischen auf den ersten Blick disparaten öffentlichen Meinungsäußerungen egomaner weißer Männer *mappieren* (ihre Diktion) und in einer Art Argumentationslandkarte darstellen. Dazu hatte sie, ausgehend von Roberts Text über Darkin, mehrere Schlüsselbegriffe und Textbausteine hervorgehoben, die sich nicht nur in Roberts Kolumne, sondern auch in anderen Kolumnen aus der jüngsten Vergangenheit fanden, unter anderem, sehr zu Roberts Verdruss, in einem Text von Hugo Bennington, der am Morgen, *bevor* Robert über Darkin geschrieben hatte, erschienen war. Nachdem die linguistische und rhetorische Brücke zu Bennington geschlagen war, konnte Julia Benjamin in einer Grafik aufschlüsseln, dass Robert und Bennington den gleichen feuilletonistischen Schreibstil pflegten und ihrer Argumentation die gleichen ideologischen Prämissen zugrunde lagen. Als wäre das allein nicht schlimm genug, hatte sich Benjamin die Zeit genommen, verschiedene charakteristische Indikatoren in Benningtons Kolumnen mit diversen dubiosen Foren in Verbindung zu bringen, die von Männerrechten bis White Power alles Mögliche verhandelten und nicht nur die gleichen Schlüsselbegriffe benutzten, sondern *auch* Roberts Darkin-Kolumne begeistert aufgenommen und geteilt hatten, wie Benjamin auftrumpfend feststellte. Im Endergebnis hatte sie eine klare Verbindung zwischen Roberts kürzlich erfolgtem Abrücken von seiner hergebrachten Mitte-Links-Position und der Tatsache nachgewiesen, dass Brute Force nun auf den Straßen von Edmundsbury Menschen physisch einschüchterte. Sie hatte versprochen, weitere Zielpersonen würden folgen. Von Stefan Ziegler über Jacques DeCoverley bis zu Rogue Statement würde niemand vor ihr sicher sein.

Bedauerlicherweise war das nicht der einzige Schreck, mit dem Roberts Tag begonnen hatte. Als er in seinem E-Mail-Postfach die Benachrichtigungen durchgesehen hatte, anhand derer er sich über jede Nennung seines Namens auf dem Laufenden hielt, war er schnell darauf aufmerksam geworden, dass ausgerechnet Hugo Bennington an diesem Morgen in seiner Kolumne im *Record* ebenfalls über ihn geschrieben hatte. Er hatte Roberts Ideen nicht in reaktionärer Manier aufs Korn genommen, wie Robert vielleicht gehofft hatte, nein, ganz im Gegenteil, Bennington hatte die sehr viel fatalere und beschämendere Entscheidung getroffen, Robert zu *loben* und ihn in einer besonders unappetitlichen Geste in einer gemeinsamen politischen Heimat willkommen zu heißen, was sich im Lichte von Benjamins Website weniger wie das verschlagene Politmanöver las, das es offenkundig war, sondern vielmehr wie eine weitere belastende Fußnote zu Benjamins Anklage.

Und womit war Robert da draußen vertreten? Was war sein Beitrag zu dem Tohuwabohu von Stellungnahmen, das um ihn herum tobte? Warf er sich mutig für irgendeine gute Sache in die Bresche? Rührte er beherzt die Trommel für seinen eigenen unbestechlichen Standpunkt? Nein. Von ihm gab es nur eine langatmige Tirade über politische Korrektheit, Doppelmoral und die Genozid-Twitterin.

»Denn wir wollen uns *auf gar keinen Fall* dem Vorwurf aussetzen, eine Debatte verhindern zu wollen«, sagte DeCoverley.

»Himmel, nein.«

»Darum müssen wir eines unterstreichen: Wir *lieben* die Debatte. Wir begrüßen sie. Nur ist *das hier* unterm Strich« – er zog mit dem Zeigefinger tatsächlich eine kleine Linie, um es zu verdeutlichen – »gar keine Debatte.«

»Wir wollen ja gerade die Debatte anstoßen«, sagte Robert. »Und was passiert? Man versucht uns einzuschüchtern.«

»Und nicht nur uns«, meinte DeCoverley. »Denn mir ist ganz besonders wichtig, dass es hier um sehr viel mehr geht als um uns. Es geht um …« Er presste die Lippen aufeinander, als würden ihn bei seinem eigenen Gedanken die Gefühle überwältigen. »Es geht um die Zukunft.«

»Nicht um unsere Zukunft«, ergänzte Robert. »Um *die* Zukunft.«

»Genau«, sagte DeCoverley. »Die Zukunft der ungehinderten intellektuellen Diskussionskultur in England.«

»Und nicht nur in England«, führte Robert aus. »Denn wir sprechen schließlich vom Internet. Wenn alle intellektuellen Debatten zukünftig im Netz stattfinden, dann reden wir hier in der Tat von der globalen Zukunft der ungehinderten intellektuellen Diskussionskultur.«

»Die Benjamin ist bloß ein Symptom«, sagte DeCoverley.

»Genau. Und durch die Behandlung des Symptoms …«

Beide lehnten sich zurück und ließen sich das einen Moment lang durch den Kopf gehen.

»Es ist ja nicht einmal so«, sagte DeCoverley, nachdem er ein wenig in sich hineingehorcht hatte, »dass ich wütend bin, verstehen Sie? Na schön, ich *bin* wütend, aber das ist nicht das vorherrschende Gefühl. Ich habe neulich erst mit Lionel Groves darüber gesprochen, und er war völlig meiner Meinung. Es macht mich *traurig*. Geht es Ihnen nicht auch so?«

»Doch«, sagte Robert. »Es ist so was von traurig.«

»Es gibt Tage, da wache ich auf und könnte glatt verzweifeln. Sie nicht auch?«

»Gott, ja, in letzter Zeit habe ich mich oft gefragt, warum ich mir das alles antue.«

»Leute wie Julia Benjamin stellen sich das, was wir tun, wahrscheinlich so einfach vor«, sagte DeCoverley.

»Weil wir ja so *privilegiert* sind.«

»Gott, ja. Schon dieses Wort. *Privilegiert.*«

»Das ist das Wort, das mich wirklich nervt.«

»Ja, als wäre es ein Verbrechen, dass ich in den Genuss einer Privatschulerziehung gekommen bin«, sagte DeCoverley.

»Genau«, meinte Robert, der wohlweislich darüber hinwegging, dass er selbst keine solche Erziehung »genossen« hatte. Im Hinterkopf notierte er sich allerdings, dass er bewiesenermaßen weniger privilegiert war als DeCoverley, nur für den Fall, dass solche Referenzen in Zukunft gefordert sein sollten.

»Ich habe buchstäblich mein ganzes Leben lang daran gearbeitet, meinen Intellekt zu schärfen«, sagte DeCoverley. »Und jetzt soll ich mich dafür entschuldigen?«

»So weit kommt's noch«, sagte Robert und verkniff sich den naheliegenden Einwand, dass von DeCoverley nur noch ein Haufen Metallstaub übrig wäre, wenn er wirklich ein Leben lang seinen Verstand geschärft hätte.

»Man könnte fast meinen«, klagte DeCoverley, »dass es einem schon als Privileg ausgelegt wird, überhaupt eine Leserschaft zu haben, dabei ist es in Wirklichkeit eine horrende Belastung.«

»Ja«, pflichtete Robert bei. »Ich wünschte, wir könnten alle in einem schnellen Online-Kommentar unsere Meinung ablassen, anstatt langwierig einen vernünftigen Text zu formulieren.«

DeCoverley nickte. »Und dann die ganzen *Schmähungen*, die über uns ausgegossen werden.«

»Genau, welch ein *Privileg*, sich jeden Tag mit diesem Mist auseinandersetzen zu müssen.«

»Und ich weiß, was die Leute sagen«, ergänzte DeCoverley. »Da heißt es dann: Ja, aber sehen Sie sich doch selbst einmal an, ein viriler, attraktiver weißer Mann …«

»Worüber können Sie sich schon beschweren?«

»Als könnten wir unmöglich jemals Grund zur Klage haben!«

»Als hätten wir nicht auch *Gefühle*, fuck!«

»Wissen Sie, Robert«, sagte DeCoverley, der sich zunehmend für dieses Thema zu erwärmen schien, die Hände im Schoß faltete und nicht in Roberts Gesicht, sondern auf eine Stelle irgendwo über Roberts linker Schulter schaute, als läse er seine Sätze von einem Teleprompter ab, »in Wahrheit sieht es doch so aus: Wenn man ein Mann der Linken ist, so wie ich, so wie Sie, und man sich, wie wir beide, einem glaubwürdigen linken Projekt verschrieben hat, erlebt man so etwas die ganze Zeit. Das macht es ja so traurig, finden Sie nicht auch?«

»Diese Sinnlosigkeit des Ganzen«, versuchte es Robert, der nicht sicher war, was genau DeCoverley meinte.

»Denn was wollen wir denn eigentlich, Robert?«, fuhr DeCoverley fort, der nun den Blick von seinem unsichtbaren Teleprompter löste und Robert in die Augen sah. »Wir wollen etwas verändern. Wir wollen Alternativen. Was wir wollen, Robert, ist eine bessere Welt. Hab ich recht?«

»Absolut«, stimmte Robert zu. Er konnte sich nur schwer jemanden vorstellen, der sich allen Ernstes eine schlechtere Welt wünschte, fürchtete aber, der Einwand könnte kontraproduktiv sein.

»Und unsere große Gabe«, fuhr DeCoverley fort, »wie auch unsere größte Bürde besteht darin, dass wir diese Welt *sehen* können.« DeCoverley beugte sich weiter über den Tisch, sah Robert eindringlich an und zwickte mit zwei Fingern in den leeren Raum zwischen ihnen, als würde er tatsächlich einen Zipfel Realität packen. »Glauben Sie, alle können sie sehen, Robert? Natürlich nicht. Sie sehen bestenfalls ihr eigenes, winzig kleines Stückchen davon. Und viele Menschen sind sogar dafür blind. Was tun sie also? Sie denken monokausal: Ich bin schwarz, daran liegt's. Ich bin eine Frau, daran liegt's. Ich werde unterdrückt, daran liegt's. Das ist alles nur viel Lärm um nichts, Robert. Und vor lauter Lärm um nichts können die Leute nicht *zuhören*. Sie ignorieren einfach, dass es Menschen wie uns gibt, Menschen, die ihnen helfen wollen, Menschen, die uns allen helfen wollen. Wird Julia Benjamin irgendetwas verändern? Kann Julia Benjamin die Welt sehen, wie sie ist, so wie wir?« Er schüttelte den Kopf. »Natürlich nicht.«

»Es geht ums Gemeinwohl, nicht wahr?«, sagte Robert.

»Nur zu, fahren Sie fort«, ermunterte ihn DeCoverley.

»Okay, also, was wir tun, ist wichtig. Es ist in vielerlei Hinsicht von globaler Relevanz. Und dann kommt eine wie Julia Benjamin oder was weiß ich wer und sagt, he, da komme ich ja gar nicht vor. Und wissen Sie was? Gut möglich. Denn vielleicht muss das auch nicht sein. Vielleicht geht es um etwas wesentlich Wichtigeres, was bedeutet, Julia Benjamin ist nicht nur unwichtig, sie ist auch ...«

»Gefährlich«, ergänzte DeCoverley.

»Und sie gefährdet nicht allein uns, sondern ... na ja, im Grunde alles.«

»Wir haben hier eine Verantwortung, Robert.«

»So sehe ich das allmählich auch.«

»Eine Verantwortung, die uns zum Handeln zwingt.«

»Absolut.«

»Nicht um unserer selbst willen, sondern weil es um ein höheres Prinzip geht. Besser gesagt, um eine Vielzahl von Prinzipien.«

»Ja. Es geht ums Prinzipielle schlechthin.«

»Genau. Also, was unternehmen wir?«

»Bitte?«

»Was unternehmen wir?«

»Unternehmen?«

»Unternehmen. Hinsichtlich dieser Julia Benjamin. Was werden wir ihretwegen unternehmen?«

»Richtig.«

Robert dachte über Julia Benjamin nach. Er spürte eine Veränderung in seinem Hass auf sie, er kleidete sich nicht wie gewohnt in ein Gewand aus schlechtem Gewissen und Unsicherheit, sondern wurde von einer neuen Patina ehernen, gerechten Zorns überzogen. Jetzt hasste er sie im Namen von anderen, im Namen hehrer Prinzipien.

Er musste an Silas denken, an ihre Skype-Gespräche. Aus dem Nebel von Beleidigungen und übersteigertem Sendungsbewusstsein trat eine Idee zutage.

»Na gut«, sagte Robert bedächtig und gönnte sich so viel Zeit wie möglich, seinen Gedankengang zu entwickeln, »Julia Benjamin will also gegen die angebliche Tyrannei männlicher Diskursdominanz aufbegehren. Sehe ich das richtig? Sie hält uns für frauenfeindlich. Sie denkt, wir repräsentieren gewissermaßen das *Establishment*.«

»Lächerlich«, sagte DeCoverley, »aber richtig, ja.«

»Sie hält uns für den Feind.«

»Eindeutig.«

»Aber was, wenn es einen anderen Feind gäbe? Einen … schlimmeren Feind?«

»Nur zu.«

»Mein Chef bei *The Command Line* hat etwas Interessantes gesagt. Er meinte, sobald die Leute, die er die Bro-Brigade nennt, Wind von Julia Benjamin bekommen, fallen sie gnadenlos über sie her. Ich habe schon darauf gewartet, dass es passiert, und muss nicht erst sagen, dass es nicht dazu gekommen ist.«

»Aber was, *wenn* es dazu käme, wollen Sie sagen.«

»Was, wenn Julia Benjamin, die bislang fröhlich vor sich hin kommentiert und ihr Recht auf freie Meinungsäußerung so ausgiebig in Anspruch genommen hat – und zwar auf Kosten unseres Rechts auf freie Meinungsäußerung, weil sie uns für das Schlimmste hält, was ihr passieren kann –, was, wenn diese Julia Benjamin plötzlich die Leute zu sehen bekäme, die *tatsächlich* zum Schlimmsten gehören, was ihr passieren kann, Leute, die sie wirklich mundtot machen wollen?«

DeCoverley formte entweder einen Revolver oder einen Kirchturm, indem er die kürzeren Finger verschränkte und die beiden Zeigefinger hochstellte, die er dann an die Lippen legte. Es war eine Pose, die Robert schon auf mindestens zwei verschiedenen Autorenfotos von ihm gesehen hatte.

»Interessant. Über Bande zurückgespielt«, sagte DeCoverley. »Und ich finde es auch *psychologisch* hochinteressant, Sie nicht?«

»Sie meinen, in Bezug auf ...«

DeCoverley hörte auf, mit den Fingern an seine Lippen zu tippen, und legte seine Hände wieder in den Schoß, um auf für Robert sehr irritierende Weise in kleinen Kreisen Däumchen zu drehen.

»Was will Julia Benjamin wirklich?«, fragte DeCoverley.

»Beachtung«, erklärte Robert. »So beschämend einfach ist das.«

»Graben Sie da noch mal tiefer. Was ist Aufmerksamkeit denn im Grunde? Was ist die höchste Form der Aufmerksamkeit? Die Aufmerksamkeit, nach der wir im Grunde alle gieren?«

»Ruhm?«

»Gefickt zu werden«, sagte DeCoverley. »Meinen Sie nicht?«

»Tja, sie wirkt schon ganz schön ...«

»Verklemmt?«, fragte DeCoverley. »Das will ich meinen. Stellen Sie sich vor, wie sie allein zu Hause rumhockt. Ich stelle sie mir furchtbar hässlich vor, Sie nicht? Ein Mensch, der in einem anderen Leben, wenn er denn nicht so verbissen wirklich relevante intellektuelle Arbeit unterminieren würde, durchaus unser Mitgefühl verdient hätte.«

»Ich muss gestehen, dass ich momentan wenig Mitgefühl für sie aufbringen kann, aber ich verstehe natürlich, was Sie meinen.«

»Natürlich können wir es nicht für sie arrangieren, dass sie gefickt wird ...«

»Gott, nein.«

»Aber ich glaube, das, was Sie vorschlagen, ist eine Form von Geficktwerden, ebenso wie es eine Form von Beachtung ist. Es ist beinahe *therapeutisch*, oder? Und es würde Julia Benjamin vor eine sehr wichtige Frage stellen: Ist es das, was du willst? Wirklich?«

»So was wie: schön, du willst es unbedingt? Gut, jetzt kriegst du's.«

»Und jetzt, wo du es kriegst, gefällt es dir?«

»Ich wette, sie liebt es«, sagte Robert. »Das ist es doch. Die ganzen Männer, die sich auf sie stürzen ...«

»Die ganzen *Erniedrigungen*.«

»Du willst ein intellektuelles Schwergewicht sein? Bitte schön, so sieht es aus, wenn man ein intellektuelles Schwergewicht ist.«

DeCoverley lachte. Robert war aufgefallen, dass er nicht oft lachte, und wenn er es tat, dann wie ein Mann, der auf einer Hochzeit tanzt: verhalten, weil er nicht uncool aussehen will, aber genau wissend, dass man es ihm übel nähme, wenn er sich drückte.

»Haben Sie auch schon eine Vorstellung davon«, fragte er, »wie wir diese kleine Lektion in die Wege leiten wollen?«

Eine Art heißes Prickeln breitete sich in Roberts Körper aus. Es arbeitete sich von außen nach innen, erst war es auf der Haut, dann wurden seine Organe und seine Muskulatur unangenehm überhitzt. Er fragte sich, ob das vom Kaffee oder vielleicht vom Wetter kommen konnte. Später, als er allein war und über sein Essen mit DeCoverley nachdachte, würde ihm klar werden, was es war: Scham.

»Also, ich habe zufällig«, sagte er zögernd, »gewisse Erfahrungen, die uns hier von Nutzen sein könnten.«

»Ach ja?«, fragte DeCoverley.

»Da gab es … Da gab es diese Geschichte mit Jess vor einiger Zeit. Also so richtig … so richtig derbe.«

»Ah, ja«, sagte DeCoverley. »Ich erinnere mich.« Er brach ab und fügte dann mitfühlend hinzu: »Furchtbare Sache natürlich.«

»Oh, abscheulich«, sagte Robert. »Doch, ja. Absolut ekelhaft. Aber …«

»Aber wir denken natürlich nicht an ein derartiges Ausmaß an …«

»Nein, auf gar keinen Fall. Aber wenn wir eventuell auf einigen dieser …«

»Einigen dieser Seiten, wo solche Dinge gedeihen …«

»Ein paar dieser Foren … Also, ich kenne einige, die …«

»Natürlich kennen Sie die.«

»Und zufällig scheint meine Arbeit dort … ich meine, sicher nicht durch irgendein Zutun meinerseits, aber …«

»Sie meinen, Sie haben dort einen gewissen Einfluss.«

»Nicht, dass ich stolz darauf bin.«

»Natürlich nicht. Aber es ist ein Zeugnis Ihrer Reichweite.«

»Genau. Und überhaupt, sobald wir …«

»Sobald wir die Dinge ins Rollen gebracht haben …«

»Ja«, meinte Robert, der mittlerweile im eigenen Saft kochte, ohne dass die Umgebungstemperatur in irgendeinem Verhältnis zu seiner Körpertemperatur stand. »Danach haben wir nichts mehr damit zu tun.«

»Faszinierend«, sagte DeCoverley lächelnd. »Wissen Sie, Robert, das könnte sich am Ende noch als extrem wichtige kulturelle Intervention erweisen. Übrigens fällt mir dabei dieser Knabe ein, mit dem sich Ihre Freundin letztlich überworfen hat. Dieser Ziegler. Ich kenne ihn ein wenig. Faszinierender Mann. Eine in vielerlei Hinsicht *wichtige* Figur. Wie lautete damals noch sein Argument? Dass eine hypermaskuline Kultur mitunter als Katalysator diene? Oder sogar, wie es, glaube ich, hier der Fall ist, als Korrektiv?«

»Etwas in der Art«, sagte Robert.

»Wir sollten ihn ins Boot holen«, sagte DeCoverley. »Nicht jetzt, aber danach. Sie und ich könnten ein gemeinsames Buchprojekt starten, vielleicht mit Ziegler, vielleicht sogar mit Stroud. Was meinen Sie?«

»So was wie ein Kollektiv?«

»Ein lockeres Kollektiv. Ein Zusammenschluss.«

»Klar«, sagte Robert und griff nach einem Glas Wasser.

»Ehrlich gesagt, ich denke schon seit längerem daran, dass in dieser verflixten Maskulinitätsfrage vielleicht ein Buch steckt«, überlegte DeCoverley. »All das hier bestärkt mich darin, es herauszubringen.«

»Ein Buch über – Maskulinität?«

»Maskulinität als Abjektion«, erklärte DeCoverley. »Ein neues Tabu. Mein Standpunkt wäre ungefähr dieser: Feminismus, *ja*. Aber genauso: *Männer. N'est-ce pas?*«

DeCoverley beugte sich vor und klopfte Robert auf die Schulter.

»Spannende Zeiten, Robert«, sagte er. »Spannende Zeiten.«

Jess und Deepa verfolgten leicht hypnotisiert die Abfolge einander überlagernder Gesichter auf der */you*-Seite der Griefers. Das Tempo war nicht einheitlich. Mal rauschten die Gesichter stroboskopartig verwischt vorbei, dann stotterten und hakten sie in willkürlichen Momenten. Bei jedem Hänger stockte Jess der Atem. Kam *jetzt* das Gesicht? Oder jetzt? Jedes dieser Gesichter, dachte Jess, konnte plötzlich zu ihrem werden. Sie konnte ohne Vorwarnung ihrem eigenen Blick ausgesetzt sein, in ihre eigenen bewegungslosen Augen starren und hilflos zusehen müssen, wie Gott weiß welche Dinge aus ihrem digitalen und privaten Vorleben in einem für sie verheerenden öffentlichen Archiv angesammelt würden. Was würde ihr wohl mehr an die Nieren gehen, fragte sie sich: dass alles, was sie getan hatte, an diejenigen durchsickerte, von denen sie es hatte fernhalten wollen, oder schon die Tatsache, all das allein katalogisiert zu sehen?

Aus Deepas Computerlautsprecher kam ein rhythmisches Kratzgeräusch – der Klang eines altmodischen Federhalters auf schwerem Schreibpapier, ein neunzigminütiges Video, das auf einem von Deepas Browser-Tabs lief.

»Nein, nein, nein«, sagte Deepa beinahe musikalisch, während sie auf der Website der Griefers herumklickte und sich die Zufallswiedergabe der Gesichter und den Hyperlink mit der unverblümten Aufforderung *Selbstanzeige* ganz unten vorknöpfte. »*Neeeeiiin*, nein, nein, nein.«

Das penetrante Gekratze des ASMR-Videos ging Jess allmählich auf die Nerven. Deepa machte jetzt Ernst mit ihrer »Ich rede mit dem Cursor«-Masche, und Jess wusste nicht, ob sie es aushalten konnte.

»Was?«, fragte Jess. »Nein, nein, nein – was?«

»Ganz schön zickig«, sagte Deepa, aber es klang nicht vorwurfsvoll, sondern vielmehr wie eine nüchterne Feststellung.

Sie machte sich wieder an die Untersuchung der Webpage, öffnete Teile des Einbettungscodes und stocherte in den Strings herum. Jess beschloss, Deepa in Ruhe machen zu lassen, statt sie zu drängen.

»Es ist bloß eine Animation«, sagte Deepa schließlich. »Sehr simpel. Sie haben ein paar Stolperer und Verzögerungen eingebaut, damit es wirkt wie in Echtzeit, aber es ist eigentlich nur eine Videoschleife.«

»Aber es erweckt den Eindruck, als würde eine Art künstlicher Intelligenz dahinterstecken, die nach dem Zufallsprinzip den Datenverlauf der Leute analysiert.«

Deepa schüttelte den Kopf. »Erweckt nur den Eindruck. Ist Verarsche.«

»Sie könnten den ganzen Kram trotzdem haben. Nur weil das Front-End eher simpel ist …«

»… muss das nicht bedeuten, dass sie am Back-End nicht doch auf all den Daten hocken. Nein. Aber das würde voraussetzen, dass ein paar Jungs, die derart verliebt in ihren eigenen Mythos sind, dass sie mitten in der Stadt so ein maskiertes Ding inszenieren, *freiwillig* darauf verzichten, mit ihrem Superhack anzugeben.« Sie schüttelte den Kopf.

Jess stand auf, lief im Zimmer auf und ab und dehnte sich. Als sie für einen Moment die Augen schloss, blieben, wie auf ihre Netzhaut gebrannt, die Gesichter zurück.

Deepa nahm die Hände von der Tastatur und lehnte sich zurück.

»Das da lässt mich nicht paranoid werden«, sagte sie. »Und deswegen habe ich ein *ganz* ungutes Gefühl.«

»Es macht dich misstrauisch, dass es so un-beängstigend ist«, sagte Jess, die sich auf Deepas hochindividuelle Wellenlänge einstellte.

»Stimmt«, sagte Deepa und hopste ein bisschen auf ihrem Stuhl herum. Sie konnte sich richtig begeistern, wenn ihre Idiosynkrasien nicht in Frage gestellt wurden. »Denn offensichtlich *könnten* diese Jungs Angst verbreiten, sie *wollen* Angst verbreiten, und sie tun es ja im Grunde auch, aber dann guckt man genauer hin und fragt sich: Schön, ziehen sie es auch durch? Und wenn nicht, warum nicht?«

»Ich weiß nicht, ob ich mir wünschen soll, dass sie es durchziehen oder dass sie es nicht durchziehen«, bekannte Jess.

»Ja, genau«, sagte Deepa. »Denn wenn du es durchziehst, dann hast du es immerhin durchgezogen. Klar, es wäre zerstörerisch, schrecklich, beschämend und wahrscheinlich irgendwie brutal, vielleicht auch superanstößig, so, als würden sie sich vor der ganzen Stadt einen runterholen, aber wenigstens würde es Engagement zeigen im Namen von irgendwas. Wenn du allerdings mit dem Schwanz in der Hand rausgehst und rumtönst, oh, wir ziehen das durch, und dann stellt sich raus, dass du es nicht nur nicht durchziehst, sondern es nicht mal was durchzuziehen gibt, dann ist das einfach nur … scheiße.«

Jess machte die Erfahrung, dass ihr Geist das, was Deepa sagte, mit Verzögerung verarbeitete – die Wörter stapelten sich willkürlich in ihrem Kopf und ordneten sich erst zu etwas Sinnvollem, als auch das letzte angekommen war.

»Egal, was sie tun und ob und wann und wo sie es tun, die Gefühle, die sie bei den Leuten hervorrufen, sind *echt*, darum möchte man, dass ihr Vorhaben auch echt ist und somit die Gefühle rechtfertigt. Andernfalls ist es nicht mehr als … ja, was? Bestenfalls ein dummer Streich. Ein fauler Witz, nach dem sich alle beschissen fühlen, der aber nichts verändert, mit dem nichts erreicht wird.«

»Wenn es echt ist, dann haben sie sich wenigstens was dabei gedacht, was wiederum bedeutet: Selbst wenn mir ihre Hintergedanken zutiefst zuwider sind – und ich glaube, das sind sie –, kann ich immerhin einräumen, *dass* sie sich etwas dabei gedacht haben, stimmt's?«, sagte Deepa. »Andernfalls wäre es eher so: Vergeudet nicht meine Zeit. Tut nicht so, als hättet ihr so was wie ein KI-Roulette, wenn ihr bloß ein GIF habt und einen schlappen Schwanz, mit dem ihr mir ans Bein pisst, und behauptet, es würde regnen.«

»Andererseits könnte es ja gerade darum gehen, dass es um nichts geht«, meinte Jess. »Sie nennen sich die Griefers, oder?

Was, wenn es bei allem nur um die *lolz* geht? Vielleicht geht es ja gerade darum, dass es um gar nichts geht.«

Deepa überlegte.

»Ich werde lieber ordentlich angegriffen, als mir von Subversion auf Studentenniveau die Zeit stehlen zu lassen«, erklärte sie.

»Sagen wir, es ist echt«, sagte Jess, blieb stehen und lehnte sich an die Wand. »Was die Leute davon halten, wird stark davon abhängen, wen es erwischt und was veröffentlicht wird.«

Deepa nickte. »Also: Volle Punktzahl, wenn Korruption oder so aufgedeckt wird.«

»Und *nul points*, wenn es wieder nur so eine Shaming-Nummer ist.«

»Ein weiterer Cache mit Nackten für kindische Jungs.«

»In jedem Fall«, sagte Jess, »ist es ein Eingriff in die Privatsphäre.«

Deepa beugte sich vor und nahm die Gesichter noch einmal genau in Augenschein. Da war wieder dieses schnelle Umschalten, registrierte Jess: von manischem Vollspektrum-Interpretationswahn zu absoluter Tunnelblick-Konzentration.

»Mich irritiert dieser Aspekt des Freiwilligen«, sagte Deepa, nachdem sie einige Sekunden draufgestarrt hatte. Dann nickte sie, als hätte sie sich die eigene Antwort zur Begutachtung vorgelegt und für zufriedenstellend befunden.

»Mich auch«, sagte Jess.

»Wenn sie nicht sehr, sehr dumm sind, müssten sie doch wissen, dass in dem Moment, in dem man vorschlägt, es solle sich jemand freiwillig stellen, die ganze Stadt irgendwen zwingen wird, das zu tun.«

»Vielleicht geht es ja genau darum. Vielleicht wollen sie damit auf eine öffentliche Hinrichtung raus?«

»Und dann?«

»Und dann wird das Ganze vielleicht gewendet? Erst bringen sie alle dazu, jemanden so lange zu mobben, bis er sich stellt, und dann leaken sie alles über die Mobber?«

»Ein bisschen sehr moralisierend.«

»Außerdem etwas kurzsichtig. Denn ihren Kommentar zur kollektiven Moral können sie erst abgeben …«

»Wenn schon jemand bloßgestellt wurde.«

»Genau. Wie man es auch dreht und wendet, es muss ein potentielles Opfer geben, damit sie ihr Exempel statuieren können. Wäre ja auch kein Problem, wenn der Betreffende sich am Ende als irgendein überprivilegiertes, einflussreiches, korruptes und hinterhältiges Arschloch rausstellen würde, für das kein Mensch Sympathie aufbringt, aber ehrlich gesagt, lässt bisher nichts auf eine solche Absicht schließen. Ich weiß noch, als die bei dieser Filmvorführung aus ihrem Van geklettert sind, hab ich gedacht, das sind keine Typen, die der Macht misstrauen. Die lieben die Macht – allein das Gefühl, allein die Vorstellung davon. Hier ist es das Gleiche. Sie haben irgendwas gegen die Leute in der Hand. Wenn sie darauf aufmerksam machen wollen, dass die Macht ungerecht verteilt ist, ist ihr Lösungsansatz scheiße, denn der würde bloß lauten: Verschaff dir mehr Macht.«

»Okay«, sagte Deepa. »Aber sie würden nicht als erste Bewegung oder Protestaktion diesen Weg einschlagen.«

Sie wirbelte mit dem Stuhl herum, um Jess direkt anzusehen. Auf dem Bildschirm hinter ihr waren immer noch die wuselnden Avatare zu sehen und zogen Jess' Blick auf sich. Jess war das ganz recht, so musste sie Deepa nicht in die Augen sehen, denn deren Blick war wieder ausgesprochen prüfend.

»Das Ganze scheint mir ziemlich abstrakt«, sagte Deepa.

»Das kann nicht dein Ernst sein, Deepa.«

»Ich meine das sehr ernst.«

»Ausgerechnet du, die bestenfalls mit einem Fuß in der voll analogen, nichtabstrakten Welt steht, meinst, wir würden die Sache zu abstrakt betrachten?«

»Nicht wir. Du.«

»Ich?«

Deepa nickte.

»Was willst du damit sagen? Dass ich weniger denken soll? Dass ich praktischer denken soll? Was?«

»Angenommen, es ist echt«, sagte Deepa. »Und angenommen, es geht um dich.«

Jess hatte noch etwas sagen wollen, beließ es aber dabei. Sie nickte und atmete geräuschvoll aus, was allerdings weniger einem Seufzen als eher einem vorsichtigen Ermessen ihrer eigenen Belastbarkeit glich. Sie registrierte ein unsicheres Flattern, eine Abweichung in der Wellenstruktur ihres Atems.

»Die Wahrscheinlichkeit liegt bei eins zu fünfzigtausend«, sagte sie.

»Ist das so?«

»Wie viele Leute wohnen in Edmundsbury? Wie viele Daten schwirren herum? Wie viele andere …«

»Angenommen, die Griefers haben wirklich endlos viele Informationen über alles und jeden. Angenommen, genau jetzt, während wir darüber reden, schauen sie die durch. Und angenommen, sie machen es, um jemanden rauszusuchen, den sie bloßstellen werden. Glaubst du wirklich, die überlassen das dem Zufall? Seien wir doch mal realistisch. Wenn du willkürlich irgendwen aus dieser Stadt wählst, findest du wahrscheinlich eine Menge Shoppinglisten, Rundmails über das, was die Familie so macht, ein bisschen Softporno und vielleicht ein paar außereheliche Aktivitäten. Wir sitzen hier schließlich nicht an den Schalthebeln der Macht. Was soll es bringen, so was publik zu machen? Das ist ja nicht gerade schlagzeilenträchtig. Aber nehmen wir mal andersrum an, du gehst das gefundene Material durch, pickst dir das Beste raus und wählst Leute, für die bei einer Bloßstellung *tatsächlich* was auf dem Spiel steht, vielleicht sogar solche, die ein bisschen anfällig für Erpressung oder Manipulation sind, dann würde die Liste deutlich kürzer ausfallen, meinst du nicht?«

»Ich verstehe, worauf du hinauswillst«, sagte Jess. »Aber selbst wenn du mich zu dieser Runde zählst, verstehe ich immer noch nicht, warum sie mich, sagen wir, Politikern oder Green vorziehen sollten.«

»Glaubst du wirklich, sie können derart schwere Geschütze auffahren?«

»Und du denkst, die Munition reicht, um mich auffliegen zu lassen?«

»Ich glaube, wir wissen es nicht. Ich bin nicht du, aber wenn ich du *wäre*, würde mich das schon nachdenklich stimmen.«

»Vor einer Minute hast du noch gesagt, du hättest keine Angst. Und jetzt soll ich Angst haben?«

»Ich sage, es würde mir Sorge bereiten, wenn du nicht ein klitzekleines bisschen ängstlich wärst, denn das hieße entweder, dass du viel zu selbstsicher bist, was hochgefährlich wäre, oder, dass dir mittlerweile alles scheißegal ist, was offen gesagt noch gefährlicher wäre.«

Jess ließ sich an der Wand herunterrutschen, bis sie auf dem Boden saß. Sie zog die Knie an und schlang die Arme fest darum.

»Ich will nicht, dass das schlecht für dich ausgeht, Jess«, sagte Deepa.

»Es wird nicht schlecht für mich ausgehen.«

Deepa sagte nichts und sah Jess nur an.

»Wird es nicht«, wiederholte Jess. »Oder vielmehr, und wenn schon?« Sie zuckte die Achseln.

Deepa schüttelte den Kopf.

»Lass nicht zu, dass dir alles egal wird«, sagte Deepa. »Das ist ein beschissener Zustand.«

»Mir ist nicht alles egal, Deepa.«

»Gut«, sagte Deepa. »Mir nämlich auch nicht.«

Jess nickte und schaute für ein paar Sekunden weg, verstört von dem ernsten, beinahe beschwörenden Mitgefühl, mit dem Deepa sie ansah. Eine Weile sagte keiner von ihnen etwas. Das Geräusch des anachronistischen Füllfederhalters auf Papier wirkte in der Stille noch lauter, und Jess kam es so vor, als liefen Ameisen durch das Haar auf ihren Armen. Sie merkte, dass sie sich empfindlich fühlte, wund.

»Aber bist du gar nicht *neugierig?*«, fragte Deepa.

Jess schaute hoch.

»Deine Augen funkeln so verdächtig, Deepa.«

Deepa beugte sich vor, plötzlich von neuer Energie erfüllt.

»Willst du nicht vielleicht etwas *offensiver* dagegen angehen?«

»Du meinst doch nicht etwa *die Selbstanzeige?*«

»Ich nicht.«

»Ich etwa?«

»Du auch nicht.«

Jess ließ den Blick durch den Raum wandern und wog einen Moment lang die Möglichkeiten gegeneinander ab. Sie schaute über Deepas Schulter hinweg auf den Bildschirm, wo sich immer noch das Gesichter-Roulette der Einwohner von Edmundsbury drehte, und dann auf die Wand hinter dem Computer: das Aufgebot von Deepas digitalen Verlorenen. Sie war wieder auf Deepas Wellenlänge, hatte sich auf Deepas Denkweise eingetunt.

»Was, wenn sie nicht drauf reinfallen?«, fragte sie. »Was, wenn sie wissen, dass es Blödsinn ist?«

»Dann wissen wir, dass sie es ernst meinen.«

»Und wenn sie es uns abkaufen?«

»Dann bluffen sie. Und das Spiel ist aus.«

Jess zeigte mit dem Finger durch den Raum.

»Bei dem ganzen Material, das du hier hast«, sagte sie, »wie lange brauchst du da, um eine Person zu erschaffen?«

»Sag du es mir«, meinte Deepa. »Du bist doch diejenige, die Übung darin hat.«

Als Robert vom Essen mit DeCoverley kam, der ihn nicht nur mit einem seiner üblichen wehmütigen Blicke verabschiedet hatte, sondern auch mit einer Umarmung, die sich für Robert nicht so sehr wie ein echter physischer oder emotionaler Kontakt angefühlt hatte, sondern eher, als hätte man ihm kurz eine dicke Strickjacke über die Schultern gelegt, moussierte in ihm ein Cocktail aus Schaudern, Gewissensbissen und Aufregung, der belebend hätte sein können, wäre er nicht so fragwürdig gewesen. Er war angewidert von sich selbst und fand es zugleich spannend, dass es ihm möglich war, sich selbst so anzuwidern.

Er versuchte sich zu erinnern, wann er das letzte Mal eine solche Macht empfunden hatte. Es war ein deprimierender Versuch, denn er begann sich zu fragen, ob er jemals in seinem Leben ein Gefühl von Macht verspürt hatte. Es kam ihm vor, als wäre sein ganzes bisheriges Leben eher eine erbärmliche Kapitulation gewesen. Nun war plötzlich ein Thema aufgepoppt, das ihn ganz persönlich anging, bei dem er, er ganz allein Thema war. Er schrieb schon so lange aus der Distanz über andere und richtete sich beim Schreiben immer nach dem mutmaßlichen Geschmack von Leuten, zu denen die Distanz noch größer war. Hier und jetzt ging es um *ihn*. Die Autobiographie, ein Machtinstrument, das neuerdings sehr *en vogue*, aber für einen Mann wie Robert zu seinem größten Ärger bislang keine Option gewesen war, stand ihm nun offen. Sich der Öffentlichkeit preiszugeben, schreckte ihn ein wenig, aber noch mehr erregten ihn die damit verbundenen Möglichkeiten.

Er merkte, dass er extrem schnell fuhr, ohne überhaupt zu wissen, wohin. Als er das Café verlassen hatte und in seinen Wagen gestiegen war, hatte er ziemlich sicher vorgehabt, auf direktem Weg nach Hause zu fahren und zur Tat zu schreiten. Aber nun, einmal unterwegs und allein, kam es ihm mehr und mehr vor, als sei sein Zuhause der letzte Ort, den er ansteuern sollte. Wenn er seinen Plan umsetzen wollte, durfte er nicht seinen privaten Computer benutzen, nicht, solange diese Griefers-Geschichte lief. Er stellte sich flüchtig vor, wie der sinistre Gesichterscroll, während er beschäftigt war, unbeobachtet langsamer wurde, stockte und schließlich bei seinem eigenen Gesicht zum Stehen kam, woraufhin sich alles, was es über ihn zu wissen gab, ins Internet ergoss, ein getreues Abbild seiner Besessenheiten und seines Zorns. Nein, dachte er. Das Ganze war zu dicht an ihm dran. Er musste es auslagern.

Nodem erinnerte zumindest von außen an einen Sexshop aus den Achtzigern: Sämtliche Bemühungen um größtmögliche Anonymität verliehen ihm eine unverwechselbare Identität, die in etwa so unauffällig war wie eine grelle, blinkende Leuchtreklame. Einmal drinnen, war einzig der große Andrang überraschend. Robert hatte immer angenommen, dass Jess und Deepa bis auf ein paar paranoide Irre die einzigen Kundinnen waren. Heute jedoch war es dort brechend voll – und das Publikum entsprach nicht Roberts Erwartungen. Hätte er sich den Laden je brechend voll vorgestellt, hätte er lauter käsebleiche Goth-Typen mit Ziegenbart und nervöse, Blickkontakt scheuende Nerds vor Augen gehabt, nicht all die ehrbaren Normalbürger hier – den unrasierten Mann in der Ecke, der mit irrem Blick irgendwas über »Felder« zu murmeln schien, mal ausgenommen. Das war der augenfälligste Effekt der Griefers-Aktivität bislang: das Bedürfnis nach Datensicherheit war Mainstream geworden. Selbst Leute, die das Internet nur gelegentlich nutzten, hatten nun das Gefühl, sich zusätzlich abschirmen zu müssen. Allerdings wurde die ganze Angelegenheit auch gehörig romantisiert. Jeder hatte gern das Gefühl, irgendetwas zu tun, das sich auszuspionieren lohnte, das es zu schützen galt, denn jeder wollte sich für wichtig halten. Niemand wollte die öde Realität des eigenen Online-Lebens akzeptieren, in dem es wenig bis gar keinen Bedarf für Datenschutz gab, weil keine der Aktivitäten auch nur im Geringsten bemerkenswert war.

Hier unterschied sich Robert natürlich von allen anderen. Er hatte eine Aufgabe. Seine Arbeit war von großer Wichtigkeit, und bei seinem aktuellen Vorhaben, kam es auf höchste Verschwiegenheit und Anonymität an.

Als er zur Ladentheke ging und sich von einem Jugendlichen mit Fusselbart ein gerade frei gewordenes Terminal zeigen ließ, bemerkte er, dass er die Welt aus deutlicher Entfernung und mit großem inneren Abstand wahrnahm. So, sagte er sich, fühlt es sich an, ein Macher zu sein, jemand, der etwas bewegt. Er hatte nach der Lektüre von Julia Benjamins Webpage und Hugo Benningtons Kolumne im *Record* das Gefühl, dass sich alles in gewisser Weise auf ihn bezog. Alle, stellte er sich vor, redeten über ihn, lasen ihn und bildeten sich eine Meinung über ihn, insofern hatte er sehr viel mehr mit den Menschen zu tun als je zuvor. Gleichzeitig war er, so schien es ihm zumindest, kein Mensch wie jeder andere mehr. Er war jetzt Thema.

Er ging zu dem ihm zugewiesenen Terminal, setzte sich, fuhr den Computer hoch und beobachtete das dabei entstehende Slow-Motion-Chaos auf dem Bildschirm. Wenn er diese Erfahrung überstehen wollte, ohne sich die Haare auszureißen, würde er seine Geschwindigkeitsansprüche radikal zurückfahren müssen. Er versuchte, sich zu entspannen, lehnte sich zurück, verschränkte die Hände hinterm Kopf und wartete darauf, dass die rotierende Sanduhr von seinem Bildschirm verschwand. Das Gefühl innerer Ruhe war jedoch kurzlebig und wurde von einer so jähen Panik abgelöst, dass seine vorherige Anspannung das reinste Schaumbad dagegen war. Da, direkt vor seiner Nase, war Jess.

Er hatte natürlich damit gerechnet, dass sie hier sein könnte, und sich bereits eine Ausrede für seine Anwesenheit hier zurechtgelegt, aber als er hereingekommen war, hatte ein Terminal ihr Gesicht verdeckt, und nachdem Robert sich einen Überblick verschafft und sie nicht gesehen hatte, hatte er sich völlig entspannt. Als sich jetzt ihre Blicke kurz begegneten, fühlte er sich ihr ausgeliefert und bekam Panik. Er richtete den Blick wieder auf seinen Bildschirm und überlegte, ob er so tun konnte, als hätte er sie nicht gesehen. Aber er merkte, dass er es unmöglich vermeiden konnte, wieder hochzuschauen, und ihm wurde klar, dass er sich mit seinem Wegsehen erst recht verdächtig gemacht hatte.

Gedemütigt von seiner eigenen Unbeholfenheit, brachte Robert es nicht über sich, eindeutig festzustellen, ob Jess zu ihm herschaute oder nicht. Daher blieb ihm keine andere Wahl, als anzunehmen, dass sie ihn beobachtete, wodurch jede Tastatureingabe und Seitennavigation peinliche Folgen haben konnte. Ihm wurde klar, dass er das, wozu er hergekommen war, nicht einfach so durchführen konnte. Es würde zu hastig, zu verstohlen wirken. Er musste schon den Eindruck erwecken, als sei er hergekommen, um alle möglichen Dinge zu erledigen, Dinge von unterschiedlicher Wichtigkeit.

Er trödelte ein paar Minuten mit seinen E-Mails herum und schickte eine weitere an Byron Stroud. Etwas vermessen, wenn man bedachte, dass Robert noch nie eine Antwort von Stroud erhalten hatte. Aber angesichts der neuen Entwicklungen in Sachen Julia Benjamin war es eine wichtige Mail. Mit Strouds Unterstützung konnte aus etwas, das manche vielleicht als kleinkarierten Tobsuchtsanfall abgetan hätten, eine legitimierte Widerstandsbewegung werden.

Danach konzentrierte er sich endlich auf sein eigentliches Vorhaben, wobei er sich innerlich schon rechtfertigte für das, was er im Begriff war zu tun, ganz so, als hätte er es bereits getan. Einen Moment lang fragte er sich, wem seine stumme Rechtfertigung eigentlich galt. Sicherlich nicht ihm selbst, dachte er. Er hatte ja erst vor wenigen Minuten bekräftigt, dass es nichts gab, wofür er sich rechtfertigen musste. Galt sie also Jess? Er wusste ja nicht mal, ob sie herüberschaute. Und wenn, würde sie gar nicht erkennen können, was er da gerade machte. Nein, seine Erklärungen richteten sich an jemand anderen, an eine nebulöse Instanz. Dass er sich beobachtet fühlte, hatte nur noch einmal unterstichen, wie sehr er sich *ohnehin* die ganze Zeit beobachtet fühlte, egal, ob Jess ihm nun gegenüber saß oder nicht. Das brachte es mit sich, wenn man gelesen wurde, zur Diskussion stand. Argusaugen waren auf ihn gerichtet. Die ständige Überwachung war mittlerweile eine Art höhere Instanz geworden, der all seine unausgesprochenen Rechtfertigungen, Erklärungen und Entschuldigungen galten. Bei allem, was er tat, stellte er sich nun vor, wie er es im Nachhinein verteidigen würde. So hatte er schon eine Rechtfertigung parat, bevor er überhaupt tat, was er später eventuell glaubte rechtfertigen zu müssen. Hier geht es ums Prinzip, hörte er sich bereits in einem Interview sagen, das er demnächst geben würde. Manchmal muss man ein paar zweitrangige Prinzipien missachten, um ein übergeordnetes Prinzip zu verteidigen.

So einfach war das im Grunde, dachte er. Man musste nur die eigentlichen Prioritäten sehen können. Wie viele Menschen waren wohl dazu in der Lage?, fragte er sich. Wie viele Menschen, die ein Problem anzugehen versuchten, würden sich dem Dauerfeuer von Nebensächlichkeiten ergeben? Wie viele Menschen würden in dieser Situation das eigentliche Ziel komplett aus den Augen verlieren? Er jedenfalls nicht, dachte er. Diesen Fehler würde er nicht begehen. Der Erfolg seiner Arbeit schärfte seinen Blick fürs Wesentliche. Er hatte von Anfang an die richtigen Fragen gestellt! Er musste sich einfach auf seine Kernkompetenz besinnen.

Er googelte, klickte, öffnete eine Nachricht. Es war ein komisches Gefühl, Adressen und Namen, die er aus der »Von«-Zeile von Jess' E-Mails kannte, nun plötzlich in der »An«-Zeile seiner eigenen Korrespondenz zu sehen. Aber so war das Leben, sagte er sich immer, wenn das schlechte Gewissen ihn am Ärmel zupfte. Es war im Fluss. Absolute Werte gab es nicht.

Als Jess von ihrem Nodem-Terminal aufblickte und Robert schuldbewusst ins Café schleichen sah wie einen Sex-Touristen, der allen Mut zusammennahm, um sich einen Blowjob zu kaufen, war ihr sofort hundertprozentig klar, dass er etwas Katastrophales vorhatte. Als er sich an ein Terminal setzte, aufsah und kurz ihren Blick auffing, ehe er die Augen sofort wieder niederschlug, seine aufgesetzte Unbekümmertheit eine Farce, die sie amüsiert hätte, wäre sie nicht so erbärmlich gewesen, wusste sie, dass er etwas im Schilde führte, das direkt oder indirekt mit ihr zu tun hatte.

Sie beschloss, ihn im Café-Kontext zu ignorieren. Von Mensch zu Mensch wollte sie ihn seine Irrelevanz spüren lassen. Außerdem sollte er denken, sie würde ihn nicht beobachten. In Wirklichkeit aber, im virtuellen Kontext, in dem sie beide sich zurzeit bewegten, beobachtete sie ihn mit kriminalistischer Schärfe.

Sie vertrieb sich die Zeit, indem sie die E-Mails ihrer Kunstfiguren checkte, beginnend mit Stroud. Sein Posteingang war wie zu erwarten voll mit Anfragen. Alle Welt erwartete, dass er sofort irgendeinen Kommentar absonderte. Er hatte in der

Meinungssphäre mittlerweile die kritische Masse erreicht, und das Ausbleiben eines Kommentars von ihm wurde als Mangel empfunden. Ein Ereignis wurde erst wirklich real, wenn die üblichen Verdächtigen es kommentiert hatten. Das galt offenbar umso mehr für die jüngste Drohung der Griefers, um die sich die meisten E-Mails an Stroud zu drehen schienen. Was Stroud denn von dem Gesichterroulette halte? Konnte er ihnen mit einer Gewissheit, die man andernorts vermisste und zugleich dringend herbeisehnte, sagen, was das alles *zu bedeuten hatte?*

Sie klickte sich durch, wägte Dinge ab und versuchte sich in die egozentrische Begeisterung hineinzusteigern, die Stroud angesichts der Unentbehrlichkeit seiner kritischen Stimme sicher empfinden würde. Dieser spezifisch männliche intellektuelle Dünkel, diese innere Überzeugung, dass die Welt auf den eigenen erklärenden Einwurf angewiesen war, um sich selbst zu begreifen, wurde ihr langsam zur zweiten Natur. Heute allerdings entzog er sich ihr.

Eine E-Mail von Robert. Betreff-Zeile: *Einigkeit*

Byron, schrieb Robert, *ich hoffe, Sie sind wohlauf. Ich weiß, ich habe Ihnen erst vor kurzem geschrieben und Sie hatten noch keine Gelegenheit, mir zu antworten, also kann ich mich nur dafür entschuldigen, dass ich schon wieder schreibe, aber es geht diesmal um ein anderes Thema. Ich hoffe, Sie empfinden es als ebenso vordringlich wie ich.*

Ich weiß nicht, ob Sie meine Arbeit für The Command Line *verfolgen, wo ich mehrfach über die unhaltbaren Zustände in Larchwood geschrieben habe, einer Wohnsiedlung in Edmundsbury, die zurzeit entmietet wird. Falls Sie noch keine Gelegenheit dazu hatten, Sie fin-*

den die wesentlichen Texte hier, hier und hier. Wie gesagt, ich weiß nicht, inwiefern Sie mit meiner Arbeit und dem sehr leidenschaftlichen Echo darauf vertraut sind, aber wenn Sie sich die Zeit nehmen, sich die Kommentare durchzulesen, wird Ihnen auffallen, dass besonders eine Kommentatorin, eine gewisse Julia Benjamin (deren überaus unangenehme Kommentare Sie hier, hier, hier, hier, hier und hier, nicht zu vergessen hier und auch noch hier lesen können), es sich offenbar zur Aufgabe gemacht hat, meine Arbeit bei jeder sich bietenden Gelegenheit anzugreifen und zu diskreditieren. Das allein wäre schon besorgniserregend genug, würde es sich nur auf meine Texte beziehen, aber tatsächlich hat sie zahlreiche andere Autoren wie Stefan Ziegler, Jacques DeCoverley und das radikale Anarcho-Theoriekollektiv Rogue Statement in ähnlicher Weise angegriffen.

Sie werden mir sicherlich zustimmen, dass Anlass zur Besorgnis gegeben ist. Die Entwicklung dieser Situation wird nicht zu unterschätzende Folgen für die Qualität der öffentlichen Debatte wie für die Redefreiheit haben. Ich selbst, DeCoverley und Rogue Statement sind absolut d'accord, dass man den Anfängen wehren und diese Verschwörung zur Demontage und Zerstörung eines lebendigen intellektuellen Diskurses unbedingt stoppen muss. Unserer Überzeugung nach kann uns das nur durch einen engen Schulterschluss gelingen.

Beim Überfliegen der Kommentare zu Ihren Texten habe ich gesehen, dass Sie von Julia Benjamins Anwürfen bislang noch verschont geblieben sind. Aber glauben Sie mir, das ist nur eine Frage der Zeit, da sie sich eindeutig auf erfolgreiche und renommierte männliche Autoren eingeschossen hat. Darum habe ich mich gefragt, und ich spreche hier auch im Namen der anderen genannten, die Sie, wie ich vermute, ebenfalls anschreiben werden, ob Sie sich vorstellen könnten, sich öffentlich an unsere Seite zu stellen. Dieses Thema kann für uns alle weitreichende Folgen haben und sollte entschlossen angegangen werden, ehe es noch schlimmer kommt.

Mit solidarischen Grüßen,
Robert Townsend

Diese verschreckten Männchen, dachte sie, wie sie sich gegen das Geisterbild einer Frau zusammenrotteten, nur weil sie die Straflosigkeit ihrer Äußerungen in Abrede stellte. Und das, während draußen in der Welt, jener Welt, über die sie sich angeblich so viele Gedanken machten und über die sie schrieben, Dinge geschahen, neben denen ihre Ängste zur Bedeutungslosigkeit verblassten. Vielleicht war diese mögliche Bedeutungslosigkeit auch der Grund für all das: Ihre größte Angst war, dass ihre größten Ängste irrelevant sein könnten; weil ihre größte Angst die Bedeutungslosigkeit selbst war.

Nur waren sie nicht einfach »diese Männer«. Nicht mehr. Robert war einer von ihnen, schon immer gewesen. Konnte sie die Vorstellungen und das Verhalten von jemandem, den sie so intim kannte, immer noch so vehement zurückweisen, auch wenn dieses Verhalten nicht mehr ganz zu dem Mann passen wollte, den sie kannte?

Trotz des schalen Nachgeschmacks, den Roberts Reaktion bei ihr hinterließ, versuchte sie sich an den ursprünglichen Geschmack zu erinnern, den sie früher so genossen hatte und der intensiv genug gewesen war, um die darunterliegende säuerliche Note zu überdecken. Er hatte sich verrannt. War es nicht letztlich so simpel? Konnte sich nicht jeder Mensch, sie selbst eingeschlossen, so verheddern, dass er vorübergehend seine Urteilsfähigkeit verlor?

Sie klickte den gesamten Webbrowser weg, und auf ihrem Bildschirm erschien wieder der wohltuende schwarze Hintergrund des Nodem-Desktops. Dann lehnte sie sich in ihrem Stuhl zurück, rieb sich ein paar Sekunden die Augen und klickte währenddessen in Gedanken auch das Café um sich herum weg, dann die Straße vor dem Café und die Straße, in der sie den Brute-Force-Anhängern begegnet war, dann Edmundsbury mitsamt ihrem Zuhause, ihrem Büro und Robert und schließlich die ganze Welt, bis auf die tröstliche Gesichtslosigkeit des Restbestands an Realität, der zurückblieb, nachdem alle trügerischen Lebensüberwürfe weggezogen waren. Sämtliche Verbindungen hatten sich aufgelöst, nachdem alles, was für sie existierte, vorübergehend gelöscht worden war. Nichts bezog sich aufeinander. Nichts bedeutete etwas. Es gab nur die Stille.

Ihr war klar, dass sie versuchte, sich die Einflüsse, die sie entzweit hatten, wegzudenken. Sie hatte sich vorgestellt, dass sie dahinter etwas Fundamentales wiederfinden würde – einen eigentlichen Kern, der alles unbeschadet überstanden hatte. Aber der war für sie verloren. Was blieb, war keine Wahrheit, nicht einmal Bestätigung. Da war nur Leere – das große Nichts, das sie mit eingebildeter Bedeutung gefüllt hatte.

Als sie die Finger von den Augen nahm und den leichten Tränenfilm wegblinzelte, kehrte der Prozess sich um. Die ungeformte und schwach erkennbare Welt trat am äußersten Rand ihrer Vorstellung dunkel hervor. Von dort baute sie sich nach innen her wieder auf; erst bevölkerte sich die Stadt, dann das Café, bis auch Robert wieder vor ihr erschien und zwischen ihnen die engumrandete Schlichtheit ihres Monitors. Es war praktisch unmöglich, diesen Verstrickungen zu entkommen, und sei es nur für einen Moment.

Die universale Vernetzung, der trügerische Charakter aller Unterscheidungen, die Durchsichtigkeit und Durchlässigkeit sämtlicher Grenzen, mit denen wir die Dinge auseinanderzuhalten versuchten, waren für Jess nichts Neues. Diesmal schien es ihr jedoch, als würde sie all dies nicht nur intellektuell oder intuitiv erfassen, sondern körperlich zu spüren bekommen, als wäre in diesem kurzen Moment ihr Körper zugleich Gegenstand und Ausdruck von allem, das sie als wahr erkannt hatte. Die letzten Grenzen fielen: zwischen ihr und der Welt, ihren Gedanken und ihrem Körper. Das, was sie so lange zu verstehen und zu demontieren versucht hatte, war nicht nur überall, es *war* alles: die Meinungsspalten und der Hass im Internet, die Politik, die Nazi-Schläger auf der Straße, ihre eigene Beziehung, ihre Arbeit. Es war der hypothetische und der materielle Raum, in dem all diese Dinge existierten, in dem sie existierte, und damit war es auch *sie selbst*, bis hinein ins Tiefengewebe: muskulär, biologisch und physisch.

Als sie den Blick wieder auf ihre Umgebung richtete, fiel er versehentlich auf den brabbelnden Mann, der hier zum Inventar zu gehören schien. In der kurzen Zeit, seit sie ihn das letzte Mal angesehen hatte, war er eindeutig noch mehr heruntergekommen. Bartstoppeln überzogen sein Gesicht wie ein Ausschlag. Seine Augen waren blutunterlaufen und schossen wild hin und her, als könnte überall Gefahr lauern. Er wippte zu zwei völlig unterschiedlichen Rhythmen mit den Knien und summte halb flüsternd ein Liedchen vor sich hin. Er schien einem physiologischen Zeitplan zu folgen und zog ein Handy aus der Tasche, starrte auf den komplett leeren Bildschirm und steckte es dann wieder weg. Sie fragte sich, ob er wohl hier übernachtete oder vielleicht in der Nähe auf der Straße lebte und hier für Kaffee und Brownies reinkam, mit denen Zero und One ihn uneigennützig versorgten.

Er verstand ihren zufälligen Blickkontakt als Gesprächsaufforderung und sagte: »Phantombenachrichtigungen.«

Sie lächelte ihn verständnisvoll an und schaute dann weg, weil sie sich nicht durch eine lästige Unterhaltung ablenken lassen wollte.

»Solche, bei denen man denkt, das Telefon vibriert, aber wenn man dann guckt, ist es gar nicht eingeschaltet«, erklärte er.

Sie lächelte erneut, ein Auge weiterhin auf ihren Bildschirm gerichtet.

»Ich hab früher bei Green gearbeitet«, sagte er. »Tu ich vielleicht immer noch. Keine Ahnung. Hat nichts zu bedeuten.«

Sie nickte, immer noch ohne anzubeißen.

Sie schaute zu Zero/One und machte große Augen, der universale stumme Hilferuf.

»Es ist *The Field*«, sagte der Mann, als Zero/One ihn mit rührender Sanftmut dazu brachte, vom Stuhl aufzustehen, und ihn dann Richtung Hinterzimmer dirigierte. »Alles ist *The Field*, und darum ist alles bedeutungslos.«

Nachdem er weg war, kehrte sie zu Julia Benjamins Website zurück und überprüfte, ähnlich wie eine Spinne, die auf kleinste Vibrationen in ihrem Netz lauert, ob Robert irgendetwas angetriggert hatte. Wie war es so weit gekommen? Ihr wurde wieder bewusst, wie nahe sie sich einmal gewesen waren – und dass sie über dasselbe Medium Intimitäten ausgetauscht hatten, das sie heute nutzten, um einander zu verletzen. Sie erinnerte sich, dass sie sich auf Partys sogar dann getextet hatten, wenn sie direkt nebeneinanderstanden, selbst im Gespräch mit anderen auf diesen engen Kontakt nicht hatten verzichten wollen. Wie lange sie einen schüchternen Twitter-Flirt weitergeführt hatten, weil dieser zaghafte öffentliche Annäherungsversuch mit all seinen Andeutungen und Unterschlagungen ein spezieller Kick war. Wann, war aus einem Instrument der Intimität ein Forum für Feindseligkeiten geworden? Aus Textnachrichten und Tweets waren ergebnislose, nächtelange Diskussionen im Bett geworden. Dann war das Bett zum reinen Schlafort geworden, und der Esstisch wurde zum Ort für Gespräche über das, was sich im Netz abspielte, bis letztendlich das Internet der Ort wurde, in dem verhandelt wurde, was sich am Esstisch und im Bett zwischen zwei Psychen, die nicht mehr zueinanderfanden, abspielte. Und nun saßen sie hier nur wenige Meter entfernt voneinander in aller Öffentlichkeit und fügten einander zutiefst intime und persönliche Verletzungen zu.

Sie stellte sich die digitale Spur vor, die sie und Robert im Zuge ihrer Entfremdung hinterlassen haben mussten, und dachte dabei erneut an die schnell wechselnden Gesichter, Avatare für die verborgenen Vorgänge dahinter. Und sie verstand die Griefers als das, was sie vermutlich von Anfang an verkörpert hatten: als Archivare, als Bewahrer essentieller Informationen, die uns in Zukunft die Welt, wie sie einmal gewesen war, erschließen würden. Die Archäologen der Zukunft würden nicht auf Ausgrabungen, Gebeine und die staubigen Trümmer eingestürzter Gebäude angewiesen sein. Ruinen, für uns heute von ästhetischem Wert und streng bewacht, würde man nicht mehr brauchen. Stattdessen würde es eine verstreute Spur privater Überreste geben, ähnlich der zerfetzten Trümmerteile eines explodierten Flugzeugs: zerpixelte Selfies auf schrottreifen Servern, geheimnisvolle Hieroglyphen antiker Blogs in obsolet gewordenen Formaten, Litaneien von Updates und Reposts, gesehene Videos, runtergeladene Songs, Bestelllisten von Gegenständen für Haus und Garten, die die Häuser und Wohnungen, in die sie geliefert worden waren, längst überlebt hatten. Für die Historiker der Zukunft, die wissen wollen, wer wir waren, würden nicht zu wenige Daten das Problem sein, sondern das Feedback-Jaulen vom Informationsrauschen. Aus der Verzerrung würden sich Muster herausbilden, die uns heute, während wir sie produzierten, verborgen blieben.

Als sie den Posteingang von Julia Benjamins Website aktualisierte, wurde ihr klar, dass sie auf ein Signal oder eine Bestätigung wartete: eine automatisierte Nachricht, die ihr etwas mitteilte, von dem sie bereits wusste, dass es in Kraft getreten war. Sie atmete tief durch. Da war wieder die kleine, sich drehende Sanduhr, die sie in den Zwischenzustand pufferte: verbunden und unverbunden, anwesend und abwesend. Solange sich die kleine Sanduhr drehte, konnte man nicht wirklich sagen, dass etwas passiert war. Robert und sie konnten laden bis zum Jüngsten Tag.

Vielleicht irrte sie sich ja auch, dachte sie. Vielleicht bildete sie sich nur ein, dass das, was Robert tat, mit ihr zu tun hatte, weil sie mittlerweile glaubte, alles hätte mit ihr zu tun. In dem ganzen Durcheinander von Verbindungen, Ursachen, Gründen und Standpunkten bestand immer noch die Möglichkeit, dass Robert gar nichts machen würde. Wenn sie sich irrte, würde sie sich das auch eingestehen. Dieses Eingeständnis würde ihr leichtfallen, denn es würde mit Erleichterung einhergehen.

Die Sanduhr leuchtete auf und verschwand. Eine neue Mitteilung erschien in Julia Benjamins Posteingang. Der Absender war ihr schmerzlich, widerwärtig vertraut: eine besonders aggressive Gruppe antifeministischer Frauenhasser, die die Angriffe gegen sie nach der Ziegler-Sache angeführt hatte. Der Nachricht nach zu urteilen, wussten sie über Julia Benjamins Website Bescheid und schritten nun zur Tat. Jess warf erneut einen Blick auf Roberts Scheitel und wusste genau, was er getan hatte.

Ihre Reaktion erfolgte nicht als Emotion, sondern als Geräusch. Sie hatte keine Worte im Kopf, nur ein schwaches, scharrendes Knistern, wie auf einer altmodischen Kassette, wenn die Musik zu Ende war. Sie dachte an die morphenden Gesichter der Griefers, den Hypermix von Identitäten, die sie sich zunutze gemacht und auf die Welt losgelassen hatten. Sie sah wieder die digitalen Komparsinnen an Deepas Wand, ihre Assemblage von Bildern, die divers und einmalig zugleich waren. Sie dachte wieder an das Archiv, das sie sich ausgemalt hatte: an die Datenspur gelebter und zurückgelassener Leben. Sie klickte ihre Mails weg und scrollte durch alte Dateien, durch fallengelassene Ideen, erfundene und verworfene Identitäten. Sie suchte sich zusammen, was sie brauchte, und montierte daraus etwas Neues und Hybrides. Dann steckte sie einen USB-Stick ein, zog alles darauf und gab dem Ganzen einen Namen, der eine Abwandlung ihres eigenen Namens war: Jasmine.

So endet es, dachte sie, aber so fing es auch an: Weder mit einem Knall noch mit einem Winseln, sondern mit einem einfachen Klick.

Vivian Ross, dachte Hugo Bennington, war wirklich der klassische Zicken-Alptraum. Ein Stück größer als Hugo und mit einem Blick, der verriet, dass sie es nicht nur in dieser Hinsicht gewohnt war, auf ihre Interviewpartner herabzusehen, unterlief sie seinen Versuch, sie auf die Wange zu küssen, und reichte ihm stattdessen die Hand, deren purpurne Fingernägel direkt auf sein Herz zielten.

»Ich dachte, wir machen es vielleicht in der Küche«, sagte Hugo und führte erst Vivian Ross, dann einen Kameramann, dann einen Tonassistenten und schließlich einen Kerl mit einem Clipboard hinein, der wohl ein Regisseur oder Produzent war, wie Hugo vermutete.

»Machen wir erst mal ein paar Establishing Shots«, sagte der Mann mit dem Clipboard zum Kameramann, der sofort auf Hugos Haustür zoomte und von dort in den Flur schwenkte.

»Mir wäre es lieb, wenn Sie die Hausnummer nicht zeigen würden«, sagte Hugo. »Und auch nicht die Straße.«

»Sie müssen wahrscheinlich vorsichtig sein«, meinte Vivian Ross, was, wie Hugo nicht entging, etwas anderes war, als wenn sie ihm zugesagt hätte, dass *sie* vorsichtig sein würden.

»Das da«, sagte Clipboard-Mann, auf den Teppich deutend. »Dann das«, er zeigte auf die Küchentür.

»Die Leute mögen Details«, erläuterte Ross. »Nahaufnahmen von Türknäufen, einen Kaffeebecher auf der Arbeitsplatte; solche Sachen.«

»Mildert alles ein bisschen ab«, sagte der Mann mit dem Clipboard.

»Kommen Sie doch herein«, sagte Hugo und ging durch in die hastig geputzte Küche. »Soll ich Tee machen?«

»Sieht am besten aus, wenn wir beide ein Getränk haben«,

sagte Ross. »Das wirkt geselliger. Aber ich mag keine Heißgetränke. Machen Sie mir ruhig einen Tee, aber nehmen Sie es nicht persönlich, wenn ich nur die Tasse in der Hand halte.«

»Sicher doch«, sagte Hugo und machte sich am Kessel zu schaffen. Er fand sie jetzt schon herrisch und unsympathisch.

Er füllte den Wasserkessel und stellte zwei Teebecher bereit. Den Männern bot er nichts an, weil er beschlossen hatte, sie als reine Untergebene zu betrachten. Jeden zu fragen, was er gerne hätte und ob Zucker oder nicht, und dann die Tassen zu verteilen, würde ihn nur aus dem Konzept bringen.

Der Tee war fertig, Vivian Ross hielt ihren Becher dekorativ mit den Händen umschlossen und verschränkte die Beine, während Hugo seinen Becher zwar ebenfalls in der Hand hielt, aber sich nicht recht traute, daraus zu trinken. Ross' Bemerkung über Heißgetränke hatte ihn irgendwie seelisch aus dem Gleichgewicht gebracht. Sie saßen übereck am Esstisch, nachdem Clipboard-Mann ein direktes Gegenübersitzen sofort als zu förmlich und konfrontativ abgelehnt hatte.

»Und konfrontativ wollen wir doch nicht«, sagte Hugo.

Vivian Ross sagte nichts.

»Und fertig«, sagte Clipboard-Mann mit erhobener Hand, während der Kameramann sein Equipment auf Hugo richtete, um unvorteilhaft nah an ihn heranzuzoomen, wie Hugo vermutete.

»Äh, fangen wir einfach so an?«, fragte Hugo.

»Uns wurde gesagt, Ihre Zeit sei knapp bemessen«, erwiderte Ross.

»Oh, das ist sie«, sagte Hugo. »Sehr knapp. Ich dachte nur, es wäre üblich, erst mal ...«

»Das kann schnell gekünstelt wirken«, erklärte Ross. »Inszeniert, wissen Sie. Ich komme lieber gleich zur Sache.«

»Na dann«, sagte Hugo.

»Sie ziehen das doch sicher auch vor, oder?«, fügte sie hinzu. »Bei Ihrem allseits bekannten Widerwillen gegen Tendenzberichterstattung, Förmlichkeit und Systemmedien.«

»Absolut«, pflichtete Hugo bei. »›Zur Sache‹ ist mein zweiter Vorname. Sind. Sind meine zwei zweiten Vornamen.«

»In drei, zwei …«, sagte Clipboard-Mann.

»Oh«, sagte Hugo. »Herrje, lassen Sie mich schnell noch …«

»Hugo Bennington«, begann Vivian Ross, die plötzlich ein überraschend herzliches Lächeln auspackte, das sie offenbar unter Verschluss gehalten hatte, solange es nicht gebraucht wurde. »Ich danke Ihnen sehr, dass Sie uns in Ihrem Zuhause empfangen. Mir ist bewusst, dass Sie einen sehr engen Terminplan haben.«

»Ich … hallo«, sagte Hugo. »Absolut. Ich meine, ja.«

Unter Hugos Hemdkragen begannen sich vereinzelte Schweißperlen zu einer Aufständischentruppe zu sammeln.

»Es muss eine aufregende Woche für Sie gewesen sein«, sagte Ross.

»Allerdings«, sagte Hugo. »Aber so ist die Politik. Die Welt dreht sich weiter, und man muss Schritt halten, wenn man nicht abgehängt werden will.«

»Ist das etwas, das Sie fürchten? Abgehängt zu werden?«

»Nein«, erklärte Hugo. »Ganz und gar nicht.«

»Denn das ist es ja, was man Ihrer Partei oft vorwirft, nicht wahr? Dass Sie alle Ewiggestrige sind, eine Versammlung von Dinosauriern.«

»Tja, wenn es mich zu einem Ewiggestrigen macht, dass ich

mein Land liebe und zu einer Rückbesinnung auf dessen traditionellen Wertekanon aufrufe«, erwiderte Hugo, der auf diesen Vorwurf schon so oft geantwortet hatte, dass er manchmal morgens beim Aufwachen noch im Halbschlaf dieses Mantra herunterbetete, »dann ja, dann bekenne ich mich schuldig im Sinne der Anklage.«

Er lachte. Ross nicht. Er hörte auf zu lachen, und sie lächelte. Er hasste sie.

»Und welche Werte sind das im Einzelnen?«, fragte sie weiter nach.

»Respekt zum Beispiel«, sagte Hugo. »Integrität. Stolz auf unsere Scholle, unser Volk. Kontrollhoheit über unsere Grenzen, unsere Gesetzgebung. Ich denke, der Engländer ist fundamental …«

»Unser Volk?«, fragte Ross.

»*Das* Volk«, erwiderte Hugo. »Das englische Volk. Es geht darum, die Bedürfnisse unserer Nation und ihrer Menschen an vorderste Stelle zu setzen.«

»Und Sie wissen, welche Bedürfnisse das zurzeit sind? Was sind für Sie die drängendsten Probleme?«

Eine der wichtigsten Waffen für einen Politiker, der sich in der Öffentlichkeit äußerte, war Hugos Auffassung nach die Fähigkeit des fließenden Aufzählens. Das suggerierte Kompetenz, Übersicht und eine systematische Vorgehensweise. Sobald eine solche Frage an ihn gerichtet wurde, schoss seine rechte Hand reflexartig hoch vor sein Gesicht, die Finger geschlossen, der Daumen ausgestreckt.

»Erstens«, sagte er, mit dem Daumen wackelnd. »Selbstschutz. Wir müssen die Einwanderung unter Kontrolle bringen. Wir müssen die Leitkultur vorgeben. Wir müssen sicherstellen, dass wir alle, buchstäblich wie theoretisch, eine Sprache sprechen.«

Das wären eigentlich drei Dinge gewesen, dachte er, stattdessen hatte er sie zu einem zusammengefasst und gestikulierte immer noch mit seinem Daumen.

»Zweitens«, sagte er, hastig seinen Zeigefinger ausstreckend, »die Wirtschaft. Warum verschenken wir unser Geld? Warum erlauben wir anderen, unsere Ressourcen in Anspruch zu nehmen? Scheinasylanten und Sozialschmarotzern? Drittens, Freiheit. Wir müssen um unsere Grundfreiheiten kämpfen, sie werden ausgehöhlt.«

»Und welche Grundfreiheiten sind das Ihrer Meinung nach?«

Wieder schoss der Daumen hoch.

»Das Recht auf freie Meinungsäußerung. Das Recht auf freie Religionsausübung. Eben … einfach Freiheit.«

Irgendwie hatte er es geschafft, diese letzte, nebulöse Wiederholung von *Freiheit* abzuzählen, als sei es ein weiterer Punkt auf seiner Liste, wodurch er nun wie ein Mann wirkte, der wild Worthülsen aufzählte, um sich wichtigzumachen.

»Sie reden viel von Redefreiheit.«

»Aber absolut«, sagte Hugo, froh über die Gelegenheit zu einem neuen Anlauf. »Das ist etwas, das mir sehr am Herzen liegt. Also wirklich, diese Unkultur der Sprechverbote. Wir sagen doch wirklich nichts anderes, als dass Debatten frei und offen geführt werden müssen und wir uns nicht permanent die Regeln dieser Debatte von einer kleinen Minderheit diktieren lassen dürfen. Das sagt einem doch der gesunde Menschenverstand.«

»Für Sie ist die Vorstellung, dass Menschen Anstoß …«

»Einfach lächerlich.«

»Es ist lächerlich, dass Menschen Anstoß nehmen?«

»Es ist lächerlich, dass der Gedanke, Menschen könnten an etwas Anstoß nehmen, de facto ein Grund dafür geworden ist, dass man bestimmte Dinge nicht mehr offen aussprechen – oder schreiben – darf.«

»Menschen sollten also immer sagen dürfen, was ihnen gerade passt?«

»Natürlich sollten Menschen sagen dürfen, was ihnen gerade passt. Möchten Sie in einem Land leben, in dem Sie nicht mehr sagen dürfen, was Sie denken?«

»Es kommt mir nur so vor, als läge ein gewisser Widerspruch darin, sich einerseits zu beschweren, Sie und andere Mitglieder Ihrer Partei würden in ihrer Redefreiheit beschnitten, während Sie selbst sich diese Woche in sehr deutlichen Worten gegen jemanden ausgesprochen haben, der auf Twitter ...«

»Na schön«, sagte Hugo. »Ich sehe, worauf Sie hinauswollen. Aber eins wollen wir doch klarstellen: Dieser Tweet war eine Morddrohung.«

»Ach wirklich?«

»Sie glauben, Genozid hat nichts mit Mord zu tun?« Hugo beschloss, an dieser Stelle sein Markenzeichen einzusetzen, seinen »Bin ich der Einzige, der das für verrückt hält«-Gesichtsausdruck, während er gleichzeitig suchend den Blick über ein imaginäres Publikum schweifen ließ. »Ihre Vorstellung von Völkermord muss sich sehr von der meinen unterscheiden.«

»Ich streite mich hier nicht mit Ihnen über die Definition von Völkermord, ich stelle nur die Frage, warum für Sie andere Regeln gelten sollen als für jemand anderen.«

»Ich plädiere einzig und allein für Regeln, die bereits existieren, nämlich die Gesetze dieses Landes. Anstiftung zur Gewalt verstößt gegen das Gesetz. Rassendiskriminierung verstößt gegen das Gesetz. So einfach ist das.«

»Was ist mit der Gewalt, die der Frau, die dieses Statement getwittert hat, von Menschen angedroht wurde, die sich zu Ihren Anhängern und Bewunderern zählen?«

»Da wir in einem Rechtsstaat leben, billige ich in keiner Weise ...«

»Aber Sie haben es bei manchen Menschen weniger eilig, sie zur Rechenschaft zu ziehen, als bei anderen, kann man das so sagen?«

»Nein, ich verurteile jeden Aufruf zur Gewalt aufs Schärfste.«

»Das heißt für alle Ihre Anhänger, die uns gerade zuschauen ...«

»Keine Aufrufe zur Gewalt. Da. Ganz einfach.« Hugo wollte gerade »aber« sagen, als ihm Teddys Rat einfiel, darum biss er sich im letzten Moment noch auf die Zunge und machte ein »allerdings« daraus. »Allerdings möchte ich kurz auf Ihre Andeutung zu sprechen kommen, ich würde mit zweierlei Maß messen«, sagte er. Er klammerte sich, dachte er, immer noch an die letzten Fetzen seiner jovialen Medienpersönlichkeit, wusste aber auch, dass er kurz vor einem schwerwiegenden Bruch mit der Etikette stand, der ihn teuer zu stehen kommen konnte. Für wen, hatte er sich schon mehrmals gefragt, hielt sich diese Person eigentlich? »Stellen wir uns doch mal, wenn es gestattet ist, nur für einen Moment die Reaktion der Öffentlichkeit vor, wenn ein weißer Mann, vielleicht bloß im Scherz, etwas über einen Genozid an schwarzen Frauen twittern würde. Können Sie auch nur ansatzweise ermessen, was für einen Aufschrei das gäbe?«

»Wollen Sie damit sagen, dass Sie als weißer Mann das Recht haben möchten, zu twittern, vielleicht nur im Scherz, man solle schwarze Frauen ermorden?«

»Nein, das will ich nicht sagen. Warum um alles in der Welt sollte ich über das Töten schwarzer Frauen twittern wollen?«

»Weil es Ihnen große Sorgen zu bereiten scheint, dass ...«

»Ich sage einzig und allein, dass wir, ob wir es nun wollen oder nicht, in einer neuen Meinungsdiktatur leben. Politische Korrektheit ist ja schön und gut ...«

»Aber ...«

»Kein Aber. Wenn Sie mich bitte ausreden lassen wollen. Politische Korrektheit ist ja schön und gut, *vorausgesetzt*, sie wird nicht zu einer Zwangsjacke, die jede freie und offene Diskussion unmöglich macht.«

»Sie erwähnten da den, wenn man so will, weißen Durchschnittsmann«, sagte Vivian Ross. »Und tatsächlich haben Sie in dieser Woche den Fall eines bestimmten Mannes aufgebracht, eines gewissen Mr Darkin, der zufällig im selben Wohnquartier lebt wie die Frau, über deren Tweets wir hier sprechen.«

»Ein perfekteres Beispiel hätte man sich kaum ausdenken können, oder?«, sagte Hugo. »Hier diese Frau mit ihrer, sagen wir mal, unkonventionellen Familie, in der mindestens eine Person Sozialleistungen in Anspruch nimmt, eine Frau, die ihre abstoßende Hetze von einem Handy oder Laptop aus twittert, das nach allem, was wir wissen, auch noch vom Geld des Steuerzahlers gekauft wurde, und nur ein paar Türen weiter das Musterbeispiel eines Menschen, gegen den sich ihre Gewaltphantasie richtet: ein hilfloser alter Mann, dem nach einem harten Arbeitsleben nun die Zwangsräumung droht. Er ist natürlich nicht bei Twitter. Er rührt nicht für sich die Werbetrommel. Auf ihn richtet sich nicht das allgemeine Medieninteresse. Er genießt nicht die Leistungen des sogenannten Sozialstaats, um gleichzeitig gegen alles zu verstoßen, was ich, worin mir sicherlich niemand widersprechen wird, für die fundamentalen Grundwerte der englischen Gesellschaft halte – und das, obwohl seine Sorgen und Nöte realer nicht sein könnten.«

»Wie zum Beispiel die Zwangsräumung, die ihm droht, weil dieser Siedlung, Larchwood, genauer gesagt, der Abriss droht, dort soll …«

»Es ist einfach kein Platz da, nicht wahr?«, sagte Hugo, der zu dem Schluss gekommen war, er müsse Ross häufiger ins Wort fallen. »Sagen wir es doch freiheraus: In dieser glänzenden, schönen neuen Gaga-Zukunft ist einfach kein Platz mehr für die Darkins dieser Welt.«

»Sie halten das für eine Platzfrage?«

»Absolut. Sehen Sie, England hat in den letzten soundsoviel Jahren den höchsten Anstieg bei der Einwanderung seit dem Zweiten Weltkrieg zu verzeichnen. Und gleichzeitig wird das, was einmal sozialer Wohnungsbau war, zwangsgeräumt, um Platz für mehr Wohnungsbau zu schaffen. Sollen wir da etwa an einen bloßen *Zufall* glauben?« Hugo schnaubte. »Das glauben die doch selbst nicht.«

»Die Siedlung wurde von einem privaten Investor aufgekauft. Ich frage mich daher, ob das Problem hier wirklich der Platzmangel ist, ob man die momentane Situation mit der Einwanderung verknüpfen kann oder ob wir nicht eher ein Problem mit …«

»Larchwood war ein Experiment«, erklärte Hugo, der mittlerweile dachte: Was soll's, warum sie überhaupt einen Satz beenden lassen? »Können wir uns darauf verständigen? Es war ein

Experiment in Sachen Gemeinwesen. Es beruhte auf gemeinsamen Werten. Gemeinsamen Idealen. Und, ja, sprechen wir es doch aus: einer gemeinsamen *kulturellen Identität*. Nun bin ich nicht der Einzige, der glaubt, dass Larchwood als Experiment gescheitert ist. Fahren Sie mal dorthin und sprechen Sie mit den Bewohnern. Fragen Sie die Stadtverordneten. Fragen Sie die Wohlfahrtsverbände. Es ist von Grund auf gescheitert. Und nun sehen wir uns an, was am Ende dieses Experiments geblieben ist: Da haben wir einen wehrlosen alten Mann, dem die Räumung droht und der in seiner Wohnung festsitzt und nicht weiß, wie ihm geschieht. Der Angst hat, vor die Tür zu gehen, der Angst hat, seine Meinung frei zu äußern, der Angst vor seinen Nachbarn hat. Und nur ein paar Türen weiter haben wir diese Frau, diese ›unkonventionelle‹ Familie, die ihren Hass und ihre Gewaltphantasien in die Welt hinausposaunt. Hass und Gewalt, möchte ich hinzufügen, die sich vornehmlich gegen diesen wehrlosen alten Mann richten. Und jetzt frage ich Sie: Ist das die Gesellschaft, die wir uns gewünscht haben? Ist das die Gesellschaft, in der wir leben möchten? Ich denke, dass wir aus diesem Einzelbeispiel eines fehlgeschlagenen Experiments, nennen wir es *Inklusion*, durchaus weitreichendere Schlüsse ziehen können, inwiefern wir alle einem vergleichbaren, allerdings landesweiten Experiment unterworfen waren. Und ich glaube, dass *dieses* Experiment, der große, politisch korrekte, multikulturelle, multisexuelle, ›Komme, wer da kommen wolle‹-Schmelztiegel der britischen Kultur, in dem wir uns mittlerweile alle wiederfinden, in dem einige der fundamentalsten Grundsätze, nach denen wir unser Leben ausrichten – Toleranz, Respekt, Familiensinn und so weiter –, nicht nur in Frage gestellt, sondern mutwillig, sogar gewaltsam, untergraben werden, ein ebensolcher Fehlschlag ist. Merken Sie sich meine Worte: Was sich derzeit in Larchwood abspielt, verweist auf eine wesentlich größere Misere. Es ist symptomatisch. Probleme dieser Art werden immer mehr zunehmen. Sie verstehen daher sicher, warum ich das sehr, sehr ernst nehme. Denn unsere Reaktion wird einen Präzedenzfall für zukünftige Fälle dieser Art schaffen.«

»Aber vermengen Sie hier nicht ...«

»Ich vermenge gar nichts, meine Liebe. Diese Dinge sind bereits vermengt. Das Problem ist, dass Menschen wie Sie ...«

»Entschuldigen Sie, Menschen wie ich?«

»... Menschen wie Sie in den liberalen Tendenzmedien nicht bereit sind, die Dinge darzustellen, wie sie wirklich sind.«

»Es ist ja fast so, als wollten Sie sagen, dass diesem alten Mann von der twitternden Frau unmittelbar Gefahr droht.«

»Das ist ja auch so.«

»Ich glaube nicht, dass man zwangsläufig davon ausgehen ...«

»Sie glauben nicht, dass einem auf fremde Hilfe angewiesenen alten weißen Mann, der neben einer Person lebt, die zur brutalen Exekution aller weißen Männern aufgerufen hat, Gefahr drohen könnte?«

»Also, für mich klingt das eher, als wollten Sie ...«

»Dieser bedauernswerte Mann«, sagte Hugo, »lebt zweifellos in ständiger Angst. Und wenn wir schon beim Thema sind: Das Grauen, das ihn erwartet, wenn die PC-Fraktion Wind davon bekommt, wollen wir uns erst gar nicht vorstellen.«

»Die ...«

»Schließlich steht er ja für alles, was diese Leute hassen, oder? Seine Ansichten, seine Herkunft. Wenn jemand Schutz braucht, ist es dieser Mann.«

»Aber Sie gießen doch hier gerade Öl ins Feuer der …«

»Ich sage zu den Menschen vor Ort: Das geschieht unmittelbar vor eurer Haustür. Wegschauen und so tun, als wäre nichts, ist nicht mehr länger möglich.«

»Aber Sie plädieren nicht für …«

»Ich rufe zu positivem Engagement für das Gemeinwohl auf«, sagte Hugo mit einem Lächeln. »Daraus können Sie mir doch unmöglich einen Strick drehen?«

»Und was sagen Sie den Menschen, die der Ansicht sind, dass Sie keineswegs mehr soziale Verantwortung einfordern, sondern in Wirklichkeit mit voller Absicht zu Rassenhass anstiften, um dann die negativen Konsequenzen zu Ihrem eigenen politischen Vorteil zu nutzen?«

»Nun, da ich nicht dazu neige, solchen hirnrissigen …«

»Aber Sie wissen schon, dass die Stimmen, die Ihnen damals, als der Austritt aus der Europäischen Union und der Einwanderungsstopp noch die Hauptthemen Ihrer Partei waren, vorgeworfen haben, hinter Ihrer populistischen Politik verberge sich einfach nur blanker Rassismus, nun darauf hinweisen, dass der blinde Eifer, mit dem Sie sich auf diese eine schwarze Frau gestürzt haben, das beste Beispiel für genau jene Bigotterie sei, von der Ihre Politik angeblich völlig frei ist.«

»Ich glaube, ich kann Ihnen da nicht folgen.«

»Man wirft Ihnen vor, dass Sie damit Ihr wahres Gesicht gezeigt haben.«

»Nun ja, im Gegensatz zum Großteil der anderen Politiker bilde ich mir sogar etwas darauf ein, mein wahres Gesicht zu zeigen.«

Hugo schaute erst auf seine Uhr, sah dann den Clipboard-Mann an und ging mutwillig über Vivian Ross hinweg, die gerade eine Anschlussfrage formulieren wollte. »Ich will Ihnen nicht sagen, wie Sie Ihren Job machen sollen, mein Bester, aber die Zeit rennt. Sollten wir nicht noch ein bisschen was Menschelndes in den Kasten kriegen, bevor Sie wieder wegmüssen?«

Ross öffnete den Mund zu einer Erwiderung, die unmöglich, so vermutete Hugo, sendetauglich gewesen wäre. Clipboard-Mann war ihr allerdings bereits ins Wort gefallen.

»Er hat recht. Genug von den schweren Themen. Gehen wir durchs Haus und reden über Hobbys.«

Hugo lächelte Ross an, die das Lächeln definitiv nicht erwiderte.

»Möchten Sie gerne etwas über meine Hobbys erfahren?«, fragte er.

Dieser dreckige …«

Trina stand schäumend im Wohnzimmer. Hugo Benningtons Gesicht starrte mit selbstzufriedener, inszenierter Empörung aus dem Fernseher direkt in ihr Leben.

»Schon gut, schon gut«, besänftigte Carl sie.

»Siehst du nicht, was er gemacht hat?«, schimpfte sie. »Er hat praktisch alle Fernsehzuschauer aufgefordert, herzukommen und mich gewaltsam daran zu hindern, ›einen alten Mann umzubringen‹.«

»Das ist … äh, sozusagen ja«, sagte Carl.

»›Unkonventionelle Familie‹«, sagte Trina, »›allesamt Sozialschmarotzer‹ … Ich arbeite bei *Green*, verdammte Scheiße. Aus seinem Mund klinge ich wie eine …«

»Ich weiß«, sagte Carl, »ich weiß.«

»Wir können hier nicht wohnen bleiben«, sagte sie.

»He, jetzt warte mal«, sagte Carl.

»Nein«, schaltete sich Mia ein. »Nichts mit warten. Trina hat recht.«

»Sieh dir doch an, wie sie online mit mir umgesprungen sind«, sagte Trina. »Wir wissen, dass unsere Adresse jetzt bekannt ist. Zumindest einer ist schon hier gewesen. Bennington hat es hingestellt, als wäre es die Pflicht eines jeden verantwortungsvollen Bürgers, mich ...« Sie stellte den Fernseher stumm und setzte sich aufs Sofa, merkte aber schon, wie ihr Gehirn die Arbeit aufnahm, immer Hugo Benningtons stummes Gesicht, auf das sie ihre gesamte Wut richtete, vor Augen.

»Ich lasse mich nicht aus meinem Zuhause vertreiben«, sagte sie. »Ich lasse nicht zu, dass Bella und ihr beiden aus eurem Zuhause vertrieben werdet. Wir können zu unseren eigenen Bedingungen gehen und zurückkommen, wenn sich alles beruhigt hat.«

»Gib es doch zu«, sagte Carl, »wir können es vergessen, zurückzukommen.«

»Hör auf«, sagte Mia. »Sei nicht so melodramatisch. Das ist doch bloß ein Strohfeuer.«

Carl schüttelte den Kopf. »Kapiert ihr es nicht? Downton wird uns raussetzen. Auf genau so etwas haben die gewartet.«

Draußen pfefferte jemand mit lautem Bums einen Müllbeutel in eine der Tonnen. Sie alle erstarrten, sahen einander an und entspannten sich wieder. Man wusste erst, wie sicher man sich gefühlt hatte, dachte Trina, wenn einem jegliches Gefühl von Sicherheit genommen wurde.

Sie sah wieder auf den Bildschirm. Bennington spazierte jetzt durch sein Haus und zeigte dabei auf dies und das. Ohne Ton und Kontext erschien es Trina wie der endgültige Schlag ins Gesicht. Hugo Bennington, Existenzenzerstörer, führte demonstrativ durch die Behaglichkeit seines privaten Reichs.

»Arroganter Scheißer«, sagte Mia.

Weder Carl noch Mia hatten Trina an irgendeinem Punkt des Alptraums, zu dem sich all das für sie entwickelte, Vorwürfe gemacht. In dem Moment, in dem das Netz explodierte, hatte man sich auf eines stillschweigend geeinigt: Nichts davon war Trinas Schuld. Ihre Ressentiments galten ausschließlich Bennington.

»Die Frage ist nur«, sagte Carl, »wo gehen wir hin?«

»Warum ziehen wir nicht einfach ins Hotel?«, sagte Mia.

»Wir könnten zu meinen Eltern«, meinte Carl.

»Das behalten wir uns als Plan Z vor«, sagte Mia.

»Mein Gott, so schlimm sind sie auch wieder nicht«, sagte Carl.

Auf dem Bildschirm ging Bennington mit der Journalistin in sein Wohnzimmer, wo er ihr, wie es aussah, eine Reihe handgearbeiteter Dekostücke zeigte, die er auf dem Sofa arrangiert hatte. Was hatten Faschisten bloß immer mit ihrer Kitschkunst, fragte sich Trina. Warum legten sie in ihrer Tyrannei immer wieder Pausen ein, um sich mit etwas »Künstlerischem« zu beschäftigen?

»Nicht so schlimm?«, fragte Mia. »Sie hassen mich.«

»Sie lieben Trina«, korrigierte Carl. »Das ist alles. Sie *hassen* dich nicht.«

»Klappe«, sagte Trina und suchte hektisch nach der Fernbedienung. »Alle halten mal die Schnauze. Wo ist die Fernbedienung? Wo ist die Scheißfernbedienung?«

»Neben dir«, sagte Mia. »Jesses, mach doch …«

Trina brachte sie mit einer Geste zum Schweigen und stellte den Ton wieder an.

»Angefangen hat es als Hobby, das stimmt«, sagte Bennington gerade. »Aber heutzutage ist das Wort schon fast zu schwach dafür. Ich meine, ich mache sie jetzt schon so lange, dass ich …«

»Die Liebe zum Detail ist wirklich ganz außergewöhnlich«, meinte die Interviewerin.

»Oh, ich lege großen Wert darauf, dass sie so wirklichkeitsgetreu wie möglich werden«, sagte Hugo. »Mir geht es darum, dass der einzige Unterschied am Ende wirklich im Maßstab liegt. Alles andere ist …«

»Warum sehen wir uns diese Scheiße an?«, fragte Carl.

Trina ignorierte ihn. Sie war vom Sofa aufgestanden und hatte sich direkt vor dem Fernseher aufgebaut. Mit zusammengekniffenen Augen verfolgte sie, wie Hugo auf der Tour durch sein Haus der Interviewerin und dem Publikum stolz seine sogenannte »Kunst« präsentierte.

»Das muss sehr entspannend sein«, sagte die Interviewerin gerade.

»Absolut«, bestätigte Bennington. »Ich kann dann alles andere völlig ausblenden und …«

Für Trina schien plötzlich sämtliche periphere Wahrnehmung in den Hintergrund zu treten. All ihre Sinne, ihr ganzes Selbst konzentrierte sich auf die Objekte, die Hugo Bennington eines nach dem anderen hochhielt: einen Miniatur-Bestecksatz, einen eingeschrumpften Essteller mit nachgemachter Petersiliengarnitur.

»Heilige Scheiße«, flüsterte sie den Fernseher an.

»Was ist denn?«, fragte Mia. »Krieg ich hier irgendwas nicht mit?«

»Das hab ich schon mal gesehen«, sagte Trina auf den Bildschirm deutend. »Die ganzen Sachen da hab ich schon mal gesehen.«

Jenseits der Action, dachte Jess, als sie von Nodem nach Hause fuhr und die stille Tristesse der Vororte von Edmundsbury an ihr vorbeiglitt, wartete die Leere. Da war zwar ein oberflächliches Ohrensausen, ein Stechen in den Augen von der grellen Bildschirmbeleuchtung und den unterdrückten Tränen, ein schwaches, gerade noch spürbares Kribbeln an ihrer Peripherie, als sie über die Konsequenzen dessen nachdachte, was sie gerade getan hatte, aber innerlich war sie ausgepumpt, nahezu leergelaufen. Früher war Julia eine sprechende Verlängerung ihrer selbst gewesen, ihr Double mit der großen Klappe. Jetzt, außerhalb ihrer digitalen Schutzzone, hatten sie auf fatale Weise die Rollen getauscht. Etwas von Jess' Lebendigkeit war nach außen gekehrt, fragmentiert worden und dabei verlorengegangen. Julia war nicht mehr ihr Ventil. Jess war lediglich noch das, was nach Julia übrig blieb: ein schuldbewusster, erschöpfter Julia-Abklatsch.

Sie öffnete das Fenster, steckte sich eine Zigarette an und fuhr ein bisschen schneller, als könne schiere Beschleunigung ihre Verwirrung ausgleichen. Eigentlich war das immer ihre Taktik gewesen, dachte sie: sich schnell bewegen und Porzellan zerschlagen, erst später zurückschauen und dann versuchen, daraus zu lernen – die disruptive Logik der Tech-Bros des Silicon Valley.

Die Leere dehnte sich aus. Sie spürte sie nicht nur, sie lebte darin, atmete sie. Sie wusste nicht, was sie zu Hause erwarten würde. Die Ungewissheit heulte wie ein starker Wind über eine fahle, ausgedörrte Landschaft. Sie würde in die Einfahrt biegen, als Halbfremde ihre eigene Haustür öffnen und dem Fremden im Haus zurufen: Ich bin's!

Vielleicht um die Kontrolle zurückzugewinnen, weigerte sie sich, auf diese Art nach Hause zu kommen. Sie blieb in der Einfahrt noch im Auto sitzen, rauchend und brütend. Als sie vor lauter Nikotin hinlänglich heiser und überreizt war, betrat sie wortlos das Haus. Sie fand Robert in der Küche vor, wo er weder kochte noch Wein trank, sondern nur stirnrunzelnd vor einem Notepad am Tisch saß.

»He«, sagte sie und setzte sich auf den Stuhl gegenüber, getroffen von der Distanz zwischen ihnen.

»He«, sagte er, schaute hoch und baute in nicht ganz der richtigen Reihenfolge die Bestandteile eines Lächelns zusammen: Er begann mit dem Mund und versuchte dann erfolglos, das Leuchten seiner Augen den Bewegungen der Gesichtsmuskulatur anzupassen.

Sie hatte das Gefühl, dass alle Karten auf dem Tisch lagen. Sie waren in selbstverschuldetem Schweigen gefangen. Robert würde nicht darüber reden, was er getan hatte. Sie würde ihm gegenüber nie eingestehen können, dass sie wusste, was er getan hatte. Wenn einer von ihnen preisgab, was er wusste, würde der andere wissen, auf welche Weise er davon erfahren hatte. Sie durften nur mit nicht geschützten Inhalten operieren. War es nicht frei zugänglich, war es nicht zitierfähig.

»Wie geht's dir?«, fragte er.

»Ganz gut«, sagte sie. »Und selbst?«

»Ganz gut.«

Sie nickte.

»Glückwunsch zu deiner Kolumne«, sagte sie. »Sie hat ja anscheinend ziemlich viel Anklang gefunden.«

Er schaute sie länger an, als es diese einfache Feststellung rechtfertigte. Er hatte immer schon eine Antenne für das gehabt, was sie nicht sagte. Zu sagen, seine Kolumne sei gut, hieß noch nicht, dass sie hervorragend war. Zu sagen, sie käme gut an, hieß noch nicht, dass sie es befürwortete, dass sie gut ankam. Jetzt sagte sie weniger denn je, und das fiel auf, aber sie wusste nicht, was sie sagen sollte, um Dinge zu beschönigen, von denen sie nichts hielt.

»Anklang«, wiederholte er.

»Ja«, sagte sie, »ich meine, das ist doch gut, oder nicht? Das muss dich doch freuen.«

Ohne Rückgriff auf die Wirklichkeit war sie im Reich hoffnungslos lahmer Bemerkungen gefangen: allesamt verwässert, unspezifisch, inadäquat.

»Du klingst ... nicht sehr erfreut«, sagte er.

»Nein, ich ... ich freue mich für dich, Robert. Es ist großartig.«

Seine Name fühlte sich unangenehm im Mund an: fremd und ungenießbar, wie ein knorpeliger Fleischklumpen.

»Hast du sie gelesen?«

»Natürlich hab ich sie gelesen. Ich fand sie großartig. Sehr überzeugend.«

Sie sah ihn immer wieder bei Nodem – wie schuldbewusst er sich ins Café geschlichen hatte, wie unbekümmert er jene Kreise, von denen der Terror gegen sie ausgegangen war, gegen Julia Benjamin mobilisierte. Sie fragte sich, ob er die Information schon damals im Hinterkopf gespeichert hatte, als er ihre Situation erst im Privaten banalisiert und dann in der Öffentlichkeit angeprangert hatte, oder ob er erst in letzter Minute, aus Verzweiflung darauf gekommen war.

»Und was ist mit dem anderen Text?«, fragte er.

»Welcher andere Text?«

Er schaute weg, plötzlich von seinen Notizen auf dem Pad gefesselt. Es entstand eine lange Pause, in der er anscheinend die Möglichkeit erwog, ihr nicht zu sagen, was er geschrieben hatte, obwohl sie es jederzeit mit ihrem Handy googeln konnte.

»Silas hat mich um eine Stellungnahme zu dieser Genozid-Geschichte gebeten.«

Die Äußerung hing für einige Augenblicke zwischen ihnen. Sie bemerkte, dass er ihr nicht ins Gesicht sehen konnte. Dass er nicht offen und ehrlich mit ihr sein konnte oder wollte, verriet ihr mehr als genug darüber, wie seine Stellungnahme ausgefallen war.

»Sag nichts«, sagte er.

»Ich hab ja nichts gesagt.«

»Aber du warst drauf und dran. Lass es.«

»Aber warum sollte ich …«

»Weil du es immer machst.«

Die vorher nur etwas steife Atmosphäre wurde augenblicklich hässlich. Schon standen sie wieder am Rand eines Streits. Wie oft waren sie schon an diesem Punkt gewesen? Wie oft waren sie davor zurückgewichen? Und wie oft hatten sie den Streit dann trotzdem ausgetragen, mit anderen Mitteln, als ganz andere Menschen?

»Ist bei dir alles in Ordnung?«, fragte sie.

»Natürlich«, sagte er. »Warum?«

»Du wirkst nur so … defensiv.«

»*Defensiv?*«

Sie wusste gleich, dass es das falsche Wort gewesen war. In dieser Welt, dieser Wirklichkeit gab es für Robert keinen Grund, defensiv zu werden. Aber jetzt würde er in die Offensive gehen, um seine Defensivität zu verteidigen.

»Ich meine, nicht …«

»Warum sollte ich in der Defensive sein? Muss ich mich gegen irgendwas verteidigen? Herrgott noch mal. Ich habe nichts anderes getan, als etwas über diesen alten Mann zu schreiben, diesen armen alten Mann, und die Leute stellen sich an, als hätte ich …«

»Was für Leute?«

»Leute im Internet. Diese Julia Benjamin. Du.«

»Ich habe gar nichts gesagt.«

»Aber gedacht.«

»*Gedacht?* Das ist jetzt wirklich paranoid, Robert. Wollen wir uns ernsthaft über etwas streiten, von dem du denkst, ich hätte es gedacht, obwohl ich es nie gesagt habe?«

»Ach, lass es, Jess. Ich weiß doch, wie du über solche Sachen denkst.«

»Was hat sie denn geschrieben? Diese Julia?«

Er wedelte mit der Hand, als wolle er diese Frage beiseitewischen. Er verzog angewidert die Lippen.

»Den üblichen Scheiß«, sagte er.

Sie bemerkte das verächtliche Lippenzucken, die gepresste Stimme, die blanke Wut, die in der Betonung des Wortes »Scheiß« lag, und schreckte zurück. Er hasste sie. Erst war er irritiert gewesen, dann wütend, dann entnervt. Aber all das war jetzt erstarrt. Seine Empfindungen waren eindeutig. Sie hatte plötzlich das Bedürfnis zu weinen. Um nicht weinen zu müssen, musste sie sich ihre eigenen Gefühle für Robert vergegenwärtigen. Hasste sie Robert? Für ihn war es leicht, Julia zu hassen – für ihn war sie kein wirklicher Mensch, nur ein Phänomen. Aber Robert saß hier direkt vor ihr – der Mann, den sie intim kannte. Vielleicht war das das Problem, überlegte sie. Sie kannte ihn mittlerweile zu gut. Sie kannte seine Reaktionen, seine Ansichten, seine übereilten und verbitterten Gedanken.

»Aber das kannst du doch einfach ignorieren, oder? Ich meine, scheiß drauf. Das ist doch bloß irgendein Kommentar im Internet.«

Das brachte ihn in Rage.

»Bloß irgendein Kommentar im Internet? Ist das dein Ernst?«

»Wieso?«

Er hob einen Finger und richtete ihn auf sie.

»Als du damals im Netz die ganze Scheiße abgekriegt hast, Jess …«

»Ach verdammt, Robert. Nicht. Das kannst du nicht mal annähernd vergleichen.«

»Warum nicht?«

»Es hat dich keiner gemobbt, Robert. Keiner hat dich bedroht.«

»Die haben meine Karriere bedroht, meinen Lebensunterhalt, meine Integrität. Willst du sagen, darüber dürfte ich nicht wütend sein?«

»Natürlich sage ich nicht, du dürftest darüber nicht wütend sein. Ich sage ja nur …«

»Was? Was sagst du nur?«

»Ich *will* sagen, wenn du mich ausreden lassen würdest, dass es nicht vergleichbar ist, weil …«

»Weil ich ein Mann bin und sie eine Frau ist, das willst du sagen.«

»Ist das dein Ernst? Robert, das glaubst du wirklich?«

»Liegt doch wohl auf der Hand.«

»Robert, was ich eigentlich sagen *wollte*, bevor du mich *unterbrochen* hast, ist, dass es nicht vergleichbar ist, weil du keine *Angst* hast. Du magst ja verärgert, beschämt oder stinkwütend oder sonst was sein, aber letztendlich hast du keine *Angst*. Das ist der Unterschied. Niemand bedroht dein Leben. Niemand schickt dir einen beschissenen Kranz nach Hause. Keiner droht dir, bei dir einzudringen und dich zu vergewaltigen.«

»Na und? Ist das jetzt die Masche? Solange jemand dich nicht physisch bedroht, darf er sagen, was er will?«

»War das nicht immer schon die Masche? Damit beschreibst du nichts anderes als die aktuelle Gesetzeslage.«

»Die redet ständig davon, dass ich ein Mann bin. Sie hasst mich, weil ich ein Mann bin. Wo ist da der Unterschied zu frauenhassenden Männern?«

»Eine gegensätzliche Meinung ist etwas anderes als Psychoterror, Robert. Jetzt komm. Das weißt du selbst.«

Er ließ sich im Stuhl zurückfallen und rang sichtlich um Fassung, allerdings derart demonstrativ, als erwarte er von ihr, zu honorieren, dass er sich zu beruhigen versuchte, während *sie* sich nicht beruhigte.

Jetzt merkte sie, dass sie vor Wut kochte.

»Was hast du über diese Genozid-Frau geschrieben?«, fragte sie. »Bitte sag mir, dass du nicht in aller Öffentlichkeit so eine Weiße-Männer-Selbstrechtfertigungsscheiße abgesondert hast wie etwa, dass ...«

»... dass Todesdrohungen zu weit gehen? Doch. Ja, habe ich.

Und ich verstehe ehrlich gesagt auch nicht, was an dieser Haltung so scheißkontrovers sein soll.«

»Na, offensichtlich doch, sonst würdest du deswegen nicht so verdammt defensiv reagieren.«

»Ich reagiere nicht defensiv. Unterstell mir nicht dauernd, ich wäre defensiv!«

»Du bist so gottverdammt defensiv, Robert.«

»Ich zeige lediglich Zusammenhänge auf«, sagte er. »Mehr nicht. Alter weißer Mann, auf den jeder scheißt, absolut vernünftiger weißer Mann – nämlich ich, für den Fall, dass das nicht offensichtlich war – will etwas daran ändern, und so ein Weib, das rumläuft und sagt, dass man weiße Männer umbringen soll.«

»›So ein Weib‹.«

»Ach, leck mich. Komm mir nicht mit deinen Sprechverboten. Du weißt genau, was ich meine. Das ist nur dahingesagt. Und weißt du was? Genau das ist das Problem.«

»Was?«

»Wir können über nichts mehr vernünftig reden, weil wir nur noch darüber reden, *wie* wir über etwas reden.«

»Wen meinst du mit *wir*? Uns beide? Oder alle?«

Er antwortete nicht. Er konnte auch nicht antworten, dachte Jess, weil er es nicht wusste. Er konnte solche Dinge nicht mehr differenzieren: sie beide, die sich in der Küche über seine Arbeit stritten; die Welt um sie herum, die sich über alles Mögliche stritt. Für ihn war das alles eine Soße. Die Welt war einzig seine Welt. Alles andere war nur Kontext.

»Vielleicht meinst du ja nicht uns«, sagte sie schließlich. »Denn worüber reden wir schon wirklich? Über nichts.«

»Wir reden die ganze Zeit«, sagte er.

Sie schüttelte den Kopf.

»Tun wir nicht«, sagte sie. »Wir plappern nur. Wir reden nie wirklich miteinander.«

Sie sah ihn weicher, trauriger werden. Er wirkte plötzlich mutlos, schien sich nicht mehr auszukennen, und sie wusste genau, warum: Weil es mit einer Kolumne nicht mehr getan war. Sein Leben war zu einem Problem geworden, das sich nicht mit einem Kommentar lösen ließ. Er konnte sich nicht mehr auf die Position des Beobachters zurückziehen, in die sichere Distanz.

»Also, willst du ... willst du dich jetzt unterhalten?«, fragte er.

Sie sah ihn an, und es tat ihr weh, wie ängstlich er schaute. Sie merkte, dass sie genauso ängstlich war, und der Anblick seiner Angst verstärkte ihre eigene. Allerdings hatte sie den Verdacht, dass sie völlig verschiedene Dinge fürchteten, oder aber ihre Angst zwar ein und dieselbe war, jedoch zwischen ihnen stand und ihnen die Sicht auf den anderen verstellte. Sie hätte nicht sagen können, was beängstigender war: wie fremd Robert ihr jetzt war oder wie ganz und gar er der Mensch geworden war, als den sie ihn schon längst entlarvt hatte – der Mann, der nicht wirklich für sie da gewesen war, als sie in ständiger Furcht gelebt hatte, der sich bereitwilliger mit einem alten Mann, dem er nur ein Mal begegnet war, solidarisiert hatte, als mit der Frau, die er angeblich liebte. Sie konnten nicht mehr darüber reden, weil sie ja längst darüber geredet *hatten* und sich jetzt keiner von ihnen zu seinen Aussagen bekennen wollte.

Dennoch musste sie es versuchen, und sei es nur, um es wenigstens versucht zu haben. Das Gesprächsangebot stand im Raum. Wenn sie nicht wenigstens vorfühlte, würde sie niemals wissen, was sie einander hätten sagen können.

»Was hast du bei Nodem gemacht?«, fragte sie.

Er erstarrte, die Frage hatte ihn kalt erwischt. Er empfand sie als Befehl, dachte sie, und weil ihm seine Antwort selbst unglaubwürdig erschien, fror das Programm, das seine Reaktion regelte, kurz ein und gab ihr alle Antworten, die sie brauchte.

»Nichts«, sagte er nach einem Moment. »Bloß Arbeit.«

Sie hätte ihn weiter drängen können, sah aber ein, dass es zwecklos gewesen wäre. Die Dinge, die sie im öffentlichen Raum getan und gesagt hatten, konnten sie im Privaten nicht aussprechen. Die Menschen, die sie waren, wenn sie getrennt waren, ließen sich nicht mit jenen aussöhnen, zu denen sie wurden, wenn sie zusammen waren.

Und so sagte keiner von ihnen etwas, und das war schlimmer, fand sie, viel schlimmer als alles, was sie hätten sagen können.

Trinas anfängliche Aufregung über Hugo Benningtons fotografisches Hobby hatte sich schnell wieder gelegt. Jetzt dachte sie, sie hätte Mia und Carl nicht so unüberlegt etwas darüber sagen sollen. Natürlich waren sie beide dafür, die Bilder so schnell wie möglich zu leaken, damit die Öffentlichkeit das Interesse an Trina verlor und sich stattdessen auf Benningtons kleine Angewohnheit konzentrierte, Bilder von seinem Schwanz Adressaten aufzudrängen, die nicht darum gebeten hatten. Aber Trina hatte schnell die mit dem Plan verbundenen Risiken erkannt. Bennington würde sofort wissen, wo das Leck war. Er kannte Kasias Namen und wusste, wo sie arbeitete. Außerdem kannte er offensichtlich jemanden bei The Arbor so gut, dass er nach einer Betriebsbesichtigung durch einfache Nachfrage problemlos an die Kontaktdaten von Kasia gekommen war.

Wenn Benningtons Ansprechpartner sich schon so wenig dabei dachte, auf Benningtons Verlangen Informationen über eine Angestellte herauszugeben, war es eher unwahrscheinlich, dass diese Person ein Gewissen entwickelte, wenn es etwa darum ging, eine unwichtige, leicht ersetzbare Angestellte zu feuern oder öffentlich zu demütigen.

Aber Trina dachte auch an sich selbst und ihre Familie, und im größeren Kontext an Hugo Bennington als kulturelles und politisches Phänomen. Er war ein Mann, der mutwillig Rassenhass schürte und das Leben in England auf ganz reale und beängstigende Weise unsicher machte. Was, überlegte sie, wenn er so weitermachte, wenn die Konflikte noch mehr hochkochten und aus der Hetze im Fernsehen und im Internet physische Gewalt auf der Straße wurde? Würde Kasias Freundschaft noch ein Trost für sie sein, wenn sie sich beide nicht mehr auf die Straße wagen konnten? Vielleicht war in einer solchen Situation genau das gefordert: das schonungslose Abwägen von Mikro und Makro, die Auflösung des Privaten ins Politische.

Es galt nicht nur moralische Bedenken abzuwägen. Bennington, von linken Kommentatoren lange Zeit als bloßer Pausenclown der aktuellen Politszene abgetan, als Mann, den man verlachen und ignorieren konnte, bis er von selbst von der Bildfläche verschwand, verfügte über echte Macht und echten Einfluss, und beides nahm ständig zu. Trina hatte ein paar tausend Follower auf Twitter. Bennington hatte knapp unter dreißigtausend. Mit der Web- und der Print-Version erreichte der *Record* im Monat etwa zwanzig Millionen. Weil der *Record* Trinas Tweets in seinem Artikel abgedruckt hatte, war Trinas Twittersphäre, die sie immer als vergleichsweise sicheren privaten Bereich betrachtet hatte, in einem verdrehten und gestörten Milieu vollkommen öffentlich geworden, ihr einziges Ventil wurde als Waffe gegen sie verwendet.

Und dabei gab sich Bennington momentan mit reinem politischen Opportunismus zufrieden. Wie weit würde er gehen, fragte sie sich, wenn sie ihn persönlich angriff, wenn er ihre Aktionen nicht mehr nur für seine Zwecke ausnutzte, sondern einen Gegenschlag für angebracht hielt?

Auf fremde Hilfe angewiesen zu sein, war unbefriedigend, frustrierend und weckte in ihr eine Verbitterung, die wohl eher nicht mit der Zeit verfliegen würde. Dass Bennington sie in eine Lage versetzte, in der ihr eigener Einfallsreichtum sie nicht weiterbrachte, ließ ihn ihr noch verhasster werden. Es war allerdings nichts gewonnen, wenn man die Realität leugnete, und momentan sah es realistisch betrachtet so aus, dass sie sich nicht alleine aus ihrer Zwangslage befreien konnte und die Unterstützung von Carl und Mia und, indirekt auch von Kasia, diesmal nicht ausreichen würde.

Sie hatte die ganze vergangene Stunde an Robert Townsend denken müssen, von dem Moment an, in dem Bennington im Fernsehen erschien, bis zu dem Moment, in dem sie seine lächerlichen Miniaturen wiedererkannte. Ja, Townsend war ein Wichtigtuer, und ja, womöglich würde er die Gelegenheit, Trinas edlen Ritter zu spielen, auf eine Weise genießen, die Trina anwiderte, aber er war nun einmal, so wie die Dinge im Moment standen, einer von wenigen Kommentatoren, die ein anhaltendes Interesse an Larchwood zeigten. Darüber hinaus hatte er eine verdammt starke Plattform. Während der letzten Wochen hatte Trina allerdings bemerkt, dass nicht nur das Interesse an seinem Blog, sondern auch an der Siedlung stark gestiegen war. Und außerdem, dachte sie, war er – im Gegensatz zu praktisch allen anderen – »persönlich vor Ort gewesen«, hatte Fragen gestellt und sich zumindest bemüht, etwas zu verstehen.

Seine letzten Blogbeiträge hatte sie nicht gelesen, darum beschloss sie, sich erst auf den aktuellen Stand zu bringen, ehe sie sich an ihn wandte. Seine jüngste Kolumne nahm einen großen Teil der *The-Command-Line*-Homepage ein. Die Schlagzeile lautete: *Klartext: Robert Townsend vs. Genozid-Tweeterin.* Die Zahl unter dem »Teilen«-Icon war astronomisch hoch. Nach ungefähr einem Satz wusste sie, dass ihr Plan, Townsend um Hilfe zu bitten, absolut absurd gewesen war.

Sie erkannte sich nicht im Geringsten in Townsends Artikel wieder. Die Frau, um die es angeblich ging, hatte keinerlei Ähnlichkeit mit ihr. Die Kolumnisten, die Townsend einer PC-Verschwörung des Schweigens bezichtigte, hatten keinerlei Ähnlichkeit mit den Heerscharen empörter weißer Männer, die sie, weit davon entfernt, zu schweigen, mit aggressivem Gegeifer bombardierten. Und außerdem hatte der Mensch, der diese Kolumne geschrieben hatte, bei näherer Betrachtung keinerlei Ähnlichkeit mit dem Menschen, der sich so lange für Larchwood starkgemacht hatte. Alles schien verzerrt und eingefärbt, wie durch einen Vexierspiegel. Sie las zwar etwas über sich, aber es war eine Version ihrer selbst, mit deren Kreation sie selbst nichts zu tun gehabt hatte. Ihre eigenen Worte und damit auch ihre Identität, ihr Name, ihre gesamte Existenz waren ihr entrissen, waren verdreht, umgekrempelt und zweckentfremdet worden, sie konnte sich unmöglich darin wiedererkennen. Anscheinend wurde von ihr nur noch erwartet, stillschweigend zu lesen, wie Versionen von ihr erschaffen, dargestellt und schlechtgemacht wurden, oder es sich auf dem Sofa bequem zu machen und dösend zuzusehen, wie im Fernsehen Menschen, denen sie nie entsprochen hatte, vorgeführt und nebenbei denunziert wurden. Wo sollte sie ansetzen, um dieses Bild geradezurücken? Auf Twitter, wo schon das geringste Anzeichen von Aktivität eine Flut fanatischer, sabbernder Aggression auslösen würde? Im Fernsehen, in das sie noch nie eingeladen worden war?

Sie schubste den Laptop von den Knien neben sich aufs Bett und legte für einen Moment die von der Hitze ihres überlasteten Computers erwärmten Hände aufs Gesicht. Sie fühlte sich genau wie vor dem Lesen von Townsends jüngster Kolumne: allein. Im Grunde stand sie isolierter da, als sie noch vor wenigen Minuten geglaubt hatte. Zuvor war sie noch davon ausgegangen, dass alle ihre Gegner Rechte wären. Jetzt überboten sich sogar die, die sie gestern noch als halbwegs solidarisch eingeschätzt hatte, mit Beschimpfungen auf eine Frau, zu der sie sie einvernehmlich stilisiert hatten. Es war ein vertrauter, bitterer Standpunkt. Weiße prangerten Ungerechtigkeiten immer vollmundig an, wenn es ungefährlich war und sie sicher sein konnten, dass das Publikum auf den billigen Plätzen zu ihrer Rechtschaffenheit applaudieren würde. Aber wenn wirkliches Unrecht geschah und ihr Eingreifen sowohl notwendig als auch riskant war, tauchten sie ab oder wurden feindselig.

Townsend kannte seine eigene Macht nicht. Gerade das machte ihn so gefährlich. Er spielte nur mit Hypothesen. Er arbeitete mit dem ideologischen Pendant zu Beatrice, dachte Trina. Er manipulierte die Regler und Parameter einer Kontroverse, um die perfekten Rahmenbedingungen für seinen eigenen Erfolg zu schaffen. Der Kick, an der emotionalen und intellektuellen Realität, in die er sich versetzte, herumdoktern zu können, machte ihn blind dafür, dass er in Wirklichkeit nicht irgendeine schablonenhafte und nebulöse intellektuelle Sphäre manipulierte, sondern die knallharte Realität von Trinas Leben. Indem er die Kontroverse anheizte, gefährdete er Trinas Sicherheit. Er spielte nur, aber sie war diejenige, die mit den Resultaten leben musste.

Während dieser Überlegungen fiel Trina auf, dass, so vertraut und vorhersehbar auch vieles von dem, was sich gerade abspielte, war, ein Element, ein entscheidender Faktor anders war als sonst. Sobald sie diese Einzelheit angepeilt und als wesentlichen Unterschied identifiziert hatte, veränderte sich auch ihre Sichtweise auf die anderen Faktoren, bis sie, nachdem sie zuvor eingehend darüber nachgedacht hatte, wie vertraut ihr alles erschien, schlagartig die dunkle Erkenntnis traf, in welcher Hinsicht die jüngsten Ereignisse außergewöhnlich waren.

Wenn es eine Konstante in Trinas bisherigem Leben und dem Umgang mit ihrer Person gab, dann war es die von den Menschen um sie herum stillschweigend vorausgesetzte und eine Weile lang auch in ihrem eigenen Kopf internalisierte und als normal empfundene Vorstellung, dass ihre Meinung irrelevant war, dass ihre Ideen und Ansichten weniger zählten als die Ideen und Ansichten aller anderen, mit denen sie arbeitete, zur Schule ging oder sich traf. Um sich Gehör zu verschaffen, war Trina von jeher gezwungen gewesen, buchstäblich oder bildlich laut zu werden. In gewisser Hinsicht steckte sie derzeit in einer ähnlichen Klemme – es war das übliche Durcheinander weißer Männerstimmen, zwischen denen ihre eigene Stimme wenig bis gar keinen Platz beanspruchen konnte. Aber im Zentrum des Ganzen, dachte sie, während sie sich aufsetzte, die Schultern straffte, ihre Niedergeschlagenheit vergaß und hellwach wurde, kam ein neuer und ungewohnter Konsens zum Tragen. Ihre Stimme, ihre Meinung, die immer als irrelevant abgetan worden war, hatte plötzlich Macht, und zwar eine solche Macht – darin schienen sich von Bennington über Townsend bis hin zu den geifernden Kötern der Twittersphäre alle einig zu sein –, dass man sie für gefährlich hielt.

Wie oft hatte sie schon darum gekämpft, ernst genommen zu werden? Wie oft hatte sie bei Meetings ihren Standpunkt umformulieren müssen, um von Leuten wie Bream oder Holt überhaupt wahrgenommen zu werden? Wie oft hatte sie miterlebt, dass eine ihrer Ideen zuerst ignoriert, dann von einem ihrer Kollegen geklaut und plötzlich überall gelobt wurde? Und nun, ungeachtet dieser Vorgeschichte und dieser Erfahrungen, sollte ein einziger Tweet von ihr ernsthaft die Macht besitzen, über Nacht die britische Gesellschaft zu destabilisieren? Nein, dachte sie. Nach einem Leben der Geringschätzung durch die da oben konnte man doch unmöglich plötzlich Anspruch auf eine derartige Bedeutung erheben.

Sie dachte über Downton nach, die grafisch schön darstellbare Intensivierung der Einschüchterungstaktiken, über Tayz, die Datei, die sie angeklickt hatte, wie schnell sie gesperrt worden war, und dann plötzlich, ohne zu wissen, warum, dachte sie an Norbiton: seinen Nervenzusammenbruch, sein Gestammel, an das, was er gerufen hatte, bevor Bangstrom ihn hatte knebeln lassen. Wie hatte er das genannt? The Field? Sie sah sich wieder diese Datei anklicken, kurz bevor ihr Bildschirm einfror, und ihr fiel ein, dass sie versucht hatte, die Dateierweiterung zu analysieren:.fld.

Ihr Handy begann zu summen. Die Vibration übertrug sich an

ihrer Wirbelsäule, ließ sie aufschrecken, löste eine kurze Panik aus. Das Display zeigte eine unterdrückte Rufnummer. Das Letzte, was sie jetzt gebrauchen konnte, war eine Grabesstimme, die ihr irgendeine Drohung ins Ohr knurrte. Andererseits konnte es auch wichtig sein. Vielleicht jemand, der ihr helfen wollte? Und überhaupt, wollte sie wirklich den Eindruck hinterlassen, sie würde sich wegducken und hätte Angst, ans Telefon zu gehen?

Sie angelte sich das Handy und drückte auf Gesprächsannahme.

»Ja«, sagte sie scharf.

»Legen Sie nicht auf.« Es war die Stimme einer Frau, ruhig und souverän. »Ich bin eine Freundin.«

»Kenne ich Sie?«

»Nein, aber ich kenne Sie. Ich weiß, dass Sie Hilfe brauchen.«

»Wie kommen Sie auf die Idee, ich bräuchte Hilfe?«

»Oh, keine Ahnung, vielleicht deswegen, weil ich schon gut hundert Leuten geholfen habe, die ähnliche Erfahrungen wie Sie gemacht haben, und ich deswegen glaube, ganz gut beurteilen zu können, ob jemand meine Hilfe braucht oder nicht.«

»Welche Erfahrungen?«

»Belästigung im Internet, Gewalt, Shaming. Ich schicke Ihnen einen Link, der Sie zu einem sicheren Portal führt, wo Sie mehr erfahren. Folgen Sie den Anweisungen, und ich sehe Sie bald.«

»Sehen mich wo?«

»Folgen Sie den Anweisungen.«

»Warum sollte ich Ihnen trauen?«

»Wem sollten Sie sonst trauen?«

»Niemandem zum Beispiel?«

»Okay, formulieren wir es anders: Was wollen Sie sonst machen?«

»Ich wüsste schon was.«

»Tatsächlich? Denn soweit ich sehe, hocken Sie nur in Ihrem Schlafzimmer und lesen Artikel von Robert Townsend.«

»Wie …«

»Winken Sie mal Ihrem Laptop zu.«

Trina schaute auf ihren Laptop. Die Kamera war an.

»Sie sind nicht allein«, sagte die Frau. »Es gibt vieles, was ich tun kann. Es gibt vieles, was die tun können. Die hatten einen Startvorteil. Seien Sie klug, lassen Sie sich von mir helfen, wir holen Sie da raus.«

Von Blicken verfolgt, flüchtete Robert sich in Ablenkung. Zu Jess hatte er irgendwas über Arbeit gemurmelt und sich in sein Arbeitszimmer verzogen, um zu brüten. Jemand hatte ihm einen Link zu Benningtons Fernsehauftritt geschickt, den er sich jetzt schon zum dritten Mal ansah, die Augen zusammengekniffen, als wäre er geblendet, und sich selbst einredend, es sei eine Verzerrung, kein Spiegel seiner letzten Veröffentlichung.

»Die Darkins dieser Welt.« Hugo hatte diese Formulierung bereits in seiner Kolumne benutzt. In diesem Interview hatte er sie nun schon wieder verwendet. Roberts eigene Worte, eine Formulierung, bei der er schon gezögert hatte, als er sie hinschrieb, waren nun Teil von Hugos Lexik. Robert konnte sich die Häme vorstellen, mit der Julia Benjamin sie auf ihre Website setzen würde, um dann die unvermeidbaren Schlüsse daraus zu ziehen. Und hätte sie mit ihren Schlussfolgerungen denn so unrecht, fragte er sich. Könnte er, sollte er dazu aufgefordert werden, wegerklären, warum Hugo Bennington – ein Mann, den Robert immer mit distanziertem, überzeugtem Widerwillen betrachtet hatte – nun seine Texte nachplapperte?

Er schloss das Fenster mit der Aufzeichnung von Benningtons Fernsehauftritt und sank erschöpft, ernüchtert und erschüttert zurück. Noch vor ein paar Stunden war er begeistert davon gewesen, dass er immer mehr eins mit seinem Thema wurde. Jetzt entsetzte ihn genau diese fehlende Distanz. Er konnte Hugo Bennington nicht mehr als fremdartige Spezies betrachten und über die blanke Idiotie seiner Verlautbarung spötteln, denn der Abstand, auf den er sich immer verlassen hatte, war weggefallen. Da war bloß eine tiefe, grässliche Vertrautheit, die noch gestern unvorstellbar gewesen wäre. Er malte sich aus, wie seine Kolumne über die Genozid-Frau im Licht von Benningtons Kommentaren aufgefasst und welches Publikum sie jetzt erreichen würde. Dinge, die er sich selbst gegenüber nie laut ausgesprochen, ja, kaum zu denken gewagt hätte, würden nun von Tausenden gehört und interpretiert werden. Unmittelbar nach Benningtons Porträt im Fernsehen würden landauf, landab Finger Wörter wie *Larchwood* oder *Darkin* in Suchmaschinen tippen. Andere Kolumnisten, andere Meinungsmacher würden sich überschlagen, ihr Informationsdefizit aufzuholen. Doch Robert, dessen Text schon eine hinreichende Leserschaft eingefahren hatte, um ganz oben bei den Suchergebnissen zu landen, war ihnen weit voraus. Der Erfolg, von dem er immer geträumt und um dessen Verwirklichung er so lange gekämpft hatte – Clickbait-Gold, die garantierte Viralität des Kommentators mit der richtigen Antenne –, war nun etwas, das er nicht mehr ungeschehen machen konnte. Er hatte gewollt, dass man ihn las. Nun war er nicht in der Lage, zu kontrollieren, wie er gelesen wurde.

Jetzt kam es darauf an, keinen Rückzieher zu machen. Natürlich würde es ein gewisses Maß an Widerstand gegen seinen Artikel über diese Genozid-Frau geben. Aber wenn er jetzt kniff, würde die Aufmerksamkeitsblase platzen. Sein Publikum, nach dem er sich so lange gesehnt und von dem er so lange geglaubt hatte, er würde es verdienen, würde ihn dann genauso rasch fallenlassen wie es ihn erwählt hatte. Er musste standhaft sein. Jetzt erst recht, hieß die Devise, wie Silas es formuliert hatte. Sein Vorsprung bei diesem Thema würde die Kolumnen aller anderen opportunistisch erscheinen lassen, während seine rückblickend den Eindruck erwecken würde, als wäre sie ihrer Zeit weit voraus. Würde er das jetzt untergraben, würde er sich quasi selbst das Talent zur weisen Voraussage absprechen. In welchem Licht stünde dann all das da, was er zukünftig schreiben würde?

Mit seinem Text über die Genozid-Frau war er doch eigentlich bloß ein weiteres Mal für Darkin eingetreten, oder nicht? Es würde doch sicherlich niemand von ihm erwarten, dass er sich nun, da dieser hilfsbedürftige alte Mann plötzlich von einer schickeren und auf den ersten Blick politisch korrekteren Gegnerin bedroht wurde, plötzlich von ihm abwendete oder, noch schlimmer, die Seiten wechselte und sich der Genozid-Bewegung anschloss, nur aufgrund eines absolut deplatzierten Gerechtigkeitsempfindens. War es ihm denn nicht in erster Linie darum gegangen, wie die Darkins dieser Welt zu Unrecht schlechtgemacht und zugunsten hipperer, interessanterer Themen übergangen wurden? War es denn nicht genau diese Verschiebung fort von einer Frage der Klassenverhältnisse und

Ökonomie hin zu einer Identitätspolitik, die den ganzen linken politischen Flügel so nachhaltig zersplittert und handlungsunfähig gemacht hatte?

Dies, wurde ihm nun klar, war die neue Realität seines Jobs, das natürliche Ziel seines Karrierewegs. Anfangs hatte er bloß über Dinge berichtet, die gerade geschahen. Dann war er aufgestiegen und hatte den Schwerpunkt nicht auf das gelegt, was geschah, sondern darauf, was er über die Dinge dachte, die gerade geschahen. Von da an hatte das, was passierte, immer weniger Relevanz für das, was er dachte, bis allein noch zählte – um eine kluge Formulierung von Lionel Groves zu benutzen – dass er überhaupt dachte. Nun war das, was er dachte, das, was passierte. Seine Ansichten und die anderer waren selbst Ereignisse geworden, die ihre Gegenstücke und Vorbilder aus der wirklichen Welt verdrängten. In dieser Welt war es im Grunde egal, was er dachte, und es war noch unwichtiger, was die Leute davon hielten. Es kam nur darauf an, ein Environment zu hegen und zu manipulieren, in dem seine Gedanken gedeihen konnten, in dem die Diskussion ihre eigene Realität war. Silas hatte recht: Hass, Widerspruch und Dissens waren lediglich modifizierte Grundsubstanzen dessen, was einzig wirklich zählte: Wirkung und Reichweite.

Er war nicht in der Lage gewesen, Jess' durchdringenden Blick gleichgültig abzutun – jenen Blick, den er sich bei Nodem vorgestellt hatte und der ihm unten am Küchentisch begegnet war. *Was hast du bei Nodem gemacht*, hörte er sie fragen. Er bedauerte es jetzt, auf Konfrontationskurs gegangen zu sein. Was hatte *sie* denn bei Nodem gemacht? Worin bestand überhaupt *ihre* Arbeit? Er versuchte sich zu erinnern, wann sie das letzte Mal darüber gesprochen hatten, aber ihm fiel kein konkreter

Anlass ein. Wie leicht war es doch für Jess, dachte er, über seine öffentlichen Statements zu höhnen, während sie selbst die ganze Zeit arbeiten durfte, ohne irgendeiner kritischen Überprüfung unterzogen zu werden. Wem war sie überhaupt Rechenschaft schuldig? Wann musste sie sich je, und sei es nur für eine Sekunde, einer massenhaften Begutachtung aussetzen, so wie er tagtäglich? Gut, ein Mal hatte es eine Begegnung mit öffentlicher Missbilligung gegeben, und wie sehr hatte sie das ausgeschlachtet! Erwartete sie etwa von ihm, dass er sich aus dem Licht der Öffentlichkeit zurückzog, nur weil sie das getan hatte?

Wut war in ihm hochgekrochen und ihm selbst erst bewusst geworden, als sie sich nicht mehr bändigen ließ. Natürlich zog er sich selbst in Zweifel, dachte er. Natürlich setzte er sich selbst einer kritischen Überprüfung aus. Das lag nur daran, dass Jess an ihm zweifelte. Es war ihr kritischer Blick, den er jetzt spürte, als er an Benningtons TV-Auftritt dachte. Es war ihre Missbilligung, der er sich selbst nach seinem großen Erfolg ausgesetzt hatte. Er musste wieder an das Wort denken, das sie gebraucht hatte: *Anklang*. Das war es, was sie wirklich hasste, dachte er. Sie konnte es ideologisch verbrämen, wie sie wollte, aber letztendlich ärgerte sie sich über seinen Bekanntheitsgrad, und weil sie sich darüber ärgerte, ließ er sich ebenfalls davon ärgern.

Er hörte sie auf der Treppe, dann, wie sie einen Moment vor seiner Tür innehielt. Sie klopfte sacht und öffnete die Tür nur einen Spalt, um den Kopf reinzustecken. Sie konnte ihm nicht richtig in die Augen sehen, bemerkte er, und darum sah er sie nur umso durchdringender an.

»Deepa hat angerufen«, sagte sie.

»So, hat sie das«, sagte er.

»Sie hat gefragt, ob ich mal rüberkomme. Sie braucht ein bisschen Hilfe bei irgendwas, woran sie arbeitet.«

»Schön.«

»Ich weiß nicht, wie lang das dauern wird. Du kennst ja Deepa.«

Er zuckte die Achseln.

»Vielleicht ...« Sie zögerte einen Moment. »Ich mein, wenn's länger dauert, bleib ich vielleicht über Nacht bei ihr.«

Er nickte.

»Schön.«

»Na dann, okay.«

»Okay.«

Sie machte die Tür hinter sich zu. Er spürte leichtes Unbehagen im Magen, einen Stich in der Brust. Gut, er hätte hinter ihr hergehen oder sie erst gar nicht so weggehen lassen sollen. Aber das hatte er nun einmal getan, und er konnte auch gar nicht anders. Er *wollte* wütend sein. Er wollte nicht, dass ihm da andere Gefühle in die Quere kamen.

Du bist aber nicht angegriffen worden, Robert. Du wurdest nicht bedroht.

Daran musste er immer wieder denken. Ihre Worte hatten pedantisch geklungen, aber jetzt, überformt durch die widersprüchlichen Gefühle in ihm, klangen sie höhnisch. Er musste wieder an das Skype-Gespräch mit Silas denken: *Du bist erst jemand, wenn du Hater hast.* Jess schien es nichts auszumachen, wenn er gehasst, wenn er an den Pranger gestellt und verhöhnt wurde. Was würde es sie scheren, wenn er bedroht wurde?

Er wandte sich wieder seinem Computer zu und weckte ihn

auf. Das Magma seiner Gedanken verfestigte sich zu etwas Kühlem, Steinernem. Die kann mich mal, dachte er. Alle können mich mal.

Er öffnete eine Word-Datei, verharrte eine Sekunde vor der leeren Seite und machte sich dann an die heikle Aufgabe, eine Morddrohung gegen sich selbst zu verfassen.

0101

Als Darkin auf das Klopfen an seinem kaputten Fenster aufmerksam wurde und zu einem breiten, glatzköpfigen Profil aufschaute, das hinter dem gezackten Loch lauerte, war sein erster Gedanke, dass Downton die Schläger geschickt hatte, um ihn rauszuschmeißen.

»Mr Darkin?«

Mit einem solchen Besuch hatte er immer schon gerechnet, spätestens seit er das im *Record* über sich gelesen hatte. In diesem Moment wünschte er sich vehement, er hätte schon früher etwas am Fenster gemacht.

»Was wollen Sie?«

»Sorry, wollte Sie nicht erschrecken«, sagte der Mann und hob die Hände.

»Wollten bloß kurz hallo sagen und uns vorstellen. Wir sind dann draußen.«

»Um was zu machen?«

»Wache zu halten.«

Darkin überlegte kurz.

»Was für Wache?«

»Hat Ihnen keiner was gesagt?«

»Was gesagt?«

Der Mann verdrehte die Augen.

»Das ist ja wieder typisch«, sagte er. Dabei drehte er sich vom Fenster weg und brüllte einem unsichtbaren Begleiter zu: »Ey, Tel. Hör dir das an. Er weiß nicht mal was davon.«

»Nicht dein Ernst«, ertönte eine Stimme neben Darkins Haustür. Im Fenster erschien ein weiteres, dem ersten merkwürdig ähnelndes Gesicht. Beide, stellte Darkin fest, trugen die gleiche schwarze Jacke.

»Hi, Kumpel«, sagte der zweite Kopf. »Ich bin Tel. Das ist Pete. Wir sind zu Ihrem Schutz hier.«

Darkin war nicht ganz klar, wie er darauf reagieren sollte.

»Weswegen?«

»Haben Sie nicht ferngesehen?«

Darkin schüttelte den Kopf.

»Sie sind im Fernsehen, überall.«

»Überall. Ganz groß«, sagte Tel.

»Aber machen Sie sich mal keine Sorgen«, sagte Pete.

»Ja, das sollten wir Ihnen ausrichten: Jetzt, wo wir hier sind, brauchen Sie sich keine Sorgen mehr machen.«

»Und wer seid ihr?«

»Brute Force«, sagte Pete. »Haben Sie bestimmt schon mal was von gehört.«

»Nicht so direkt.«

»Ach, echt? Na, sollten Sie aber, ich meine, ehrlich, aber auch egal. Wir sind eine Schutztruppe. 'ne Art Security«.

»Für wen? Für Downton?«

»Für Leute wie Sie. Und uns.«

Pete schien wohl Darkins Verwirrung zu bemerken und setzte ihm die Situation noch einmal laut und deutlich auseinander. Darkin zündete sich eine außerplanmäßige Zigarette an und hörte unbewegt zu, bislang noch ohne feste Meinung dazu.

»Diesen Hugo Bennington, den kennen Sie doch, oder?«, begann Pete. »Also, der war im Fernsehen und hat über Sie geredet.«

Darkin dachte nach. Er war schwankte: Sollte er sich jetzt ärgern, dass er verpasst hatte, einen waschechten Prominenten wie Hugo Bennington im Fernsehen über ihn reden zu sehen? Oder sollte ihm seine Beförderung von den Druckseiten des *Record* auf die Fernsehbildschirme im ganzen Land Unbehagen bereiten? Er dachte an Downton. Selbst wenn sie den Zeitungsartikel nicht gelesen haben, überlegte er, das hier haben sie bestimmt gesehen.

»Lief auf BBC«, bemerkte Pete zuvorkommend. »In den echten Nachrichten. Diese Tante hat Bennington bei sich zu Haus besucht, und da hat er über diese andere Frau geredet, dieses Weib, das dazu aufruft, Leute umzubringen. Er hat gesagt, was er sich für Sorgen um Sie macht.«

»Sorgen um mich?«

»Na, jedenfalls sind Sie gefährdet, oder nicht? Ich meine, ohne Witz, wenn hier ein Haufen Leute aufkreuzt, um einen Genozid zu machen, also, da könnten Sie alleine wenig gegen unternehmen.«

»Wohl kaum.«

»Also, jedenfalls, unser Boss, Ronnie Childs – kennen Sie den?«

»Nein.«

»Aufrechter Patriot. Will in diesem Land mal richtig aufräumen, verstehen Sie? Jedenfalls hat er mich und Tel hier angerufen und gesagt, passt mal auf, wir haben die Pflicht, diesen Mann zu schützen. Tel und ich hatten das ja mitbekommen und waren uns mit ihm einig. Und ruck, zuck sind wir da.«

»Meinen Sie wirklich, ich brauche Schutz?«, fragte Darkin.

Ihm war mittlerweile so oft gesagt worden, er müsse beschützt werden, dass er anfing zu glauben, es könnte doch etwas dran sein.

»Wir brauchen alle Schutz«, sagte Tel, während er seinen Kopf in den Fensterrahmen hielt.

»Aber vielleicht brauchen Sie ihn noch ein bisschen mehr«, sagte Pete. »Tel und ich können ganz gut auf uns selber aufpassen.«

»Und auch noch auf ein paar andere«, sagte Tel.

»Aber wer ...«, sagte Darkin.

»Suchen Sie sich was aus«, sagte Pete. »Diese Typen mit den Masken. Diese Farbige, wie heißt sie noch?«

»Sie denken wirklich, sie würde ...«

»Wahrscheinlich nicht persönlich«, sagte Pete. »Ist doch immer das Gleiche mit diesen Rassenfanatikern: alles Feiglinge. Sitzen zu Hause rum und lassen ihre Anhänger die Drecksarbeit machen.«

»Und ihr glaubt wirklich, einige von denen könnten ...«

»Na, sie hat sie doch praktisch dazu aufgerufen. Hat Hugo Bennington jedenfalls gestern Abend im Fernsehen gesagt. Und deshalb glaubt er, dass Sie ein bisschen Schutz gebrauchen könnten.«

Darkin dachte nach.

»Gut«, sagte er zu den Männern an seinem Fenster, »kann ich ja froh sein, dass ihr hier seid.«

»Aber immer schön locker bleiben«, sagte Pete. »Ich und Tel haben alles unter Kontrolle.«

»Ist ... ist da draußen wer?«, fragte Darkin.

»Was, jetzt im Moment, oder was meinen Sie?«, sagte Pete.

»Ja.«

Pete drehte sich vom Fenster weg und checkte mit einem Blick die gesamte sich unter ihnen erstreckende Siedlung.

»Nee«, sagte er. »Bislang noch nicht.« Er zuckte mit den Schultern. »Kann aber nicht mehr lange dauern.«

Die Atmosphäre in Deepas Küche, dachte Jess, während die drei Frauen – Jess, Deepa und Trina – damit beschäftigt waren, Kaffee, Müsli und Toast zuzubereiten, einander auszuweichen, während sie ein wenig linkisch und zurückhaltend die begrenzten Räumlichkeiten und Ressourcen teilten, war nicht gerade von uneingeschränkter Solidarität geprägt. Sie war auch keineswegs feindselig oder unkooperativ, es war nur so, und darüber war Jess sich vollständig im Klaren, dass trotz der offensichtlichen und wohl mittlerweile unabänderlichen Tatsache, dass sie ab sofort zusammenarbeiteten, eine schwierige Gemengelage von Misstrauen und Widerstreben herrschte.

Sie hatte, eher unfreiwillig, die Nacht hier verbracht, weil sie sehr spät angekommen war. Das gegenseitige Bekanntmachen war angespannt und etwas peinlich verlaufen.

»Jess lebt mit Robert Townsend zusammen«, war Deepa herausgeplatzt. Trina hatte daraufhin die Augen gerollt und sich in ihrem Sessel weggedreht.

»Ich weiß«, sagte Jess, der einfach nichts Besseres einfiel. »Glaubt mir, ich weiß.«

Aber das war nicht die volle Wahrheit. Zu diesem Zeitpunkt hatte sie Roberts jüngsten Artikel noch nicht gelesen. Und selbst nachdem sie ihn gelesen hatte, konnte sie nicht vollkommen nachvollziehen, wie er sich aus der Perspektive der Frau las, um die es darin ging. Nach knapp einer Stunde war die sichtlich aufgewühlte und erschöpfte Trina ins Bett gegangen, und Jess konnte endlich Deepa anpflaumen, weil sie sie mit ihr in einen Raum gesteckt hatte.

»Scheiße, Deepa!«, sagte sie. »Was erwartest du von mir? Soll ich mich für Robert entschuldigen? Bin ich deswegen hier?«

Sie war sauer auf Deepa, weil sonst niemand da war, auf den sie hätte sauer sein können. Es sei denn, sie bezog sich selbst mit ein, aber dazu fühlte sie sich einfach noch nicht bereit. Sie wusste, dass die Zeit für Selbstbezichtigungen kommen würde, für die eingehende Selbstbefragung, der sie sich vielleicht schon früher hätte unterziehen sollen, aber im Moment hätte sie es als Luxus empfunden.

»Scheiße, nein«, hatte Deepa gesagt. »Du bist hier, um zu helfen. Sonst nichts.« So lange Trina schlief, ließ sich allerdings nicht klären, wie genau diese Hilfe aussehen sollte. Etwa eine halbe Stunde später ging auch Deepa schlafen. Jess blieb auf der Couch, in eine ausgesprochen schäbige und schmale Bettdecke gehüllt, und versuchte auf ihrem Handy aus der Trina-Story schlau zu werden, wobei sie Robert nicht aus dem Kopf bekam. Falls sie sich trennten, dachte sie, nein, *wenn* sie sich trennten, würde nur das hier in ihrem Alltagsleben von ihm übrig bleiben: sein öffentliches Profil und die toxischen Energien seiner Web-Präsenz. Die Gründe für ihr Zerwürfnis würden ständig präsent sein, nicht aber der Mensch, von dem sie sich getrennt hatte – ausgelöscht durch das neue Phänomen, zu dem Robert geworden war.

Sich in Deepas Haus aufzuhalten, dachte Jess, während sie langsam in einen ruhelosen Schlaf glitt, war eine seltsam beunruhigende Erfahrung – der Ausblick auf eine mögliche Zukunft, vor der sie sich fürchtete, wie ihr jetzt klarwurde. Sie hatte

Deepa immer bewundert – ihre Entschlossenheit, ihre Hingabe an das, was sie interessierte, eine Hingabe, die oft weit über das hinausging, was gut für sie war. Aber etwas an ihrer Lebensweise versprühte einen Hauch von Immersion, von Rückzug von der Welt, und das machte ihr Angst. Nahezu jede freie Fläche in Deepas Wohnung war mit Arbeitsmaterialien bedeckt – Fotos, die zur Identifizierung dienten, ausgedruckte Artikel mit farbigen Hervorhebungen oder auf Papierfetzen gekritzelte Notizen. Jess wusste, dass Deepa so veranlagt war, eine Begabung hatte, alles auszuklammern, bis hin zur Besessenheit, eine Affinität zum Digitalen zulasten des Menschlichen.

Am Frühstückstisch zeigte sich deutlich, was für Schwierigkeiten Deepa mit den Anforderungen des Alltags hatte. Sie war, wie sie selbst zugab, nicht an Besuch gewöhnt. Durch ihre Arbeit mit gefährdeten Frauen brachte sie oft jemanden bei sich unter, aber immer nur für eine Nacht – die Frauen kamen spätnachts an, schliefen im Arbeitszimmer und waren morgens wieder weg. Aber wenn es darum ging, Leute zu beköstigen und Konversation zu betreiben, war sie erschreckend hilflos, und ihre Rolle als Gastgeberin beschränkte sich meistens auf eine beiläufige Geste zum Toaster, neben dem ein halbes Brot auftaute, oder einen Wink Richtung Wasserkessel. Dennoch musste Jess sie bewundern. Immerhin wusste Deepa, wo ihre Talente lagen. Sie half Menschen in Not immer nur bei den dringlichsten Aspekten ihres Problems. Und weil sie niemals ihre oder die Grenzen ihrer Schützlinge überschritt, ließ sie sich auch nicht davon verrückt machen, wie dehnbar diese Grenzen sein konnten.

Trina dagegen schien eine völlig entgegengesetzte Lebensform zu verkörpern. Noch während sie morgens mit platt gedrücktem Haar und dem geliehenen, schlafzerknitterten T-Shirt in die Küche schlurfte und sich den Schlaf aus den Augen rieb, telefonierte sie bereits mit ihrer Familie. Die natürliche, besorgte Zugewandheit, die sie dabei an den Tag legte, passte so gar nicht zu dem strengen Blick, mit dem sie Jess im selben Moment musterte. In dem Augenblick wurde Jess klar, dass sie Trina auch *darum* beneidete, um diese Geborgenheit des Familienlebens und dieses Gefühl eines intimen Netzwerks. Wen hatte sie angerufen, als sie in einer ähnlichen Situation wie Trina gewesen war? Wer war *ihre* Stütze gewesen? Robert, dachte sie – ein Mann, der sich erst auf massiven Druck hin mit ihr solidarisiert hatte, als *sie* unter Druck stand.

Trina zog sich vom Ende des Frühstückstischs einen Stuhl heran und setzte sich rechts neben Jess. Sie beobachtete wortlos den Dampf, der aus ihrer Kaffeetasse hochstieg. Entweder bemerkte Deepa die Spannungen nicht, oder, was wahrscheinlicher war, sie interessierte sich nicht wirklich dafür, ob und wie in ihrer Küche persönliche Differenzen ausgetragen wurden.

»Ich bin nicht daran gewöhnt, es so früh am Morgen schon mit Menschen zu tun zu haben«, sagte sie. »Nehmt es nicht persönlich.«

»Keine Sorge«, erwiderte Trina.

Man nippte ostentativ an den Getränken. Das Geräusch, das Jess beim Anknabbern einer Toastecke machte, war plötzlich ohrenbetäubend laut.

»Also«, sagte Jess, »wie sieht der Plan aus?«

Trina sah Deepa fragend an, was Jess kindischerweise als kränkend empfand.

»Sie ist in Ordnung«, sagte Deepa. Dann zu Jess: »Wir gehen davon aus, dass Bennington nur die Spitze des Eisbergs ist.«

»Green?«, fragte Jess.

»Wieso sagst du das?«, fragte Trina scharf.

»Ich weiß, dass du da arbeitest. Ich weiß, dass da irgendwas vor sich geht«, sagte sie mit einem Achselzucken. »Ich nehm's jedenfalls an.«

»Was weißt du über das, was dort vor sich geht?«, fragte Deepa.

»Nichts«, sagte Jess, die die Stunden vor dem Einschlafen noch damit verbracht hatte, im Kopf Verbindungen herzustellen, die jetzt, bei Tageslicht besehen, leider sehr weit hergeholt erschienen. »Aber bei Nodem hängt immer so ein Typ rum, vielleicht wohnt er sogar dort. Er behauptet, dass er für Green arbeitet oder gearbeitet hat. Er redet immer von … Fields?«

Erneut bemerkte Jess den kurzen Blickkontakt zwischen Deepa und Trina.

»*The* Field«, sagte Deepa.

»Genau«, sagte Jess. »Was ist das?«

»Wir wissen es nicht genau«, sagte Deepa. »Wir wissen nur, dass wir nichts davon wissen sollen. Und jetzt brenne ich natürlich darauf, es rauszukriegen. Trina: irgendeine Ahnung, wer der Kerl bei Nodem sein könnte?«

»Norbiton«, sagte Trina. »Er muss es sein. Sie haben ihn in den Sonnenuntergang geschickt, nachdem er sich wegen The Field verplappert hatte.« Sie schüttelte den Kopf. »Mit dem ist nichts mehr anzufangen.«

»Glaubst du, es gibt irgendeine Verbindung zwischen Bennington und dieser Field-Geschichte?«, fragte Jess.

»Vielleicht«, sagte Deepa, »vielleicht auch nicht.«

»Und was ist mit den Griefers?«, fragte Jess.

»Ich hoffe, wir erfahren endlich mehr, wenn wir zu unserem anderen kleinen Plan kommen«, sagte Deepa.

»Anderen Plan?«, fragte Trina.

»Eine nette Kleinigkeit, an der wir gerade arbeiten«, sagte Deepa. »So was wie ein Test.«

Trina verkniff sich weitere Fragen, und Jess war froh, dass damit das Gleichgewicht wieder hergestellt war. Vielleicht war es eine Nachwehe ihres Nicht-Streits mit Robert, dass sie auf Ausgrenzung höchst empfindlich reagierte.

»Wir würden den ganzen Morgen brauchen, um uns gegenseitig auf den neuesten Stand zu bringen«, sagte Trina.

»In Ordnung«, sagte Jess und steckte die Zurückweisung, die in der Bemerkung mitschwang, einfach weg. »Dann erzähl mir von dem Bennington-Plan.«

»Ich hab vielleicht was Fieses über ihn ausgegraben«, sagte Trina eine Spur zu zögernd und gedehnt, als wäre sie nicht sicher, ob Jess verstand, wovon die Rede war, oder ob man Jess wirklich trauen konnte.

»Okay«, sagte Jess.

»Er verschickt Schwanzfotos«, sagte Trina.

»Das ist ein Understatement«, sagte Deepa, »wir sprechen von einem Schwanzbild-Auteur mit Hollywood-Budget.«

Jess schaute zwischen den beiden hin und her und wusste nicht, ob sie lachen oder weinen sollte. Deepa und Trina verzogen keine Miene, also passte sie sich ihnen an.

»Ich versuch mir das gerade bildlich vorzustellen«, sagte sie, »aber …«

Trina schob ihr das Handy rüber. Jess nahm es in die Hand und drehte es einige Male, bis sie das passende Bildformat hatte.

»Ist das … Was ist das? Ein Tafelservice? Und in der Mitte … Moment, sein Schwanz kann doch unmöglich …«

»Er baut Miniaturdioramen«, sagte Trina. »Das hat er in dieser Fernsehdoku erzählt. Der Teller, das Besteck, die Sauciere, das Petersilienbett – alles miniaturisiert.«

»O mein Gott«, sagte Jess.

»Ist ein Ding, was?«, sagte Deepa.

»Wenn man gerade denkt, man hat auch die hinterletzten Beispiele fragiler Männlichkeit gesehen, kommt etwas um die Ecke, das …«

»… komplett neue Maßstäbe setzt?«, sagte Deepa.

»Hat *er* dir das geschickt?«, fragte Jess Trina. »Ich meine, so blöd kann er doch nicht sein?«

»Leider nicht«, sagte Trina.

»Und da liegt schon das Problem«, sagte Deepa.

»Er hat die Bilder meiner Freundin Kasia geschickt«, sagte Trina. »Sie hat sie mir ein paar Mal gezeigt, aber nie gesagt, von wem sie stammen. Und als ich ihn dann gestern Abend im Fernsehen über sein künstlerisches Hobby sabbeln hörte, habe ich eins und eins zusammengezählt.«

»Du willst sie nicht ins offene Messer laufen lassen«, sagte Jess.

»Genau. Wie käme ich dazu?«

»Sollst du auch nicht«, sagte Jess. »Und es dürfte auch nicht nötig sein.«

»Darum musste ich halt die Quelle finden«, sagte Deepa. »Und in Anbetracht der Tatsache, dass das Passwort dieses Menschen *Passwort* lautet, war ich in etwa zehn Minuten drin.«

»Du willst die Fotos leaken«, sagte Jess.

»Aber mit einer überzeugenden Erklärung für ihre Herkunft«, sagte Deepa. »Und die haben wir zum Glück.«

»Die Griefers«, sagte Jess.

»Bingo«, sagte Deepa. »Ist das nicht genial? Die ganze Stadt wartet nur auf einen Leak. Es ist das perfekte Alibi. Das Problem ist: die Plattform. Man kann die Bilder nicht auf die Griefers-Website laden. Selbst wenn wir über die *Selbstanzeige* gehen würden, wüssten wir nicht, wie lange es dauern wird. Und wir wissen immer noch nicht, wer dahintersteckt und wie das alles zusammenhängt …«

»Warum ihnen vertrauen?«, fragte Jess.

»Genau.«

»Glaubst du, das ist es, was die Griefers die ganze Zeit wollten?«, sagte Jess.

»Du meinst: selbst überhaupt nichts veröffentlichen, aber für alle anderen die idealen Bedingungen schaffen und dann den Kopf für sie hinhalten? Vielleicht meinen sie das mit ›Wir sind dein Gesicht‹?«

»Vielleicht«, sagte Deepa. »Aber vielleicht geht es auch gar nicht um die Griefers selbst. Vielleicht sind sie gar nicht selbst die Bewegung, sondern schaffen nur die Voraussetzungen für eine Bewegung.«

Jess nickte. »Oder vielleicht …«

»So faszinierend diese Spekulationen sind …«, bemerkte Trina.

»Sorry«, sagte Jess.

»Das Problem ist, wir können die Bilder nicht selbst leaken«, sagte Deepa. »Erstens, weil wir uns dadurch verraten würden, und zweitens, weil niemand sie schnell genug zu sehen bekäme, dass es uns weiterhelfen würde.«

Jess zuckte mit den Achseln. »Schickt sie doch an eine Zeitung«, sagte sie.

»Und was sagen wir denen? Hier sind ein paar Fotos von einem Politiker, an die wir auf total illegale Weise rangekommen sind?«

»Also, was dann? Willst du …«

»Wir sollten jemanden zwischenschalten, dem die Griefers möglicherweise die Hand reichen würden«, sagte Deepa. »Jemanden mit einer Plattform. Jemanden mit einem gewissen Grad an intellektueller Glaubwürdigkeit, der aber selbst nicht gefährdet ist.«

»Ich?«, sagte Jess.

»Gewissermaßen«, sagte Deepa.

»Du lieber Himmel«, sagte Jess.

»Und jetzt hat Sie's geschnallt.«

»Ich aber nicht«, sagte Trina. »Wovon reden wir hier gerade? Und *über* wen reden wir?«

»Jess enthält Vielheiten.«

»Soll das eine Erklärung sein?«, sagte Trina.

»Lange Geschichte«, sagte Jess. »Pass auf, Deepa, dein Plan leuchtet mir ja ein, okay? Wirklich. Er ist clever. Er könnte klappen. Aber …«

»Jetzt ›aber‹ mich nicht, Jess.«

»Ich wollte nur …«

»Ich weiß. Du willst kein Kuddelmuddel. Du willst dir Stroud sauber halten für den ganzen anderen Kram, den du mit ihm vorhast. Aber ich bitte dich, Jess, es ist doch eh schon ein Kuddelmuddel. Sieh das Ganze mal nicht aus der Jetzt-Perspektive, sondern aus der Aber-dann-Perspektive. Stroud macht ein bisschen auf sich aufmerksam. Danach erhält er zehnmal so viel Aufmerksamkeit. *Jeder* wird ihm zuhören.«

Jess schüttelte den Kopf.

»Zu riskant«, sagte sie.

»Warum bitte ist das riskant? Mensch, Jess, besser können wir unsere Spur kaum tarnen. Alle Welt wird sich die Schwanzfotos ansehen. Sobald sie veröffentlicht sind, werden die Leute vor *Benningtons* Tür stehen. Und noch was: Das gilt erst mal nur für die Bennington-Sache. Was aber, wenn wir dadurch am Ende auch mehr über die Griefers erfahren? Was, wenn hinter dieser Field-Sache irgendetwas steckt? Wir brauchen jemanden, der die Informationen publik macht, der ...«

»Schon früher erfolgreich Dinge publik gemacht hat«, sagte Jess.

»Pass auf«, sagte Deepa, »ich könnte jetzt an dein Gewissen appellieren, dir einen von ›endlich mal wirklich was bewegen können‹ erzählen. Zumal ich weiß, wie anfällig du für so was bist. Aber selbst wenn du einfach nur an dich denkst, hat es noch was Gutes. Damit würdest du Stroud einen Stellenwert verschaffen, den er niemals ohne ...«

»... Benningtons Schwanz erreichen würde«, sagte Jess.

»Genau«, sagte Deepa.

Trinas Handy piepte, eine neue Nachricht.

»Hoffentlich nur deine Familie«, sagte Deepa ernst.

»Es ist Mia«, sagte Trina mit vor Angst flatternder Stimme.

»Brute Force sind mit einem Mob von Leuten aus der Stadt in der Siedlung aufmarschiert.«

»Was?«

»Warte mal«, sagte Jess. »Deiner Familie geht es gut, oder? Du hast gesagt, sie sind in einem B&B.«

»Ja«, sagte Trina. »Die Wohnung ist leer. Sie haben es über Twitter erfahren.«

Deepa langte über den Tisch und zog ihren Laptop zu sich heran. Tastaturklappern, ein paar Suchbegriffe, dann blickte sie auf einen verwackelten Live-Stream, der von irgendeinem Handy übertragen wurde.

»O mein Gott«, sagte sie.

Jess und Trina schoben ihre Stühle um den Tisch herum, um sich an Deepas Seite zu setzen. Aus kurzer Entfernung starrten sie auf den Bildschirm. Die Bilder waren verwackelt, der Sound verzerrt. Man erkannte eine drängelnde Menschenmenge, das blecherne Gezischel vielfacher Stimmen, die gegeneinander anschrien.

»Das ist die Treppe zu meiner Wohnung«, sagte Trina.

Deepa legte ihren Arm um sie.

»Sie sind in Sicherheit«, sagte sie behutsam. »Vergiss das nicht.« Mit strengem Blick sah sie rüber zu Jess.

»Jess«, sagte sie.

Jess nickte. »In Ordnung«, sagte sie. »Her mit den Bildern.«

Deepa lächelte und tätschelte Jess' Bein. Zugleich schien der fauchende Lärm aus den Laptop-Lautsprechern sich selbst zu ordnen. Die Schreie aus der Menschenmenge wurden rhythmischer, bis nur noch ein einzelnes Wort ausgestoßen wurde.

»Was zum Teufel schreien die da?«, fragte Trina.

»*Selbstanzeige*«, sagte Deepa. »Sie skandieren *Selbstanzeige.*«

Trina hielt die Hände an den Kopf, wie um sich zu schützen oder das, was dort drinnen war, auch drinnen zu halten.

»Wie steht's mit der anderen Sache?«, sagte Deepa.

Jess kramte in ihrer Tasche nach dem USB-Stick und reichte ihn Deepa.

»Sie heißt Jasmine«, sagte sie.

Darkin blickte auf den Zeiger seines Weckers, der auf die volle Stunde zutickte. Pete und Tel unterhielten sich draußen. Manchmal rauchte einer von beiden eine Zigarette, und der Rauch zog durch das kaputte Fenster herein, was wiederum Darkins eigene Nikotingier verschärfte und ihn in Versuchung brachte, die unerbittlichen Vorgaben des Weckers zu missachten. Er suchte nach der Schachtel und musste dabei feststellen, dass die Vorräte fast aufgebraucht waren. Die Milch war alle und nur noch drei oder vier Scheiben Brot waren übrig.

»He«, rief er zu Pete und Tel heraus.

»Ja.« Erneut erschien Petes Kopf im Fenster.

»Könnte nicht einer von euch kurz was für mich im Laden besorgen?«

»Kann ich nicht machen«, sagte Pete.

»Warum nicht?«

»Dürfen unsere Posten nicht verlassen, oder was meinst du?«

»Auf keinen Fall«, ertönte Tels Stimme. »Was ist, wenn grade, während wir im Laden sind, irgendwas passiert?«

Darkin beschloss, die Sache fallenzulassen. Er hörte, wie Pete und Tel draußen darüber murrten, dass sie sich nicht als Altenpfleger gemeldet hätten.

»Entschuldigung.« Die Stimme von draußen klang abwartend und gereizt zugleich, als könnte sie sich nicht entscheiden, wie besorgt beziehungsweise ungehalten sie sein sollte. Die Stimme des Mannes klang zunächst fremd, dann auf einmal beruhigend vertraut.

»Kann ich dir helfen, Kumpel?« Das war Tel – immerhin gelassener, dachte Darkin, als die Person, die er ansprach.

»Ich wollte hier meinen Freund besuchen.«

»He«, rief Darkin. »He, Geoff.«

»Darkin? Bist du da drinnen?«

Darkin erhob sich langsam vom Sofa und machte sich auf den Weg zum Fenster.

»Er ist in Ordnung«, fing er an. »Ich …«

Draußen hörte er, wie Tel sagte: »Der ist beschäftigt.«

»Immer mit der Ruhe, Tel«, sagte Pete.

»Geoff?«, sagte Darkin, der jetzt am Fenster war und den Hals lang machte, um den Gang draußen sehen zu können.

»Wenn Darkin mir sagt, dass mit ihm alles okay ist, bin ich sofort wieder weg«, sagte Geoff. »Aber ich glaube nicht, dass du zu bestimmen hast …«

»Ich sag's dir nicht noch mal«, sagte Tel.

»Ganz ruhig, Tel«, sagte Pete. »Denk dran, worüber wir gesprochen haben.«

»Nimm deine … Bleib mir vom Leib«, sagte Geoff plötzlich ängstlich.

»Ruhig«, sagte Pete. »Ganz ruhig.«

Irgendwie hatte Darkin es geschafft, sich halb auf die Spüle zu hangeln, und konnte nun durch das Loch im Fenster sehen. Tel hatte Geoff im Nacken gepackt. Pete versuchte, dazwischenzugehen.

»Es ist in Ordnung«, sagte Darkin. »Er ist …«

»Komm mir nicht blöd, Freundchen«, sagte Tel.

»Tel«, sagte Pete. »Jetzt reg dich ab, okay?« Dann zu Geoff gewandt: »Er hat ne verdammt kurze Lunte, Kumpel. An deiner Stelle würde ich …«

Geoff sah aus dem Augenwinkel Darkin am Fenster stehen und drehte sich in Tels Griff ungeschickt herum.

»He«, sagte Geoff. »Darkin. Was ist hier los? Warum sind diese Typen …«

»Lass ihn los«, sagte Darkin.

Geoff wagte einen unerwartet rabiaten Vorstoß zu Darkin und reckte den Arm an Tels Schulter vorbei, womit er Tel leicht aus der Balance brachte. Tel verlagerte sofort sein Gewicht auf die Fersen, bekam Geoffs Kragen besser zu packen und schlug seinen Kopf seitlich gegen die Wand. Das Geräusch von Schädel auf Stein drehte Darkin den Magen um. Er wollte schreien, bekam aber keinen Ton heraus.

Geoffs Beine gaben nach. Für einen Moment hielt ihn nur noch Tels Faust an seinem Kragen aufrecht. Dann rappelte er sich hoch und drehte sich zur Seite. Auf Petes Drängen lockerte Tel seinen Griff und erlaubte Geoff, ein paar Schritte zurückzustolpern.

»Das hättest du nicht tun sollen, Kumpel«, sagte Pete. »Jetzt hast du ihn sauer gemacht.«

Geoff hielt sich mit der Hand die Stirn. Blut lief ihm als breites Rinnsal vom Haaransatz nach unten in die Augen.

»Fuck«, sagte Pete.

»Ihr brutalen Schweine«, sagte Geoff und ging vorsichtig auf Abstand. »Ich ruf die … Darkin. Darkin? Ich ruf die Polizei, okay? Keine Sorge. Du wartest einfach da und …«

»Das ist ja ganz toll«, sagte Tel, »ruf bloß die Scheißpolizei, wo wir doch hier sind, um euch zu helfen.«

Von der anderen Seite des Platzes aus konnte man weitere Stimmen hören, dazu das Geräusch von Schritten auf einer der Treppen.

»Los, rein mit dir, Kumpel«, sagte Pete, zu Darkin gewandt.

»Ham wir nicht gesagt, dass sie kommen? Doch, ham wir. Und ich wette, du bist ganz froh, dass wir jetzt und nicht erst später aufgekreuzt sind, stimmt's?«

»Warum hast du das getan?«, fragte Darkin.

»Eifer des Gefechts«, sagte Pete. »Kann doch mal vorkommen. Er wird's überleben.«

»Woher kommt dieser Krach?«, fragte Darkin.

»Genau wie Bennington es vorausgesagt hat«, sagte Pete. »War nur eine Frage der Zeit, bis sie deine Adresse rausfinden und dir einen Besuch abstatten.«

»Aber was hab ich denn getan?«, fragte Darkin. »Ich weiß nicht mal …«

»Du rührst dich nicht von der Stelle«, sagte Pete. »Wir regeln das schon.«

Darkin zog sich zum Sofa zurück und wollte sich setzen, überlegte es sich aber anders. Der einzige abschließbare Raum war sein Bad.

Egal, wie die Komplexitäten, Unwägbarkeiten und, scheiß drauf, auch Realitäten der gegenwärtigen Vorgänge gelagert sein mochten, dachte Hugo, während er am Rande von Larchwood anhielt, von wo aus sich ein großartiger Ausblick auf flackerndes Blaulicht und wie Schweine eingepferchte Demonstranten bot, eins stand fest: Hier war die Kacke am Dampfen. Alles andere waren lässliche Details, die man auch im Nachhinein noch sortieren oder tiefer unter den Teppich kehren konnte. Im Chaosstiften war er erfolgreich gewesen. Jetzt konnte er sich als Friedensstifter inszenieren, der für Ordnung sorgte.

Er war keineswegs spontan hier aufgetaucht, sondern hatte einige Straßen weiter schon länger gewartet und mit Teddy auf dem Autorücksitz das Umsichgreifen der Ausschreitungen über die sozialen Netzwerke verfolgt. Der Plan war, sich zum optimalen Zeitpunkt am Schauplatz zu zeigen, wenn die Stimmung noch aufgepeitscht genug und die Wut der Demonstranten noch nicht verraucht war, die Polizei aber bereits Präsenz gezeigt und physische Gewalt und ungesteuerte Aggressionen unterbunden hatte.

Hugo beobachtete Teddy, der er auf seinem Tablet Forum-Chats, Live-Nachrichten und Social-Media-Material über Larchwood herunterlud. Hugo hatte den Eindruck, dass die Sache sich gerade besser anließ, als er es sich je vorgestellt hatte. Denn eins war nun mal gegeben, wenn man Chaos stiftete: Man hatte zwar eine gewisse Kontrolle darüber, was man anstieß oder auslöste, wie man gewisse Schlüsselelemente mobilisierte, aber letztendlich konnte man nur warten und hoffen. Und mit Hoffen kannte Hugo sich aus. Gemeinhin waren die Umstände hinter den Erwartungen zurückgeblieben. Aber heute war das schier Unmögliche eingetreten. Aus dem Geflecht von Hugos Loyalitäten und Verpflichtungen, Koordinaten, zwischen denen er sich selbst kaum noch zurechtfand, hatte sich ein Muster herausgebildet, das nicht einmal Teddy mit seinen Grafiken, Diagrammen und Prognosemodellen vorhergesehen hatte. Die Bewohner von Edmundsbury hatten Hugos Empörung über diese Genozid-Frau mit ihrer eigenen diffusen Griefers-Paranoia verquickt und waren zu einem Schluss gekommen, der jetzt der einzig logische zu sein schien: dass die Genozid-Frau sich den Griefers stellen musste. Wo bleibe denn sonst die Fairness, wie jemand in einem stellenweise arg gefühlsbetonten, von Teddy extra markierten Facebook-Post ausgeführt hatte, wenn unschuldige Privatmenschen gegen ihren Willen vor der ganzen Welt bloßgestellt werden konnten, obwohl ihre Internet-Aktivitäten keiner Menschenseele geschadet hatten, während diese

Frau, diese Extremistin, die ganze Zeit das Internet vor aller Augen auf eine Weise nutzte, die wirklich niemand unterstützen konnte? Hier war, wie um Hugos frühere Ahnung zu bestätigen, dass bestimmte Kräfte sich nie ganz kontrollieren ließen, Ronnie Childs auf der Bildfläche erschienen. Er hatte die Bewohner von Edmundsbury in einer speziell für dieses Thema angelegten Facebook-Gruppe aufgerufen, sich nicht nur in Larchwood zu versammeln, um den alten Mann zu schützen, sondern, wenn sie schon mal da seien, freundlich und friedlich darauf hinzuwirken, dass diese Frau sich den Griefers stellte. Auch wenn sie sich weigerte, sagte er, auch wenn sie selbst dann noch halsstarrig blieb, wenn ihr die halbe Stadt völlig gewaltlos die Tür einrannte, würden die Griefers, denen, wie Childs alle noch einmal erinnerte, nichts verborgen blieb, die Botschaft verstehen: dass nämlich die Bewohner von Edmundsbury auf demokratische Weise eine Person zur Selbstanzeige gezwungen hatten. Innerhalb weniger Minuten war die öffentliche Wahrnehmung sowohl der Griefers wie der Brute Force ins Gegenteil umgeschlagen. Bis jetzt waren sie eine vage Bedrohung gewesen, nun waren sie plötzlich Instanzen, die den Bewohnern von Edmundsbury helfen konnten, ihre Stadt von einem radikalen und unerwünschten Element zu säubern.

Childs ahnte in seinem naiven Stolz auf dieses brillante politische Manöver natürlich nicht, dass Hugo keinesfalls die Absicht hatte, ihm vor Ort freie Hand zu lassen, geschweige denn ihm auch nur lokal begrenzten politischen Einfluss zuzubilligen. Childs war für ihn bestenfalls ein Köder. So sehr sich Hugo ein England wünschte, in dem die Notlage des alternden weißen Mannes und ein feindseliges rassistisches Flintenweib, das zur Selbstjustiz aufrief, schon genügten, um die Öffentlichkeit wachzurütteln, war ihm, durchaus mit Bedauern, klargeworden, dass vor allem eines mit großer Wahrscheinlichkeit gewaltsame Proteste hervorrufen würde: die Gegenwart der Brute Force. Seine Brandrede im Fernsehen hatte die ansässigen Gutmenschen bereits in Wallung gebracht. Larchwood erhitzte die Gemüter. Die Ankunft der Brute Force würde sie zu unüberlegten, peinlichen Reaktionen verleiten. Damit sie die Anwesenheit der Brute Force auch zuverlässig mitbekamen, hatte er ihnen vorsichtshalber einen Tipp gegeben. Offenbar konnte heutzutage jeder problemlos einen Account in ein oder zwei Foren einrichten und die hysterisierten Antirechten warnen, dass ein paar Neonazi-Schläger im Anmarsch waren. Das hatte wunderbar geklappt. Wer nun gewonnen oder verloren hatte, wessen Sache hier vertreten wurde oder auch nicht, war völlig irrelevant. Das Einzige, was zählte, war, dass Hugo mal wieder Gelegenheit hatte, seine Lieblingsvokabeln anzubringen: *Zusammenstoß, Gewalt, Krawalle*.

Auch deshalb verstand Hugo diesen Abstecher nach Larchwood – etwas voreilig vielleicht – als eine Art Siegerrunde. Nein, die Sache war vollständig gegessen, und ja, es gab immer noch ein oder zwei Variablen, die sich ungut auswirken konnten. Aber soweit Hugo die Lage beurteilen konnte, standen die Zeichen auf Sieg. Da sich eine, wenn auch rein strategische, selbst erfüllende Prophezeiung bewahrheitet hatte, würde die blasierte liberale Presse, die ihn lange Zeit für einen Anzug tragenden Affen gehalten hatte, der Politik mit dem Holzhammer machte und nur durch Zufall hier und da irgendwas Sinnvolles äußerste, nun gezwungen sein, seiner Zukunftsvision die Beachtung zu schenken, die sie verdiente. Hatte sich der Staub erst einmal gelegt, würde außerdem noch klarer werden, dass

Hugo nicht nur die Basis für den Erfolg seiner ureigenen Politikvorstellungen geschaffen, sondern auch die widerständigen Bewohner aus Larchwood entfernt und die öffentliche Wahrnehmung der Siedlung so beeinflusst hatte, dass sie deren Neubewertung und endgültige Zerschlagung deutlich begünstigte. Auch Jones würde das einsehen müssen und es deutlich schwerer haben, noch den selbstgefälligen Wichser zu spielen, was Hugo weidlich auszunutzen gedachte.

»Okay«, sagte Hugo, als der Wagen am Bordstein hielt und er sich einen Überblick verschaffte, »ich sehe da einen Krankenwagen.«

Teddy schaute nicht auf. Stattdessen checkte er auf seinem Tablet die Neuigkeiten.

»Ich sehe hier nichts, was für einen Krankenwagen spricht«, sagte er.

»Er steht hier direkt vor meiner Nase, Teddy.«

Teddy tippte weiter. »Das sagt wirklich gar nichts«, erwiderte er.

»Es sagt uns, dass er verdammt noch mal *existiert*«, sagte Hugo.

»Richtig. Ein Krankenwagen existiert. Aber das hätte ich Ihnen auch sagen können, ohne ihn zu sehen, oder? Das ist vollkommen irrelevant. Vielleich nur eine Frage des Protokolls, dass er hier rumsteht. Die Sichtbestätigung ist zu diesem Zeitpunkt buchstäblich irrelevant.«

»Vielleicht sollten wir mal spekulieren«, sagte Hugo.

Teddy sah auf und nickte. »Sie meinen, die Implikationen eines solchen Krankenwagens durchspielen?«

»Und zwar schnell. Damit meine ich: bevor ich da rausgehe und man mich am Ende für pietätlos hält.«

»Möglichkeit eins: Es bedeutet rein gar nichts. Möglichkeit zwei: Jemand wurde verletzt.«

»Was, wenn es sich bei diesem Jemand um den alten Mann handelt?«

»Im Grunde wär das toll. Eigentlich die beste Variante.«

»Und was, wenn er ernsthaft verletzt ist?«

»Tragisch, aber wir hatten es befürchtet.«

»Und wenn es dieses Genozid-Weib ist?«

»Hat sie es sich selber zuzuschreiben. Eine Lektion für sie.«

»Okay, ich geh jetzt da raus.«

Er öffnete die Wagentür und stieg zügig aus. Das Verlassen eines Autos vor Publikum war etwas, worin er noch Übung brauchte, dachte Hugo. Zumindest dieser Ausstieg war verbesserungswürdig, er brauchte ein paar überflüssige Verrenkungen, bis er aufrecht stand. Aber ganz schlecht war es auch nicht. Zukünftig standen ihm ja unzählige weitere Möglichkeiten des Aussteigens aus unzähligen weiteren Autos in weitaus öffentlicheren Situationen bevor.

Es war genau das richtige Maß an Shitshow. Ein paar Vertreter der Presse waren eingetroffen, mindestens zwei mit Fernsehkameras. Eine Handvoll linker Demonstranten, die saft- und kraftlos etwas von Faschismus quengelten, war hinter das Polizeiabsperrband zurückgedrängt worden. Etwas weiter die Straße runter befand sich eine zweite abgeteilte Zone mit einer Gruppe von Demonstranten, die Schilder mit Aufschriften trugen wie *Wir alle sind Darkin* oder *Wir sind die Darkins dieser Welt*. Daneben befand sich die vergleichsweise betreten dreinschauende *Selbstanzeige*-Brigade, die keinen Mucks von sich gab und auf Hugo den Eindruck machte, als sei ihnen nicht ganz wohl, jetzt, da das Adrenalin abgebaut war und der moralische Kater einsetzte.

Zwischen diesen Splittergruppen standen zwei Mannschafts- und ein Krankenwagen, deren Lichter immer noch so heftig blinkten, dass Hugo die Situation sogleich opportunistisch für sich nutzte und sich vor dieser universellen visuellen Kurzschrift für ein sich abspielendes Drama aufbaute.

»Ich sehe das *Optimum* an Disruption, großer Mann«, sagte Teddy, der lässig um den Wagen herumkam und sich zu Hugo gesellte.

»Leichte Sachschäden, mittelschweres Chaos, aber keine Leichensäcke.«

»Denken wir nicht mal an Leichensäcke, okay, Teddy?«

»Mr Bennington.« Ein junger, enthusiastischer Journalist trabte an den Wagen heran, aus dem Hugo gerade ausgestiegen war. »In welcher Funktion sind Sie ...«

»Zunächst einmal bin ich als betroffener Bürger hier«, sagte Hugo, »und zweitens als jemand, dem sein Wahlkreis und die Menschen, die hier wohnen, am Herzen liegen. Ich erwarte vollständige Aufklärung von der Polizei, und im Anschluss werde ich mich dazu äußern. Aber so, wie die Dinge stehen ...«

»Mr Bennington, was sagen Sie den Menschen, die ...«

»Wie ich bereits sagte, greife ich dem Polizeibericht ungern vor. Ein Kommentar zu diesem Zeitpunkt wäre verfrüht.«

»... die Ihnen vorwerfen, die Situation zu steuern?«

»Bitte keine weiteren Fragen«, sagte Teddy und wehrte den Schreiberling mit ausgestrecktem Arm ab. »Sobald wir mehr wissen, gibt's auch wieder was für Sie.«

Teddy trottete rüber zu den Polizisten, um sie zu informieren. Um Zeit zu gewinnen, ging Hugo etwas gemächlicher, eine altbewährte Taktik: das langsame Abschreiten, bei dem man jede Einzelheit in sich aufsog. Er hob den Kopf, als würde er etwas wittern, dann blickte er langsam von links nach rechts, als würde er tatsächlich jedes Detail absorbieren. Seine Mimik war so geschult, dass sie, wohin er sich auch wandte, die angemessene emotionale Reaktion widerspiegelte: ehrfürchtige Hochachtung, wenn sein Blick über die Mannschaftswagen wanderte; bewegte und hoffnungsfrohe Dankbarkeit, wenn er dem Blick eines der selbsternannten Darkinisten begegnete; und eine Art stoische Wut, gemischt mit einem sanften, bedauernden Kopfwackeln, als er sich der kleinen Gruppe antifaschistischer Demonstranten näherte. Den *Selbstanzeige*-Mob überging er einfach ohne jede Reaktion. Bis jetzt hatte er sich noch nicht entschieden, was er von ihnen halten oder über sie sagen sollte, wenn überhaupt. Deshalb waren sie für ihn, zumindest vorläufig, nicht existent.

»Faschist!«, brüllte irgendein Prolet aus den Reihen der Demonstranten. Die bis dahin etwas kleinlaut wirkende Gruppe schien dieser Ausbruch zu beleben, ihre Rufe erhoben sich wieder – *Hu-go-go-go-für-dich-ist-hier-No-Go! Wir sind hier zu Haus, Hu-Hu-Hugo raus!* Zumindest, dachte Hugo, nahmen diese Gesänge nicht wie sonst Bezug auf seine Dummheit oder seine körperliche Ähnlichkeit mit unappetitlichen Tieren.

Dennoch war er zutiefst angewidert. Das hier war die Schmuddelseite der Politik. Hugos Verständnis von Politik war Fernsehen, öffentliche Reden oder Kolumnen in ihm wohlgesonnenen Presseorganen und nicht dieses Vorbeischleichen an einem Pulk bestialischer Hetzer. Aber bei allem Ekel, allem Ressentiment, allen peinlichen und beschämenden Minderwertigkeitsgefühlen, war selbst Hugo klar, dass er sich, wenn er sich diese Abscheu anmerken ließ, zugleich eine Blöße geben würde. Je unwohler ihm war, desto desinteressierter musste er wirken. Je mehr er schwächelte, desto eiserner die Maske der Geringschätzung, zu der er seine Gesichtszüge angestrengt verziehen musste.

Als er wieder auf Teddy traf, lehnte der etwas zu lässig an der Seite eines Mannschaftswagens und unterhielt sich freundlich mit einem Beamten.

»He, großer Mann«, sagte Teddy, immer noch besorgniserregend entspannt. »Das ist Sergeant Gates.«

»Freut mich«, erwiderte Hugo mit ausgestreckter Hand. »Haben Sie das Kommando hier?«

»Ja, ich bin der ranghöchste Beamte.«

»Dann nehmen Sie bitte als Erstes meinen Dank und meine Bewunderung für Ihren schnellen Einsatz entgegen, auch dafür, dass Sie die Situation so schnell unter Kontrolle gebracht haben. Ich gehe mal davon aus, dass die alle hier festgenommen werden, oder?« Hugo zuckte mit dem Kopf in bühnenerprobter Abscheu in Richtung der Antifaschisten.

»Wüsste nicht, für was.«

»Keine Ahnung. Erregung öffentlichen Ärgernisses? Widersetzung gegen die Festnahme?«

»Es wurde ja niemand festgenommen.«

»Warum denn nicht?«

»Sie haben nichts Verbotenes getan.«

»Sie wollen mir tatsächlich weismachen, dass Sie hier mit zwei Mannschafts- und einem Krankenwagen auffahren, weil niemand etwas Verbotenes getan hat?«

»Ich sage ja nicht, dass *niemand* etwas Verbotenes getan hat. Sieht so aus, als wären ein paar von diesen Brute-Force-Typen auf jemanden losgegangen. Außerdem wurde eingebrochen.«

»Bei wem?«

»Bei dieser Twitter-Tante.«

»Verstehe.«

»Die Brute-Force-Typen haben wir hinten in den Wagen verfrachtet. In der Zwischenzeit haben die da« – er deutete in Richtung des *Selbstanzeige*-Mobs – »bei dem Einbruch geholfen. Leider ist es uns nicht gelungen, den Kreis so einzugrenzen, dass wir einen konkreten Verdächtigen identifizieren konnten. Sieht ganz so aus, als müssten wir sie laufen lassen und uns mit den Brute-Force-Typen begnügen.«

»Alles klar«, erwiderte Hugo, der nicht vollkommen sicher war, ob und in welcher Weise sich irgendwas davon als Zitat für die Nachrichten eignete. »Gibt's was Neues von einem Bewohner namens Darkin?«

»Dem geht's gut. Hatte sich sicherheitshalber ins Badezimmer eingeschlossen. Kommt deshalb leider nicht als Zeuge in Betracht, blieb aber zumindest unverletzt.«

»Ins Badezimmer eingeschlossen?«

»Als er hörte, wie der Aufruhr losging, entschied er sich für die sichere Variante, wie er sagt. Das Ganze hat den armen Kerl ziemlich verschreckt.«

»Also hat er im Grunde überhaupt nichts mitbekommen?«

»Nein. Weiß Gott, was der alte Knabe denkt, was passiert ist. Es hat ihn jedenfalls ziemlich verwirrt.«

»Soll heißen: Er hat keinen blassen Schimmer?«

»Könnte man so sagen.«

Hugo überlegte.

»Ich denke, ich statte ihm einen kleinen Besuch ab, wenn nichts dagegenspricht.«

Der Sergeant zuckte mit den Schultern. »Nicht unser Bier.«

»Danke, Sergeant«, sagte Hugo. Er wandte sich ab und winkte

Teddy, ihm zu folgen, während er dem zentralen Platz der Wohnsiedlung zustrebte.

Endlich raus aus dem Bad, hatte Darkin erst mal eine rauchen müssen. In seiner Hast hatte er sich eingeschlossen, ohne an die Kippen zu denken. Erst als er durch das kaputte Fenster die Rufe der Polizei hörte, entriegelte er die Badezimmertür, rappelte sich mühsam hoch und schlurfte zurück ins Wohnzimmer, wo er in den vertrauten und beruhigenden Komfort seines Sofas sank und sich eine ansteckte.

Jetzt schlürfte er eine Tasse Tee, die ihm ein Bulle freundlicherweise zubereitet hatte. Er überlegte, womit er den Terror gegen sich provoziert haben und wer daran beteiligt gewesen sein könnte. Wie lange würde es dauern, fragte er sich, bis sie wiederkamen? Downton, die Sache, die er die längste Zeit am meisten gefürchtet hatte, schien auf einmal das kleinste allen verfügbaren Übels zu sein.

Der Kopf des Polizeibeamten erschien in der offenen Tür.

»Jemand möchte Sie sprechen, falls Sie nichts dagegen haben.«

»Wer denn?«, fragte Darkin, dessen Ängste sofort wieder erwachten und sich zum alles beherrschenden Gefühl konzentrierten.

»Kennen Sie einen Hugo Bennington?«

»Aus der Zeitung.«

»Er ist hier. Er will sich persönlich überzeugen, dass es Ihnen gutgeht. Wenn das für Sie okay ist.«

Darkin nickte. Seine Angst verwandelte sich jetzt in Erleichterung und, als ihm klar wurde, was genau ihn erwartete, linkische Nervosität. Noch nie war er einer bekannten Persönlichkeit begegnet.

Der Beamte trat zur Seite. Genau hinter ihm, auf Darkins Türschwelle, stand Hugo Bennington. Er war etwas kleiner, als Darkin sich ihn vorgestellt hatte, auch weniger einschüchternd, als er auf seinen Bildern und in seinen Kolumnen rüberkam.

»Also, Sie müssen der berühmte Mr Darkin sein«, sagte Bennington, während er durch den Raum schritt. »Welche Ehre. Ich bin Hugo Bennington. Bleiben Sie ruhig sitzen.«

Bennington drehte sich um und inspizierte die Wohnung. Er schürzte seine Lippen, und seine Nasenflügel zuckten. Er schluckte einmal, heftig, brachte dann aber ein unsicheres Lächeln zustande.

Für einen Moment sah Darkin verschämt auf den Boden.

»Normalerweise ist es hier aufgeräumter«, sagte er. »Hab grad auch kein fließendes Wasser.«

»Sie sollten meine Bleibe sehen«, erwiderte Bennington. »Sie leben alleine?«

Darkin nickte und deutete zum Sofa, damit Bennington sich setzen konnte.

»Frau ist weg«, sagte er.

»Im Sinne von: tot?«, fragte Bennington.

»Sie haben sie weggebracht«, sagte Darkin. »Dann ist sie gestorben.«

»Meine ist weg, nur leider immer noch am Leben«, sagte Bennington, wobei er Darkin plump zuzwinkerte.

Er schritt weiter durchs Wohnzimmer Richtung Sofa, wobei er, wie Darkin bemerkte, den Couchtisch keines näheren Blicks würdigte, und als er sich auf dem Sofa niederließ, darauf achtete, dass sein Körper so wenig wie möglich mit den Polstern in Berührung kam.

»Ein Raucher, verstehe«, sagte Bennington.

»Seh keinen Grund mehr, jetzt noch aufzuhören«, erwiderte Darkin.

»Hab noch nie einen Grund dafür gesehen«, sagte Bennington, während er ein Päckchen aus der Seitentasche seiner Anzugjacke holte, sich eine ansteckte und tief inhalierte.

»Irgendein Laster braucht der Mensch, stimmt's?«

Schon merkwürdig, dachte Darkin, während er die brennende Zigarette in den Aschenbecher legte, um sie dann nervös wieder an die Lippen zu führen und heftig daran zu ziehen, dass ein Mann, den er sich so ganz anders, so viel unnahbarer vorgestellt hatte, so zwanglos mit ihm umging. Er versuchte sich irgendeinen anderen Politiker vorzustellen, der ihn auf einen kurzen Plausch und eine Zigarette besuchen kam.

Bennington sah sich um. Seine Gesichtszüge hatte er wieder so weit unter Kontrolle, dass seine Miene schwerer zu lesen war.

»Wohnen Sie schon lange hier?«, fragte er.

»Seit das hier steht.«

»Ach, tatsächlich?« Bennington schüttelte den Kopf. »Gibt nicht mehr viele wie Sie.«

»Wie mich?«

»Die Leute ziehen doch mittlerweile ständig um, oder? Kaum einer bleibt noch am selben Ort.«

»Ich hab darüber nachgedacht, wegzuziehen«, sagte Darkin. »Flo und ich vielmehr. Aber als ich dann alleine war, hab ich keinen Sinn mehr drin gesehen.«

»Flo war Ihre Frau?«

Darkin nickte.

»Da haben Sie sicher viele Erinnerungen«, sagte Bennington.

»Wünschte, es wären weniger«, erwiderte Darkin. »Wenn ich Ihnen einen Rat geben darf: Wenn Sie mal in mein Alter kommen, sehen Sie am besten zu, dass Sie verblöden. Oder, noch besser: Kommen Sie erst gar nicht in mein Alter.«

Bennington nickte.

»Keine Kinder?«, fragte er.

Darkin schüttelte den Kopf.

»Ich auch nicht«, sagte Bennington. »Ein Segen, soweit ich das beurteilen kann.«

»Hab Kinder nie gemocht«, sagte Darkin. »Flo war eher dran interessiert, aber … es kam einfach nicht dazu.«

»Das Letzte, was ich jetzt in meinem Leben brauche, sind noch mehr Leute, die mich hassen«, sagte Bennington. Er nickte Richtung Darkins Fenster. »War das der Mob?«

»Nee, war vorher schon da. Wollte es längst reparieren, aber dann …«

»Im eigenen Tempo oder gar nicht, stimmt's?«

Darkin lächelte. »Ich bin ein verdammter Sturkopf«, sagte er.

»Sieht ganz so aus«, sagte Bennington. »Gibt nicht viele, die es lange hier aushalten. Da braucht man eine gewisse Sturheit.«

»Ich mag es nicht, rumgeschubst zu werden.«

»Ich auch nicht«, sagte Bennington. »Wirkt auf Dauer ermüdend, oder?«

Darkin dachte daran, wie er am nächsten Tag versuchen würde, aus dem Bett zu kommen, dann vielleicht hinfiel und es erneut versuchte. Er dachte an Geoff und fragte sich, ob er sich je wieder blicken lassen würde, stellte sich vor, wie irgendwann auch die letzten Vorräte aufgebraucht sein würden, weil Geoff nicht mehr kam. Dann dachte er an den Mob. Ob und wann er zurückkommen würde, ob Downton ihm zuvorkommen würde. Wie oft in den vielen nächsten Tagen, überlegte er, würde er sich die immer gleichen Fragen stellen?

»Nach einer Weile macht es einen fertig«, sagte er.

»Das macht mich wirklich krank«, sagte Bennington. »Leute wie Sie, die Art und Weise, wie man Sie behandelt.«

»Warten Sie nur, bis Sie irgendwann genauso dran sind wie ich«, sagte Darkin. »Es macht einen nur noch kränker.«

Bennington schüttelte den Kopf. »Ein Mann wie Sie«, sagte er, »aus seinem eigenen Haus vertrieben.«

Darkin runzelte die Stirn. »Noch bin ich ja hier.«

»Sind Sie das?«, erwiderte Bennington.

Darkin wusste nicht, was er darauf antworten sollte.

»Ich meine, verstehen Sie mich nicht falsch«, sagte Bennington. »Ich hasse so was. Ich hasse diese Scheißkerle. Kommen einfach vorbei, erschrecken alte Männer und drängen sie aus ihren Wohnungen. Ich meine es so. Ich will, dass Sie wissen, wie wütend ich bin.«

»Aber sie sind weg«, sagte Darkin halbherzig und ohne rechte Überzeugung.

»Weg?«, sagte Bennington. »Nein, mein Freund, die sind immer noch da unten und singen. Die Polizei hat sie eingekesselt, aber wie lange wird das gut gehen? Sicher, jetzt gerade benehmen sie sich, aber Sie glauben doch nicht im Ernst, dass das so bleiben wird, wenn die Polizei erst das Feld geräumt hat und niemand mehr da ist, um sie aufzuhalten? Die beiden Typen von vorhin waren buchstäblich die einzigen, die auf Ihrer Seite standen, und die wurden von der Polizei fortgeschafft.«

»Ich stör doch keinen«, sagte Darkin. »Ich bin niemandem im Weg.«

»O doch, das sind Sie«, erwiderte Bennington. »Das sind wir alle.«

Darkin dachte darüber nach. Er hatte es immer schon gewusst, aber nicht wahrhaben wollen. Wahrscheinlich war er einfach davon ausgegangen, dass er längst weg sein würde, bevor sie ihn am Wickel kriegten.

»Ich meine, ich wünschte, ich könnte einfach so mit den Fingern schnippen und die Zeit zurückdrehen«, sagte Bennington. »Aber erst mal müssen wir Sie in Sicherheit wissen, alter Junge.«

»Aber Downton, was ...« fing Darkin an.

»Vergessen Sie Downton«, sagte Hugo. »Was sollen die anderes tun, als innerhalb dieses lächerlichen, aber nun mal bestehenden Systems zu arbeiten? Die Entwicklung der Wohnverhältnisse ist ja nicht deren Schuld. Und es ist auch nicht deren Schuld, dass Wohnraum immer knapper wird. Immerhin versuchen sie etwas dagegen zu tun. Und ich will Ihnen was sagen: Was diese Situation hier angeht, waren sie bislang sehr entgegenkommend.«

Darkin dachte an Jones. Wie er den Gehstock außer Reichweite stellte. Die kaum verhüllten Drohungen.

»Entgegenkommend?«, sagte er.

»Also normalerweise ist es ein irrer bürokratischer Aufwand, jemanden hier rauszuholen. Sie wissen, wie diese Leute sind. Als ich von der Sache hörte, habe ich sie mir zur Brust genommen und gesagt: Passt mal auf, dieser Knabe ist da nicht sicher. Er ist wehrlos. Eine radikale, *militante* Splittergruppe hat ihn im Visier. Ich sagte: Wir müssen was unternehmen, um ihm zu helfen, wenn wir ihn nicht auf dem Gewissen haben wollen. Ich muss da einen Nerv getroffen haben, denn wissen Sie was? Sie gaben mir recht. Sie haben schon eine neue Bleibe für Sie gefunden. Einen sicheren Ort. Eine von ihren Wohnungen. Sie bieten Ihnen einen fairen Tausch an. Sie sind doch der Wohnungseigentümer, oder? Verstehen Sie, anstatt darauf warten zu müssen, dass der Verkauf über die Bühne geht, während Sie hier mit kaputtem Fenster und ohne fließend Wasser hocken und eine Horde Schläger vor der Tür wartet, können Sie auch einfach in eine neue Wohnung ziehen und alles Weitere später klären.«

»Ich hab bloß immer gedacht, ich würd hier sterben«, sagte Darkin.

»Ich verstehe das ja«, sagte Bennington. »Und vermutlich denkt sogar ein Teil von Ihnen: Was macht es schon, ob ich eines natürlichen Todes sterbe oder ein paar, entschuldigen Sie die Wortwahl, beschissene Radikale hier einsteigen und mich umbringen? Und wissen Sie was? Unter uns, von Mann zu Mann, da geb ich Ihnen vollkommen recht. Aber wissen Sie, was ich noch denke? Warum diesen Mistkerlen die Genugtuung verschaffen? Warum sie gewinnen lassen? Sie könnten es an einem hübschen, sicheren Ort noch mal nett haben, unter Ihresgleichen, mit allem Komfort, Heizung, was Sie wollen. Wer zuletzt lacht, oder?«

Darkin gelang mit Mühe ein Lächeln.

»Passen Sie auf«, sagte Bennington nach einer gutgetimten Pause, »ich muss dann wieder, leider. Keine Ruhe für die Gottlosen, was? Aber es wird sehr bald jemand von Downton vorbeikommen und den ganzen Umzug für Sie organisieren. Ich habe denen gesagt: Der Mann will keine weitere Nacht allein an diesem Ort verbringen. Stimmt doch, oder? Und es ist mir ein persönliches Anliegen, sicherzustellen, dass Ihnen nichts zustößt. Also, hier ist meine Karte.« Er zog eine knackige weiße Visitenkarte aus der Jackentasche und schob sie Darkin über den Couchtisch zu. *Hugo Bennington, England Always.* »Falls es irgendein Problem gibt, rufen Sie mich an. Und ich meine das, wie ich es sage. Verlassen Sie sich auf mich.«

Er stand auf und reichte ihm die Hand.

»Danke«, sagte Darkin. »Sie haben ... ich meine, niemand sonst hat ...«

»Ich weiß«, erwiderte Bennington. »Passen Sie auf sich auf, alter Knabe. Ich besuche Sie dann in Ihrer neuen Bleibe. Nein, bitte, bleiben Sie sitzen. Ich finde alleine raus.«

Er winkte kurz und verschwand durch die Haustür, während Darkin auf dem Sofa zurückblieb. Er hatte immer noch kaum Gefühl in den Beinen, und nach all der Aufregung, dem Radau und Geschrei auf der Treppe, dem Eingeschlossensein im Badezimmer und der Angst, dass jemand seine Haustür eintreten und sich gewaltsam den Weg zum letzten kleinen Winkel bahnen könnte, den er sein Eigen nannte, war auch sein Adrenalinspiegel noch stark erhöht. Er beugte sich vor und zündete sich eine weitere Zigarette an. Es interessierte ihn längst nicht mehr, wann er die letzte geraucht hatte. Er musste daran denken, wie sie Flo mitgenommen hatten. Sie war so schlecht beisammen gewesen, dass sie nicht mehr wusste, wo es langging, und keinen mehr erkannte. »Zu ihrer eigenen Sicherheit«, hieß es. Er musste daran denken, wie er sich den Sozialarbeitern, den Polizeibeamten und dem Arzt immer wieder in den Weg gestellt hatte: »Ich bin noch nicht bereit, ich bin noch nicht bereit, sie aufzugeben«, woraufhin sie dauernd wiederholt hatten: »Sie haben alles getan, jeder kann sehen, dass Sie alles getan haben.« Er erinnerte sich, wie er sich geschämt hatte, sie gehen lassen zu müssen, wie sie ihm Handschellen angelegt und ihn, der immer noch brüllte, obwohl er hoffnungslos unterlegen war, nach draußen gezerrt hatten. Er musste an die Besuche im Heim denken, als er hilflos mit ansehen musste, wie sie immer schwächer wurde und schließlich starb.

Wenn sie diese Wohnung so unbedingt wollen, dachte er, dann sollen sie sie haben. Er würde schon zurechtkommen. Um ihn würde man sich kümmern. Sollte sich doch die nächste Generation den Kopf darüber zerbrechen, wie es weiterging. Er war durch damit.

Es klopfte an der Tür. Eine Stimme, die ihm bekannt vorkam, rief seinen Namen. Jones, dachte er, der Mann von Downton. *Hier, um zu helfen.* Er zerrieb die Zigarette im Aschenbecher und langte nach seinem Stock.

Das Klingeln des Küchenweckers weckte verspätet sein Bewusstsein für das, was ihm längst klar gewesen war: Es war nichts mehr so, wie es sein sollte, sondern grausam verdreht und verrutscht, und das Klingeln nur ein Signal, dass es aus war.

Die Konservierung der Phantasie, Darkin geholfen oder zumindest einem wie auch immer gearteten Gemeinwohl gedient zu haben, begann, sobald Hugo Darkins Haustür hinter sich geschlossen hatte, und setzte sich fort, als er nur Sekunden später im Treppenhaus an Jones vorbeiging und ihn geflissentlich ignorierte. Schon kurz darauf kam der ebenso große Aufwand des Verdrängens hinzu – das schweißtreibende Niederringen der Zweifel, der Befürchtungen und des schmerzlichen Bedauerns, die Hugos weiteres Leben bestimmen sollten. Sein Gewissen würde ihn in den kommenden Jahren mal mehr und mal weniger plagen, seine Verbitterung hingegen auf einem konstanten Höchststand verharren. Denn anders als in seiner Vision erwies sich das Treffen mit Darkin keinesfalls als der Kulminationspunkt, an dem sich all seine Ambitionen erfüllten, sondern als Schlussstrich unter seiner Politkarriere. Dieses Treffen war seine letzte Handlung als Politiker gewesen.

Nachdem er Jones lautlos im Treppenhaus passiert hatte, traf Hugo am Fuß der Treppe auf Teddy, der schon auf ihn wartete. Diesmal tippte er nicht mit dem Ausdruck seliger Zerstreutheit auf seinem Tablet herum, sondern stand ungewöhnlich still da und schaute Hugo direkt ins Gesicht.

»Job erledigt?«, fragte er.

»Erledigt«, sagte Hugo. »Jones ist …«

»Ich weiß«, sagte Teddy. »Ich hab ihn gerade hochgeschickt.«

»Sie … na wunderbar. Dann ist ja alles getan. Ich geh dann mal und sag vor der Presse ein paar Worte. Danach können wir …«

Hugo wollte gerade an Teddy vorbeigehen und sich zum Eingang von Larchwood begeben, wo er die Presse und die Demonstranten zurückgelassen hatte und nun die Rede halten wollte, die ihn großmachen würde, als Teddy mit dieser Einhalt gebietenden Geste, mit der er sonst Journalisten klarmachte, dass es keine weiteren Fragen geben würde, Hugo seinen Arm in den Weg hielt.

»Kleine Planänderung, großer Mann«, sagte er.

»Aber was ist mit …«

»Die Situation ist gerade etwas glitschig«, sagte Teddy.

»Glitschig? Teddy, das war ein Kantersieg für uns. Wir haben nicht nur zwei Fliegen mit einer Klatsche geschlagen, sondern einen ganzen Fliegen*schwarm* – okay, nicht mit *einer* Klatsche, aber mit einigen *wenigen* Klatschen. Teddy, es ist doch praktisch alles in trockenen Tüchern.«

»Verlegen wir das Gespräch doch ins Auto«, sagte Teddy, während er Hugo in eine Seitengasse lotste, die ihn weit weg von einer Zukunft führen sollte, die Hugo schon sehr lange vor Augen gehabt hatte.

»Schlechte Nachrichten?«, fragte Hugo. »Was ist denn los?«

»Gute und schlechte Nachrichten«, sagte Teddy, der Hugo weiterhin sehr bestimmt zum Ende der Gasse lotste, die in eine Seitenstraße mündete, auf der ein Auto – nicht *das* Auto, aber *ein* Auto, ein unauffälliger Transporter – mit laufendem Motor wartete. Teddy öffnete Hugo die Tür, half ihm hinein, kletterte hinterher und schloss die Tür.

»Zuerst die guten Nachrichten«, sagte er.

»Ich hätte lieber die schlechte zuerst gehabt«, sagte Hugo. »Dann geben die guten Nachrichten dem Ganzen wieder einen positiven Dreh …«

»Also, tendenziell ist es eher so, dass nach den schlechten Nachrichten gar keine Nachrichten mehr kommen«, sagte Teddy.

»Verstehe«, erwiderte Hugo, dem es plötzlich nicht mehr gelang, das Gefühl des Anfahrens und das schwebende, diffuse Unwohlsein im Magen-Darm-Trakt ganz voneinander zu trennen.

»Die gute Nachricht ist, dass der Termin für die Nachwahl steht«, sagte Teddy.

»O Gott«, sagte Hugo.

»Jep. Sieht so aus, als wäre der ganze Aufruhr mit den Griefers und Larchwood und Twitter und so weiter ein größerer Glücksfall«, als wir dachten. Trevor Barnaby hat in einer Presseerklärung seinen Rücktritt angekündigt. Er sagt, er fühlt sich nicht länger qualifiziert und gerüstet für Edmundsburys neuen Status als *zukunftsfähige Stadt*.

»Zur Hölle noch mal«, sagte Hugo, der für einen Moment vergaß, dass noch schlechte Nachrichten ausstanden. »Teddy, das ist irre. Das ist mehr, als wir je ... ich meine, haben Sie je geglaubt, dass es wirklich dazu kommen würde? Wissen Sie noch, als wir geplant haben ...«

»Ja, ich hatte tatsächlich darauf gehofft, dass Barnaby alles ein bisschen zu viel werden würde«, sagte Teddy.

»Gott«, sagte Hugo. »Stell dir vor, dein eigener Wahlkreis bringt dich so aus dem Konzept, dass du einfach ... alles an den Nagel hängst. Wissen Sie, Teddy, das ist so perfekt für uns. Wir sind doch immer darauf rumgeritten, dass das politische Establishment den Bezug zur Wirklichkeit verloren hat, dass sie nicht das Zeug dazu haben, mit dem aktuellen Geschehen fertigzuwerden, und nun hat er es im Grunde selbst zugegeben. Jetzt müssen wir zuschlagen. Was ist unser nächster Schritt? Natürlich muss ich erst mal meine Kandidatur bestätigen.«

»Tja ...«, sagte Teddy.

Das war sie, dachte Hugo, die schlechte Nachricht, in einem einzigen, zögernden Wort überbracht.

»Fick dich«, sagte Hugo sofort. »Das wagen Sie nicht. Los, versuchen Sie's doch, Teddy, Sie hinterhältiger *Scheißer*.«

Teddy hielt die Hände hoch. »Das ist kein Machtspielchen, Hugo.«

»Nein? Was ist dann los zum Teufel? Will Alan irgendeinen

Scheiß abziehen? Wenn er glaubt, er knackt diesen Wahlkreis auch ohne mich ...«

Teddy aktivierte den Bildschirm seines Tablets und drehte ihn so, dass Hugo etwas sehen konnte. Hugo schaute auf den Bildschirm und fühlte sich, als sei mit einem Mal alles Blut aus seinem Körper gewichen.

»Ist das Ihr Schwanz?« Teddy deutete mit dem Finger auf den Bildschirm seines Tablets. Darauf war ein Foto von Hugos Penis zu sehen, der aus einem offensichtlich eingelaufenen Bücherregal zwischen Penguin-Klassikern hervorschaute.

Hugo erwiderte nichts, sondern glotzte nur dumpf auf das unbestreitbare Abbild seines besten Stücks.

»Ist das *Ihr* Schwanz?«, fragte Teddy, während er weiter herunterscrollte und eine Ansicht von Hugos Penis offenbarte, der neben einer Computertastatur ruhte, die genau dieselbe Länge hatte.

»Ist *das* hier Ihr Schwanz?«, fragte Teddy, während er mit dem schier endlosen Scrollen fortfuhr und bei einem Bild stoppte, auf dem Hugos Penis den Sonntagsbraten im Minidiorama eines traditionellen bürgerlichen Familientischs darstellte.

»Woher haben Sie die, Teddy? Falls Sie mich erpressen wollen, lassen Sie mich Ihnen sagen ...«

»Hugo, die habe ich aus dem Netz. Diese Bilder sind *da draußen*, großer Mann, überall da draußen. Ihr Schwanz trendet auf Twitter. Ich hab gerade erst eine Resonanzkurve von aktuellen Geschehnissen in Edmundsbury erstellen lassen. Ihr Schwanz spielt eine derart prominente Rolle, dass man kaum noch etwas anderes wahrnimmt. Ich kann Ihnen gerne mal die Heatmap zeigen.« Er tippte erneut auf die Tasten seines Tablets und drehte es dann herum, um Hugo eine Landkarte der Britischen

Inseln zu zeigen, die vollständig rot eingefärbt war. »Gegenden, in denen die Leute nicht über Ihren Schwanz reden, sind grün angezeigt.«

»Aber da ist doch gar kein … Oh.«

»Ja. Oh.«

»Ich begreife nicht ganz, wie …«

»Lautet Ihr Passwort immer noch *Passwort?*«

»Ich war schon so gut wie dabei, es zu ändern. Ich bin nur einfach noch nicht …«

»Und haben wir oder haben wir nicht mehr als ein Mal, aber zumindest ein Mal, *ein sehr deutliches* Gespräch darüber geführt, dass die Griefers damit gedroht haben …«

»Warten Sie, stecken die etwa dahinter? Diese verfickte Horde maskierter …«

»Sieht ganz so aus. Die und ein Kolumnist namens Byron Stroud, der einen direkten Draht zu deren Informationen zu haben scheint, und damit meine ich Ihren Schwanz.«

»Also schön«, sagte Hugo und stählte sich innerlich. »Okay, die Sache ist peinlich. Okay. Aber ich erinnere an Ihre Worte: Schlechte Publicity gibt es nicht. Immerhin reden die Leute über mich. Wir können das drehen, Teddy, so wie wir es immer gedreht haben. Ich wurde hier zum Opfer, zum Opfer dieser … ich weiß nicht, wie ich's sagen soll, nennen wir's: Schmutzkampagne. Nennen wir's *Hexenjagd*. Und ja, es mag peinlich sein, aber das genau ist meine Chance, dafür einzutreten, dass …«

Teddy hob die Hände. »Genau das hatte ich auch schon überlegt«, sagte er. »Und, wissen Sie, würde es sich nur um ein Grüppchen von Hackern handeln, die ein paar Schwanzbilder von Ihrer Festplatte ziehen, hätten wir diesen Weg einschlagen können. Aber es geht längst nicht mehr nur darum.«

»Worum geht es denn?«

»Tja, seit dieser Byron Stroud damit exklusiv und live online gegangen ist, haben sich auch andere Leute, *andere Frauen,* gemeldet.«

»Was für Frauen?«

»Frauen, die behaupten, sie hätten seit Jahren so ein Zeug von Ihnen bekommen und bisher nur deshalb nichts gesagt, weil sie befürchteten …«

»Welche verdammten Frauen?«

»Hugo, haben Sie nach Ihrem BBC-Auftritt ein Foto von Ihrem Schwanz an Vivian Ross geschickt?«

»O Scheiße.«

»Hugo, sagen Sie mir bitte, dass das nicht wahr ist, und ich schlage mich da draußen für Sie.«

»Ich … Sie war so ein Miststück bei dem Interview. Ich meine, Sie haben das Interview gesehen, Teddy. In dem Interview war sie eine echte *Fotze*. Wenn wir öffentlich darüber abstimmen lassen würden, in einer Publikumsumfrage oder so, bin ich mir sicher, dass mir die meisten Leute zustimmen würden, dass sie in diesem Interview eine ausgesprochene Fotze war und es ihr nur recht geschieht, dass …«

»Und hatten Sie sich auf dem Bild eine Miniaturausgabe ihres Kopfs auf den Penis gesteckt?«

»Es war ein Witz. Es war ein verdammter Witz, zum Teufel … Hören Sie, wenn ich ihren echten Kopf auf meinen Schwanz gespießt hätte, was ich, nebenbei gesagt, zu gern gemacht hätte, dann würde ich es ja noch einsehen, aber, mein Gott, wir sprechen über ein Bild.«

»Sie hat Sie wegen grob unsittlichen Verhaltens angezeigt.«

»Sie hat was? Was soll denn das für ein Vergehen sein?«

»Und wegen Bedrohung.«

»Womit habe ich sie denn bedroht? Das ist krank, Teddy. Das ist vollkommen krank.«

»Sicher, das ist es, großer Mann.«

Hugo streckte seine Hand nach dem Tablet aus. »Geben Sie mal her.«

»Sie wollen sich das wirklich ansehen?«

»Geben Sie schon her.«

Teddy reichte es ihm. Hugo scrollte durch die Bilder. Es war ein repräsentativer Überblick über sein Schaffen, fand er. Er tippte auf die Adressleiste und googelte sich selbst. In einem endgültigen Akt ironischer Effizienz und zweifellos als Resultat einer Vermischung der Suchbegriffe *Hugo Bennington Miniaturmodelle* und *Hugo Bennington Schwanz*, lautete der erste Vorschlag bei Google *Hugo Bennington Miniatur Schwanz*.

Es war zum Haareraufen, dachte Hugo, dass er ausgerechnet daran scheitern musste. In vielerlei Hinsicht hatte sich damit seine größte Phantasie erfüllt: Englands Topographie, geprägt von seinem Riesenschwanz. Es war immer seine größte Sorge gewesen, klammheimlich aus der Öffentlichkeit zu verschwinden. Nun hatte ihn das Gegenteil zu Fall gebracht. Er war *zu* öffentlich geworden – eine Aufmerksamkeits-Supernova.

Er sank zurück in den Autositz und zog an seiner Krawatte. Er hatte jetzt verdammt Lust auf eine Zigarette, scheute aber den unausweichlichen Konflikt, den Rauchen im Auto mit sich brachte. Dieses verdammte Zeitalter der *Empfindlichkeiten*, dachte er. Was sollte er jetzt machen? Sich kastrieren lassen? Immer wenn er eine Frau traf, auf die er stand, stellte er sich vor, ihr seinen Schwanz ins Gesicht zu rammen. Traf er eine Frau, auf die er nicht stand, stellte er sich ebenfalls vor, ihr seinen Schwanz ins Gesicht zu rammen. War das nicht mehr normal? Sollte er sich für so was neuerdings *entschuldigen?*

Das, dachte er, ist also die Gesellschaft, in der wir leben, eine Gesellschaft, in der ein unbescholtener Bürger sich jederzeit vor einem Internet-Erschießungskommando wiederfinden und kurzerhand für das simple Verbrechen exekutiert werden konnte, einfach nur das getan zu haben, was er immer getan hatte: Furcht zu säen, die verwöhnte, selbstzufriedene, verweichlichte, zur Unkenntlichkeit entstellte und kaum noch diesen Namen verdienende Nation, zu der England definitiv verkommen war, in Angst und Schrecken zu versetzen. Denn, bei Gott, wenn es etwas gab, das Hugo in all den Jahren, in denen er herumposaunt hatte, wie sehr er England liebte, gelernt hatte, dann, wie sehr er England hasste: diese Horden von Immigranten, diese schmutzigen Straßenmärkte mit ihrem exotischen Ramsch, auf denen jede erdenkliche Sprache gesprochen wurde, nur nicht seine eigene. Diese affektierten, heiratenden Schwulen, diese quäkenden, halbwilden feministischen Weiber, diese quengeligen, angeschwulten Politiker mit ihren gegelten Frisuren und ihren schrillen Sprüchen – *das*, dachte er, *das* hätte seine Plattform sein sollen: nicht »England Always«, sondern »England am Ende«, »England am Arsch«.

»Na schön«, sagte er, »ich sehe gerade einen Ausweg.«

Teddy verformte sein Gesicht zu dem ersten Ausdruck von Sympathie, um den er sich Hugo gegenüber je bemüht hatte.

»Das ist … das ist große Klasse, Hugo. Ich meine, lassen Sie sich von diesen Mistkerlen bloß nicht niedermachen, ja? Aber, wir haben uns da mal zusammengesetzt …«

»Wer ist *wir?*«

»Ich und ein paar Leute.«

»Was für Leute?«

»Also, Leute aus der Partei. Ein paar von Alans Leuten. Alan.«

»Alan? Wieso setzt er sich mit Ihnen zusammen? Er soll sich mit *mir* zusammensetzen.«

»Oh, er ist da ganz bei Ihnen, Hugo, in Gedanken. Aber total. Er möchte, dass das unmissverständlich klar ist.«

»Was soll das heißen: *in Gedanken*? Benutzt er ein verdammtes Ouija-Brett?«

»Ich meine, Sie wissen doch, dass er in Gedanken ganz bei Ihnen ist, auch wenn er …«

»… sich auf der physischen Ebene möglichst fernhält.«

»Auf physischer oder, was noch relevanter wäre, publizistischer Ebene.«

»Na schön«, sagte Hugo. »Schön. Ich hab's geschnallt. Er distanziert sich. Ich verstehe. Wenn er von mir verlangt, dass ich da rausgehe und …«

»Das tut er nicht, großer Mann.«

»Was tut er nicht?«

»Er verlangt nicht von Ihnen, da rauszugehen.«

»Okay, ich meine, unter diesen Umständen ist das wahrscheinlich weise. Vielleicht schicken wir einfach nur ein Statement raus und …«

»Er möchte nicht, dass Sie ein Statement rausschicken. Er hat unmissverständlich klargemacht, dass Sie auf keinen Fall irgendeine Art von Statement abgeben sollen.«

»Wie bitte? Man soll also diesen ganzen verfluchten Skandal …«

»Überlassen Sie es ihm, die Sache abzuwickeln.«

»Ihn die …«

»Hauptsächlich geht es darum, *Sie* abzuwickeln.«

»Mich abzuwickeln?«

»Sie zu feuern.«

»Mich zu feuern?«

»Im Prinzip, ja.«

»*Mich* zu feuern.«

»Sorry, großer Mann.«

»Also, nur weil ich ein paar Schwanzfotos an ein paar verfickte …«

»Tja, das spielt dabei schon eine große Rolle.«

»Und was bitte spielt noch eine Rolle?«

»Die zukünftige Entwicklung.«

»Entwicklung *wohin*, Teddy? Wir können nicht immer davon reden, Entwicklungen voranzutreiben, ohne jemals …«

»Da ist das Bild noch sehr im Fluss.«

»Wie kann ein Bild im Fluss sein? Der Witz bei einem Bild ist …«

»Dynamisch, meine ich, großer Mann.«

»Was ist dynamisch?«

»Sie haben uns bis hierher gebracht. Das ist ganz klar notiert.«

»Notiert? Was heißt ›hierher‹? Wo sind wir?«

»Wir gehen soeben in die nächste Phase.«

»Und worin besteht die nächste Phase, Teddy?«

»Das ist wirklich nichts, was Ihnen …«

»Passen Sie mal auf, wenn Sie beide, Sie und Alan, glauben, Sie können mich hier einfach rausdrängen, ohne …«

»Um ehrlich zu sein, das hat gar nicht mal so viel mit uns zu tun.«

»Wie bitte?«

»Das wird gar nicht auf unserer Ebene entschieden.«

»Es gibt keine anderen Ebenen, Teddy. Das hier sind alle Ebenen. Glauben Sie etwa, England Always ist ein weltweites Syndikat mit ...«

»Nicht England Always, nein.«

»Nicht ... o fuck. Sie machen Witze.«

»Sie möchten klarstellen, Hugo, dass Ihre Aktienoptionen davon in keinerlei Hinsicht betroffen sind.«

»*Sie*. Und *sie* sind *Downton*? Downton hat jetzt zu entscheiden ...«

»Genau gesagt Downton und Green ...«

»Was hat auf einmal Green damit zu tun? Seit wann haben wir ... sagen Sie bitte nicht, dass es dabei nur um die Siedlung geht, Teddy. *Ich* habe die Siedlung abgewickelt. Die ganze Sache ist endgültig geregelt. Diese verrückte Genozid-Zicke ist weg. Der alte Knacker ist so gut wie raus. Downton sollte mir eigentlich den Arsch küssen. Ich habe ihnen die Siedlung auf dem Silbertablett serviert, und jetzt ...«

»Und jetzt identifiziert man Sie zu eng damit.«

»Zu ...«

»Na ja, die Leute denken dabei gleich an Sie. Und das macht Green ein bisschen nervös.«

»Wie kommt denn da Green ins Spiel?«

»Green spielt eine zentrale Rolle in den Plänen von Downton, Hugo. Ohne Green gibt es keine Vision. Im Grunde ist es ja nur ... eine Siedlung. Und was hinzukommt: Sie wissen, wie wichtig Green für Edmundsbury ist. Im Grunde hat Green der ganzen Stadt eine neue Infrastruktur spendiert. Hören Sie, Sie haben gute Arbeit gemacht. Sie haben diese Stadt für uns gewonnen. Was die Sache mit der Siedlung und die Twitter-Angelegenheit angeht, da haben Sie ein großes Rad gedreht. Das meine ich damit, wenn ich sage, Sie haben uns weit gebracht.

Aber bringen Sie uns auch *ans Ziel*? Sind Sie auch in der Lage, mit Green und Downton zusammen die Zukunft aufzubauen? Nichts für ungut, großer Mann, aber Ihre Marke ist nicht wirklich zukunftsfähig. Sie ist Vergangenheit. Erst mal mussten wir uns die Vergangenheit sichern. Das ist uns gelungen. Und jetzt müssen wir uns auch die Zukunft sichern. Man geht ja nicht einfach raus und bietet an, die Welt so zu regieren, wie sie tatsächlich ist. Man definiert erst mal die Welt, die man kontrollieren *möchte*.«

»Teddy, vergessen Sie nicht, dass ich Ihr Zugpferd bin. Glauben Sie, die Leute in Edmundsbury begeistern sich für England Always? Sie sind von *mir* begeistert. Ich bin dort aufgewachsen. Ich bin das vertraute Gesicht. Ich bin derjenige, der hier persönlich für sie eingetreten ist, durch …«

»Das stimmt nicht so ganz, großer Mann.«

»Was? Natürlich stimmt das verdammt noch mal.«

»Die Griefers haben Ihnen einen Strich durch die Rechnung gemacht. Die Ängste der Leute kippen gerade. Jetzt ist ein anderer Typ gefragt, jemand, der ihre Ängste beschwichtigt.«

»Herrgott«, sagte Hugo. »Sie … Sie elender durchtriebener kleiner Scheißer. Glauben Sie ernsthaft, dass *Sie* derjenige sind, der … ich meine, Sie und Ihr kleiner Techno-Kult? Ihr verdammter Freak-Club? Ein paar Lifehacks machen noch keine politische Bewegung, Teddy, okay? Es ist ja gut und schön, sich in einem Raum voller Techno-Freaks über das Denken in der Box oder außerhalb der Box auszulassen, aber das kann nicht ohne Weiteres in eine nationale Vision …«

»Die Effizienz-Bewegung ist die hierzulande am schnellsten wachsende Bewegung.«

»Die Effizienz-Bewegung?! Seit wann ist das eine *Bewegung*?

Was seid ihr, so was wie Occupy? Was habt ihr denn vor zu okkupieren? Schreibtischstühle?«

»Die Leute wollen ein effizientes England, Hugo. Sie wollen sich nicht mit Ideologie belasten. Sie wollen nicht von Parteipolitik eingewickelt werden. Das Einzige, was sie wollen, ist ein Land, das reibungslos funktioniert. Und dabei können wir helfen. Green kann dabei helfen. Downton kann dabei helfen. Wissen Sie, was die Effizienz-Bewegung bislang ausgebremst hat? Ihr Image. Die Leute denken, wir würden die Vergangenheit nicht respektieren. Sie denken, dass wir verbrannte Erde hinterlassen. Das macht ihnen Angst. Aber jetzt, und dafür bin ich Ihnen dankbar, sehen sie mich und denken, he, da ist jemand in der Lage, die Zukunft zu gestalten, bei dem wir uns zugleich darauf verlassen können, dass er nicht die gesamte Vergangenheit in die Tonne tritt. Was war denn immer der größte Kritikpunkt an England Always? An Ihnen? An Alan? Dass Sie in der Vergangenheit steckengeblieben sind. Dass Sie die Zukunft nicht mal mit dem bloßen Auge sehen, geschweige denn in die Hand nehmen können. Ergo …« Teddy führte die Hände zusammen, wobei er seine Finger nach und nach miteinander verschränkte.

»Was in Gottes Namen hat das mit irgendwelchen Themen der England-Always-Kampagne zu tun? Wie soll damit die kulturelle Identität gestärkt und die Einwanderung gedrosselt werden? Wie handhabt man damit die Ausbreitung des radikalen Islams? Wie regelt man nur irgendeins der verfluchten Dinge, die man von uns zu regeln verlangt, Teddy?!«

»Nun, man *wird* diese Dinge regeln, großer Mann, man wird diese Dinge regeln, wie sie noch keine politische Partei zuvor geregelt hat.«

»Gequirlte Scheiße.«

»Wie lautet das beste Argument für die Eindämmung der Immigration? Effizienz. Je weniger Immigration wir managen müssen, umso mehr Zeit und Geld bleibt für die Dinge, die wirklich wichtig sind. Wie lautet das beste Argument dafür, dass hierzulande alle eine Sprache sprechen? Effizienz. Denn wenn jeder die gleiche Sprache spricht, verschwendet man keine Zeit mehr mit Leuten, die nicht verstehen, was los ist. Wie lautet das beste Argument gegen die Ausbreitung radikaler Ideologien, die sich gegen urenglische Werte richten? Effizienz. Denn wenn wir die Ausbreitung militanter Ideologien zulassen, verfällt das Land über kurz oder lang in Anarchie. Und niemand will Anarchie, Hugo. Niemand will Chaos. Die Leute wollen Beständigkeit, wollen ein sicheres, berechenbares, effizientes Land, das wie eine gutgeölte Maschine läuft. Das ist es, was sie wollen, Hugo, und genau das können wir ihnen geben, und jetzt können wir es ihnen geben, ohne ihnen dafür all den Kram wegzunehmen, der ihnen an der Vergangenheit so lieb und wert ist.«

Hugo lehnte sich nach vorne, stützte seine Ellbogen auf die Knie und presste seine Handflächen an die Schläfen – die vorgeschriebene Position ein für seine unabwendbare Bruchlandung in einer Welt, die er weder kannte noch wollte.

»Wie lange arbeiten Sie schon für Downton?«, fragte er.

»Wie bitte?«

»Sie hatten doch Jones schon gebrieft. Sie haben also nur noch gewartet, dass ich das mit dem Alten regele, um auf die Bühne zu springen. Wie lange kochen Sie mit Downton schon ihr eigenes Süppchen?«

»Ich dachte, Jones hätte es Ihnen mitgeteilt«, sagte Teddy.

»Downton ist äußerst beweglich, was Arbeitsverhältnisse betrifft. Sie haben einige …«

»Und Green?«

»Bei Green hatte ich immer einen Stein im Brett, Hugo. Und jetzt, wo sie sich in Richtung politisches Consulting orientieren …«

»Bitte wohin?«

»Mit den Daten aus Ihrer Kampagne haben wir einige erstaunliche Sachen angestellt, mein Großer. Ich meine, wirklich bahnbrechend. Und ich glaube, wenn wir erst mal die Auswertung meiner Info mit den Daten zusammenführen, die Green aus … aus seinen anderen Projekten gewonnen hat, dann können wir, also, dann können wir nicht nur die Politik, sondern alles verändern.«

»Die Leute wollen keine Veränderung«, sagte Hugo. »Der Satz stammt von Ihnen. Sie wollen den Status quo. Deshalb wählen sie auch immer die Leute, die ihnen Schutz vor Veränderung versprechen.«

»Wir werden ja keine *Veränderung* an sich anbieten«, sagte Teddy. »Wir werden nur das Bleibende etwas anders präsentieren.«

Hugo lehnte sich zurück und starrte Teddy an.

»Wissen Sie eigentlich, wer sich dafür brennend interessieren würde?«, sagte er. »Robert Townsend, genau der. Diese Artikel über die Siedlung haben eine Menge Aufsehen erregt, Teddy. Stellen Sie sich vor, er erfährt, wie das Ganze wirklich gelaufen ist. Natürlich nicht auf einen Schlag. Sondern nach und nach. Aus einer anonymen Quelle. Zum Beispiel von einem dieser Griefers. Wäre das nicht ein Ding? Stellen Sie sich vor, einer dieser Griefers würde *peu à peu* Informationen an Robert-Scheiß-

Townsend weitergeben. Würde für alle ziemlich ungemütlich werden, was meinen Sie?«

»Das wird nicht passieren, großer Mann.«

»Ach nein? Ich sag Ihnen was, Teddy. Wie wär's, holen Sie doch einfach mal Jones ans Telefon, und wir plaudern ein bisschen über das, was ich so alles weiß und wer es erfahren könnte, und eventuell auch darüber, dass ich in meiner Position als *populärer*, wirklich *überaus populärer* Kolumnist jederzeit an die Öffentlichkeit –«

»Wann haben Sie das letzte Mal mit jemandem beim *Record* gesprochen, Hugo?«

»Wieso?«

»Beim *Record* gab es einige Veränderungen. Modernisierungen. Ich nehme an, Sie haben davon gehört, dass sie Geld verloren haben, oder? Ohne einen großen neuen Werbekunden wären sie ganz schön in Schieflage geraten. Sie können verdammt froh sein, dass sie diesen Kunden jetzt gefunden haben. Aber wem sag ich das. Veränderung ist das A und O.«

»Wer ist dieser Kunde?«

Teddy lächelte Hugo zu.

»Heiliger ...«, sagte Hugo. »Downton.«

»Es wird also momentan eher schwierig sein, bei der Redaktion etwas durchzudrücken, das die Geldgeber verstören könnte«, sagte Teddy.

»Was mich nicht davon abhalten wird, zu ...«

»Robert Townsend zu gehen? Nein, sicher nicht. Aber da sollten Sie sich beeilen. Ich hab so ein Gefühl, dass diese Website, für die er arbeitet, eher unsicheren Zeiten entgegensieht.«

»Ihr dreckigen Scheißer«, sagte Hugo tonlos. »Ihr geldgeilen, selbstgefälligen Techno-*Scheißer*.«

Er war erledigt, das wurde ihm klar. Leere, ohnmächtige Beschimpfungen – darauf war er zurückgeworfen, das war alles, was sie ihm gelassen hatten. Ohne Sprachrohr, ohne Plattform war er auch bloß ein Stänkerer, ein vor Meinungen platzender Hautsack, der Stammtischstratege, den sein eigener Stammtisch nicht wählen würde.

»Na dann Hurra auf den Fortschritt«, sagte er, während er sich von Teddy abwandte und aus dem Fenster blickte. Edmundsbury, eine Stadt, die rapide abrutschte und in eine ungewollte Zukunft steuerte, ohne sich dessen bewusst zu sein, rollte trist vor dem Autofenster vorbei.

»Soll ich Ihnen einen Rat geben?«, sagte Teddy.

»Nein.«

»Sitzen Sie es aus, großer Mann. Sitzen Sie es einfach aus. Ein paar Jahre, und Sie sind wieder da.«

»Ficken Sie sich doch.«

»Jeder liebt den reuigen Sünder, Hugo. Sie leisten tränenreich Abbitte. Sie gehen in Therapie. Sie schreiben eine ergreifende Autobiografie. Kommen auf irgendeinen Gesundheitstrip, vielleicht Yoga oder so. Dann sind Sie plötzlich als neuer Mensch zurück und alles ist vergeben.«

»Mag sein«, sagte Hugo. »Aber zu *was* komme ich überhaupt zurück? Ich meine, haben Sie überhaupt irgendeine blasse Ahnung davon, was Sie gerade anrichten? Wie es hier aussehen wird, wenn Sie mit alledem durch sind?«

»Natürlich nicht«, sagte Teddy übermütig, während er seine transparenten Barfußschuhe auf dem Boden des Autos tanzen ließ und sich ein breites, erschreckend infantiles Grinsen auf seinem Gesicht ausbreitete. Er langte in seine Tasche und zog eine Thermoskanne mit Fibuh heraus, das er sich enthusiastisch in den Hals schüttete, nicht ohne dabei demonstrativ den Bizeps spielen zu lassen, bevor er sich mit dem Handrücken über Lippen fuhr und die danebengetropfte Neonbrühe um den ganzen Mund schmierte. »Das ist ja gerade der irre Spaß daran.«

Macht, dachte Robert, während er in der Küche stand und einen Schluck von seinem Kaffee trank, zeigte sich heute in ganz anderen, manchmal kaum erkennbaren Formen. Früher beruhte die Reichweite eines Menschen auf seiner eigenen Anwesenheit, seinem Zugang zu bestimmten Menschen und Orten, darin, irgendwo sein zu können, wohin andere nicht konnten. Heute dagegen war es der beste Beweis für Macht und Einfluss, wenn man nirgendwo hingehen musste. Es gab ja nicht mal mehr Pressebusse oder andere geschäftige Schaltzentralen der Medienaktivität. Wahre Macht sah heute so aus: Ein Mann stand in Socken in der Küche und leitete aus völliger Abgeschiedenheit heraus Dinge in die Wege.

Er hatte, wenn auch eher flüchtig und halbherzig, die Ereignisse in der Siedlung zu verfolgen versucht, doch aus der Distanz kam es ihm vor, als würde das Wissen um die Vorgänge einfach durch ihn hindurchgehen oder über ihn hinwegspülen, kommen und gehen, ohne einen nennenswerten kognitiven oder emotionalen Eindruck zu hinterlassen.

Solche kleinen Handgemenge, dachte er, überließ man den Lokalzeitungsdeppen, gestressten Zeilenschindern in knittriger Kleidung, die sich vormachen mussten, ein Ereignis sei wichtig, um sich über die eigene Unwichtigkeit hinwegzutäuschen. Das war Schnee von gestern, eine Sackgasse. *Berichten* konnte jeder. Die Welt brauchte Leute, die Dinge *einordnen* konnten.

Die entlegenen und nebulösen Ereignisse in Larchwood verblassten gegen das Tempo und die Dringlichkeit von Roberts Online-Leben. Das Echo auf die Morddrohungen war erfreulich groß gewesen. Nachdem Roberts seine unangenehme Lage in einem Tweet publik gemacht hatte, war er innerhalb einer Stunde über tausendmal geteilt worden, und die Zahl seiner Follower begann stetig zu steigen. Namhafte öffentliche Intellektuelle wie DeCoverley und Ziegler hatten die Drohungen auf ihren eigenen Accounts geteilt und ihre Solidarität bekundet. Lionel Groves hatte die Drohungen gegen Robert zum Anlass für eine Reihe von Tweets über Freundlichkeit und Nächstenliebe genommen. Rogue Statement hatten Robert per SMS mitgeteilt, dass sie einen Artikel mit dem Tenor planten, dass die feindselige Reaktion auf Liberale, die es endlich einmal wagten, die Orthodoxie der Gender-Politik in Frage zu stellen, selbst eine neuartige und heimtückische Form von Faschismus war. *The Command Line* hatte die von Robert getweeteten Screenshots der Morddrohungen auf die Homepage gesetzt und daneben ein Statement, in dem sie unmissverständlich jedem *Command*-Schreiber, der Opfer solcher Anfeindungen wurde, weil er einfach nur, wie sie es formulierten, *sagte, was er dachte,* ihre volle Unterstützung zusagten. Silas bezeichnete Robert auf seinem persönlichen Twitter-Account als einen der mutigsten Männer, die er kannte. Der Hashtag *#solidaritywithrobert* fand großen Zuspruch. Längst spielte es keine Rolle mehr, dass die Morddrohungen ein Fake waren. Sie waren in der Welt, wurden gesehen, diskutiert, kommentiert – somit waren sie real.

Das Einzige, was ihm keine Ruhe ließ, war die Frage, was mit Julia Benjamin los war. Es hätte seinen Tag perfekt gemacht, dachte er, wenn er sich nicht nur der weitreichenden Zustimmung hätte erfreuen können, sondern auch der Gewissheit, dass Julia Benjamin auf ebenso breiter Front verdammt und angefeindet wurde.

Natürlich hatte er ihre Website gecheckt. Er hatte fast auf einen 404-Error gehofft, auf irgendeinen eindeutigen und drastischen Hack. Zu seiner Enttäuschung hatte sich auf den ersten Blick nichts verändert. Die Website war immer noch da, in all ihrer auf den Geist gehenden Herrlichkeit. Nicht nur das, es hatte sich auch eine Art Community darum geschart. Diese gedankenlose, billige Solidarität kotzte ihn ganz schön an.

Sein Handy summte. Anruf von Unbekannt Er wischte übers Display, um den Anruf anzunehmen.

»Robert Townsend?«

Die Stimme wirkte mechanisch, wie bearbeitet. Ein leichtes Kribbeln wanderte Roberts Wirbelsäule hoch bis zum Scheitel.

»Ja?«, antwortete er zögerlich.

»Wir haben Ihre Situation verfolgt«, sagte die Stimme. »Wir sind Verbündete.«

Genau so, dachte Robert, klang die Art von Macht, die er sich eben noch vorgestellt hatte: die etwas rauschende, auf technischem Weg entkörperte Stimme eines Menschen, der sich allein in einem Raum befand, beobachtend.

»Sie haben sich Feinde gemacht«, sagte die Stimme.

»Sieht so aus«, sagte Robert, leicht erregt vom Ernst dieser Feststellung.

»Gestern erhielten wir einen anonymen Hinweis«, fuhr die Stimme fort, »bezüglich einer Person namens Julia Benjamin.«

Jetzt erkannte Robert, mit wem er es zu tun hatte: den Frauenhassern, die er auf Julia Benjamin angesetzt hatte. Offensichtlich hatten sie keine Ahnung, dass der Tip von ihm gekommen war. Das Wort »Verbündete« hallte klirrend in seinem Kopf nach.

»Verstehe«, sagte er. Er scheute sich, irgendetwas zu sagen, sich auf irgendetwas einzulassen. Solange er nur zuhörte, dachte er, machte er sich nicht mitschuldig.

»Wir haben sie uns vorgenommen.«

»Und?«

»Es gibt keine *sie*.«

»Ich verstehe nicht ganz …«

»Keine Spuren. Keine persönlichen Daten. Ihre gesamten Aktivitäten werden über Router umgeleitet.«

»Sie meinen, sie ist …«

»Normalerweise findet man bei diesen Drecksstücken irgendwas. Persönliche Dinge, Telefonnummern. Wir haben nichts.«

»Sie wollen mir doch nicht sagen, dass sie …«

»Ich will sagen, dass sie nicht ist, was sie zu sein scheint.«

»Verstehe.«

»Ich will sagen, dass sie clever ist.«

Ein leichtes Angstgefühl streichelte Roberts Nackenhaare. *Wie clever?*, fragte er sich.

»Wollen Sie damit sagen, dass …«

»Ich will damit sagen, dass meine Jungs alles versucht haben. Haben die Nacht durchgearbeitet. Das sind smarte Jungs. Erfahrene Jungs«.

»Und Sie haben nichts gefunden?«

»Wir haben nichts gefunden. Das ist uns bis jetzt noch nie passiert.«

»Verstehe.«

»Also mussten wir uns fragen: Wer ist die Fotze, mit der wir es hier zu tun haben?«

»Die Frage habe ich mir auch schon gestellt.«

»Und wissen Sie, was wir denken?«

»Was denken Sie?«

»Wir denken, sie ist gar keine Frau.«

Tief in Roberts Psyche fiel ein Mosaiksteinchen plötzlich an seinen Platz, mit einem kleinen Klicken, das er weniger hörte als fühlte, wie Wirbel, die vom Chiropraktiker gerichtet wurden.

»Wir dachten, wir setzen Sie kurz ins Bild.«

»Danke«, sagte Robert.

»Passen Sie auf sich auf, Bruder.«

Die Verbindung brach ab.

Robert legte das Handy behutsam auf dem Küchentisch ab und setzte sich auf einen der Esszimmerstühle, um nachzudenken. Jetzt sah er alles mit einer scheußlichen, Übelkeit erregenden Klarheit.

Julia Benjamin war in Wirklichkeit ein Mann. Davon war er mittlerweile überzeugt. Aber *welcher* Mann? Das war die Frage. Jemand, den er kannte? Vielleicht DeCoverley?, durchfuhr es ihn. Er musste an das gemeinsame Kaffeetrinken denken, und dass DeCoverley derjenige gewesen war, der das Treffen vorgeschlagen hatte. DeCoverley hatte ihn auch zum Handeln ermutigt. Hatte DeCoverley ihm eine Falle gestellt? Würde DeCoverley jetzt öffentlich machen, was er getan hatte, wie weit er gegangen war, um Julia Benjamin eins auszuwischen? Nein, dachte Robert, das passte nicht. DeCoverley war ein gerissener Gauner, aber nicht annähernd abgeklärt genug für solche Spielchen. Und auch Anonymität passte nicht zu DeCoverley. Unsichtbar zu bleiben war für jemanden mit seinem Ego unerträglich. Nein, es musste jemand sein, den es nicht störte, im Schatten zu operieren, jemand, der eine gewisse Erfahrung mit

Ausflüchten und Verwirrspielen hatte, jemand ... Plötzlich vitalisiert von seiner eigenen Kombinationsgabe und zugleich angeekelt von diesem ungeheuerlichen Verrat, beugte Robert sich vor und schlug auf den Tisch ... jemand, der sich allem entzog, *den man niemals in der Öffentlichkeit sah.*

Fassungslos und mit einem Mal erschöpft, ließ er den Rücken an die Stuhllehne fallen, während er im Geist noch einmal seine gesamten speichelleckerischen Mails an Byron Stroud Revue passieren ließ und sich das furchtbare, entlarvende Bekenntnis in Erinnerung rief, das seine Nachricht mit der Aufforderung zur Solidarität indirekt darstellte. Die ganze Zeit, dachte er, hatte er um Strouds Aufmerksamkeit und Beifall gebuhlt und sich dabei vor genau dem Menschen gedemütigt, der davon besessen war, ihn zu demütigen.

Er holte tief Atem, um sich zu beruhigen. Der Schock war heftig, geradezu verheerend. Er tippte Byron Strouds Namen in den Browser seines Handys und ging die Einträge durch. Was er zu sehen bekam, entsetzte ihn. Stroud hatte es nicht dabei belassen, nur Robert zu ruinieren. Er hatte seine Ziele weiter gesteckt, offenbar von unstillbarer Gier nach Publicity und Erfolg getrieben.

Stroud hatte sich mit den Griefers verbündet, das war die einzige logische Folgerung. Auf diese Weise hatte er den Zugang der Griefers zu den Daten der Stadt angezapft und Hugo Bennington öffentlich unmöglich gemacht, indem er einen Kübel Schwanz-Bilder ins Internet gekippt hatte wie Köder ins Haifischbecken. Man hatte sich darauf gestürzt, und Bennington war erledigt.

Robert legte sein Handy auf den Tisch und machte sich die Situation noch einmal klar. Hier stand einfach alles auf dem

Spiel: Prinzipien, Privatsphäre, Ordnung. Die Bedrohung war gewaltig, in ihrer gesamten Bedeutung und möglichen Tragweite kaum abzusehen. Robert war kein Fan von Hugo Bennington, aber das spielte jetzt keine Rolle mehr. Es zeichnete sich ein Konflikt, wenn nicht gar ein Krieg ab, und in Kriegszeiten begrub man seine Differenzen. Man musste sich die Lage sehr genau und unvoreingenommen vor Augen führen und dann entscheiden, wo der wahre Feind stand und wo die eigenen Loyalitäten zu verorten waren.

Zwar hatten ihn Ehre und Pflichtgefühl gepackt, aber dennoch regte sich schon wieder die Angst in ihm. Stroud hatte jetzt die Griefers auf seiner Seite. Das Unheil, das sie anrichten konnten, war unkalkulierbar. Er sah es nun ganz deutlich: Dies war Strouds hinterhältige Falle. Er hatte Robert zu Handlungen verleitet, die sich kaum rechtfertigen ließen. Wenn Robert gegen Stroud vorging, würde Stroud alles, was Robert bis jetzt getan hatte, bekannt machen: die E-Mail an die Männerrechtler, die Morddrohungen gegen sich selbst. Wenn Robert den Köder schluckte, würden Stroud und die Griefers eine Seite von ihm bekannt machen, die er selbst am liebsten nicht gekannt hätte.

Es war keine Lösung, erkannte Robert, Stroud oder die Griefers direkt anzugehen. Er musste auf das setzen, was auf dem Spiel stand: Prinzipien. Da er nicht angreifen konnte, musste er verteidigen. Und weil er sich selbst verteidigte, sozusagen die Vorwärtsverteidigung gegen etwas, das noch nicht eingetreten war, aber jederzeit passieren konnte und würde, und nicht nur ihm, sondern jedem, der so war wie er, blieb ihm nichts anderes übrig, als den Menschen zu verteidigen, dem es bereits zugestoßen *war*.

Er ging nach oben und skypte Silas an.

»Robert«, sagte Silas. »Wie geht's dem Mann der Stunde?«

»Ich würde gern was über Hugo Bennington schreiben«, sagte Robert.

»*Interessant*«, sagte Silas. »Dein Aufhänger wäre …?«

»Soziale Verantwortung, Gerechtigkeit.«

Silas nickte. »Gefällt mir. Gefällt mir sehr.«

»Ich meine, ich will ihn nicht verteidigen«, sagte Robert.

»Nein, natürlich nicht.«

»Ich sage nur: Was ist das größere Übel?«

»Absolut.«

»Ich sage nur: Wo wird das enden? Hexenjagd? Schauprozess auf Twitter?«

»Du willst damit sagen: Eines Engländers Festplatte ist seine Burg.«

»Ich will damit sagen, dass manche Dinge sakrosankt sind.«

»Das könnte für Aufruhr sorgen, Rob.«

Einen Moment lang fragte sich Robert, ob er Silas in das, was ihm nicht länger fraglich, sondern ziemlich sicher erschien, einweihen sollte: dass Byron Stroud Julia Benjamin unter anderem Namen war. Aber im selben Moment wusste er schon, dass es nichts mitzuteilen gab. Wenn er jetzt verriet, was er wusste, musste er auch verraten, *wie* er an diese Info gekommen war. Und das kam nicht in Frage.

»Außerdem«, sagte Silas. »Glückwunsch zu den Morddrohungen.«

»Glückwunsch? Du meinst Beileid.«

»Beileid? Rob, du bist ein Niemand, solange nicht irgendein anonymer Feigling droht, dich umzubringen.«

»Hast du nicht mal gesagt, ich wäre ein Niemand, bis mich jemand hasst?«

»Es geht darum, wie *sehr* du gehasst wirst. Es mag Leute geben, die dich hassen, aber solange ein Anderer von den Leuten so gehasst wird, dass sie ihn umbringen wollen, spielst du immer die zweite Geige, klar?«

»Ich verstehe dich, Silas.«

»Hör mal, Rob. Die Idee ist gekauft, okay? Aber wir müssen über Logistik reden.«

»Logistik?«

»Eigentlich wollte ich dich deswegen später anrufen, aber jetzt bist du mir zuvorgekommen und hast den Erzählfluss unterbrochen, was ich übrigens mag, weil es genau mein Ding ist. Jetzt sortiere ich mich neu und haue die Nachricht einfach raus. Der Knaller ist: Ich höre bei *The Command Line* auf.«

»Scheiße, Silas.«

»Ich weiß. Halten wir kurz inne und kosten den Moment aus. Ich meine, ich behalte hier alles in großartiger Erinnerung, und was noch wichtiger ist, sie behalten mich in großartiger Erinnerung, wird also nicht leicht für alle. Aber ich denke, wir kommen darüber weg.«

»*Warum* hörst du denn auf?«

»Das Herrliche ist, dass ich nicht etwa gegangen werde, wegen irgendeines Misstons oder so. Ich bin nirgendwo angeeckt, das ist schon mal ausgezeichnet. Nein, ich höre auf, weil es mich zu neuen Ufern zieht. Und damit meine ich natürlich Geld und Macht.«

»Hört sich gut an, Silas, Glückwunsch.«

»Eins noch, Rob: Deine Artikel haben wesentlich dazu beigetragen, dass man mir diesen Job angeboten hat. Also Respekt, dass ich deine Arbeiten entdeckt und dein Talent gefördert hab.«

»In der Tat, Respekt.«

»Das war ein Scherz, Rob. Gott im Himmel. Bist du auf Methadon? Siehst du nicht, worauf ich hinauswill?«

»Nicht so ganz, nein.«

»Ich sage, wie wär's, wenn du mit mir kommst? Ehrlich, wenn man bedenkt, dass ich dir eine verdammt fette Lohntüte anbiete, erschreckt es mich schon ein bisschen, dass du so gar nicht zwischen den Zeilen zu lesen verstehst.«

»Du meinst, ich soll mit meiner Kolumne umziehen?«

»Ich meine eine komplett neue Kolumne. Die alte hat ihre Schuldigkeit getan. Oder willst du den Rest deines Lebens über irgendeine Siedlung in irgendeiner Langweilerstadt schreiben? Komm schon.«

»Und wo gehst du ...?«

»Zum *Record*.«

Robert gelang es gerade noch, gute Miene zu machen, als Silas diese Worte über die Lippen kamen. Aber in tiefstem Herzen spürte er nur die abrupte, rücksichtslose Demontage irgendeines stabilen, tragenden Elements, das ihn innerlich zusammenhielt. Eine Leere tat sich in ihm auf, und ihm war, als würde er hineinstürzen.

»Wow«, brachte er noch heraus, während es ihm beinahe hochkam. »Das ist ...«

»Ich weiß. Da fehlen einem die Worte, was? Ist gigantisch. Stratosphärisch.«

»Ich dachte ... ich meine, nicht, dass ich dir die Sache miesmachen will, aber ... ich meine, was ist denn mit der disruptiven Kraft des Internets? Ich dachte, Print wäre ...«

»Stimmt«, sagte Silas. »Alles richtig, absolut. Das wird ein wesentlicher Bestandteil meiner zukünftigen Aufgaben beim *Re-*

cord sein. Der *Record* will sich erneuern, Rob. Sie haben die Zeichen der Zeit erkannt. Ich meine, ja, sie haben eine Website. Na und? Die Rede ist von Reichweite, von Ausweitung. Sie haben einen neuen Investor. Plötzlich sind sie flüssig. Wollen einen Gang hochschalten. Wollen sich Leute wie dich und mich zur Unterstützung holen. Und sie wollen uns *bezahlen*, Rob. Sie wollen uns mit Geld absolut zuscheißen.«

»Ich werde … ich meine, ich muss darüber nachdenken, Silas.«

»Darüber nachdenken? Sag mal, bist du noch bei Trost?«

»Nicht, dass ich das Angebot nicht zu schätzen weiß, es ist bloß … der *Record*? Im Ernst? Sie stehen buchstäblich für alles, was ich hasse.«

»Wirklich eigenartig, denn sie lieben dich.«

Robert kam es so vor, als spräche Silas direkt in den gähnenden Hohlraum mitten in Robert, und seine Stimme schien durch diese innere Leere zu hallen, als suche sie nach etwas, an das sie sich heften konnte.

»Ach, wirklich?«, sagte er.

»Mein Gott«, sagte Silas. »Ja, was denkst du denn? Sie hatten nur ein Thema, nämlich dich. Kann ich dich überreden, mitzukommen. Glaube ich, dass du interessiert sein könntest. Habe ich eine Vorstellung, worüber du eventuell schreiben würdest, bla, bla, bla.«

»Also …«, sagte Robert, während er auf seinem Stuhl ein wenig vorrückte.

»Was glaubst du denn, was sie an meiner Arbeit genau interessiert?«

»Nun, du bist direkt«, sagte Silas. »Unverblümt, prinzipienfest, frisch. Du hast eine ständig wachsende Fangemeinde. Du bist heiß, basta. Da gibt es nichts zu meckern.«

»Beim Gedanken an den *Record* sehe ich nicht gerade …«

»Weißt du was, Rob, das wissen sie beim *Record*. Und das wollen sie ändern, genau das ist der zentrale Punkt ihrer neuen Leitlinien. Die ganzen alten Geschichten, die alte Linke, die alte Rechte, irgendein klappriger seniler Sozialist, der mit einem schwerfälligen alten Tory diskutiert – vorbei. Du glaubst doch nicht im Ernst, dass noch irgendjemand etwas auf diese alten Trennlinien gibt? Gefragt sind Leute mit Profil. Leute, die sich nicht scheuen, alles auseinanderzunehmen. Um Leute, die die Dinge beim Namen nennen, ohne in diesem überholten Identitätsscheiß steckenzubleiben«.

»Du klingst wie Hugo Bennington.«

»Glaubst du wirklich, du kannst deine Karriere allein auf ein paar Kolumnen aufbauen? Glaubst du, das ist zukunftsfähig? Wenn du zum *Record* kommst, Rob, kann ich dir eins versprechen: Es wird ganz andere Sachen geben. Große Sachen. Ich spreche von Fernsehen und Radio. Ich spreche von dir als anerkanntem Publizisten. Du musst nur dem Geld folgen, Rob. Genau in dem Punkt vertun sich all die anderen kleinen Schein-Idealisten. Du willst gelesen werden? Du willst beachtet werden? Dann halt dich ans große Geld.«

»Aber falls ich mich entscheide, bei *The Command Line* zu bleiben …«

»Was soll das heißen, bei *The Command Line* bleiben? *The Command Line* wird es nicht mehr geben.«

»Aber …«

»Wie soll es *The Command Line* ohne mich geben? *The Command Line* kommt natürlich mit zum *Record*, Rob. Ich nehme meine gesamte Plattform mit rüber. Das ist doch gerade der Witz. Darum ist es immer gegangen. Dachtest du etwa, unser

Geschäftsmodell war, lebenslang der punkige Outsider zu sein? Nein, unser Geschäftsmodell war in maximal fünf Jahren vom punkigen Outsider zum schweinereichen Insider. Das ist das beschissene Tao von *The Command Line*, Baby.«

»Es gibt also …«

»Im Grunde nichts zu überlegen? Nein, nicht wirklich. Oder doch, eine Sache gibt es da noch. Entweder du nutzt die einmalige Gelegenheit, die dir Großbritanniens auflagenstärkste Zeitung zu Füßen legt, oder du gehst mit deinen Waren weiterhin bei krebsenden Websites hausieren, zu Honoraren, die nicht mal annähernd zum Leben reichen.«

»Und ich kann schreiben, worüber ich will?«

»Na klar. Ich meine, ich würde es nicht unbedingt bringen, aber wie soll ich dich daran hindern, es zu schreiben?«

»Du entscheidest also?«

»Sieh es mal anders: Du kannst schreiben, und ich weiß, was die Leute lesen wollen. Ich werde dich *leiten*. Du willst doch mehr aus dir machen, Rob, oder? Irgendwann, in grauer Vorzeit, musst doch selbst du eine Vorstellung gehabt haben, was aus dir mal werden soll. Du hattest doch bestimmt andere Ambitionen, als irgendwelche Blogs vollzuschreiben.«

»Du hast immer gesagt, es wären keine Blogs.«

»Okay, es waren keine Blogs. Aber sie waren auch nichts anderes.«

»Ich mache mich zur Lachnummer des Internets. Himmel, kannst du dir die Reaktionen bei Twitter vorstellen?«

»Klar kann ich mir die vorstellen. Genau deshalb finde ich ja, du sollst es machen. Die Leute werden ausrasten. Beim Erscheinen deiner ersten Kolumne hast du auf einen Streich nicht nur die übriggebliebenen *Record*-Leser und deine eigenen loyalen

Leser, sondern auch die gesamte Hassleserschaft des *Record, deine eigenen* Hassleser, und die Leute, die zu Hasslesern werden, weil du zum *Record* gehst. Das sind verdammt viele Leser, Rob.«

»Das ist verdammt viel Hass. Das ist es.«

»Ich weiß«, erwiderte Silas und rieb sich die Hände. »Jackpot, oder?«

»Ich weiß nicht, was ich sagen soll, Silas.«

»Sag: Natürlich komme ich mit meinen Ideen zum *Record* und werde dafür viermal so gut bezahlt. Was für ein ausgezeichneter Plan! Vielen Dank, dass du an mich gedacht hast.«

»Ich ...«

»Was willst du denn, Rob? Dich gegen alles, was dir zustoßen könnte, ganz alleine zur Wehr setzen? Ganz allein mit Morddrohungen fertigwerden?«

Robert sagte nichts. Er erwog, einfach so lange nichts zu sagen, bis sich die Sache von selbst erledigte. Aber das war nicht seine Aufgabe, ermahnte er sich. Leute, die nichts sagten, gab es zu Millionen da draußen, in England und im Rest der Welt. Nichts sagen konnte jeder, dachte er.

In den wenigen Sekunden, die ihm Silas wahrscheinlich noch lassen würde, um sich zu äußern, versuchte er sich seine Prinzipien ins Bewusstsein zu rufen, die er anfangs irgendwann gehabt haben musste, da war er ziemlich sicher. Aber wenn er jetzt in sich hineinhorchte, fand er dort, wo er sie vermutet hatte, nur eine leichte Vertiefung, in der etwas gelegen zu haben schien und in der sich nun eine stehende Pfütze von Gift und Galle gesammelt hatte. Er dachte noch mal über Einschränkungen, Größenordnungen und Hierarchien nach. Na schön, Julia Benjamin oder Byron Stroud hatten beide eine Website. Aber was war das im Vergleich zu einer Kolumne im *Record*?

»Okay«, sagte er.

»Sorry, Rob, aber ich kann dich kaum hören. Kannst du das noch mal lauter sagen?«

»Ich sagte, okay. Ich bin dabei.«

Silas nickte, während ein breites Lächeln sein Gesicht zerteilte.

»Na also«, sagte er. »So kenne ich meinen Rob, den ich, wenn auch nicht liebe, so doch zumindest herzlich gern habe. Das wird ein Ding werden, Rob. Du und Bennington. Abwechselnd rechter Haken, linker Haken.«

»Moment. Du behältst Bennington?«

»Soll das ein Witz sein? Natürlich behalten wir Bennington. Bennington ist überall. Gerade erst habe ich einen Kunstkritiker dafür gewonnen, Benningtons Schwanz-Bilder mit den Selbstporträts Alter Meister zu vergleichen. Es heißt jetzt, du und Bennington gegen den Rest der Welt. Schick mir in den nächsten Tagen einfach irgendetwas, ich box dann die Verträge durch, und wir sind im Spiel. Nächster Halt: Funky Town! So sieht's aus, oder etwa nicht?«

»Sicher«, sagte Robert.

»Bis später, Robster.«

Er verschwand mit einem Blip. Robert schloss das Skype-Fenster. Sein Screen zeigte jetzt nur noch die weiße Fläche eines leeren Word-Dokuments, und zugleich brannte

ihm die schleimige Gallepfütze gerade ein heißes kleines Loch in die Eingeweide. Sein erster Reflex war, Jess eine Nachricht zu schicken, aber dann stellte er fest, dass er keine Lust dazu hatte. Sie würde doch wieder nur alles schlechtreden, dachte er, *ihn* schlechtreden. Im Grunde hatte er wegen des Jobs beim *Record* nur deswegen so ein mieses Gefühl, weil er wusste, was sie sagen würde, sobald sie davon erfuhr, weil er wusste, wie sie ihn ansehen würde. Wie viele seiner Entscheidungen, wie viele seiner nagenden Schuldgefühle waren darauf zurückzuführen, dass er ihre negative Reaktion voraussah? Ohne dieses ewige Bekritteln, dachte er, ohne sich ständig zu Hause und online mit den unguten Energien des Zweifels herumschlagen zu müssen, wäre sein Leben so viel einfacher. Keine moralischen Verrenkungen mehr, keine Rechtfertigungen während des Abendessens für irgendetwas, das er via Laptop verkündet hatte. Keine ewigen *Entschuldigungen* mehr. All die komplexen Verwicklungen, die Schuldgefühle, die verfänglichen Momente und Minderwertigkeitsgefühle würden wegfallen. Ohne die ständigen Spannungen durch diese intime Kritik wäre sein Leben ein einziger ungehinderter Gleitflug. Es gab nichts mehr zu überlegen. Er war ein freier Mensch, dem es freistand, all das zu machen, was er immer verabscheut hatte.

0000

Im weichen Abendlicht der tiefstehenden goldenen Sonne fielen Jess die schmierigen Streifen auf ihren Wagenfenstern auf – Spuren von Dieselruß, Dreck und Staub. Draußen vor dem Auto zeigte Edmundsbury sich völlig unverändert. Wie die meisten Bewohner der Stadt hatte Jess lange Zeit in erster Linie auf die Veränderungen im Ort geachtet, der eigentlich ständig in Veränderung begriffen war, sich von den Leuten fortentwickelte, die hier lebten, an ihm hingen und täglich verfolgten, wie er sich nach und nach einer glatten, oberflächlichen digitalen Zukunft ergab. Noch wie betäubt davon, dass ihr Leben so urplötzlich nicht mehr ihr gehörte, reagierte sie auf alles allergisch, was an der Stadt noch so war wie immer. Es war so viel geschehen, dachte sie. Hätten die Gebäude sich nicht einen neuen Standort suchen und die Straßen ihren Verlauf ändern müssen? Stattdessen war Edmundsbury so edmundsburyisch wie immer: adrette Vorstadt-Reihenhäuschen und Autos, die sich an den Ampeln verhielten, wie es von ihnen erwartet wurde – nicht das kleinste Aufblitzen einer Veränderung, keine verheerenden Umwälzungen bei den Bewohnern der Stadt.

Und doch *war* es eine andere Welt, dachte sie. Von bestimmten Dingen, derer sie sich noch gestern sicher gewesen war, konnte sie heute nicht mehr ohne Weiteres ausgehen. Sie fühlte sich selbst wie verpflanzt, aus Zeit und Raum herausgerissen. Ihre emotionale Topographie hatte sich verschoben. Es kränkte sie, schmerzte sie, dass die Umgebung draußen dabei nicht mitgezogen hatte.

»Ich möchte kurz zu Protokoll geben, dass ich extrem skeptisch bin«, sagte Deepa.

Niemand erwiderte etwas. Man hatte ja bereits zu Protokoll genommen, dass Deepa skeptisch war. Bei ihrer Sitzung am Nachmittag war es unzählige Male Thema gewesen. Jeder kannte die Haltung der beiden anderen.

»Okay«, sagte Deepa. »Ignoriert es ruhig. Von mir aus.«

»Deine Skepsis ist notiert, Deepa«, sagte Jess.

»Aber wir gehen trotzdem«, bemerkte Trina.

»Ich habe Zero und One gesagt, dass wir vorbeikommen und uns das Ganze mal anhören«, sagte Jess, während sich ihr Blick mit dem von Deepa im Rückspiegel traf. »Ansonsten keine Versprechungen.«

»Es wird nichts bringen«, sagte Trina. »Norbitons Systemabsturz bei The Arbor war schon verdammt spektakulär. Aus dem werden wir nichts Sinnvolles rausbekommen. Aber hingehen müssen wir trotzdem.«

Die Gefühle im Auto waren gemischt. In einigen kleineren Scharmützeln hatten sie sich siegreich geschlagen: Bennington war ordentlich zurechtgestutzt worden, die Stimmung in der Siedlung schien sich zumindest für den Moment entspannt zu haben, und schließlich hatten die Griefers Jasmine mit Haut und Haaren geschluckt und wieder in die Öffentlichkeit ausgespuckt. Aber nach diesen kurzfristigen Erfolgen taten sich sofort neue Gefahren auf. Es gab bereits Gerüchte über Benningtons Nachfolger Teddy Handler, der in den nächsten Tagen seine »Vision« der Partei vorstellen würde. Die Gewalt, vor der sich Trinas vorübergehend sicher fühlte, konnte jeden Moment wieder ausbrechen. Die Griefers blieben, nachdem sie Jasmine trotz ihrer Unvollkommenheit geschluckt hatten, weiterhin so unbekannt und unbefriedigend wie immer. Das Cybermobbing gegen Trina flaute erfreulicherweise etwas ab, aber nur, weil diese Feindseligkeiten sich gerade andere Adressaten suchten. Vivian Ross war durch eine Flut von Drohungen und Rücktrittsforderungen gezwungen gewesen, ihr Twitterkonto aufzulösen. Die Energien waren keinesfalls gebändigt, sondern lediglich umgeleitet worden.

Den Großteil der Arbeit an Jasmine hatte Jess die Nacht zuvor auf Deepas Sofa erledigt, als Deepa und Trina längst schliefen. Die Ereignisse des Tages beschäftigten sie noch zu sehr, und weil sie nicht einschlafen konnte, war etwas, das ihre Konzentration fesselte, genau das Richtige. Sie hatte angefangen, durch das von Deepa angelegte Archiv zu scrollen, und war auf vergessene Bilder eigentlich grundverschiedener Frauentypen gestoßen, die aus den hinterletzten Ecken des Netzes stammten und so bearbeitet worden waren, dass sie jetzt eine gespenstische Ähnlichkeit aufwiesen. Deepa hatte die charakteristischen physischen Eigenschaften der digitalen Komparsen isoliert und daraus eine Gesichts-Schablone erstellt. Mit Hilfe dieser Schablone schienen sämtliche Bilder ein und dieselbe Frau zu zeigen, also eine Person, die es niemals wirklich gegeben hatte. Alle dazugehörigen Metadaten hatte Deepa gelöscht und die Personen nicht nur von ihrer Persönlichkeit, sondern auch von Zeit, Raum und überhaupt jeglichem Kontext abgekoppelt. Anhand von nicht mehr genutzten Netzwerken und Stories, mit deren Hilfe sie früher ihre eigenen Avatare konstruiert hatte, hatte Jess die

Bilder mit einem neuen Kontext, einer Chronologie, versehen. Mitten in der Nacht, als es fast schon dämmerte und der Abwärtstrend ihrer Augenlider kaum noch aufzuhalten war, hatte Jasmine allmählich Gestalt angenommen.

Sie wandte sich mit einem Anschreiben an die Öffentlichkeit, in dem sie betonte, eine ganz normale Frau zu sein, die nichts zu verbergen habe, aber vieles loswerden müsse. Sie habe eine Trennung hinter sich und stelle sich gerade wieder neu auf.

Im Zeitalter der Beziehung, behauptete Jasmine, habe die Trennung ihre Schlichtheit und Endgültigkeit verloren. Früher sei man mit seinen Erinnerungen allein gewesen. Jetzt dagegen könne man noch spät in der Nacht, vielleicht nach ein paar Gläsern Wein zu viel, untermalt von leiser, Erinnerungen weckender Musik, auf der heimischen Anlage noch mal das gesamte Archiv ansehen. Das lachende, sonnengerötete Pärchen am Strand mit den ins Haar gesteckten Sonnenbrillen, das gegenseitig die Cocktails schlürfte und die Köpfe fürs gemeinsame Selfie zusammenstecke – all das existiere immer weiter. Irgendwo schwirrten noch immer jene ersten vorfühlenden E-Mails herum, in denen man einander gestand, wie froh man sei, sich getroffen zu haben, und ein Wiedersehen vorschlug, genauso wie die E-Mail an eine Freundin, in der man mit all der typischen Vagheit und Symbolträchtigkeit einer solchen Bemerkung bekannt gibt, »jemanden kennengelernt« zu haben.

Durch das unaufhörliche Zirkulieren dieser Nachrichten und Bilder vereinigten sie sich irgendwann mit anderen, in Datenform gespeicherten Momenten: den langen, im Nachhinein unerträglichen Liebessbekundungen. Knutschfotos aus dem Passbildautomaten. Die Songs und Zitate, die man in den Sozialen Medien teilte. Die ersten Sorgen, die man Freunden gegenüber ansprach. Die Suche nach Rat. Die Trennungsverhandlungen. Das kurz angebundene Geschacher um Sachen, die man nach der Trennung beim anderen gelassen hatte. Wie könne man der Mensch werden, der einem am besten entsprach, fragte Jasmine, wenn der Mensch, der man nicht mehr war, nur einen Mausklick entfernt weiterexistierte?

Nachdem sie spät in der Nacht all das noch ein letztes Mal durchsortiert hatte, habe sich Jasmine, wie sie sagte, entschlossen, es radikal zu löschen. Warum sich noch weiter quälen, habe sie sich gesagt, indem sie immer wieder Dinge hervorkramte und Momente durchlebte, die unwiederbringlich verloren waren? Sie wolle sich auf die Zukunft konzentrieren, sie wolle etwas verändern. Es interessiere sie nicht, was er in den sozialen Netzwerken unternahm, sie wolle nicht sehen, wie er vielleicht mit einer anderen glücklich wurde. Sie lege keinen Wert darauf, ihm zu begegnen, egal, wie sie emotional zu ihm und den beiden Menschen stand, die sie früher gewesen waren. Es sei ihr um einen glatten Schnitt, einen Neuanfang gegangen. Dann aber seien die Griefers auf der Bildfläche erschienen und ihr sei schlagartig klar geworden, dass sie es auch veröffentlichen, für alle freigeben könne, anstatt es zu vernichten, den sobald es erst einmal allen gehöre, sei es nicht länger ihr Problem.

Die Griefers, so fuhr sie fort, hätten lediglich verlangt, dass *eine* Person sich stellte. Sie hatten nirgendwo erwähnt, dass die Selbstanzeige eines Einzelnen automatisch auch die Bloßstellung aller Personen aus deren Bekanntschaftskreis beinhalten musste. Deshalb habe sie ihr Archiv noch einmal überarbeitet. Ihre Freunde, ihr Partner und ihre Familie habe sie außen vor gelassen. Sie hoffe, sagte sie, die Griefers und die Bürger von Edmundsbury seien damit zufrieden und würden ihre Gründe akzeptieren, einiges im Privaten zu belassen.

Erst nachdem Jess am Nachmittag das ganze Statement erneut durchgelesen, die Datei an die Griefers-Website verschickt hatte und dann zusah, wie die Statusleiste den Fortschritt von Jasmines allmählichem Verschwinden aus der Welt anzeigte, kristallisierte sich für sie die Person heraus, die sie erschaffen hatte. Es war paradox. Je vertrauter ihr Jasmine wurde, desto unvertrauter wurde sie sich selbst. War es das, was sie enthielt? War das *sie*? Dieses Sich-selbst-nicht-erkennen löste neue Ängste in ihr aus. Würden andere, die Jasmine begegneten, in ihr die Jess sehen, die sie selbst nicht mehr erkennen konnte? Sie stellte sich vor, dass Robert Jasmines Brief überflog, vielleicht ein paar Gedanken dazu notierte, und hoffte auf einen Moment des Erkennens, hoffte, er würde sie nur ein einziges Mal wirklich wahrnehmen, wenn auch erst im Moment ihres Verschwindens.

Jess parkte eine Straße oberhalb von Nodem, an fast derselben Stelle wie an dem Tag, als sie die Begegnung mit der Brute Force gehabt hatte. Auf dem anschließenden Fußweg durch ruhige Straßen mit Häusern, hinter deren Mauern wohl ängstliche und verwirrte Stadtbewohner immer noch damit beschäftigt waren, die Ereignisse des Tages zu verarbeiten, wusste Jess nicht genau, was sie sich eigentlich erhoffte. Ein erheblicher Teil von ihr wollte keinen weiteren Ärger. Ein anderer, nicht unerheblicher Teil wollte dagegen nichts als Ärger.

Sie bogen um die Ecke in eine weitere ruhige und ungeschützte Straße. In den Häusern vor ihnen brannte Licht. Dünne Lichtstrahlen drangen durch die Schlitze der Rollos. Auf dem Schild an der Tür von Nodem stand: *Geschlossen.*

Trina klopfte an das Glas. Zero/One öffnete die Tür. Er musterte an Trina vorbei Deepa und Jess, die er kannte, und trat zur Seite, um sie hereinzulassen.

»Trina«, sagte Trina und reichte ihm die Hand.

»One.«

Seine bessere Hälfte winkte freundlich hinter der Theke hervor.

»Zero«, sagte er.

Trina wandte sich zu Jess und Deepa.

»Sagt mal, wollt ihr mich verarschen?«, sagte sie.

»Willkommen bei Nodem«, sagte Jess.

»Hi, Jungs«, sagte Deepa.

»Wir gehen dann mal nach hinten«, bemerkte der Mann, der zumindest für die Zeit seiner Anwesenheit One gewesen war. »Ich meine, je weniger wir wissen, desto weniger kann uns später irgendjemand fragen, stimmt's? Wenn ihr uns braucht, ruft.«

Jess wurde sofort auf etwas in einer Ecke des Raums aufmerksam. Dort auf dem Boden hockte, seine Jacke zum Sitzkissen gefaltet, der Mann, den sie zweimal hier getroffen hatte. Neben ihm lagen ein Laptop und ein Mobiltelefon sowie ein zerfleddertes, sehr zerlesenes Exemplar eines Selbsthilfebuchs mit dem Titel *Vom Spinner zum Gewinner*. Es war nicht zu übersehen, dass der Mann längere Zeit nicht geschlafen hatte.

»Hi, Trina«, sagte er.

»Hi, Norbiton«, sagte Trina, die jetzt dazukam. »Wie geht's, wie steht's?«

»Oh«, sagte er in einer verzweifelten Parodie beiläufiger Fröhlichkeit, wobei er mit der Hand vage auf seine Umgebung deutete. »Siehst du ja selbst.«

»Shit«, sagte Trina, die jetzt sichtlich auftaute. »Tut mir wirklich leid, Norbiton.«

»Hab ich mir ganz allein zuzuschreiben«, sagte Norbiton. »Abgesehen davon sollte ich mich bei dir entschuldigen.«

»Vergiss es«, sagte Trina, während sie zu ihm in die Ecke trat und sich vor ihm auf den Boden setzte. »Diese Wichser würden jeden in den Irrsinn treiben.«

Sie sah hoch zu Jess und Deepa, die sich etwas schüchtern im Hintergrund hielten, und machte die Anwesenden miteinander bekannt.

»Wir brauchen doch nur 'n paar Sitzsäcke«, bemerkte Norbiton mit einem traurigen Lächeln.

»Dann könnten wir Powow halten und …«

»Warum sitzt du hier auf dem Boden, Norbiton?«, fragte Trina.

Norbiton hielt sein Selbsthilfebuch in die Höhe.

»Ändere gerade die Perspektive«, sagte er plötzlich wie erleuchtet.

»Manchmal, wenn man buchstäblich seine Perspektive ändert, dann …«

»Versteh schon«, sagte Trina. »Läufst du immer noch in deinen Büroklamotten rum?«

»Noch verbiete ich mir, sie zu wechseln«, sagte Norbiton. »Mir muss der Moment noch gegenwärtig bleiben, in dem alles schief-lief. Wenn es so weit ist, die Kleidung zu wechseln, werde ich es wissen.«

Er hob sein Mobiltelefon vom Boden auf und hielt es Trina hin. Dabei zitterten seine Lippen ein wenig.

»Mein Handy meldet sich dauernd«, sagte er, »aber wenn ich nachsehe, dann ist da nie was.«

»Ich wünschte, das könnte ich auch sagen«, sagte Trina. »Immer wenn *ich* nachsehe, ist viel zu viel da.«

Norbiton nickte. »Zu viel«, bemerkte er einsilbig.

»Norbiton«, sagte Trina behutsam. »Du hast immer wieder von etwas gesprochen, das sich The Field nennt.«

»Zu viel«, wiederholte Norbiton.

»Du hast zu viel gesprochen?«

»Es ist einfach zu viel.«

»Zu viel, um darüber zu reden?«

Er schüttelte seinen Kopf. »Zu viel Wissen«, sagte er.

»Worum geht es denn?«

»Ich weiß es nicht«, sagte er verzweifelt.

Jess konnte die Enttäuschung, die in der Luft lag, spüren. Trina sackte ein bisschen in sich zusammen, unmerklich, aber dann, als sie sich der Signale bewusst wurde, die sie Norbiton sendete, setzte sie erneut an.

»Was weißt du?«, fragte sie.

»*Du* machst es richtig«, sagte Norbiton. »Setzt auf das Positive. Halt dich nicht mit den Defiziten eines Arbeiters auf, stell seine Fähigkeiten heraus. Sage ihm: Wir fanden toll, was du mit X gemacht hast. Und fahre dann fort mit: Vielleicht kannst du das, was du bei X bewirkt hast, auch bei Y anwenden.«

»Norbiton«, sagte Trina. »Warst du bei The Field NTK?«

Norbiton schüttelte den Kopf.

»Moment«, sagte Jess. »NTK?«

»*Need to know*«, sagte Norbiton.

»So läuft das bei The Arbor«, sagte Trina.

»Ich dachte immer, es wäre Paranoia«, sagte Norbiton. »Aber irgendwann stellte sich heraus, dass es dazugehörte.«

»Wozu gehörte?«, fragte Trina. »The Field?«

Das tote Handy fesselte erneut seine Aufmerksamkeit, er tippte sinnlos darauf herum. Schließlich wischte er den Bildschirm an seiner schmutzigen Hose ab.

»Norbiton«, sagte Trina.

Sie sah über die Schulter zu Jess und Deepa, zog dabei ihre Augenbrauen nach oben und schüttelte leicht den Kopf.

»Kann *ich* dich mal was fragen?«, sagte Deepa.

Norbiton zuckte mit den Achseln.

Deepa kam rüber und ging direkt vor Norbiton in die Knie. Dann zog sie mit dem Zeigefinger an ihrem unteren Augenrand.

»Sieht das Weiß deiner Augen genauso aus? Also würdest du sagen, dass dies ein normales Augenweiß ist?«

Norbiton blinzelte in Deepas Auge.

»Was ist schon normal?«, sagte er.

Deepa nickte. »Genau das denke ich auch«, sagte sie. »Und weißt du, was ich auch denke? Ich denke, dass ›normal‹ manchmal das Problem ist.«

Jetzt weiteten sich Norbitons Augen. »Genau!«, sagte er. »Genau das denke ich auch. Während meiner Zeit bei The Arbor habe ich tatsächlich versucht, die Dinge dahingehend eskalieren zu lassen.«

Deepa lachte wissend. »Und, wie ist das ausgegangen?«

Norbiton schüttelte den Kopf. »Schlimm«, sagte er. »Es ist verdammt schlimm ausgegangen.«

»Es geht immer schlimm aus«, sagte Deepa. »Darin liegt das Problem. Sieh mal hier.« Sie schnürte ihren Turnschuh auf, rollte die Socke herunter und wedelte mit den Zehen vor Norbitons Gesicht.

»Mein Gott«, sagte Norbiton.

»Du siehst, mit wem wir es zu tun haben«, sagte Deepa.

Norbiton nickte ernsthaft.

»Verstehst du jetzt die Tragweite dieser Angelegenheit?«

»O ja«, sagte er. »Jetzt kann ich's sehen.«

»Ich bin nicht wie die anderen«, sagte Deepa.

»Nein«, sagte Norbiton.

Trina erhob sich vom Fußboden, um sich neben Jess zu stellen. Sie stupste Jess leicht in die Rippen, und als die sich zu ihr umdrehte, weitete sie ihre Augen. Jess hob die Hände mit einer Geste, die sagen sollte: Ich weiß, aber was können wir tun?

»Worüber reden wir hier?«, fragte Deepa. »Über verdeckte Operationen?«

»Schön wär's«, sagte Norbiton.

»Wow«, sagte Deepa.

»Ich weiß«, sagte Norbiton.

»Bist du sicher?«, fragte Deepa ernst. »Nach alledem – bist du dir *wirklich* sicher?«

Norbiton gestikulierte wild herum, bis seine Hand auf den ausgetragenen Klamotten, seiner ausgelutschten, wertlosen Hardware, zur Ruhe kam.

Er sah Deepa vielsagend an.

»Jetzt verstehe ich«, sagte Deepa. »Meine Frage lautet: Warum sind wir hier? Also?«

»Das war auch meine Frage«, erwiderte Norbiton. »Deshalb bin ich hier gelandet.«

Deepa nickte. »Zu viele Fragen ...«

»Ich dachte ...«, sagte Norbiton. »Ich dachte, lass uns die Dinge mal ein bisschen offener gestalten, verstehst du?«

»Darüber sprechen.«

»Genau. Einen Dialog führen. Vielleicht kooperieren. Immer dieses …« Er winkte mit einer Hand vage ab. »NTK. Wer weiß dies, wer weiß das …«

»Du wolltest so was wie frei sein.«

»Ich dachte: Initiative, richtig?«, sagte Norbiton. »Davon reden die doch die ganze Zeit. Vorwärtskommen. Disruptiv sein …«

»Stimmt«, sagte Deepa.

»Stattdessen lief es rückwärts.«

»Wie immer.«

»NTK war nicht der Input. Es war nicht mal der Prozess. Es war der *Output*.«

»Heiliger Strohsack.«

»Nicht wahr?«

»Partizipation ohne Information«, sagte Deepa.

»In völliger Unkenntnis«, sagte Norbiton.

»Es gab mal ein Paradigma des Widerstands«, sagte Deepa.

»Nur war ich der Einzige, der nichts davon wusste«, sagte Norbiton.

»Geschlossene Plattformen innerhalb geschlossener Plattformen«, sagte Deepa.

»O ja, mit allen Schikanen«, erwiderte Norbiton. »Kooperationsinstinkt, iteratives Gefangenendilemma, Opt-in vs. Mitbestimmung, Befriedigung vs. Engagement …«

»Die Illusion von Freiheit«, sagte Deepa.

»Was wollt ihr für euch behalten?«, fragte Trina.

Alle sahen zu ihr rüber.

»Norbiton«, sagte sie, erkennbar um Geduld ringend, »nachdem du raus warst, hat Bangstrom übernommen.«

»Dieser Typ …«, sagte Norbiton, während sich sein Gesicht verdunkelte.

»Erst fing er an, gegen die MTs zu stänkern, dass sie sich zusammentaten, gewerkschaftlich organisierten und so weiter.«

»Code Braun«, sagte Norbiton.

»Bangstrom echauffierte sich darüber, dass ich einen MT im System gemeldet hatte«, sagte Trina. »Der Typ, über den ich Bericht erstattet hatte. Sein Name ist Tayz. Eigentlich irre produktiv, aber ganz plötzlich wurde er träge. War immer noch eingeloggt, generierte offensichtlich noch Traffic, blieb aber letztlich untätig. War nur noch … Beobachter. Bangstrom gab mir den Auftrag, da mal nachzusehen, und sobald ich mich darangemacht hatte, wurde ich ausgeloggt und fand mich bei den Personalern wieder.«

»Ausgerechnet du«, sagte Norbiton, »schluckst den falschen Infostream.«

»Ausgerechnet du?«, fragte Deepa.

»Bitte?«, sagte Norbiton.

»Du sagtest ›ausgerechnet du‹. Wieso *ausgerechnet* sie?«

Norbiton sah rüber zu Trina.

»Fuck«, sagte Trina.

Norbiton nickte, lächelte und begann, sanft zu summen.

»Was?«, sagte Jess.

»Ich war mal Teil des Ganzen, nicht wahr, Norbiton?«

Er nickte.

»Beatrice?«, sagte sie mit plötzlich scharfer Stimme.

Norbiton lächelte.

»Wer ist Beatrice?«, fragte Jess.

»Nicht wer«, sagte Trina, »sondern *was*. Beatrice ist die Software, mit der wir die MTs gewöhnlich mit Arbeit versorgen und deren Aktivitäten überwachen. Was eine gewisse Kontrolle ermöglicht, aber eben auch, nennen wir das Kind beim Namen, Manipulation ist.«

»Man akzeptiert die AGBs«, sagte Deepa. »Die Partizipation beruht auf freiwilliger Basis.«

»Ist aber gamifiziert«, sagte Trina.

»Warst du die Einzige, die mit Beatrice gearbeitet hat?«, fragte Deepa.

»Ich habe Beatrice designt. Ich habe sie weit mehr als jeder andere genutzt und kenne sie auch besser als jeder andere. Verdammte Scheiße, wenn ich daran denke, wie oft ich nach einer Beförderung gefragt habe, und wie oft man mir erwidert hat, das sei doch *bloß* Personalarbeit.«

»NTK«, sagte Norbiton.

»Ich wusste nicht, was ich weiß«, sagte Trina.

»So läuft das nun mal«, sagte Norbiton.

»Norbiton, warst du NTK, was mich betrifft? Ich muss gerade an ein paar Sitzungen denken, in denen du dich darüber ausgelassen hast, nicht NTK für irgendwas zu sein, das irgendeiner von uns getan hat. Das war alles Verarschung, oder?«

»Ergebnisse«, sagte Norbiton. »Signifikanz. Aber keine Details. Kein Prozess.«

»Du konntest also nicht sehen, was ich gerade machte, aber du konntest sehen ...«

»Ich war angehalten, mich eher als eine Art Verbindungsmann zu betrachten.«

»Verbindung zwischen was?«, fragte Trina.

»Zwischen dir und den höheren Etagen.«

»Mir? Du meinst die Sachen, die ich mit den MTs gemacht hab?«

»Eher *wie* du es gemacht hast. Was es mit dir machte.«

»Die Wirkung, die es auf den Aufseher ausübte?«, fragte Deepa.

»Genau«, sagte Norbiton.

»Sag's nicht«, bemerkte Deepa, »sie wollten die Marktreife testen.«

Norbiton zuckte mit den Schultern. »Ich geh mal davon aus.«

»Phase eins lautet ›Im Haus‹«, sagte Trina. »In Phase zwei geht es nach ›Draußen‹.«

»Wohin?«, fragte Deepa.

»In die Community«, sagte Trina. »Stimmt doch, oder Norbiton? Das ist doch der nächste Schritt.«

Norbiton antwortete nicht.

Niemand sagte mehr irgendwas.

Niedergeschlagen suchten sie Trost in unbedeutenden Details. Norbiton strich mit dem Daumen über den toten Bildschirm seines Handys. Jess bemerkte einen Kratzer auf ihrem Arm, von dem sie nicht wusste, wie er dort hingekommen war.

Deepa atmete tief durch. Dann stand sie auf.

»Ich danke dir, Norbiton«, sagte sie.

»Nichts zu danken«, erwiderte er.

»Warte«, sagte Jess. »Deepa, einen Moment. Es gibt da immer noch …«

»Wir wissen alles, was wir wissen müssen«, sagte Deepa.

»Es gibt noch eine Menge, das wir wissen müssten. Da ist … Trina, jetzt hilf mir doch mal.«

Trina schüttelte den Kopf.

»Deepa hat recht. Wir haben es.«

Dann wandte sie sich nochmals an Norbiton.

»Kommst du klar, Norbiton?«

Er zuckte mit den Achseln, als sei es für ihn ein leeres Konzept.

»Pass auf dich auf, Trina«, sagte er.

Dann gingen sie langsam an der Theke vorbei nach draußen. Jess konnte sich gerade noch eine Bemerkung verkneifen.

»He, ihr da drinnen«, rief Deepa in Richtung Hinterzimmer. »Wir sind dann mal weg.«

Zeros oder Ones Gesicht erschien zwischen den perlenbesetzten Vorhangfransen, wobei er Deepa mit schief gelegtem Kopf ansah.

»Sehen wir uns heute Abend?«, fragte er.

Jess drehte sich um und blickte zu Deepa, die das erste Mal, seit sie sie kannte, knallrot wurde.

»Ich ... morgen?«, sagte sie gehetzt. »Vielleicht morgen.«

»Cool, Schatz«, bemerkte Zero/One.

Als sie hinaus auf die leere Straße traten und die Tür hinter ihnen ins Schloss fiel, starrte Jess Deepa eindringlich an. Es fiel ihr schwer, ein Schmunzeln zu verbergen.

»Du bist mir ja eine«, sagte sie.

Deepa sagte darauf nichts, drehte sich um und lief los.

Jess riss sich zusammen, bis sie losgefahren waren, dann brach es aus ihr heraus.

»Okay, Deepa«, sagte sie. »Was zum Teufel war das?«

»Was?«

»Alles. Worüber hast du da drin überhaupt gesprochen? Wir wollten doch Informationen sammeln, Deepa. Antworten. Und stattdessen kriegen wir ... Ich weiß nicht mal, was wir da gekriegt haben. Was haben wir rausgekriegt?«

»Hast du nicht zugehört?«, fragte Deepa.

»Natürlich hab ich zugehört. Ich hab bloß nicht die geringste Ahnung, was ich mir da angehört habe.«

»Trina«, meinte Deepa, »du hast es doch kapiert, oder?«

Trina nickte. Deepa gestikulierte Richtung Trina, als wär dies Beweis genug. Erneut fühlte Jess diesen kleinen Stich, nicht wirklich dazuzugehören.

»Sei nicht so selbstgefällig«, sagte sie.

Deepa verdrehte die Augen.

»Green hat sich den eigenen Workflow zunutze gemacht«, erklärte sie. »Sie haben den Leuten weisgemacht, sie würden an einem Projekt arbeiten, dabei waren sie selber das Projekt.«

»Okay«, sagte Jess und versuchte, die Augen nicht von der Straße abzuwenden und zugleich mental zu verdauen, was ihr da vorgesetzt wurde.

»Sie haben eine Wissenshierarchie als Wissensnetzwerk getarnt. Sie wollten wissen, wie viel Information die Leute wirklich brauchen, um mitzumachen.«

»Innerhalb dieses Systems«, erläuterte Trina, »gab es ein zweites System.«

»Die MTs«, sagte Jess.

»Genau«, bestätigte Deepa. »Und innerhalb dieses Systems wiederum gab es eine weitere Überprüfung.«

»Trina«, sagte Jess. »Das zumindest hab ich kapiert. Trina hat überwacht, wurde selbst aber auch überwacht.«

»Und das Ziel war die spätere Vermarktung«, sagte Deepa.

»Aber in welchem Rahmen?«, fragte Jess.

»Larchwood«, sagte Trina. »Die volldigitalisierte Community. Dafür ist es gedacht, oder?«

»Stimmt«, sagte Deepa.

»Mein Gott«, sagte Jess.

»Aber da gibt es ein Problem«, erklärte Trina.

Deepa nickte und warf Jess einen leicht entnervten Blick zu.

»Die Griefers«, meinte Jess.

»Bingo«, bestätigte Deepa.

»Ja, und?«, sagte Jess. »Sind die Griefers das, wofür Green sie hält? Renitente Mitarbeiter? Die herausgefunden haben, dass sie alle winzig kleine Teilinformationen besitzen, und nun ...«

»Nein«, widersprach Deepa. »Wir wissen, dass sie das nicht sind.«

Jess nickte. »Denn sie haben Jasmine geschluckt.«

»Wir haben sie reingelegt«, erklärte Deepa. »Daher wissen wir, dass sie weder über die Informationen verfügen, die zu haben sie behaupten, noch über den Zugriff.«

»Das heißt also, sie bewegen sich *außerhalb* des Systems?«, fragte Jess. »Sind sie tatsächlich so etwas wie eine Widerstandsbewegung?«

»Nein«, sagte Deepa.

»Warum nicht?«

»Wegen Beatrice«, sagte Trina.

»Augenblick mal, nur dass ich das richtig verstehe. Beatrice ermöglicht es dir oder sonst wem, die Mitarbeiter zu manipulieren, stimmt's?«

Trina nickte.

»Du kannst bestimmte Parameter justieren.«

»Du kannst das System hinreichend instabil halten. Du kannst ein Moment der Unberechenbarkeit einbauen.«

»Damit es nicht wie ein System wirkt«, ergänzte Deepa.

»Die eigentliche Frage lautet also ...«, sagte Trina.

»... was für ein System ist es?«, meinte Jess.

»Und wenn man bedenkt, mit wie viel Nachdruck alles kleingehalten wurde«, sagte Deepa, »und jeder nur sein eigenes kleines Fitzelchen von dem zu sehen bekam, was eigentlich vorgeht, dann kann es nur eine Riesensache sein.«

Draußen war es dunkel geworden. Hinter den Fenstern waren die Lampen angegangen. Die Straßen waren verwaist. Wie immer zu dieser Uhrzeit musste Jess an die unsichtbaren Veränderungen in Edmundsburys Straßenbild denken: die veränderte Beleuchtung, die erneuerten Straßen, die neuen Empfindungen von Geschwindigkeit und Stillstand, die schleichende Verschiebung des Tagesrhythmus.

»Die Stadt«, erklärte sie.

Deepa nickte.

»Das ist ihre Petrischale«, bestätigte sie. »Darum sind sie hier.«

Trina war noch nie so spät am Nachmittag zu The Arbor geradelt. Normalerweise wäre sie um diese Zeit von dort gekommen, hätte es hinter sich zurückgelassen. Jetzt, wo sie sich The Arbor näherte, konnte sie zum ersten Mal die ausgeklügelte Täuschung erkennen, die durch die verglaste Fassade hervorgerufen wurde. Selbst von hier, noch ein Stückchen entfernt, konnte sie die Büros und offenen Arbeitsbereiche einsehen. Es war, als könne man durch das gesamte Gebäude hindurchblicken. Aber dann merkte man, dass es die Sonne dahinter verdeckte. Die Peripherie war transparent, doch das Zentrum blieb opak.

Sie rollte langsam auf den Parkplatz und schloss ihr Bike im Fahrradunterstand ab. Im Gebäude ging sie mit ihrem Ausweis durch die Sicherheitsschranke, trat in den Aufzug und fuhr in den dritten Stock. Sicherlich würde sie dort mindestens eine Person erwarten. Bangstrom vielleicht oder die bizarren Personaler-Zwillinge. Aber als der Aufzug sein leises Ankunftsgeräusch hören ließ und die Türen aufglitten, erblickte sie nur die vertraute, gedämpfte Geschäftigkeit ihrer Etage. Ihr Schreibtisch war immer noch da, aber ihr No-go-Raum, der an der hinteren Wand gestanden hatte, war fort. Sie wertete dies als eine Art von Verlautbarung: eine Erinnerung daran, dass alles, von dem sie sich einbildete, es dort drin programmiert oder um sich herum errichtet zu haben, verschwunden war. Sie musste an Norbiton in seinem selbstgebauten Kokon denken, die Leichtigkeit, mit der die Techniker seine dünnen Wandplatten beseitigt und ihn bloßgestellt hatten, drinnen ungeschützt kauernd.

Bream und Holt saßen beide an ihren Schreibtischen. Holt entdeckte sie zuerst.

»Feind im Anflug«, sagte er.

»Wow«, machte Bream. »Ein unbeaufsichtigtes Gepäckstück.«

»Euch auch einen guten Tag«, sagte sie.

»Was liegt an?«, fragte Holt. »Hier für den Gnadenschuss?« Er tat so, als würde er eine Waffe durchladen, hielt dann seine Finger an den Hinterkopf und mimte mit der anderen Hand eine Austrittswunde im Gesicht.

»Wirklich reizend«, sagte Trina.

»Jetzt mal im Ernst«, sagte Bream. »Raus damit.«

»Ich übernehme The Arbor«, sagte Trina. »Ihr seid alle gefeuert.«

»Das musste ja eines Tages passieren«, meinte Holt. »Übelstes Gender-Mainstreaming.«

»Leck mich, Holt«, meinte Trina.

»Hey«, sagte Bream. »Jetzt mal kein böses Blut, okay?«

»Böses Blut ist alles, was ich habe, Bream.«

»Ist notiert. Aber trotzdem.«

»Gleichfalls«, schloss sich Holt an.

»Wir benehmen uns wie Arschlöcher«, erklärte Bream, »aber wie Arschlöcher mit Herz.«

Trina zeigte ihnen den Mittelfinger. »Mit Gruß und Kuss«, sagte sie.

Sie ging durch das Großraumbüro und hörte, wie Tastaturen abrupt verstummten, wenn sie vorbeikam, und sobald sie weitergegangen war, das Klappern von IMs und E-Mails einsetzte. Sie klopfte an Bangstroms Tür.

»Herein«, sagte Bangstrom.

Sie hatte ein Empfangskomitee erwartet, aber Bangstrom war allein und saß mit hinter dem Kopf verschränkten Händen, hochgerollten Ärmeln und zwei geöffneten Hemdknöpfen zurückgelehnt hinter seinem Schreibtisch.

»Na, wie ist es Ihnen so ergangen?«, fragte er und erwischte sie damit völlig unvorbereitet.

»Wie bitte?«

»Wie ist es Ihnen ergangen, seit ich Sie das letzte Mal gesehen habe? Was macht die Familie?«

»Mit der ist alles in Ordnung. Mit uns ist alles in Ordnung.«

»Ich demonstriere Ihnen hier meine emotionale Seite«, erklärte Bangstrom. »Was meinen Sie, mach ich das gut?«

»Es war gar nicht so übel, bis Sie direkt darauf hingewiesen haben.«

»Ist notiert.«

»Mein Gott«, sagte Trina. »Ihr Typen.«

»Wir Typen? Lassen Sie uns nicht politisch werden, Trina.

Wenn eines in dieser Lage absolut nicht hilfreich ist, dann, politisch zu werden.«

»Verstehen Sie es, wie Sie wollen. Ob politisch oder nicht. Soll im weitesten Sinne heißen: Ihr alle, die ihr nicht wie ich seid.«

Bangstrom nickte. »Okay«, sagte er.

»Kommen wir zur Sache«, bat Trina.

»Vielleicht könnte ich den Standpunkt von Green darlegen«, schlug Bangstrom vor.

»Nur zu. Darum bin ich hier.«

»Ich möchte vorweg betonen, dass Sie zu keinem Zeitpunkt während dieser ganzen, äh, Krise als entlassen galten oder eine Entlassung im Raum stand. Ihr Lohn wurde während der Überprüfung des Sachverhalts in vollem Umfang weiterbezahlt. Ihnen wurde in angemessener Weise emotionaler Beistand zugesichert.«

»Wann das denn?«

»Jetzt gerade.«

»Das war mein emotionaler Beistand? Heiliger Bimbam.«

»Wir wollten lediglich abwarten, bis der Sturm sich legt. Ihnen dann eine Abmahnung erteilen, Sie wieder willkommen heißen, Ihnen die obligatorische psychologische Beratung ans Herz legen, damit Sie sich mal etwas intensiver mit dieser Gewaltaffinität auseinandersetzen.«

»Ich habe nichts Verbotenes getan.«

»Nun, zumindest haben Sie mit Ihrem Tweet gegen Greens Anti-Hate-Speech-Politik verstoßen.«

»Und warum schmeißen Sie mich dann nicht einfach raus?«

»Pardon?«

»Wenn das, was ich auf Twitter geschrieben habe, so abscheulich war und es ein solcher PR-Alptraum für die Firma gewesen ist, die, wie ich hinzufügen sollte, bereits in einen weiteren, noch größeren PR-Alptraum verstrickt ist, und Sie mich auch noch in flagranti erwischt haben, warum lassen Sie mich dann nicht einfach fallen?«

»Wir legen sehr viel Wert darauf, Menschen mit Talent zu halten.«

»Das heißt, Sie wollen nicht, dass ich woanders anfange?«

»Wir möchten Ihre Talente fördern. Und das bedeutet, wir müssen *Sie* hegen und pflegen.«

»Das ist doch Quatsch, Bangstrom. Von dem Tag an, an dem ich hier angefangen habe, hat Green einen Scheißdreck getan, um meine Talente zu fördern. Green hat mir diesen Job nicht gegeben, ich hab ihn mir genommen. Green hat mich nicht gefördert. Ich habe mir alle Chancen, die sich mir boten, erkämpfen müssen, und viele sind das nicht gewesen, wo wir schon mal dabei sind. Und was hab ich dafür gekriegt? Einen No-go-Raum und ein bisschen Quality Time mit Beatrice? Sie können mich mal. Sie sitzen da und wollen mir weismachen, Green hätte das dringende Bedürfnis, meine Talente zu pflegen? Tut mir leid, Bangstrom, aber das ist in etwa so glaubwürdig, als würden Sie behaupten, sich für meine Gefühle zu interessieren.«

»Es kränkt mich zutiefst, wenn Sie anzweifeln, dass mir Ihre seelische Verfassung am Herzen liegt.«

»Nein, tut es nicht.«

»Okay, tut es nicht. Gefällt Ihnen das besser?«

»Warum wurde ich nicht sofort entlassen?«

»Ich sagte doch gerade …«

»Betrachten Sie die Situation doch mal nüchtern, Bangstrom.

Das ganze Web und die Mainstream-Presse drehen durch. Sie stecken bis zum Hals in der Scheiße wegen dieser Griefers-Geschichte. Wieso werd ich da nicht einfach gefeuert?«

»Ah, ich sehe, worauf das hinausläuft. Da erhebt dieser alte Etage-drei-Blödsinn wieder sein schändliches Haupt. Sie glauben, wenn Sie mir wie ein Bream mit Systemstörung immer wieder dieselbe Frage stellen, breche ich plötzlich zusammen und verrate Ihnen, was Sie hören wollen, weil ich von Natur aus schwach bin. Aber da muss ich Ihnen was sagen, Trina: Der Interrobang kennt keine Schwäche.«

»Sie zeigen doch schon Schwäche.«

»Tja, da liegen Sie falsch. Sie können natürlich glauben, was Sie wollen, aber ...«

»Wollen Sie wissen, worin sich Ihre Schwäche äußert?«

»O nein, darauf fall ich nicht rein. Sobald ich sage, ja, das würde ich gerne, werden Sie sagen, na, sehen Sie, Sie glauben ja selber, dass Sie Schwäche zeigen.«

»Ihre Schwäche zeigt sich darin, dass Sie mich nicht rauswerfen dürfen.«

»Offenbar ist meine Antwort auf Ihr freundliches Angebot, mich wissen zu lassen, worin sich meine vermeintliche Schwäche äußern könnte, nicht richtig angekommen.«

»Ich müsste längst gefeuert sein, bin es aber nicht.«

»Bei Green glaubt man an die zweite Chance.«

»Nein, tut man nicht.«

»Sie haben recht, das tut man nicht. Und gerade deswegen sollten Sie doch dankbar sein, dass man Ihnen eine gewährt.«

»Was weiß ich?«

»Genau. Was wissen Sie schon.«

»Nein, das war eine Frage: Was weiß ich?«

»Ich kann Ihnen nicht folgen.«

»Soll ich Ihnen eine Timeline erstellen? Erst bin ich kurz davor, irgendwas herauszufinden, prompt crasht mein Scheißinternet. Green rückt mir aus der Personalerwarte auf die Pelle und wirft mich praktisch den Wölfen der öffentlichen Meinung zum Fraß vor. Plötzlich bin ich angreifbar. Und nachdem Green erst ein großes Tamtam darum gemacht hat, wie blamabel ich doch wäre, veranstalten sie anschließend ein Riesentheater, wie sehr man doch an mir hängt. Das ist total widersinnig. Es sei denn, Sie betrachten es so, wie ich: Ich weiß irgendetwas. Mag sein, dass ich nicht *weiß*, was ich weiß, aber man kann einen darauf lassen, dass ich irgendwas weiß. Denn sonst wäre nichts von dem hier passiert, beziehungsweise ich wäre ohne viel Federlesens gefeuert worden. Stattdessen schüchtert mich Green ein, um mich dann plötzlich in Sicherheit zu wiegen, was mir ziemlich absurd vorkommt, wenn man bedenkt, woran ich Minuten bevor das Ganze losging gearbeitet habe. Verstehen Sie, was ich meine?«

»Sie halten es für unvereinbar, dass Green Sie öffentlich anprangert und gleichzeitig als wertvolle Mitarbeiterin schätzt, besonders weil Sie weder vor den aktuellen Ereignissen noch zum gegenwärtigen Zeitpunkt wie eine geschätzte Mitarbeiterin behandelt worden sind.«

»Genau.«

»Deswegen vermuten Sie, dass Sie der Firma auf eine Weise wertvoll sind, die Sie noch nicht begreifen, und Sie sind ohne Zweifel der Ansicht, dass es gewissermaßen so was wie Ihr *Bürgerrecht* ist, zu erfahren, worin Ihr Wert besteht.«

»Und? Was weiß ich nun?«

»Was glauben Sie denn, was Sie wissen könnten?«

»Ich weiß von The Field.«

Bangstrom holte tief Luft und lehnte sich zurück.

»Was genau wissen Sie über The Field?«, wollte er wissen.

»Dass es existiert.«

»Und weiter?«

»Ich weiß, dass es Ihnen lieber wäre, niemand wüsste davon.«

»Sie wissen also, dass irgendetwas existiert und dass Green, wo man notorisch geheimnistuerisch ist, es lieber sähe, wenn niemand wüsste, dass es existiert. Wow. Mit derart fundierten Erkenntnissen müssten Sie den Fall ja ruck, zuck geklärt haben, Detective.«

»Ich weiß, dass Beatrice dafür eingesetzt wird. Ich weiß, dass Tayz in irgendeiner Weise ausschlaggebend ist. Ich weiß, dass Green sich ins Hemd macht, wenn irgendjemand es anspricht, Norbiton zum Beispiel.«

»Norbiton.« Bangstrom rümpfte verächtlich die Nase. »Der Kerl ist ein Wrack.«

»Warum ist Norbiton nicht gefeuert worden?«

»Wir feuern Leute nicht so einfach, Trina. Norbiton ging es nicht gut. Wir suchen eine neue Aufgabe für ihn.«

»Wissen Sie, wo er ist?«

»Wissen … wissen *Sie*, wo er ist?«

»Kommen wir zu dem, was Sie mir anbieten wollen.«

»Bitte?«

»Ihr Angebot. Wie lautet Ihr Angebot? Sie wollen nicht, dass ich die Firma verlasse, also machen Sie mir ein Angebot.«

»Sie bekommen Ihren Job zurück …«

»Ich will meinen Job nicht zurück.«

»Okay, Trina. Ich wollte das hier auf eine freundliche Art regeln, okay? So dass wir am Schluss nicht unbedingt Freunde werden, uns aber immerhin mit Respekt begegnen. Doch Sie lassen mir keine Wahl. Ich lasse jetzt also die freundliche Maske fallen.«

»Was ist denn unter der freundlichen Maske?«

»Eine andere, wesentlich unfreundlichere Maske.«

»Okay, legen Sie los.«

»Sie wollen wissen, was ich anzubieten habe? Wie wär's, wenn wir stattdessen darüber reden, was Ihnen an Verhandlungsmasse fehlt? Wenn wir darüber reden, was Sie zu verlieren haben?«

»Wollen Sie mir drohen?«

»Ich muss Ihnen gar nicht drohen. Sie werden doch längst bedroht. Oder hab ich mir die vergangenen paar Tage Ihres Lebens nur eingebildet?«

»Kommen Sie zur Sache.«

»Sie glauben, Sie hätten hier großartig was anzubieten? Ich sag Ihnen was: Sie haben ein Zuhause, aus dem Sie rausgeworfen werden. Und bevor Sie fragen, ja, das ist endgültig, und nein, es ist nicht sinnvoll, sich dagegen zu wehren, wenn es so weit ist. Gucken Sie mal in Ihren Mietvertrag mit Downton. Gucken Sie da mal unter ›Community Policy‹. Die haben das Recht, jedem zu kündigen, der ihrer Ansicht nach den Mietfrieden stört. Also lassen Sie mich das Anlage A nennen: Sie sind praktisch obdachlos. Was mich zu Anlage B bringt: Sie sind in diesem Fall nicht bloß Sie. Ihre ganze Familie ist obdachlos. Sie brauchen eine neue Wohnung, und das schnell. Soll ich Ihnen Ihre Aussichten auf dem Wohnungsmarkt erläutern, wenn Sie keinen Job haben? Sie sind gleich null. Oder glauben Sie etwa, Sie bekämen eine Wohnung mit den beschissenen prekären Gelegenheitsjobs Ihrer Freundin? Und, Eilmeldung, falls das nicht schon genug Scheißnachrichten für Sie sein sollten, Sie bewegen sich da auf einem ziemlich hanebüchenen Level physischer Bedrohung. Sie haben sich der Hilfe dieses Vereins gegen Internetmobbing versichert, aber lassen Sie mich eines sagen, die werden Ihnen nicht viel helfen können gegen eine Bande von Neonazi-Schlägern, die Sie im Übrigen heute mehr hassen denn je. Und wissen Sie, warum? Weil diese Idioten kaum mit dem Internet zurechtkommen und darum auch nichts von dessen manipulativen Möglichkeiten verstehen. Die werden nicht Ihrer Online-Existenz zu Leibe rücken, die wissen gar nicht, wie das geht. Die wissen nur, dass sie Sie hassen. Darum werden sie einfach bei Ihnen vorbeikommen, die Tür eintreten und Ihnen und Ihrer Familie die Scheiße aus den Knochen prügeln. Okay? Also, das alles hätten Sie momentan in Ihrem Einkaufskörbchen. Das ist die Bürde, die Sie mit sich rumschleppen, während Sie hier vor mir sitzen und so tun, als hätten Sie Gott weiß wie viele Asse im Ärmel. Und was haben wir auf der anderen Seite? Oh, sehen Sie nur: Ein Job-Angebot von Green, bei dem Sie gutes Geld verdienen können, zweifellos vorankommen und noch mehr Geld verdienen werden; Schutz und Sicherheit, wie Sie Ihnen nur Green bieten kann, und he, zusätzlich auch noch Greens Wohnungsprogramm für Angestellte, was im Klartext heißt, Sie bekommen eine sichere Bleibe. Hab ich noch was vergessen? Unterbrechen Sie mich ruhig, wenn Sie der Meinung sind, ich hätte versehentlich eines der schweren Geschütze in Ihrem Waffenarsenal übersehen.«

Er signalisierte, dass er am Ende seines kleinen Monologs angelangt war, indem er die Arme verschränkte, den Kopf zur Seite neigte und sie mit einem Blick bedachte, der verriet, dass er weniger daran interessiert war, was sie noch zu sagen hatte, als mehr daran, wie lange sie brauchen würde, um allem zuzustimmen, was er gerade aufgezählt hatte.

Trina hatte sich natürlich genau darauf vorbereitet. Mit Deepas Hilfe hatte sie ihre eigene Zwangslage mehr als nur einmal auf ziemlich ähnliche Weise seziert, und anders als Bangstrom war sie in der Lage, die Situation aus der Binnenperspektive zu betrachten, daher hatte er ihr kaum etwas verraten, das sie nicht bereits wusste. Aber sie musste zugeben, dass es durchaus etwas Brutales an sich hatte, die einzelnen Komponenten ihrer Misere derart vorgebetet zu bekommen. Das war, dachte sie, ein archetypischer Green-Moment. Erst eine kleine Geste der Anteilnahme, und wenn die nicht ankam, eine abrupte Kehrtwende hin zu leidenschaftslosem, faktenbasiertem Druck. Bangstrom hatte die Daten ausgewertet, die Zahlen überprüft und berechnet, dass sie im Arsch war.

Bangstrom schüttelte in geheuchelter Betrübnis bedächtig den Kopf. »Lassen Sie sich so viel Zeit, wie Sie brauchen«, sagte er in einem Tonfall, der deutlich machte, dass ihre Zeit abgelaufen war.

»Denken Sie etwa, ich will Green öffentlich bloßstellen?«, fragte Trina. »Also jetzt mal ehrlich. Glauben Sie im Ernst, das wäre a) mein Plan und b) ich würde die Konsequenzen daraus tragen wollen? Gut, Sie wissen eine Menge über mich. Sie können alle Informationen einfach abrufen. Aber eines wissen Sie nicht: wie scheißhart es ist, voranzukommen und es dennoch nicht richtig geschafft zu haben. Ich hab alles hierfür gegeben. Glauben Sie im Ernst, jetzt hätte ich nichts anderes im Sinn, als alles kaputtzumachen? Meine Familie zu ruinieren? Mein Zuhause zu verlieren?«

»Nun ja, um ehrlich zu sein, Ihr psychologisches Profil deutet schon auf eine gewisse Neigung zu Überreaktionen.«

»Sie haben es immer noch nicht verstanden, oder? Ich habe jede Gelegenheit ergriffen, die sich mir bot, und ich kann Ihnen sagen, viele davon waren mir lange verwehrt. Und nun, wo sich mir die größte Chance bietet, die ich jemals bekommen werde, glauben Sie, ich lasse die einfach sausen? Schön, Sie haben ein paar Dinge dargelegt, Bangstrom. Schön für Sie. Schön, wie Sie die diversen Aspekte aufgezählt haben, die mir gerade das Leben vermiesen. Aber darf ich Ihnen im Gegenzug auch ein paar fette Daten geben? Ich weiß Bescheid über The Field. Ich weiß von Beatrice. Ich weiß über Edmundsbury Bescheid und dass die Griefers ein Riesenschwindel sind. Und schon das alleine eröffnet mir zwei sehr attraktive Möglichkeiten. Option eins: Ich verbreite die Geschichte landesweit. Die Veröffentlichung wird mich vor weiteren Nachstellungen schützen. Ganz Edmundsbury wird Sturm laufen. Sie werden ein paar Versammlungen abhalten. Sie werden sich dafür starkmachen, Green aus der Stadt zu jagen. Option zwei: Ich nehme alles, was ich weiß, und ergattere damit einen Spitzenjob bei einem Konkurrenten von Green, der dann The Field zu einem Bruchteil der Kosten kopiert, weil er einfach eure Ideen klauen und keinerlei Entwicklungskosten haben wird. Und wo wir schon dabei sind: Vergessen wir doch nicht, dass die Software, die Sie, wie ich vermute, für The Field überholen, zum Teil von mir entwickelt wurde, und wenn Sie glauben, ich wäre so dumm gewesen, beim Programmieren nicht ein paar Hintertürchen einzubauen, dann sind Sie sogar noch blöder, als ich immer dachte, und ich hab Sie, nur um es mal festzuhalten, schon immer für ausgesprochen blöd gehalten.«

Bangstrom rang sich ein schiefes Lächeln ab.

»Das kommt dabei raus, wenn wir gegen unsere eigenen Regeln verstoßen und einem Einzelnen die Kontrolle über ein ganzes Projekt geben, statt es für die MTs zu stückeln«, sagte er. »In gewisser Weise ist es unsere eigene Schuld. Aber was soll ich sagen. Wir hatten unsere Gründe.« Er zuckte die Achseln und lächelte breiter: »Und, wie steht es nun zwischen uns, Trina? Unentschieden?«

»Nein, nicht unentschieden. Eher so, dass ich Ihnen ein Angebot mache, und Sie nehmen es an.«

Bangstrom lachte. »Sonst noch was?«

»Oder ich ziehe eine der vielen mir zur Verfügung stehenden Möglichkeiten durch, und Sie haben die Arschkarte.«

»Dann sagen Sie doch mal, was Sie wollen.«

»Ich will befördert werden.«

»Zu was?«

»Zu The Field.«

Bangstrom lachte.

»Sie arbeiten doch längst an The Field.«

»Ich rede nicht davon, MTs zu manipulieren«, erklärte Trina. »Ich rede von einer richtigen Position. Ich rede von Zugang. Ich rede davon, dass Sie meine ungebrochene Loyalität honorieren, wo ich euch Arschlöcher doch längst hätte verpfeifen und in den sonnigen Süden hätte verschwinden können. Davon rede ich.«

»Es geht hier aber nicht um Loyalität, Trina. Es geht um Effizienz. Warum sollte es das Projekt effizienter machen, wenn wir Sie befördern?«

»Na ja, zum Beispiel könnte ich Ihnen jetzt gleich etwas verraten, was ihre Effizienz rundum steigern würde.«

»Und das wäre?«

»Sie könnten etwas wegen Ihres noch nicht Ex-Angestellten unternehmen. Der rennt herum, erzählt allen, was Sie vorhaben, und versucht, Leute gegen sie zu mobilisieren.«

Bangstrom verdrehte die Augen. »Norbiton«, sagte er.

»Bingo.«

»Wo steckt er?«

»Wo ist mein Vertrag?«

»Sie würden ihn wirklich einfach so ans Messer liefern?«

»Wieso? Meinen Sie, ich sollte Norbiton gegenüber mehr Loyalität an den Tag legen?«

»Nein. Mich interessieren nur Ihre Prinzipien.«

»Mein oberstes Prinzip ist es, mich und meine Familie zu versorgen. Danach spielen weniger die Prinzipien als der Ehrgeiz eine Rolle. Wenn so die Zukunft aussieht, will ich sie mitgestalten.«

»Warten Sie hier«, sagte Bangstrom und stand auf. Er nahm seine ID-Karte vom Schreibtisch, verließ ohne ein weiteres Wort das Büro und ließ Trina über ihren Vorschlag grübelnd zurück. Allein in Bangstroms Büro wurde sie kribbelig. Was, wenn Bangstrom den Sicherheitsdienst holte? Was, wenn sie zu hoch gepokert hatte und die sie da hatten, wo sie sie haben wollten? Bangstrom musste nur das Sicherheitsprotokoll aktivieren, überlegte sie, und sie würde nicht einmal mehr das Gebäude verlassen können. Sie sah auf ihre Uhr. Wie lang war Bangstrom schon weg? Ein paar Minuten? Vielleicht musste er die ganze Kommandokette abklappern. Vielleicht hatte sie, als sie mit Bangstrom sprach, gar nicht mit ihm gesprochen, sondern *durch ihn hindurch* mit jemandem, der wirklich die Entscheidung traf, wer immer das auch sein mochte.

Ein Bündel Papiere in einem Schnellhefter landete vor ihr auf dem Schreibtisch und ließ sie aufschrecken.

»Tun Sie sich keinen Zwang an«, sagte Bangstrom und nahm wieder hinter dem Schreibtisch Platz. »Hier ist ein Stift, wenn Sie einen brauchen. Elektronische Kopie auf Wunsch. Sie kennen ja die Prozedur.«

Trina nahm das Dokument auf und blätterte es durch. Es war ein Vertrag mit einer angehängten Verschwiegenheitserklärung.

»Das ist ein unbefristeter Vertrag«, erklärte Bangstrom. »Wissen Sie, wie viele Leute davon träumen, so was einmal zu Gesicht zu bekommen? Wissen Sie, wie wenige Menschen tatsächlich einen besitzen? Damit sind Sie aus dem Schneider.«

Trina begann den Vertrag zu studieren. Die ersten paar Seiten waren im üblichen Juristenjargon mit den dazugehörigen Erläuterungen gehalten. Danach wurde ihr Gehalt aufgeschlüsselt und zusätzliche Vergünstigungen erläutert: Wohnunterkunft, Urlaub, Anspruch auf Rechtsberatung, private Gesundheitsvorsorge. Dann folgte ein langer und detaillierter Abschnitt, in dem dargelegt wurde, mit welchen Konsequenzen sie zu rechnen hatte, falls sie irgendwelche Informationen über ihre Arbeit bei Green preisgab.

»Ganz schöner Aufwand, um sich mein Stillschweigen zu erkaufen.«

»Stellen Sie es sich eher als eine Art Rückversicherung vor, dass wir alleinigen Anspruch auf Ihre Fachkenntnis haben«, meinte Bangstrom.

»›Was wollt ihr für euch behalten?‹«, zitierte Trina.

Bangstrom lachte trocken. »Catchy, oder?«

»Werden Sie mir verraten, wer diese Leute sind?«

Bangstrom nahm seinen Füller vom Schreibtisch und hielt ihn ihr hin.

»Das sind vertrauliche Informationen«, erklärte er.

»Und wenn ich das hier unterschreibe, zähle ich zum inneren Kreis?«

Bangstrom zuckte die Schultern. »Wenn Sie möchten.«

Trina nahm den Füller. Bis auf den Vertragstext sah sie alles verschwommen, und sie begriff kaum, was sie las, weil die Bedeutung dieses Moments sie mehr beschäftigte. Die Formulierung »seine Seele verkaufen« ging ihr wie ein penetranter Werbesong im Kopf herum. Als sie die Kappe vom Füller nahm, zitterten ihr die Hände.

»Plötzlich schockiert von der Tragweite des Augenblicks?«, fragte Bangstrom.

»So was in der Art«, sagte Trina.

Ohne weiter zu überlegen, setzte sie zügig ihren Namen einmal unter den Vertrag und dann noch einmal unter die Verschwiegenheitserklärung, und gab Bangstrom das Dokument zurück.

»Richtige Entscheidung«, sagte Bangstrom mit einem Lächeln, das halbwegs aufrichtig wirkte. »Gut, Sie wieder an Bord zu haben.«

»Den Vertrag haben Sie aber wirklich sehr flott aufgesetzt«, meinte Trina.

»Wir hatten mehrere Entwürfe vorbereitet«, erklärte Bangstrom. »Ich hatte schon geahnt, dass es auf den Verhandlungsverlauf ankommen wird.«

»Ich nehme an, ich werde nie erfahren, wie die anderen Versionen aussahen?«

»Werden gerade geschreddert.«

Trina nickte und stellte sich die Demütigungen vor, die sie umschifft hatte, aber auch die Vorteile, die sie mit ihrer Unterschrift zweifellos hatte fahren lassen.

»Gut«, sagte Bangstrom, stand auf, kam um den Schreibtisch herum und bedeutete Trina, ihm zu folgen. »Was halten Sie von einer kleinen Orientierungsrunde, um Sie auf den neusten Stand zu bringen? Waren Sie schon mal im vierten Stock?«

»Mann, das klingt, als wollten Sie mich anmachen.«

Sie stiegen in den Aufzug und verfielen in Schweigen, während er hochfuhr. Die Tür öffnete sich und gab den Blick auf eine Bürolandschaft frei, die im Wesentlichen genauso aussah wie Trinas vorherige Etage, bloß dass der gesamte Raum – vorrangig ein Großraumbüro, allerdings übersät von No-go-Räumen – mit circa zehn Prozent mehr Selbstgefälligkeit gesättigt war.

»Sie waren ja ein bisschen verärgert, dass wir Ihren No-go-Raum demontiert haben«, sagte Bangstrom. »Nun, Überraschung, hier ist er. Wir haben ihn nur ein Stockwerk höher getragen. Wir haben ihn exakt wieder so hergerichtet, wie er war. Sehen Sie nach.«

Er forderte sie mit einer Geste auf, ihre Magnetstreifenkarte durchzuziehen, und folgte ihr dann hinein.

Wie er versprochen hatte, war alles so, wie sie es verlassen hatte. In der Mitte des Raums stand ein Tisch, darauf ein Computer, den sie anhand des Musters aus Staub und Schrammen als ihren identifizierte. Bangstrom und sie standen linkisch in der kleinen Kabine und fühlten sich eingesperrt und etwas beklommen.

»Mein Lebenstraum«, sagte Trina, die ihren Sarkasmus nicht unterdrücken konnte.

»Ich wusste, Sie würden begeistert sein«, meinte Bangstrom.

»Ich bin im wahrsten Sinne des Wortes um eine Etage in der Welt aufgestiegen«, erwiderte Trina. »Wie könnte ich da nicht begeistert sein.«

»Aber nein, Sie sind weitaus höher aufgestiegen«, widersprach Bangstrom.

»Bin ich das?«

»Willkommen bei The Field«, sagte er und wies mit großer Geste auf den winzigen leeren Raum, in dem sie beide eingeschlossen waren.

»Warum habe ich das Gefühl, dass Sie einen Schleier weggezogen haben, nur um einen weiteren Schleier zu enthüllen?«

»Das weiß ich auch nicht. Dieses Bild erschließt sich mir ehrlich gesagt nicht ganz.«

»Wer sind die Griefers, Bangstrom?«

Bangstrom musterte sie für einen langen, beunruhigenden Moment. Dann lächelte er.

»Das ist ein Trupp von Konzept- und Performancekünstlern, den wir angeheuert haben.«

»Wie bitte?«

»Schrill, oder? Irgendwer hat sie beim Edinburgh Fringe Festival gesehen, und als dann diese Idee der Disruption ventiliert wurde, hieß es plötzlich, Mensch, ich kenn dafür genau die Richtigen. Und die waren ziemlich gut, das muss man ihnen lassen. Und preiswert. Wissen Sie, wie viel Performancekünstler verdienen? Nichts. Wirklich buchstäblich nichts. Wir zahlen ihnen kaum mehr als nichts dafür, dass sie eine komplette Stadt in einen disruptiven Prozess stürzen, und die kugeln sich vor Begeisterung. Und wissen Sie, was das Beste ist? Das sind amtliche Exzentriker. Dann und wann kommen sie an mit: ›He, wir werden allen verraten, was ihr hier macht‹, und wir sagen bloß: ›Macht doch, ihr Spinner, kein Mensch wird euch glauben, denn wer hört schon auf einen Haufen bekloppter Künstler?‹«

»Die haben zu überhaupt nichts irgendeinen Zugang, oder?«, fragte Trina. »Ich mein, zum Internetverlauf der Leute. Die haben bloß ein paar Profilbilder und irgendwelche zufälligen Bilder, und das war's.«

»Ha, ha, allein die Idee, die könnten irgendwen hacken«, amüsierte sich Bangstrom. »Wir mussten denen sogar beibringen, wie man den Projektor benutzt. Zwei von denen können nicht mal Auto fahren. Typische Kreative eben.«

Trina setzte sich an ihren Computer und nahm sich Zeit, einen Moment ihre Schläfen zu massieren.

»Edmundsbury fällt an die Faschos, weil Ihr Typen eine Show mit einem Haufen Knallchargen abzieht«, sagte sie.

Bangstrom zuckte die Achseln. »Outcome, nicht wahr?«

»Deswegen seid ihr in Edmundsbury«, sagte Trina. »Ihr brauchtet eine Petrischale für euren Outcome.«

»Das merken Sie erst jetzt? Mein Gott, Sie haben diesen Community-Mist ja wirklich mit Haut und Haaren geschluckt, was? Ja, wir brauchten ein stabiles, überschaubares Environment. Nicht zu ländlich, nicht zu urban. Ein Ort, an dem Veränderungen normalerweise sehr langsam vonstattengehen. Ein Ort, der froh ist, wenn wir ein neues Netz aufbauen und Teile der Infrastruktur übernehmen.«

»Damit Sie die Daten abgreifen können.«

Bangstrom lachte. »Daten abgreifen? Ich bitte Sie. Die haben wir längst, Trina. Das machen alle. Wir studieren. Und Studieren heißt Experimentieren. Glauben Sie, wir könnten eine solche Forschung mit Laborratten betreiben? Diese Zeiten sind längst vorbei. Aus dem Abmurksen von Nagetieren lässt sich nichts mehr lernen.«

»Aber warum verkaufen Sie den Leuten nicht ein Komplettprogramm? Die Leute müssen doch nur den AGBs zustimmen, die eh nie jemand liest, Sie könnten weitere Bereiche ihres Alltags ausforschen, Sie könnten das, was Sie verkaufen wollen, immer unbezahlbarer und Opt-out-Verfahren immer komplizierter machen. Warum die Nacht-und-Nebel-Aktion mit der Infrastruktur? Warum diese Zeitverschwendung mit realen Daten?«

»Opt-in ist besser«, meinte Bangstrom. »Opt-in machen wir auch. Aber da gibt es ein Beobachter-Paradox. Wenn man Leuten eine App oder eine Plattform oder was auch immer zur Verfügung stellt, konstruieren sie sich darum eine eigene Identität und ein bestimmtes Verhaltensmuster. Außerdem gibt es da dieses Gefühl des Commitment, das heißt, sie sind auf der Hut, wie viel ihnen das, was immer Sie ihnen verkaufen wollen, abverlangt. Die Zeiten der Internet-Naivität sind passé. Glauben Sie, die Leute wären immer noch überrascht, wenn sie entdecken, dass ihre Tweets öffentlich einsehbar sind und ihre Daten für andere Zwecke benutzt werden? Quatsch, das wissen sie, und sie leben damit. Aber sie pflegen immer noch diese Illusion, ihr Online-Leben und ihr Offline-Leben wären strikt voneinander getrennt. Unsere Absicht, was Edmundsbury angeht, war also ziemlich simpel: Erschaffe eine Real-World-Oase, versetz sie dann in Aufruhr und schau, was passiert. Uns interessiert nicht, wie Menschen sich verhalten, wenn sie sich kontrolliert fühlen. Uns interessiert, wie sie sich verhalten, wenn sie sich völlig frei wähnen, wenn sie davon überzeugt sind, an keinerlei Package gebunden zu sein. Dann erhält man die wirklichen Daten und macht tatsächlich Profit. So kartiert man die Reaktionen der Menschen auf spezielle Bedrohungen, auf das Unbekannte, auf Disruption.«

Trina fuhr ihren Computer hoch und loggte sich ein. Kaum erschien ihre Benutzeroberfläche, tippte sie auf den Shortcut für Beatrice. Während das Programm lud, blickte sie Bangstrom an.

»Das ist Beatrice also«, sagte sie. »Beatrice ist The Field.«

»Wie bitte?«, sagte Bangstrom. »Glauben Sie wirklich, wir würden uns für ein Interface interessieren, mit dem man MTs scheuchen kann? Gut, das war ganz nützlich, aber Sie wissen schon: etwas mehr Vision.«

»Sie haben die Möglichkeiten zur Verhaltensmodifikation erkannt, die Ihnen das Interface bot.«

»Das und noch etwas mehr. Ehre, wem Ehre gebührt, Trina. Es ist eine sehr elegante Lösung für ein im Grunde ziemlich unelegantes Problem.«

»Das Problem, wie man Leute dazu bringt, das zu tun, was man will.«

»Nicht wirklich. Gut, ja, das spielt auch mit hinein. Aber das wäre eine ehrlich gesagt ziemlich veraltete Art von Kontrolle. Leute dazu zu zwingen, bestimmte Dinge zu tun, klingt irgendwie ein bisschen … ich weiß auch nicht …«

»Drakonisch?«

»Limitiert, das war das Wort, nach dem ich gesucht habe. Wenn Sie wissen, was Menschen tun, und diese Menschen wissen, dass Sie wissen, was sie tun …«

»Dann werden sie von selbst das tun, von dem sie glauben, dass man es von ihnen erwartet.«

»Oder sie rebellieren. Und nun sind wir in der Lage, all diese Reaktionen in einem Real-World-Szenarium zu modellieren.«

»Und die Ergebnisse dann zu verkaufen.«

»Und zu expandieren.«

Trina betrachtete die angepasste Beatrice-Benutzeroberfläche auf ihrem Monitor und scrollte dann durch ein paar Variablen. Sie hatte plötzlich einen Kloß im Hals.

»Und jetzt haben Sie eine noch stärker kontrollierte Versuchsanordnung.«

»Na endlich«, meinte Bangstrom. »Und dafür haben Sie nun den ganzen beschissenen Nachmittag gebraucht, was? Trotzdem Glückwunsch, willkommen im Club.«

»Sie haben sich mit Downton zusammengetan, um die neue Siedlung zu vernetzen.«

»Ja, Downton hat uns wirklich massiven Zugriff gewährt, damit wir ihre Siedlung mit Tech ausrüsten. Und wir wiederum haben in dem Vertrag ausgehandelt, dass wir die Rechte an allen gesammelten Daten haben. Wir kriegen also Geld dafür, die Technologie einzubauen, dafür, sie zu unterhalten und zu warten, und dann werden wir auch noch dafür bezahlt, den Leuten zu sagen, was diese Technologie uns verrät. Das ist ein Game Changer: ein absolut freiwilliges, transparentes Opt-in-System innerhalb eines intransparenten, unfreiwilligen verdeckten Systems. Wir können Informiertheit und Uninformiertheit gleichzeitig modellieren. Und darüber hinaus – berücksichtigt man die Tatsache, dass höchstwahrscheinlich Regierungen und dergleichen von uns wissen wollen werden, was die Daten uns sagen – werden wir zweifelsohne auch diese Tür aufstoßen in Bezug auf zukünftige Verträge. Ich kann nur sagen, dank dieser ganzen Larchwood-Geschichte erhalten wir unglaubliche Datenmengen zu Massenbildung, Bedrohungsszenarien, Hysterisierung der Öffentlichkeit, ideologische Beeinflussung und dergleichen. Ich schätze, es werden einige Leute ausgesprochen erpicht darauf sein, da mal einen Blick drauf zu werfen.«

»Und Sie können das MT-Modell auf das normale Alltagsleben anwenden.«

»Ein gamifiziertes, anreizbasiertes Real-World-Environment, in dem Micro-Rewards Widerstände reduzieren.« Bangstrom lehnte sich an die Wand des No-go-Raums und strahlte wie ein Mann, der zum Seelenheil gefunden hat. »Vorschriften sind out, Anreize sind in. Stellen Sie sich vor, welche Auswirkungen das hat, Trina. Stellen Sie sich vor, was wir alles verändern können.«

Er ließ langsam und hörbar den Atem entweichen. »Kontrolle ist als Konzept so überholt«, sagte er. »Wir haben die Kontrolle ja längst. Dieses Rennen ist gelaufen. Die eigentliche Frage lautet, was wir damit machen. Unsere Antwort: Wir experimentieren, wir spielen. Dadurch lernen wir.«

Trina starrte auf ihren Bildschirm. Sie wusste selbst nicht, ob sie versuchte, eine Bedeutung in die Daten hineinzulesen, die sie dort sah, oder ob sie sich vor dem Wissen zu schützen versuchte, dass diese Information von Bedeutung war. Sie begriff, dass sie es tun konnte, wenn sie es wollte. Sie konnte tief durchatmen, alles vergessen, was sie wusste, und sich ganz den Datenströmen überlassen. Die Felder, Parameter und Variablen mussten nichts nach sich ziehen. Sie erkannte nun, wie schaurig erfolgreich ihr eigenes Konzept war. Beatrice' einladende Zusatzfunktionen, das spielerische Element, die Trennung der Informationen von den Menschen, auf die sie sich bezogen. Sie konnte ewig sorglos damit herumspielen, solange sie nicht daran dachte, womit und mit wem sie da spielte.

»Das hab ich verstanden«, sagte sie. »Das verstehe ich alles.

Ich verstehe den Plan. Ich verstehe die Zielsetzung. Was ich nicht verstehe, ist die Panik.«

Bangstrom verdrehte die Augen.

»Das war die NTK-Politik«, erklärte er. »Aus verständlichen Gründen wussten nur so um die drei Leute über den ganzen Deal Bescheid. Neben ihnen gab und gibt es diverse Leute, die für kleine Teilbereiche NTK sind. Im Ergebnis waren also selbst Leute, die NTK bezüglich der allgemeinen Stoßrichtung in Bezug auf Edmundsbury waren, nicht zwangsläufig NTK bei der genialen Idee mit den Griefers. Außerdem wussten nicht alle von uns, die NTK bezüglich der Griefers waren, komplett Bescheid, wie wir an die Griefers gekommen sind. Wir haben also diese Konzeptkunstspinner aufgetrieben und ihnen absichtlich, um das chaotische Element zu bewahren, um das es uns ging, ihre Aufgabe nur ganz vage umrissen und sie ermutigt, uns zu überraschen, was sie, das muss man ihnen lassen, durchaus getan haben, und schon hatten wir das schönste Chaos. Die Leute, die nichts von dem Infrastruktur-Zeugs wussten, gerieten in Panik, dass dies ein echter Aufstand sein könnte. Die Leute, denen die Grundidee bekannt war, das System auf kontrollierte Weise zu destabilisieren, gerieten in Panik, dass es möglicherweise gar nicht unsere Destabilisierungsmaßnahme war, sondern ein echter Versuch des Aufruhrs, den wir irrtümlich für unseren eigenen Destabilisierungsversuch hielten. Die Leute, die in Bezug auf alles Obengenannte informiert waren, begannen auszuflippen, weil sie zwar über die Konzeptkünstler Bescheid wussten, aber befürchteten, dass die Konzeptkünstler schlauer waren, als alle vermutet hatten, und abtrünnig geworden waren, um einen echten Aufstand zu wagen, getarnt als der Fake-Aufstand, für den wir sie angeheuert hatten. Und plötzlich hatten wir Meetings auf der Chefetage, bei denen vielleicht hin und wieder zwei von uns wirklich wussten, was los ist, aber nichtsdestotrotz spielten wir das Spielchen der Unwissenden mit. Die einzige Lösung: auf die vermeintliche Bedrohung, die gar keine Bedrohung ist, so zu reagieren, als wäre sie eine Bedrohung, damit sich alle dank unseres kompetenten Bedrohungsmanagements in Sicherheit wiegten. Erfreulicher Nebeneffekt: So konnten wir Daten darüber sammeln, wie wir vielleicht auf eine potentielle Bedrohung reagieren, denn warum das nicht auch analysieren, wenn sich die Gelegenheit bietet? Der ganze Microtasker-Aufstand war eine potentielle Störung, die bereits modelliert war, daher dachten wir, womit ich im Grunde mich selbst meine: Hey, na los, spielen wir doch auch noch mit dieser Variablen. Es versteht sich von selbst, dass ich auch alle Daten über die Internetpanik abgeschöpft habe. So haben wir auch noch eine Menge über uns selbst in Erfahrung gebracht.«

»Und war ich auch ein Faktor? Haben Sie meine Reaktionen auch abgebildet?«

»Natürlich. Wir haben Sie bis ins Letzte abgebildet. Wir haben Ihre User-Info abgebildet, Ihr Reaktionsverhalten, Ihre Plastizität in Bezug auf die Parameter, die Sie manipuliert haben.«

»Und was ist dann passiert? Hab ich ein wenig zu viel manipuliert? Bin ich vom Script abgewichen?«

Trina bemerkte, dass Bangstrom mit einer Antwort zögerte. Bisher waren all seine Erklärungen spontan, direkt und fast prahlerisch erfolgt. Sie bemerkte, dass er unmäßig stolz auf das war, woran er arbeitete. Die NTK-Politik musste ihm arg zugesetzt haben, zwang sie ihn doch, zu viel für sich zu behalten.

Nun, da die Entscheidung, wie viel er preisgeben durfte, gefallen war, strömte alles aus ihm heraus. Bis auf dieses eine Detail.

Er sah sie immer noch an, das Lächeln erloschen, der Kopf war abwägend zur Seite geneigt, und wie in dem Meeting vorhin versuchte er, sie einzuschätzen.

»Tja, nun stehe ich vor einer schwierigen Entscheidung«, sagte er.

Trina zog es vor, nichts zu sagen. Er war in mitteilsamer Laune, dachte sie. Besser, man ließ ihn reden und hoffte darauf, dass er verriet, was sie wissen wollte.

»Wir konnten uns nicht darauf einigen, wie viel wir Ihnen verraten wollen«, sagte er. »Darum liegt die letzte Entscheidung bei mir. Ich soll das spontan entscheiden. Sie wissen schon, improvisieren, je nachdem, wie der Rest so läuft. Kniffelige Entscheidung.«

»Hierbei geht es um mich«, sagte Trina. »Es geht darum, wie viel ich weiß. Sie haben mir die zusätzliche Beatrice-Freigabe erteilt. Irgendwer wusste entweder nicht, dass ich diese Freigabe habe, und geriet in Panik, oder derjenige war nicht damit einverstanden, dass ich diese Freigabe erhalten hatte, und hat sie just in dem Moment zurückgezogen, als ich die Datei angeklickt habe.«

»Es ist gleichermaßen interessant, ob Sie Bescheid wissen oder nicht Bescheid wissen«, meinte Bangstrom. »Schade, dass Sie nicht gleichzeitig wissen und nicht wissen und wir das dann abbilden können. Binäritäten, hm?«

»Es ist Tayz, stimmt's? Woran immer Tayz auch arbeitet …«

Bangstrom lachte.

»Dann ist die Entscheidung gefallen«, erklärte er. »Sie werden uns nicht weiterhelfen können, wenn Sie nicht *Need to know* sind.«

Er löste sich von der Wand und musterte sie weiterhin, aber nun nicht mehr, wie Trina spürte, weil er sie einzuschätzen versuchte, um eine Entscheidung zu treffen. Nein, er bereitete sich darauf vor, ihre Reaktion zu lesen, er bereitete sein Testbild vor.

»Wie ich schon sagte«, begann er schließlich. »Wir haben Sie sehr sorgfältig modelliert. Wir waren so weit, dass wir Ihre Reaktionen und Handlungen innerhalb von Beatrice mit neunzigprozentiger Wahrscheinlichkeit voraussagen konnten. Ich weiß, ihnen ging es darum, eine Randomisierung zu etablieren, eine De-Automatisierung, eine maximale Plastizität. Aber wie Sie sehr gut wissen, Trina, sind die meisten von uns viel weniger spontan und reagieren sehr viel automatisierter, als wir es gerne zugeben. Das war es auch, was ich denen oben unterbreitet habe. Warum werfen wir Ihnen nicht einen Curveball zu? Warum nicht die letzte verbliebene Variable implementieren? Warum unter den gegebenen Umständen die Schleife nicht schließen? Einige von denen haben es sofort geschnallt, andere nicht. Und dann hat einer von denen Schiss gekriegt, Sie ausgesperrt und die ganze Geschichte versaut.«

»Die Schleife schließen? Welche Schleife? Welche Variable?«

»Die Variable, in der Sie sehen, was wir modelliert haben. Danach wäre der Geist aus der Flasche gewesen. Dann kommt nur noch unkartografiertes Gelände. Paradigmenwechsel, Baby.«

»Aber ich hatte Beatrice ununterbrochen im Auge. Ich *wusste*, dass es irgendein System gibt, mit dem sich überwachen lässt, wer damit arbeitet. Alle wissen, dass sie überwacht werden. Okay, ich gebe zu, dass ich nicht in vollem Umfang erfasst habe, wie sehr ich Teil dessen war, was Ihr Typen geplant habt, aber …«

»Nicht Beatrice«, sagte Bangstrom.

»Tayz?«, fragte Trina.

»Wenn Sie ihn so nennen wollen. Oder sie.«

»O mein Gott.«

Bangstrom grinste.

»Wissen Sie«, meinte er, »ich hab dieses Response Monitoring noch nie in einer Vier-Augen-Situation in der Real World gemacht. Das ist echt aufregend.«

»Ich durfte Tayz nicht zu Gesicht bekommen, weil *ich selbst* Tayz bin.«

»Doppelgänger-Grusel, was?« Bangstrom mimte zum Spaß schreckgeweitete Augen.

»Tayz ist mein virtueller Doppelgänger.«

»Und, kriegen Sie da mütterliche Gefühle? Oder schwesterliche? Oder …«

»Sie haben mich in das System eingespeist.«

»Logische Erweiterung. Wir haben Tayz als virtuellen MT erstellt und beobachtet, ob Sie den Unterschied erkennen können. Konnten Sie nicht. Dann haben wir gedacht: Warum uns zurückhalten? Wir haben Ihre Initiative zur De-Automatisierung modelliert, um sie in einer hoffentlich weniger automatisierten Weise zu re-automatisieren. Während Sie an Beatrice arbeiteten, bearbeitete Tayz Sie. Das war perfekt: Alle Verhaltensinformationen, die wir brauchten, wurden uns durch die Arbeit geliefert, die Sie bereits machten. Nachdem Sie erst mal vollständig gespiegelt waren, fingen wir an, Tayz ans Ruder zu lassen. Wie sich herausstellte, konnten neun von zehn Leuten nicht erkennen, ob Tayz oder Sie Beatrice ausführen. Und, wie sich herausstellte, Sie selbst auch nicht. Das Problem war natürlich, dass Tayz, sobald er semi-aware wurde, das Microtasking aufgab.«

»Er hat das System gesehen.«

»Er hat dessen Grenzen gesehen. Er hat es umgeschrieben. Er fing an, das System für sich umzugestalten.«

»Ich hatte also gar nicht immer die Kontrolle.«

»Manchmal haben wir Sie in einem Dummy-System laufen lassen. Aber die Outputs stammten aus dem realen System. Sie konnten den Unterschied nicht erkennen, weil Tayz' Instinkte mit Ihren identisch waren.«

Trina war übel.

»Und nun, da Sie wissen, dass Tayz Beatrice ausführen kann ...«

»... können wir das Konzept auf andere Netze ausweiten.«

»Nur dass Sie mit Netzen eigentlich Menschen meinen. Gemeinwesen.«

»Es waren doch immer schon Menschen, Trina. Herrje, haben Sie denn gedacht, während Sie da mit Ihren Parametern herumexperimentiert haben, Sie würden nur mit Pixeln auf dem Monitor spielen? Diese MTs sind echte Menschen. Abgesehen von Tayz haben Sie da mit Menschen gespielt.«

»Aber das waren Menschen, die sich freiwillig ...«

»Die sich freiwillig für diese Arbeit gemeldet haben. Ja. Aber haben die sich auch dafür gemeldet, dass man sie für Experimente missbraucht? Wohl eher nicht.«

»Warum ich?«, fragte Trina. »Ich meine, ausgerechnet ich. Warum ...«

»Ihre Arbeit mit Beatrice war brillant«, antwortete Bangstrom. »Sie sind uns aufgefallen. Je mehr Sie getan haben, desto intensiver haben wir Sie beobachtet und desto mehr Möglichkeiten haben wir gesehen. Und darüber hinaus erfüllen Sie auch noch gewisse … Kriterien.«

»Sie scherzen.«

»Lieber Himmel«, sagte Bangstrom, »glauben Sie etwa, wir würden Bream modellieren? Oder Holt? Glauben Sie, wir möchten, dass solche Figuren in unseren Systemen herumgeistern? Das sind Freaks, Trina. Ich bin ein Freak. Wir sind alle Freaks hier. Wir brauchten einen voll funktionsfähigen Menschen. Sie erfüllen alle Anforderungen. Sie verstehen Beatrice. Ihre Identitätsmatrix ist einzigartig. Sie haben eine faszinierende Vorgeschichte der, nennen wir es Unberechenbarkeit. Sie sind selbst schon MT gewesen. Scheiße, Sie wohnen sogar in Larchwood. Wo sonst hätten wir ein derartiges Profil finden können?«

Trina beugte sich vor und verschränkte die Finger im Nacken. Ihre Stirn berührte fast ihre Knie.

»Sie haben jeden Aspekt von mir missbraucht«, sagte sie. »Sie haben jede einzelne Scheißfacette meines Lebens …«

»He, ersparen Sie mir das Gejammer. Sie sollten sich geschmeichelt fühlen. Andere würden sich darum reißen.«

»Mein Zuhause«, sagte sie. »Meine Familie. Meine Persönlichkeit. Meine Identität.« Sie blickte abrupt auf. »Waren Sie derjenige, der mein Twitter kontrolliert hat? Haben Sie diese ganze Bennington-Scheiße losgetreten? Ist das auch Ihr Werk?«

»Wir haben Sie ja nicht genötigt, diesen Tweet abzuschicken, oder?«

»Aber nachdem ich es getan hatte?«

»Ihr Twitter-Profil war eine Variable, die wir im Auge behalten haben. Ich würde lügen, würde ich abstreiten, dass wir gewisse Möglichkeiten darin gesehen haben, Sie …«

»… mich den Arschgesichtern Teddy Handler und Hugo Bennington zum Fraß vorzuwerfen? Da hat ein Lynchmob vor meiner Wohnungstür gestanden, Bangstrom.«

»Ich würde als Erster zugeben, dass alles etwas außer Kontrolle geraten ist, als England Always sich eingemischt hat. Aber trotzdem. Diese Daten ...«

»Kommen Sie mir bloß nicht mit Ihren verfickten Daten, Bangstrom. Das war mein Leben.«

»Leben besteht aus Daten, Trina. Es ist lediglich ein Informationskluster.«

»Warum erzählen Sie mir das alles? Wieso erfahre ich dieses ganze Zeug? Wenn Sie der Ansicht sind, Informationen seien wertvoller, wenn sie ohne Wissen der betroffenen Person gesammelt wurden, warum erzählen Sie mir dann, was Sie getan haben?«

»Jetzt sagen Sie mir nicht«, sagte Bangstrom, »dass Sie es erst wissen wollten und nun lieber nicht wüssten.«

»Solange ich es nicht wusste, habe ich wenigstens noch an das geglaubt, was ich tue«, erklärte Trina.

»Tayz ist noch nicht ausgereift«, erwiderte Bangstrom. »Wir brauchen Sie, um ihn zu vervollständigen. Wir haben Möglichkeiten erwogen, es ohne Ihr Wissen zu tun, aber ich hatte das Gefühl, das wäre nicht hinreichend. Diese Phase liegt hinter uns. Nun sind wir in einer neuen Phase. Außerdem haben wir nun eine Chance, auch die ergänzenden Daten zu implementieren. Nichtwissen haben wir erledigt, jetzt kommt Wissen dran. Eigentlich ganz logisch.«

»Fickt euch«, sagte sie. »Fickt euch doch alle, Ihr verschlagenen, machtgeilen beschissenen ...«

»Sie sagen es, als gehörten Sie nicht selber dazu«, meinte Bangstrom.

»Ich bin nicht wie Sie.«

»Ich denke, Tayz würde das anders sehen.«

Sie schüttelte den Kopf.

»Tayz ist ein Automat«, sagte sie. »Er kann niemals ich sein.«

»Das möchten alle gerne glauben«, widersprach Bangstrom. »Aber selbst wenn dem so wäre – und das ist es nicht –, sind Sie immer noch hier. Sie sind immer noch *Im Haus*. Selbst wenn Sie jetzt einfach hinausmarschieren und nie wiederkommen würden, was Sie übrigens nicht können, wären Sie im Grunde noch hier. Sie wären immer noch ein Teil von uns.«

»Warum zum Teufel«, fauchte Trina, »sollte ich hier weitermachen wollen, nachdem Sie mein ganzes Leben ruiniert haben?«

»Wir haben Ihr Leben ruiniert? Wir haben Ihnen ein besseres Leben geschenkt. Sie haben einen besseren Job und eine bessere Wohnung. Das hier ist ein Upgrade. Trina 2.0.«

Sie schüttelte den Kopf.

»Schütteln Sie den Kopf, solange Sie wollen«, meinte Bangstrom. »Sie wissen, dass ich recht habe. Außerdem stellen Sie die Frage falsch herum. Es müsste heißen: Wie könnte ich *nicht* daran arbeiten wollen? Diese Sache wird die Welt verändern, Trina. Und Sie wollen nicht Teil davon sein? All Ihr Gerede von wegen Ermächtigung, Repräsentanz und Chancengerechtigkeit, und dann kommt die Gelegenheit, im Zentrum des Geschehens zu sein, ja, diese Veränderung persönlich zu verkörpern, und ich soll Ihnen glauben, dass Sie dann einfach sagen: Ach, nö, ich war glücklicher, als meine Arbeit noch völlig bedeutungslos war? Lassen Sie's bleiben. Kein Mensch ist derart prinzipientreu. Vergessen Sie nicht: Wir kennen Sie.«

»Ich könnte Sie immer noch überraschen«, antwortete Trina.

Bangstrom trat einen Schritt zurück und breitete die Arme aus. »Nur zu«, sagte er. »Überraschen Sie mich. Na los.«

Trina sagte nichts und starrte bloß auf ihre Knie, gelähmt von ihrem Wissen, während die Wände ihres No-go-Raums sie nicht nur einzuengen, sondern über ihr zusammenzustürzen schienen. Das war also ihre Zukunft, dachte sie: ihre Vergangenheit mit einem dünnen neuen Anstrich überzogen. Derselbe Monitor, dieselben Wände. Alles, was Bangstrom ihr erzählt hatte, war nur entworfen worden, um sie in die Falle zu locken. Nun war sie NTK. Die Strafe dafür, nicht genug zu wissen, bestand darin, mehr verraten zu bekommen, als man wissen wollte. Alles, was sie nun unter ihrem neuen Vertrag weitergab, würde sie gefährden. Sie hatten sogar ihre Familie mit hineingezogen, so dass sie diese auch in Gefahr bringen würde. Vielleicht hätte sie, überlegte sie, einfach gehen sollen, als sie noch die Chance dazu gehabt hatte. Aber wohin hätte sie denn gehen können? Sie musste erneut an den Tweet denken, an Bennington, an die Zukunft der Siedlung. Sie dachte an Systeme, die einem nicht wie Systeme erschienen, an geschlossene Plattformen innerhalb geschlossener Plattformen und die künstlich generierte Unfähigkeit, Freiheit von Überwachung zu unterscheiden. Ständig lassen sie dich glauben, dachte sie, während sie erneut die leeren, schalldichten Wände ihres No-go-Raums anstarrte, du würdest ausbrechen, nur um dich im letzten Moment wieder in deinen Schuhkarton zu sperren.

»Sie wollen ja geradezu, dass ich Sie überrasche.«

»Wie kommen Sie darauf?«

»Weil es das Letzte ist, was noch zu modellieren wäre. Was passiert, wenn die Leute dahinterkommen? Was passiert, wenn aus Unwissen Wissen wird? Meine Reaktion ist das Letzte, was Ihnen noch fehlt.«

»Und nun wissen wir es«, erklärte Bangstrom. »Wir wissen, was die Leute tun, wenn sie es wissen.«

»Und das wäre?«, fragte Trina.

Er breitete die Arme aus, wies auf die Wände des No-go-Raums und deutete eine bizarre Umarmung an.

»Sie stürzen sich sofort wieder in unsere Arme«, sagte er.

Sein Lächeln, seine triumphierende Miene würde Trina nicht vergessen. Spätabends, wenn sie im Bett liegen würde, zu verängstigt, um einzuschlafen, ihre Familie im seligen Schlummer der Ahnungslosen versunken neben sich, würde Trina dieses Gesicht vor Augen haben – dieses Lächeln, das sie am liebsten ausradieren würde.

Bangstrom wandte sich zur Tür.

»Lassen Sie sich eine Woche Zeit, sich einzurichten«, sagte er. »Hat keine Eile, dass Sie anfangen.«

»Womit anfangen?«, fragte Trina, als er an der Tür war und seine Magnetkarte gegen den Kartenleser drückte. »Was soll ich überhaupt tun?«

Das Türschloss klickte auf. Er drückte die Tür einen Spalt auf und drehte sich, immer noch breit lächelnd, noch einmal zu ihr um.

»Seien Sie einfach Sie selbst«, sagte er.

Als sie bei Deepa ankam, hatte es zu regnen begonnen. Die dicken dunklen Wolken, die sich über der Stadt zusammengeballt hatten, drohten mehr als bloß einen Schauer zu bringen. Sie kettete ihr Fahrrad ans Fallrohr der Regenrinne und ließ sich mit dem Schlüssel, den Deepa ihr gegeben hatte, zur Wohnungstür hinein. Wie sich herausgestellt hatte, war Deepa pingelig, was Fahrräder in der Diele und Schmutzspuren an der Wand anbelangte. Das Fahrrad war daher dauerhaft nach draußen verbannt worden, eine weitere Mahnung daran, dass es nicht Trinas Zuhause war und auch nie sein würde.

»Bist du das?«, fragte Deepa aus der Küche. »Wir sind hier.«

Deepa und Jess blickten sie an, als sie hereinkam. Sie konnten es kaum erwarten, sie auszufragen, hielten sich aber zurück. Sie ließ sich auf einen Stuhl sinken und ihren Helm auf den Fußboden fallen. Wieder hatte sie dieses Gefühl, ihren Schutzpanzer, ihr Superheldinnenkostüm abzustreifen. Nur dass es diesmal nicht befreiend, sondern eher beängstigend war. Selbst vor Freundinnen fühlte sie sich angreifbar. So würde sie von nun an immer empfinden.

»Und?«, fragte Deepa.

Sie hatten Tee oder Kaffee vor sich auf dem Tisch stehen. Aus irgendeinem Grund fand Trina die Schlichtheit des Arrangements nicht dem Anlass entsprechend.

»Ich bin drin«, sagte sie.

»Sie haben dir einen Vertrag angeboten?«, wollte Jess wissen.

Trina nickte. »Ich hab ihnen Norbiton geliefert, wie wir es abgesprochen hatten.«

»Ich lasse es ihm über Zero und One ausrichten«, sagte Deepa.

Trina schüttelte den Kopf. »Die ganze Geschichte«, sagte sie, »ist …« Sie verstummte und gab auf.

»… beschissen«, schlug Deepa vor.

Trina nickte. »Schlimmer, als wir dachten«, sagte sie. »Viel schlimmer.«

»Alles ist vorbereitet«, schaltete sich Jess ein. »Byron Stroud steht bereit und leakt, was immer du ihm gibst.«

»Er ist mehr als nur bereit«, ergänzte Deepa. »Er hat Angebote von sämtlichen Medien.«

Jess rutschte etwas auf ihrem Stuhl herum, als wäre ihre Kleidung plötzlich zu eng, sagte aber nichts.

»Es wird ein Weilchen dauern«, sagte Trina. »Ich muss mich erst mal einrichten.«

Niemand von ihnen hatte etwas hinzuzufügen. Trina schloss die Augen und legte den Kopf in den Nacken.

»Tja«, sagte Jess. »Da wären wir nun.«

»Da stehen wir und können nicht anders«, meinte Deepa.

»Ich hab mich den ganzen Tag lang gefragt, wie sich das wohl anfühlen würde«, sagte Jess.

»Und?«, fragte Deepa.

»Ich denke, es wird noch sehr lange dauern, bis ich das raushabe«, meinte Jess.

»Alles okay mit dir?«, fragte Deepa.

Als sie merkte, dass Deepa sie meinte, öffnete Trina die Augen und brachte mit einiger Mühe ihren Kopf wieder in aufrechte Position.

»Ich glaube, ich hab mich noch nie so müde gefühlt«, sagte sie.

Deepa nickte. »Teuflischer Tag«, meinte sie.

»Warum legst du dich nicht auf Ohr?«, schlug Jess vor. »Momentan kann man sowieso nichts tun.«

Trina nickte. »Vielleicht hau ich mich für ein Weilchen im Wohnzimmer hin.«

»Sag Bescheid, wenn du Hunger kriegst«, sagte Deepa. »Wir können was bestellen.«

Trina lächelte. »Und ich dachte, das fertige Abendessen würde mich erwarten«, sagte sie.

»Kochen hab ich noch nie richtig verstanden«, meinte Deepa. »Außer natürlich in einem generellen, theoretischen Sinn.«

Darüber musste Trina lachen.

»Warum überrascht mich das nicht?«, sagte sie.

Sie stand auf und las ihren Fahrradhelm vom Boden auf.

»Schlaucht irgendwie«, erklärte sie. »Dieses ganze ›Krieg-den-Palästen‹-Geschäft.«

Sie schleppte sich ins Wohnzimmer und ließ sich schwer in einen Sessel fallen. Sie reckte sich, zog ihre Schuhe aus und rollte sich eng im Sessel zusammen. Normalerweise saß sie zu dieser Uhrzeit da und schaute mit Bella fern.

Sie kramte in ihrer Tasche nach ihrem Handy. Mia ging nach zweimaligem Klingeln ran.

»Hey«, sagte sie.

»Hey«, sagte Trina. »Ich wollte nur Bescheid sagen, es ist alles geklärt. Ich hab den Job angenommen, und wir haben eine neue Wohnung.«

»Ich bin so stolz auf dich«, sagte Mia. »Du hast das Richtige getan.«

»Ja«, meinte Trina.

»Du klingst erschöpft«, sagte Mia.

»Ich bin fix und fertig«, bestätigte Trina.

»Erhol dich ein bisschen. Jetzt ist alles ausgestanden.«

»Ja.«

»Es ist doch alles ausgestanden, oder?«

»Natürlich. Es ist vorbei. Alles geregelt.«

»Das war die richtige Entscheidung«, wiederholte Mia.

»Ich weiß.«

»Wir vermissen dich sehr.«

»Ich vermiss euch auch. Noch ein paar Tage, und dann ziehen wir um.«

»Alles wieder auf normal.«

Trina spürte, wie sie zögern wollte, und um das erst gar nicht zuzulassen, antwortete sie zu schnell: »Genau. Alles wieder wie gehabt.«

»Carl badet gerade Bella, darum …«

»Schon okay, geh und hilf ihm. Gib beiden einen Kuss von mir.«

»Kuss zurück. Wir lieben dich.«

»Ich euch auch.«

Sie legte auf, ließ das Handy in die Polsterfalte neben sich fallen und schloss wieder die Augen. Alles bestens, sagte sie zu sich selbst, alles zurück auf normal. Damit hatte sie Mia und Carl zum allerersten Mal belogen. So würde es zukünftig immer sein müssen. Jeden Abend würde sie heimkommen und ihnen weismachen, alles wäre in Ordnung. Jeden Abend würde sie heimkommen, unter die Dusche gehen und mit Bella dasitzen und später neben Mia und Carl einschlafen. Gemeinsam würden sie in ihrem Haus, das Green gehörte, einander vorspiegeln, alles wäre in Ordnung, normal, sicher. Das Geheimnis würde sie zermürben. Mia und Carl würden ihre Verschlossenheit bemerken. Das Nicht-genau-Bescheid-Wissen würde die beiden ebenfalls zermürben. Angst, die Unfähigkeit, das Geheimnis teilen zu können, würde ihre innere und äußere Existenz aushöhlen.

Sie dachte an Tayz, ihre digitale Kopie, die im System herumschweifte, in mancherlei Hinsicht selber zum System wurde, es verkörperte, es absorbierte. Tayz war programmiert, automatisiert. Er oder sie existierte nur innerhalb gewisser Parameter von Bedeutung und Erfahrung. Und dennoch war Tayz ungeachtet all dieser Einschränkungen freier, als sie es je sein würde.

So viel Zeit ihres Lebens, dachte sie, hatte sie darauf verwandt, sich an der Enge ihrer Welt zu reiben. Wie oft hatten die Leute zu ihr gesagt: Zieh doch weg, zieh in die Stadt, geh unter Leute deines Schlages. Und wie oft hatte sie geantwortet: Nicht ich muss mich bewegen, Edmundsbury muss sich bewegen. Sie hatte immer geglaubt, die Welt, die Zukunft würde auch hierhin gelangen. Sie würde zu ihr kommen, wie sie zu jedermann kam. Nun war sie da, und sie war das Gegenteil dessen, was sie erwartet hatte. Aus der Distanz betrachtet, war die Zukunft ungeheuer groß und offen. Aber wenn man einmal in ihr angekommen war, war sie winzig klein. Während sie noch an den Mauern ihrer eigenen kleinen Stadt gekratzt hatte, war die Welt um sie herum zu einer Kleinstadt zusammengeschrumpft.

Dies waren ihre letzten Stunden, bevor der bittere Ernst begann. Sie konnte innehalten, sich entspannen und sich vormachen, dass das zukünftige Leben so sein würde wie dieser transitorische Moment: geborgen, einfach und frei von Angst. Von dieser kurzen Ruhepause aus konnte sie sich in Gedanken ein alternatives Leben extrapolieren, eine andere Zukunft – eine lebenswerte, ertragbare Wirklichkeit. Noch war nichts geschehen. Noch war nichts real. Solange man es sich vorstellte, konnte es immer noch wahr werden.

Glaubst du, sie kommt damit zurecht?«

Deepa zuckte die Achseln. »Ich hoffe es.«

»Es ist noch nicht zu spät, die ganze Sache abzublasen«, sagte Jess.

»Glaubst du das wirklich?«

»Nein.«

Ein aufkommender Wind klatschte launisch einen Schwall Regen gegen das Fenster. Aus einer kleinen Lautsprecherbox auf der Küchenarbeitsplatte erklang eine von Deepas angeblich beruhigenden ASMR-Aufnahmen: ein gesampelter Loop von Regengeräuschen, die den Regen draußen übertönten.

»Sie macht das, weil sie es wirklich so will, oder?«, fragte Jess.

»Sie kommt mir nicht so vor, als würde sie etwas tun, das sie nicht selbst will. Aber vielleicht ist das zu simpel. Wenn sie die Wahl hätte, würde sie es wahrscheinlich lieber nicht tun. Aber ich glaube nicht, dass das wirklich zur Disposition steht.«

»Wohl nicht.«

Jess suchte in ihrer Tasche nach einer Zigarette und sah sich dann nach etwas um, das als Aschenbecher dienen könnte.

»Äh-äh«, machte Deepa, wackelte mit dem Zeigefinger und deutete dann auf die Hoftür.

»Das ist nicht dein Ernst. Guck dir das Wetter an.«

»Soll ich dir eine Bildgalerie deiner Lunge zeigen? Willst du, dass meine Lunge wie solche Lungen wird? Sieh es als meinen kleinen Beitrag zur Raucherentwöhnung. Wenn du dich in den Türrahmen presst, bleibst du größtenteils trocken.«

Jess stand übertrieben schwungvoll und lächelnd auf und ging zur Hintertür. Sie musste sich gegen die Tür stemmen, um sie gegen den Wind aufdrücken zu können. Draußen war der Regen zu einem überwältigenden Sturzbach angeschwollen, ein prasselndes Rauschen, in das sie den Rauch von ihrer Zigarette zu blasen versuchte. Sie horchte in sich hinein: Wie viel hatte sich tatsächlich geändert, wie viel war gleich geblieben?

Sie hatte Roberts Aktivitäten auf Twitter verfolgt – die Morddrohungen, die wachsende Solidarität. Sie wollte ihm eine SMS schicken, ihn anrufen, ihn fragen, ob es ihm gutginge, aber sie konnte es nicht. Für so viele andere Menschen, für sie selbst, war Hass die Wirklichkeit. Für Robert war er bloß eine Karrierechance. Das war nicht die einzige Kluft, die sich zwischen ihnen auftat, aber irgendwie symbolisierte sie alles, was zwischen ihnen unüberbrückbar war. All die Zeit, die sie sich mit ihren Differenzen herumgeplagt hatten, und am Schluss entzweite sie das, was sie geteilt hatten.

Hinter sich konnte sie immer noch Deepas Entspannungsaufnahmen hören – ein Gewittersturm, reduziert zu einem blechernen Simulacrum aus einem einzelnen Lautsprecher. Vor ihr glich der Schauer einem flackernden, verpixelten Bildschirm, der Klang ein statisches Knistern – White Noise überlagert von seiner eigenen inadäquaten Kopie. Sie musste an das weiße Rauschen auf Fernsehbildschirmen denken, an prasselnde Radiointerferenzen, an das blecherne Gedudel alter Einwahlmodems. Die Assoziation, die dieses rauschende Getöse zu antiquierten Geräten weckte, gab ihr das Gefühl, der Regen selbst wäre eine veraltete Technologie.

Sie kehrte ihren Blick nach innen, bis sie nicht mehr auf sondern durch den Regen blickte, auf den dürftigen Schleier vor der Realität, auf den sie schon so oft einen Blick erhascht hatte. Es gab nichts auf der Welt, das nicht in irgendeiner Weise Technologie war. Das Klima, das Denken, ihr Körper. Was sie durchgemacht hatte, was sie bedroht hatte, was sie aufgedeckt hatte und weiterhin aufdecken würde, alle Technologien, alle Systeme – fehlerhaft, stockend und ihrer unkalkulierbaren Obsoleszenz entgegenröchelnd, um immer wieder von neuen Technologien abgelöst zu werden, genauso, wie sie selbst durch die neuen Versionen ihrer selbst ersetzt werden würde, Versionen, die sie sich ausmalte und zu denen sie notgedrungen werden würde. Sie dachte an Julia, Byron, Jasmine – in schwereloser Bewegung draußen im Äther. Man kann in den Technologien anderer leben, dachte sie, oder sich seine eigenen bauen. Entweder erfunden werden oder erfinden, gedacht werden oder denken, träumen oder geträumt werden.

Sie schloss die Augen und überließ sich ganz dem Klang des Regens. Sie stellte sich vor, wie sich ihr Gesicht auflöste, verloren in der trommelnden Sintflut des Wolkenbruchs. Sie fühlte sich dekomprimiert, demontiert und befreit von den Strukturen, die sie träumten.

Unterschiede begannen zu verschwimmen. Der Klang von gesampeltem Regen vermengte sich mit dem Klang von Regen. Nur der Geruch von Niederschlag auf Erde erinnerte sie daran, was real war. Petrichor, dachte sie.

In ihr wurde ein Betriebsschalter umgelegt. Es gab nur eine ganz minimale Verzögerung – ein kurzes Buffern vor dem Hochfahren.

Und dann

ERROR 404:

The page you are looking for does not yet exist